Los años inútiles

Los años inútiles

Jorge Eduardo Benavides

JUN 1 - 2004   WPK

x 5

ALFAGUARA

© 2002, Jorge Eduardo Benavides
© De esta edición:
2002, Santillana Ediciones Generales, S. L.
Torrelaguna, 60. 28043 Madrid
Teléfono 91 744 90 60
Telefax 91 744 92 24
www.alfaguara.com

• Aguilar, Altea, Taurus, Alfaguara S. A.
Beazley 3860. 1437 Buenos Aires. Argentina
• Aguilar, Altea, Taurus, Alfaguara S. A. de C. V.
Avda. Universidad, 767, Col. del Valle,
México, D.F. C. P. 03100. México
• Distribuidora y Editora Aguilar, Altea,
Taurus, Alfaguara, S. A.
Calle 80 nº 10-23
Santafé de Bogotá. Colombia

ISBN: 84-204-4368-9
Depósito legal: M. 54.421-2001
Impreso en España - Printed in Spain

Diseño:
Proyecto de Enric Satué

© Cubierta:
Proforma

A mi madre; y a Yolanda, que confió en esta historia antes que nadie.

Uno

Estás temblando, pensó al encender el cigarrillo. Arrugó el paquete vacío y lo tiró al suelo. La calle se abría ante él como una serpiente gris y muerta: vacía. Enfundó las manos en los bolsillos y tentó unos pasos desganados, indecisos, hacia la oscuridad que lo esperaba como un animal manso. Un temor blando y baboso le caracoleaba rebelde por el pecho. Estás temblando, Sebastián, pensó nuevamente con fastidio. Ya debían estar esperándolo. Al llegar a la esquina se detuvo y aspiró hondo el humo del cigarrillo, sintiendo cómo se ramificaba por sus pulmones. Ofreciendo el perfil al viento, recordó.

—Es increíble lo que está ocurriendo, Sebastián, mira —Rebeca detuvo el pincel empapado en esmalte rojo sobre la uña observando incrédulamente las imágenes que ofrecía el televisor. Tenía las piernas recogidas bajo el cuerpo, de vez en cuando sacudía y soplaba sus manos.

Sebastián alzó la vista y la detuvo en un poste inútil; los fue mirando a todos, uno a uno, como un general que pasa revista a sus tropas vencidas, cabizbajas, apagadas por la derrota. Avanzó a la calle alumbrada fantasmagóricamente y a trechos por el resplandor de las velas ocultas que parecían espiar tras algunas ventanas. ¿Dónde habría conseguido velas ese puñado de afortunados? ¿Cuánto habrían pagado por ellas? Acaso sabían ya desde mucho antes que todo ese mes el sector iba a tener luz sólo por las mañanas. Cariño, había que conseguir velas, a ver si traía algunas, le dijo Rebeca. Se lo dijo como al descuido, cuando él alcanzaba la puerta; se lo dijo como quien suelta una jauría de perros y no una frase. Sebastián ni siquiera le contestó, súbitamente asqueado de sí mismo, de su mujer también. ¿No querría que le trajera espárragos en lata, además? ¿Mermelada? Pero el asco que empezaba a asfixiarlo cesó tan bruscamente como había empezado; un falso fuego nada más, y por último qué culpa tenía ella, carajo.

Caminó sin prisas la cuadra, pasó frente al parquecito vacío e invadido por la maleza y cruzó a la acera de enfrente donde lo esperaban dos siluetas. Se sintió en medio de un remolino, una balsa arrastrada inexorablemente hacia un centro fangoso y turbio, en fin, ya estaba allí, ya no había salida.

—¿Estás seguro? ¿Crees que por aquí también? —preguntó Rebeca.

—Sí —respondió sombríamente Sebastián—. Y en Miraflores y en San Isidro, en Magdalena, en La Victoria y en todas partes.

—¿Entonces nosotros también, Sebastián? —Rebeca abría los ojos, no lo podía creer, miraba a su marido y luego al televisor, le costaba asociar imagen y augurio: ¿ellos también corriendo? ¿Así, igual que en la tele? ¿Perseguidos?

Una silueta se desprendió de la oscuridad. La otra sólo era una voz preocupada.

—No, perseguidos, no —Méndez estrechó la mano de Sebastián, sonrió apagadamente mientras seguía hablando con Vargas, invitó el cigarrillo que estaba fumando, que lo disculparan pero era el último.

Sebastián y Vargas asintieron, claro, el último, frase recurrente para esconder una cajetilla comprada no sabía con qué esfuerzo, Rebeca, se defendió Sebastián sacando uno, malhumorado, ¿acaso ella fumaba?, calculando al tacto cuántos le quedaban, qué antojada, caray, y ella que no fuera mezquino, uno que le pedía, hombre, y tanta alharaca: Rebeca observaba desde la ventana dos perros que disputaban un trapo, gruñían, erizaban los pelos del lomo, uno amarillo y grande, el otro carachoso. Además, agregó ella, lo que le había dicho le tenía los nervios de punta.

—Porque esta mañana en el noticiero el ministro del Interior habló de sanciones ejemplares —se acautelaba Vargas—. Decía que los terroristas estaban detrás de todo esto, que aprovechaban la situación para fomentar el caos.

—Es que lo que ha pasado en el centro ha sido bravísimo, peor que en el setenta y cuatro —dijo Méndez—. Yo también oí el noticiero de la mañana y sin embargo no se dijo nada de lo otro, de lo de Monterrico.

—¿En Monterrico también? —preguntó Vargas, los ojos confusos.

—Ni de lo que sucedió en Magdalena; se han hecho los de la vista gorda —intervino Sebastián mirando apenas a Vargas antes de devolver el cigarrillo—. Yo me he enterado de oídas, por ejemplo.

Ellos también, a Vargas se lo contó una hermana que vivía por el mismísimo mercado y a Méndez un pata de la oficina; era un rumor, un secreto a voces, en todas partes estaba sucediendo, el Gobierno se hacía el desentendido. ¿Qué podían hacer?, ¿sancionar?, ¿aceptar denuncias? Además, ¿no estaba en huelga el Poder Judicial? Méndez buscaba fuerza en sus propios argumentos, ¿acaso no tenía justificación?

—De ninguna manera, Rebeca, tú no vas. Ya lo hablamos ayer por la mañana —Sebastián se puso el saco, consultó su reloj: once y veintidós—. Puede ser peligroso, quizá haya jaleo.

—Es lo más probable —concedió Méndez; flaco, algo gibado, una barba descuidada empezaba a trepar por sus mejillas. Sebastián se pasó la mano por la cara y sintió los cañoncitos empecinados cubriéndole la barbilla, el cuello: todos andaban igual, ¿dónde vendían gillettes desde que empezó la pesadilla?, ¿a cuánto? Volvió a concentrarse en lo que decía Méndez.

—El Cacho se va a resistir, es lógico —movía las manos, los ojos turbios de desvelo, seguramente insomne pensando Dios mío, no hay otra salida.

—¿Y entonces? —Vargas no se movía, miraba hacia el fondo de la calle a cada momento, vacilaba.

—No vayas si no quieres, estás a tiempo —Sebastián se sintió fastidiado por la resistencia de Vargas, por sus dudas, por el miedo que se leía en sus ojos. Era como verse reflejado en un espejo.

—No se trata de eso, caramba —se sorprendió, se ofuscó Vargas contemplando las grietas del asfalto, la punta polvorienta de sus zapatos—. Pero creo que debemos saber exactamente a qué atenernos, ¿no?

Lanzó una bocanada de humo, miró a los otros dos, él personalmente no había hecho algo así nunca, se encogió de hombros, volvió a mirar al fondo de la calle.

—Nosotros tampoco, pues, hombre —Méndez agitó los brazos, miró al cielo, clavó sus ojos en Vargas, ellos no eran unos ladrones, si acaso estaba insinuando eso.

—No, no —retrocedió sus frases Vargas, él no había querido decir algo así, que no lo malinterpretaran.

—Estamos perdiendo el tiempo, señores —dijo Sebastián chupando ávidamente el cigarrillo que le ofrecía Méndez—. Morales nos debe estar esperando.

Se iba de una vez, Rebeca, mejor acabar con esto cuanto antes. Salió abatido, evitando la mirada de su mujer aunque ella insistía en ir contigo, Sebastián, toda ojos, labios, angustia; persiguiéndolo, faldita negra, blusa blanca, por toda la sala, secándose las manos en el delantal, dispuesta a ir con él, no fuera a suceder algo, era peligroso, cariño: de ninguna manera, Rebeca, le contestó él acomodándose el saco, alisándose un poco los cabellos.

—Sebastián tiene razón —Méndez quiso sacar otro cigarrillo, se dio cuenta e hizo el ademán de rascarse el pecho bajo el pulóver—. Estamos perdiendo el tiempo y Morales debe estar pensando que nos hemos achicado. Decidamos de una vez.

Sebastián le echó un vistazo rápido a su reloj: once y cuarenta. La noche volvió a engullir las voces, los ecos se disolvieron mezclándose con el escape averiado de un auto a lo lejos.

—Vamos, pues —suspiró Vargas, Dios mío, qué país de mierda, evitó que Sebastián tirara la colilla, la chupó enroscándola entre el índice y el pulgar, la arrojó lejos: un arco rojizo que reventó en mil puntitos contra el pavimento.

—¡Oye! —lo detuvo Rebeca—. No te pongas así —ladeó la cabeza buscándole otro ángulo al rostro macilento de su marido, que no se afligiera tanto, él mismo se lo había dicho la otra noche cuando miraban la televisión; aquí, en Miraflores, en San Isidro y en todas partes, ¿no le había dicho, acaso? Sebastián bosquejó una sonrisa breve, circunstancial, la mano huesuda en el pomo de la puerta, claro, él lo había dicho, qué se le iba a hacer, pero ayer cuando lo detuvo el señor Morales en la calle sintió que un cronómetro invisible había terminado su cuenta regresiva.

—Pensé que ya no venían, señores —Morales tenía la voz carrasposa del fumador habitual, cejas canosas que culminaban casi en punta, manos calientes y ásperas—. Mejor liquidemos esto de una vez —estrechó las manos jóvenes, infundió ánimos, hombre, por qué esas caras de velorio, ayer ya había quedado todo bien claro, ¿no?

—¡Ah!, es el viejo que le pegó un puñetazo al Cacho cuando no le quiso vender leche —dijo Rebeca.

—Sí, Sebastián, me permite que lo tutee, ¿verdad? Hace un rato he conversado con otros dos vecinos del barrio. Usted debe conocerlos, supongo.

—Sí, el mismo, acabo de hablar con él —Sebastián dejó la bolsa de pan sobre la mesa y se acercó a la ventana atraído por los gruñidos y las embestidas: en la calle dos perros disputaban un trapo sucio, ¿o era un pedazo de sebo?

—¿Y qué te dijo? —Rebeca se acercó a mirar, qué horror, como peleaban.

—Están de acuerdo, Sebastián —Morales lo miraba fijamente desde sus años, lo medía a él, joven, circunspecto; por ahora no había hablado con nadie más, pensaba que cuantos menos, mejor; sólo con el señor Méndez, ese que vivía aquí a la vuelta, y con el señor Vargas. Y ahora con él, claro. Se permitía hacerlo porque lo veía maduro, serio. Profesor, ¿verdad?

—¿Cómo lo supo? —preguntó Rebeca desentendiéndose de la pelea de los perros y caminando hacia la cocina.

—Qué no se sabe en este barrio, Rebeca —Sebastián suspiró, también dejó de mirar a los perros, caminó hacia la cocina entregando con fastidio un cigarrillo, caramba, ella no fumaba. Metió las manos en los bolsillos y apoyó un hombro en el marco de la puerta. Desde ahí seguía con la mirada a su mujer. Rebeca había recibido la noticia sin decir palabra; para ella el cronómetro también se había detenido: cerró con fuerza el caño y resoplando se apoyó de espaldas contra el fregadero.

—¿Piensas ir? Si es así yo voy contigo.

—No, habían dado su palabra, ¿no? —Méndez mira a Sebastián y a Vargas buscando apoyo, sólo que se retrasaron un poco, sonrió fingiendo convicción, más bien ¿por qué no se ponían en marcha de una vez? Como había dicho el señor Morales, este tipo de asuntos mientras antes se resuelvan, mejor.

Nadie respondió. Soplaba un viento frío que encrespaba los árboles del parque y traía el lejanísimo traqueteo de las tanquetas patrullando la noche inmóvil, había que ir con cuidado, murmuró Vargas caminando junto a Sebastián.

—Allí empezó todo, ¿no? —dijo el Pepe Soler.

Primero un círculo amplio, lento, casi ilimitado; luego otro ligeramente más rápido y también más pequeño. Otro más y una brisa encrespada impulsó sus alas negras brevemente: abajo el mar opaco y quieto dejaba olas espumosas y amarillentas contra la playa rocosa; más allá los cubos de esteras apiñadas en desorden junto a los montículos de piedras que parecen cobijar al pueblo joven de la cercanía estruendosa de las olas, el movimiento multicolor y famélico de la gente; un viejo cartelón en el suelo, cubierto de polvo, pisado muchas veces, Mitchell & Arana, Ingenieros Constructores. Dos niños harapientos correteaban entre los charcos malolientes que había dejado una lluvia pertinaz y sucia: el gallinazo descendió planeando con suavidad hasta posarse torponamente sobre un montículo de basura. El Mosca lo observó escarmenarse el plumaje negro y liso. «Mala carne», pensó destapando la botella de ron, tomando un largo trago antes de pasarse el dorso de la mano por la boca. Le entregó la botella a Rafael y lo miró tras el velo turbio que empañaba su vista.

—De manera que así era la vaina, cholo —le dijo con voz áspera. Tenía los ojos inyectados en sangre, el cabello crespo y desordenado, la voz como demorada en resacas cotidianas.

Rafael bebió del gollete, paseó el trago por la boca inflando los carrillos y asintió pensativamente, así era la vaina. El Mosca soltó una carcajada bronca, cínica, él, que alguna vez pensó que la izquierda salvaría al país. Miró desde la puerta entreabierta a los dos niños que se acercaban sigilosamente al gallinazo, demasiado absorto en su minucioso hurgar de plumas para percatarse.

—Y ahí tienes lo otro, el Apra ha destrozado al país en menos de cinco años.

—Yo voté por este Gobierno —dijo el Mosca mostrando una sonrisa cariada y torva.

—El que menos, Mosca. Y mira qué país nos dejan..., si es que lo hacen. La única esperanza es el Frente, aunque te suene traído de los pelos, no tanto por Ganoza como por José Antonio Soler. Ese gallo tiene las ideas bastante claras, lástima que, mientras el viejo Ganoza esté arriba, Soler no tendrá opción a nada.

—Para nosotros no habrá nunca esperanza, cholo, convéncete —el Mosca bebió otro trago y contempló la botella con delectación, para ellos todo seguiría igual, si no peor; así había sido siempre, así sería siempre.

—Tal vez tengas razón —dijo Rafael—. Todo está podrido, la pus revienta apenas pones el dedo, izquierda, derecha, centro: sólo corrupción.

—Tú conoces eso mejor que yo. Vienes de arriba —el Mosca señaló con la cabeza los acantilados donde asomaban los edificios de la ciudad.

Rafael no contestó, se quitó los lentes con cuidado arrojándoles aliento antes de frotarlos contra la chompa para volvérselos a colocar con la misma lentitud. Enfocó miopemente a su amigo sonriendo sin convicción, ¿cuánto tiempo que no vivía en la ciudad, Mosca?, dijo en un susurro y el Mosca uf, ya había perdido la cuenta. Él era de Barrios Altos, mataperreaba por allí, por Carrozas, Maravillas, Pejerrey, esas callecitas que conducen al cementerio. Luego se había ido al Rimac, chambeaba en la municipalidad gracias a un cuñado, porque ya para ese tiempo tenía mujer y un calato. No le iba mal, tampoco era la cagada, que Rafael no creyera, pero eran otros tiempos y para ir tirando alcanzaba. Sólo que le empezó a meter duro a esto, dijo dándole unos golpecitos cariñosos a la botella. Lo botaron del trabajo, conseguía una chambita aquí y otra allá, trabajó como palanca en una línea de microbuses, Rafael seguro la conocía, la Covida; en fin, cosas eventuales que le duraban hasta que se ponía a chupar una semana entera, andaba metido en líos todo el tiempo, los tombos de varias comisarías ya lo tenían fichado porque el Mosca se tomaba unos tragos y quería partirle la cabeza al que se le pusiera enfrente, una vez incluso le pegó a un tombo que estaba fuera de servicio y para qué, carajo, en la comisaría le sacaron la conchesumadre, le jodieron esta mano, que Rafael se fijara. Bueno, pues, un día ya no estuvo su mujer, se había llevado al niño. Para lo que le importaba en ese entonces, carajo. ¿Y ahora, Mosca?, ¿no los extrañaba? El Mosca se quedó en silencio un buen rato, bebió otro trago de ron mirando hacia los niños que se acercaban al gallinazo con infinita cautela. Ya no, cholo, dijo, y su voz sonó hueca, sin registros, ya qué le iba a importar si fue hace tanto tiempo. Uno de los niños dio un salto rapidísimo y derribó de un golpe al gallinazo. De pronto una confusión de gritos, manos furiosas, aletazos, chillidos, plumas.

—Cuando le empiezas a dar al trago nada te importa en el mundo —dijo el Mosca—. No te importa ni tu mujer, ni tu hijo, ni quién está en el poder, si la izquierda o la derecha o los milicos o la concha de su madre; lo único que te interesa es chupar y chupar. Además, vivir aquí —el Mosca alargó un brazo señalando las chozas que se levantaban sobre los desniveles del terreno— es como vivir una borrachera de por vida: nada te importa más que lo que puedas comer este día, un poco de abrigo para el frío y chau, se acabó.

Rafael observó los aletazos cada vez más esporádicos del gallinazo entre las manos crispadas de los niños, que lo metieron en una bolsa y desaparecieron cuando otros chicos empezaban a acercarse con las miradas ávidas puestas en el costalillo de arpillera. La tarde comenzaba a caer como una desgastada melancolía de nubes preñadas sobre las esteras, barriendo todo con su silencio de enfermo.

—Quizá sea así —concedió sombríamente Rafael—. Pero no se pueden perder las esperanzas, Mosca, tú mismo sueñas con tener una carretilla y salir a chambear igual que Quispe, Venegas y los otros.

El Mosca lo miró meneando la cabeza, los ojillos divertidos y burlones.

—Cómo se nota que no eres de aquí, carajo.

—No te olvides que llevo con ustedes casi un año —dijo Rafael.

—Hablas como si eso fuera un huevo de tiempo —se burló el Mosca limpiando con el puño de la camisa el pico de la botella antes de beber un largo trago.

—Un año puede ser muchísimo tiempo, Mosca —insistió Rafael con voz apagada.

—Ya te pareces a Alfonso —dijo el Mosca eructando—. Pura filosofía. Antes que llegaras tú me tenía cojudo leyéndole libros. Con lo que me cuesta. Ahora te jodiste porque se nota que has estudiado, ¿no?

El Mosca observó a hurtadillas la alarma encendida en los ojos de Rafael.

—Secundaria, nomás —respondió cogiendo la botella.

—Ya, huevón —sonrió escéptico el Mosca—. Está bien que yo sea un burro que apenas sabe leer, pero cojudo no soy. A mí, personalmente, me importa un carajo la razón de que estés aquí; todo el mundo tiene sus líos y si no quieres contarlo es problema tuyo, pero no me quieras meter el dedo con esa historia de que apenas terminaste la secundaria. El viejo siempre dice de ti se nota que es bien leído.

—El viejo dice muchas cosas —Rafael se miró ambas manos, las frotó contra el pantalón—. Es un buen tipo.

—Si no fuera por él, tú no estarías aquí —dijo el Mosca estirando las piernas antes de rascárselas con fuerza—. Y por la negrita, que es puro corazón.

—Y por ti también, Mosca —Rafael volvió hacia él sus ojos cansados, miopes.

El Mosca le devolvió la mirada casi con lástima, se acercó al primus y encendió fuego, puso una ollita de agua, maldijo buscando entre los cubiertos, las tazas amontonadas, se volvió hacia Rafael, que continuaba sentado junto a la puerta: que no lo enamorara, cholito, si por él hubiera sido Rafael se quedaba en el basural, dijo con su sonrisa cariada. En un primer momento pensó que estaba con diablos azules, al Mosca alguna vez le había pasado igualito, así, babas y frases sin sentido, un charco de vómito que resbalaba de la boca y que se había secado en el cuello y en la camisa como una costra, palabra, compadre, se había pasado de tragos.

—No me lo recuerdes —pidió Rafael encendiendo un cigarrillo y dándole una profunda calada.

—Pensamos dejarte ahí, pero la negrita se apiadó —dijo el Mosca entrecerrando los ojos.

—No lo sé, quizá ahí empecé a darme cuenta —Sebastián apuró su vaso, atrapó un cubito de hielo, lo chupó sintiendo el vago sabor del whisky encerrado en el cristal, miró con angustia la sonrisa preocupada del Pepe Soler. El pobre debía estar pensando que nuevamente le ibas a soltar la musiquita de Rebeca y su ausencia, Sebastián, el pobre se había adelantado, comprensivo, amistoso, no como otras veces que esperaba en silencio, a veces horas, convertido en una silueta mecida por la música que ponías en el tocadiscos, a que soltaras tus frases turbulentas, agotadas de girar en torno a lo mismo, ¿recuerdas? Rebeca, Rebeca, Rebeca, mi amor, y whisky, teléfono y Pepe, aún en plena campaña, cuando nadie pensaba en otra cosa que no fuera el Frente, las pastillas para dormir, los ojos vidriosos y una vez el Pepe se muñequeó, no supo qué pasaba cuando lo llamaste a tu habitación en el hotelito de Cajamarca, ¿o fue en Piura?, qué ocurría, hermano, no supo cómo consolarte, pidió una botella de Jota Be y no había, entonces lo que tengan, carajo, y les trajeron un pisco fuerte que les duró hasta las tantas de la madrugada, cuando la borrachera los fue arrastrando a un mar de frases inconexas que desembocaron en Rebeca.

Pero ahora no; ahora cuando por fin habías dejado de pensar en ella, de lastimarte frotándote las llagas contra su recuerdo, el Pepe se adelantaba, pobre, como si quisiera tapar con sus preguntas lo que tú querías decirle, Sebastián: mejor, un par de whiskys no habían bastado para que te animaras a soltarle el asunto, qué pobre diablo eres, Sebastián, te faltaban agallas, huevos, aceptabas sus preguntas, su solícita, estúpida comprensión desde que lo llamaste y él voy para allá, pensando seguramente otra vez la depresión, la soledad, otra vez Rebeca, como esas viejas heridas de guerra que de tanto en tanto regresan, malsanamente fieles, y nada más abrir la puerta sus ojos tiernos, Sebastián, su mirada rápida e inteligente a la botella sobre la mesa, su artificiosa despreocupación para sentarse y pedirte con los ojos que hicieras lo propio, venga, cuente de una vez, Sebastián, largue el dolor, vomite todo: allí estaba, paternal y era casi de tu edad; amistoso y feliz porque era un hecho que su padre sería el nuevo presidente, eso nadie lo dudaba; sin sospechar que tú lo habías llamado para decirle la verdad; pensando seguro en Rebeca y tú le habías seguido el juego, habías aceptado reconstruir una vez más el desesperante rompecabezas de tu pasado para ganar tiempo; te sumías en el dolor que ya no era tanto, buscabas encontrar un poquito la angustia que ya no existía, Sebastián, arrancar la costra, ¿realmente ganando tiempo?, ¿dilatando el golpe que iba a ser para el Pepe saber la verdad? Qué verdad, Sebastián, si ni siquiera estabas seguro, no había razón para decirle nada.

El Pepe Soler se sirvió un vaso generoso de whisky y lo paladeó con placer demasiado ostensible, ¿temiendo que tú apurases la borrachera, Sebastián? Pobre.

—Y entonces —preguntó—. ¿Cuándo empezó?

—Nunca —dijo Sebastián enigmáticamente, el nudo de la corbata flojo, los cabellos enmarañados—. Y siempre.

El Pepe Soler se atrincheró en una sonrisa gentil y boba.

—Qué importa —añadió Sebastián desganadamente, una mano buscando poner orden en los cabellos—. Rebeca se fue, ya no es, ya no está.

—Sí está —dijo Morales con voz tranquila.

Méndez miraba hacia la ventana, las manos tras la espalda, el cuello del saco alzado. Vargas y Sebastián se mantenían ligeramente alejados, sin atreverse a levantar la vista hacia la ventana, replegados en un silencio ofuscado e inquieto desde que Morales golpeó la puerta metálica con los nudillos repetidas veces antes que apareciera la cara de la mujer en la ventana del segundo piso; tensos cuando escucharon al viejo preguntar por el Cacho; angustiados cuando la mujer dijo que no, que su marido no estaba. Su voz timbró aguda en la oscuridad. Pobre ella también, Sebastián, pensaba que empecinándose ustedes iban a decir okey, okey, entonces nos vamos; pensaba que amenazando con llamar a la policía ustedes se iban a ir.

—Más bien llame a su marido, señora —silabeó Morales sin levantar la voz.

Sus frases sonaban huecas, sin énfasis, ¿recuerdas, Sebastián?, como si nada de aquello le interesase, como si fuera una parodia monótona que interpretaba aburridamente, siniestramente conocedor del final.

—Ya les dije que no está —la mujer afiló la voz—. Éstas no son horas...

—Llame a su marido o le destrozamos la puerta a patadas —bramó súbitamente Morales. Por primera vez Sebastián se dio cuenta de que el viejo llevaba una pata de cabra y Méndez un fierro similar.

Vargas dio un respingo. Estaba más asustado que tú, Sebastián, los ojos enloquecidos por un miedo que le costaba disimular.

—De armas tomar, el viejo —dijo Soler.

—Acorralado, nada más —Sebastián se encogió de hombros sacando de un anaquel otra botella de whisky y colocándola con suavidad sobre la mesita de centro ante la mirada engañosamente tranquila del Pepe.

Los cuatro esperaron en silencio al escuchar los pasos bajando a trancos las escaleras, el tintineo de cadenas y cerrojos, la seguridad inútil del cantol. La puerta se abrió y aparecieron unos ojos sobresaltados, una barba descuidada, una camiseta percudida, ¿qué querían? El Cacho los miraba con recelo, intuyendo, olfateando lo que iba a suceder.

—Claro, ya sabía —dijo Soler removiendo lentamente su vaso—. Quién no se hubiera dado cuenta.

—Pero eso no fue lo peor —dijo Sebastián.

—¿Sino? —el Pepe sorbió un poquito de whisky, se mojó apenas los labios antes de extender un brazo sobre el respaldo del sofá flordelisado.

—Aquí está el botín —dijo Sebastián, y la voz quiso sonar ácida pero se le quebró.

Rebeca sintió el golpeteo de su corazón al abrir la puerta y observar las bolsas de plástico que Sebastián puso sobre la mesa de la cocina.

—Como en esas películas americanas donde la gente vuelve del supermercado, Pepe, cargadas de cosas, exhaustas pero felices.

—¿Hubo problemas? —preguntó Rebeca buscando apagar ese incendio que aleteaba en el ambiente mientras Sebastián decía aquí hay azúcar, sin prestarle atención a su mujer, arroz, pan de molde, con voz fingidamente risueña, fósforos, dos paquetes, dos, pero siniestra, hojas de afeitar para mí, elementalmente furiosa, queso para ti, mi amor, el que tanto te gusta, cada vez más contenida, jabón de tocador y jabón para lavar y guantes plásticos para tus suaves manos, a punto de estallar, salchichas, leche, conservas, empezaba a gritar y Rebeca retrocedió hasta el umbral de la puerta, como hipnotizada viendo las latas, los sobres, las bolsitas, espárragos en lata, qué delicia, decía Sebastián, focos y cigarrillos, se le quebraba nuevamente la voz, se ahogaba en sollozos, atún y sardinas, estrelló una lata contra la pared, desbarató de un manotazo la torrecita que había empezado a formar sobre la mesa y Rebeca se escurrió despavorida, con los ojos llorosos.

—¿Te derrumbaste, compadre? —preguntó el Pepe en un susurro—: ¿Fue demasiado?

—Lo fue, sí, pero ahora ya nada es demasiado —dijo Sebastián pensando ahora el Pepe preguntará qué quería decir con eso, pensando dilo de una buena vez, empieza.

—Pero en ese entonces sí —dijo el Pepe.

—Ajá, ésa es la figura —dijo Morales con un rencor infinito en la sonrisa.

El Cacho los miraba aterrado, indignado, respirando trabajosamente. En su frente aparecían diminutas, copiosas gotitas de sudor.

—O nos das lo que necesitamos, por las buenas, o uno de estos días venimos con más gente y te saqueamos la tienda. Si quieres denúncianos, a ver que te caiga la policía y te levanten en peso por especulador —se envalentonó Méndez dando un paso. El Cacho los miró con un odio que tú nunca habías encontrado en otros ojos, Sebastián. Tal vez en Rebeca, recuerda, tal vez.

Escucharon sollozos, luego unos pasos atropellados bajando la escalera. La mujer del tendero apareció a su lado, la nariz enrojecida, los ojos aguados, que no le hicieran nada, les había pedido, que por favorcito no les quitaran sus cositas, les había suplicado, y tú miraste a Vargas y tuviste que apartar la mirada porque él estaba mirándote también y sus ojos perrunos te pedían, te exigían una explicación imposible, Sebastián. ¿Por qué a ti?, ¿por qué no a Morales, o a Méndez, que aprovechó el manotón que le dio el Cacho a su mujer para mirar ávidamente el interior de la tienda?

—Quién sabe —dijo vagamente Soler—. Quizá porque notaba que sentías lo mismo que él.

—Porque se daba cuenta de que me había rosqueteado igual que él, que me había cagado los pantalones como él —dijo Sebastián haciendo una mueca amarga.

El viejo no protestó, más bien estuvo de acuerdo cuando el Mosca y su sobrina trajeron al hombre tambaleante. Dirigió sus ojos desprovistos de vida hacia la puerta cuando ésta se abrió y preguntó que quién estaba allí, no los esperaba tan pronto de regreso, muchachos, y a quién traían, añadió olfateando. Luisa acostó al hombre en el catre desvencijado y le empezó a quitar la camisa moviéndolo como si fuera un muñeco, a un pobre borracho, tío, dijo, y el Mosca se apresuró a jurar que él se había opuesto, Alfonso, pero la negrita se emperró, él sabía cómo era su sobrina, y no tuvo más remedio que ayudarla a traer al tipo, Alfonso no podía saber lo que costó traer al fulano, al final tuvieron que pedirle a Venegas que les prestara su triciclo diciéndole que era para cargar algunas cosas. Que le prepararan un café, dijo el viejo incorporándose de la silla donde estaba sentado. Señaló con su bastón hacia el Mosca, a ver, que calentara un poco de agua, Mosca. Luego se acercó al catre y percibió el olor agrio del sudor y del vómito. Puso sus manos sobre el rostro del hombre y lo fue palpando suavemente, dónde lo habían encontrado, preguntó al cabo de un momento, y Luisa en las afueras, tío, en los basurales cercanos al Estadio Municipal, lo habrían asaltado, seguro, porque estaba sin zapatos el pobre. El viejo tocó la camisa sin remiendos, el pantalón de tela suave, éste no era de por aquí, ¿no? El Mosca se encogió de hombros, un borrachín, quién sabe de dónde venía, estaba sumergido en el basural, la negrita había escuchado un quejido y él removió con el palo entre los desperdicios: un pie, un brazo, casi no se veía, se pegaron un susto del ajo, seguro se lo hubieran comido las ratas o los perros, si Alfonso viera la cantidad que hay en la ciudad no lo podría creer, se lo hubieran comido pero no era problema de ellos, se volvió a encoger de hombros el Mosca y el viejo le golpeó la pierna con el bastón, no había que ser así, Mosca, gruñó con cariño, un poco más de humanidad. El Mosca sonrió distraído, les había costado un huevo y parte del otro que se levantara, lo trajeron casi a rastras y gemía despacito, como en sueños, de pronto se detenía temblando y abría mucho los ojos pero sin enfocar nada, se quería arrancar la camisa, se la limpiaba con miedo, como si tuviera garrapatas o cucarachas, estaba con diablos azules, de veras. Luisa cogió un trapo húmedo y lo frotó contra el rostro sudoroso del hombre, mirando al Mosca con cólera, él qué bien sabía de diablos azules, y el Mosca mostró la hilera de dientes picados en una mueca burlona y contrita, ya no se acordaba bien, eso había sido hacía tanto tiempo, ahora de vez en cuando una copita para el frío, nomás. El viejo insistió, Mosca, que pusiera el agua de una vez, el infeliz este tiritaba como un condenado, dijo cubriéndolo con una manta. El hombre jadeaba y de tanto en tanto cesaba en su desvelo para soltar un queji- do minúsculo, perruno y lejano que le contraía el rostro, manoteaba con torpeza y porfiaba sin fuerza para incorpo- rarse. El Mosca puso agua en la ollita, la colocó sobre el primus y se acercó al catre, caracho, estaba en una tranca terrible, a lo mejor también pepeado o fumado, que mi- raran cómo ponía los ojos en blanco, si se les moría allí se jodían, Alfonso y el viejo que no dijera tonterías y Luisa ave de mal agüero, se llevó las manos al pecho. El viejo son- rió suavemente, que no se preocupara, hijita, le daban su café bien cargado y ya vería que mañana quedaba como nuevo y él, Mosca, que se dejara de decir sandeces: estaba bien, estaba bien, que no le hicieran cargamontón, él ad- vertía nomás. El Mosca se fue al rincón de la choza y se acuclilló escrutando torvamente los movimientos parcos de la negrita, la parsimonia intuitiva del viejo, los temblores del hombre que se revolvía en la cama por momentos y por momentos se quedaba quieto, ya se enfrió, caracho, como muerto. El viejo le levantó con cuidado la cabeza y Luisa acercó el tazón de café a su boca. El hombre bebía haciendo ruidos, resoplando con los ojos cerrados; luego negó con la cabeza y Luisa retiró la taza vacilante, tocó a su tío en el hombro y éste asintió con la cabeza, pensativamente: enrolló una manta y la puso a guisa de almohada, le debía haber sancochado la garganta, Luchita, éste no se les moría pero fijo que se les quedaba mudo, rió el Mosca encendiendo un cigarrillo. Que ya no fregara, Mosca, protestó el viejo golpeando el suelo con su bastón, mejor les daba una mano, que ayudara, que trajera otra frazada, dijo, y el Mosca se puso en guardia, los ojillos atentos, ¿cómo estaba eso?, ¿el pata ese iba a dormir en su cama? El viejo vaciló un momento y luego no había problema, hombre, dijo con voz suave, él podía dormir en la suya, así evitaban mover al pobre tipo que al fin parecía descansar. De ninguna manera, tío, Luisa miró amenazadoramente al Mosca y él no, Alfonso, que se quedara ahí, nomás, él se las arreglaría: la voz melosa, la mirada complaciente buscando los ojos de Luisa, pero por esta noche nada más, ¿eh?, ya mañana sabrían dónde vivía el hombre, dijo el viejo, que ahora lo dejaran dormir porque lo necesitaba. Pobre infeliz, suspiró caminando hacia la cama del Mosca y sentándose allí, las manos apoyadas en el bastón, el rostro vuelto hacia los ronquidos cada vez más sincopados, profundos, hacia el olor acre de ese cuerpo extraño. No podían dejarlo donde lo encontraron, habían hecho bien, muchachos, dijo con una sonrisa tibia. El Mosca se levantó del suelo frotándose las manos, mirando de reojo a Luisa que preparaba su cama, claro que no lo iban a dejar botado, Alfonso, cómo se le ocurría, él no lo hubiera dejado

ahí al pobre tipo, él sería cualquier cosa pero tenía corazón, ¿más bien no le quedaba un poco de ese anisado arequipeño, Alfonso?, no se acostumbraba todavía a este frío
que calaba los huesos, lástima que tuvieran que salir de
Villa, ahí estaban mejor, ¿no?

El Pepe Soler parpadeó rápidamente, él no había querido decir eso, conservar pudor, angustia, no era
rosquetearse.

—Ya sé, ya sé —dijo él: sentado frente a Soler,
casi encorvado en el sofá, las muñecas apoyadas sobre las
rodillas, las manos muertas, sin ganas de moverte, Sebastián, descorazonado y sin saber por dónde comenzar, cómo
decírselo.

—Caramba, ¿qué sucede? ¿Algo grave? No me digas que otra vez nos quieren negar el permiso para el mitin —el mismo José Antonio Soler había contestado el
teléfono.

No había forma, Sebastián, mejor concentrarse en
sus preguntas, en su insistencia por revivir un pasado sin
posibilidad de presente; mejor ponerse triste y recordar a
Rebeca, sus ojos, sus gestos, sus labios; la forma tibia de
desperezarse por las mañanas, su olor, su rastro, su laberinto de cabellos en el cepillo, su manera de atraparte en sus
besos y volverse refugio y piel, cepo hecho de mimos y rutina; su necesaria ausencia que habita tus manías de hombre solo, cuánto se parecía el miedo a la soledad, carajo. Así,
recordar resultaba encender nuevamente el dolor: eso es,
inventariar tu vida, convidarle otro trago y emborracharlo
y emborracharte con él y sufrir, sufrir, sufrir, mostrarle
cuánto te duele todavía la ausencia de Rebeca, eso es, y en
el momento menos pensado le sueltas lo de su padre.

—Ya le contaré, don José Antonio. Necesito hablar con usted.

Lo de su padre. Qué bien suena, ¿no, Sebastián? Lo de su padre. Como si tú no tuvieras nada que ver con esta historia; tú el puro, tú el honesto, la pobre víctima atrapada por las circunstancias. ¿Como aquella vez Morales?, ¿como Vargas después de esa noche y su renuncia a devolverte el saludo?, ¿como Rebeca? La hermandad de la miseria, Sebastián; acorralados, todos acorralados. Qué ganas de abrir la ventana y tomar una bocanada de aire y mandar al carajo todo. Qué extraño, ahí tienes una sensación que hace mucho no te asaltaba y de pronto muerde, se vuelve vital y necesaria: ganas de huir.

—Sí —dijo Vargas sombríamente una vez que Morales y Méndez, chau, hasta luego, desaparecieron tragados por la noche—. Quisiera huir.

—¿Huir adónde? —preguntó Sebastián sin interés.

—No lo sé. Sólo quisiera no volver a pensar en esto.

Iba a llorar, Sebastián, te confesaba sus miedos porque detrás de los bigotitos rubios y pulcros todavía existía el niño de siempre, el pituquito venido a menos, y su mujer —la habías visto una vez— era igual: menudita como un pajarillo, pálida, recuerda, dulcemente anémica. Pobres, jugando al matrimonio como dos chicos que retozan imitando al papá y a la mamá, jugando a la cocinita; pensando que jamás se les iba a desbaratar la burbuja cálida, sin imaginar que un día las cosas se iban a poner tan, tan bravas que les iba a faltar para comer, para comprarle leche al rubiecito, recuerda, de la mano de su madre: ¿tres, cuatro años?, y Rebeca mira qué lindo petiso, Sebastián; sin sospechar que alguna vez él iba a tener que robar para seguir vivo, ay, carajo, y ahora temblaba caminando junto a ti, sus pasos cortos, el chaleco de oficinista, los brazos velludos rodeando las bolsas llenas de comestibles y que parecía iba a soltar de un momento a otro: pobre.

—¿Y tú, Sebastián? —preguntó Vargas a quemarropa una vez que llegaron a la esquina donde se despedían. Sebastián miró hacia su casa: la luz de la cocina estaba encendida.

Sebastián lo miró sin ilusión, le estrechó blanda y demoradamente la mano y añadió una sonrisa ausente.

—Ya no —dijo—. Hasta antes de esto también quería huir —miró las bolsas un buen rato y luego levantó despacio la cara—. Pero ahora ya no.

—¿Lo decías con convicción? —preguntó el Pepe aceptando cautelosamente que Sebastián le sirviera unos dedos de whisky: ahí nomás, gracias.

—En aquel momento tenía tantas ganas de huir como aquel infeliz, pero no sé por qué quise hacerlo sentir solo, mal —Sebastián contempló su vaso antes de llevárselo a la boca—. Quizá porque pensé que mostrándole lo que de verdad sentía lo iba a tener todos los días en mi casa.

—Autosuficiente de mierda —el Pepe sonrió meneando la cabeza—. No hubieras estado tanto tiempo solo. Sobre todo cuando se fue Rebeca.

—Eso sucedió bastante tiempo después y, aunque así fuera, hubiera sido peor: mi soledad, mi depresión y la suya. Además, no soy muy amiguero, tú lo sabes muy bien, y a Vargas hasta antes de esa noche no lo había visto más de un par de veces, creo.

—De veras —reflexionó el Pepe sacando una cajetilla de Winston luego de palparse los bolsillos del saco—. Tú no eres muy de hacer patas. Al principio, cuando recién te conocí, pensé que eras pura pose. «Este huevón, porque trabaja con mi padre es un sobrado.» No te rías, te soy sincero. Después de todo, desde que estás en el Frente te has convertido en el brazo derecho de mi padre: Sebastián que organice tal cosa, que ayude con la Escuela de Dirigentes, que meta una mano en la Secretaría de Juventudes, Sebastián por aquí y Sebastián por allá. Ni yo, carajo —el Pepe sonrió con ironía y se quedó un momento en silencio, concentrado en despegar la etiqueta de la botella—. Pero luego, al conocerte mejor, cuando trabajamos juntos para la organización de la vaina de Juventudes, ¿recuerdas?, me di cuenta que no eras pose, que de veras no te interesaban los cargos, que tú en realidad eras así.

—¿Así cómo? —preguntó Sebastián sin mucho interés.

—Callado, no sé, tristón... —el Pepe buscaba las palabras tronando los dedos, paseando la vista por la sala en penumbras—, fatalista —dijo por último, triunfal.

—Creo que sí —Sebastián cogió un cigarrillo del paquete que el Pepe había colocado sobre la mesita de cristal que los separaba, se inclinó para recibir lumbre, aspiró hondo y fue soltando el humo sostenidamente, siguiéndolo con la vista—. Sin embargo, al principio por lo menos, con Rebeca no era así.

El primer día estuvo en cama, sin fuerza ni para moverse y sintiendo que la cabeza se le partía cada vez que la giraba o intentaba abrir los ojos. Desorientado, confuso, en un primer momento no tenía idea de dónde estaba ni quiénes eran esas personas: por las voces supo que eran tres; dos hombres y una mujer joven que desde que despertó le estuvo dando grandes tazones de té y preguntándole si ya se sentía mejor. Él no tenía fuerzas ni para contestar, se sentía profunda, humilladamente enfermo y apenas asentía con la cabeza, sólo quería dormir, hundirse otra vez en la quietud del sueño; le hacía daño hasta el sonido lejano de voces o el incendio pavoroso que inundaba la habitación cada vez que abrían la puerta y él tenía que cerrar con fuerza los ojos sabiendo que lo observaban. En algún momento de ese día inconmensurable al que despertaba una y otra vez con asco y dolor asfixiante, sintió que acercaban a sus labios un plato humeante de sopa y bebió agradecidamente, resoplando y demorando las tenues hilachas de pollo que encontraba en el caldo. Cuando volvió a dormirse, suspirando conmovido, alcanzó a escuchar las voces que se confundían con un lejanísimo estruendo de olas que atribuyó a su imaginación, a la fiebre que lo hacía tiritar. No tuvo ánimo para preguntarse dónde estaba ni de quiénes eran aquellas voces.

Esa misma noche, cuando despertó sintiéndose bastante repuesto, ya sin dolor de cabeza, supo quiénes eran aquellas personas. El viejo tendría más de sesenta años y una cabeza blanca y chupada que movía con deliciosa benevolencia haciéndole recordar a Rafael al tío Tom de las ilustraciones que había visto de aquella novela. La chica —después supo que era su sobrina— era bastante tímida y sólo al cabo de unas semanas pudo conversar con ella como con don Alfonso o con el Mosca, que a diferencia del primero parecía no interesarse mucho en Rafael y que al principio lo miraba con desconfianza. Esa primera noche don Alfonso insistió en que Rafael se quedara, alegando que todavía no estaba del todo bien. Cuando éste les dijo que pensaba pagarles, darles algún dinerito por las molestias, el Mosca soltó la carcajada: sólo entonces supo que le habían robado, que lo habían dejado con apenas la camisa y el pantalón porque hasta los zapatos le habían quitado. Confusamente alcanzó a decir si podía hacer algo por ellos, si podía ayudarlos en algún trabajito. El viejo le dijo que no se preocupara, que ahora tenía que descansar, y él obedeció, aceptó sin ánimo para resistirse. Esa noche durmió con sobresaltos y a la mañana siguiente se encontró con el viejo sentado a la puerta de la choza, envuelto en una manta pese al calor sofocante. Los zapatos que llevaba puestos eran viejísimos y le apretaban bastante.

—Buenos días —le dijo acercándose a la puerta.

—Buenas —contestó el viejo volviendo sus ojos muertos hacia él—. ¿Cómo ha amanecido?

—Bastante bien, gracias —dijo Rafael observando el trajín de las mujeres y el correteo de los chicos; habría una cincuentena de chozas desparramadas entre montículos de piedras y muy cerca reventaba el mar encrespado. A lo lejos, sobre los acantilados, se divisaba el Faro de Miraflores y los edificios cercanos. Supo de inmediato dónde se encontraba.

—No me he presentado —dijo al fin, temeroso de interrumpir las cavilaciones del viejo, que continuaba encogido en su silla—. Soy Rafael.

Al cabo de un momento el viejo habló.

—No se preocupe, no es necesario que me diga su apellido —dijo amablemente.

Rafael se clavó las uñas en las palmas. Se acuclilló junto al viejo.

—No es que no le quiera decir mi apellido —empezó a decir.

—Ni es necesario que me dé explicaciones de nada —interrumpió el viejo con una sonrisa—. Yo soy Alfonso Valladares y la chica que lo atendió ayer es Lucha, mi sobrina; el otro hombre es un amigo, se llama Ignacio pero todo el mundo le dice Mosca. Creo que hasta se molesta cuando le dicen Ignacio, lo mira a uno con desconfianza, como si le estuvieran tomando el pelo. Bueno, ayer ya más o menos supo todo lo que le estoy diciendo —hizo una pausa y añadió—: Medio enjetado es el Mosca, pero buena gente.

—Sí, ya lo creo —dijo Rafael sonriendo—. Él fue quien me trajo, ¿no?

—Y mi sobrina —el viejo movió lentamente la cabeza y apretó con ambas manos el bastón como si fuese a tomar impulso para levantarse pero se quedó sentado.

—¿Dónde me encontraron? —preguntó Rafael en voz baja—. Ayer me dijeron algo pero, la verdad, fue muy poco.

—No se acuerda usted de nada, ¿verdad? —dijo el viejo, y él advirtió un matiz amable y burlón en su voz.

Rafael levantó la cabeza y miró el cielo claro y sin nubes: estaba en un local oscuro, sonaba una música ensordecedora y machacona, una salsa quizá, o una cumbia, Rafael no la distinguía bien, se acababa de ir el flaco y dos hombres se sentaron a su mesa, iban bien vestidos, parecían preocupados por él, ¿qué le pasaba, amigo? Luego fueron a otro bar allí en el centro de Lima y luego más copas, un taxi, todo le daba vueltas, a ratos se hundía en una negrura aterradora de donde lo rescataban las voces, los brazos: iban al Sachún, él lloraba, no quería acordarse, berreaba encogido en el asiento y finalmente el aire crudo del mar, las voces alejándose cada vez más, una nada opresiva en la que se hundió ya sin ánimo para luchar. No recordaba detalles, ni rostros ni lugares.

—Estaba tomadito y lo asaltaron —dijo el viejo acomodándose la manta—. A usted le pusieron algo en el trago, la suya no era una borrachera normal. Además, estaba sin zapatos y sin cartera. ¿Tenía algo más?

—No, creo que no —contestó Rafael ensombrecido.

—Bueno, pues, entonces eso fue lo que le robaron. Ojalá no haya sido mucho dinero.

—No, creo que no llevaba mucho dinero —dijo Rafael intentando recordar la noche anterior. Sabía que había salido de casa de su hermana, sabía que estuvo con el flaco en la comisaría y que luego fueron a una cantina de Quilca, pero todo lo demás era borroso, sólo persistía el recuerdo del miedo infame, la cobardía, el gemido minúsculo, los susurros: sacudió la cabeza—. Si no le importa quisiera caminar un poco —dijo levantándose del suelo.

—Sí, vaya —contestó don Alfonso—. Aquí no tenemos nada pero al menos el mar está cerca y eso siempre es bueno, aunque para un viejo como yo resulte fregada tanta humedad.

Rafael avanzó entre las chozas con las manos enfundadas en los bolsillos. Sentía unas ganas espantosas de fumar pero no tenía ni cigarrillos ni dinero; los zapatos que le habían prestado le apretaban mucho y cuando alcanzó las últimas casuchas de esteras y divisó el mar, se los quitó con alivio. Los zapatos apestaban y tenían múltiples cuarteaduras, como si su dueño hubiera tenido los pies deformes. El mar estaba sucio y la espuma que reventaba contra las rocas era amarillenta y traía algas y retazos de madera, plumas, colillas y papeles. Se palpó el bolsillo de la camisa para comprobar una vez más que no, no tenía ni siquiera un cigarrillo. Hubiera dado cualquier cosa por fumar.

No supo cuánto tiempo estuvo allí, recordando minuciosamente, con desprecio, con asco. Cuando empezó a sentir hambre decidió regresar. Ya sabía lo que debería decirle al viejo; le parecía irreal, fantástico, y quiso hacerlo antes de arrepentirse.

—Quisiera quedarme un tiempo aquí, don Alfonso —le dijo una vez que estuvo nuevamente sentado junto a él—. Ayer creí entender que usted formaba parte del Comité Vecinal.

El viejo se mantuvo callado un buen rato, con una sonrisa liviana que pugnaba en sus labios.

—Usted no sabe lo que es esto —dijo al fin pausadamente, como si eligiera con cuidado las palabras—. Esto no es la ciudad, amigo, créame.

—Ya lo sé, don Alfonso —dijo Rafael sin levantar la voz y la vio: suplicando, llorando.

—Aquí estamos todos de prestado —continuó diciendo el viejo como si no lo hubiera escuchado y sin dejar de frotar la empuñadura de su bastón—. En cualquier momento el Gobierno nos vuelve a botar; ya lo hicieron de Villa y apenas pase un tiempito y la gente se olvide de que estamos aquí, de por qué estamos aquí, nos vuelven a echar como a perros. Nosotros no contamos, amigo, y ahora que las cosas están tan difíciles, menos que nunca.

—De cualquier forma quisiera estar un tiempito aquí. No sería mucho tampoco —insistió sintiendo una punzada de miedo en el pecho: las voces de los hombres, ¿dos, tres?, los gritos apagados de ella.

—Tiene problemas allá arriba, ¿no? —dijo don Alfonso sorpresivamente, como si no fuese necesario escuchar la respuesta.

Rafael calibró en un segundo qué le debía decir y qué debía callar.

—No los que usted cree —dijo sin saber por dónde empezar su explicación: retorciéndose en la cama, pidiendo ayuda.

—Yo no creo nada —dijo el viejo sin perder el tono amable e inescrutable que usaba—. Pero me gustaría saber algo: ¿sus problemas son con la policía?

—No.

Don Alfonso movió la cabeza como si la respuesta de Rafael hubiese sido prolija y él estuviera sopesándola.

—Le creo —dijo al cabo de una pausa que a Rafael le pareció interminable—. Usted no tiene aspecto de delincuente. Soy ciego pero no tonto. Mal haría uno negándole ayuda a las personas que están en situación parecida.

—Gracias por su confianza —dijo Rafael sabiéndose totalmente sincero: no, más bien sucio, vil.

—Espero que no defraude esa confianza. Aquí ya tenemos bastantes problemas y los del Comité Vecinal no quieren que venga nadie más; habrá que hablar con Quispe y los otros. Les diré que usted es un amigo mío.

—Gracias, don Alfonso —Rafael se levantó y buscó la mano huesuda y fría del viejo. La estrechó con fuerza, cerró los ojos y escuchó el llanto, los susurros. Estaba allí, Rafael, y tú sabías que estaba allí.

—El Mosca es un preguntón, le advierto —dijo el viejo removiéndose en la silla y sonriendo—. Ya tendrá que ver usted cómo se las arregla para decirle sólo aquello que le interese decir y nada más. En cuanto a Luchita, no se preocupe, ella es bastante discreta y le alcanzará con saber que yo estoy de acuerdo en que usted se quede. Ella está allí adentro, acaba de llegar y dentro de un momentito tendrá lista la comida.

Rafael miró hacia la choza y sólo entonces vio a Luisa: los ojos grandes, el vestido floreado, una mano cogiendo un cuenco de madera, oyó las voces, los gemidos, Rafael, sus súplicas, las voces aplastándose, el miedo.

—Hola —le dijo, y trató de apartar las imágenes pero seguía viéndola: ¿retorciéndose? ¿Suplicando, llamándote, Rafael?

—Buenas —contestó ella echando verduras en una olla—. ¿Se queda a comer?

Rafael no supo qué contestar pero el viejo lo salvó del apuro.

—El amigo se queda a almorzar con nosotros, Luchita —dijo, y luego, dirigiéndose a él—: Ya sabe que la mesa es pobre, pero usted debe estar hambriento y no le hará ascos.

—No, por supuesto que no —dijo Rafael intentando ser convincente. Se sentía como en sueños, desconcertado, sin poder creer que él estuviera viviendo aquella situación.

El viejo se levantó de la silla con esfuerzo y puso una mano en el hombro de Rafael haciéndolo pasar.

—¿Cuándo va a traer sus cosas? —preguntó en voz baja.

—Apenas pueda, hoy mismo —se apresuró a responder Rafael—. No quiero molestarlos más.

—No lo decía por eso, amigo —sonrió el viejo acercándose a la mesa donde Lucha ponía unos platos y una jarra de plástico—. Sino porque aquí va a estar incómodo y quizá sea conveniente que se entienda con el Mosca.

—¿Sobre qué nos tenemos que entender con el señor, Alfonso?

El viejo y Rafael giraron: el Mosca estaba parado en la puerta y los miraba con desconfianza.

¿Con Rebeca no había sido así? ¿O pensaste que con ella todo cambiaba, sin darte cuenta que en el fondo siempre serás el mismo, Sebastián? Un vuelco de corazón cuando la vio entrar a la cafetería al lado de Manrique y de dos chicas más, una flaquísima de pantalones bolsudos, la otra morenita y de aire vivaz, y ella unos ojos suspicaces, unas manos largas, un flequillo que soplaba con impaciencia de niña mirando las mesas abarrotadas, el gentío bullicioso del mediodía: una falta de aire, unas hormiguitas correteando por su espalda cuando Manrique se acercó sonriente, amistoso, hasta su mesa, ¿qué había sido de tu vida, Sebastián? Ya no se te veía por la Facultad, los profesores te extrañaban, el chato Paz había advertido que no te dejaría entrar sólo a los exámenes aunque fueras un buen alumno; en clase Soler había preguntado por ti dos veces, qué tales lujos, compadre, dijo Manrique con alegre, sana envidia, y de súbito su rostro se nubló, caramba, qué bruto era, no los había presentado, dijo, y él la miró sólo a ella, sintió el segundo fugaz de su perfume cuando Rebeca ofreció la mejilla, murmuró un saludo ininteligible diciendo que por supuesto, podían sentarse a su mesa: un vuelco de corazón, una falta de aire, unas hormiguitas, Sebastián. Manrique le contó que venía de la Facultad de Psicología, estaban organizando una verbena y aquí las chicas venían a invitar a la gente de Derecho y él ajá, claro, bebía despacio el café, por un instante le mordió feroz, implacablemente la duda de saber si ella y Manrique, pero no, durante los casi tres cuartos de hora que estuvieron juntos en la cafetería no viste nada, Sebastián: ni miraditas cómplices, ni manos entrelazadas, ni gestos furtivos que confirmaran tus sospechas. Ellas pidieron gaseosas y Manrique una cervecita, Sebastián, él invitaba, por el gustazo de volverse a ver, dijo, porque desde que te habías trasladado al turno de noche apenas si llevaban uno que otro curso juntos: era verdad, apenas iba a la universidad, el trabajo en las academias lo dejaba extenuado, sin ganas de diluirse en el tráfago de los cursos cada vez más áridos, en los libros cada vez más insulsos, en las separatas raquíticas y empantanadas de latinajos, en las horas soporíferas escuchando a los profesores desabridos, oscuros, mediocres.

—¿Y por qué seguías estudiando? —preguntó el Pepe maravillado de que el asunto fuese así de sencillo—. Te hubieras cambiado de carrera, hombre.

—No lo sé —Sebastián se quitó el saco y lo dejó doblado sobre el sofá—. Quizá me resistía a admitir que había fracasado eligiendo Derecho, desde siempre quise estudiar esa carrera. Tal vez porque tenía una idea bastante ingenua de lo que eso significa.

Las chicas participaban risueñas de la conversación, bebían sorbitos de sus gaseosas y se les encendían los ojos cuando hablaban de la verbena, iba a estar bestial, hacía tiempo que no se hacía algo así en la universidad, los últimos cachimbos eran todos unos aguados, revoloteaban las manos jóvenes, eran puro disfuerzo y Rebeca asentía con una sonrisa demasiado obsequiosa, sí, iba a estar lindísima la verbena, pero algo en su mirada ausente, en la forma tangencial de acomodar sus frases, le hizo pensar a Sebastián que no se encontraba a gusto allí, en medio de aquel estrepitoso cascabeleo de frases y risas. Manrique pidió otra cervecita y las chicas se animaron, pero sólo un poquito, a beber unos vasos que Sebastián sirvió con cortés mezquindad, no se fuera a pasar y luego ellas llegaban con aliento de borrachas a clase, rió la morenita mostrando una dentadura agresiva, y la flaca sí, que Sebastián no se pasara con la cerveza, pero Manrique se decepcionó sonriente, se cruzó rotundamente de brazos, ¿ellas eran las que iban a armar la verbena? A lo mejor servirían jugos y tecito, él iba a quedar muy mal con la gente de Derecho, y susurrante, incisivo, desconfiado, ¿acaso se emborrachaban con un vasito de cerveza? Las chicas protestaron, qué tontería, no era por eso, pero ya sin mucha convicción, intercambiaron sonrisas, miradas, ademanes coquetos, bueno, que les sirvieran un poco más, dijo la flaca ofreciendo su vaso a Sebastián, que miraba de soslayo a Rebeca. Cuando ya iba a servir a Rebeca ella puso una mano rápida y nerviosa sobre el vaso, no quería, gracias, y por un instante sus ojos relampaguearon con fría cordialidad. Las otras chicas fingieron sorprenderse, enfadarse un poquito, ¿qué le pasaba? Rebeca las iba a dejar mal, quedarían como unas alcohólicas, dijo la morenita. En su voz vibraba un·imperceptible enfado real, miró a Rebeca de arriba abajo, ya pues, Rebeca, que no fuera así, dulcificó la voz, suavizó sus facciones agrias, Sebastián, el poso de envidia, de irreductible fatalidad clasista porque se notaba que Rebeca no pertenecía a, no era de, no conocía Zárate, Mangomarca, La Victoria, de donde sin duda eran las dos chicas: un par de ruquitas, dos pachitas, Pepe, si las hubieras visto cuando Rebeca se fue después de mirar su reloj y exclamar que huy, se le había hecho tardísimo, chicas, ya se verían más tarde en la Facultad. A Manrique le dio un beso cordial, casi cariñoso, y Sebastián sintió mil, dos mil puñales hurgándole el pecho porque Rebeca sólo le hizo adiós con la mano, encantada de conocerlo y esperaba verlo en la verbena, ya las chicas lo animarían, dijo con una sonrisa bonita que le marcó hoyuelos, tres mil puñales, Sebastián.

—Lo que más me jodió fue su amable indiferencia —Sebastián sonrió mirándose los nudillos huesudos: ¿así fue de bonito, de cursi, de tiernamente ridículo, Sebastián?

—Claro, te comió el coco —dijo el Pepe bebiendo feliz un sorbo gordo de whisky y cruzando una pierna enfática.

Desesperadamente fingió escuchar a Manrique, que servía la tercera cerveza y le comentaba que Julia y Mirta iban a organizar una verbena que sería el despiporre: ya estaba colorado, sus frases eran como burbujas, los ojos se le saltaban de sus órbitas y Sebastián sonrió asintiendo, ¿cuál era Mirta, cuál Julia? Ambas le sonreían con esmero, tomaban sus vasos con una soltura antigua y parecían realmente aliviadas de que Rebeca se hubiera ido, de que no estuviera allí para verlas desatarse, convertirse, desmaquillarse de ademanes postizos y calculados, de palabras rebuscadas y milimétricamente ridículas, como al principio de la conversación cuando Sebastián expresó su desacuerdo con la política populista del Gobierno y Julia o Mirta, en todo caso la morenita que lo escuchaba con una atención desmesurada, se adelantó a la cautela de Manrique, que discrepaba, diciendo que ella era de la misma ideología de Sebastián: allí la sonrisa infinitamente resignada de Rebeca, su forma de ocultarse tras el humo del cigarrillo, su cambio de postura en la silla, porque también ella se había dado cuenta de que la chica quiso decir idea, Pepe, y le pareció más elegante, más serio quizá, decir ideología. Pero Manrique no reparó en ello o no quiso darse cuenta o simplemente no le interesaba más que enumerar —buscando de soslayo la mirada de Rebeca, su aprobación, su admiración— las razones por las que él estaba de acuerdo con el Gobierno, y eso que no había votado por el Apra, pero había que reconocer que las cosas estaban mejorando sorprendentemente bien en los poquísimos meses que llevaba en el poder.

—El que menos pensaba igual al principio. Luego, cuando el Gobierno daba bandazos y las cosas se le iban de las manos, la popularidad del presidente se vino así —el Pepe hizo descender en picada un dedo silbando suavemente—. Pero claro, en los comienzos todo el Perú estaba encantado con el Gobierno. Salían simpatizantes apristas debajo de las piedras.

Manrique pidió una cajetilla de Winston y otra cervecita. La flaca, ¿Mirta, Julia?, le puso una mano en el hombro y lo miraba como embobada, reía de sus chistes con festivo estrépito y cuando llegaron las cervezas ella misma se encargó de servirlas en los vasos, de encender con manos veloces y resueltas un cigarrillo que luego colocó en los labios de Manrique y éste adoptó una pose gangsteril y torva que hizo reír a las chicas. Sebastián lo observó vagamente alarmado, pero también divertido, empezando a sentir como un cada vez más lejano relente de acartonamiento, de rigidez y seriedad. ¿Así eras, Sebastián? ¿Tan soso, tan apático que unas cuantas cervezas te invitaban a sentirte más distendido, más jovial? Ella me habría notado así de aburrido, carajo, pensó dejando de sonreír, sintiéndose otra vez mal, asqueado, y algo debió de advertir la morenita porque escuchó su voz confidencial, coqueta y fingidamente preocupada preguntándole si le ocurría algo, si se encontraba bien, y unos dedos cobrizos y de uñas descascaradas le rozaron el brazo. Él le contestó que sí, que estaba bien, pero otra vez el malestar en el estómago, las ganas de buscar a Rebeca, la abrupta y súbita melancolía de saberla quién sabe dónde, carajo: bebió su cerveza de un trago y le sonrió a la chica notando que tenía los pechos briosos y las piernas largas y unos zapatos chuscos que le causaron, no sabía por qué, ternura, arrechura. Manrique dijo que mejor se iban a otro lado y las chicas aplausos, risas, exclamaciones, sí, que se fueran a comer anticuchos al Estadio Nacional, que se fueran luego a algún salsódromo, lo pasarían bien. Cuando salieron de la cafetería Sebastián se sorprendió de que ya fuera de noche, habían estado más de cuatro horas bebiendo y la cabeza le empezaba a dar vueltas, tenía un hambre atroz; en el Mini Minor de Manrique se acomodaron él y la morenita en el asiento de atrás y partieron a toda velocidad, las chicas daban grititos, que tuviera cuidado, loco, se iban a sacar la chochoca y la flaca se inclinaba, se apoyaba, se frotaba contra Manrique, que conducía con una mano, Sebastián, pero no te importaba, cedías lentamente a esa eufórica blandura, a esa alegre despreocupación que te asaltaba débilmente cuando recordabas que habías perdido clase y mañana te iban a cafetear en las academias, que no te habías acercado a la Facultad para pedir el certificado de estudios: nada te importaba ya, el aire de la noche te revolvió el estómago y te escuchaste asombrado riendo con la morenita que encontraba divertidísimos tus chistes, muy interesantes tus comentarios sobre el Gobierno, envidiables tus notas en la universidad y sabía poner el gesto exacto para cada cosa y su mano rozaba la tuya cada vez que Manrique tomaba una curva y en algún momento Sebastián notó que tenía los dedos ásperos y oscuros enredados entre los suyos. Comieron vorazmente y pidieron más cervezas; había muchos autos estacionados frente a los kioscos de las anticucheras y un olor dulzón y penetrante a flores marchitas se abría paso entre la humareda sazonada que se alzaba de las parrillas. Ella era Mirta, Sebastián, y no Julia, como le dijiste cuando se recostó igual que un cachorrito rebullente en tu pecho. Manrique jugaba a las manitos con la flaca y de vez en cuando te miraba por el retrovisor: sus ojos pequeños, lascivos, te interrogaban, y como no dijiste nada él mismo propuso dar un paseíto por el circuito de playas. Las chicas se rieron disforzadamente, ¿a la playa? Ya era muy tarde para ir por ahí, las dos tenían que levantarse tempranito y ella no había pedido permiso, dijo Julia desenredándose de los brazos de Manrique, ¿qué tal si lo dejaban para otro día? Manrique protestó, buscó el apoyo de Sebastián mirándolo por el retrovisor, que no fueran aguadas, daban un paseo nada más, él quería despejarse un poco y además ellas vivían en Chorrillos, quedaba a un paso. Se hizo un silencio brusco en el auto cuando Manrique bajó el volumen de la radio y las chicas se consultaron con las miradas, no sabían si, no creían que, pero Mirta miraba a Sebastián y le apretó fuertemente la mano y dijo ¿tú qué dices, flaca? y su voz era persuasiva y cauta, aterciopelada, Pepe.

—Un par de rucas —dijo el Pepe convencido—. En el Perú la mitad de las hembras son unas rucazas.

—Y la otra mitad unas cucufatas —sonrió Sebastián sirviendo más whisky en los vasos. Y Rebeca, Sebastián, qué era Rebeca: ¿una ruca o una cucufata?

Cuando llegaron a la Costa Verde un horizonte de autos miraba el mar oscuro y aceitoso: un hombre con una linterna les dio un ticket antes de que pasaran y Manrique rió sarcástico, era una barbaridad, carajo, el municipio cobraba entrada a la playa en las noches nada más. Claro, sonso, dijo Julia dándole un codazo, ¿no veía que si cobraban por la mañana, con la cantidad de gente que iba a bañarse, todo el mundo se les iría encima? ¿Y los que venían a tomar un traguito, a conversar un poco, qué? Que miraran la cantidad de autos que había, y eso que todavía no era muy tarde. Es que muchos venían a otra cosa, dijo Mirta, y abrió los ojos escandalizada; fingía no poder creerlo, Sebastián, estar por primera vez allí, ser una chica de su casa. Sibilina, ofídica, la idea lo asaltó de golpe: ¿también vendría Rebeca por aquí? ¿Con su enamorado, si lo tenía? ¿Sería una hembrita de plan? Manrique abrió la puerta del Mini, voy a achicar la bomba, dijo, y un aroma violento a yuyos y salitre les llegó con el viento. Sebastián salió detrás de Manrique y lo acompañó hasta detrás de una caseta solitaria donde orinaron largamente: estaban a punto, tembló la voz de Manrique, unos tragos cortos aquí y a tirar. Sebastián encendió un cigarrillo esperando que Manrique terminara y contempló la negrura del mar, el espumoso vaivén de las olas rompiendo contra las rocas. A lo lejos se escuchaba la mezcla de música que salía de los distintos autos estacionados hasta donde alcanzaba la vista. Esa intermitencia de luces que rasgaban la noche cada cierto tiempo, esos guiños que elaboraban mensajes codificados y profanos, provenían de los carros que seguían llegando y buscaban un lugar donde estacionarse, pensó Sebastián lanzando su cigarrillo al viento. La corbata le bailoteaba furiosa y metió las manos en los bolsillos, de nuevo triste, desasosegado, presa de un abatimiento en el que flotaban las imágenes de Rebeca, su adiós rencoroso, sus manos, ojos, flequillo: desde ese momento, Sebastián.

—Amor a primera vista —dijo el Pepe encantado con su frase—. Pensé que eso ya no existía, compadre.

—Amor o cojudez, lo cierto es que se me había metido entre ceja y ceja. Además resultó que Manrique apenas la conocía, sólo a Julia y a Mirta.

Cuando regresaron al auto con los vasos descartables, las chicas habían cambiado de emisora y escuchaban una salsa a todo volumen; estaban animadas, reilonas, huachafamente coquetas, Sebastián, les brotaba de manera natural, casi con hermosura, la barriada, la cholería, y tú te sumergiste con malsana premura en los brazos de Mirta cuando Manrique le dijo a la flaca que lo acompañara a comprar cigarrillos: sentiste tu lengua forzando sus labios, tus manos apretando sus senos hasta notar los pezones irguiéndose bajo la blusa. ¿Qué te ocurría, amorcito?, preguntó encendida, rabiosamente feliz cuando se aplastó contra ti y advertiste el ligerísimo olor a cebollas de sus axilas. Vivías cerquita de allí, por el Faro de Miraflores, le dijiste con la voz descompuesta por un deseo acuciante, bestial, resentido: ojos, flequillo, manos largas, ¿por qué no se iban a pasar la noche juntos? Manrique y Julia llegaron en ese momento, la flaca carraspeó, ¿se podía?, dijo con malicia cuando entró al carro. Manrique estaba despeinado, ojeroso y tenía un aire de funeral. Encendió un cigarrillo y cambió de emisora, qué tanta salsa, dijo con encono, él quería escuchar un poco de rock. Se había peleado con la flaca, Pepe, estaba de un humor de perros y al cabo de un rato dijo que mejor se iban y sin esperar respuesta arrancó violentamente. Déjame a mí primero, dijo Sebastián limpiándose el lápiz labial que sentía desagradable y viscoso en sus labios: el deseo se había esfumado dejando paso otra vez al desasosiego intermitente, al reposado malestar que le nacía en la boca del estómago cuando miraba el semblante tosco, las manos ásperas, la boca gruesa de Mirta. Ella lo miró sorprendida, desencantada tal vez, pero no dijo nada cuando después de subir por el Terrazas el Mini se internó velozmente por las callejuelas de Miraflores y llegó a la esquina de Berlín, que lo dejara aquí nomás, dijo Sebastián, así Manrique cogía rapidito el camino hacia Chorrillos, okey, chau, déjate ver con más frecuencia. Cuando Sebastián bajaba del auto sintió que Mirta le ponía un papelito en la mano, ¿la iba a llamar, verdad?: los ojos tímidos, los gestos acobardados, la sonrisa esperanzada. Sí, claro, dijo Sebastián, y se quedó en la esquina hasta que vio desaparecer el Mini de Manrique: ojos, manos, piernas, flequillo. Caminó hacia su casa por las calles desiertas y brillantes de humedad, tendría que ubicarla, pensó entre brumas, iría a la verbena.

Rafael terminó de contar los billetes mugrosos y arrugados y separó unos cuantos, que puso en la mano extendida del Mosca: ágiles y siniestros, sus dedos empezaron a contarlos. Al acabar chasqueó la lengua, okey, dijo mostrando sus dientes voraces y amarillos, un trato era un trato, él se había jugado el pellejo haciéndole ese encarguito, trayéndole ese dinero y esa bolsa con ropa; después de todo ni siquiera lo conocía, y, la verdad, casi no le estaba cobrando.

Rafael parecía no escucharlo, se llevó una mano al puente de la nariz y volvió a colocarse los lentes de cristales gruesos donde sus ojos parecían naufragar. Volvió a coger la carta y la leyó despacio, deteniéndose a veces en un renglón, volviendo a otro, comenzándola una y otra vez: advirtió la curiosidad del Mosca, sus ojillos ávidos, la sonrisa casi obscena que siempre tenía en los labios, la pelambrera retinta que le caía sobre los ojos, sus gestos rápidos, eléctricos, de mosca.

—Esa mujer, la que escribió la cartita que te traje, la que te envía el dinero, ¿se puede saber quién es? —preguntó el Mosca doblando amorosamente los billetes antes de meterlos al bolsillo—. Una simple curiosidad, hermano, no te pongas saltón, pero ahora que vas a vivir aquí es bueno ir conociéndonos, ¿no?

Rafael metió la carta en el sobre. Por la puerta de la choza entrevió a un perro huesudo lengüeteando en un charco de agua, las piernas veloces y sucias de un niño.

—Es mi hermana —dijo enmohecidamente.

El Mosca se acercó a la mesa donde se amontonaban platos desportillados, ollas, cubiertos, algunas bolsas de leche en polvo. Zumbaban las moscas y él las apartó sin aspavientos, buscando unas tazas.

—Ya decía yo —su voz tenía un matiz escéptico, desabrido—. De haber sido tu mujer me hubiera sacado volando.

Rafael soltó una risa bajita, desganada, se pasó dos dedos por el puente de la nariz antes de quitarse los lentes para frotarlos contra una manga: observó los movimientos del Mosca, que ponía agua en una cacerola y encendía el fuego de la cocinilla. Afuera voces, gritos, ladridos.

—Si hubiera sido tu mujer me mandaba a la mierda —¿Cómo está? ¿Dónde está? ¿Quién es usted?—. Casi le da un ataque, pero no le solté una palabra, tal como me dijiste.

—Gracias —dijo Rafael encendiendo un cigarrillo—. Por ahora no quiero que sepa dónde estoy, no vale la pena.

—Pero insistió y se emperró, por un momento pensé que iba a llamar a la policía —¿Y cómo sé yo quién es usted? ¿Cómo sé yo si no es usted uno de esos abusivos, uno de esos rufianes que lo andan persiguiendo?—. Hasta que le di la nota que le enviaste. Entonces se puso a llorar.

Rafael alzó una mano como atajando al Mosca, por favor, murmuró, que no le contara más, que no le dijera más. El Mosca soltó un bufido sarcástico, llenó las tazas con agua y echó unas cucharaditas de café.

—Está bien —fastidiado entregó la taza, sacó un cigarrillo del paquete que Rafael había dejado sobre la cama y se sentó frente a él, bebiendo y resoplando—. ¿Pero quién te persigue, hermano? ¿La tombería?

—No, no es la policía —empezó a decir Rafael, pero de golpe se interrumpió: el trabajoso ronquido de un camión que se adentraba en la tarde los hizo callar, atentos al rumor creciente y fatigoso del motor. De inmediato se levantó un bullicio de voces y carreras y gritos confusos que encendían los ladridos de los perros: los aguateros, dijo entre dientes el Mosca. La negrita no estaba, ellos tendrían que ir por el agua porque si no se jodían, hasta pasado mañana no volvían.

Salieron con dos cubos cada uno y se acercaron al camión desde donde un joven con la camisa envuelta en la cabeza dirigía el chorro potente de agua a los recipientes que decenas de manos alcanzaban obstaculizándose tenaz, penosamente. Un cholo cuadrado y de manos gruesas bajó del camión y empezó a empujar a la gente, a un lado, a formar cola, carajo, y se reía de las mujeres que protestaban, de los niños que le gritaban amenazas, palabrotas, a hacer la cola, que si no no se atiende a nadie, carajo, dice el hombre repentinamente furioso: la gente ruge y vuelve a protestar, pugnando por acercarse a la manguera hasta que por fin se acomodan, se aquietan y al cabo serpentea una cola maltrecha y larga que poco a poco se va quedando silenciosa, apática.

Cuando Rafael y el Mosca alcanzan los baldes ya casi no queda nadie más detrás de ellos, apenas unas viejas de ojos legañosos y largas polleras que acercan con temor sus cubos oxidados, le alcanzan unos billetes al hombre de la manguera y se alejan: torcidas por el peso de los baldes, oscuras, apolilladas, murmurando asustadas o agradecidas.

—¿Quién, entonces? —el Mosca pone los baldes junto a la mesa, se frota las manos como si tuviese frío, vuelve sus ojos impertinentes a Rafael.

—Dame tiempo, Mosca —Rafael prueba su café: está frío. Suspira y levanta sus ojos miopes—. No los voy a meter en problemas, palabra. Sólo me voy a quedar un tiempito aquí. Cuando me vaya te quedarás con mis cosas, con todo, pero no me hagas preguntas —otra vez las voces, el gemido apenas audible. Esperándote, Rafael, estaba esperándote.

Esa noche, después de comer con el viejo, con Luisa y con el Mosca, pusieron unas frazadas sucias en el suelo y allí se acomodó Rafael: recién al día siguiente el Mosca iría por esteras, ya Rafael le había dado el dinero, y armarían la choza muy cerquita. Se ayudarían con el negocio de las botellas, con la venta de las cosas que encontraban en los muladares crecientes que cercaban esa zona de Miraflores y Orrantia, irían tirando. En un primer momento el Mosca se opuso, pero, poco a poco, entre el viejo y Rafael fueron convenciéndolo, qué más le daba, Mosca, si luego él se iba a quedar con la choza, insistiéndole, con la ropa que la hermana de Rafael le había enviado, con todo, sólo sería un tiempito, hombre: rogándole. Al final gruñó que bueno, aceptaba nada más para que vean que no era mala gente, claudicó ya cuando bebían el café.

En medio de las pausas que dejaba el estruendo tenaz de las olas, Rafael se supo incapaz de dormir. Se quedó
escuchando los últimos ruidos de la noche, una especie
de fantasma negro y helado acechándolo todo por entre
las rendijas de la choza. El viejo roncaba con esa serena precisión con que suelen roncar los ancianos, como si la vida
empezara a acortar distancias con la nada quieta de la
muerte. Al otro extremo de la habitación dormía Lucha,
invisible y delicadamente, como era durante el día, Rafael,
casi pidiendo perdón por ocupar un espacio. El Mosca
dormitaba sobre el jergón que colocaron a los pies de la
cama de don Alfonso. Qué ganas de fumar, Rafael, suspiró volviéndose una vez más sobre las frazadas, resignado
al insomnio. Estiró una mano hacia la silla donde había
dejado el pantalón y buscó a tientas los cigarrillos. Pensó que el humo molestaría a los demás, que no debía fumar, y luego de pensarlo el deseo se intensificó, se hizo
angustia, se volvió algo concreto y necesario. Se levantó
con cuidado y después de ponerse el pantalón salió de la
choza. El viento traía un fuerte olor de algas y entrañas
marinas. No muy lejos se apiñaban en desorden las casuchas oscuras, los cerros de piedras que quedaron desde que
la invasión interrumpió el laborioso construir de aquel
tramo de la carretera. Más allá el lomo negro y amenaza-
dor del mar, las olas como garras amarillas, evanescentes,
furiosas: allí estaba, estuvo toda la tarde, amor, ya llegué,
y luego ¿tropezando contra los muebles, gimiendo, llevándose una mano al rostro? No pensar, no recordar, no
existir, Rafael.

—Yo tampoco tengo sueño —Rafael se volvió al
oír la voz carrasposa, envilecida de alcohol, y vio al Mosca envuelto en una manta. Parecía una vieja beata de esas
que acuden al amanecer a las iglesias—. Este frío es lo más
jodido que hay, no se soporta ni con el trago —sólo en-

tonces notó la botella que llevaba en la mano—. ¿Un traguito, amigo?

Rafael aceptó la botella y bebió un largo trago
sintiendo el sabor dulce y áspero del ron abrasándole la
garganta, ramificándose por su cuerpo como un fuego
beatífico. El viento hacía bailotear la chompa que llevaba
puesta: ella se debatía entre las garras que la atenazaban,
suplicaba, Rafael, llamándote, Rafael.

—¿Por qué no me cuentas? —susurró el Mosca
después de beber un trago y quedarse en silencio, como
sopesando las palabras que habría de usar—. ¿Por qué no
me dices quién te persigue, chochera? Habla conmigo,
cuéntame, hermano.

Casi no se sorprendió al verla en la puerta de la Facultad, sola, comprando cigarrillos antes de entrar. Casi no
se sorprendió y sin embargo respiró hondo, intentó aflo-
jar los músculos, parecer distraído o sorprendido cuando
se acercó a ella y le dijo hola, qué milagro, pensé que no
venías, y ella volvió rápidamente el rostro afilado en que
momentáneamente navegó la extrañeza: no lo había re-
conocido, qué susto, dijo llevándose una mano al pecho
antes de que en sus ojos se empozara nuevamente la confianza, Pepe, como si nos conociéramos de toda la vida y
sólo nos habíamos visto una vez. Sebastián compró chi-
cles y se empeñó en pagar los cigarrillos de ella, total, seguramente tendrás que invitarme porque yo fumo mucho,
sonrió y ella le devolvió la sonrisa, ¿entramos? El local de
Psicología era el más grande y también el más moderno,
por eso lo habían escogido para hacer la verbena, dijo ella
empinándose un poquito para ubicar a sus amigas entre
la multitud que acompañaba con palmas a Yellow Smoke,

eran buenazos, dijo Sebastián intentando parecer natural, divertido, pero en el fondo sólo deseaba tocar sus cabellos, acercarse más a Rebeca, que se fastidiaba, caray, se le hizo tarde y ahora iba a ser un lío encontrar a las chicas. Desde el segundo piso, en medio de los compases atronadores con que Yellow Smoke terminaba la segunda canción de la noche, escucharon unas voces, aquí, aquí, y levantaron la cabeza y las vieron: apenas unos bracitos, unos cabellos alborotados entre el gentío. Se me vino el alma al suelo, Pepe, porque Rebeca se iría con ellas y yo me quedaría colgado, pero no. Ella le dijo ven, vamos donde mis amigas, y cuando empezaban a subir las escaleras se volvió rápidamente, ¿has venido acompañado, esperas a alguien? No, dijo Sebastián, pensando pobre Manrique.

—Cómo es el amor, ¿no hermano? —el Pepe se acomodó los cabellos, bebió un sorbo de whisky y sonrió divertido, feliz.

Cómo era el amor, Sebastián. Estuvieron hasta las no sé cuántas de la noche en la verbena, bebiendo cerveza, primero, y después unos coco sauers que trajo Manrique cuando, ¡hombre!, encontró a Sebastián, dónde se había metido, quedaron en encontrarse en la puerta, pero veía que estaba bien acompañado, y le dio unos golpes afectuosos en las costillas, él también lo hubiera puenteado, Sebastián, que no se preocupara. Ya estaba tomadito, dijo una de las amigas de Rebeca, y Manrique no oyó o fingió no oír. Bajaron luego a escuchar a una chica que cantaba canciones de Pablo Milanés y Mercedes Sosa acompañándose con una guitarra y la gente en silencio, atenta, casi sin respirar, y cuando la chica terminó, todos aplaudieron rabiosamente, pedían otra, otra. Canta precioso, ¿verdad?, dijo Rebeca acercándose un poco a Sebastián, y él pudo atrapar su olor a miel, a burbujas, no supo bien, algo se le aflojó por dentro muy despacito. Quería estar con ella a solas pero era imposible, las amigas revoloteaban insistentes, bulliciosas, eran seis y parecían mil, Pepe, ya estaban también con sus tragos, Manrique le empezó a hacer el punto a una de ellas, el pata era una bala, traía cervezas, bromeaba, aplaudía, estaba feliz hasta que aparecieron Mirta y Julia.

—¿Las ruquitas esas de la playa? —el Pepe le dio dos chupadas rápidas y avaras a su cigarrillo antes de aplastarlo en el cenicero—. Se armaría la grande, me imagino.

Casi se arma, Sebastián. Se acercaron felices, cordiales, dos serpientes de cascabel, Sebastián, saludaron a Rebeca con efusividad, besaron a Manrique como si no lo hubieran visto en años y cuando Rebeca pidió un momentito permiso y se alejó, Mirta se colocó al lado de Sebastián, qué bien la estaba pasando, le dijo venenosamente, y él sí, la estaba pasando bien, la verbena estaba fantástica, dijo atento al cigarrillo que acababa de encender. Ahora se presentaba un grupo de música folklórica y cuando sonaron los primeros acordes del *Mambo de Machaguay* la gente silbó y aulló. Ella le quitó el cigarrillo de los labios y le dio una chupada que marcó de *rouge* el filtro, una pendeja, Pepe, porque lo hizo justo cuando Rebeca regresaba, se dio cuenta de todo y en lugar de pararse junto a Sebastián como había hecho hasta ese momento se colocó cerca a sus amigas pese a que de ahí no veía bien.

—Y hasta ese entonces habían estado conversando bacán, ¿no? —dijo el Pepe.

De lo más bien, como si realmente se conocieran de toda la vida, Sebastián, por eso te jodió tanto que llegaran las rucas esas. Al ratito Rebeca dijo que ya se iba porque era tarde y Sebastián no dudó un instante, él la acompañaba a que tomara un taxi, dijo acercándose a ella. Se pararon en la esquina de la Arequipa con Aramburú, él insistió en prestarle su saco, a esas horas siempre calaba un friecito fregado, y ella aceptó aunque era una tontería porque no sentía frío y además ya ahorita vendría un taxi. Tú eres el que está temblando, dijo soplándose divertida el flequillo, y era cierto, pero no era de frío sino de nervios, Pepe, no sabía qué demonios me pasaba, no lo pude controlar. Como tampoco pudo hacerlo cuando apareció el taxi y él le dijo que iban juntos porque vivía por el Faro, primero la dejaba a Rebeca y luego seguía para su casa. Ella se afligió, que no se preocupara, que siguiera divirtiéndose en la verbena, dijo, y unas chispitas malignas como dos lunas llenas brillaron en sus ojos, por su culpa no se debía perder la fiesta. Ya estoy cansado también, dijo él entrando al viejísimo Datsun, a mala hora se subieron a esta carcocha, se me están congelando las orejas, susurró en el oído de Rebeca cuando el taxi corría por Comandante Espinar y un aire helado y cortante se filtraba por la ventanilla. Rebeca soltó una risita traviesa, que se callara, el taxista lo escucharía. Cuando llegaron a casa de Rebeca Sebastián le dijo al hombre que esperara un momentito, que iba a acompañar a la señorita y luego seguían hasta Miraflores. Rebeca se alarmó un poco, su papá seguro estaría despierto, que se fuera nomás, ella en un cinco entraba, y enseñó la llave como para que no cupiera la menor duda, pero se tuvo que resignar ante el empeño de Sebastián. Le dio un beso, gracias por acompañarla, lo había pasado bestial, y tenía que confesarle una cosa, dijo bajando la voz: cuando se conocieron ella había pensado que Sebastián era un aburrido, pero ahora veía que estaba equivocada. ¿Se podían ver el sábado entonces?, dijo Sebastián sintiendo otra vez los músculos tensos, alertas, esperanzados. No sabía, dijo Rebeca abriendo con infinita precaución la puerta, pero al ver la cara de Sebastián sonrió, le daba su número de teléfono y le pegaba una llamadita el jueves o el viernes, ¿qué tal?

—Increíble —el Pepe meneó la cabeza incrédulo—. Así es cuando uno se encamota con alguien. No existe nada más en el mundo.

La llamó el jueves y no estaba. El viernes por la noche volvió a llamar y ella misma contestó, estaba a punto de salir, había sido una suerte, dijo, y Sebastián sintió un repentino y alevoso malestar en el estómago, se contuvo de preguntar con quién, adónde. Rebeca aceptó salir con él el sábado y quedaron en el Vivaldi, irían al cine y luego a dar una vuelta o a una discoteca, propuso Sebastián dejando caer las frases con naturalidad y oyó una risa de duende al otro lado del teléfono: caramba, a un restaurante, al cine, a una discoteca, ¿Sebastián quería gastarse una fortuna con ella en una sola noche? Un puño que apretaba y aflojaba para volver a apretar, Pepe, así sentía el estómago. Además, ella no podía llegar muy tarde, explicó al día siguiente, mientras bebían unos pisco sauers, su padre era muy celoso. Estaba un poquito fuerte, paladeó la bebida con gestos preocupados, ojalá no se le fuera a subir. ¿Y ayer viernes no estaba celoso? No debiste preguntar, Sebastián, ahora sumérgete en un sorbo de pisco sauer, enciende un cigarrillo. No, dijo ella toda ojos, manos, flequillo, la persona con la que salí ayer es de toda confianza para mi padre. Pidieron la carta y cuando al cabo empezaron a comer, Rebeca dijo que su corvina estaba estupenda, en cambio a Sebastián el lomo le sabía a cartón, tenía que hacer grandes esfuerzos para pasar los bocados desabridos, quería aplicadamente sonreír, mostrarse despreocupado, alegre, pero estaba hecho polvo, Pepe. Cuando salieron del Vivaldi ella dijo que al cine ni hablar, ya era tardísimo y Sebastián dijo ajá, pero cómo lo habría dicho para que Rebeca añadiera que un paseo sí que podían dar, ¿no?, y él por supuesto: una mano hurgándole en el estómago, unas ganas violentas de irse, un sabor de yeso en los labios.

—Una viva, Rebeca —dijo el Pepe convencido, divertidamente—. Te estaba haciendo sufrir.

Te hacía sufrir, Sebastián. Cuando después de mirar las antigüedades y chucherías que vendían en la rotonda del parque Kennedy se sentaron en una banca a fumar el último cigarrillo porque ya era tarde, Rebeca le comentó que lo estaba pasando como nunca: Sebastián tenía temas de conversación, no era un frívolo como muchos de sus amigos, era divertido, tendría que presentarte a la Gata, concluyó pisando el pucho que arrojó al suelo. ¿Quién es la Gata?, preguntó Sebastián pensando ácidamente una burla, un fraude, todo es un engaño. Mi mejor amiga, dijo Rebeca, la persona con la que salí ayer por la noche, y otra vez la risita de duende, las manos, los ojos, el flequillo. Sebastián se llevó una mano a la frente, sonriendo apenas al principio pero después ya sin pudor. Me engañaste, Rebeca, y ella alzó ambas manos con candidez, enarcó las cejas inocentemente, ella no le había mentido, sólo respondió a la pregunta que hizo Sebastián. Después no dijeron nada y al rato Rebeca dijo que mejor se iban. Ensimismados, serenamente contentos, Sebastián, porque algo había quedado flotando ahí, en el centro mismo de todas las palabras que no pronunciaron y ya en la puerta de casa de Rebeca se sonrieron como viejos conocidos. Gracias por la noche, dijo ella con sencillez, y Sebastián espantó las frases con una mano, si de veras la había pasado bien qué tal si quedaban para el otro sábado. Rebeca agachó la cabeza como si quisiera ocultar su sonrisa con los cabellos. De acuerdo, dijo, y Sebastián le dio un beso. Así empezó todo.

—Creo que fue el mejor tiempo que he vivido —dijo Sebastián con la voz fingidamente neutra—. No sé cómo explicarlo, Pepe. Era y no era yo. Hablaba y hacía cosas que jamás creí hacer y decir, que nunca volví a hacer ni decir. Creo que a Rebeca le sucedió igual, al menos al principio.

Como todo, Sebastián, sólo al principio, esos primeros sábados, esos primeros meses antes de que desapareciera, sin que ustedes se dieran cuenta, la nubecita rosada y huachafa de las dulces ridiculeces que componen el amor: las frases bonitas, los paseos hacia atardeceres que después aburren, las afinidades y semejanzas que luego desaparecen, las charlas divertidas que al poco tiempo languidecen, la implacable erosión de la rutina desgastándolo todo, invadiéndolo todo, hasta esas primeras discusiones acaloradas que luego terminaban en tiernas reconciliaciones, recuerda, cuando tiempo después de aquellas primeras salidas, cines, paseos, besos, copas, un tiempo disuelto en azúcar, Sebastián, algo como un cáncer empezó minuciosamente a socavarles las sonrisas, a minarles los encuentros. La iba a recoger a la universidad, tomaban un café o gaseosas por ahí cerca y luego él la acompañaba hasta su casa, la buscaba un ratito por las noches, paseaban por el malecón, se veían casi todos los días. Sebastián enseñaba en dos academias y sólo estaba allí hasta mediodía, aunque después, gracias a un amigo de la universidad que regresaba para Chiclayo y dejaba su puesto, consiguió trabajo en otra, mejor pagada pero también más exigente, y ahora el tiempo era más justo, el jueves era el único día que le quedaba disponible y claro, los sábados y domingos. Los domingos eran mejores porque si había buen sol se iban a la playa tempranito, luego subían a casa de Sebastián, aquel departamentito diminuto cerca del Faro donde vivieron los primeros meses de matrimonio, y cocinaban juntos, escuchaban jazz, bebían vino o preparaban cuba libres y se entregaban al demorado juego de ir reconociéndose el deseo, los cuerpos: el amor. Allí iban dejando caer pedazos de nostalgia, fragmentos de vida. Allí le contó Sebastián que estaba en Lima desde hacía mucho tiempo, desde que murió su madre y él se vino a vivir donde un tío paterno pero después encontró este departamento por el que le pagaba una bicoca al amigo que se lo alquiló, allí supo Rebeca de ese ligerísimo malestar que lo asaltaba al pensar en la carrera, ya no estaba seguro si quería ser abogado, ya no sabía exactamente qué quería, a lo mejor estaba perdiendo el tiempo, y ella abría los ojos, se soplaba el flequillo, que no dijera eso, tonto, sería un buen abogado, ya le faltaba poquito para terminar la carrera, empezaría la tesis, todo iría bien. Nunca, Sebastián, nunca fue bien. Los sábados era el cine o Barranco y sus pubs abarrotados, los sándwichs de chicharrón en El Juanito, las cremoladas en el Cúrich, la música de la Taberna o la Estación. A veces, muy de cuando en cuando, Rebeca proponía ir a la fiesta de una amiga y aunque Sebastián no tenía muchas ganas, le daba gusto, Pepe, aceptaba ir donde sus amigas, hablar bobadas, aburrirse en grande. En una de esas fiestecitas pitucas, la primera tal vez, conoció a la Gata: unos ojos verdes camaleónicos que sabían ser inocentes, recuerda, fieros, bondadosos, despectivos. Estudiaba Derecho en la Facultad de Sebastián pero decía no haberlo visto nunca. En cambio él sí.

—Claro —el Pepe se cruzó de brazos, hizo una mueca de asco—. Por esas fechas la Gata se metió con los apristas de la Garcilaso. Allí conoció al huevón ese de Arturo Crespo. Fue justo, justo, cuando mi padre dejó de dar clases en esa universidad, caracho, qué mala pata, la hubiera sacado a correazos si la veía en el Cefede.

Sebastián no le dijo nada a Rebeca pero cuando tiempo después se enteró de quién era el padre de la Gata puso cara de desconcierto, ¿qué le pasaba?, preguntó ella. Estaban tomando unos helados en el Manolo's, Sebastián ya se tenía que ir a dar clases, estaba con el tiempo justo, ya le contaría, dijo, y en la noche, cuando la fue a buscar a su casa, se lo contó. El Cefede estaba en manos de los apristas, Armas se encargaba de adoctrinar a la gente, era un pata que estaba en la universidad años de años, su labor era política. También pertenecía al Cefede un tal Chito García, un tipejo siniestro, un matón, un búfalo, ¿sabía Rebeca quiénes eran los búfalos apristas? Claro, tonto, dijo ella, que no la tratara de ignorante. Bueno, pues, Chito García era un búfalo, tu amiga tiene que andarse con cuidado, debería dedicarse a estudiar y no andar con esos sujetos. A Rebeca no le gustó lo que dijo Sebastián, que se metiera en sus cosas, ¿por qué tanto encarnizamiento con los apristas si desde que están en el Gobierno las cosas marchan tan bien? Ya por entonces empezaban a pelear, a enemistarse durante días, a discutir.

El Mosca sorbió ruidosamente el último resto de café que quedaba en la taza. Contempló la botella vacía de ron con tristeza y la puso cuidadosamente a sus pies como si se tratase de un perro. Empezaba a oscurecer y los últimos ruidos allí afuera se apagaban mientras crecía el encresparse del mar. Normalmente a esa hora ya no les quedaba mucho por hacer y ambos se entretenían escuchando la radio mientras terminaban de secar las botellas, bebiendo y charlando de naderías hasta que el Mosca se iba con la negrita hacia los basurales que crecían en la ciudad y Rafael se acercaba a la choza del viejo para conversar con él o leerle un poco. Pero esta vez los dos siguieron en silencio un buen rato, fumando sin prisas, aceptando la vaharada turbia que soplaban los primeros vientos nocturnos desde el océano adyacente a ese sector costero de Marbella donde se apiñaban las casuchas de esteras, un tumor hediondo que había brotado en aquella zona destinada a ampliar la autopista de la Costa Verde y que fue ganado por el oleaje de miseria que desbordó los extramuros de la ciudad desde que empezaron los disturbios.

Rafael se incorporó con lentitud, apoyó las manos en los riñones y se desperezó, ¿por qué no salían a estirar las piernas, Mosca? ¿Quería ir arriba, a la ciudad, Rafael? El Mosca sonrió torvamente y reventó en una carcajada maligna y festiva, era por joder nomás, dijo cuando vio la confusión de Rafael, el miedo encendido en sus pupilas, la sonrisa esquiva. Que no fregara, que fueran hacia el mar a caminar un poco, insistió mirando el rostro súbitamente apático del Mosca, que fueran, hombre. Sin esperar respuesta abrió del todo la puerta de la choza y avanzó unos pasos. El Mosca se levantó de mala gana, qué antojado, cholo, ¿para qué caminar con el frío que hacía?, si al menos hubiera un basural nuevo donde aguaitar, pero así, por las huevas, ni que ellos fueran enamorados, carajo. El Mosca se detuvo en la puerta frotándose las manos, la mirada rencorosa y oscura; avanzó luego hasta donde lo esperaba Rafael, ahora las manos en los bolsillos, los ojos cansados orientándose hacia el rumor de las piedras removidas que delataba la presencia del mar escondido tras los cerros de basura, tras los montículos de tierra y piedras que habían dejado los camiones y las retroexcavadoras, los bulldozers y *pay loaders* antes que se detuvieran aquella mañana de estupor cuando llegaron los ingenieros contratistas y se encontraron con la resaca humana que la miseria había varado en la playa. Allí estaban: un centenar de rostros enfermos y miradas salvajes; las pancartas y cartelones, EL PUEBLO SE MUERE DE HAMBRE Y LOS RICOS CONSTRUYEN CARRETERAS EN LA PLAYA; EXIJIMOS UN LUGAR DONDE VIVIR, BASTA DE MENTIRAS, SR. MINISTRO DE VIBIENDA; YA NOS BOTARON DE VILLA, ¿DE AQUÍ TAMBIÉN?

EL GOBIERNO ESTÁ CON LOS RICOS. Allí los palos, las manos tensas, los rostros crispados; allí los perros famélicos ladrando a los perplejos ingenieros, a los obreros cavilosos, no podían hacer nada, patrón, tenían piedras y palos, los habían amenazado. Allí siguieron, gritando vivas y mueras confusos que apagaron la voz desgañitada de uno de los ingenieros cuando se trepó al techo de la camioneta e hizo bocina con las manos, esto era propiedad del Gobierno, carajo, iban a traer a la policía si no se largaban de inmediato y ellos que la trajeran, y al juez para que los botara y ellos que lo trajeran, lucharían, morirían si era preciso, contestó una voz bronca, y los demás corearon que sí, lucharían, gritaban enardecidos, morirían, tiraban piedras a la camioneta crema en la que partieron furiosos los ingenieros: sí.

Allí continuaron toda la mañana, dándose órdenes, a ver, ustedes, esas piedras aquí, corriendo nerviosos, a ver, tú, llévate a tu gente para ese otro lado porque por ahí pueden bajar y nos chapan por atrás, preparándose porque ahorita traen a la policía y no nos vamos a dejar sacar, conchesumadre, otra vez no; atrincherándose bajo el mando de dos o tres como si fueran un ejército de harapos, las mujeres atrás, con los niños, cuatro o cinco hombres con ellas, rápido, rápido, traigan esas piedras grandes para bloquearles el paso, lleven aquellas otras hasta el espigón, que vayan unos diez hombres para allá y se escondan. Allí siguieron cuando llegó el juez, un contingente de policías, los periodistas que esperaban nerviosos en el ambiente electrizado y que corrieron con sus cámaras cuando voló la primera piedra luego de que el juez, bajito, calvo, indignado, dejó de gritar reconvenciones, órdenes, amenazas, no había posibilidad de diálogo, capitán, las manos enérgicas, que ellos actuaran nomás, y el capitán bueno, muchachos, ya escucharon, y ahí los gritos, las carreras, la lluvia pétrea que desconcertó el avance confiado de los policías, estaban escondidos detrás del espigón, mi capitán, eran muchos más de lo que pensaban, y el capitán furioso, duro con ellos, carajo, para que aprendan. Ahí las primeras lacrimógenas que el viento se encargó de empellonear contra los roqueríos donde se ocultaban las mujeres y los niños, y que hacían arder los ojos, picar la garganta, sentir una asfixia pavorosa y desgarradora, pañuelos mojados, rápido, más piedras, las voces, los gritos, las manos, las piernas que trepaban veloces sobre los montículos más alejados, sepárense, sepárense, hay que resistir, no se dejen, hijos de puta, huyendo de los policías que siguen las órdenes del capitán, hacia allá, hacia esos montículos, contra las mujeres, pelos, mordiscos, patadas, eran bravísimas, mi capitán, pero así distraen el ataque de los hombres, ustedes peguen sin compasión, muchachos, el capitán quería sangre. Allí los periodistas fotografiando, filmándolo todo, el humo atosigante incendiando las gargantas, el capitán atrapando a uno de pelambre enmarañada que cayó justito en sus brazos, se jodió, puto de mierda, ahí lo quería, descargando su vara sin misericordia y apartando de un manotazo la filmadora de un periodista y todo gira, se desenfoca, se confunde en un vértigo de imágenes fugaces, apártense, carajo, o les cae a ustedes también, empellonean a los periodistas que protestan, fuera mierdas, y siguen corriendo hasta alcanzar las esteras, ya los tenían, las chozas improvisadas y precarias, ya estaban fritos, rociando las frágiles paredes de paja entre los lamentos histéricos de las mujeres, de los niños aterrados que lloran huyendo de las llamas en medio de los ladridos furiosos de los perros y el aleteo frenético de las gallinas, la orden cumplida, mi capitán, el rostro ensangrentado de un cabo, la furia de los otros policías, que no los dejaran escapar, todavía hay muchos escondidos tras los montículos de piedras, duro con ellos. Allí las pedradas y los gritos bajo un cielo engañosamente calmo que empezaba a cubrirse de humo y lágrimas y gemidos cuando las llamaradas se elevaron consumiendo con voraz premura las chozas, y de pronto más piedras, eran cientos, mi capitán, y apenas habían atrapado a una veintena, treinta a lo mucho, fíjese allí, en esos montículos, asustado el cabo y el capitán ya nervioso, desde allí los atacaban, conchesumadre, los primeros perdigonazos contra los cerros de rocas más alejados porque allí se esconden, allí están, metan bala, metan bala, contra las carreras desaforadas de los hombres cada vez más replegados, empujados ahora hasta la misma playa, nuevamente los perdigonazos y el niño: una figurita que se desplomó sin aspavientos sobre el montículo más alejado.

—¿Aquí fue, Mosca? —preguntó Rafael trepando con dificultad entre las piedras que resbalaban bajo sus pies, hasta alcanzar lo alto del montículo.

—¿Qué cosa? —volteó el Mosca, los ojillos atentos.

—El niño, el que mataron los policías. ¿Aquí?

El Mosca se encogió de hombros, imposible saberlo, que Rafael mirara cuántos cerros de piedras dejados por los de la construcción había alrededor, cuál habría sido, pues, y Rafael bajó resbalando su trotecito hasta quedar frente a los ojillos turbios, ¿él no había estado, acaso?, ¿él no había visto cómo caía el niño?, la voz repentinamente exasperada, entrecortada. El Mosca miró a Rafael con perplejidad y se acauteló en un gruñido, imposible recordar dónde, además, a él qué mierda le importaba, hizo un gesto esquivo, lo mataron y punto, se cagaron porque los periodistas armaron el gran chongo y el propio presidente tuvo que intervenir; si no hubiera sido por eso los barrían sin misericordia, los botaban igual que los botaron de Villa y entonces ¿qué chucha hubiera sido de ellos? El Mosca se volvió hacia Rafael y éste hizo un gesto descorazonado. Contempló luego el mar envuelto en sombras y lanzó una piedra contra la reventazón de las olas. Sí, él sabía eso, Mosca, pero de pronto el estar ahí mismo, en el lugar donde ocurrió todo, no sabía, le daba una especie de angustia.

El Mosca se inclinó a recoger una piedra. Eligió con cuidado una muy lisa y brillante y la lanzó con fuerza. La piedra rebotó contra la superficie del mar una, dos, tres veces, y por último se hundió con un quejido gutural. «Angustia», remedó agriamente a Rafael, las manos en la cintura, la vista aguzada calculando cuánta agua, cuántas nubes. Rafael se hincó demorándose en escoger su piedra, sí, Mosca, él mismo lo había dicho, lo mataron y punto, eso fue ideal para que ellos se quedaran allí. Toda una fortuna, ¿no? El Mosca no pareció acusar el golpe, hizo una mueca y observó la piedra lanzada por Rafael, uno, dos rebotes sobre la superficie aceitosa del mar, si Rafael quería verlo así era su problema, dijo al fin, el hecho era ése, lo mirase por donde lo mirase. Rafael se incorporó, ¿no se daba cuenta, Mosca? En este país tenía que morir alguien, si era un niño tanto mejor, para que el Gobierno actúe. Así era, dijo el Mosca aburrido de la conversación, limpiando contra su chompa gris la piedra ovalada que recogió, observando unas nubes gordas que se acercaban desde el mar hacia la costa. Mejor regresaban de una vez, él se estaba cagando de frío, dijo lanzando la piedra que brincó varias veces limpiamente antes de desaparecer tragada por una ola.

Rafael se apresuró a sacar un cigarrillo e invitarlo, que se quedaran un rato más, hombre, no hacía tanto frío. Qué guardadita se tenía esa cajetilla, maricón, sonrió el Mosca antes de aceptar, sospechando, olfateando, ¿la negrita?, ¿la negrita se la trajo? Rafael sonrió con embarazo, se quitó las gafas limpiándolas cuidadosamente en la chompa antes de volver a colocárselas, sí, ella había sido quien se la trajo. Qué bien estaban, aprobó el Mosca arqueando teatralmente las cejas, o sea, que la negra se daba tiempo de buscar cigarrillos para el príncipe que no sale de su castillo, dijo, y soltó una carcajada furiosa al viento, las mujeres eran la cagada, carajo, meneó la cabeza, no lo creía el Mosca, le resultaba imposible imaginar a la negrita en medio de la confusión, de las balas, de los correteos, en el epicentro del saqueo, buscando cigarrillos; no podía contener la risa el Mosca, con el miedo que tenía Luisa ahora se daba tiempo para robarse una cajetilla de cigarrillos. Un cartón, corrigió Rafael arrepintiéndose en el acto porque el Mosca abrió desmesuradamente los ojos, ¿un cartón?, ¿un cartón de cigarrillos? ¿Hamilton?, miró la marca del que se consumía entre sus dedos cuadrados y amarillentos, volvió a reír con fuerza, ¡Marlboro!, se agachó cogiéndose el estómago, la cara contraída por los espasmos, qué tales gustos los de la Lucha, dijo entrecortadamente, buscando aire porque no paraba de reírse, miraba a Rafael y otra vez las carcajadas, las blasfemias, las pullas, la incredulidad. Rafael esperó a que el Mosca terminara de reír pensando qué metida de pata, carajo, y se sentó resignado junto a su amigo hasta que éste soltó por fin un breve suspiro llevándose una mano a los ojos. Tendría que convidarle una cajetilla, maricón, no se los iba a fumar solito, súbitamente preocupado, alerta, en guardia, él nunca había tenido miramientos con el ron, que Rafael se acordara, ya se habían chupado su última botella, maricón, y Rafael volvió a mirar hacia los montículos de piedras que bruscamente se le antojaron dólmenes de miseria, sombríos mojones de la desesperanza, del miedo, del hastío, de la basura que respiraban, comían, vivían, y que ahora apenas se adivinaban en la oscuridad repentina que soplaban las nubes. Miró una de aquellas jorobas pétreas que se erizaban sobre el roquerío natural de la playa, ¿sería en ése? ¿En aquel otro? ¿Dónde? ¿En el del fondo, quizá? ¿Allí el niño? ¿Cinco, seis años? ¿Como su sobrino? Sintió la mano callosa y fría del Mosca sacudiéndole el brazo, ¿una cajetilla, Rafael? Sólo una, cholito, los ojillos enrojecidos y ávidos como los de un animal al acecho, una cajetilla, maricón.

—Tres —dijo Rafael suavemente—. Te regalo tres pero di cómo, dónde fue, Mosca.

La puerta estaba entornada y la Gata vaciló un momento, echó un rápido vistazo con algo de temor y también de avidez escondida en sus ojos verdes de gata, me dicen Gata desde siempre, mi papá, mi hermano Pepe, mi mamá no porque murió cuando yo nací, mis amigos y mis amigas y ahora aquí en la universidad, así que tú también puedes llamarme Gata, total.

Sobre la pared del fondo descubrió el afiche de Víctor Raúl amarillo de tiempo, la mirada inquietante, la nariz perfilada, el mentón insolente, las amplias entradas en esa frente de pensador que el pueblo había venerado, admirado, reclamado siempre en susurros, en pláticas de café y añoranza, en gritos, escaramuzas y rebeliones contra los gobiernos de turno que nunca miraron bien a ese alborotador, a ese mozalbete que lanza proclamas incendiarias y moviliza obreros, indios, gentuza; a ese muchachón que pretende rebelar a la peonada, a los minúsculos comerciantes, al populacho, con sus arengas subversivas; a ese hombre que se rodea de la miseria humana y pretende un gobierno de cholos, de huanacos ignorantes y de gente nacida para obedecer; a ese viejo que persiste, se escabulle y aglutina inconformes, atiza a una muchedumbre de delincuentes, parias, serranos, analfabetos, anarquistas; a ese anciano caduco que murió y así evadió la muerte, prolongó su vida insurrecta, taimada, maricona, senil, en ese todo amorfo de gente que reclama, mendiga, desacata, exige, muerde la mano de la que come porque se cree con derecho a mirarnos de igual a igual y no comprende que ésa es prerrogativa de individualidades y no de una masa sin rostro ni conciencia, no comprende que sólo es músculos y estómago común: la Gata recordó con asco la tarde otoñal y dorada, las copas de coñac, las manos dubitativas de su padre, la voz mineral de Ganoza, que hablaba sin percatarse de que ella entraba al despacho, y sintió repulsa, vergüenza, indignación, cómo podías, papá, cómo te odio, papá.

En la oficina pequeña y alumbrada por un fluorescente parpadeante había también una mesita sobre la que descansaba una máquina de escribir y un papel blanco aprisionado en su rodillo, ¿y el mimeógrafo?, no lo tenemos aquí, está en el Local Central del Centro Federado, el de Petit Thouars, la oficina de Derecho es muy pequeña. Había también otros afiches, consignas, pensamientos de Haya de la Torre hechos con letras de colores sobre las paredes, el emblema aprista confeccionado en cartulina roja, las letras grandes y algo descuadradas decían Centro Federado de Derecho y un cartelito, más abajo, Cefede. Había también algunas sillas apoyadas contra las paredes de color desprolijo y un anaquel con pocos libros porque todo lo tenemos en el Local Central, Gata, ¿el de Petit Thouars? Sí, allí tenemos el mimeógrafo, los estenciles, allí organizamos los seminarios y talleres de ideología política, allí estamos preparando charlas, simpósiums y conferencias que organizaremos poco a poco en cada Facultad, empezando por la nuestra, allí nos reunimos para discutir y tomar acuerdos, para seguir elaborando cursillos de capacitación ideológica sobre todo a nivel universitario, porque siempre hay algo que hacer en la universidad, ya sabes.

En ese momento, cuando la Gata se animó a dar unos pasos dentro de la oficina, vio al hombre que estaba acomodando una pila de periódicos en un rincón, giró al escuchar los pasos femeninos, se limpió las manos polvorientas en el pantalón para acercarse mostrando unos dientes muy blancos de roedor y dijo hola, soy Carlos Armas, ¿en qué puedo servirte? Tenía una saludable voz bien timbrada, las manos grandes y efusivas y una seguridad ancestral que desconcertó un poco a la Gata porque a último momento ni Elsa ni María Fajís se animaron a venir y eso que ya lo habíamos conversado, y entonces la Gata las mandó al diablo y se vino sola, ella no estaba para boberías ni juegos de niñas, se trataba de algo serio, ¿no?, ya eran universitarias y la política les interesaba, ¿no? Así que me vine nomás para averiguar lo de la inscripción, le dije al tal Carlos Armas que parece que es el delegado, ¿no?, y Armas la miraba muy serio, asintiendo con delicados movimientos de cabeza, casi dándole ánimos para que ella continuara explicándole —al principio un poco recelosa pero después ya no— que había leído mucho sobre el Apra, que estaba segura de que el Partido era la verdadera opción seria para el país, no vayas a pensar que lo digo porque ahora sea Gobierno, sino porque siempre lo he creído así, y cuando terminó de hablar él le mostró la hilera diminuta y blanca que era su sonrisa, le tendió una mano enérgica y me dijo que bueno, precisamente hoy le habían llegado las fichas de inscripción, pero solamente las del Centro Federado, que es como una filiación pero a nivel universitario. Claro, yo sé que intentándolo desde la universidad debo pasar una especie de prueba para que luego me admitan en el Partido porque seguro que esas fichas de inscripción estaban en el mismo cajoncito metálico de donde Armas sacó los impresos amarillos con su recuadro de bordes negros para la foto, son dos, explicó él sin dejar de sonreír, una para el carnet y otra para la ficha pero si no las tienes ahora no importa, basta con que llenes esto con tus datos, ofreció un lapicero pero la Gata no te preocupes, sacó de la cartera el Cross de oro grabado con sus iniciales que me regaló tío Ricardo cuando terminé el colegio, ¿me puedo apoyar aquí?, preguntó sonriendo sólo para que Armas la mirara más atentamente, los ojos verdes brillantes, el cabello largo y sedoso, ese mismo cabello con que fustigo de vez en cuando este último trozo de tarde que contemplamos frente a la Facultad porque sé que cada vez que lo hago te abrasan las ganas de acariciarlo y también de besarme, yo lo sé, siempre he sabido darme cuenta cuándo le gusto a un hombre, y el Pepe dice que soy una coqueta descarada, papá, cada vez que vienen mis amigos se acerca al salón con cualquier pretexto y la Gata un manazo, qué te pasa idiota, ¿acaso el salón es para ti solo?, ¿qué quieres, que me lleve los cassettes a mi cuarto para que después te pongas a llorar como un cretino?, se le encienden los ojos verdes, finge ofenderse porque sabe que papá la va a creer cuando gira hacia él y le pregunta con la mirada qué le pasa al idiota de tu hijo, y papá enciende la pipa, se fastidia porque nuevamente lo hemos enmarañado el Pepe y yo en esta escenita tan familiar, tan padre-hijos que nunca terminó de encajar, y dice con voz conciliadora cómo vas a creer eso de tu hermana, Pepe, y volviéndose hacia ella: tú, Gata, evita acercarte al salón cuando están los amigos de tu hermano, saca tus cintas en otro momento. Pero, papá, ¿cómo voy a saber qué es lo que querré escuchar ese día? ¡Bueno, basta!, claudica porque contestar a mi pregunta lo obligaría a descender un peldaño más hacia lo trivial, a lo cotidiano, a su terrestre condición de padre, y él no quiere, nunca quiso, y el Pepe me odia con su gesto estúpido que imito cuando papá ya no está, para hacerlo rabiar porque sus amigos le dicen está buena tu hermana, hasta el idiota de Rossman se lo ha dicho alguna vez, y me miran cuando me acerco, hola, hola, y me quedo un rato buscando cintas que después no escucharé, o no me dicen nada pero me miran largo, yo entiendo esa forma amplia y golosa de recorrerme con la mirada ávida, así como haces tú cuando volteo para mirar la calle y aletean mis cabellos que estás deseando acariciar desde que hace apenas un momento nos conocimos, igual que Armas cuando clava sus ojos profundos en las manos de la Gata, en los cabellos castaños que le ocultaban el rostro mientras ella, inclinada sobre la mesa —no, no, así estoy bien, gracias, había rechazado la silla que él le ofreció—, escribió con letra de imprenta su nombre, su edad, su dirección y teléfono —si lo hubiera—, su tajante negativa de haber pertenecido a otra filiación, agrupación, movimiento o partido político, los motivos que la impulsaron a inscribirse en el Centro Federado —de manera sucinta y breve—, en fin, las preguntas para marcar sí o no o equis o, sucinta y brevemente, aquellas que la demoraban un poquito contestar y se quedaba quieta, mordiéndose apenitas los labios hasta que otra vez respiraba, vivía, enroscaba fuerte los dedos en el Cross de oro, escribía pulcramente, ponía la fecha y firmaba su garabato alegre y de curvas y rayita enérgica, ya está.

Armas tomó el impreso amarillo, lo leyó fingiendo atención, con su cara tan seria y bien afeitada, ¿siempre anda tan enternado?, se le ve muy guapo, muérete de envidia, lo colocó cuidadosamente en el cajón y otra vez enseñó la hilera perfecta de sus dientes menudos que contrastaba con la gélida ausencia de sus ojos, de su voz bien modulada al explicarme que no iba a haber reunión aquí en el Cefede como todos los jueves porque los dirigentes tenían plenario, se acomodó el nudo de la corbata para decirlo, se volvió a alisar el pantalón y añadió que sin embargo en cualquier momento llegaba Arturo Crespo para explicarte en detalle lo que tú quieras saber acerca de nuestras próximas actividades, acerca de lo que podrías hacer en el Centro Federado porque hay muchas cosas todavía . y necesitamos gente dispuesta a trabajar humildemente en lo que haga falta: esta vez era la Gata la que asentía en silencio, claro, lo que yo quiero es trabajar por mi país, le dije, y Armas sonrió, no me importa hacer lo que sea, insistí, debo haberle parecido una tonta, qué horror, porque de pronto él miró su reloj y se le compungió educadamente la voz, suspiró, ahora sí lo iba a tener que disculpar, iba a marcharse pero Arturo debe estar al llegar, volvió a sonreír y extendió la mano, la felicitaba por su decisión: eres bastante joven y tienes las ideas claras, hasta luego. Hasta luego, dijo la Gata, y sus cabellos se agitaron con ese secreto ánimo de encantar siempre a todos los hombres, a los que me gustan y a los que no, a los que quiero para enamorados y a los que sólo me gustan para ser gustada, admirada, inalcanzable, niña bonita, coqueta, le dijo el Pepe una tarde: se lo dijo sin cólera, glacial, resignadamente, haciéndose el encontradizo en la cocina, ¿por qué no te dedicas a estudiar un poquitín, hermanita, en lugar de estar coqueteando con los hombres? A los hombres, continuó diciendo como quien plantea algo evidente, como quien le habla a un retrasado mental, no nos gustan las cabecitas huecas, ¿sabes?, a ésas las queremos, sí, pero para otras cosas y nunca para nada serio, y la Gata imbécil, qué te has creído tú, petulante, baboso, tarado. Porque me fregó que me dijera eso, fue como si hubiera puesto el dedo en una herida de la que jamás me había percatado, me dio tanta pica como cuando lo encontré hojeando mi diario pero más aún, porque yo no soy una cabecita hueca, no sólo voy a estudiar sino también voy a hacer política pero de verdad y no como tú, idiota, que estás en el mismo Partido podrido de papá porque sólo eres su reflejo, como mi padre lo es y lo será de Ramiro Ganoza, su sombra, su secuaz, su opción nunca elegida porque mientras viva Ganoza él no será más que su segundón, él lo sabe, todos lo saben, tú lo sabes y aun así lo imitas: un reflejo del que además él nunca se entera, eres su torpe y mal trazado calco, su misma forma de vestir y hablar y gesticular delante de sus amigos, como cuando encendiste una pipa que te quedaba ridícula y yo te vi y tú te diste cuenta, te pusiste colorado, te supiste sorprendido en tu actitud más propia: la de no ser tú sino el reflejo de mi padre. Por eso yo me voy a inscribir en el Partido que más detesta él y por inercia tú, vas a ver, voy a luchar contra ustedes, contra Ganoza, contra mi padre y contra esa parte plegable que eres tú, Pepe, hijo y sombra, no apellido sino eco, no político sino eterno aspirante. En cambio yo sí voy a hacer política y aprenderé todo lo que dijo este sabio que me mira desde la pared de mi primer ambiente político de verdad, ambiente que recorro con los ojos cerrados para ir haciéndome a él, adaptándome a él.

La Gata paseó por la oficina minúscula del Cefede pensando que ojalá el tal Arturo no tarde, caramba. Hojeó algunos libros y textos fotocopiados diciéndose tanto que leer, tanto que aprender. Abrió uno y lo cerró, pero mejor ahora no sino después, cuando esté en casa y llevar un libro de éstos me produzca el doble placer de saberme aprendiendo y al mismo tiempo clandestina, a espaldas de papá y del Pepe. Caminó entusiasmada leyendo frases sueltas, pensamientos, consignas, se sentó en una de las sillas que se apoyaban contra las paredes, dispuestas simétricamente y una frente a la otra como si ellas supieran el secreto de esperar sin impaciencia a Arturo Crespo aunque en realidad no demoraste mucho, tranquilizó la Gata al salir de la Facultad luego de conversar un momento en la oficinita, cuando él llegó y no pudo disimular su azoro, su callada admiración porque te gusté apenas me viste, te gustó mi cabello, te gustaron mis ojos, mi rostro, mi cuerpo y mi voz cuando te dije hola, acabo de inscribirme en el Partido, bueno no exactamente en el Partido pero sí en la facción universitaria, y el chico que estaba aquí, el que me inscribió, ¿Antonio, Antonio Armas?, sí, ése, me dijo que tú me explicarías con detalle cualquier duda que yo tuviera pero por supuesto no quiero abusar, dijo la Gata resignadamente, y Arturo de ninguna manera, tomó un par de sillas y se sentaron frente a frente y él le recitó como de memoria un montón de cosas sobre el Apra, sobre el difícil quehacer universitario, sobre temas que me parecen importantísimos, de veras, dijo la Gata abriendo mucho los ojos, como queriendo aprenderlo todo, profundamente convencida de la injusticia social que vive nuestro país pero también de las pestañas bonitas de Arturo, de sus hombros anchos, de los vellitos negros que escapaban de su camisa, hasta que ya no quedó mucho que decir, que añadir a lo dicho por él, que sacó un cigarrillo. Alto, de cabello cortito y negro, del mismo tono que sus ojos que parpadearon sorprendidos cuando te dije, audazmente, porque tú no te ibas a atrever, que qué tal si nos vamos a El Tambito y seguimos conversando, esto me interesa mucho pero me muero de hambre, y soltó una risita breve y tenue como una telaraña antes de añadir te invito yo, no vayas a pensar que soy una fresca, y Arturo, horrorizado, no, por Dios, no faltaba más, él invitaba, vamos y seguimos conversando porque yo también quiero un cafecito, y yo me muero de hambre, insistió la Gata, y se rieron no porque hubiera dicho algo gracioso sino porque la risa que apaga los silencios entre un hombre y una mujer siempre es cómplice, como cómplice se vuelve el simple caminar por la Facultad donde nos cruzamos con gente que te saludaba, qué hay, Arturo, hola, Arturo, cómo estás, Arturo, caramba, qué conocido eres, ya me irás contando. Cómplice cruzar la calle juntos, cómplice nuestra única silueta alargándose contra las paredes cuando alcanzamos la otra acera, cómplice instalarnos en una mesa cualquiera de El Tambito, pequeño, bullicioso, lleno de estudiantes que beben café con leche o cerveza, y cómplice tu sonrisa atrapada en la mía, tus ojos alertas, a veces esquivos, a veces atentos a mi mirada verde de gata, me dicen Gata desde siempre, mi papá, mi hermano Pepe, mi mamá no porque murió cuando yo nací, mis amigos y mis amigas y ahora aquí en la universidad, así que tú también puedes llamarme Gata, total.

II

Hola, hola, dio un beso rápido, brillaron sus ojos verdes, se había escapado un momentito nomás, tenía que estudiar para un sustitutorio de Procesal Penal y probablemente en su casa no habría luz por la noche, ayer fue igual y el martes la misma cosa, los terroristas habían volado una cantidad espantosa de torres en la sierra, ¿Rebeca tenía luz? Hacía un momentito recién porque toda la santa mañana estuvo sin corriente eléctrica, qué fastidio, se había tenido que bañar con agua fría, no pudo planchar, hasta cuándo iban a estar así, no había derecho. Decían que en los próximos días se iba a restringir aún más el consumo de electricidad, ella sabía por unos amigos que lo de la Central del Mantaro había sido más bravo de lo que explicaban los periódicos, se alarmaron los ojos verdes siguiendo a Rebeca, que invitó a pasar, que no se quedara allí, abrió del todo la puerta, cruzó la sala en penumbras, subió por último a trancos las escaleras que conducían a su habitación: una puerta blanca y cruzando el umbral las paredes celestes, las muñecas y los osos en la repisa frente a la cama. Sobre el anaquel de los libros y al lado del velador qué bestial tu tocacassette, Rebeca, ¿nuevo? No, regalo de cumpleaños, ingrata, ni se acordó, ni siquiera una llamada, desde que estaba metida en el Cefede ya no se la veía, se resintió en broma Rebeca sobre un fondo de Julio Iglesias y Diana Ross, pero que se acomodara, insistía toda gestos, manos, ojos, ¿había traído cigarrillos? Y ella sí, sacó una cajetilla de mentolados luego de rebuscar en la cartera pero lo que, huy, no tenía, era encendedor, y Rebeca un gesto, no importaba, en el cajón del velador creía tener fósforos, y ella ajá, abrió el cajoncito, lápices, una libreta azul, papeles, cosméticos, fotos, ah, sí, aquí había una cajita de fósforos y también un esmalte divino.

—Te vi un color parecido la otra tarde —dijo Sebastián sintiéndose tonto al entregar el paquetito mal envuelto, pero ella gracias, qué lindo eres, se empinaba para darle un beso—. ¿Te gusta? —insistió cuando Rebeca desarmó el paquete con dedos expertos, los ojos risueños, el perfil recortado contra la noche.

Rebeca la miró demoradamente y ella ¿podía probarlo? Claro, sonsa, toda sonrisas, ojos, labios, una mano levantando inútilmente el flequillo rebelde. Caramba, dijo ella también sonriendo, que no la tuviera en ascuas, ¿qué era eso taaan importante que tenía que contarle? Que estaba feliz, dijo Rebeca abriendo los brazos y girando sobre sus talones, no sabía cuánto. Se notaba, contestó ella acomodándose en la cama de edredones rosados, Rebeca tenía una cara de felicidad como nunca antes le había visto, que contara de qué se trataba o mejor dicho de quién se trataba, porque era un chico, ¿no?, dijo haciendo bailotear entre sus dedos el frasquito de esmalte, y tenía que ver con esto, ¿no? Rebeca lanzó un suspiro teatral contemplando los fragmentos plúmbeos del cielo tras la copa del jacarandá que parecía arañar de verde la ventana. Se volvió, los ojos inquietos, chispeantes, las mejillas arreboladas, y cogió de los hombros a su amiga: creía que se estaba enamorando, dijo mirándola fijamente, repentinamente seria, es decir, si es que ya no lo estaba. Huy, huy, huy, se abrieron mucho los ojos verdes sin desatender el frasquito, ay, qué duro estaba esto. ¿Y quién era el afortunado?, ¿ella lo conocía? No, dijo Rebeca frunciendo la nariz, pero que no se preocupara porque ya lo iba a conocer. ¿Era guapo? Sí, pero más que guapo, interesante, paseó Rebeca por la habitación tentando las palabras para definir esos gestos ausentes, como varados en una seguridad demasiado añeja, esa aparente indiferencia por todo, porque no le iba a decir ahora que no era fingida, Sebastián, le dijo luego de guardar el esmalte en la cartera, estaba lindo de veras, gracias, y caminar a su lado intentando seguir el ritmo de sus trancadas algo negligentes, algo apresuradas, y Rebeca siempre quedándose a dos pasos, sin atreverse a decirle que esperara, que no caminara tan rápido, qué tonta, sin la juguetona seguridad con que desarmaba a otros chicos que la pretendían, Rebeca siempre dueña de la situación y ahora todo lo contrario, qué cólera, pero sin enfurecerse del todo o más bien convirtiendo su enfado en el último reducto de un nuevo sentimiento, nostalgia, miedo, indecisión, asombro, gusto, que empezaba a embargarla. Una sensación de alivio al caminar junto a Sebastián, como si sus pasos hubieran aguardado acoplarse al ritmo de los de él; protección, ternura y también miedo, ¿sabía?, porque nunca, nunca se había sentido ante una certeza, y sí, miedo a ser dominada y qué alivio de saberlo, qué tonta, caracho, sin decirle ni siquiera que no caminara tan rápido, idiota, que la esperara, y las ganas terribles de saber por qué era así, Sebastián, se lo soltó a quemarropa al llegar a una esquina, cerrando los ojos arrepentida y al mismo tiempo agradecida de saber que aquel poste la dejaba a contraluz, y Rebeca se había vuelto silueta fugaz y viento frente a él que, ¿así cómo?, encendía un cigarrillo con dedos perplejos, se lo llevaba a los labios enroscándolo entre el índice y el pulgar, se volvía a mirarla extrañado cuando ella empezaba a alzar los brazos, resignada a no encontrar una explicación a su propia pregunta, convencida de que ni siquiera debió formularla, así tan..., tan, tan, pues, riendo por último al dejar la frase suspendida entre los bocinazos y las luces de los autos que se abalanzaban sobre ellos, peatones tardíos en el cruce de una calle dejada atrás luego de una carrerita y la mano de él quemándole en el codo, qué extraña sensación, como si Sebastián tuviera miedo de tocarla, ¿sabía?, y de mirarla también, y qué tonta Rebeca demorada en ese juego tantas veces jugado y ahora tan difícil de seguir, apretaba nuevamente el paso para alcanzarlo, reflexiva y confusa al lado de Sebastián, incapaz de explicar eso que en definitiva le había atraído desde que lo conoció, que se figurara. Rebeca dejó de caminar por la habitación, se sentó en la mecedora, de cara a su amiga, y cogió un muñeco para tranquilizar sus uñas en el peluche blanco. ¿Y dónde lo había conocido?, se intrigaron los ojos verdes contemplando el primer brochazo de esmalte sobre las uñas, regio. Por un amigo de la universidad, dijo Rebeca, pero no estudiaba Psicología como ella, insistió, sino Derecho y en su Facultad, Gata. Qué coincidencia, ¿no?

—¿Derecho? —preguntó acomodando los papeles en el maletín, ordenando meticulosamente el escritorio inmenso, envuelto en el humo de la pipa.

—Sí, papá —respondió la Gata desde el umbral de la puerta—. Quiero estudiar Derecho.

—¿Qué tal si lo conversamos después? Ahora estoy realmente muy ocupado y además llevo bastante retraso —la sonrisa breve, el hielo cordialmente azul de su mirada, los dedos largos tamborileando apenas sobre el escritorio.

Los ojos verdes se levantaron de la curva esmaltada de sus uñas y la Gata pensó en Arturo, pero no, qué idiotez, sería demasiada coincidencia que lo conociera, que supiera, que acudiera al Cefede ahora que tenían pocas solicitudes. Encendió un mentolado y aspiró profundamente el humo frío que invadió su garganta, sus pulmones, pero

¿y si después de todo conocía a Arturo o a Armas o a alguno de los chicos?

—Me dio un poco de susto al principio, pero luego me di cuenta de que era una tontería preocuparse, después de todo no había por qué —dijo la Gata encogiéndose de hombros.

—¿Y qué le dijiste? —preguntó Arturo sorbiendo su cerveza.

Se incorporó de la cama y encendió el tocacassette, entonces, si Sebastián estudiaba en su Facultad probablemente la conocía, aunque sea de vista, ¿no creía, Rebeca?, preguntó como al descuido, moviendo el dial de un extremo a otro: voces, retazos de canciones, avisos publicitarios. Apagó la radio bruscamente.

—No, papá —dijo con voz firme, los puños apretados, el corazón bombeando fuerte—. No hay nada que conversar, ya lo decidí.

Rebeca también encendió un cigarrillo y abrió las ventanas, mucho humo, dijo fastidiada. Sebastián decía que no porque ya ella le había hablado de la Gata pensando que a lo mejor la conocía pero él no, decía que qué iba a conocer a nadie si era un vago que rara vez asistía a clases.

—Sí voy a clase, papá —se alarmó intentando hablar con naturalidad.

—¡No mientas! —el palmazo sobre la mesa de caoba, el hielo de su mirada desarmándola, asustándola como cuando era pequeña—. Tu propio hermano te ha visto en su universidad repartiendo esto —blandió una hojita vulgar, mecanografiada desprolijamente—: «Ha llegado la hora de forjar un Estado antiimperialista, libre y democrático. ¡No seremos títeres de las potencias mundiales!». ¿Para estas idioteces vas a la universidad? ¿Para esto permití que estudiaras Derecho?

—No voy a dejar el Cefede —dijo la Gata con voz temblorosa, embravecida.

—Mejor piénsatelo —dijo Arturo arrepintiéndose en el acto al ver el incendio de los ojos verdes—. Es decir, ten cuidado de que te pesquen, mejor hablamos con Armas para que te designe alguna actividad que no te comprometa, que no tengas que ir de aquí para allá. Al menos durante algún tiempo, hasta que las aguas vuelvan a su nivel.

Se levantó de la cama, los ojos velados por los recuerdos, se acercó a Rebeca, hasta el círculo cálido que parecía rodear a Rebeca. Atisbó por la ventana las primeras sombras de la noche sabiendo que Rebeca la observaba, que estaba intrigada por su silencio. Se volvió súbitamente, haciendo un esfuerzo por sonreír, que Rebeca la escuchara con mucha atención, tenía que presentarle a ese chico, a ese Sebastián, para que ella, su amiga del alma, le diera el visto bueno, ¿por qué no lo invitaba a la fiesta que daba Antonella Roncorini la próxima semana? Rebeca vaciló un momento, se llevó la mano hacia el flequillo, no sabía, creía que a Sebastián no le gustaban mucho las fiestas, alguna vez se lo había comentado, dijo en voz baja, y la Gata sonrió con sorna volviendo a sentarse en la cama, entonces era un aguado, sus ojos verdes observaron satisfechos el rojo intenso de sus uñas, los labios se fruncieron aniñadamente al soplar el esmalte aún húmedo, y Rebeca no, no era un aguado, dijo mirándose las manos, era un tipo serio, nada más, añadió vacilante, pero para que la Gata no la estuviera fregando todo el tiempo se lo iba a proponer de todas maneras y seguro que aceptaba, ya vería, sopló su flequillo y los ojos verdes de la Gata chispearon, hubo palmaditas, mohínes, un saltito, qué bien, iban a ver qué tal estaba el chico tan interesante, risas, y Rebeca que ya no fundiera la paciencia, le lanzó el oso de peluche, pero también reía.

—¿Cómo te llamas? —la señora Elba se llevó una mano a los cabellos, la otra una visera para el sol, los ojos entrecerrados e inquisitivos.

—Luisa, señora —parada a contraluz, un fólder arrugado y viejo en la mano, la respiración pausada, más tranquila ahora, aunque todo el trayecto en el micro y después en el colectivo que tomó en el Óvalo de Miraflores fue espantoso, cruzaba fuerte los dedos, sentía el galope desordenado del corazón. Se había detenido un momento antes en la esquina para buscar el papelito con la dirección que le diera doña Magda la semana pasada, ¿veía, hija, qué suerte?, justo una amiga suya necesitaba, nunca debíamos perder la fe en Dios y ella sí, señora, nunca, señora, y gracias, muchas gracias, señora.

—Luisa qué —la señora Elba no se decidía a abrir del todo la reja negra, la mano sobre la frente, los ojos grises inquietos, detrás de ella se veía el jardín, las paredes blancas, la puerta principal de la casa.

—Luisa Valladares —el sol estrellándose en la espalda, en los hombros. Ni siquiera brisa. Ojalá.

—Valladares, Valladares —la señora Elba repetía el apellido casi para sí, buscando el nombre en una lista de nombres efímeros, fugaces, fácilmente olvidables; referencias pedidas a las amistades, Magda, porque en esta época una ya no podía confiar así nomás porque sí; una tenía que saber a quién metía en la casa. La señora Magda asiente en silencio, ella comprendía, claro, tal como estaban las cosas era imprescindible pedir referencias, dice alzando las cejas en un gesto nostálgico o resignado, pero por supuesto, se palmea suavemente una pierna, qué casualidad, justo la semana pasada, casi lo olvidaba, qué cabeza la suya, había venido una chica—: Ah, claro, tú eres la recomendada de Magda, ¿verdad?

—Sí, doña Magda me dijo —Luisa entregó el fólder verde y ajado, usado muchas veces—. Aquí traigo mis certificados, señora —el corazón palpitándole con fuerza mientras la señora Elba abría el fólder, miraba apenas los papeles, aprobaba imperceptiblemente con la cabeza, volvía a mirar a Luisa que se pasaba el dorso de la mano por la frente, cómo no trajo un pañuelito, un poco de papel higiénico, qué calor terrible.

—Es terrible, sí —don Alfonso se abanica con un *Caretas* pasado. A su alrededor enjambres de moscas zumban monótonamente, se posan en la cama, en las ollas y utensilios amontonados sobre la mesa, en las dos sillas y el colchón extendido en el suelo que componen todo el mobiliario. De vez en cuando las espanta y se sopla luego los pelitos blancos que la camisa entreabierta descubre en su pecho—. ¿Qué más te dijo?

—¿Cuánto tiempo estuviste trabajando con Magda? —la señora Elba clava sus ojos grises en Luisa: son como dos ratoncitos que corren inventariando el cabello ensortijado y corto, casi varonil, los ojos grandes y dóciles, los labios trémulos, el cuello, el vestido estampado, las piernas morenas y tersas, los zapatos blancos, cuarteados.

—Como cinco años, señora —los ojos expectantes, ojalá. De nuevo diminutas gotitas brotan de su frente lisa y redonda, en el labio superior y también entre los senos: un tenue arroyo que resbalaba hasta el vientre. Ojalá.

El sol entra a chorros por la ventana, alumbra los muebles antiguos, la mesa de centro, las manos que alzan la taza. Ajá, la señora Elba sorbía té, estiraba la falda para acomodarse mejor, tomaba un pastel de la bandeja dispuesta, ¿así que es buena chica, Magdita? Sí, ella nunca había tenido problemas, muy hacendosa y limpiecita. ¿Honrada? Que Elba se figurara, para que hubiera durado tantos años en casa... La señora Magda mordisqueaba con morosidad un pastelito, la vista vagaba por la sala, hurgaba seguramente en los recuerdos. Muy buena chica, insistió al cabo, lástima que dejara de estudiar, era bastante aplicada y empeñosa, a veces se quedaba los domingos estudiando para sus exámenes y jamás, que doña Magda supiera, había salido desaprobada en alguna materia. ¿Primaria?, ¿secundaria? No, hija, ya había terminado el colegio cuando empezó a trabajar. Rebeca la animó para que estudiase cualquier otra cosa, para que no se conformara con sacar sus certificados de colegio, y Luisa se decidió por Enfermería. ¿Enfermería? La señora Elba abre mucho los ojos, detiene la taza antes de que llegue a sus labios, vaya, vaya, eso sí que era una sorpresa, ella pensaba que esa gente no tenía mayores ambiciones, qué sorpresa, insiste. Sí, prosigue la señora Magda abanicándose, Rebeca misma la matriculó. Y a propósito, ¿qué era de ella? La señora Elba reanudó la marcha de la taza hasta posarla en los labios, sonríe confusa, se muerde apenas los labios, al fin se decide a preguntar: ¿era verdad lo que Magda le dijo el otro día por teléfono? Doña Magda cierra suavemente los ojos, los abre y se mira las manos, sí, se va a casar, a Ernesto la noticia le había caído como una bomba, Elba no se imaginaba el lío que se había armado cuando Rebeca vino con la novedad, y es que el muchacho era buena gente pero algo falto de ambiciones, trabajaba como profesor y al parecer no le iba mal económicamente pero aún no había terminado la universidad y por lo que contaba Rebeca andaba medio decepcionado de la carrera y doña Magda no sabía qué otras bobadas, pero eso sí, le había dicho Ernesto cuando conversó con el chico, cuidadito con que su hija dejara de estudiar, a él lo hacía responsable, recuerda la señora Magda frotándose nerviosamente la pulsera de cobre que lleva en la muñeca y que le alivia en algo los dolores del reuma. El muchacho había venido a comer y la tarde aquella fue para morirse, felizmente que Ernesto empezó a hacerse a la idea y además al final Sebastián se lo ganó conversándole de la guerra con Chile, Elba sabía cómo era Ernesto con esos temas de historia, cuando alguien le jalaba la lengua no había quien lo parase. En fin, hija, suspira doña Magda, con tal que Rebeca no le saliese con que está embarazada, porque ahí sí que le da el infarto al viejo, ya bastante le ha costado resignarse a que su hijita adorada se case. ¿Más tecito, Elba?

—No, no me trató mal, tío —Luisa azuza el fuego del primus, echa verduras en la olla, espanta las moscas con fastidio, qué barbaridad, estaban por todos lados—. Pero es algo estirada, nada que ver con doña Magda.

—Hay que resignarse, hija —don Alfonso ahuyenta a las moscas, ubica la voz de su sobrina—. En estos tiempos es una suerte que hayas conseguido trabajo.

—No sé, tío —Luisa habla en voz baja, observa al viejo que sentado junto a la puerta entreabierta de la choza rasca con su bastón el piso de tierra—. Además, estoy pensando en no aceptarlo.

Don Alfonso levanta la mirada sin registros, detiene su minucioso escarbar y frunce el ceño. Las esteras del techo filtran haces de luz resplandeciente que se estrellan contra el suelo formando diminutos cuadros amarillos.

—¿Por qué?

—Porque es muy caro ya, señorita —Luisa había bajado la vista, los ojos detenidos en las losetas blancas y negras, la voz apenas audible. La señorita Rebeca no había cambiado nada, piensa, estaba igualita de linda, igualita de buena.

La señora Elba sí, un poquito más de té, consultaba su reloj, Arturo iba a venir a recogerla, por qué demoraba tanto este muchacho, ya iban a ser las cinco y doña Magda que no se preocupara, mujer, los jóvenes eran así, se les pasaba el tiempo en sus cosas, dice al inclinarse con la tetera, y deja caer una cascadita humeante y color caoba en la taza que ha colocado la señora Elba sobre la mesa.

Se veía que era una buena chica, dijo Clara con una sonrisa pícara, las manos restregadas una y otra vez en el delantal blanco donde destacaban ovaladas, nítidas, recientes manchas de grasa. En la mesa aún quedaban tazas y platos con restos de comida pese a que Rosa, después del café y la charla, cuando Clara se levantó, había ofrecido ayudarla, y la hermana de Pinto que dejara nomás, que ella era la invitada y además ya tendría tiempo para encargarse de almuercitos, y Pinto, que fumaba amodorrado bebiendo despacio una taza de café, notó la confusión, la discreta complacencia de Rosa al despedirse de Clara.

Ahora, de regreso del paradero donde la dejó con un beso —que se cuidara, reina, mañana se veían—, se enfrentó a los comentarios, a las bromas, a las pullas de su hermana. Sí, era una buena chica. No, todavía era muy pronto para hablar de matrimonio, por Dios. Por supuesto que la quería, ¿acaso era él un frívolo, un mujeriego? Enojado de mentiras con los comentarios, siguiendo a su hermana que recogía los platos, las tazas y cubiertos que llevaba a la cocina, los apilaba en el fregadero y dejaba caer sobre los trastos un chorro de agua antes de volverse hacia él y mirarlo con una atención nueva, plácida: qué escondida se la tenía, a Clara la había cogido por sorpresa la llamada de su hermano el lunes pasado, la había dejado fría cuando le soltó lo de la chica, quién lo hubiera dicho, caramba, ella que pensaba que su hermanito se estaba volviendo medio raro. ¿Cuánto tiempo que salía con ella?, y Pinto, apoyado flojamente en el quicio de la puerta, demoraba la respuesta encendiendo sin prisas un cigarrillo, limpiándose una manchita de la solapa. Eso: ¿cuánto tiempo, Pinto?

Fue Montero quien se la presentó, dijo lentamente apoyándose más en la puerta de la cocina, mirando distraído los brinquitos nerviosos del canario que saltaba en su jaula, hablando casi para sí mismo, dándose tiempo para repasar esos pocos meses tendidos como a galope entre dos pausas: su vida sin aspavientos, mediocre más que mesurada; sosa más que tranquila; discreta más que feliz, antes de conocer a la Rosa, y esta felicidad sin prisas, sin fatalismos ni premoniciones, que empezó con la terquedad de Montero, que fueran a la fiesta, cholo, toda la tarde insistiéndole, asomando la cabeza en la cabina pequeña, sofocante, y Pinto que no jodiera, estaba muerto de cansancio, que lo dejara terminar el trabajo, que así no había quien se pudiese concentrar, pero poco a poco convenciéndose de que sí, que iba a aceptar, que después de todo no le vendría mal distraerse un día, ¿hace cuánto que no sales por ahí, que no tomas un trago, que no bailas, que no miras hembritas, que no tiras, Pinto? Y Montero nuevamente, haciendo muecas, que fueran, cholito, poniendo cara compungida, que lo acompañara, que quién era su chochera, su yunta, su pata del alma.

Tomaron el colectivo en la avenida Arequipa, se metieron en el tráfico atosigante de Wilson y Tacna, vieron discurrir el río enfermizo de autos viejísimos y microbuses destartalados que bloqueaban el puente Santa Rosa desde que se clausurara el otro acceso al Rimac, el que pasaba cerca a Palacio de Gobierno, ahora rodeado de tanquetas y dispositivos de seguridad; se bajaron en Francisco Pizarro porque Montero quería cambiarse de camisa y lavarse un poco, si Pinto quería también se daba una lavada, se arreglaba un poco, Montero le iba a convidar un poquito de su colonia Cardigan, Pinto vería qué bien estaban las hembritas del barrio. Montero vivía en un callejón bullicioso de donde escapaban enjambres de niños gritones y en cuya entrada conversaban señoras de aspecto estragado que se estorbaban fatigosamente en el angosto pasillo a cuyos extremos se abrían infinidad de puertas y ventanas. Había un olor violento y ácido que bruscamente le hizo recordar a Pinto su niñez, sus calles de Barrios Altos, tan parecidas a éstas del Rimac: la remota melancolía de sus edificios coloniales, la bullanga pendenciera de los jóvenes apostados a la entrada de las quintas y que parecían mirar con desapego a la gente que caminaba por las calles agrietadas y mugrosas; la miseria festiva de las familias que se apretujaban en los cuartuchos divididos por delgados tabiques de madera, y sobre todo el olor, Clara, el olor. Un viento macerado de humores promiscuos y absolutos soplando sin posibilidad de escape entre los corredores larguísimos, angostos y desconchados. Ésta era su casa, dijo Montero, y Pinto comprendió que entraba a una habitación donde apenas cabía la mesa, los muebles cubiertos por sábanas percudidas, los adornos desportillados, un Corazón de Jesús en la pared, frente a él; una foto matrimonial y retocada en exceso en la pared opuesta. Eran sus viejos, explicó Montero con una sonrisa, no tardaba ni un cinco, se daba una lavadita y se ponía una camisa más faitosa, que Pinto se sentara, estaba en su casa.

Quince minutos después tomaban un par de cervezas en una chinganita cercana, era el bar del Pescado, explicó Montero señalando a un cholón blando y de gesto siniestramente quieto que leía un periódico tras el mostrador, se andaba diciendo por ahí que estuvo en Lurigancho porque mató a un Pip, pero nadie sabía si era verdad o no, quién se iba a atrever a preguntarle nada, servía vasos espumosos Montero y Pinto asentía lejano, bebiendo despacio, matando el tiempo sorbo a sorbo porque a los tonos había que llegar un poco tardeli para hacer impacto con las hembritas, insistía Montero y Pinto movía la cabeza acompañando el gesto con una sonrisa ciega, ensimismada, casi la última trinchera desde donde defendía, sin saber muy bien por qué, sus hoscos repliegues de animal sedentario y huraño.

Pero en la fiesta ya no, dijo Pinto para sí mismo, hipnotizado con los brincos del canario que se sentía observado, y Clara, dejando los platos en el fregadero, ¿cómo decía?, y él se descubrió tonto haciendo confesiones de amor, sintiendo entre los dedos flojos el cigarrillo que empezaba a terminarse: un calorcito, Pinto, una incomodidad, unas cosquillas al verla entre sus amigas parloteando en una esquina de la sala, fingiendo indiferencia hacia el grupo de los hombres que bebían cerveza y que de cuando en cuando se animaban a acercarse, ¿bailaba?, y sacaban a una, ¿le permitía?, y a otra, y Montero, arrimándose con una botella de cerveza, ¿él no bailaba, hermanito? A los tonos uno iba a divertirse y no a quedarse en una esquina ahuevadamente, cholito, y él sí, ahorita se animaba pero era falso porque no se atrevía sino a mirarla. Flaquita, de ojazos negros y coquetos. Sabida, ya se había dado cuenta de que Pinto la estaba mirando de tanto en tanto, como de casualidad, y ella se volvía despacio hacia él, un movimiento ligero y como de reojo y nuevamente conversaba con sus amigas allí en la esquina donde ellas amontonaron las sillas para que en la sala de la casa hubiera espacio y se pudiera bailar. La morenita gesticulaba y las manos dos pájaros revoltosos, bailaba bonito la salsa y el rock, reía con todos. En algún momento pasó cerca de Pinto y él pudo registrar su olor, desprenderlo de los otros olores,

mirarle el perfil de chiquilla, los senos menudos y sabro-
sos bajo la blusa blanca, y Montero se acercó con otro par
de cervezas, los ojos brillantes, despeinado y con la camisa entreabierta, estaba bien la flaquita, ¿no?, dijo sentándose al lado de Pinto, su hermano menor anduvo tem-
plado de ella y Pinto sí, estaba, tú eres la rueda, yo soy el
camino y luego Michael Jackson a todo volumen, todo
el mundo a bailar y Pinto fue al baño, meó largamente,
se alisó los cabellos más que nada por hacer tiempo antes
de salir otra vez hacia su rincón, a beber despacio, y qué
ganas de conversar con ella, qué alegre era, cómo bailaba,
parecía ser la que más disfrutaba de la fiesta y ayudaba a
la dueña de casa a pasar los bocaditos, a llevarse las botellas
vacías y no había caso, dijo Clara empezando a secar los
platos que iba colocando luego sobre la mesa, parecía
mentira que a su edad Pinto se hubiera enamorado así, y
lo peor, lo que no tenía perdón: no sacarla a bailar, no
hacerle la corte, irse de la fiesta sin siquiera haberle hablado, sin saber ni su nombre ni nada, pese a que Montero
se la presentaba, cholo, con la lengua estropajosa, si hacía
rato que se estaba fijando en él, que manyara las miraditas
que le lanzaba, que no fuera huevas, y Pinto incómodo,
alarmado, que no jodiera, hombre, porque Montero hablaba a voz en cuello, estaba borracho, había estado bebiendo sin tregua desde que llegaron, amargo porque
Silvia no apareció en la fiesta y ahora lo quería un montón a Pinto, decía despeinándolo, abrazándolo eufórico,
feliz porque su bróder era un gran periodista, y Pinto mejor se iban ya, confundido porque la gente se reía, los miraba, se burlaba de los aspavientos que hacía Montero al
explicar embrolladamente que su pata del alma era un periodista con huevos además, ¿a que nadie allí sabía que
fue Pinto quien destapó el fraude de la izquierda?, y ella
también reía pero distinto, coqueta, cómplicemente, y él

sostenía a Montero, que se fueran ya, compadre, se había pasado con los tragos, casi arrastrando a Montero, que empezaba a ponerse triste, hermanito, porque estaba enamorado hasta el perno de Silvia y la muy ingrata ni siquiera había venido, decía destempladamente, dando traspiés. Ya era tarde, compadre, y mañana tenían que estar tempranito en la radio, ¿no recordaba la entrevista al senador Obregón?, y Montero qué chucha el senador Obregón, él quería entrevistar a Silvia: no sabes la borrachera que cogió Montero, Clara, Pinto le hubiera hablado de todas maneras a la chica, no fue su culpa y además de todas formas la conoció, ¿no era así?

—Sígueme —le dijo la señora Elba abriendo del todo la reja, una mano al mechón de canas rebeldes que le cae sobre la frente.

Luisa caminó detrás de ella en silencio por el sendero de piedras que cortaba en dos el jardín y serpenteaba hasta la puerta principal. Se oía el inubicable discurrir del agua que brotaba de una manguera y el zumbido de las abejas en torno a los rosales. También había claveles y canteros de geranios y Luisa podía respirar el aroma mineral y primario de la tierra húmeda, del jardín cuidado y amplio. Por aquí, le dijo la señora abriendo la puerta de la casa: una sala grande y en penumbras, sofocada por un silencio solemne que obligó a Luisa a caminar casi de puntillas y a observar de reojo el cuadro antiguo y oscuro sobre la chimenea, el techo alto del que pendían dos arañas de cristal que lanzaban destellos; luego otra sala más pequeña y mesitas atiborradas de fotos, platería, adornos, jarrones, un caos primoroso y como suspendido en otro tiempo. Al extremo opuesto empezaba la escalera de pasamanos bruñidos y peldaños de madera, por allí arriba se iba a las habitaciones, dijo la señora señalando con un gesto, que por favor, cuando Luisa limpiara el salón o el comedor cuidara de no hacer mucho ruido porque arriba se escuchaba lo más mínimo. Luisa murmuró que la señora no se preocupara pero casi no le salió la voz y entonces se apresuró a mover afirmativamente la cabeza. La señora cruzó el comedor, alcanzó un pasillo largo y estrecho, enmoquetado, y que olía a Pinesol, antes de entornar una puerta blanca: la cocina. Unas cortinas coquetas franqueaban la ventana sobre el fregadero, el sol entraba con fuerza iluminando la superficie negra y brillante del piso; una mesita con un mantel de cuadros rojos y blancos, los reposteros inmaculados, qué distinto, pensó Luisa, sintiéndose bruscamente de otro ánimo en la cocina, más contenta, más viva. Ya conocería a la señora Rosa, la cocinera, la señora Elba caminó decidida hacia la puerta que daba al jardín y allí al fondo se erguía una construcción color neutro, un brote asexuado y tosco en medio del verde, a la sombra de un árbol: tu cuarto.

—Bueno, tienes razón —concedió Rebeca desencantada—. La enseñanza está por las nubes.

Luisa no la miró, tenía ganas de pedirle perdón, de decirle que sí, que volvería a estudiar pero más adelante, señorita Rebeca, decían que las cosas iban a mejorar dentro de poco en el país, su tío mismo le había dicho, señorita. Rebeca había desaparecido en la cocina, su voz sonaba preocupada, ¿y qué iba a hacer ahora?, Luisa la oyó preguntar al otro lado de la puerta, qué tipo de trabajo buscaría, insistió entre ruidos de trastos, tintineo de platos, la licuadora, con lo difícil que estaba todo, volvió con un vaso de jugo y Luisa se levantó confusa del sofá, no se hubiera molestado, señorita, y Rebeca, con un fastidio amable, que se dejara de tonterías, entregó el vaso, la hizo sentar nuevamente, volvía el gesto grave, ¿qué pensaba hacer ahora?

—A eso he venido, señorita —atropelladamente, balbuceante, los ojos esperanzados, ¿doña Magda no conocía a nadie que necesitara empleada? El corazón saltándole en el pecho, qué nostalgia volver a esta casa, ¿cómo estaba don Ernesto?, ¿demoraría doña Magda?

—Ya debe estar por llegar —Rebeca había mirado su reloj, luego se inclinó sobre el sillón hacia la ventana y desde allí atisbó la calle.

Luisa seguía inmóvil con el vaso de jugo entre las manos, el platito sobre el regazo, las piernas muy juntas, la espalda apoyada apenas contra el respaldo del sofá, bebía a sorbitos, estaba rico, señorita, tenía un gustito extraño, como a miel, como a canela, y sin embargo era papaya, ¿no?

Rebeca la miró complacida, sus labios dibujaron una sonrisa fugaz, ¿de veras le gustaba el jugo a Luisa? Era una receta especial y además estaba aprendiendo a cocinar. ¿A cocinar también? Luisa abría mucho los ojos y Rebeca bajaba cómplicemente la voz, es que se iba a casar dentro de poco, sonsa, ¿qué le parecía?

Muy bien, muy bien, la señora Elba se levantaba y doña Magda sacudió las migas de la falda, dobló su servilleta dejándola en la mesa, se apoyó en el mueble y con esfuerzo se incorporó al fin. Arturo estacionaba frente a la casa, desde la sala escucharon el auto, ése debía de ser, voltearon ambas hacia la ventana, lo vieron bajar de la camioneta, qué guapo estaba su hijo, Elba, todo un hombre ya, y ella sí, había que ver cómo crecían los hijos, éste era un petiso bandido hasta hacía tan pocos años y de pronto, que Magda se fijara, todo un hombrón, a su padre le llevaba media cabeza por lo menos. Ahí los ojos risueños, el gesto pícaro de doña Magda, ¿y éste no se casaba? ¡Jesús!, doña Elba se espantaba, parecía que iba a persignarse pero no, Arturo ya iba a terminar la universidad y andaba metido en política hasta el cuello, la señora Elba sólo le pedía a Dios que se le pasara la locura porque el padre andaba mortificado con el asunto y ella también, qué quería que le dijera, pues, Magdita. Seguro cuando se enamorara de verdad se le pasaría la ventolera, la señora Magda apoya una mano tibia en el hombro de su amiga, le da unas palmaditas, ya iba a ver, que no se preocupara mucho, insiste antes de abrir la puerta, recibe el beso de Arturo y cómo está, señora: alto, atlético, el cabello negro y corto, los ojos suyos, Elba, cuánto tiempo que no lo veía, muchacho, y él era verdad, señora, pero era ella quien ya no iba por la casa, dice mirando a su madre con impaciencia. La señora Elba recoge su bolso, ¿entonces la chica era recomendable, no?, pregunta caminando hacia la puerta, ya iban, ya iban, murmura junto a su hijo, tardaba tanto y ahora le venía con apuros. La señora Magda los acompañaba hasta afuera, que se vaya tranquila, nomás, era una chica estupenda.

—No estamos en condiciones de dejar pasar esta oportunidad, Luchita —don Alfonso espanta las moscas con gesto cansado, apoya luego ambas manos en la empuñadura del bastón y sobre ellas la barbilla, se queda callado escuchando los pasos de su sobrina, las ollas y los cubiertos que Luisa va colocando sobre la mesa minúscula, el zumbido adormecedor de las moscas, un camión afuera que resopla exhausto apagando el griterío de los que han corrido hasta él. Ya llegaron los aguateros, dice Luisa, y coge un balde, luego otro más pequeño, ya venía, iba por el agua, tío y él, de improviso, ¿no le habría dicho que no a esa señora, ah?

—No, por supuesto, señora —Luisa habla despacio, ensimismadamente, de todas maneras iba a trabajar, sólo que ella no pensó que.

La señorita Rebeca se había levantado al escuchar la puerta, Luisa también. El chirriar de los goznes, un haz de luz, la silueta algo encorvada de doña Magda, vaya, qué sorpresa, la voz todavía firme, miren quién estaba allí, la abrazó, hijita, cómo estaba, y ella bien, señora, los ojos cálidos, se inclinó para abrazar a doña Magda y Rebeca alborotaba alrededor, fingía enojarse porque ya no estudia, mamá, y doña Magda miró intrigada a Luisa, ¿cómo estaba eso?, se dejaba caer en el sofá, qué calor hacía, espantó unas moscas, qué barbaridad, eran una verdadera plaga y la huelga de los municipales parecía no tener fin, si vieran cómo estaba el centro de Lima se morían, cerros de basura en cada esquina, cómo no iba a haber la cantidad de moscas que había. Sus ojos buscaron a Rebeca y luego volvieron a posarse suavemente sobre Luisa. ¿Qué pasaba, hija? ¿Por qué dejó el instituto? Luisa sintió la cara arder, tomó un sorbito de jugo, porque ya no tenía cómo pagarlo, doña Magda, la panadería donde trabajaba había cerrado y además el último mes la matrícula subió casi el doble. Muchas chicas también tuvieron que dejarlo. Se secó los labios con un pañuelo, bajó la voz, estaba buscando trabajo. Doña Magda aceptó el vaso de jugo que le trajo Rebeca y le dio unas palmaditas afectuosas en la mano observando el rostro grave de Luisa, el cuerpo rígido en el sillón, ¿doña Magda quizá conocía a alguien que necesitase empleada?

—No, tío —le dijo Luisa desde la puerta, con los baldes en la mano, la voz resignada—. Mañana empiezo.

Ella la avisaría: doña Magda le daba palmaditas en la espalda, Rebeca un beso, que se viniera a conversar, ingrata, además, por ahí tenía unas blusas que a Luisa le podían quedar, y ella gracias, señorita, no se moleste, y doña Magda la avisaría apenas supiera, que no se preocupara, ¿por qué no se daba una vueltecita por aquí la semana entrante, a ver si ya le tenía alguna noticia?

Había terminado el boletín de las siete, quedaba poca gente en la emisora y en cualquier momento aparecían Mauricio y el negro Juanjo para armar los próximos boletines; ellos mejor se iban de una vez porque si no los ensartaban, llegaba el gordo y les pedía que se quedasen un poco más porque había mucha chamba, muchachos, todos tenían que poner el hombro para sacar adelante la radio. Roñoso, y a fin de mes se hacía el loco, les demoraba el sueldo, les pagaba a puchitos, los tenía jodidos, Pinto, y a ellos no les quedaba más remedio que aceptar que las cosas fueran así, cuándo habían sido bien pagados los periodistas en el Perú, al final el gordo les quería vender la idea de que ellos debían agradecer porque en medio de todo trabajaban, y una buena mierda, le dijo Montero acomodando su escritorio, revisando apurado qué papeles guardaba y qué papeles tiraba al cubo ya repleto, poniéndose finalmente la casaca, que fueran a su casa a comer, cholito, lo invitaba, y Pinto, que salía de la cabina de edición con las cintas listas para los próximos boletines, dijo de acuerdo, pensando que a lo mejor, que probablemente, que ojalá. Qué cosas, ¿no, Clara? Cómo era el amor, caracho, aceptó la invitación de Montero porque Rosa era del barrio y a lo mejor la veían y la vieron. Estaban en la chingana del Pescado tomando unas cervecitas antes de la comida, hablando de fútbol, de política, de cosas del trabajo, cuando ella pasó frente a la puerta del bar, menudita, apurada, distraída, y Montero qué sorpresa, Rosita, se levantó, fue a darle el encuentro, un beso, ¿se tomaba algo con ellos? La Rosa ni loca iba a entrar allí, era una cantina, dijo abriendo mucho los ojos, espantándose de la proposición de Montero aunque sin dejar de mirar a Pinto, que bebía su cerveza despacio, ensimismado, incómodo, con repentinas ganas de fumar pero ya sin cigarrillos. Que se acercara, hermanito, dijo Montero haciéndole una seña, y al Pescado que le anotara éstas, que se marchaban, chochera.

Ya en la calle Montero preguntó sorprendiéndose incorrecto, dándose una palmada en la frente por distraído, si no los había presentado, y ella encantada y Pinto mucho gusto: la mano pequeñita, flaca, fugaz; su olor, sus cabellos, Pinto; su mirada curiosa y algo burlona, ¿se daría cuenta de tu nerviosismo? Fueron caminando despacio hacia una bodega cercana, ¿una gaseosa, Rosita?, y ella bueno, pero no podía quedarse mucho rato porque sólo había salido a comprar y ya era tarde y tres cocacolas, por favor, pidió Montero antes de apoyarse en el mostrador, sonriente y evocativo, cuánto tiempo que no se veían, ¿no, Rosita?, pero ella que no fuera exagerado, comentó riendo, empujándolo un poquito a Montero, desde la fiesta del sábado apenas, y volviéndose a Pinto, como si recién lo recordara, él también era periodista, ¿no? Sí, dijo Montero llevándose una mano a la billetera, pero Pinto no, que dejara, invitaba él, pidiendo además una cajetilla de Premier, por favor, a la señora que atendía. Le ofreció un cigarrillo a Montero y uno a ella, ¿fumaba? No, dijo Rosa, ella no fumaba, en el Instituto de Enfermería le habían quitado las ganas de probar siquiera un cigarro en su vida, en cambio los periodistas fumaban como murciélagos, con la vida que llevaban, caramba, debía de ser apasionante, sobre todo trabajando en una radio, a ella cuánto le gustaría conocer una por dentro, qué cosa fantástica, ¿no?, apenas un sorbito de cocacola y Pinto un sorbo largo, un esbozo de sonrisa, no era tanto como parecía pero Montero creía que sí, lo que pasaba era que ellos ya estaban acostumbrados, era cuestión de óptica, cholo, que recordara cuando empezó a trabajar en la radio. Cierto, tuvo que admitir Pinto mirando hacia la calle, volviendo los ojos hacia Rosa, uno terminaba acostumbrándose a todo. Como al desprecio, confesó Montero con voz lánguida, él ya se había acostumbrado a que la Silvia no le diera bola, lo tenía sufriendo, era un dolor que lo traspasaba, muchachos, que no le permitía trabajar, ni dormir, ni vivir, nada, caray, y que le creyeran porque hablaba completamente en serio. A eso nadie se acostumbraba, dijo Rosa muy seria y casi de inmediato: Montero estaba exagerando, lo único que ocurría era que él no podía con su genio y a Silvia le molestaba una cosa de Montero, al menos eso le había confiado a ella, añadió con una sonrisita y otro traguito de gaseosa: vez que bebía, vez que se emborrachaba, hombre, ¿por qué no aprendía de su amigo? Ay, caramba, exclamó Montero mirándola con incredulidad, llevándose una mano al corazón, apoyándose completamente en el mostrador como si lo hubiesen tocado de muerte, ¿ahora resultaba que su compadre era un caballerito y él un borrachín sólo porque en la fiesta del sábado se pasó un poco con los tragos? Pero Rosa no había querido decir eso, sonso, que no se hiciera el ofendido porque bien sabía que a Silvia le gustaba Montero, sólo que un poco menos de alcohol no le vendría mal, y súbitamente, volviéndose a Pinto que seguía la conversación con una sonrisa neutra y cortés, ¿él qué pensaba?, ¿o sólo se hacía el hombre serio y en el fondo no lo era? Pinto dejó la botella en el mostrador observando la actitud desafiante de Rosa, quiso decir algo ingenioso, seguir llevando el registro fácil de la charla pero se sorprendió absolutamente sincero, demasiado llano al confesar que no lo sabía, no sabía si era serio o no lo era, y la Rosa otro sorbito, los ojazos expresivos, perplejos, ¿se estaría haciendo el misterioso, acaso? No, su compadre era así, explicó Montero terminando su gaseosa de un sorbo largo y sonoro, llevándose la mano a la boca para contener un eructo, en el fondo era más serio que un discurso militar; apenas bebía, no tenía mucho sentido del humor, nunca se iba de juerga, a la fiesta del sábado fue porque le tuvo que insistir toda la tarde Montero, pero eso sí: era un excelente amigo, un tipo leal y un gran periodista, Rosita. Pinto hizo una mueca, miró de reojo a Montero, cuyo rostro permanecía infranqueable, no supo si su amigo hablaba en serio o en el fondo sólo estaba divirtiéndose con la expresión desconfiada de Rosa, así que se apresuró a añadir que no sabía, que ella no hiciera mucho caso de Montero, que no fuera a imaginárselo tan aburrido, insistió haciendo un enorme esfuerzo por parecer natural, sólo que el periodismo era una profesión muy absorbente y a él su trabajo le apasionaba, y a Rosa le daba esa impresión, dijo mirándolo con un gesto nuevo, se veía que estaba a gusto con su trabajo nada más oyéndolo hablar. Sería formidable pero también arriesgadísimo, ¿no? Sobre todo para los sabuesos como su compadre, terció Montero. ¿A que Rosa no sabía que fue Pinto quien destapó el fraude en las elecciones internas de la izquierda? Ahí los ojos asombrados, el gesto sinceramente admirativo cuando dejó la botella sobre el mostrador, ¿era cierto eso? ¿Pinto fue quien sacó aquella noticia? Y él, quitándose los lentes para limpiarlos en la solapa del saco, si ella supiera en los líos en que se había metido por culpa de aquel artículo, de esas fotos, porque también tomó las fotos de los dos tipos que cambiaban las urnas, su compadre además era un buen fotógrafo, aficionado nomás pero bueno, volvió a insistir Montero, y Pinto asentía, bruscamente oscurecido, ¿para qué sirvió, Pinto? ¿Qué conseguiste con todo eso, carajo? ¿Dinero, prestigio, un ascenso? No, recuerda: casi un despido, cartas amenazantes, insultos, indignación, bronca, y por poco un juicio, finalmente tedio, suspiró Pinto manoteando como quien espanta los recuerdos, y la Rosa se transformaba, se mordía una uña, que contara cómo fue, qué ocurrió en realidad, quería saber todo con pelos y señales, no lo podía creer, le parecía mentira, si el asunto fue sonadísimo, miraba a Pinto y lo volvía a mirar. Como si fuera una estrella, Clara, como si fuera un futbolista famoso o un cantante de moda. Ahí fue que se enamoró de él, se lo confesó semanas después porque esa noche Montero le dijo que escuchara, Rosita, si quería una tarde de éstas se pasaba por la radio para que la conociera, ¿no dijo que andaba muerta por ver una desde adentro?, y ella las manos juntas, nerviosas, un saltito, ¿en serio podría? Sí, pero con una condición, sonrió Montero algo confuso, sin atreverse a mirar a Pinto, vacilante al decir que Rosa llevara a Silvia para que así la chinita también conociera y que qué tal si después iban los cuatro al cine. Ahora sí feliz, estupendo, aplaudió Rosa, ella convencía a Silvia, que Montero no se preocupara por eso, que lo dejara en sus manos, pero luego, volviéndose a Pinto, que permanecía fumando callado, mordiéndose los labios, bajando los ojazos negros y brillantes igual que una niña cogida en falta: si Pinto aceptaba, por supuesto, qué barbaridad, qué iba a decir, murmuró. Una coqueta, Clara, se montó un teatro, me resultó una bandida de primera.

No era muy pesado el trabajo en realidad, apenas hacer la limpieza, pero había aspiradora y lustradora. Los sábados sí que tenía que encerar los pisos y limpiar con Brasso los bronces, y, claro, lavar y planchar, pero con lavadora automática una casi no hacía nada; apretar botoncitos y vigilar de vez en cuando el movimiento espumoso y lleno de zumbidos, como una mano invisible que estuviera dentro de la máquina removiendo sus entrañas, la primera vez la señora Elba se amargó, qué hacía, hija, cuando vio que la espuma casi rebalsaba la lavadora, no se echaba tanto detergente, Jesús, y ella se sintió acalorada, confusa, perdón, no sabía. ¿Nunca había usado lavadora automática? No, cuando ella se fue de donde doña Magdita recién habían comprado una, no tuvo tiempo de usarla. Pero resultó harto fácil, la señora Rosa le enseñó, que se fijara: movía aquí, apretaba allá y listo. Los puños y los cuellos los refregaba antes a mano porque si no se percudían, sobre todo las camisas del joven Arturo, siempre tan quisquilloso con la ropa, le aconsejaba la señora Rosa cuando se juntaban en la cocina a la hora del almuerzo y le iba contando que a doña Elba le gustaba que todo estuviera siempre en orden y nada de encender la tele ni la radio de la sala sin su permiso; el señor casi no se metía en la cocina, siempre tan serio, era abogado. ¿Abogado?, abría mucho los ojos ella, sí, y el joven Arturo estudiaba también para ser abogado aunque hubo discusiones porque parece que al principio él quería estudiar otra carrera, doña Rosa creía que Literatura porque el joven desde niñito sabía escribir poemitas, cosas lindas; se gritaron bien feo y el joven se insolentó, un día discutieron horas y cuando el joven se encerró en su habitación después de dar un tremendo portazo la señora subió en su detrás, parece que ella también quería que su hijo fuese abogado pero no había que presionarlo, viejo, decía. Al final parece que lo convencieron o lo obligaron, vaya una a saber, ahora lo dejan que se lleve la camioneta y anda un poco cambiado, más seriecito, más hombre, así lo habrá querido el Señor. La señora Rosa era testigo de Jehová y todo el día citaba la Biblia de memoria. Luisa escuchaba tras una sonrisa cortés pero cambiaba la conversación cuando la cocinera la animaba para que ella se bautizara en la Verdadera Religión, hija, cuando llegara el Día del Juicio Final sólo los verdaderos creyentes se salvarían. ¿Sería cierto?, se preguntaba Luisa en la oscuridad de su cuartito, y le entraba una especie de miedo, ángeles con espadas y trompetas y luego una luz muy intensa y bella desde donde aparecía el Señor, todo bondad, para salvar a los verdaderos fieles, así como se veía en los *Atalayas* que le prestaba la cocinera y que ella empezó a hojear cuando estaba en su cuarto, al principio de puro aburrida pero luego con un asomo de incomodidad, ¿y si así era de veras?, le entraba una cosa rara, una punzada de miedo, y entonces mejor ya no leía pero era peor, resultaba como traicionar a Dios, darle la espalda a la salvación, porque si era cierto lo que decían las revistas que le prestaba la señora Rosa ella se iba a condenar, y además todo estaba en la Biblia, que se fijara, se empecinaba la mujer mostrándole versículos que se sabía de memoria: tenía los ojos tranquilos, profundos, y parecía siempre feliz, dueña de una seguridad que Luisa jamás había conocido, ella que nunca fue una buena católica. Pero estaba a tiempo, insistía la señora Rosa, ella también había pecado, y mucho. El Señor, en su infinita misericordia, le permitió conocer la Verdad. ¿Cuándo había sido eso? Hacía varios años, cuando la cocinera llegó de Morropón, ¿ella sabía dónde quedaba?, y Luisa se avergonzaba un poco, no, no sabía dónde quedaba, respondía bajando la cabeza. Entonces la señora Rosa, picando despacito las cebollas, los tomates, las papas, le contaba historias de su pueblo. Tenía una gran facilidad para describir paisajes, todo lo que decía resultaba bonito, pero nunca decía mucho de su propia vida, solamente una vez mencionó a su hijo y los ojos se le empañaron de lágrimas y Luisa se mordía los labios conteniéndose de preguntarle, a lo mejor la cocinera no quería acordarse, algo feo seguro le habría sucedido y no había que ser indiscreta, se recriminaba cuando estaba a punto de soltar alguna pregunta. Se limitaba a escuchar, sorbiendo pausadamente su té, dando cabezaditas de asentimiento y rechazando, aunque últimamente sin mucha convicción, la gentil insistencia de la cocinera para que ella también fuera testigo de Jehová. Pero cuando entraba la señora Elba a la cocina, doña Rosa se callaba o cambiaba de tema bruscamente y entonces Luisa aprovechaba para escapar, ¿mande, señora?, o se ponía a planchar. Así hasta la noche, cuando después de servir la comida a los señores y lavar el servicio —la señora Rosa se iba a las cuatro y media o cinco— pedía permiso para retirarse, y la señora que fuera nomás y que no se olvidara de dejarle en el horno su comida al joven Arturo. En la soledad de la habitación pensaba en todo lo que le había sucedido durante el día pero nunca encontraba muchas diferencias. Entonces recordaba las historias que le contaba la señora Rosa acerca de su pueblo. ¿Morrope?, nunca se acordaba del nombrecito y le daba vergüenza preguntarle a la cocinera, a lo mejor se iba a ofender; seguro su tío sabía, el domingo le iba a preguntar, pero el domingo se olvidaba por completo, de puro contenta de verlo. Lo extrañaba un montón y toda la semana estaba pensando en él, cómo se las estaría arreglando con el Mosca. «No te preocupes, negrita», le había dicho éste el día que se mudó con su tío, «aquí con Alfonso nos arreglamos. Tú trae la marmaja, nomás», y había soltado su risa pedregosa. Borrachoso, se resignaba Luisa, porque el temor de que su tío se quedara solo era peor que el que le inspiraba la mala junta del Mosca, qué raro que su tío, tan serio, tan educado, fuese amigo del Mosca. Y desde hacía tantos años. Con tal que no lo estuviera haciendo tomar: el doctor que lo vio en la posta le dijo que tenía la presión un poco alta, así que había que cuidar que las comidas no estuvieran muy condimentadas y sobre todo nada de sal, pero no había mencionado ni una sola palabra sobre el licor, aunque ¿quién no sabía que el alcohol únicamente hace daño? La misma señora Rosa advertía que Dios condenaba a los borrachos y que éstos jamás tendrían acceso al Reino de los Cielos si no se arrepentían; se lo iba a decir al Mosca para meterle miedo y de paso saber qué opinaba su tío sobre los testigos de Jehová. Él nunca fue muy dado a la religión, ni siquiera ahora que ya estaba viejo. Últimamente Luisa lo veía muy acabado, todo el día sentado en la silla que arrastraba hasta la puerta, como si pudiera ver a la gente que pasaba, pobre, y lo saludaba con respeto, buenas, don Alfonso, cómo le va, don Alfonso, y él dirigía su mirada inútil hacia la voz y contestaba con su tono delgadito. Le gustaba que el Mosca o ella le leyeran algunos fragmentos de los pocos libros que tenía en casa y sobre todo uno de Chéjov que, según decía, era el mejor escritor de todos los tiempos, y aunque a Luisa aquellos cuentos raros le aburrían un poco no se atrevía a contradecirlo. Era muy culto su tío y había leído bastante hasta que aquella enfermedad extraña en los ojos lo fue dejando ciego y perdió su trabajo como tenedor de libros contables y todo le empezó a ir mal, pero él parecía conforme y hasta a veces contento. ¿Ella hubiera resistido vivir así, en ese horror oscuro toda su vida? No, si le incomodaba hasta la oscuridad del cine cuando iba a ver una película con las amigas del Instituto de Enfermería y llegaban con la función empezada. Qué miedo esa negrura absoluta, ese tener que andar a pasitos cautelosos, con el temor de estrellarse de pronto con una pared o caerse a un abismo. Debía ser horrible, le dijo la señorita Rebeca cuando Luisa recién trabajaba en su casa y le contó lo de su tío, pero al ver la cara que puso Luisa le sonrió, a todo se acostumbraba uno, sobre todo los ciegos que aún recuerdan los colores, los objetos, las formas, como su tío. Además, lo cierto era que los ciegos desarrollaban mejor los otros sentidos, el oído, el tacto, el olfato. Y debía ser así, pensaba Luisa recordando las palabras de la señorita Rebeca, porque su tío sacaba a las personas por el ruido de los pasos y sabía cuándo llegaba el camión del agua antes que nadie, apenas levantaba su cabecita de pajarito y era como si olfateara en el ambiente, se quedaba quieto, alerta, con su expresión impersonal y dormida, y decía «allí viene el camión, Luchita, ve por los baldes antes de que se formen las colas», y Luisa salía a toda carrera, a pararse en el canchón polvoriento que había a la entrada del pueblo joven esperando la llegada de los aguateros. Y sus manos, recordó: como dos arañas atentas, descubriendo las formas rutinarias como por primera vez siempre; cuando tocaba los vasos, la empuñadura del bastón, la manta con la que se envolvía en las tardes de garúa, cuando la humedad calaba sus huesos cansados. Luisa nunca le había preguntado cómo era vivir así, con los ojos permanentemente cerrados, como en la sala de un cine a cuya oscuridad uno no puede acostumbrar nunca la vista. Aun escuchando mejor, oliendo mejor, ella no cambiaría la vista por nada del mundo. ¿Cómo sería? Recordaba que el Mosca una vez le había preguntado, tan torpe como siempre el Mosca, «Alfonso, ¿cómo es estar ciego?», y antes que Luisa pudiera decir nada su tío sonrió y le dijo mete la mano a tu bolsillo, Mosca, y rebusca lo que tengas allí: así es estar ciego. Si así era sentirse ciego ella no cambiaría por nada sus ojos. Con un vago sentimiento de culpabilidad miraba por la ventana de su habitación el tembloroso y sutil cambio de tonos en el cielo cuando amanecía, aún adormilada entre las sábanas calentitas, antes de levantarse para ir al baño contiguo donde el agua caía siempre tan helada, y luego a la cocina. Ahí recogía el dinero para el pan que la señora Elba dejaba la noche anterior y al volver de la panadería el agua ya hervía en la tetera puesta antes de salir; en un dos por tres freía los huevos para el joven, pasaba el café, preparaba el Tang de naranja y justo en ese momento, como si lo hubiesen ensayado, el señor bajaba bien afeitado y oliendo tan rico, a azul, se le antojaba a Luisa, y encendía la radio para escuchar las noticias. Luego bajaba el joven, tan alto al lado de su padre, que más bien era bajito, calvo, y que parecía espiar con severidad el mundo detrás de sus anteojos. El joven se sentaba a la mesa y ambos, padre e hijo, desayunaban en silencio, qué raro, pensaba Luisa, parecían medio enojados, ¿sería por lo que le contó la cocinera?, atentos a la radio pero como por motivos distintos o como si tanta atención fuera nada más para evitar dirigirse la palabra mientras tomaban café. El joven Arturo terminaba casi siempre el primero, el último sorbo de Tang con los libros en la mano, y le daba —eso era lo extraño— un beso en la frente a su padre, que respondía apenas con un movimiento de cabeza. A lo mejor no estaban peleados sino que no eran cariñosos como en casa de doña Magda, donde ésta, don Ernesto y la señorita Rebeca se hacían cariños todo el tiempo, se engreían, se atendían, y en esta casa en cambio todo era solemne y rígido. A veces el señor terminaba de desayunar al mismo tiempo que el joven —nunca antes, y sólo tomaba café— y le decía espérate, te acerco a la universidad, tu madre va a usar la camioneta hoy. Pero eso sucedía pocas veces.

Cuando ambos ya habían salido Luisa recogía el servicio y preparaba el desayuno de la señora, ponía las tostadas, el té, el huevo duro, la mantequilla y la mermelada en un azafate y lo subía a la habitación. A Luisa no le gustaba esa penumbra densa de radio encendida que encontraba en aquella pieza. Casi con alivio esperaba que la señora le dijese que descorriera las cortinas para que entrara un chorro fuerte de luz, de aire fresco. Cuando Luisa bajaba a empezar con la limpieza ya estaba la señora Rosa canturreando en la cocina. Luisa la acompañaba al mercado y la oía quejarse de que ya no alcanzaba la plata para nada, que la señora Elba era una botarate porque no estaba bien que en esta época tan difícil se tirara el dinero desperdiciando comida mientras otros no tenían ni un pedazo de pan que llevarse a la boca y Luisa pensaba que sí, que la cocinera tenía razón, pero no contestaba nada. Le gustaba ir al mercado con la señora Rosa y por eso se apuraba con la limpieza de la casa. A veces la misma señora Elba decía anda, hija, acompáñala que tiene que comprar un montón de cosas y no va a poder sola con las canastas, después sigues con la limpieza, y ella claro, por supuesto. Le gustaba el bullicio, la gente, el olor fresco y dulzón de la fruta, escoger las verduras, sentirse viva entre tanto roce y voces que regateaban. Qué distinto el silencio de la casa cuando regresaban de hacer las compras —en taxi, porque iban al mercado de Surquillo— a golpe de once de la mañana y se entretenían escuchando Radioprogramas hasta que llegaba la señora de donde sus amigas o de la iglesia donde formaba parte de un comité católico, y luego el señor, a almorzar y a hacer una siesta antes de volver al despacho, y, a veces, el joven Arturo. Simpático, buen mozo el joven, decía la cocinera, y Luisa, no sabía por qué, sentía la cara ardiendo. Sí, era buen mozo el joven, ella también lo había notado pero no decía nada. Segurito tenía enamorada.

Cuando salieron del cine Montero dijo un cafecito y ellas se consultaron rápidamente con la mirada, se quedaron un momento dudando, viendo pasar los autos que rodeaban la plaza San Martín, bulliciosa y llena de cambistas, de lustrabotas, de soldaditos que aprovechaban el día franco para pasear y piropear a las chicas y molestar a los maricones que empezaban discretamente su recorrido nocturno entre ambulantes y charlatanes fingiendo una alarma femenina y airosa, qué barbaridad, dijo Silvia señalando a uno, hasta llevaba cartera y todo, qué escándalo, se reía, que miraran esas faldas, esos tacos, cuánto tiempo que ella no paseaba por el centro, y Rosa igual, por lo menos a estas horas, porque ya eran casi las diez, mejor dejaban el cafecito para otro día, dijo dirigiéndose a todos pero mirando a Pinto, buscándole los ojos, el gesto de comprensión cuando cruzaron rápidamente porque el semáforo demoraba en cambiar y lo más probable era que estuviese malogrado, dijo Montero tomando la mano de Silvia y Pinto apenas el codo a Rosa, que se dejó conducir mansamente hacia la otra acera. Montero y Silvia caminaban por delante, sorteando a los transeúntes, a los cambistas que se acercaban con sus calculadoras en la mano, ¿cambio?, ¿cambio? ¿Cuántos dólares quieres, chochera?, y Pinto aflojó un poco el ritmo de sus pasos tocándole apenas el brazo, el codo a Rosa cada vez que se acercaban los cambistas, los lustrabotas, los vendedores ambulantes, los mendigos, cómo estaba el centro, ¿no?, dijo Rosa mirando preocupada hacia adelante: esa cabecita de pelo crespo era Montero y esa otra de cabellos largos Silvia, y Pinto sí, ya no se podía caminar, Lima se estaba calcutizando, dijo, y Rosa se volvió hacia él con ojos intrigados, ¿cómo? Que se estaba volviendo como Calcuta, una ciudad de la India con idénticos problemas; miseria, indigencia y descontrol por todos lados. Rosa se quedó un momento callada intentando descubrir entre la multitud a Silvia y a Montero, que nuevamente se le perdieron, se largaron estos frescos pero no, una manito le hacía señas desde la esquina del hotel Bolívar, aquí, decía Silvia, aquí, daba saltitos divertida, como si se tratase de un rescate, aquí, aquí, tortugas, dijo Montero cuando por fin los alcanzaron. Silvia había terminado por aceptar el cafecito, de manera que a Rosa no le quedaba otro remedio que hacer lo mismo, a menos que fuera una aguafiestas, sonrió Montero mostrando sus dientes muy grandes y blancos. Rosa los miró preocupada, a Silvia le hizo te ahorco y volvió a mirar afligidamente a Pinto, era tarde, chicos, de veras. La abuchearon entre Silvia y Montero, un ensarte, una falla, flaca, pero ella se acercó un poquito a Pinto que permanecía callado, ¿estaba molesto? No, no estaba, qué ocurrencia, y ella sí estaba, que no lo negara. Más abucheos y risas y Silvia se acercó a Rosa, la rodeó con un brazo, que no fuera así, que no era tan tarde, flaca, se la llevaba a un ladito, ya pues, que no fuera aguada, le suplicó algo al oído, qué le diría para que la Rosita se riera así, pensó Pinto al verlas volver hacia ellos, muertas de la risa, y estaba bien, iban, pero un ratito y sólo para que Pinto no se enojara, advirtió Rosa: flaquita, reilona, de ojazos burlones y pícaros, la hubieras visto, Clara.

Entraron al Kudan porque era el único restaurante de La Colmena que no estaba lleno y porque les quedaba camino al paradero de los colectivos, pidieron salchipapas y gaseosas y Montero ¿una cervecita?, mirando falsamente contrito a Silvia, que ni hablar, que no empezara con eso, y Pinto sólo un café porque no tenía mucha hambre, felizmente ni Silvia ni Montero lo escucharon porque estaban discutiendo que sí, que no, que sólo una cervecita, china, pero Rosa sí lo había escuchado, recibió su plato de salchipapas y su Fanta, gracias, ¿qué pasaba?, ¿estaba enojado?, cogía un tenedor y lo limpiaba con una servilleta de papel, bajaba la voz, acercaba disimuladamente su silla y Pinto sintió el leve roce de las piernas femeninas contra las suyas, ¿era eso?, ¿estaba enojado?, insistió

Rosa con un tono velado y súbitamente cómplice. No, de veras, dijo él tratando de sonreír, volviendo a hacer un esfuerzo por parecer natural, menos serio, menos soso, carajo, por qué no se relajaba, por qué no era como Montero. ¿Entonces qué?, insistió Rosa, ¿estaba aburrido? No, cómo se le ocurría, quién iba a estarlo con ella, simplemente no tenía hambre, dijo recibiendo su café, tomando un sorbito y dejando la taza para encender un cigarrillo. Claro, con lo que fumaba, protestó Rosa pinchando unas papas, unas salchichas, demorándose con el tenedor antes de llevárselo a la boca; no era posible, se iba a morir, tenía que comer un poco, continuó pinchando otras papitas, otras salchichas, ofreciéndole de repente el bocado a Pinto, que sintió una escaramuza de alarma, de ridículo al abrir la boca y tragar con embarazo, como una criatura, Clara, no sabes qué papelón, Silvia y Montero aplausos, risas, chacota, y Rosa muy seria, a ver, otro bocado y que ellos dos no se metieran, que no fregaran, pero riéndose de la cara que ponía Pinto, estaba colorado, estaba haciendo trampa, no terminaba de masticar, y él ya pues, que no fuera así, le quitaba el tenedor de la mano y se lo llevaba a la boca, listo, ya estaba, las manos repentinamente húmedas y los lentes empañados, ya no quería más y Montero y Silvia nuevamente risas y grititos, cuando lo supieran mañana en la radio cómo lo iban a fregar, compadre, cómo lo iban a batir porque Montero lo contaría a todo mundo: el cholo Pinto comiendo como un chibolín, el hombre más serio de la radio tratado como un bebé, y Silvia lágrimas, ya no podía más de la risa al ver los gestos confusos, robotizados de Pinto hasta que la propia Rosa, como arrepentida de su audacia, que no lo molestaran más, que luego se enojaría con ella, ¿no, papito? Se soltó, Clara, ya Montero me había advertido que la Rosa era fregada y vacilonera como ella sola, pero nunca pensé que tanto, uno

le daba un poquito de confianza y no había quien la parara, pura risa, pura alegría y chacota, no le quedó más remedio a Pinto que comer otros dos bocados que le supieron
a cartón, porque si no era peor, decía Rosa amenazándolo con el tenedor, ¿otra vez le daba a la boquita? No paraba de reírse y de bromear, se miraba con Silvia y soltaban la
carcajada y Montero bebía su cerveza, pedía un cigarrillo.
Se había fregado, compadre, lo habían agarrado de punto, así eran este par de locas.

Igual estuvieron todo el trayecto en el colectivo
hasta el Rimac, bromeando y tomándose el pelo, pero
cuando bajaron la Rosa ya estaba otra vez seriecita, era
muy tarde y su hermano celosísimo. Nuevamente Silvia
y Montero caminaban por delante y Pinto estuvo refle-
xionando antes de preguntar ¿y su papá, Rosa? No tenía,
dijo ella, y él no se atrevió a insistir: qué quería decir con
eso, si estaba muerto o qué, Rosa había sido demasiado tajante en su respuesta, como si no quisiera mencionar el
asunto. La avenida Francisco Pizarro estaba completamente a oscuras, otra vez se había ido la luz, caramba, ésta era
la tercera noche que sucedía lo mismo, a las diez o diez y
media, pum, apagón, explicó ella, y como si le hubiera estado dando vueltas al asunto, súbitamente, cuando ya llegaban a la esquina donde Silvia y Montero eran una sola
silueta, ¿Pinto no se habría enojado por las bromas, eh?
Ella era así, que no fuera a pensar nada malo, dijo con voz
suavecita, tibia, casi un susurro; seguramente Pinto iba
a pensar que ella era una loca de ésas y él, escuchándola a
medias, con el corazón latiéndole apresurado, calculando
cuántos pasos hasta la esquina donde Montero y Silvia se
besaban, no pensaba nada de eso, al contrario, le gustaba
así como era, dijo pensando ahora, antes de llegar a la esquina: le gustaba mucho. En serio, no era broma. Rosa se
detuvo un momento, apenas un discreto cambio de ritmo

en sus pasos antes de volverse para mirarlo desconfiadamente. ¿Lo decía de verdad?, y Pinto sí, se detenía también, las manos sudorosas, qué ganas de fumar, carajo, lo decía de verdad, de pronto la garganta reseca, y Rosa ¿no le estaba tomando el pelo?, insistió deteniéndose por completo, y Pinto no, hablaba en serio, Rosita, pensando ahora: ¿no podían verse otro día?, intentando esforzadamente disimular su apremio, su embarazo, ¿eh, qué tal? Rosa, me voy, dijo Silvia haciendo adiós con la mano, y Rosa, que se había quedado callada mirando hacia la pista por donde circulaban pocos autos, que la esperara un minuto, que no fuera antipática, china, la mano al cabello, los labios fruncidos, el paso rápido hasta la esquina, como si se hubiese olvidado de la propuesta de Pinto que la siguió en silencio, pero justo antes de llegar hasta donde los otros dos los esperaban bueno, que la buscara el sábado, ¿podía ser? Por supuesto, se oyó decir confusamente Pinto, ¿qué tal a las ocho? Mejor a las siete y media para no regresar muy tarde y un beso muy cerca de los labios, Clara, muy bien calculadito, la muy viva.

La Gata la miraba asombrada, ¿estaba segura?, ¿había consultado con otros médicos?, en estas cosas una nunca podía fiarse de un primer examen, mujer, y Rebeca, pálida, tomando sorbitos de su té, mirando el apresurado paso del gentío que se aglomeraba frente a las mesas del Haití, estaba segura, ya eran tres pruebas las que se hizo y todas dieron el mismo resultado. Las manos largas de la Gata apresaron la cajetilla de Marlboro estrujándola al percatarse de que estaba vacía y Rebeca sacó otro paquete de su cartera, lo abrió con dedos torpes, ofreció uno, encendió otro, aspiró profundamente y con la mirada perdida en el tráfico que copaba la Diagonal, no sabía qué hacer, dijo, y sus palabras sonaron demasiado agudas, destempladas. Lo primero tranquilizarte, dijo la Gata dándole dos chupadas nerviosas al cigarrillo antes de aplastarlo en el cenicero. El sol no se ha ido del todo, reverbera en los cristales de los edificios cercanos; sopla una brisa muy tenue y pegajosa que no refresca, que más bien sofoca, y Rebeca siente la blusa húmeda contra el respaldo de la silla, mira fijamente, casi con desolación, a la Gata, que ha cruzado las manos sobre la mesa y parece dudar, elegir las frases: se imaginaba que Sebastián estaría al tanto del asunto, ¿cuál había sido su reacción, qué había dicho?

—Nos casamos, Rebeca —Sebastián le ha tomado las manos, le ha buscado la mirada a Rebeca, que no se pusiera así, que no llorara, que todo se iba a solucionar. Se casarían, repite en voz baja, incómodo en la salita de la clínica. Siente que todos los están mirando, respira con dificultad, que no llorara, por favor, insiste abrazando a Rebeca.

La Gata se lleva una mano reflexiva a la barbilla, se queda un momento en silencio mirando a Rebeca que fuma acomodada de perfil, las piernas largas, bonitas, cruzadas; su rostro afilado por la preocupación. ¿Y ella quería casarse?, pregunta la Gata antes de tomar otro cigarrillo, porque el matrimonio era una cosa muy seria y ella y Sebastián se conocían muy poco tiempo en realidad, que no fueran a arruinar sus vidas, dice con voz remota, parece estar pensando en otra cosa, el asunto se podía solucionar de otro modo, agrega súbitamente. Ni hablar, contesta Rebeca como si despertara del sopor en que parece sumergida, ella no tendría valor para hacer algo así, se moriría de miedo, de remordimientos: baja la cabeza hasta que sus cabellos largos y lacios le cubren el rostro y la Gata se alarma, estira una mano hacia su amiga.

—Pensé que se iba a poner a llorar, pero Rebeca es una chica fuerte —dice la Gata volviéndose en la cama hasta quedar frente a Arturo, que la escucha en silencio, incómodo, fumando despacio hasta que al cabo gira y enfrenta a los ojos verdes. ¿Y ella?, ¿ella qué hubiera hecho, Gata?

Rebeca levanta súbitamente la cara: tiene los ojos húmedos y su sonrisa pugna por no convertirse en una mueca, ella quería casarse, dice con voz desafiante, pero inmediatamente vacila y pierde seguridad, suspira y mueve suavemente la cabeza, lo terrible sería decírselo a sus padres, sobre todo a su papá, Gata, ella lo conocía, se iba a morir de un infarto, era capaz de hacer cualquier cosa, explica, y de pronto, con asco, con infinita molestia, se da cuenta de que mientras hablaba ha estado observando distraídamente a la mesa contigua desde donde ahora los dos hombres que la ocupan les dirigen miradas voraces; son cincuentones, van bien vestidos y uno de ellos ha levantado su vaso largo mirando y sonriendo con morbosa quietud a Rebeca, que no le baja los ojos hasta que el hombre se confunde, carraspea antes de ensayar una mueca boba y gira nuevamente a hablar con el otro que finge atenderlo pero que continúa mirándolas con insistencia. Cómo jodían los viejos verdes, dice la Gata en voz bastante alta, y de varias mesas alrededor voltean a mirarlas, qué ganas de molestar, caracho, mejor se iban al Vivaldi pero Rebeca no, aquí estaban bien, que no hiciera caso. Se siente fatigada, con náuseas, con el estómago vacío y una laxitud estropajosa. ¿Qué les iba a decir a sus papás?, ¿qué iba a hacer, Gata?

—Abortar, por supuesto —dice la Gata recorriendo con un dedo el torso desnudo de Arturo, ofreciéndole una sonrisa burlona cuando él vuelve el rostro para mirarla. Hace calor en la habitación y la luz del fluorescente

los adormece con su zumbido constante. Afuera se escuchan voces apagadas, murmullos, o eso cree escuchar Arturo. ¿En serio eso haría la Gata? Ella se ríe sin muchas
ganas, sacudiendo apenas el cuerpo, moviendo lentamente
la cabeza como si le costara creer la ingenuidad que lee
en los ojos de Arturo, claro, hijito, ella no iba a arruinar
su vida, dice zamaqueándole la barbilla juguetonamente
y luego, como si se le hubiera ocurrido una travesura, algo
fantástico cuyas posibilidades recién descubría, rectifica—:
Aunque pensándolo bien no, no lo haría; si quedo embarazada tendría al niño.

Rebeca toma el encendedor y parece interesada
leyendo el anuncio publicitario grabado en su superficie
plástica, le va dando la vuelta en la palma de la mano, lo
empuña finalmente con fuerza como si hubiera leído algo
terrible de lo que no quiere saber más y mira hacia el cielo que poco a poco va adquiriendo tonos rojizos y ana-
ranjados. El calor ha cedido también paulatinamente y el
tráfico se ha hecho más denso en la Diagonal y Larco; a
esta hora una multitud precaria y anhelante se agolpa en
los paraderos de los colectivos, de los micros y ómnibus
que pasan de largo sin atender a los ruegos, las maldiciones, los correteos de la gente, era por la huelga de Enatru,
escucha que dice la Gata, si parecía que la consigna era todos contra el Gobierno, caray, huelga de profesores, huelga
de enfermeras, huelga de medio mundo; así ningún Gobierno podía sacar adelante al país, tan poco tiempo en
el poder y ya están jodiendo pese a que la inflación se ha
detenido, la gente cree que el presidente tiene una varita
mágica, insiste la Gata, pero de inmediato el tema parece desinteresarle, se encoge de hombros, llama al mozo
y pide una cocacola, ¿Rebeca no quería algo más? Sí, otro
té, por favor, dice Rebeca, porque era lo único que podía
tomar, todo lo demás le daba asco. Dios mío, dice la Ga-

ta asustada, ¿cuánto tiempo tenía? Dos meses ya, dice Rebeca evitando la mirada de su amiga, se andaba muriendo de náuseas por todos lados, el otro día tuvo que salir corriendo de una clase porque no aguantaba más y en casa también, felizmente que su madre no se había dado cuenta; tenía los nervios deshechos, el doctor le dijo que era más psicológico que otra cosa pero igual en cualquier momento en su casa no tardaban en sospechar.

—Por eso mismo, Rebeca —dijo Sebastián ofreciéndole un pañuelo empapado en colonia, sujetándole la frente para que vomitara, amor, sin miedo, diciendo con voz demasiado brusca «está ocupado», cuando escuchó que tocaban la puerta del baño en El Colinita, qué pasaba, quién estaba allí, y él, con voz más agria, mi mujer está mal, un momento, caramba, y silencio finalmente—: Nos casamos de inmediato.

—¿Y sabes por qué? —dijo la Gata luego de esperar en vano que Arturo lo preguntara—. Porque así le jodería la vida a mi viejo —su voz sonó turbia y golosa. Arturo seguía inmóvil observando las chispitas verdes en los ojos de la Gata, su espléndida desnudez junto a él.

Las luces de Miraflores empiezan a encenderse y frente a ellas se ofrece el anodino juego cifrado que inventan los carteles de neón, la pirotecnia cotidiana que anuncia la noche; los paraderos han ido quedando paulatinamente vacíos y ahora es otra gente la que empieza a recorrer la Diagonal, donde comienzan a instalarse los hippies que venden baratijas; los cambistas que persiguen a los transeúntes esgrimiendo sus calculadoras de bolsillo, sus fajos de dólares; las chicas que pasean despacio, despreocupadas y curiosas en torno a la rotonda del parque Kennedy donde se vende artesanía, antigüedades, artículos de cuero y cosas divinas, dice la Gata después de levantarse y pagar, ¿por qué no iban a husmear un rato por ahí,

en los puestecitos de los hippies? Que Rebeca se distraje-
ra un poco, que ya no pensara más en el asunto, al toro por
las astas: si había decidido casarse ya no había más que hablar. Eso sí, ella sería la madrina, ¿no? Rebeca sonríe casi
a su pesar, se levanta, suspira y dice que sí, que se casaría,
pero lo difícil estaba en decírselo a sus padres. La Gata se
detiene en seco, la toma de las manos obligándola a mirarla a los ojos, Rebeca, no era necesario que les dijera a sus
viejos la razón por la que se casaba, ya bastante iba a tener
con que aceptaran el matrimonio. Sí, dice Rebeca soplándose desalentada el flequillo, ¿y qué excusa iba a poner? La
Gata suelta la carcajada, no hace caso de la gente que voltea a mirarla, obstina su mirada en Rebeca como si le costara creer lo que está oyendo: ¿que qué excusa? El amor, hijita, el amor, pero Rebeca parece ensimismada, pensativa.

—Por Dios, Rebeca, claro que te quiero, claro que
te amo —dice Sebastián, y que no llorara, por favor, últimamente se ponía a llorar por todo, dice tratando de bajar la voz, de concentrarse en Rebeca y no en la gente del
paradero que los empieza a mirar cada vez con menos disimulo. La abraza, la hace caminar un poco y la toma de
los hombros despacio, con mucho cuidado, como si Rebeca se fuera a quebrar—: Ojalá que sea niña, Rebeca, pero
que no sea tan lloronsita como tú. Así me gusta, ríete un
poquito, sonsita, linda, amor.

¿Qué hubiera hecho Pinto si le mataban a su mujer
y a sus hijos? ¿Se hubiera vengado así como el protagonista
de la película?, preguntó ella cuando salieron del Roma y
cruzaron con rumbo al Aquarium un momentito nomás
porque ya sabía él que Rosa no podía llegar muy tarde a su
casa. Pinto lo pensó un rato y al final admitió que no lo

sabía, esas cosas sólo pasaban en el cine; la vida real era mucho más gris y hasta los crímenes resultaban más sórdidos, más grises, sin una definición tan exacta entre los buenos y los malos. Había mucha gente en la Ballena del Aquarium, la mayoría, igual que ellos, salía del cine a comer unos sándwichs, a tomarse unas gaseosas. Se entretuvieron mirando los peces que boqueaban contra el cristal de las peceras, contra el fondo de piedras donde escarbaban levantando ingrávidas burbujas antes de ascender perfilados y ondulantes entre las algas. ¿A él la vida le parecía gris? La voz de Rosa sonó cauta, a ella no le parecía que fuera así, dijo golpeando con un dedo el cristal de la pecera, y rapidísimos, zigzagueantes, huyeron los dorados, a ella la vida le parecía una cosa bonita. A Pinto también, sólo que la felicidad era algo demasiado circunstancial, efímero, Pinto no encontraba las palabras exactas para definirla y Rosa hizo un ademán, estaba de acuerdo con él, claro que la felicidad era así como Pinto decía, pero tarde o temprano todos encontraban algo o alguien y ese algo o alguien, aunque sea por un momento, por unos meses o por unos años, o quizá con suerte para toda la vida, era la felicidad. ¿No creía?, preguntó Rosa con los ojos brillantes al ver la expresión escéptica de Pinto que ojalá y fuera así, Rosita, dijo encendiendo un cigarrillo, ella tenía una visión muy optimista de la vida, demasiado quizá, y aunque eso era bueno también resultaba peligroso; había que ser realistas, que se fijara en lo que estaba ocurriendo en el país desde septiembre, sólo por poner el hito más reciente en la serie de desgracias que vivía el Perú desde que era república. La crisis parecía haberse estabilizado, pero que no le extrañara, que en cualquier momento todo seguiría derrumbándose, cómo se le podía vender la idea de la felicidad a nuestra gente, añadió casi en un murmullo, contemplando el sopor mineral de las tortugas acuáticas que nadaban indolentes y ajenas a los curiosos; los cardúmenes de neón tetras, fosforescentes y pequeñitos, moviéndose como un ballet sincronizado y etéreo en su universo de vidrio. En fin, dijo Pinto porque Rosa permanecía en silencio observando tristonamente algo más allá de las peceras, ¿tomaban unas cocacolas, Rosita? Él tenía sed y ella de acuerdo, pero rapidito, ya sabía, y cuando Pinto ya estaba en la cola para sacar los tickets, mejor las compraba en vasos descartables, así podían ir paseando y además se acercaban al paradero.

Un momento después Pinto se acercó con las gaseosas hasta donde ella seguía fascinada con las anguilas, con los dorados, con los bagres esos tan feos, y dijo listo, ya podían ponerse en marcha, Cenicienta, y Rosa aceptó el vaso de plástico sonriendo y meneando la cabeza, suspirando como si se le hubiera ocurrido algo gracioso que mejor no decía, pero después de caminar junto a él en silencio, cuando cruzaban hacia el parque cercano a la Universidad Garcilaso, volvió a suspirar, a sonreírse: «Cenicienta», repitió ella en voz baja. Claro, explicó él terminando su gaseosa y arrojando luego el vaso en un montículo de basura, igual que la Cenicienta Rosa andaba preocupada siempre por la hora para llegar a casita, pero no era por eso que se reía Rosa sino por las cosas que decía Pinto, y él, ah, caracho, se burlaba de sus palabras, fingía ponerse serio mientras extendía su pañuelo para que Rosa se sentara en la banca que eligió. No, no se reía de él, que no la malinterpretara; le halagaba lo que Pinto decía, agregó mirándolo con un nuevo matiz en los ojos, con uno de los infinitos matices que le conmovían tanto a Pinto. Se sentó a su lado, ¿qué cosas?, ¿a qué se refería Rosa?, se escuchó preguntar, el corazón latiéndole muy rápido, las manos otra vez húmedas, mirando de soslayo a las parejas que se besaban apoyadas en los árboles, buscando la oscuridad. Nadie le había dicho Cenicienta a Rosa, nadie, nadie, nadie le ponía un pañuelo para que se sentara, dijo con una voz muy frágil, sin atreverse a levantar la vista. Pinto arrojó la colilla al tiempo que soltaba una bocanada de humo. Entonces él tendría que hablar muy seriamente con los pretendientes de Rosa y ella sonrió aún sin mirarlo, que no fuera tonto, que no dijera esas cosas porque no era cierto que tuviera pretendientes. Qué mentirosa, una chica tan bonita siempre tenía muchos pretendientes, balbuceó Pinto sintiéndose un niño, un huevón sin remedio al decir esas cosas: un cursi, Clara, el amor lo vuelve a uno un cursi, pero lo extraño es que no se puede evitar; las palabras se me escapaban, era y no era yo quien hablaba, por mucho que me reconvenía «ya no digas más cojudeces», zas, al rato nuevamente. A Rosa, por el contrario, le parecía bonito, galante, romántico, que dijera esas cosas, se ponía colorada, se tapaba la boca y reía, qué estaría pensando Pinto, que ella era una aventada, y Pinto no, de ninguna manera pensaba eso, el corazón, las manos; Rosa estaba siendo sincera con él, muy cerca, su olor, sus cabellos, y él también lo era al susurrarle que la quería, más cerca, que se había enamorado, muy cerquita, casi al oído, sin saber muy bien lo que estaba haciendo, buscándole los labios, oprimiéndole las manos cuando ella quiso protestar porque todo era demasiado rápido, ellos apenas se conocían, pero sin fuerza, blandamente abandonada, qué iba a pensar Pinto, ella no era así, que por favor la dejara, aunque nuevamente los labios fisgones, apremiantes, las manos torpes, Pinto no iba a pensar nada, no podía pensar nada, tartamudeando al decir que la quería, desconociéndose y sintiendo inmediata, dolorosa, acuciante, la erección, el temblor que ya no supo si era suyo o de Rosa, las manos pequeñas que se movían anhelantes en su espalda y la voz remota y débil que pedía por favor, por favor, cuando Pinto nuevamente el cuello, otra vez los labios, los cabellos, y Rosa se apretaba contra él para impedir que las manos avanzaran hacia los senos pequeñitos, erguidos bajo la blusa, que no fuera así, que la dejara, balbuceaba con los ojos cerrados, y Pinto una fiebre, un vértigo, una locura, Rosita, mi amor, la quería de veras, estaba enamorado, desde aquel día de la fiesta, y ella, de pronto unas cosquillitas en las axilas, ¿ah, sí?, ¿desde entonces? Qué mentiroso era Pinto, le atajaba las manos, se separaba de él con los ojos húmedos, grandes, chispeantes, qué mentiroso era, decía con la voz entrecortada por el deseo, dejándose besar y luchando con las manos de Pinto, que intentaban zafarse de las de ella, qué mentiroso, si ese día ni se acercó a ella, ni se fijó en ella, estaba muy seriecito en una esquina, sin mirar a nadie, sin hablar con nadie, un sobrado, eso es lo que Pinto era, un sobrado, y él nada de eso era cierto, sí se había fijado, lo que pasaba era que no se atrevió a acercarse, sólo conocía a Montero y ya Rosa había visto en qué estado se encontraba el pobre, palabra, Rosita, desde que la vio, volvía a buscarle los labios, a pugnar con la lengua en la boca entreabierta de Rosa que nuevamente se abandonaba, cedía, y el cuello, las manos, los senos, suspiraba escuchando a Pinto decir que la quería, se apretaba más contra ella, la quería mucho, se había enamorado, Rosita.

La ceremonia civil fue en Miraflores, muy temprano, cuando el sol no alcanzaba aún a disolver la neblina matinal y los vértices más altos de los edificios apenas se distinguían. Cuando salieron del municipio una llovizna muy tenue caía con infinita nostalgia sobre los autos y abrillantaba el pavimento. Luego de un momento de vacilación los escasos invitados se repartieron en los carros que los conducirían hasta Chaclacayo, a la casa del tío de Rebeca, donde el matrimonio religioso lo celebraría un curita de Chosica. Sebastián partió en el Mini de Manrique y Rebeca se fue con sus padres y la Gata porque a último momento Arturo no había podido ir, le explicó apenada a su amiga antes de que el alcalde apareciera en el despacho enorme donde los casó. La Gata había sido testigo y a cada momento cambiaba miradas cómplices con Rebeca que tenía las mejillas encendidas y un asustado brillo en los ojos. Sebastián también sonreía con demasiado esfuerzo a los saludos, estrechaba las manos calurosas, aceptaba resignado los besos de las tías de Rebeca, y sólo pareció distenderse cuando subió al Mini de Manrique. Rebeca le hizo adiós desde la ventanilla del auto de su padre y de tanto en tanto volteaba para ubicar a Sebastián. Allí estaba, al lado de su amigo, en el carrito de juguete que aparecía y desaparecía en medio del tráfico de Miraflores. Cuando alcanzaron la Vía Expresa todavía logró verlos un buen rato, pero luego, al llegar al caos impenetrable de la plaza Grau, lo perdió de vista.

—¿Estás nerviosa? —brillaron los ojos verdes de la Gata.

—Ya no tanto, pero anoche no pude pegar un ojo. Debo estar horrible —se quejó Rebeca.

—Qué vas a estar, hijita —doña Magda se volvió hacia ellas y les ofreció una sonrisa—. Estás guapísima. ¿No es cierto, Gata?

La Gata almibaró la voz, por supuesto, señora, y cuando ésta volvió a mirar al frente acercó la boca al oído de Rebeca: fea, horrible, y rieron.

Don Ernesto conducía lentamente, de cuando en cuando le comentaba algo a su mujer, insistía en sintonizar alguna emisora, claudicaba un momento, volvía a insistir. Al fin habló con la Gata, ¿cómo estaba su padre, hija? Los ojos de la Gata se velaron, estaba bien, señor, y él dudó: ¿era cierto que volvía a trabajar con Ganoza? Políticamente, quería decir. La Gata se mordió los labios, miró a Rebeca pero ella estaba distraída. Sí, señor, volvía con Ganoza: te odio, papá, cómo puedes, papá. Se hablaba mucho de una alianza entre Acción Popular, el PPC y otros partidos menores, al frente estaría Ganoza o Soler, ¿ella sabía algo de eso?, preguntó don Ernesto, y la Gata sintió la mano de Rebeca dando una palmadita en la suya: seguramente, señor, ella apenas sabía nada porque no le interesaba la política, dijo la Gata, y miró a Rebeca. Don Ernesto se quedó un momento callado, atento a un Toyota blanco que venía a toda velocidad e intentaba pasarlos. Cuando el auto se perdió en una curva volvió a hablar: a él le parecía mejor que fuera José Antonio Soler quien liderara esa coalición, tenía más carisma, Ganoza estaba muy fuertemente vinculado a los intereses tradicionales, el pueblo difícilmente lo aceptaría, dijo, y otra vez su mano se empecinó en sintonizar alguna emisora. Cuando pasaron Ate y Vitarte ya el sol pegaba con fuerza, reverberaba en los metales de los autos, en los techos de calaminas de algunas casas modestas donde asomaban rostros fugaces de niños harapientos y perros escuálidos. Más allá empezaban a ralear las fábricas y los caseríos, ahora era más frecuente ver campos sembrados, algunas vacas inmóviles y blancuzcas, los rieles del tren que corrían paralelos a aquel tramo de la carretera llena de baches, era increíble el mal estado del asfalto, se quejaba don Ernesto cada vez que el Ford se metía en algún hueco, esta carretera era peligrosísima, a mala hora aceptaron que el matrimonio fuera en Chaclacayo, dijo, y Rebeca protestó, la casa del tío Emilio era preciosa y además iban a regresar tempranito porque el vuelo a Arequipa salía de madrugada.

—Arequipa —bufó don Ernesto cruzando el puente estrecho que conducía a Chosica y deteniéndose para que pasara un interminable rebaño de ovejas—. Yo les ofrecía Santiago, o Miami, y tu marido se empeña en Arequipa.

—Qué tonta Rebeca —dijo la Gata alzando su vaso—. Yo no hubiera dudado un instante en irme a Miami o a Santiago.

—¿Aunque fuera con dinero de tu padre? —Arturo levantó su vaso, dijo chin chin, bebió un sorbo.

—Es un lindo sitio y además así podré conocer a su familia —lo defendió Rebeca aunque en el fondo ella también hubiera preferido Santiago de Chile, le habían contado maravillas y además ya había tenido una discusión con Sebastián por el mismo motivo—. Lo pasaremos bien, papá, el turismo empieza por el país y yo no conozco Arequipa.

—Dicen que es lindo —intervino la Gata—. Me muero de ganas de conocer.

—Mucho arequipeño —don Ernesto tocó el claxon, algunas ovejas se espantaron, por fin cruzaron las últimas y después el pastor, que se cubría la cabeza con un sombrero de paja.

—No te metas con los arequipeños —dijo Rebeca—. Después de todo estoy casada con uno.

—Por supuesto —dijo la Gata, y su voz se envenenó—. Si estuviera en la situación de Rebeca.

—Pero no vas a estar nunca en su situación —dijo Arturo—. Tú no quieres casarte, no quieres tener un hijo.

—¿Cómo lo sabes? —la Gata se acercó mimosa a él, miró aburridamente la pista de baile casi desierta.

—Porque sí, papá —dijo Rebeca empecinadamente—. Es por aquel camino, ¿ya no te acuerdas?

El auto avanzó trabajosamente por un sendero sin asfaltar y alfombrado de hojas doradas, alcanzó luego un tramo limpio y apisonado, corrió paralelo a las casas grandes que se asomaban entre la arboleda frondosa. Allí debía ser, señaló la Gata al ver una docena de autos estacionados frente a una entrada espaciosa. Se detuvieron junto al Mini de Manrique y Rebeca distinguió las cabezas, estos tontos, dijo, se han quedado en el auto.

—Hola —dijo Sebastián cuando la Gata y Rebeca se acercaron.

—¿Por qué no has entrado? —Rebeca lo miraba perpleja, se soplaba el flequillo obstinadamente.

—Porque no conozco a nadie, Rebeca —dijo Sebastián bajando del auto, saludando a los padres de su mujer, ¿pasaban de una vez?

—Qué dirá tu amigo —Rebeca cogió del brazo a Sebastián y avanzó decidida hacia la figura que esperaba en la puerta: el tío Emilio era hermano de su madre, llevaba un terno azul y una corbata en cuyo nudo impecable brillaba una perla—. Hola, tío, te presento a Sebastián.

—Mucho gusto, señor —dijo Sebastián estrechando la mano vigorosa del viejo que le dio un abrazo, bienvenido, hijo, felicidades, estás en tu casa.

—Una fiesta a todo dar —recordó la Gata despertando de la modorra en que naufragaba. Comida criolla, riquísima, una piscina estupenda, qué pena que no llevara ropa de baño, se hubiera pegado un chapuzón, con el sol tan rico que hacía. Se encontró con amigas que no veía hacía siglos—. ¿Por qué no vamos a otra discoteca? Aquí nos estamos ahuesando.

—Estamos bien aquí, Gata, y además es tarde —dijo Arturo bebiendo a sorbitos su cuba libre—. Mañana tenemos reunión en el Cefede, ¿recuerdas?

—Qué antipático, Sebastián —dijo Rebeca cuando él la llamó discretamente a un lado. Corrían los mozos con las bandejas de tragos, y en las mesas que habían dispuesto cerca a la piscina todavía conversaban perezosos grupos de invitados—. Todavía es temprano, hombre.

—Una casa increíble —ensoñó la Gata—. De un gusto exquisito, cuidada en cada detalle, con su capillita y todo.

—¿A qué se dedica ese tío de Rebeca?

—Exportación de conservas de pescado, sobre todo —dijo abúlicamente el tío Emilio cuando se acercó a ellos y Manrique le preguntó con desparpajo a qué se dedicaba. Sebastián observó el momentáneo desconcierto en la mirada del viejo. Pero rápidamente recobró el aplomo—. Hace poco adquirí la mayoría de acciones de Frutomar, la compañía de los Hodson. Estaba casi en quiebra y yo la saqué adelante.

—Esos cabrones son los que están jodiendo al Perú —dijo Arturo cuando el mozo les trajo la cuenta—. Ojalá que los terrucos le metan una bomba.

—Es el tío de Rebeca, idiota, fíjate en lo que dices —la Gata se acomodó en el asiento de la camioneta, estaba helado, caracho, qué frío hacía.

—¿Eres profesor, verdad? —el tío Emilio miraba apaciblemente la evolución de los invitados, las carreras de los mozos que trajinaban de mesa en mesa, sostenía su whisky en una mano y en la otra un puro. Volvió unos ojos inquisitivos y risueños hacia Sebastián.

—Sí, soy profesor —dijo él bebiendo un sorbo de whisky. Rebeca bailaba con un amigo, luego con otro, se reía, daba palmadas, aceptaba el brazo de su padre cuando sonó un vals—. Estoy acabando la carrera.

—¿Magisterio? —preguntó el tío Emilio dándole una chupada a su puro.

—No, Derecho —Rebeca daba unos pasos elegantes, alzaba su rostro hermoso con garbo, seguía los pasos diestros de su padre—. Me falta un año para recibirme. Estoy haciendo una tesis sobre Ciencia Política.

—Enhorabuena —don Emilio sonrió comprensivo—. Eso es lo que le hace falta a nuestro país: políticos de verdad, estudiosos de esa disciplina, y no esos mequetrefes que ha puesto el Apra en el poder.

—El Parlamento no sólo está integrado por apristas, señor —Sebastián bebió un sorbo de whisky, se llevó la servilleta a la boca.

Don Emilio hizo un gesto apenas perceptible y un mozo corrió hasta ellos, ¿se les ofrecía algo? Pidió whisky, volvió su mirada pacífica a Sebastián.

—Ya lo sé, joven, pero la abrumadora mayoría es aprista. Si esa coalición de la que tanto se habla últimamente empieza a funcionar, las cosas cambiarían —su rostro se iluminó con una sonrisita momentánea—. Ramiro Ganoza tiene suficiente experiencia como para manejar ese frente.

—José Antonio Soler me parece mejor opción, pero según he sabido no piensa meterse nuevamente en política activa —dijo Sebastián aceptando el nuevo vaso de whisky que el mozo le alcanzó. Miró su reloj, hizo una mueca de desagrado.

—¿A qué hora me recoges? —dijo la Gata bajando de la camioneta. Había luz en el despacho de su padre.

—A las cinco y media de la mañana hay que estar en el aeropuerto —suspiró Sebastián cogiendo del brazo a Rebeca, mirando apenado a don Emilio—. Muchas gracias por todo, señor, y encantado de conocerlo.

Se despidieron de los invitados que bebían café y coñac, varados en el sopor del almuerzo. Llegaron hasta donde don Ernesto y doña Magda conversaban con un grupo de señores.

—Nos vamos —dijo Rebeca besando a su madre que parpadeó sorprendida, ¿tan temprano?—. Todavía tenemos que hacer las maletas.

—Yo los llevo —dijo don Ernesto dejando su vaso sobre la mesa. Tenía el rostro encendido y trataba de mantenerse firme.

—No se preocupe, don Ernesto —atajó Sebastián—. Nos lleva mi amigo, ustedes quédense nomás.

Manrique ya los esperaba en el Mini cuando Rebeca abrazó fuerte a su padre, que le murmuró palabras cariñosas. Doña Magda sonreía confusa y esperaba pacientemente a que su esposo soltara a Rebeca. También la abrazó y le dio un beso y luego otro a Sebastián, en la frente, que la cuidara mucho, hijito, que se llevaran sus bendiciones. Don Ernesto dudó un momento, carraspeó tratando de asumir un aire marcial y finalmente abrazó a Sebastián, se llevaba a la niña de sus ojos, gruñó jovialmente, que la cuidara y la respetara, muchacho, confiaba en él. Manrique tocó el claxon y ellos avanzaron hacia el Mini. Desde ahí hicieron adiós al grupo que se acercó hasta la puerta y se metieron en el auto. Soplaba un viento perfumado de manzanas y lentamente se alzaba el bochorno del atardecer cuando desapareció el carrito de Manrique por el sendero cubierto de hojas.

—Qué madrugón —protestó la Gata ya en la calle—. Y pensar que vamos por las puras, para que nadie se inscriba en los cursillos, para que nadie se anime a nada. Qué asco.

Se aprendía mucho en las charlas y seminarios que nosotros mismos organizábamos, llama tú al doctor Urqueaga, y tú, Pedro, encárgate de conseguir que el doctor

Rubio asista esta vez porque nos la debe, y tú, Gata, a ver si vas a la Universidad Católica porque allí hay un sociólogo, aquí está su nombre en esta tarjeta, que se mostró interesado en venir a dar una charla. Por eso rara vez faltábamos y al que no asistía lo mirábamos mal, lo degradábamos sutilmente con nuestra indiferencia, con nuestro silencio y con delegarle las tareas más detestadas y humildes: colocar las sillas en el auditórium de la Facultad, conseguir las aguas minerales, los vasos, las jarras, instalar la mesa de los ponentes, hasta ir al mercadillo colindante con el Estadio Nacional para comprar las flores cuando venía alguna catedrática. Por eso, porque no asistir a una charla, a una conferencia, a un simpósium, era como abjurar del interés profundo, abnegado, consecuente en el Partido, nadie quería faltar a una de esas conferencias o seminarios que organizábamos en la universidad y que al principio sólo atraían a pocos estudiantes —aun en nuestra propia Facultad— que se acercaban convencidos de la importancia del evento, de lo relevante y actual del tema a debatir, decíamos los que formábamos parte de la comisión que recorría las aulas invitando al alumnado en general y con la venia del doctor aquí presente a quien le robamos unos minutos de su clase, extendiendo también la invitación a su persona, al debate sobre «El pensamiento político en el Perú contemporáneo», o «Legislación laboral y justicia social»; al simpósium sobre «La oligarquía en el Perú: ciento cincuenta años de yugo imperialista», o a los seminarios y talleres de doctrina política abiertos para todo aquel que quiera profundizar en la doctrina solidaria, popular y americanista de nuestra ideología, decíamos agradeciendo nuevamente la gentileza, profesor, de permitirnos unos minutos para hablar ante la mirada displicente, apática, bovina, del alumnado. Al principio acudían pocos porque a los rábanos y a los pitucos no les interesa aprender nada, los unos por comunistas desfasados y los otros por niñas blancas, reaccionarios, insensibles de mierda, y en cuanto a los cachimbos, están recién estrenaditos y tardan en meterse en política, explicaba Antonio Armas en el Centro Federado; prefieren todavía jugar a la universidad y estarse todo el tiempo en la cafetería, y la Gata se ruborizaba, le clavaba con furia sus ojos verdes pero Armas sonreía que no todos, por supuesto y por fortuna, se daba una palmada en la pierna, aunque lamentablemente la mayoría sí. Organizar fiestecitas, faltar a clase para ir en patota a la playa, quedarse conversando fuera de las aulas, ir al billar y luego encerrarse un fin de semana para los exámenes, eso les gustaba, caracho, pero no había que desmoralizarse, muchachos, nos palmeaba los hombros cuando el expositor ya iba a empezar la ponencia y se permitía amables bromas —lanzas, piedras, dardos— sobre el escaso interés de los alumnos de esta universidad, decía sorprendido cuando nosotros por aquí, doctor, bienvenido, doctor, lo conducíamos a un auditórium casi vacío, ¿o él sería muy aburrido y se ha corrido la voz? —humillaciones, pullas, insultos para nosotros—, y empezaba a hablar porque al fin y al cabo, se calaba los lentes, carraspeaba, revisaba sus notas, aquí venían los que realmente querían aprender, endurecía la voz, miraba fijamente, ya no bromeaba. Así que no hay por qué desanimarse, repetía Armas, esto era así, recién estábamos empezando, pobre, decíamos, porque él ya estaba en décimo, no, en noveno, bueno, en décimo pero creo que lleva un par de cursos atrasados y a cuántos de nosotros, anteriores a nosotros, les habría dicho lo mismo, les habría mostrado su sonrisa cordialmente ausente, igual que a los que sí asistían sin ser del grupo; no del grupo, Gata, sino del Centro Federado, que esto no es un club, bueno pues, a los que no eran del Centro Federado pero igual acudían a los simpósiums, conferencias, debates, y formaban un escudo fluctuante, momentáneo e indeciso para proteger nuestra sensación de existencia, de servicio; para tranquilizarnos con su certidumbre como si fuesen el decorado de nuestros afanes políticos y que luego, cuando el Gobierno terminó de ganarse el aprecio popular como nunca había ocurrido en la historia republicana del país con ningún Gobierno y ya ni la prensa de oposición —si exceptuamos *El Diario,* pero es que ésos eran pro Sendero Luminoso, hijos de puta— se atrevía a criticar sin poner en evidencia el amarillismo, el golpe ciego y estéril, cayeron como una avalancha eufórica sobre nosotros para pedir sus fichas de inscripción y la oficinita del Cefede, hasta hacía no mucho desierta, apagada, hervía de gente, trepidaba la máquina de escribir, se abarrotaban los cuatro cajones del armario metálico con solicitudes, documentos, propuestas, proyectos. Nos turnábamos para poner un poco de orden en aquel caos exultante que empezaba a las ocho y media o nueve de la mañana y terminaba bien entrada la noche en la cafetería de la Facultad ocupada sólo por nosotros mientras Lito Zanabria y su mujer nos servían cafecitos, hacían el arqueo de caja y limpiaban y barrían en silencio, satisfechos porque ellos eran simpatizantes del Partido desde siempre y seguían con interés nuestros comentarios: exhaustos, radiantes, cambiábamos impresiones, debatíamos nuevos proyectos, decidíamos qué solicitudes aceptar y cuáles rechazar porque había que tener cuidado, el nuestro era el filtro indispensable, el canal depurador para que entrara gente honesta, trabajadora y consecuente con el Partido, había que pensar en los cientos, en los miles que ahora iban directamente al Local Central para inscribirse pasando del rechazo al escepticismo, del escepticismo a la mera simpatía y de allí a la militancia; una verdadera avalancha popular de la que el Centro Federado, al menos, debía ser el filtro necesario.

Fue esa misma avalancha repentina la que nos empujó a los más antiguos, a los de siempre, a los que ahora conversábamos por las noches en la cafetería de la Facultad bajo la mirada envidiosa y admirativa de los que se encontraban con la sonrisa imperturbable de Lito Zanabria —lo siento, ya no se atiende—, a ocupar los puestos realmente importantes en el Cefede, promovidos por la misma necesidad de organizar, dirigir, ordenar las cada vez más prolíficas actividades dentro y fuera de la universidad porque ahora, gracias a esa marea de impresos amarillos que inundó nuestra oficina del Centro Federado, nosotros nos convertimos en la piel más reciente y vital del Partido, íbamos a las charlas que daban en el Local Central, nos impregnábamos de ese olor a gente eterna y humedad de otros tiempos que recorría el caserón antiguo, nos adueñábamos de las voces, de los ecos, de los fantasmas solemnes y de los recuerdos que se ovillaban como gatos mustios en los rellanos, en el salón de actos, inmenso, imponente, agobiado de historia; en las oficinitas de donde escapaba el tecleo feroz de las máquinas de escribir, el zumbido de los faxes y computadoras; de las voces y risas y órdenes y discusiones que se licuaban hasta nosotros, incapaces de detenernos a escuchar con atención porque hubiera sido como admitir que no nos sentíamos parte actuante del Partido sino advenedizos atraídos por su historia, por su gravedad poderosa de astro rey en la constelación política del país que ya no tenía reparos en admitirlo como tal. Ahora organizábamos comités vecinales que recibían al Jefe de Estado en Comas; montábamos el estrado y el fondo rojiblanco desde donde hablaría el presidente aclamado por una multitud bulliciosa y enfervorizada en Ate; comprábamos las flores que le ofrecería una niña a la Primera Dama en los polvorientos descampados de Carabayllo; apoyábamos en la distribución de volantes que se repartían por las calles agrietadas de

Lince; salíamos nocturnos y precavidos a pegar cartelones en las callejas antiguas del Rimac; elaborábamos los actos celebratorios de comedores populares en San Juan de Lurigancho. Nos hermanábamos, nos mezclábamos hasta perder la noción de ser blanquitos, Gata, en aquellos tugurios que se desparramaban salvajes y purulentos en El Agustino, en La Parada, en Mendocita y Cárcamo, porque también a ellos nos debíamos, a esos barrios ulcerados que eran el pulso de moribundo de nuestro país, allí donde ni la policía se atrevía a entrar y al principio qué miedo, hay que ir con cuidado, caminábamos en grupos evitando los charcos pestilentes, los gruñidos de los perros, los insultos de los niños, las miradas intransigentes de los mayores, hasta que empezábamos a repartir bolsas de víveres, volantes, ropa usada, y no es como una Navidad, Gata, es el deber cívico y fraterno que el Partido tiene con los más necesitados. Hay que formarlos, hay que constituir núcleos partidarios, avanzadillas políticas; debemos organizarlos, instruirlos, y a los que tenían mayor interés o demostraban aptitudes nos los llevábamos para que hicieran cursillos de capacitación técnica e ideológica a fin de que volvieran a sembrar la semilla necesaria. En Comas, en Ate, en Lince, en El Agustino se nos iban las horas, los días, las semanas, los meses y entonces era necesario delegar funciones sobre el quehacer universitario que seguía comandando imperturbable Antonio Armas, como si aquella marea de entusiastas y estrenados militantes no lo hubiese alcanzado a él sino exclusivamente a nosotros, pero si era así era porque él quería, su labor estaba en la universidad, muchachos, vayan ustedes, organicen ustedes, vigilen ustedes, y nos sentíamos culpables y usurpadores viéndolo en la oficinita del Cefede, su terno azul, su sonrisa blanca, sus ojos devastadores, trabajando con los nuevos, con los que llegado el momento llevaría al Local Central del Partido —como hizo con nosotros— para que se integrasen en el espíritu colectivo y fraterno al cual ustedes ya pertenecen, muchachos, nos decía Armas cuando lo encontrábamos en el Local Central y tenía tiempo para acercarse un momento a nosotros porque casi siempre estaba fuera de nuestro alcance, como si su olor de terno azul y sonrisa menuda formara parte de ese otro olor grande, vital e indefinible que advertíamos al circunnavegar aquel mundo de ecos y memorias que se abría en el dédalo de pasillos, oficinas, salones y rellanos descubiertos poco a poco en nuestras cada vez más frecuentes incursiones al Local Central que Armas recorría con envidiable confianza. Se tuteaba con los viejos, con esas instituciones matusalénicas que se cruzaban con nosotros sin ni siquiera saludarnos, sin ni siquiera mirarnos, y que dejaban a su paso una estela sideral: el senador Figueroa, el senador Martínez Andrade, mira, Gata, quién está allí, el premier Vélez, y ahí, a su lado, ese viejito de ralos cabellos blancos y gestos saturnales es el senador Ferrari, el que conoció de toda la vida al Viejo, el que padeció junto con otros el largo exilio; el que lleva una bala alojada en el vientre, tal como dicen muchos, y que nunca ha permitido que se la extraigan porque es el recuerdo de la intolerancia reaccionaria del país, según explica él mismo, y el otro, el que se acaba de acercar al Viejo Ferrari y al premier Vélez es el cabezón García, el mastín protector del Viejo cuando los años del destierro. Todos ellos apenas advertían breve, efímeramente, nuestra existencia cuando partíamos a montar el estrado presidencial de fondo rojiblanco en Ate, a repartir volantes en Lince, a pegar cartelones en el Rimac, y no pasaban del saludo paternal y la arenga escueta sobre nuestra labor callada pero no por ello menos importante, acerca del alto designio que pesaba sobre nuestros hombros juveniles y lozanos, futuro del Partido. Eso es lo que éramos: futuro del Partido, embrión político, generación reciente.

III

La señora Rosa dijo que no había por qué preocuparse, que Dios velaba siempre por sus hijos, y Luisa sonrió avergonzada, sintiéndose culpable. Ojalá, porque ayer domingo, al llegar tempranito a Villa no encontró a su tío, sólo estaba el Mosca y éste se lo dijo: Alfonso acababa de salir para la Junta de Vecinos, parecía que de todas maneras los iban a sacar, el municipio se desentendía alegando que el medio centenar de familias de aquel sector de Villa no estaba dentro de su jurisdicción, que ellos encubrían terrucos y otras falsedades, desgraciados, simplemente porque la mayoría eran pobres indios que venían de Ayacucho, explicó don Alfonso cuando regresó abatido, desalentado, apoyándose a duras penas en su bastón. Casi no probó el picante de yuyos que preparó Luisa y el Mosca, que era un hambriento, no le hizo ascos, se lo comió todo, gruñendo satisfecho porque Luisa había traído un poco de carne y arroz que le regaló doña Elba. Ella tampoco quiso comer mucho y observaba los ademanes lentos de su tío, la mano tembleque llevando la cuchara a la boca, los ojos aguachentos. De regreso en la noche estuvo durante todo el trayecto a Lima preocupada y con una sensación como de lana en la garganta, incapaz de olvidar la figura de su tío, era un pajarito, cómo se había envejecido el pobre, y ahora los del Comité Vecinal don Alfonso para aquí, don Alfonso para allá; cierto, le daba orgullo pero también un poco de miedo porque su tío ya no estaba para ir al municipio, al juzgado, vuelta al municipio, con el calor y el sofoco de los micros, pero los del Comité que venga don Alfonso con nosotros, que es preparado, decían, que sabe algo de leyes, decían. La mayoría era gente que venía escapando de Ayacucho, el ejército los acusaba de ser terroristas y los terrucos de estar con el Gobierno, explicaban a los vecinos cuando llegaron, venciendo poco a poco el resquemor que causaban porque eran de Ayacucho y quién sabe si entre ellos no habría de veras terroristas, pero eran campesinos que no tenían nada, los vecinos se quedaron fríos al comprobar su pobreza, ¿cómo habían llegado a Lima? Algunos caminando, otros en camiones y los menos en tren o en buses interprovinciales: un centenar de personas, entre hombres, mujeres, niños y ancianos harapientos, desgreñados y famélicos, que aparecieron en los arenales una tarde calurosa y polvorienta, y alzaron sus chozas con cartones, trapos, esteras y cuanto pudieron encontrar en los basurales que crecían más allá del pueblo joven. Al principio no hubo problemas, los vecinos del lugar los aceptaron y hasta los ayudaron a instalarse porque se quedaban perplejos ante esa nueva dimensión de la miseria, ante las miradas enloquecidas de hambre de los niños y la cautela animal de los viejos, de las mujeres y los hombres que andaban de aquí para allá siempre en grupo, temerosos y vigilantes. Pero luego surgieron los problemas porque los del municipio se enteraron de ese nuevo contingente de miserables indios que ocupaba el extrarradio de su jurisdicción y los vecinos antiguos, que ya habían sido amenazados con el desalojo, se enfrentaron con una nueva acusación: aquel lugar se estaba convirtiendo en un nido de terroristas, les dijeron, y el municipio no quería problemas con la policía ni con el ejército, que se fueran. ¿Adónde? A donde chucha sea, les había dicho un funcionario la última vez, que se largaran porque se iban a meter en problemas bravísimos apoyando a los terrucos. Eran sólo gen-

te sencilla, ignorante, explicaban los del Comité Vecinal
que se formó a raíz de los problemas, qué iban a ser terroristas, apenas sabían castellano, no entendían nada, se asus-
taban en Lima, sólo querían un lugar para vivir, ese terral
nomás, le explicaba siempre una viejecita a Luisa, cada vez
que la veía, como si ella pudiera hacer algo, ¿y si los terminaban botando adónde iban a ir ellos? Esa noche estuvo
tratando de dormir pero por gusto porque apenas cerraba los ojos era igualito o peor que tenerlos abiertos, puri-
ta preocupación. Encendió muy bajito, muy bajito la
radio, no fuera a ser que los señores, que tenían la ventana de su dormitorio justo encima del pedazo de jardín
que daba a su cuarto, fueran a molestarse por la bulla. Ya
debían estar durmiendo además; cuando Luisa llegó de
Villa les sirvió la comida, vieron la televisión una media
hora y luego se acostaron. Al rato de estar escuchando
Radioprogramas, que a esa hora pasaba el horóscopo, decidió levantarse por un vaso de leche tibia que dicen provoca sueño y allí estaba, tomándoselo en la cocina, cuando sintió la puerta. Se asustó, no supo qué hacer, pero peor
aún cuando vio que se trataba del joven Arturo, tierra, trá-
game, sintió que le ardía la cara, ella había salido del cuarto
apenas con el pijama, sin ponerse nada encima, bienhecho por imprudente, y el joven la miraba como burlándose pero también muy serio, raro, como si recién la descubriera, y Luisa hubiera querido tener una chompa, una
frazada encima, no tener tanto pecho y tanta cola como
le decían las locas de sus amigas en el instituto, riéndose
de la vergüenza, de la confusión que le daba a ella, hasta
que la Úrsula Anicama que no fuera sonsa, que se alegrara
de tener ese cuerpo porque los hombres era lo primero en
que se fijaban. Pero ella hubiera querido ser flaquita como
la Rosa Temoche, otra que la fastidiaba siempre. El joven
le dijo hola sin dejar de mirarla, no se reía pero Luisa sentía

que sí, que se estaba burlando de su confusión, por suerte era negra y no se le notaría que estaba roja, pensó furiosa, bienhecho por imprudente. Le temblaban las piernas cuando empezó a lavar el vaso, parándose un poco de perfil, y el joven ¿no le servía un vaso de leche a él también?, con una voz nueva, más personal, se sentaba cerca a la mesita de la cocina, encendía un cigarrillo del que dio una pitada que a Luisa le pareció casi grosera y ella hubiera querido bajarle esa mirada que ponen los hombres cuando piensan en cochinadas. Tomó el vaso que Luisa le alcanzó en silencio, pensando imprudente tenías que ser, intentando concentrarse con todas sus fuerzas en un cuadro muy bonito, con frutas y pescados, que colgaba sobre el repostero, evitando los dedos del joven que rozaron los suyos al aceptar el vaso de leche. ¿Nada más, joven?, se oyó preguntar con una voz delgadita como un hilo, y el joven, bien sabido, le buscó los ojos. Qué había hecho, para qué le preguntó nada, tontonaza, pidió permiso aprovechando que el joven se quedó callado, iba a creer que era una pe, se dijo, y salió conteniendo las ganas de correr y meterse en la cama hasta que se acabase el mundo, caminando por el jardín larguísimo como nunca, sintiendo un hormigueo en la espalda, una agitación como si hubiese corrido de verdad, el corazón le latía en todo el cuerpo cuando se acostó pensando qué había hecho, cómo se le ocurría salir así, si sabía que el joven muchas veces llegaba bien tarde. Cerró los ojos para no sentir una y otra vez la mirada del joven, que le había quedado grabada, y se fue tranquilizando poco a poco cuando a la hora o quizá más vio que se apagaba la luz en la cocina; sorpresivamente, casi a expensas suyas sintió también algo así como una decepción, se iba a condenar, qué estaba pensando, Dios mío, y todavía dio varias vueltas antes de dormir.

A la mañana siguiente, mientras se duchaba y se enjabonaba en el agua fría de su bañito, recordó el sueño que había tenido y casi se le cae la cara de vergüenza. Salió sofocada a preparar el desayuno y las manos le temblaban al poner las tazas, la cafetera y los vasos, no sabía dónde meterse, felizmente dejó el jugo del joven, las tostadas y los huevos y no salió al comedor hasta cuando escuchó la puerta de calle: se hubiera muerto. Por eso cuando la señora Rosa le dijo mientras almorzaban que no se preocupara, que no los iban a botar de Villa porque Dios velaba por sus hijos, Luisa sintió que Dios no podía velar por ella, que hasta la castigaría por tener esos sueños sucios.

La habitación era pequeña y de escaso mobiliario; apenas un sillón verde, una mesa de noche donde cabían lastimosamente la jarra de agua, los medicamentos y algunas revistas. En la cama, grande, de sábanas celestes y casi sin arrugas, estaba Rebeca, muy pálida y con unas ojeras inmensas. Sostenía un libro que cerró suavemente cuando la Gata, ¿se puede?, entreabrió la puerta adivinando la semipenumbra del cuarto, las cortinas color hueso que se batían como amodorradas y que dejaban entrever el jardín interior de la clínica, claro que podía, sonsa, dijo Rebeca con una sonrisa muy frágil y etérea, como de moribunda, pensó la Gata asustada al darle un beso y sentir su piel caliente, exhausta de fiebre. Que se sentara, Gata, pidió Rebeca con una voz ronca y extraña, algo como una nostalgia, una profunda melancolía en su timbre de voz, pensó la Gata al escuchar a su amiga. Sebastián acababa de salir a comer algo porque el pobre estaba desde ayer sin probar bocado; felizmente la Gata había venido, a Rebeca no le gustaba quedarse sola y únicamente contaba con

su amiga del alma porque a sus padres ni hablar de decirles una palabra y tampoco Sebastián podía quedarse todo
el día, en las academias le pagaban por horas trabaja-
das, la Gata sabía cómo era eso, explicó Rebeca llevándose una mano al cerquillo, se estaban endeudando hasta el
cuello. La Gata la abrazó, claro que había venido, Rebequita, cómo se le ocurría pensar que no, le dijo pasándole
una mano por el cabello, y Rebeca cerró muy fuertemente los ojos sintiendo que se le humedecían, se abrazó a la
Gata escondiendo el rostro en el pecho de su amiga, había sido horrible, pensó que se moría, confesó ya sin poder
evitar el llanto, pero lo peor era que terminó perdiendo
al bebé, Sebastián estaba deshecho, si la Gata le hubiera
visto la cara al pobre cuando el doctor dijo que eran jóvenes, que tuvieran valor, que podrían volver a encargar, había que resignarse y hasta agradecer porque en medio de
todo Rebeca tuvo suerte, su propia vida pudo peligrar, y
Sebastián asentía como atontado, a ella le apretaba la mano hasta casi hacerle daño y al médico «sí, doctor, claro,
doctor», dijo Rebeca aceptando el kleenex que le ofreció
la Gata, y que se calmara, era horrible lo que había sucedido, era una pena, pero el médico tenía razón, Rebequita,
ya podrían tener otro hijo, ella tendría que restablecerse
prontito, a la Gata le daba una tristeza enorme, no tenía
idea. Cuando Sebastián la llamó por la mañana ella se quedó fría, no lo quiso creer, fue a la universidad porque tenía
examen, ni siquiera estaba segura de haberlo contestado
bien, se vino volando, le explica sentándose en el borde de
la cama, qué cosa más fea, Rebeca, qué mala suerte.

—Pero en el fondo sucedió lo que más les conve-
nía —Arturo dejó a un lado la máquina de escribir. Arqueó la espalda sintiendo los músculos agarrotados y miró
a la Gata, que pasaba ligeros brochazos rosados a los estenciles ya listos—. Si los padres de Rebeca se enteraban

que estuvo embarazada y que por eso se casó, se armaba la grande, ¿no?

—Por supuesto, pero ahora el asunto es que no se enteren, Rebeca —Sebastián tiene los ojos hundidos y brillantes, acaba de entrar a la habitación casi de puntillas, piensa que Rebeca está dormida pero al pasarle suavemente la mano por los cabellos ella abre los ojos, lo mira desde una tristeza honda, que no llorara, bonita, que no llorara, por favor, se oye pedir con una sensación casi dolorosa en la garganta mientras la consuela un buen rato, había que ser fuertes, había que tener valor, hasta que Rebeca parece sosegarse, tranquilizarse haciendo unos pucheros que la devuelven a los seis años, piensa Sebastián, y siente que la ama—. El doctor Parodi ha dicho que estarás aquí un par de días más; tendremos que pensar qué decirle a tu madre si se le ocurre ir por casa —Sebastián todavía no sabe qué inventar: que Rebeca se fue unos días a Cerro Azul, donde esa amiga Antonella, o a Ica con la gente de la universidad, o por último que recién casadita se aburrió de él y lo abandonó, amor. Que se riera un poquito, bonita.

La Gata se levantó de la cama y paseó por la habitación antes de preguntar con voz desconfiada si se podía fumar, si a Rebeca no le haría daño. Rebeca dijo que sí, que fumara nomás, añadió dejando el libro en un equilibrio precario sobre la mesa. Sebastián tenía razón, Gata, si había sucedido lo que había sucedido, por lo menos que no se enteraran sus padres, ellos nunca sospecharon que Rebeca estaba embarazada, incluso cuando su madre, pocos días antes de la boda, le lanzó algunas indirectas, Rebeca le evitó el tema. Sólo rogaba que a su mamá no se le ocurriera ir por casa y la Gata ojalá que no, pero al ver la expresión de Rebeca, qué ideas, sería demasiada mala suerte, dijo dirigiéndose hacia la ventana y corriendo las cortinas.

Un sol fuerte entra a la habitación llenándola de luz; el jardín es grande, rectangular, y está bien cuidado; a sus flancos se abren otras habitaciones y justo enfrente a la de Rebeca una mujer postrada en cama tiene mucha gente alrededor, conversan, ríen con ella, alguien ha puesto los ramos, las canastas de flores, fuera del cuarto. La Gata arrojó la colilla y se volvió hacia Rebeca después de cerrar un poco las cortinas, ¿cuánto tiempo iba a estar internada, por fin, porque hoy no salía, no?

—Hoy no —dice la Gata hurtándole el rostro a Arturo, que la mira perplejo sacando la llave del contacto. El parque central del Olivar está lleno de niños a esa hora y a Arturo le ha sido difícil encontrar estacionamiento cerca a la biblioteca. ¿Qué pasaba?, ¿iban o no iban? Los muchachos estarían esperándolos, Gata, esto no era un juego. Hoy a las siete se encontrarían en casa de Chito—. Hoy dan de alta a Rebeca y quiero estar con ella.

—La Gata va a venir, ¿no? Dijo que estaría en la clínica y no apareció —Sebastián quiere controlar su fastidio, abre la puerta del departamento, ayuda a Rebeca, que da unos pasos todavía inciertos. En el taxi, al salir de la clínica, se sintió mareada, y Sebastián era la debilidad, nada más, amor, ya no había de qué preocuparse. Ahora se dirige a la cocina, pone agua a calentar, enciende un cigarrillo y atisba por la ventana—. Porque si no viene yo me quedo contigo, Rebeca, no pienso dejarte sola.

Rebeca se movió inquieta en la cama, si por ella fuera abandonaría la clínica ahora mismo y la Gata que no dijera tonterías, si aquí estaba atendida como una reina, pero Rebeca no era por eso, Gata, dice con voz apenada, tomando suavemente el libro y hojeándolo distraída, pensando con ternura en Sebastián, que le ha traído libros y revistas como si ella se fuera a quedar un mes: sino porque la bendita clínica les iba a costar un ojo de la cara y Sebastián se las estaba viendo negras para conseguir el dinero, en una de las academias le habían dado un adelanto pero eso no era suficiente, y obviamente no podían recurrir a sus padres. Rebeca hace una pausa, parece costarle el tragar saliva y luego, como si se planteara algo que ha reflexionado mucho, a veces pensaba que por su culpa el pobre andaba fregado y lleno de deudas, que se había casado con ella porque quedó embarazada y con seguridad extrañaba su vida de soltero, su tranquilidad, sus cosas de hombre sin compromisos, y la Gata por Dios, mujer, abre los brazos escandalizada, cómo se le ocurrían esas ideas, si Sebastián la quería, eso se notaba al tiro, lo que pasaba era que Rebeca estaba demasiado sensible por todo lo ocurrido, no tenía ni dos meses de casada para ponerse a pensar en esas tonterías. Rebeca sonrió mirándose las uñas, estudiándolas con detenimiento, no sabía, Gata, a veces le daba esa impresión, él era tan callado, tenía un mundo tan aparte del suyo que Rebeca pensaba esas idioteces, no sabía.

—Sí, Gata, me da esa impresión —Arturo cruza los brazos y apoya la cabeza sobre ellos, mira al techo de la camioneta y habla con voz muy queda, eligiendo las palabras—: A veces pienso que estás en el Partido sólo por darle la contra a tu padre.

—Cómo puedes decir eso —Sebastián se confunde, le toma las manos, la obliga a mirarlo a los ojos, que no fuera tonta, dice acariciándola.

La Gata miró su reloj, ay, ya se tenía que ir, dice recogiendo su bolso, tenía que encontrarse con Arturo para ir a la biblioteca, siempre se encontraban allí; pero volvería por la tarde de todas maneras, ¿Rebeca no quería que le trajera *Cosmopolitan* o alguna otra revista? Ni que ella fuera a quedarse meses aquí, dice Rebeca sonriendo como por primera vez, que la Gata mirara la cantidad de libros y revistas que le trajo Sebastián, y la Gata ¿veía?, ¿se daba cuenta de cómo se preocupaba su marido por ella?, dijo casi desde la puerta, lo que sucedía con él era que resultaba poco amiguero, y de pronto vuelve a entornar la puerta y se apoya en ella, brillan sus ojos verdes, se le ha ocurrido una idea genial a la Gata: un día de éstos Arturo y ella les iban a hacer una visita y luego los cuatro al cine o a tomar algo por ahí, ¿qué le parecía?

—Un buen tipo, Pepe —dice Sebastián bebiendo su whisky—. Eso me pareció. El único problema era que se llenaba la boca hablando del partido aprista.

—Claro —dice el Pepe—. Me imagino que después de septiembre no sabría dónde esconderse.

Fue justito el día que el joven cumplió años. Luisa estuvo desde la mañana ayudando a doña Rosa, que se afanaba con la comida porque iban a venir sus amigos y amigas del joven y también sus tíos, una linda fiesta le iban a hacer, sonreía la cocinera recordando años pasados, y Luisa no se lograba explicar muy bien por qué le daba como una envidia, no, más bien como una tristeza el no haber estado presente en aquellas oportunidades, pero la pena cedía a una euforia extraña, a unas ganas de bailar con esa música tan bonita que pasaban en la radio mientras ella pelaba montones de papas y sumergía las cebollas en agua, para que no le lloraran los ojos, recomendaba doña Rosa, y hasta eso le hacía gracia a Luisa, que miraba de cuando en cuando por la ventana que se abría al jardín donde varios hombres instalaban unos parlantes grandotes. ¿Sería cierto que iban a contratar mozos? Probablemente, porque temprano por la mañana, cuando salía a hacer el mercado con doña Rosa vieron que una camioneta estacionaba frente a la casa, ¿qué será?, y al regresar en el taxi, cargadas de bolsas, había unos hombres que terminaban de colocar un toldo verde en el jardín: casi no lo reconocieron de tan bonito que había quedado, igual que en las películas, con unas mesas blancas dispuestas aquí y allá, seguramente sobre ellas colocarían las flores que doña Elba les dijo que compraran, iban a quedar hermosas. Desde la cocina, siempre pelando y picando verduras, Luisa seguía los movimientos de los tipos con mameluco azul, como unos mecánicos pero limpiecitos; se le iban los ojos a ella, nunca había visto una fiesta como doña Rosa aseguraba que vería, sólo en las películas y en unas fotos que le mostró la señorita Rebeca y que eran de cuando cumplió los quince años y estaba flaquita y con un peinado alto del que le caían como dos tirabuzones sobre las orejas, rodeada de sus amigas, en una; bailando con don Ernesto, en otra; lanzando el bouquet, cortando una torta inmensa, haciendo muecas y abrazada con una amiga muy bonita y de ojazos verdes, de la mano con un joven que salía en la foto con los ojos rojos como si fuese un marciano. No, Luisa nunca había estado en una fiesta así, y segurito por eso se sentía como emocionada, como si la fiesta se la hiciesen a ella. Pero confusa, recelosa, inquietantemente, admitía que también estaba contenta por el joven, se dijo observando cómo los hombres de mameluco azul quitaban una mesa y la ponían en otro lugar, tendían unos cables que se perdían por la otra entrada de la casa, se daban indicaciones a gritos, volvían a acomodar la mesa, instalaban ahora una especie de tarima, ¿habría orquesta? Qué ganas de preguntarle a doña Rosa, pero le daba un poco de vergüenza mostrar tanto interés, tuvo que reconocerlo, temía que la cocinera le preguntara de golpe ¿y por qué estaba Luisa tan contenta?, y que se le notara en el rostro que no sólo era por la fiesta, o mejor dicho, sí, pero también por el joven, y por último qué tenía de malo, pero no se convencía del todo y seguía pelando, picando, mirando por la ventana.

Luisa ya sabía desde casi una semana atrás que era el cumpleaños del joven, pero recién la noche anterior le vino como un insomnio, durmió a sobresaltos pensando en los preparativos de la fiesta, imaginando cómo sería, armando una jarana imaginaria con los retazos de lo que le había contado doña Rosa de otras ocasiones. Total que, en la mañanita, cuando ya empezaba a clarear y ella tenía que levantarse para poner el agua e ir a comprar el pan, casi se queda dormida por haberse desvelado. Se bañó y se puso la blusa verde que le regalara la señorita Rebeca, esa que el Mosca decía que le quedaba tan bien, qué guapa estaba hoy, ¿se iba a ver al enamorado?, y Luisa que no se metiera con ella, Mosca, se ponía muy seria pero en el fondo estaba halagada porque debía ser verdad que aquella blusa verde le sentaba bien: notaba que la miraban mucho las pocas veces que se la ponía, pero no con esa mirada sucia que saben poner los hombres cuando piensan cochinadas sino con otra más amable, como si le dijeran un piropo bonito. Por eso la eligió esa mañana, y estuvo tentada incluso de pintarse apenitas, apenitas, los ojos, pero luego decidió que no, en todo caso más tarde, no fuera a ser que doña Elba se amargase, pensó dirigiéndose a toda prisa a la cocina para preparar el desayuno del señor y del joven, mirando a cada momento el reloj de pared, esperando que pase el tiempo para que llegase doña Rosa, seguro vendría tempranito porque unos días atrás le había confiado, con voz oronda y satisfecha, que ella le había comprado un regalito al joven, recordó Luisa mientras freía atolondradamente los huevos, disponía las tazas para el café, los vasos del jugo: hasta sintió la tentación de poner el jarroncito con flores de la sala en medio de la mesa; lo estuvo pensando un rato, riéndose y resondrándose por esas ocurrencias suyas, pero al final, cuando sintió los pasos del señor en las escaleras, corrió a la cocina con el corazón latiéndole desbocadamente, como si estuviese haciendo algo feo o prohibido. Mientras tomaba su té en la cocina, Luisa intentó escuchar lo que decían el señor y el joven, pero con un blando desencanto admitió que no se dijo nada que rompiese la rutina de todos los días; la radio y el tintineo de las tazas al golpear en sus platitos de porcelana, ¿capaz el joven no sabía nada de la fiesta y era una sorpresa? ¿Y si se habían olvidado que ese día era su cumpleaños? No, imposible, la noche anterior la señora Elba lo estuvo comentando por teléfono con el padrecito de la parroquia; ella no iba a poder asistir ese día, padre, era el cumpleaños de su hijo y tenía un horror de cosas que preparar, él sabría disculparla, ya estaría por allí el viernes entrante sin falta. No, pensó Luisa lavando su taza, no podían haberse olvidado.

Al ratito llegó la señora Rosa, justo cuando el joven ya se iba. Se le acercó con una confianza que Luisa admiraba y también envidiaba un poquito, le dio un abrazo y un beso, que lo cumpliera muy bien, le dijo, y Luisa aprovechó para recoger el servicio; el señor miraba su reloj con la cara seria de siempre y el joven parecía contento y confuso, abrazaba a doña Rosa dándole las gracias por el regalito, qué chiquita se veía la cocinera al lado del joven, pensaba Luisa mirando de reojo, qué risa, y de pronto, ¿ya lo había saludado al joven por su cumpleaños?, le preguntó volviéndose hacia ella, y Luisa sintió que enrojecía: feliz día, joven, dijo con una voz pastosa, como si de pronto tuviese una sed terrible, y le dio la mano sin mirarlo antes de meterse en la cocina. ¿Por qué era tan sonsa, tan vergonzosa?, se preguntaba Luisa recordando el contacto de esa mano grande, tibia, suavecita, que le había ofrecido el joven en la mañana. También recordaba que en sus ojos hubo algo como un segundo de burla, un destello de diversión al decirle gracias, Luisa.

«Gracias, Luisa.» La frase la asaltaba a cada momento como si el joven hubiera aparecido de pronto mientras ella seguía ayudando a doña Rosa, toda la mañana, toda la tarde, cuando por fin se fueron los hombres de mamelucos azules, y ahora la señora Elba dirigía a las dos chicas, la cristalería, las copas, que había contratado especialmente, los pisos, las escaleras, para arreglar la casa, los muebles de la salita pequeña, los del comedor, y que debían estar muertas las pobres, pensó Luisa antes de ofrecerse a ayudar, pero la señora Elba le dijo secamente que ella siguiera ayudando en la cocina, que ya la llamaría para cualquier otra cosa, que donde manda capitán no manda marinero, que todavía faltaba preparar los canapés y que miraran qué hora era ya, Jesús.

La señora Rosa tenía unas manos de ángel para cocinar, por algo estaba en la casa desde hacía años, y sabía hacer unos entremeses deliciosos, que se fijara, le decía a Luisa cortando el pan Pyc en triángulos y rectángulos pequeñitos, untaba paté, le ponía la rodajita de huevo duro, veía qué fácil, y listo. Luisa cortaba los panes, los iba untando de mantequilla, de paté, de un queso muy suave y se los iba pasando luego a la cocinera que insistía en que aprendiera, hija, pero ella no hacía otra cosa que mirar el reloj, cada vez más nerviosa porque ya era tarde y ellas no terminaban, Dios mío, a cada momento entraba la señora Elba y las ponía nerviosas, ¿faltaba mucho?, y luego prepararon unos cocteles de algarrobina, de maracuyá, pisco sauers espumosos y riquísimos que Luisa probó, nunca había tomado, suavecitos, como limonada, con su gustito seco y fuerte casi al fondo del vaso, pero luego le entró un calor, más alegría, una blandura deliciosa.

A eso de las siete llegó el señor y dejó en la cocina una caja que decía Johnnie Walker, algún licor seguramente, ¿no habían llegado los mozos aún?, preguntó enojado, como si ellas tuvieran la culpa, y antes que Luisa o doña Rosa pudieran responder nada salió apresurado, vieja, llamaba, vieja, a la señora: su voz se apagaba ahora en el estruendo sorpresivo de la música que empezó a sonar a todo volumen, ¿qué pasaba? Luisa se asomó nuevamente a la ventana, acababa de llegar la orquesta, qué bonitos sus trajes brillantes, sus camisas blancas y llenas de bobos, igual que en las películas, qué bien tocaban y eso que recién estaban ensayando porque todavía no había nadie, que fuera a llevarles unos bocaditos, unas cervezas a los músicos, dijo la señora Elba suspirando, le había vuelto el alma al cuerpo, por fin llegaron los mozos, viejo, y volviéndose a ellas, que seguían mirando por la ventana, dos palmaditas, que se apuraran un poco, casi con fastidio, ella todavía tenía que correr a cambiarse, en la peluquería se tardaron más de la cuenta y no estaba nadita conforme con lo que le hicieron, viejo, los mozos, volvió a decir en voz alta. La cocinera apenas miró la orquesta, ya iban a ser las ocho y ella tenía que irse también, casi estaba todo a punto y el joven no tardaba en llegar con sus amigos, ese señor que estaba entrando era el hermano de la señora, nunca faltaba. Ya vería Luisa qué bonita iba a estar la fiesta, y ella ojalá.

—¿Cómo había sido? —Rosa abre sus ojos enormes, se sienta en la cama, estira una mano y alcanza el conmutador de la luz: aparece un anaquel lleno de libros, una silla donde han dejado la ropa, una ventana que se abre a un horizonte de techos y antenas de televisión. Rosa quería saber cómo había sido, qué pasó.

—Un dato de miedo —dijo Pinto sentándose frente a Montero, que lo observa sin curiosidad. La cantina está casi vacía y suena una canción machacona, empalagosa. Unas moscas se posan sobre el mantel de hule y Pinto bebe apurado un sorbo de su cerveza—. Si es cierto tengo una bomba.

—Qué arriesgado, ¿y si se trataba de una trampa?, ¿y si te hubieran atrapado? —Rosa se lleva una mano al pecho, se abraza a Pinto, que fuma sentado junto a ella—. Tienes que prometerme que no te vas a volver a meter en líos, amorcito, puede ser peligroso.

—Te chapan y te cagas. Te rompen la crispa —dijo Montero encendiendo un cigarrillo—. Además, ni siquiera sabes quién es el datero.

—Pinto, es para ti —dijo Cárdenas, y él se levantó con una cuartilla en la mano, ¿quién era?, ¿quién lo llamaba?—. No quiere dar su nombre.

—No importa —se obstinó Pinto moviéndose inquieto en su silla, juguetea con el vaso—. Es una corazonada, creo que no es una broma.

—No me pregunte nada —dijo una voz áspera cuando Pinto preguntó quién era, qué quería—; limítese a escucharme.

—Como en las películas —dice Rosa, y lo despeina, se levanta y acomoda sus cabellos frente al espejo del baño, vuelve junto a Pinto—. Mi amorcito metido en una de película.

—Mucha huevada —dijo Montero sirviendo los vasos—, al final va a resultar una broma pesada y tú estás creyendo que la vida es como en el cine, cholo.

—Si no me cree es asunto suyo —dijo la voz, y luego hubo una pausa. Pinto luchó contra el deseo de mandar a la mierda al gracioso y seguir escuchándolo—. ¿Usted conoce la casa de Heriberto Guevara?

—¿Así que en la casa del mismísimo Guevara va a ser la vaina? —dijo Montero, y cruzó enérgicamente los brazos, mueve la cabeza, sonríe.

—Allí mismo —escucha Pinto, y al fondo un ruido violento compuesto de voces y tráfico. ¿El centro de Lima?, ¿Acho?, ¿la plaza Bolognesi?—. Allí van a llevar las ánforas para hacer el cambiazo.

—Lo que no entiendo es por qué te llamó a ti —dice Rosa—. ¿Nunca supiste quién era?

—No, la verdad, no lo supe nunca —dice Pinto fumando despacio, haciendo argollas diminutas que ascienden ingrávidas y se disuelven lentamente. Eso: ¿por qué a ti?

—Pero cómo era la voz —dijo Montero soplando la espuma de su cerveza—. Cómo sabes que no se trata de algún pata de otro medio, del cojo Ordóñez, por ejemplo. Él siempre estaba haciendo bromas cuando practicábamos en Radio Cadena.

—Saque fotos, véalo usted mismo, dígalo en su periódico —la voz es cortante, tiene una dicción, un cantito que Pinto se esfuerza en reconocer, en identificar. ¿Y si era algún pata jugándole una broma y él, hecho un cojudo, lo estaba tomando en serio?

—No sé —dijo Pinto llevándose una mano a la frente, luego se quita los anteojos y los frota pulcramente en la solapa—. Yo también pensé al principio que se trataba de algún pendejo, pero no reconocí a nadie.

—Si le hubieras hecho caso a Montero nunca hubieras ido —dice Rosa, y él la mira repentinamente, trata de adivinar en su voz el reproche, la melancolía, el fastidio.

—Te vas a pegar un madrugón, te chapa la policía caminando por ahí a esas horas y te jodes —insistió Montero—. La verdad, no sé si vale la pena, cholo.

—Eso ya es asunto suyo, Pinto —la voz hizo una nueva pausa y él pudo escuchar al fondo un silbido, ómnibus veloces, buena palta casera, buena palta, piñas del Ecuador—. Me dijeron que usted se atrevería.

—Te picó el orgullo, te dio donde más te podía doler —sonrió Montero dándole una palmada en el brazo.

—Guevara y su gente son unos corruptos —con rabia, con asco y esa dicción de erres aplastadas, ¿serranas?, ¿algún rabanito resentido?—. Saque fotos, hágame caso, Pinto.

—O sea que de todas mangas vas a ir —dijo Montero encendiendo un cigarrillo.

—Van a ir de todos los medios, Cárdenas —mintió Pinto—. Mañana inician el cómputo de los votos y sería bueno hacer un articulito, unas entrevistas, recoger algunas impresiones de los militantes, esas cosas, ya sabes.

—¿Para tener unas fotos de las ánforas y luego compararlas con las que cambiaron? Qué astuto es mi amorcito —dice Rosa, y le pasa un brazo por el cuello, lo despeina, un beso.

—Ya sabía —dijo Montero apagando el cigarrillo y sonriendo convencido—: Ya decía yo para qué viene el cholo con tantos misterios.

—No te va a comprometer a nada —dijo Pinto—. Vas igual que yo a hacer un reportaje sobre las elecciones. Eso les va a gustar, se van a sentir importantes y a lo mejor sí van de otros medios. Si voy yo solito pueden sospechar, pueden cerrarse en banda.

—Sí, periodista —se identificó Montero sacando su carnet, y el viejito de chalina lustrosa que lo recibió apenas mira la credencial, el cómputo de votos recién era pasado mañana. Sí, él ya lo sabía, sólo quería hacer un pequeño reportaje, y a qué hora viene el cholo, carajo.

—¿Usted también? —dice el viejito rascándose unos pelos blancos y ralos—. Hace un ratito vino un colega suyo. Ese que está allí, mire.

—Gracias —dijo Pinto avanzando por un corredor oscuro y que olía a creso, a humedad y meados: allí estaba Montero conversando con un grupo de rábanos, felizmente vino, piensa y camina decidido.

—Hola, qué milagro tú por aquí —dijo Montero dándole la mano—. Aquí estoy haciendo un reportaje para el periódico. ¿Tú también?

—Qué chistoso Montero —dice Rosa sonriendo—. Se hizo el sorprendido de verte allí.

—Sí, yo también vengo a cubrir las elecciones —dijo Pinto intentando desesperadamente parecer natural. Encendió un cigarrillo, se presentó al grupo, él también quería hacerles unas preguntas y ellos encantados, por supuesto, les parecía saludable y positivo que las elecciones se llevaran a cabo en un clima democrático. No, creían imposible que Heriberto Guevara fuera elegido nuevamente. Sí, había que dejar paso a nuevos dirigentes. Juan Carlos Beltrán era el secretario de Juventudes, deberían hacerle una entrevista a él. ¿Unas fotos?, y parecen vacilar, se miran unos a otros, bueno, por qué no.

—Qué vivos —dice Rosa—, los engañaron como a chinos a esos patas.

—Lo fregado fue convencer al viejo para sacar unas fotos de las ánforas —dice Pinto encendiendo un cigarrillo con la colilla del anterior. Mira por la ventana de la habitación los techos sucios, la neblina, la lenta oscuridad que va envolviendo todo sin prisas.

—¿Del local? —dice el viejo acomodándose la chalina, mirándolos suspicazmente cuando terminaron de entrevistar a los otros.

—Sí —dijo Montero mirando los techos altos, el corredor oscuro, las paredes de quincha—. Unas fotos para sacar un buen reportaje en el periódico, usted sabe, el ambiente, esos efectos.

—Ya —dijo el viejo sin convencerse del todo, y Pinto ¿él fumaba?, convida un cigarrillo, se clava las uñas en las palmas, camina hacia el fondo del local.

—Pasen por aquí —dijo el viejo avanzando delante de ellos, y Montero mira de reojo a Pinto, le hace un guiño.

—La cosa era sacar una foto de alguien junto a las ánforas para luego poder compararlas con las que saqué después —insistió Pinto.

—¿Una foto mía? —dice el viejo, y sus ojos legañosos chispean asustados—. ¿Para qué una foto mía?

—Si no hubiera sido por Montero probablemente no hubiéramos sacado las fotos —dice Pinto y sonríe, se despereza, mira su reloj, ya era tarde, tendría que llevar a Rosa a su casa.

—Sí —dijo Montero mostrando sus dientes grandes y blancos—. Me gustaría unas fotos suyas para mostrar en el periódico a la gente que hace esa labor callada pero importante en Izquierda Unida.

—Pero si yo sólo soy el portero —protesta jovialmente el viejo, se ríe confuso, se acomoda otra vez la chalina, ya está, piensa Pinto, ya cayó—. No soy del Partido.

—No importa —dijo Montero poniendo una mano en el hombro constelado de caspa—. Unas fotos suyas harán buen efecto.

—Claro —se apresuró a corroborar Pinto—: «Los hombres que trabajan calladamente en el Partido» —recita y sonríe, observa al viejo que fuma entrecerrando los ojitos acuosos.

—Pobre —dice Rosa, y su voz se compunge—. ¿No pensaste en el lío en que lo podías haber metido?

—En ese momento sólo pensaba en las fotos —dice Pinto en voz baja, y piensa cierto, pobre viejo, capaz lo botaron. ¿Cómo se llamaba?

—Rosendo Carhuavilca —dijo el viejo limpiándose inútilmente la caspa de los hombros, y Pinto anotó el nombre en una libretita—. Sí, con hache intermedia.

—Ahora una junto a las ánforas y listo —dice Montero sin dejar de disparar su cámara.

—Lo atarantaste al pobre tío —dijo Pinto subiendo al colectivo—. La suerte fue que no hubiera gente por ahí.

—También les sacábamos sus fotos y se acababa el problema, en este país la gente se caga por salir en los periódicos, cholo, aunque sea en Sucesos —dijo Montero acomodándose a su lado. Por la ventanilla del colectivo ven pasar la avenida Arequipa, el Comando Conjunto, las casonas bien cuidadas, los edificios grandes, el hostal Sans Souci, y Montero piensa un polvo allí sería bestial.

—Gracias, hermano —dijo Pinto cuando Montero bajaba del colectivo.

—Me debes un chifa —le contestó Montero ya desde la calle, y Pinto lo vio caminar despacio haciéndole adiós con la mano, mostrando sus dientes inmensos, sus ojos burlones.

—Nada del otro mundo, Cárdenas —dijo Pinto entrando al periódico, apretando fuertemente la cámara—. Quisiera que me revelen estas fotos.

—Que son ciertas, por supuesto —dijo Guevara con un gesto displicente—. El periodista ese tuvo la insidia de sacar una foto de las ánforas junto al portero del local como pueden ver. Yo no voy a negarlo.

—Esa misma noche ocurrió todo —dice Pinto sintiendo el calorcillo del cigarro consumido entre los dedos.

—¿Esperaste mucho? —pregunta Rosa.

—Un par de horas, por lo menos. A medida que pasaba el tiempo más me convencía de que había hecho una estupidez. La calle estaba desierta, no había luz en casa de Guevara. Estaba a punto de irme cuando apareció su carro —dice Pinto.

—Puta madre —se entusiasmó Montero como si le estuvieran contando una de terror. Se frota las manos, bebe sorbitos de su cerveza—. O sea que era cierto.

—En absoluto —dijo Guevara impasible, mirando fijamente a las cámaras—. Es una patraña. Estamos estudiando la posibilidad de demandar al periódico y a ese periodistilla, ese tal Rafael Pinto.

—Apareció de improviso. Era un Taunus azul. Carajo, cómo me latía el corazón —recuerda Pinto bebiendo su cerveza—. Esperé a que bajaran y entonces vi que sacaban las ánforas del maletero.

—Te han podido pegar —dice Rosa con los ojos brillantes y Pinto piensa: finge asustarse pero está orgullosa.

—No sé cómo te libraste de una buena pateadura. Los dejaste fríos —dijo Montero—. A ver las fotos, cholo, me muero de curiosidad —y vuelve a frotarse las manos.

—Como pueden observar son fotos intencionalmente borrosas —dice el senador Guevara mostrando el periódico a las cámaras.

—Aquí están —dijo Pinto poniendo sobre la mesa tres fotos: en una se ve la silueta de dos hombres de espaldas, uno de los cuales está abriendo el maletero del Taunus. En la siguiente ambos están sacando un objeto que no se distingue bien. Ahora sí se observa el perfil barbudo de uno de los hombres, la calva incipiente del que tiene una mano en la casaca de cuero.

—No están muy nítidas —dijo Montero chasqueando la lengua, parpadeando molesto por el humo del cigarrillo que tiene en los labios.

—Mira la última —dijo Pinto demorándose en encender pulcramente su cigarrillo: la tercera fotografía muestra el rostro de Guevara, su gesto de contrariedad o estupor, los brazos rodeando el pequeño barril que acaba de sacar del maletero. Casi no se distingue al otro hombre que sigue con una mano en el bolsillo.

—Éste es Guevara —dijo Montero golpeando con el envés de la mano la última foto—, aquí sí se le nota clarísimo. ¿El otro quién es?

—El diputado Miguel Carnero también va a presentar denuncia por difamación y otros cargos —dice el senador meciéndose ligeramente en el sillón frente a las cámaras. Era el colmo que se permitieran estos abusos y arbitrariedades al periodismo. No le extrañaba, sin embargo, pues el periódico que dirige Rolando Fonseca había pasado del coqueteo sutil al concubinato descarado con el Gobierno, acusa Guevara mirando directamente a las cámaras, y ahora su rostro se oscurece, ha perdido la jovialidad inicial.

—¿Qué cosa dices, Fonseca? —Pinto se quita los lentes, los frota contra la solapa del saco, se los vuelve a poner de mala manera—. Tú diste el visto bueno, aceptaste que salieran esas fotos.

—Entiende, cholo —dijo Fonseca abanicándose con unos papeles—. El pendejo de Guevara va a incriminar al Gobierno y nadie desea líos. Hay una corriente adversa al presidente y de eso se quiere aprovechar el rojo ese: quiere hacerse la víctima, ¿comprendes?

—A ver si te entiendo —dijo Pinto desplomándose en una silla frente a Fonseca, que lo mira conciliador, amistoso—. Ahora quieres que yo me tire para atrás, que vaya a la televisión y pida disculpas, que me baje los pantalones para que me cache Guevara.

—No lo pongas así, carajo —dijo Fonseca aflojándose el nudo de la corbata, súbitamente áspero.

—Y qué —dijo Pinto cuando lo alcanzaron después que el último relumbrón de la cámara hizo que voltearan el senador y Carnero, quién chucha era, qué quería y manotazos cuando Pinto quiso sacar otra foto—. Suelte mi cámara, diputado, yo estoy haciendo mi trabajo.

—Se va a meter en un lío del carajo, por lo menos identifíquese —dijo el diputado Carnero con el rostro congestionado, hirviente, mirando una y otra vez la calle desierta, le tiembla la boca cuando quiere volver a hablar y Guevara le pone una mano en el hombro, lo intenta apaciguar.

—Qué pendejo el colorado —dijo Montero riendo bajito—: Te han enyucado, compadre. Ahora vas a tener que desmentir todo. Así quién va a querer ser periodista en este país de mierda.

—Sólo tienes que decir que no estás seguro de que el barrilito ese sea el ánfora electoral —dijo Fonseca limpiándose una uña con un palito de fósforos; su voz es didáctica, afable, casi burlona, pensó Pinto observando la papada de iguana, las manos pecosas, el pelo cobrizo del director.

—Sí, señor —dijo el senador Guevara riendo francamente—; es uno de los recipientes que utilizamos como ánforas, sería absurdo negarlo. El diputado Carnero y yo se lo quisimos explicar al señor Pinto, pero él ni siquiera quiso oírnos. Son las actitudes que denigran al periodismo en este país.

—Después de todo —dijo Fonseca contemplando la uña limpia antes de empezar a escarmenarse otra—, entra dentro de las posibilidades lo que dijo Guevara anoche por televisión.

—¿Uno que no se había utilizado? ¿Uno que traían de casa de ese diputado? —Rosa no lo puede creer, se lleva una mano a la frente. Qué conchudez, cómo le hicieron caso, ella no recordaba bien aquello.

—No estarás hablando en serio, ¿no? —dijo Pinto sintiendo que le pica la nariz, la espalda, las manos—. Fonseca, por favor, no seamos niños.

—No importa que le crea o no le crea, caracho —dijo Fonseca dejando el fósforo, dando un palmazo seco en la mesa antes de levantarse con agilidad y acercarse a Pinto—. No importa que sea mentira o sea verdad que Carnero fuese quien proporcionó aquellos benditos barriles al Partido y que simplemente le estaba entregando uno a Guevara porque sí, porque le salió de las pelotas. No sé para qué carajo discuto contigo si quien toma las decisiones soy yo.

—Al diputado Carnero se lo pedí hacía tiempo porque mi señora necesitaba uno. «Oye, cholito, pásate uno de esos barriles para mi mujer», le dije bromeando en alguna ocasión. Sería absurdo pretender disfrazar algo tan simple —dijo Guevara mostrando ambas manos a las cámaras, cruza una pierna, mueve la cabeza incrédulo, espera con ojos divertidos la próxima pregunta.

—Pero el asunto no está en que le crean o no —dijo Pinto apesadumbrado mirándose las manos que ha extendido sobre la mesa—. La vaina no es que la gente acepte o no esa patraña del barrilito regalado, ya has visto cómo los otros medios se han burlado de esa salida cojuda.

—Sí —interrumpió Montero—. ¿No has visto el *Monos y Monadas* de hoy?, hay una caricatura de Carnero vestido de mujer entregándole un barril a Fonseca diciéndole: «A ver, mira qué sorpresita tienes adentro, querido».

—Sí, la he visto —sonrió Pinto casi a su pesar—. Nadie se traga ese cuento absurdo, es casi una burla, un monumento a la conchudez. Lo triste es que Itúrbide, Pacheco y los otros líderes no han dicho esta boca es mía. Si han hablado ha sido solamente para solidarizarse con Guevara.

—Creemos en su honestidad —enérgico el diputado Alcina ante los micrófonos a la salida del Congreso.

—Las ánforas estaban debidamente custodiadas, nadie puede creer esa burda patraña periodística manejada desde Palacio de Gobierno —desdeñoso el senador Itúrbide antes de subir a su auto—. Me unen años de amistad con Heriberto Guevara y me resultaría increíble creer algo así.

—Si Guevara ha ganado es porque los militantes confían en su gestión, la prueba está en que los camaradas del Partido le han dado irrefutables muestras de adhesión —tajante el reelecto secretario de Juventudes, Juan Carlos Beltrán.

—Los mil entuertos, los negociados, la basura al máximo nivel —dijo Montero bebiendo su vaso de cerveza, pidiendo dos más, por favor.

—Les taparon la boca a todos, los compraron quién sabe con qué, con cargos y mil amarres —bebió su cerveza Pinto, hizo una mueca, se llevó dos dedos a los labios húmedos.

—Qué maricón el director del periódico, amorcito, no hubieras vuelto a trabajar con él, te hubieras quedado en la radio —dice Rosa ya en la puerta de la calle: corre un viento helado que esponja los árboles cercanos, al fondo de la calle dos enamorados se detienen, se besan, siguen caminando abrazados—. No te pongas triste, ya no recuerdes, ya pasó.

—Ahora estoy en Internacionales —dijo Pinto esbozando una sonrisa de hiel cuando se sienta frente a Montero, que cuánto tiempo, cholito, siglos que no lo veía, unas cervecitas para festejar el reencuentro—. Por poco y no me dejaban pateando latas.

—La primera y la última, Pinto —dijo Fonseca antes de cerrar la puerta de su despacho.

—En medio de todo Fonseca se portó bien —dice Pinto arrugando la cajetilla vacía antes de abrazar a Rosa, mirando distraídamente la calle desde la ventanilla del taxi—. Los periódicos jodieron tanto con el asunto que ya nadie cuestionaba lo que dijimos nosotros y a la larga hasta el Gobierno vio con buenos ojos que así sucediera.

—¿Ah, sí? —dijo Montero levantando su vaso—. Yo sigo en *Expreso,* pero como los chibilines no alcanzan por la tarde chambeo en la radio del gordo Morales. Están necesitando gente para los noticieros, el gordo quiere levantar su radio. ¿Por qué no dejas a Fonseca y te vienes?

Pero el joven llegó tardísimo: eso fue lo que sucedió, recordaba Luisa dando vueltas en la cama, asustada, inquieta, queriéndose morir. Vez que lo recordaba, vez que le faltaba el aire: el joven llegó después de haber estado tomando licor con sus amigos, por eso se había portado así.

La señora Rosa ya se había ido porque tenía a su hijo menor con unas fiebres que no le bajaban por nada del mundo; las chicas de la limpieza también se habían ido, y ella qué lástima, hubiera querido comentar la fiesta con alguien y no pasarse todo el tiempo muda, mirando desde un rincón en el patio, sobre todo cuando los mozos empezaron con groserías y malacrianzas, unos insolentes. Se moría de vergüenza y ni cómo decirle a la señora ahora que estaba con sus invitados. A uno por poco y no le da un manazo cuando se hizo el que tropezaba con ella en la cocina, qué sabido, como si Luisa fuera una idiota que no se diera cuenta, y él puso su cara de mosquita muerta, ¿qué pasaba, negrita, por qué se acaloraba?, y los otros se reían a carcajadas, y Luisa ¿qué le pasaba a él, oiga?, bien seria,

que no se hiciera el payaso porque ahí estaba la señora.
Cada vez que pasaba por allí silbidos, murmullos, besitos
y risas. Total que una vez que los mozos empezaron a circular por entre los invitados Luisa prefirió quedarse en la
cocina porque ahora entraban de uno en uno y a solas ya
no eran nada machitos, permiso, señorita, disculpe, señorita, porque nada más mencionar a la señora se quedaron
fríos: babosos, ahí. Desde la ventana de la cocina Luisa miraba a la gente que seguía llegando; se comió unos canapés
y luego de pensárselo mucho se tomó otra copita de pisco sauer, no le iba a pasar nada aunque éste parecía un poco
más fuerte que el que bebió en la tarde. Ahora entraban
unos señores muy elegantes que saludaron a doña Elba
con grandes besos y al señor con abrazos y palmadas en
la espalda; luego unos chicos que también se acercaron a
saludar y de inmediato se fueron hacia la bandeja de copas que ofrecía un mozo; eran poquitos pero armaban un
alboroto tremendo esperando al joven Arturo, ¿qué le habría pasado? Doña Elba conversaba con un grupo de gente
un momentito y luego se iba a recibir a los que llegaban,
a cada rato llamaba a los mozos, se preocupaba de que no
faltase nada pero andaba como distraída, sonreía lejana y
desatenta, mirando obstinadamente hacia la entrada. Al
señor en cambio qué distinto se le veía, tan alegre y riéndose con otros señores, todos con sus vasos largos y envuel-
tos en servilletas. La orquesta empezó a tocar de improviso
y fue como si la fiesta se animara aún más, poco a poco
fueron saliendo a bailar algunas parejas, alentando a los
otros para que los imitasen, y en un dos por tres sólo quedaba la gente mayor en las mesas, los amigos de los señores, viendo bailar a los jóvenes. La mesa del buffet estaba
medio vacía ya pero el joven no llegó hasta bien pasadas
las diez. Venía con unos amigos que a Luisa le parecieron
algo extraños, se veía inmediatamente que no conocían

a los demás, que no estaban vestidos como para fiesta, menos una chica muy linda y de ojos verdes que Luisa creía haber visto alguna vez en casa de la señorita Rebeca, qué guapa, parecía una muñequita pese a que estaba vestida con unos blue jeans desteñidos y un polo grandote, qué risa, parecía de su papá, y de golpe recordó: la señorita Gata. Pero los demás amigos del joven Arturo no eran como ella, miraban a todo el mundo desconfiadamente, la verdad, no parecían amigos del joven, devolvían con insolencia las miradas de los otros invitados, saludaron finalmente a la señora Elba, que se acercó a su hijo con una sonrisa que Luisa conocía, segurito le estaba preguntando dónde había estado, porque lo llamó aparte y el joven ni caso, siguió caminando por el jardín, saludando a unos, recibiendo abrazos de otros, besos de las chicas, hasta que llegó a la mesa donde su padre conversaba con otros señores y allí se quedó un momentito, hablando y riendo hasta que su padre le señaló hacia la entrada de la casa desde donde su madre le hacía unos gestos disimulados pero serios. El joven suspiró caminando hacia ella, que le preguntó quiénes eran esos que había traído a casa, y Luisa, que seguía en la cocina, escuchó clarito que el joven decía sus amigos de la universidad, caray, ahora resultaba que no podía invitar a quien le diera la reverenda gana ni el día de su cumpleaños, eran unos cholos, pues, mamá, pero aun así eran sus patas, la casa no se iba a contaminar, y la señora Elba, con una voz contenida y cortante, no le permitía que le hablase de ese modo porque tuviera la edad que tuviera le cruzaba la cara de un bofetón, y Luisa ya no pudo escuchar nada más, debían haber subido al segundo piso, pensó asustada, porque la discusión fue justito en la puerta de la cocina, qué miedo, nunca había oído al joven hablarle así a su madre, con tanta cólera. Volvió a mirar hacia el jardín donde ahora casi todos bailaban, incluso los señores se habían animado y sólo los amigos del joven seguían sentados en su mesa, bebiendo cerveza, y de pronto apareció nuevamente la señora, parecía muy contrariada cuando se acercó a su marido y le dijo algo al oído y éste asentía rápidamente, como queriendo quitársela de encima. Del joven, ni rastros, capaz se había quedado en su habitación, qué raro, pero en ese momento Luisa sintió que alguien entraba en la cocina, alguno de los mozos, pensó fastidiada, pero al volverse se encontró con el joven, que la miraba con los ojos más extraños que ella le había visto nunca. Buenas noches, joven, se oyó decir con una voz finita, finita, sintiendo que temblaba, que el corazón se le salía por la boca porque el joven dio unos pasos hacia ella. Se había mojado el cabello y tenía los ojos enrojecidos, hola, Luisa, le dijo con una voz torpe y balbuceante, no lo había saludado por su cumpleaños y ella contestó que sí, en la mañana, pero era como si otra hablara por ella, las piernas eran de trapo y su voz llena de algodones cuando el joven avanzó más hacia ella, que estaba apoyada en el fregadero, y bruscamente sintió el aliento tibio, mareante, cerca al cuello, pensó que se iba a desmayar. ¿Cómo había sucedido? Luisa no podía recordarlo con exactitud, no sabría decir cuánto rato sintió esos labios temblorosos pugnando contra los suyos, Dios mío, que cedieron con un ansia que la ahogaba y todo daba vueltas, un calor en el vientre, en el sexo, una sed, un hambre, las manos que la apretaban con fuerza, casi haciéndole daño, igual que la boca que buscaba entreabrir sus labios y los mordían, un dolor exquisito, y otra vez las manos oprimiendo sus pechos, pellizcando sus pezones, y aquella cosa del joven que latía con fuerza contra sus piernas, lucecitas, chispazos, un mareo absoluto y una voz muy lejana: Arturo, Arturo. El joven la soltó sin prisas y dio unos pasos lentos hacia atrás sin dejar de observarla, pero con una mirada desenfocada y turbia, Arturo, Arturo, y Luisa quiso morirse ahí mismo, la señora entró a la cocina y se sorprendió, se puso muy seria al mirarlos, qué estaba haciendo allí, le dijo a él, pero ahora era a Luisa a quien miraba fijamente, que se diera prisa, sus tíos ya se iban, dijo, y el joven estaba buscando una botella de whisky para sus amigos, mamá, y la señora Elba bueno, que la cogiera de una vez y que saliera, que no fuera maleducado con su familia, pero a ella siguió mirándola largo rato, hasta que salió el joven, y ella Señor, qué había hecho, cómo había permitido, se le notaría en la mirada, en la agitación que no podía dominar, y la señora, con un tono seco y molesto, que Luisa fuera nomás a acostarse, y ella sí, señora, de inmediato, señora. Y ahora ya serían las cuatro y no podía conciliar el sueño, un zumbido en medio del silencio, daba vueltas en la cama, unas ganas de morirse. Señor, qué había hecho, cómo pudo permitir.

El Haití estaba casi desierto y los mozos vagaban parsimoniosamente de una mesa a otra atendiendo con desgano a los escasos clientes. Miraflores se ve apagada, sucia, azotada por la llovizna y barrida por un viento gris que empuja un revuelo de hojas secas y papeles contra los pocos autos estacionados frente al café. Rebeca hubiera preferido sentarse en alguna de las mesas exteriores, normalmente llenas a esa hora, pero sin saber muy bien por qué, decide empujar las puertas de cristal y elegir el rincón para beberse una Seven Up. Está a punto de encender un cigarrillo cuando aparece la Gata, sonriente y feliz como siempre pero con un aire maduro y resuelto que se evidencia en sus gestos, en su forma de acercarse a ella, como si no se percatara de las miradas codiciosas de los hombres, como si aquello le fastidiara ahora más que nunca, y Rebeca siente un instante de pánico o envidia o nostalgia al darle el beso, hola, Gata, cuánto tiempo, y preguntarse cómo se verá ella, cómo será seguir siendo soltera, y la Gata se sienta, llama al mozo y pide una cocacola, no, mejor una Seven Up, rectifica señalando la botella frente a Rebeca, ¿cómo estaba?, pregunta y enciende un cigarrillo aspirando golosamente el humo, ¿cómo estaba Sebastián? Ingrata, como siempre, dice Rebeca apoyando la barbilla en ambos puños y mirando a su amiga con una sonrisa que finge ser mordaz, desaprobadora. Y Rebeca igual, contesta la Gata imitando su postura, su sonrisa, su voz: ambas ríen, se reconocen ingratas, como en el colegio, como siempre, como toda la vida, pero nunca habían dejado de ser amigas, dice súbitamente la Gata levantando un índice muy largo y alerta, sólo que la vida las iba empujando por caminos distintos, y Rebeca era verdad lo que decía, se cruza de brazos, mira con pesar hacia la calle, ella cuánto extrañaba la universidad, Gata, no se imaginaba, le parecía mentira que sólo hubiera transcurrido un año, le parecían mil y a la Gata también, cuántas cosas habían pasado. ¿Por estas fechas fue que Arturo y ella los habían visitado por primera vez, no? Rebeca ríe francamente, qué conchuda era, Gata, dice «la primera vez» como si hubieran sido muchas visitas, y después de aquel almuerzo sólo se vieron un ratito en la fiesta de año nuevo. Bueno, concede la Gata con rapidez, ¿fue por estas fechas, no?

—Hola —Rebeca escuchó el timbre y dijo ya están aquí, Sebastián, se secó nerviosamente las manos en el delantal, revisó apresuradamente la mesa dispuesta y corrió a abrir la puerta—. Pensábamos que ya no venían, tardones.

—Disculpen, muchachos —Arturo ha mirado de soslayo a la Gata, por su culpa siempre llegaban tarde a todos lados, le había dicho en la puerta de la casa de Armas, y justo ahora que tenían una reunión importante, carajo, pero la Gata quedó en encontrarse con Rebeca en el Haití y se le hizo tarde. Que ya no jodiera, refunfuñó la Gata. Además, ya se lo había explicado durante todo el trayecto. De pronto la puerta se abre y aparece Armas, que los invita a pasar, ya estaba empezando la reunión, dice con una sonrisa fría—. Se nos hizo tarde por culpa del tráfico.

—Sí, claro, el tráfico, ese cuento ya lo conozco —dijo Rebeca imitando a la Gata, haciéndose a un lado para que pasen, pasen, Sebastián estaba ciego de hambre, si no llegaban en un momento más se comían los ravioles, que le habían quedado buenísimos, y la Gata qué bien, ellos traían una botella de vino tinto—. La Gata siempre será una tardona, Arturo, mejor te vas acostumbrando.

La Gata pide una rodaja de limón, por favor, y volviéndose hacia Rebeca, ¿no quería comerse un sándwich?, ella invitaba, pero Rebeca hace un gesto, había almorzado tarde en casa de su madre y no tenía hambre, dice mirando por los cristales del Haití, una sombra cruza por su rostro y la Gata parece darse cuenta porque le da una palmadita en la mano, ¿qué le pasaba?, ¿problemas con Sebastián? No, responde Rebeca casi inmediatamente, con él precisamente no eran los problemas, y antes que la Gata pregunte nada se sopla el flequillo y abre mucho los ojos como si encontrase difícil el planteamiento de un problema, bebe un sorbo de Seven Up y se saca un arete que le produce escozor. Los problemas de todo el mundo, Gata, después del alza espantosa de septiembre las cosas se han puesto bravísimas. Ajá, dijo la Gata.

—¿Ya te enteraste? —preguntó Rebeca caminando hacia Sebastián, que dio unos pasos como aturdido, se veía venir, contestó él cerrando la puerta, pasándole una mano distraída por los cabellos, llevándola hasta el sofá junto a la ventana, se veía venir, repitió buscándole un sentido profundo a la frase, que quedó flotando en el aire con su aleteo siniestro—. Es increíble, amor.

La Gata se muerde los labios, baja la vista y explica con una voz muy suave que todos lo estaban pasando mal pero era necesario; el Gobierno había hecho lo que debía, Rebeca, la situación era insostenible aunque debía tener confianza en que las cosas mejoren. Uno de los mozos se ha acercado rápidamente a la puerta donde asoman, desarrapados, cautelosos, de miradas voraces, dos niños que husmean ávidamente en el interior del café; el mozo los bota y ellos desde la calle le hacen gestos obscenos, se ríen, corren finalmente entre los autos estacionados frente a las cristaleras del Haití.

—Si vieras las colas de carros que hay en las gasolineras no lo creerías, Rebeca, todo el mundo quiere llenar el tanque porque dicen que a partir de las doce de la noche los nuevos precios van a ser horrorosos —Sebastián la abrazó y se sentaron muy juntos y el silencio fue ganando nuevamente los espacios hasta que él quiso sonreír pero una pelota esponjosa le apretaba la garganta: «Que Dios nos ayude», qué hijo de puta, mascula Sebastián recordando la frase con que el ministro acabó su mensaje.

Rebeca sonríe con escepticismo, casi con enfado, ¿cómo podía decir eso la Gata?, se vuelve a colocar el arete y cruza las piernas, iba a pedir otra Seven Up aunque aquí costaban una fortuna, se moría de sed, y la Gata ella invitaba y mejor no hablaban de política, Rebeca, ella conocía demasiado bien su posición, pero que creyera en lo que le estaba diciendo, las cosas iban a mejorar, insistió pasando una mano sobre la de Rebeca.

—Claro que sí, Gata —Arturo se sirve un vaso de vodka y bebe un sorbo caminando hacia ella, que se cepilla el cabello sentada en la cama; la toma de los hombros y se los besa pausada, fervorosamente, claro que las cosas mejorarían, hoy en la reunión Armas fue suficientemente explícito: ellos, la gente del Cefede, tenían que sacar la cara por el Partido. Ahora se venía lo bravo.

La Gata tenía razón, sonríe Rebeca, mejor no hablaban de política porque iban a salir peleando, ellas que eran tan amigas, que recordara cómo se pusieron Sebastián y Arturo aquel día del almuerzo. Un par de tontos, se ríe la Gata aflojando los músculos, pero los hombres eran así cuando se ponían a hablar de dos cosas: fútbol y política. Sí, recuerda Rebeca más animada, y a ellas hablando de trapos no había quien las ganara, desde chiquitas, que la Gata se acordara cuando empezaron a ir a fiestas, a bailar con chicos, a caminar con tacos, y la Gata hace un gesto espantado, que no se lo recordara, qué horror, parecían unos payasos pintarrajeados y todos los chicos tenían acné y no se atrevían a sacarlas a bailar, ¿recordaba la fiesta de promoción, la borrachera que cogió Elsita Muñoz? Rebeca se lleva una mano a la boca, la otra al cabello que le cae sobre la cara, había sido horrible.

—Bueno, Rebeca, tranquilízate, ya veremos qué hacer —Sebastián se ha levantado del sillón, se apoya en la ventana y mira la calle, la noche absolutamente inmóvil: ni un alma. Sí, dice Rebeca, pero estaba preocupadísima; la señora Charo, la de los bajos, había venido llorando, los precios se van a disparar, y Sebastián caracho, ya lo sabía, que lo dejara pensar en paz, por favor.

El mozo trajo la Seven Up y la Gata se apresuró a sacar su cartera, ella invitaba, antes que Rebeca pudiera atajarla, total, era dinero de su viejo, se encogió de hombros y pidió un sándwich de jamón y queso, ¿en serio Rebeca no quería comer nada? Rebeca iba a decir que no pero en ese momento se escucharon disparos y una explosión lejanísima y luego, casi simultáneamente, otra más cerca: ¿qué había sido eso? Los escasos clientes del Haití se levantaron casi al mismo tiempo tratando de mirar por los cristales y dos mozos se apresuraron a cerrar las puertas, ¿qué pasaba? Por la calle se veía a la gente corriendo hacia los locales que permanecían abiertos, y Rebeca mejor se iban, Gata, ¿dónde habrían sido las explosiones? Pero la Gata mejor se quedaban, aquí por lo menos estaban seguras. Estuvieron un momento en silencio oyendo los comentarios de la gente, seguro un coche bomba, los terroristas y el Gobierno estaban destrozando al país, carajo: uno de los mozos sintonizó Radioprogramas, directo en directo, las primeras informaciones recibidas de los vecinos de San Isidro que habían llamado daban cuenta de un atentado en el local del Banco de Comercio, al parecer no se habían registrado muertes que lamentar, en cualquier momento recibirían mayor información desde las unidades móviles que en estos momentos se dirigían hacia el lugar de los hechos, decía el locutor que ahora anunciaba música criolla. Era espantoso, Rebeca, en lo que iba de la semana podían contar cuatro atentados, dijo la Gata levantándose y pidiendo el teléfono del local, por favor, iba a llamar a Arturo para que pasara a recogerlas, podía ser peligroso tomar el micro, sobre todo para Rebeca, que tenía que cruzar por esa zona de San Isidro para ir a su casa.

—Pero el único inconveniente del Gobierno es no poner mano dura contra el terrorismo —Arturo se pone los pantalones con movimientos enérgicos, se acerca al espejo y estudia con aire crítico su rápida peinada. Siempre que iban al Cinco y Medio se olvidaba de traer peine y después de ducharse tenía que salir acomodándose los cabellos con los dedos, caracho. Mano dura con esos hijos de puta, dijo desde el baño, y la Gata le contestó que se apurara, ella ya estaba lista, quería ir a Barranco o al Sachún, quería bailar un poco.

La Gata volvió hasta donde Rebeca, que fumaba intranquila, ya estaba, felizmente que lo encontró en su casa, venía por ellas en quince minutos, dijo mirando el sándwich que acababan de traerle, tenía que ayudarla, Rebeca, ella no se iba a poder comer todo eso en quince minutos y luego, casi sin transición, ¿Sebastián seguía enseñando en las academias? Sí, pero ahora todas tenían menos alumnos y a los profesores les tuvieron que reducir horas, dijo Rebeca cogiendo la mitad del sándwich y levantando la vista hacia su amiga. Hacía unos meses, casi justo después del paquetazo de septiembre, que Sebastián se encontró con un amigo en la universidad que le propuso trabajar con él en un asunto de adopciones. ¿De adopciones? La Gata la miró ahora con cautela, el vaso de Seven Up en los labios, ¿no sería nada turbio, verdad? Cómo se le ocurría, Gata, ella conocía muy bien a Sebastián, por nada de este mundo se metería en algo turbio; todo era en regla y parece que por los trámites ante los juzgados de menores recibían un montón de dinero. ¿Y entonces por qué no lo hacía ese amigo solo? La Gata bebió un sorbo de gaseosa y mordisqueó sin mucho entusiasmo el sándwich. Porque parece que las jueces de menores son muy suspicaces y tantas veces se ha encargado este chico de tramitar adopciones que ya lo miran un poco feo; en cambio Sebastián conoce a la mayoría de las jueces y puede tener más éxito, dijo Rebeca volviendo a quitarse el arete y mirándolo con fastidio. Ojalá que le vaya bien y no se esté metiendo en problemas, Rebequita, si se lo permitía decírselo, y Rebeca no creía, Sebastián era el hombre más desconfiado de la Tierra y si había aceptado era porque estaba totalmente seguro de que las cosas eran por completo legales.

—Ya estás hablando como el Chito y como Armas —dice la Gata subiendo a la camioneta, mirándose por última vez el maquillaje en el retrovisor, ella no era tonta,

Arturito, de lejos se veía que se estaba decantando por la gente de su querido ministro; después del lío que hubo en el Local Central ya se hablaba de dos bandos: a favor del presidente y a favor del gángster que era Sánchez Idíaquez. Arturo mira a la Gata con una expresión extraña, pone la reversa y sale del garaje, gira hacia la salida y entonces vuelve a mirarla despacio, qué cosas se le ocurrían a la Gata, toda la gente del Cefede estaba con el Gobierno, y él, particularmente, más que ninguno, por eso mismo se permitía hacer críticas. No había que creer en infundios, sonríe ya en la carretera, seguro la Gata también creía en ese Comando fantasma que según algunos hijos de puta se estaba formando en el Partido. La Gata se ríe con sorna, ella no creía nada, pero era un hecho que existían divisiones internas en el Apra, y resultaba una coincidencia muy simpática que los que exigían mano dura contra el terrorismo fueran los mismos que apoyaban al primer ministro, y con el primer ministro estaba el gángster ese de Sánchez Idíaquez; si había alguna relación o no, la Gata no lo sabía a ciencia cierta—. Todos están pidiendo mano dura ahora, Arturo.

Alto, delgado, con los cabellos negros muy cortitos: nada más entrar al Haití miró hacia el fondo, esbozó una sonrisa, se acercó, cuánto tiempo, Rebeca, dijo Arturo dándole un beso, ¿cómo estaba Sebastián?, y la Gata ¿no había un beso para ella también, sonso? Arturo se confunde, le da el beso, qué quisquillosa se ponía la Gata a veces, y ella no era eso, idiota, sino que le reventaba la falta de educación, y él se encogió de hombros, que no se calentara, Gatita, caracho, qué tal genio, y mejor se iban de una vez, al venir hacia aquí había pasado por San Isidro, parece que los terrucos colocaron una bomba en la puerta del Banco de Comercio, habían dejado todo deshecho y la policía desvió el tráfico, en la radio dijeron que también habían volado otro banco aquí cerquita, en La Aurora, ¿ellas no escucharon la explosión? Claro, sonso, ¿por qué creía que la Gata lo había llamado?

—Porque quiero que te acuestes de una vez, Sebastián, ya son las dos de la mañana —Rebeca se ha puesto una bata y se ha acercado hasta la silueta que fuma acodada en la ventana, le pasa un brazo por los hombros y busca acurrucarse contra él, que arroja el pucho hacia la calle: ¿sabía Rebeca? Desde septiembre que las cosas estaban negrísimas y en las academias a todos les habían reducido horas, dice Sebastián hablando despacio, casi didácticamente, la sigue hasta la habitación y allí continúa mientras ella se sienta en el borde de la cama, iba a aceptar la propuesta del colorado Augusto, aquello de las adopciones, aquello de lo que le habló hace un tiempo, ¿recordaba?

La camioneta de Arturo se ha estacionado frente a la casita de la calle Wiracocha, ¿desde cuándo vivían aquí? Arturo recordaba el departamentito de Miraflores, y Rebeca desde hace apenas unos meses porque el otro departamento, el que decía Arturo, era de un amigo de Sebastián y no hicieron ningún contrato por la bicoca que pagaban; tal como se han puesto las cosas el amigo le pidió a Sebastián que se buscara otra cosa. Aquí pagaban mucho más, estaban en una zona fea y media peligrosa por los fumones, pero qué se le iba a hacer, dijo Rebeca bajando de la camioneta, algo triste o distraída, y la Gata un beso y muy bajito al oído: ojalá que les vaya bien con el asunto que Rebeca le había contado.

Fue un susto tremendo, casi se muere de la impresión, y todavía por la noche, cuando ya se había acostado, le resultaba imposible conciliar el sueño, a cada momentito le venían imágenes, recuerdos, y ella se tapaba con la manta y se revolvía en la cama pero era en vano, allí seguía como una película todo lo que ocurrió.

Hacía pocos minutos que con la señora Rosa había llegado del mercado y, como nunca, Luisa se quedó sola en la cocina porque la cocinera tuvo que salir a comprar unos paquetes de margarina que faltaban. Luisa se ofreció, ella iba, que no se preocupara, doña, le dijo más que nada para que se sintiese un poquito reconfortada, porque desde la muerte de su hijo menor se la veía deshecha aunque ella dijese que no, que no debía ser una ingrata con el Señor poniéndose triste pues su hijo estaba gozando alborozado junto a Él. Pero la cocinera tal vez presentía lo que iba a pasar, quién sabe, la cosa es que nada más salir y al ratito tocan la puerta: la policía, qué pasaba, qué deseaban, preguntó Luisa abriendo la reja y pensando, sin saber por qué, «el joven Arturo, Dios mío», pero no era eso; uno de los policías, el que parecía más joven y hablaba muy seriamente y con gestos de mandón preguntó por la señora Apayco. Luisa estuvo a punto de responder que se habían equivocado de dirección, que allí no vivía la familia Apayco, pero el otro policía, cuarentón, gordo, de bigotitos como cerdas, leyó un papelito constatando la dirección y mirando con el ceño fruncido: Rosa Apayco Santos, dijo, ¿aquí trabajaba, no? Sí, claro, contestó Luisa limpiándose las manos una y otra vez en el delantal y tratando de sonreír, era la cocinera de la casa. No terminó de decir esto cuando el policía joven pidió que la llamara, por favor. Lo dijo con una vocecita antipática, de niño engreído. Tenía las orejas grandes y rojas y una nariz larga que olfateaba temblona. Ella no estaba, dijo Luisa con la cabeza hecha un lío, ¿qué se les ofrecía? Nada que le importara a ella, dijo el joven, y Luisa sintió que la cara le ardía pero se asustó cuando el policía insistió: ¿o acaso era pariente suya? Porque si era así con ella también querrían hablar. Las piernas se le aflojaron y tuvo que aferrarse a la reja para no caerse, no, ella no era familiar de doña Rosa, ella sólo trabajaba en la casa, ¿qué pasaba? Felizmente en ese momento apareció en la puerta de la casa doña Elba y Luisa tuvo que luchar con un deseo horrible de correr y refugiarse detrás de ella. ¿Qué querían?, preguntó la señora abriendo apenas la puerta y escudriñando con sus ojitos desafiantes, qué pasaba, insistió sin salir porque estaba en bata y con ruleros. El policía más joven habló ladeando la cabeza como si Luisa le estorbase para ver a doña Elba, buenos días, dijo con su voz impertinente y medio como cuadrándose también. Buscaban a la señora Rosa Apayco Santos y sabían que éste era su centro de trabajo. Así dijo, como si en lugar de una casa fuese una fábrica o una oficina, un insolente el policía, recordó Luisa, pero en aquel momento sólo sentía el corazón latiéndole apresuradamente, y más aún cuando notó clarísimo cómo palidecía doña Elba. Sí, era su cocinera, dijo avanzando hasta los policías, ya sin importarle que estuviera en bata, ella que nunca se asomaba ni al balcón a menos que estuviera completamente arreglada. Los policías también caminaron a su encuentro apartando altaneramente a Luisa y ella se dio cuenta de que no le gustaron nadita a doña Elba esas confianzas, porque podían ser muy policías y lo que quisieran, pero nadie les había dado permiso para entrar, aunque no fuera sino al jardín. ¿Qué deseaban?, insistió doña Elba como si recién lo preguntara, llevándose constantemente una mano a la bata para cerrarla mejor. La buscaban a la señora Rosa Apayco para que fuera a declarar a la comisaría de su jurisdicción, dijo el joven. El otro policía se limitaba a asentir en silencio y de vez en cuando miraba la casa como si estuviese buscando algún lugar donde se hubiera escondido la señora Rosa. ¿Qué ocurría?, preguntó doña Elba llevándose una mano al corazón. El policía se quitó la gorra para rascarse la cabeza, ocurría que el hijo de la señora, el menor que respondía al nombre de Washington Apayco, había muerto hacía una semana y unos vecinos habían ido a la comisaría para advertir que la señora Apayco y su conviviente, Feliciano Vilca Paniagua, sabiendo que el chico necesitaba ayuda médica hicieron caso omiso de las recomendaciones de llevarlo a la posta cercana. La señora Elba sacudió la cabeza diciendo que eso era una barbaridad, que cómo era posible que la policía prestase oídos a tamaños infundios de gente ignorante. Luisa advirtió el asco con que decía «gente ignorante» la señora y seguro lo decía por los propios policías. El más joven no era tonto y también pareció captar el reproche, pensó Luisa, por eso cuando volvió a hablar lo hizo con un tonito casi malcriado. Dijo que seguramente la señora Elba desconocía que su cocinera formaba parte de los testigos de Jehová, quienes no permitían transfusiones de sangre y cosas por el estilo. La señora Elba dijo que no, que no sabía, y Luisa la miró sorprendida porque seguro que sí lo sabía; con los nervios capaz se ha olvidado, pensó asustada. El caso era que estaban investigando si, tal como decían los vecinos que habían prestado declaración en la comisaría, el menor Washington Apayco requirió una transfusión de sangre. De ser así se trataría de un delito. Además, dijo el policía gordo, que hasta el momento no había hablado, se han denunciado muchas irregularidades por el sector y todas apuntan a que el conviviente de Rosa Apayco es líder de una secta que se ha separado de los testigos de Jehová. Jesús, dijo la señora Elba mirando a Luisa, qué barbaridad, ¿qué irregularidades, de qué hablaban? El policía joven miró ferozmente a su compañero y luego, llevándose una mano a la boca para toser despacito y fingidamente, dijo que por ahora no podían decir nada

en concreto pero que la señora Elba le creyera: se hablaba
de violación de menores y cosas así de graves. Jesús, volvió a decir doña Elba, y Luisa tuvo que agarrarla porque
parecía que se iba a desmayar. Que se tranquilizara, señora, dijo el policía joven, sólo querían hablar con su cocinera, y ella inmediatamente, no faltaba más, y dirigiéndose
a Luisa que corriera a buscar a doña Rosa, muchacha, dijo.
Cuando Luisa daba unos pasos hacia la calle escuchó que
la señora Elba se quejaba de la confianza, de la barbaridad
de tener gente así en la casa, podía pasar cualquier cosa y
no lo quería ni pensar. En ese momento llegaba la señora
Rosa y al ver a los policías se detuvo en seco junto a la reja.
Luisa también se detuvo, sintiendo una mezcla extraña de
miedo y pena por la señora Rosa. La cocinera soltó la bolsa
plástica que llevaba en la mano y se dejó caer de rodillas
cuando vio avanzar a los perplejos policías. Entonces empezó a llorar cada vez más fuerte a medida que se acercaban,
¿qué le pasaba?, ¿por qué lloraba así?, Luisa corrió a tratar
de levantarla, que no se asustara, doña Rosa, no iba a pasar
nada, le empezó a decir en voz baja, acariciándole la cabeza,
que no llorara, por favor, y sin saber en qué momento,
comprendió que también estaba llorando a gritos y que uno
de los policías la separaba de la cocinera, de la que se había
aferrado con una fuerza desconocida. Se quedó llorando en
el césped, escuchando como de lejos las voces de los policías
que habían detenido un taxi, el llanto de doña Rosa y la voz
crispada de la señora Elba que la zamaqueaba, qué le pasaba, idiota, que se levantara de una vez, que ella también estaba con los nervios de punta, dijo finalmente antes de correr hacia la casa. Luisa se acercó a la puerta pero sólo para
ver alejarse velozmente el taxi. No había nadie en la calle y
sólo un heladero que pasaba pedaleando en su triciclo amarillo se detuvo un momento a mirar a Luisa que seguía llorando apoyada en las rejas.

Todo el día estuvo como muerta, sin saber qué hacía ni qué respondía cuando la señora Elba y luego el señor, que había venido inmediatamente de la oficina cuando su esposa lo llamó, le preguntaban a ella si sabía algo más sobre doña Rosa, algo que no quería decir. El señor era más amable y hasta la defendió cuando la señora empezó a decir que si tal vez Luisa tenía algo que ver en el asunto, y ella se puso a llorar y a temblar desesperadamente, no tenía nada que ver, se lo juraba por lo más sagrado, no sabía nada, y el señor se volvió hacia su mujer y le dijo que no tenía derecho a hablarle así a la pobre chica, que estaba tan asustada como ella misma, vieja. La señora Elba salió de la cocina sollozando y el señor, tan serio pero tan bueno, le sirvió él mismo un vaso de agua y le dijo que se calmara, que no pasaba nada. Luisa tuvo que coger el vaso con ambas manos y casi se atora con los primeros sorbos. Cada vez que levantaba la vista se encontraba con los ojos del señor, que le hacía un gesto instándole a terminar de beber hasta que ella terminó y dejó el vaso sobre el fregadero. ¿Qué iba a pasar con la señora Rosa?, preguntó Luisa sintiendo el resbalar salado de las lágrimas por sus labios, y el señor movió la cabeza, se quitó los lentes e hizo un gesto leve con la mano: no sabía, hija, tendrían que averiguar qué había de cierto en todo aquello y si se descubría que eran sólo infundios la dejarían tranquila. Que no se molestara en preparar nada, él se llevaba a la señora a comer a la calle y el joven Arturo no regresaría sino hasta la noche. Luisa sintió que sus músculos se agarrotaban pero no se atrevió a pedirles que por favor no se fueran, que no la dejaran sola.

Toda la tarde estuvo metida en su habitación, intentando escuchar música o leer alguna revista pasada de las que le dejaba la señora pero a cada momentito se le encogía el corazón al escuchar el ruido de algún carro pasando cerca a la casa. ¿Y si venían los policías también por ella?, se acercaba una y otra vez a la ventana y desde allí vigilaba la calle desierta. Cuando llegaron los señores por la noche les sirvió un té y se fue a dormir. Pero era en vano, por más que daba vueltas y vueltas se le venía a la cabeza la imagen de doña Rosa arrodillada en el jardín, con sus piernas varicosas y muy blancas, llorando a gritos mientras los policías la levantaban cogiéndola de los sobacos.

Ahí estaba, dijo el Cholo, y aplastó el cigarrillo en el cenicero. El Chevrolet se puso en marcha cuando el individuo que había salido de la casa alcanzaba ya la esquina, tranquilos, ustedes sigan conversando ahí nomás, les dijo el Cholo al Chito y a Torres: el primero estaba sentado adelante, junto al Cholo, que manejaba con una mano, despacio, confiadamente; el segundo hojeaba una revista y de cuando en cuando alzaba la cabeza observando al hombre. Ése es el concha de su madre, dijo con una voz que era apenas un resuello. Tranquilos, repitió el Cholo acercándose a la esquina, viendo el traje arrugado, la cabecita despeinada, la cesta plástica donde llevaba dos envases de cocacola, los ojos asombrados del hombre cuando el Chevrolet aceleró sorpresivamente y se puso a su lado; el Chito abrió la puerta con violencia, ya, carajo, dijo poniéndose de un salto junto al hombrecillo, que no atinó a nada, lo cogió de un brazo y ya Torres estaba también afuera, que subiera, carajo, rapidito, mierda, y entre los dos lo empellonearon a la parte posterior del auto. El Cholo arrancó despacio, pasó por detrás del Pizza Hut y alcanzó la avenida Benavides a esa hora de la noche transitada por escasos vehículos. Por el retrovisor observó las facciones chupadas, los labios resecos y temblones, los cabellos despeinados, huy, patita, le dijo, te estás cagando de miedo. Adónde lo llevaban, quiénes eran, preguntó con la voz descompuesta y ronca. A callar, mierda, le dijo Torres dándole una bofetada, y el hombre gimió encogiéndose en el asiento como esperando que los golpes continuaran. Maricón, concha de tu madre, sonrió el Chito encendiendo un cigarrillo, no lo habían tocado y ya se echaba a llorar, para eso no era valiente, ¿no?, dijo girando en el asiento y levantando al hombre de los pelos. Qué había hecho, quiénes eran ellos, tartamudeó el hombre, él no tenía plata, seguro se trataba de una equivocación, señores, dijo sonriendo esforzadamente, y Torres otro sopapo, qué equivocación ni qué ocho cuartos, maricón, que no se hiciera el cojudo, bien sabía por qué se lo llevaban. El Cholo conducía sin prisas bajando por la Benavides y al llegar a la altura de El Trigal se detuvo en un semáforo. Al cabo de un momento, viendo que no venían autos cruzó la intersección y fue acelerando progresivamente. El Chito mordisqueaba un palito de fósforo y de vez en cuando miraba hacia el asiento posterior donde el hombre había enmudecido súbitamente y parecía no escuchar los insultos de Torres, las amenazas, las burlas, maricón de mierda, hijo de puta, y miraba empecinadamente hacia adelante, con las manos cruzadas sobre las piernas. ¿Este huevón era el que defendía terroristas, Cholo?, preguntó Torres volviendo a zarandear de los cabellos al hombre que apenas se movió, como si ya no sintiese nada. ¿Este rosquete que se está meando de miedo era el pendejo que sacaba la cara por los terrucos? Torres no lo creía, lo agarraba de la nariz, ¿le había comido la lengua un pericote?, y con rabia nuevamente, que contestara, mierda, le jaloneaba el cabello una y otra vez, que no se hiciera el idiota, que lo estaba calentando de veras, y de pronto su mano descendió veloz hacia la entrepierna del hombre, que aulló encogiéndose. Ah, caray, dijo Torres con una voz delgadita, sorprendida: yo pensé que ya se había muerto del miedo. Cuando pasaron frente al Rancho Chito dijo ¿unos pollos, Cholo?, él tenía hambre, por la culpa de este huevón habían tenido que estar cuántas horas estacionados frente a su casa. ¿Veía?, dijo Torres volviéndose nuevamente hacia el hombre, y cogiéndole la cara con una mano, ¿veía?, por su culpa ellos pasaban hambre, sí, Cholo, paremos un momento que el amigo nos va a convidar unos pollos. El Cholo se alisó los cabellos, miró de reojo hacia las instalaciones del Rancho, no contestó nada pero giró en el primer cambio de sentido y entraron a la pollería. Había pocos autos en el estacionamiento y un huachimán les hizo una seña indicándoles que pasaran. Cuidadito con decir ni pío, dijo Torres mostrando por primera vez la pistola. El hombre lo miró como en sueños: tenía mil arrugas alrededor de los ojos y respiraba trabajosamente. Que se trajera un pollito y unas chelas en lata, Chito, dijo el Cholo dándole unos billetes que sacó de la cartera del tipo. Lo esperaron fumando en silencio y cuando a los diez minutos regresó repartieron el pollo, destaparon las cervezas, bebieron.

—Así que defensor de terrucos —dijo el Cholo al cabo de un momento girando hasta apoyar el brazo en el respaldar del asiento. Hablaba con la boca llena, amistosamente, como si le estuviese formulando preguntas a alguien que le acabasen de presentar.

—Yo no defiendo terroristas —dijo el hombre con una voz avasallada—. Simplemente defiendo a quienes tienen la desgracia de ser acusados de terrorismo. Hay muchas equivocaciones y a veces caen inocentes. A ésos defiendo yo, señores.

—El puta es como Robin Hood —dijo Chito limpiándose los dedos en una servilleta de papel antes de volver a atacar su pollo—. El puta defiende a los pobrecitos que son acusados de terrorismo. Pásame una cerveza, Cholo.

—Este huevón cree que nos chupamos el dedo, oigan —dijo Torres bebiendo un largo trago de su cerveza antes de eructar en la cara del hombre—. Eso es lo que me da bronca. Por qué no admite que sí, que defiende a los terrucos de mierda y se acabó. ¿Acaso no hay que ser valiente para defender a esos hijos de puta? Bueno, pues, que lo demuestre ahora. Que sea valiente aquí.

—¿Quiénes son ustedes? —preguntó aprensivamente el hombre.

El Cholo se limpió las manos y metió las latas de cerveza en una bolsa plástica que luego alcanzó al Chito. Puso en marcha el auto y cogió nuevamente la avenida Benavides.

—¿Que quiénes somos? —dijo al fin, como si hubiera estado pensando su respuesta—. Simplemente unos amigos a quienes no nos gusta lo que hacen los terrucos.

—Eso —intervino el Chito—. Somos defensores de la democracia.

Jugueteaba con la lata vacía de cerveza aplastándola por todos lados, poco a poco, y sonreía encantado con su frase. De vez en cuando miraba por el cristal, viendo las casas, los edificios apagados, las calles desiertas. «Qué muertos son los domingos», pensó.

—Yo también lo soy —dijo el hombre desesperadamente; parecía a punto de llorar—. Yo también defiendo la democracia, amigos, tienen que creerme, pues.

—¿Ya te vas a poner a llorar otra vez? —dijo Torres con su acento selvático, lleno de inflexiones y patinazos—. No lo aguanto, oye, Cholo, démosle su pateadura de una vez y que se vaya. No puedo con los cabros.

El Chevrolet llegó al final de la Benavides y cogió por el zanjón. Ahora el Cholo aceleró a fondo y el motor del auto se atoró un poco antes de continuar su marcha.

—Era un Ford o un Chevrolet, uno de esos carros que hacen colectivo por la avenida Arequipa o por el Callao —dijo Pinto sacándose los lentes antes de frotarlos contra la chompa—. Una chica vio cómo lo metían a empellones al auto. En la calle dejó una cesta con dos botellas de cocacola. El pata dijo: «Ya vengo, voy a comprar unas gaseosas», y salió de la casa. No estaba preocupado ni se le notaba nervioso, dijo su mujer. No sabía nada, lo agarraron por sorpresa.

—Sí, pero quién te dice que no son los mismos terrucos —Montero pidió una cerveza, llenó los vasos.

—Aquí nomás —dijo el Cholo estacionando antes de la curva que subía hacia el túnel de La Herradura. Se escuchaba el estruendo del mar y la música de los bares cercanos. Antes de bajar esperaron que pasaran algunos autos.

—Qué muertos son los domingos —dijo el Chito desganadamente. Se cerró el cuello de la camisa y metió las manos en los bolsillos antes de mirar el descampado solitario que se abría detrás de unos matorrales.

—El lugar perfecto —dijo Montero—. El día perfecto: poca gente por ahí, un tiro no se escucharía ni cagando.

—Ni los gritos, ni los aullidos, ni las súplicas —añadió Pinto contando unos billetes antes de ponerlos sobre la mesa—. Pobre Ibarra, carajo, tan gallito que aparecía en la tele cuando lo puteaban por defender terrucos.

—Apenas lo he tocado, Cholo —dijo Torres—, y míralo cómo se encoge la mierda esta.

El hombre cayó al suelo protegiéndose la cabeza, gimiendo despacio, por favor, que no lo mataran, por favor, y su voz sonaba por momentos enfurecida y por momentos débil, desesperanzada. Chito fumaba sentado en una piedra y miraba la escena con ojos apáticos. El Cholo se acuclilló junto al hombre hasta que éste sintió su aliento en el rostro, ¿quién había dicho que lo iban a matar, amigo? ¿Acaso creía que ellos eran como los terrucos? Lo levantó de los cabellos y antes de que el hombre pudiera protegerse Torres volvió a golpearlo, ahora quéjate de verdad, maricón, dijo cuando el hombre se derrumbó.

—Pero no tenía muchas magulladuras; apenas unos arañazos en el cuello y uno que otro moretón —dijo Pinto caminando junto a Montero, subiendo con él al colectivo, viendo distraídamente las calles incendiadas por un sol rencoroso.

—Le dieron una pateadura y luego le dispararon, qué hijos de puta —dice Montero, y la señora que está sentada frente a ellos lo mira desaprobadoramente.

Éste les resultó una niña blanca, se decepciona el Chito parándose junto al bulto tembloroso que lloriquea en el suelo, mejor lo dejamos de una vez, Cholo, le daba asco tanta mariconería, dice pegándole una patada, y el hombre ruge y se ovilla aún más, por favor, por lo que más quisieran, y Torres también lo patea, a ver, que admita que era una basura, un maricón, un hijo de puta, y el hombre sí, lo era, era un maricón. Que diga cómo se dejaba culear por los terroristas, sí, sí, me culean, me cachan, me hacen lo que quieren, dice el hombre a gritos, patalea en el suelo, babea y vuelve a quejarse entre hipos y mocos. El Cholo ha encendido un cigarrillo y se ha cruzado de brazos, ya basta, Torres, dice, ya déjalo y no lo jodas más. Se vuelve hacia el hombre y lo coge violentamente de los cabellos: que agradeciera que lo dejaban con vida, pero si volvía a defender terrucos, ay, caracho, entonces sí no la contaba, dice levantando al hombre como si fuera un trapo, limpiándole maquinalmente el traje, que mirara cómo se había puesto, qué iba a decir su mujer cuando lo viera en ese estado, y el hombre ¿no lo iban a matar, verdad?, dice pasándose la lengua por los labios resecos, mirando a los otros con ojos enloquecidos, ¿no lo iban, verdad? Ya, que se fuera, que le estaba entrando un asco de los mil demonios al Chito, y Torres le da un empujón, una patada en el culo: lo ve correr por el descampado, voltear una vez, avanzar en zigzag como borracho, las piernas doblándosele ridículamente, y a su izquierda escucha el revólver del Cholo que rastrilla el percutor.

—Una bala calibre 38 en el coco —dice Pinto suspirando, con los brazos cruzados tras la cabeza. A su lado escucha la respiración femenina, siente la piel caliente junto a la suya, intuye los ojos negros muy abiertos, como carbones en la oscuridad de la habitación—. Le reventó el cráneo. Lo encontró el guardián de un depósito cercano, Rosita. Ése fue el primer atentado del Comando.

La señora Elba lo sentía mucho, de veras, hija, pero ahora que las cosas se habían puesto tan negras para todo el mundo con el alza espantosa de los precios no le quedaba más remedio. Luisa dijo que sí, que entendía, como atontada, hubiera querido suplicar, pedir que le bajaran el sueldo, trabajar por horas, lo que sea con tal de quedarse, pero no pudo decir nada, no le salía la voz y todo en su cabeza era un remolino que no la dejaba pensar. Acababa de encontrarse con la señora en la cocina y se sorprendió, qué extraño, ella tan temprano, y cuando la señora empezó a hablar Luisa sintió que se le abría el piso, casi no la escuchaba, sólo se limitó a asentir con la cabeza, sí, señora, claro, señora, hasta que doña Elba no tuvo más que decir y la dejó en la cocina, como petrificada. Se bebió un vaso de agua y luego otro, mirando por la ventana de la cocina, pero era como si no enfocase nada. Finalmente se encaminó hacia su habitación y empezó a guardar sus cosas, mordiéndose los labios hasta hacerse daño. Primero la ropa que tenía colgada de unos clavos y la que tenía en la cómoda; luego la radio, el reloj despertador que le había regalado la señora, la cajita de cosméticos que le diera la señorita Rebeca hacía tanto tiempo y que ella usaba apenitas los domingos y los feriados. Al querer despegar el póster de Chacalón y su Nueva Crema notó que le temblaban las manos, que las tenía heladas y húmedas. ¿Qué iba a hacer? ¿Cómo le daría la noticia a su tío? El señor ese día no había ido a la oficina, se acercó cuando Luisa terminaba de meter sus cosas en unas bolsas, le puso unos billetes en la mano, que mejor no se enterara su mujer, dijo con un aire de velorio, sabía lo difícil que era para Luisa sobrellevar esta terrible situación en que todos se hallaban, y Luisa, qué vergüenza, ya no se pudo contener, soltó un llanto hondo y horrible, le faltaba la respiración, hubiera querido desaparecer y el señor se incomodó, que se calmase, que ya no llorase más, salió de la habitación diciendo que lo sentía en el alma, muchacha, que si las cosas mejoraban, que por ahora era imposible y que quien decidía los asuntos de la casa era su mujer, ayer después de escuchar el mensaje del ministro doña Elba dijo que ya no podían más, que tendrían que apretarse los cinturones. Luisa se quedó un momento sentada en la cama, contemplando la habitación vacía, buscó un pañuelito y con dedos torpes terminó de llenar sus bolsas de Scala, sí, ya vendría en otra oportunidad para hablar y ver si había algo. Ahora sólo quería irse corriendo, desaparecer para siempre, morir.

—Resignación, hija —dijo don Alfonso cuando la oyó llegar, se lo imaginaba, no pensó que la despidieran tan pronto pero algo en su viejo corazón le anunció que eso iba a pasar ayer cuando escuchó las noticias por la radio, el mensaje del ministro hablando en cadena para toda la nación; las cosas se iban a poner horribles, quién lo hubiera dicho, y los males, ya se sabía, nunca llegaban solos.

Mirando a través del cristal astillado de la ventanilla del micro a Luisa le pareció que la ciudad desierta y escasamente transitada por raudos y solitarios automóviles era como un cementerio, y es que la gasolina había subido tanto, pero tanto, tanto, de un día para otro, que los que tenían carro no se atrevieron a sacarlo y los micros y colectivos cobraban lo que les daba la gana, Luisa casi se muere del susto cuando al pagar el boleto le dijeron cuánto era, pensó que le estaban tomando el pelo, por poco y no sube al microbús, pero los que ya estaban trepando como podían le dijeron que no fuera tonta, que aquél era un micro pirata y estaba cobrando menos de lo que cobraban los otros, ¿acaso no sabía que todos los precios se habían disparado? ¿O no había escuchado el mensaje del ministro anoche? Sí, ella también había escuchado la radio, en todas las emisoras estaba hablando el ministro, no entendió mucho de lo que dijo pero de nada bueno podía tratarse cuando terminó su mensaje diciendo «que Dios nos ayude», y a ella le dio un vuelco el corazón, tantas cifras, tantas comparaciones, tantas explicaciones embrolladas no podían significar sino algo malo. Pero por la mañana, después de servir el desayuno, escuchó al joven Arturo y a su papá discutiendo en voz alta, cosa extraña. Lo que sucedía era que él todavía era un niñato, dijo el señor, y que mirara lo que estaba haciendo el Gobierno después de tanta demagogia populachera, que mirara lo que estaba haciendo el partido que tanto defendía y como el joven alegaba que era necesario, que estaban pagando la herencia catastrófica de tantos años y que había que comprender las circunstancias, el señor dijo que agradeciera que aún vivía bajo su tutela, así dijo, bajo su tutela, que cuando el joven empezara a comer de la suya entonces volverían a hablar, y Luisa, que desde la noche horrible de la fiesta evitaba cruzarse con el joven, se fue al jardín hasta que sintió el portazo y luego el motor de la camioneta atronando en la tranquilidad engañosa de la mañana. Recién entonces entró nuevamente a la cocina para preparar el desayuno de la señora y se la encontró allí en medio, en bata y con ruleros, hablando con su marido, que miró a Luisa como con pena, pero sin decir nada salió hacia el comedor. Buenos días, señora, buenos días, señor, dijo Luisa sin saber qué debía hacer, la cara ardiendo, las manos húmedas. Fue entonces que la señora le preguntó si había escuchado las noticias, si sabía lo que estaba pasando en el país, y Luisa dijo que sí, que anoche escuchó hablar al ministro y la señora hizo un gesto como diciendo que comprendía, pero también como si se impacientara de escuchar a Luisa, y dijo que bueno, pues, ella lo sentía mucho pero ya no podía continuar en la casa, así, con la misma voz de siempre, y como Luisa se quedó parada junto a la puerta la señora Elba, qué cara le vería, empezó a explicarle un montón de cosas pero al cabo, como si se hubiese dado cuenta de que Luisa no la escuchaba, a pesar de que a todo decía que sí, que entendía, se encogió de hombros y salió de la cocina.

—Qué tales conchesumadres —dijo el Mosca, que nunca se atrevía a soltar palabrotas delante de ella, pero Luisa como si lloviera, sólo tenía oídos para lo que decía su tío, y entonces el Mosca, con una voz ronca y agitada, los precios se disparaban por mil de la noche a la mañana, daba vueltas alrededor del viejo, a nadie le alcanzaba ni para comprar un paquetito de azúcar, agitaba el puño, había muchos que ni siquiera pudieron ir a su trabajo porque los micros y los colectivos cobraban una barbaridad, si Alfonso viera la cantidad de camiones y camionetas piratas que estaban haciendo su agosto con la gente, si viera las tiendas cerradas, los restaurantes desiertos, los supermercados llenos hasta el techo de cosas que nadie podía comprar, se volvía a sentar y se levantaba otra vez, en cualquier momento se desataba la guerra civil, Alfonso, el pueblo no podría aguantar, jadeaba y no parecía percatarse de que Luisa estaba allí. Los ojos desorbitados, la voz enferma, la respiración muy fuerte y desordenada.

Cuando Luisa bajó del micro y caminó por los arenales que conducían a su casa sintió las piernas de plomo. Algo que flotaba en el aire le encogía el corazón. Por todos lados veía grupos de vecinos discutiendo en voz alta, las mujeres tenían a sus hijos apretados contra el regazo, cogidos fuertemente de la mano, agarrados de las faldas; los perros ladraban excitados a los hombres que hablaban a gritos y pese al día ceniciento y cargado de nubes se sentía un calor extraño, Dios mío, qué iba a pasar, guerra civil, marchas de protesta, Gobierno hambreador, presidente tramposo, tomar las armas, escuchaba Luisa sin entender por completo: qué ganas de llegar donde su tío y hundirse en sus brazos y que todo fuera una pesadilla y que mañana se despertara otra vez en su cuartito tan feo y tan lindo: el desayuno del joven y del señor, luego el de la señora, las charlas con doña Rosa, que siempre estaba hablando de Dios y de la Biblia; el mercado, el almuerzo, la ropa para lavar, la limpieza de la casa, las camisas del joven que ella planchaba siempre con tanto esmero, en fin, la rutina de siempre.

—Lo peor de todo, Mosca, es que nos botan de Villa —el viejo golpeó su bastón contra el suelo varias veces, como acentuando cada palabra. Tanto trámite, tanto ir al municipio, al juzgado, aquí y allá y al final igualito los botaban, los echaban como a perros; hoy por la tarde vendrían los del Comité Vecinal para una reunión de emergencia. En el municipio ayer habían hablado de un mes de plazo, a lo mucho dos, pero igual los botaban, dijo don Alfonso meneando la cabeza, y el Mosca abrió la boca en una mueca ridícula y Luisa se llevó las manos contra el pecho, ¿cómo decía? Sí, hija, dijo don Alfonso levantando su mirada acuosa y ciega hacia donde ellos, ayer por la noche había ido donde Venegas, que está en el Comité, y éste le dio la mala nueva, ya no había nada que hacer, un mes o dos; allí afuera se estaban reuniendo otros para ir en marcha de protesta hasta el juzgado que falló en contra de ellos pero como decía Venegas era en vano, ya no había vuelta de hoja.

—¿Y dónde vamos a ir, tío? —preguntó Luisa que se había acercado a la puerta. Desde ahí observaba los arenales donde trajinaba una multitud hormigueante bajo el cielo encapotado de nubes.

—No lo sabemos aún, hija —el viejo sonrió suavemente hacia ella; sus manos parecían dos arañas lentas bordeando la empuñadura del bastón—. No lo sabemos aún.

—La concha de su madre —dijo el Mosca blandiendo un puño.

La Gata corrió ágilmente y alcanzó a golpear la pelota cuando ésta parecía a punto de salir de la pista. Veloz, amarilla, casi pegada a la red, cruzó hasta el extremo del campo contrario y la chica de buzo azul no pudo contestar el revés fulminante. La Gata apretó los puños, su rostro brillante de sudor se contrajo en una mueca de alegría y recién entonces se volvió hacia la figurita de pantalones blancos que agitaba una mano desde las gradas semivacías.

—Sigues siendo una campeona —dijo Rebeca dándole un beso cuando su amiga se acercó.

—No creas —sonrió ella, todavía con las mejillas encendidas. Llevaba una vincha de felpa y un short blanco que marcaba sus piernas tersas y bronceadas—. La Chirinos todavía me sigue dando duro.

Caminaron juntas hasta la cancha donde la Gata recogió su maletín y las raquetas y luego quedaron en que Rebeca esperaría a que la Gata se pegara un duchazo y se cambiara, no tardaba ni un cinco, prometió cuando llegaron hasta los camerinos. Rebeca caminó despacio hasta una pista donde raqueteaban diestramente dos niños. Se quedó un momentito observando hipnotizada las raudas evoluciones de la pelota y el correteo vigoroso de los contrincantes; una brisa agradable empezaba a soplar sobre la tarde quieta y al cabo de un momento ella decidió dirigirse hacia el comedor. Cuánto tiempo que no venía al Lawn Tennis, pensó frente a una cocacola, apoyando unos dedos tímidos sobre la mesa, cómo había cambiado el club.

—Espero no haberme demorado mucho —la Gata tenía el cabello húmedo y llevaba unos vaqueros desteñidos. Pidió una botella de agua mineral y rechazó el cigarrillo que le ofrecía Rebeca, no, gracias, estaba intentando dejarlo.

—Quién pudiera —dijo Rebeca observando críticamente el cigarrillo que tenía entre los dedos—. Pero con tantas preocupaciones últimamente estoy fumando como un carretero. Además, Sebastián también fuma y cuando lo veo me provoca.

—Cierto —dijo la Gata con el ceño fruncido—. Tú antes no fumabas. ¿Tan mal van las cosas?

Rebeca estiró ambas manos como si súbitamente le preocupase el color de sus uñas, bebió un sorbo de gaseosa y miró por las ventanas del comedor.

—Fatal —admitió con voz opaca—. Hasta el momento Sebastián no ha logrado nada con el asunto de las adopciones.

—¿Siguen con eso? —preguntó la Gata.

—Lo que le pagan en las academias no nos alcanza ya, Gata, las cosas se están poniendo cada vez peores, parece que no te enteraras de cómo está la situación en el Perú.

La Gata se reclinó en la silla cruzándose de brazos, que no dijera eso, Rebeca, que no fuera injusta con ella, claro que se daba cuenta de cómo iban las cosas, claro que sabía de los disturbios, de los saqueos, de todo lo que estaba pasando en el país.

Rebeca apagó bruscamente el cigarrillo, que la disculpara, por favor, sólo que últimamente estaba muy nerviosa; iba a tener que volver donde su padre para pedirle algo de dinero prestado, pero no quería que se enterara Sebastián porque era capaz de amargarse con ella.

—No entiendo por qué tendría que hacerlo —dijo la Gata ácidamente.

—Porque no estoy dispuesto a que me mantengan, carajo —Sebastián agitó los brazos; se quitó con violencia la corbata y finalmente se sentó frente a Rebeca.

—Y yo pensaba que se iba a sentir aliviado, que por lo menos ya no se tendría que preocupar con los dos meses de alquiler que debíamos, Gata —dijo Rebeca con un gesto desamparado.

—Discúlpame, cariño, pero no podemos estar esperando que tu padre nos solucione los problemas siempre —dijo Sebastián frente a una Rebeca inmóvil y llorosa. En la televisión se veían imágenes borrosas de los estragos causados por las turbas voraces en tiendas y mercados.

—¿Y entonces ese asunto de las adopciones no funciona? —preguntó la Gata bebiendo a sorbitos su vaso de agua mineral.

—No, Rebeca —dijo Sebastián pesadamente—. Hasta el momento no sale nada. Hay que seguir intentando nomás, qué le vamos a hacer.

—Es que tenemos una mala suerte terrible, Gata —dijo Rebeca enumerando con los dedos—. Primero conoce a una vieja que lo estafa en Villa y le saca dinero diciéndole conocer a cierta mujer que está embarazada y quiere dar su hijo en adopción; después se encuentra con una chica de por ahí y cuando parece que lo va a ayudar, los del municipio echan a esa gente de los arenales y Sebastián le pierde la pista a la muchacha.

—¡Ah, sí! —los ojos de la Gata se espantan—. ¿Eso fue en Villa, no? Pobre gente, caray.

—Y ahora va a Collique, a Pachacamac, a Carabayllo y a otros sitios infernales intentando encontrar a alguna mujer que quiera dar a su hijo en adopción pero no consigue nada.

—Vengo molido, Rebeca —dijo Sebastián quitándose flojamente los zapatos y encendiendo el televisor: aparece el rostro ceñudo del presidente, se castigaría ejemplarmente a los agitadores, pero los ciudadanos no debían olvidar que detrás de todos los disturbios estaba Sendero Luminoso y que la propaganda hostil de ciertos medios de comunicación magnificaban las revueltas—. ¿Qué hay de comer?

—Por eso he venido, Gata —dijo Rebeca después de vacilar un momento—. Sé que tu papá conoce gente de la directiva del club y quisiera saber si me puede echar una mano para vender mi acción.

La Gata se queda un segundo contemplando fijamente a su amiga, luego frunce el ceño como si estuviera intentando recordar algo, agita las manos, bebe otro sorbito de agua mineral.

—No estoy segura si se puede hacer eso, Rebeca, porque tú eres hija de socio, pero igual yo te lo averiguo

—observó los ojos desolados, las facciones afiladas, el temblor de las manos, y sonrió cálidamente—: Pero para que veas cuánto te quiero me someteré al tormento de hablar con mi viejo. Apenas sepa algo te llamo o quedamos en vernos la próxima semana, ¿te parece?

—Gracias, Gata —Rebeca parece aliviada, su rostro se distiende y sonríe.

Todavía se quedaron un rato más, intentando hablar de cualquier cosa que no desembocara en los disturbios, en los saqueos de las turbas hambrientas y enfurecidas, decían que en cualquier momento volvían a implantar el toque de queda, como en septiembre, y la Gata es necesario, detrás de todo esto estaba la mano de Sendero Luminoso, que Rebeca no creyera en esos rumores sobre un posible golpe de Estado, que no pensara que el Gobierno tenía la culpa de todo porque no era así, ése es el gran daño que la derecha le estaba haciendo al país, pero Rebeca ya no sabía qué pensar, termina su gaseosa y mira por los cristales de la cafetería: chicos y chicas con raquetas y bolsos deportivos, dos niños que juegan a darse pasesitos con una pelota de fútbol y que súbitamente tropiezan con un hombre, corren, se escabullen finalmente entre las piernas de un grupo de señoras que conversan y fuman y ríen; no, ya no sabía qué pensar, insiste Rebeca como si en realidad no le importara lo que está diciendo, como si de pronto tuviera una insufrible pereza de hablar, de escuchar a la Gata, que está diciendo algo acerca de Ramiro Ganoza y también de su padre y de la derecha cavernaria que tanto daño le está haciendo al país, y piensa desde cuándo la Gata, desde qué momento la Gata, pero también se desentiende, no quiere pensar, no quiere saber nada de nada, le empieza a crecer tímida, amenazante, pavorosa, una sensación de asco, de miedo, de querer estar muerta y no sabe por qué, y la Gata: ¿en qué estaba pensando, Rebeca?, que regresara al planeta Tierra, dice, y se levanta con una sonrisa extrañada, que fueran un rato a ver los partidos de práctica, hoy iba a venir Yzaga, y no se lo quería perder, dentro de poco empezaba el Orange Bowl de Miami y Jaimito andaba hecho una máquina, ojalá y le diera un triunfo al Perú, que buena falta nos hace, se ríe la Gata y coge del brazo a su amiga, se detienen finalmente frente a una pista. Ya había mucha gente observando los juegos y Rebeca reconoció a algunas amigas que no veía después de mucho tiempo, sólo que no quería acercarse, Gata, confesó cuando ésta le propuso ir a conversar con las chicas, no se sentía con ánimos y además se tenía que ir pronto donde sus padres porque si no se le hacía tarde para regresar a casa.

La Gata la acompañó hasta la puerta que daba al Campo de Marte y conteniendo apenas la risa recordaron cuando eran niñas y se escapaban por aquel corredor solitario para irse a fisgonear la calle, esa zona prohibida de Salaverry que las asustaba un poco de tanto escuchar a sus padres decirles que era peligroso, que cuidadito con salir por allí, que se quedaran jugando en el club. Allí se despidieron, extrañadas o desencantadas de encontrarse sólo con gente que pasaba apresurada, microbuses y, hacia el fondo, el descuidado boscaje del Campo de Marte sacudido por el viento.

—Chau —dijo la Gata dándole un beso y un abrazo: que se cuidara mucho y que le saludara a sus viejos y también a Sebastián, ya pasaría a visitarlos.

—Eso me vienes diciendo hace un montón de tiempo, ingrata —se rió Rebeca, pero sin saber por qué, los ojos se le humedecieron repentinamente; quiso decir algo más pero la Gata se encaminaba ya hacia las pistas de tenis.

Ésa era la palabra clave que nos desasosegaba pese a nuestras sonrisas: futuro del Partido. Antonio Armas no; él era parte del presente, de ese presente que nosotros ayudábamos a montar repartiendo volantes, pegando cartelones, organizando clubes de madres, comprando flores: Antonio Armas era la juventud mostrenca que necesitaban para hacerles saber a las multitudes vocingleras y agitadas que en las venas del Partido corría sangre moza; suficientemente joven como para entusiasmar a las masas que siempre miran de lejos el estrado tan alto donde aprenden a reconocer a sus líderes por rasgos apenas intuibles y que se admiran de ese muchacho que habló tan bien antes que saliera el senador Figueroa andando despacito, palmoteando con cariño la espalda joven y azul para luego levantar los brazos como si moviera los hilos de la multitud que vitorea, ruge y aplaude y Armas sonríe a su lado, también saluda, qué joven es, sí, pero suficientemente maduro como para ser admitido en las bromas y comentarios de los viejos y que nosotros bebíamos siempre como de perfil; en las charlas apodícticas que escuchábamos discretamente alejados y como sin querer, mirando a Armas sentado a la diestra de cualquiera de aquellos padres todopoderosos y resurrectos que presidían los actos celebratorios, ¿te imaginas, Gata?, de aquel Foro Partidario del cual nosotros hicimos el trabajo minúsculo, invisible, de volantear, pegar cartelones, invitar a la gente de las universidades que acudían a escuchar a los de siempre y los escasos jóvenes privilegiados que se movían sin mácula en el olimpo de la dirigencia suprema. Ahí estaba Armas: suficientemente maduro ya como para ser invitado a Humapaní cuando al año de estar en el poder el Partido organizó aquel Primer Congreso Iberoamericano en el que nosotros colocamos las sillas, armamos y arreglamos el estrado, levantamos el afiche gigantesco con la cara de Víctor Raúl, el mentón inquisitivo, la frente de pensador, y la del presidente, juvenil y sonriente, ¿recuerdas, Gata? Éramos una legión de fantasmas de la ópera caminando por los andamiajes del auditorio inmenso, poniendo todo a punto, colocando las flores, mandando a imprimir las tarjetas con los nombres de los participantes, consiguiendo el mejor precio para el banquete de clausura y las aguas minerales de los ponentes y, al final, cuando estuvo todo listo nos tuvimos que regresar como fuese, haciendo una chanchita para pagar entre todos el taxi hasta Lima porque eran más de las once y ni soñar en conseguir ómnibus cuando alguien nos advirtió imposible hospedarse, muchachos, esto va a ser un lleno total, no va a caber un alfiler, las instalaciones están abarrotadas. Por eso y no como venganza, sino porque la existencia del Partido exigía círculos concéntricos cuya periferia ya habíamos dejado, en la universidad obligábamos a los faltones y a los nuevos a construir el armazón sobre el que nosotros ejecutábamos el ballet de nuestra actividad política, registro a escala de nuestra propia posición en el Partido. Eso era el escalafón, nadie nos lo dijo, nosotros mismos lo advertimos de tanto transitar bajo unos y sobre otros, rango sobre rango, jerarquía sobre jerarquía; aceptábamos ser mandados porque mandábamos, ser organizados porque organizábamos; siempre en tránsito empezamos a darnos cuenta —aunque nadie lo admitiera— de lo que hasta ese momento había sido consigna, texto, paradigma: el Partido estaba por encima de todo, nadie era imprescindible, todos éramos reemplazables como las piezas de una maquinaria pensada para seguir funcionando eternamente; teníamos que amoldarnos, consubstanciarnos en engranajes, pistones, bielas, lubricantes, correas, ejes, pernos, como postulaba la doctrina que recién empezábamos a asumir porque hay cosas que no necesitan el estadio quisquilloso de la comprensión, eso es acción, muchachos, nos decía Antonio Armas, que pese a todo comandaba el trabajo universitario con el mismo fervor y la misma entrega de siempre; su exigua pero importante participación en las actividades propias del Partido le dejaba tiempo para dirigir la cada vez más grande célula universitaria que empezaba a crecer como un feto en el seno del Cefede, la falange intelectual, la cantera política, el combustible necesario para alimentar los hornos insaciables del Partido; la sangre requerida para mantener ese cuerpo colosal de paquidermo venerable que vivía gracias a las transfusiones; de manera que las frecuentes ausencias de Armas en el Local Central del Partido eran la mejor manera de demostrar que él sí pertenecía; claro que sí, Gata, Antonio Armas no está aquí porque él realmente existe en el Partido; él y otros como él son quienes lo alimentan; él no necesita recorrer con recogimiento y zozobra estos pasillos, husmear en estas oficinas, caminar devotamente por el Aula Magna porque su olor ya forma parte de esta mezcla inmensa de aromas viejos, de ecos y voces que van silueteando los ingrávidos contornos de animal satisfecho que es el Partido. Él existe, Gata, Antonio Armas es el encargado de mantener viva esta bestia sedentaria de tentáculos poderosos que gobierna al país y le empieza a dar salud y prosperidad después de tantos y tantos años de gobiernos títeres y rastreros. ¿Nosotros, dices? Nosotros somos la sangre que Armas consigue y que sólo se ve cuando el animal restaña sus heridas.

Dos

—¿Seguro que es fácil de llegar? —Sebastián se acauteló tras un sorbo de cerveza. Comprendió que su pregunta era una tácita aceptación de la propuesta.

—Facilísimo, compadre —el colorado Augusto se abanicaba con los documentos que le había mostrado para probarle que todo era absolutamente legal.

—Había ido a la universidad para empezar con el papeleo y sacar de una vez el título —dijo Sebastián mirando la punta del cigarrillo que acababa de encender.

—Y al final pospusiste todo por culpa de ese tal Augusto —sonrió el Pepe—. Lo único que sacaste fue una úlcera, ¿no?

Peor que eso, Sebastián, peor que eso.

Se había asustado un poco cuando Augusto le soltó lo de las adopciones. Sentados a una mesa del bar El Tambito, frente a la Facultad de Derecho, el colorado le habló de los dólares que se podían ganar si se tenía suerte, suerte no, rectificó inmediatamente: constancia, porque es cuestión de eso, constancia para buscar, mejor dicho, intentar encontrar madres que quieran dar a sus hijos en adopción. Augusto iba componiendo las frases, estudiaba las palabras, las iba arreglando mientras bebía a sorbitos su cerveza y hacía gestos enfáticos como queriendo desbaratar el escepticismo de Sebastián, él ya se había comprado un carrito de segunda mano, se estaba construyendo un segundo piso en casa de sus padres, la verdad, no se podía quejar, dijo el colorado aflojándose el nudo de la corbata que parecía estrangularlo, hacerlo sudar copiosamente. Las adopciones daban mucha plata y todo era completamente legal, insistió mientras intentaba meter los papeles nuevamente en el maletín de marca que había puesto sobre la mesa.

—En fin —resopló Augusto muy serio, sudoroso, de cabellos ensortijados, coloradote—. Una adopción por todo lo legal —porque había un huevo de parejas extranjeras que se morían por un hijo y no les importaba si era cholito o indiecito o hasta zambito, a ellos les bastaba con que sea su hijo y punto.

Sebastián jugueteaba con la cajetilla de cigarrillos, levantaba de cuando en cuando la cabeza, seguía escuchando al colorado, que no paraba de hablar.

—Te comió el coco, Sebastián —dijo el Pepe convencido.

—Sí —admitió llanamente Sebastián. Recuerda: te comió el coco.

Augusto se llevó una puntita de lengua sobre los labios, se restregó un pañuelo por el rostro, ah, caracho, si Sebastián viera cómo se ponían esos gringos cuando después de tantos trámites les entregaban a su hijo, ah, caramba, eso no se lo pagaba nadie, suspiraba el colorado frotándose el pañuelo minúsculo y pidiendo dos cervezas más a un mozo que se acercó a ellos; ni eso ni la felicidad de saber que has contribuido a que un niño no se muera de hambre en medio de la miseria.

—Claro, sobre todo eso —lo animaba yo cuando él se iba quedando sin argumentos, sin causas nobles, Pepe.

—La felicidad de saber que gracias a ti un niño peruano llevará una vida que ya quisiéramos tú o yo, Sebastián —insistía Augusto cambiando una y otra vez el tono de su voz, convenciéndote, Sebastián, diciéndote lo que tú querías escuchar.

—Bueno —admitió el Pepe apagando su cigarrillo, caminando hacia la estantería de libros y husmeando sin mucho interés antes de volver a sentarse frente a Sebastián con un suspiro—, te agarró en un momento bravo, ¿no? Quién no hubiera quedado convencido después del paquetazo de septiembre.

El Tambito ya estaba lleno de gente y el olor de las frituras se mezclaba con el humo de los cigarrillos, las voces, las risotadas de los estudiantes. ¿Así que en el pueblo joven ese que empieza más allá de Villa, donde una tal doña Carmen? ¿Así que ella sabe de una chica que está embarazada? ¿Y tú no vas porque tienes otros casos que atender? ¿Así que dos mil dólares por conseguir, perdón, por encontrar a una mujer que quiera, mejor dicho, que se vea en la necesidad de dar su hijo en adopción? Ah, claro, y ayudarte en los trámites, partidas de nacimiento, legalizaciones, juzgados, ¿todo absolutamente legal? Sebastián se quedó un momento en silencio, bebiendo lentos sorbos de cerveza, escuchando las palabras de Augusto, sus argumentos finales.

—No te digo ni sí ni no, Augusto, lo pensaré y te llamo —dijo finalmente, y el colorado claro, hermanito, piénsatelo pero no mucho porque yo necesito ya, ya, alguien que me dé una mano. En este negocio hay que ir rapidito porque si no te hacen el avión y ¿un piqueo, Sebastián? No he comido nada desde la mañanita, mucha chamba y no se puede parar. Claro, él invitaba, por supuesto.

—¿Y ese Augusto era tan pata tuyo como para proponerte el negocio así porque sí? —preguntó el Pepe—. ¿Había alguna otra razón, no?

—Sí, Sebastián —dijo el colorado mirándolo directamente a los ojos—. Para qué te voy a mentir. Tú conoces bien a la doctora Ramírez, ella te tiene en buena estima. Siempre te ponía de ejemplo en clase, ¿recuerdas?

—Una profesora con quien llevé Derecho de Familia a mitad de carrera, Pepe —dijo Sebastián—. Era juez de menores y el colorado estaba medio quemado por ahí de tanto ir con sus trámites.

—Quién mejor que tú, Sebastián —dijo el colorado con voz apremiante—. A ti no te van a negar nada, ya sabes lo quisquillosas que son las jueces con estos asuntos.

—Te has quedado callado, Sebastián —dijo el Pepe—. Hoy sí que estás hasta las huevas. ¿Seguro que es sólo por Rebeca?

—¿Así que tú también estás metido en esto? —los ojos claros, afables, sorprendidos, de la doctora Ramírez, su voz casi decepcionada, Sebastián, la vez que fuiste por los juzgados para hacerle un trámite al Augusto—. No hay nada ilegal, pero lo mismo no me gusta, hijo, qué quieres que te diga.

Era facilito, pum y listo, abajo otro concha de su madre, dijo el Chito encendiendo un cigarrillo y pidiendo un par de cervezas más. El Cholo estaba sentado frente a él y lo escuchaba con expresión aburrida. De vez en cuando se metía el meñique a la oreja para sacudirlo con violencia. Los otros —eran tres, aparte del Cholo y Aldana— miraban expectantes al Chito, que se mecía en la silla. La última vez fue contra ese hijo de puta de Obregón, insistió el Chito como si ellos no lo supieran, y Aldana le buscó los ojos, que no fuera cojudo, por qué tenía que gritar, le dijo con el rostro encarnado y mirando alrededor suyo. El Chifa estaba lleno de gente y ellos ocupaban una mesa larga, muy cerca de la puerta. Un mozo se les acercó a ver qué iban a pedir los señores y el Cholo se animó al verlo, como si súbitamente despertara de su sopor.

El Chito levantó su vaso, seco y volteado, dijo antes de beberlo de un golpe. Toledano también levantó su vaso, un brindis, muchachos, dijo, por el amigo Aldana que nos ha invitado tan amablemente. El Cholo y los otros miraron a Aldana, entre burlones y agradecidos, y dijeron salud. El mozo esperaba con el lapicero dispuesto a moverse en la libretita de tapas plásticas; los miraba con expresión neutra o aburrida y el Cholo pidió wantán frito para todos, chancho con tamarindo y cerveza. Después, a ver, tú, qué quieres, señaló a Crespo y arqueó las cejas: cada uno de ellos fue pidiendo y una vez que el mozo se hubo ido el Chito volvió a la carga.

—Hay que matar a todos esos mierdas —dijo con la voz cargada de un rencor extraño.

Los demás lo miraron como esperando que se explicara o que dijera más, pero él se quedó callado, jugueteando con el vaso.

—Ya sabemos cómo te pones cuando te emborrachas —dijo Aldana con las orejas coloradas—. No te vayas de boca, compadre.

—¿Por qué no te metes la lengua al culo? —dijo el Chito—. Yo hablo lo que me da la gana, carajo. Y además no estoy borracho.

Aldana dio un respingo y tiró la servilleta, miró al Cholo como esperando alguna reacción pero éste, apoyando el pecho contra la mesa como si estuviese a punto de dormirse, no decía nada.

—Te advierto, Chito, que te estoy aguantando muchas cosas —dijo finalmente Aldana.

Los otros se mantuvieron en silencio y el Chito llenó su vaso de cerveza.

—¿Vas a correr a contárselo al jefazo? —se encogió de hombros sin dejar de llevar el vaso de una mano a otra, mirando a Aldana con una sonrisa despectiva.

El Cholo miraba a uno y a otro y lentamente empezó a sonreír, como si recién comprendiera.

—Lo que pasa es que el Chito está amargo por lo que pasó hace unos días, cuando el cuete a Obregón.

—Casi la caga —dijo Aldana mirando a los demás.

—Tú qué chucha sabes —se revolvió el Chito mirándolo con odio.

—¿Qué pasó exactamente? —se atrevió a preguntar Toledano casi ocultándose al beber su cerveza.

El Chevrolet dio la vuelta a la esquina y el Cholo dijo ésa es la casa: unas rejas negras, un ponciano que alzaba su copa casi hasta la ventana del segundo piso, una rueda de carreta apoyada contra la entrada, iba a estar facilito, tal como les datearon ese día no habría tombos cuidando la casa del senador. ¿Por qué?, había preguntado esa tarde el Cholo, aunque sin mucho interés, y Aldana se encogió de hombros, el sargento Torres no le había explicado muy bien, el caso es que efectivamente no se veía ningún coche patrullero cerca a la casa, pero por si acaso mejor daban una vueltita, dijo el Cholo, y Chito no, mejor de una vez, que estacionara allí para poner los dos cartuchos, insistió señalando una entrada de garaje frente a la casa del senador. Nica, dijo el Cholo alcanzando nuevamente la esquina, vamos a dar una vueltita, Chito, y luego pones los juguetitos; había que estar bien seguros, no se fueran a quemar, no vaya a ser un mal dato.

—Y al final resultó que por poco los chapan —dijo Aldana una vez que el mozo se retiró después de dejar los platos y más cervezas.

Dieron la vuelta a la cuadra muy lentamente, mirando aquí y allá, el Cholo tenía la radio encendida y tamborileaba en el volante forrado de cuerina beige, el Chito se removía nervioso en el asiento, encendió un cigarrillo con la colilla del anterior, quería terminar el trabajo de una vez, era una lástima que no estuviera ese concha de su madre de Obregón, Cholo, porque él no había visto el Volvo gris en la entrada, y el Cholo no, no estaba, más que fijo estaría en la interpelación del ministro, dijo sintonizando la radio hasta que se aburrió, no encontraba ninguna emisora que estuviese trasmitiendo desde el Congreso, ¿cómo iría la vaina? El Chito contestó que no sabía, pero que de buena gana le metería un cartucho en el culo a ese señorón.

—Obregón fue uno de los que más se ensañó con el ministro de Economía —dijo Montero pidiendo otra empanada de pollo.

—Y mientras se mandaba el discursote los otros casi le vuelan la casa —dijo Pinto moviendo el botellín de Seven Up, bebiendo pequeños sorbos y conteniendo un eructo con el dorso de la mano.

Por fin se detuvieron junto a la entrada de la casa y el Chito miró su reloj, eran casi las doce de la noche, no había nadie en aquel barrio alejado de San Borja y a lo lejos ladraban unos perros. El Cholo encendió un cigarrillo y bajó con el Chito, ¿qué hacía?, le preguntó cuando éste sacó del maletero un bote de pintura. El Chito no le respondió y cogió una brocha: de dos trancos estuvo frente a la pared que defendía un extremo del jardín y la pintarrajeó furiosamente.

—Eso los perdió —dijo Pinto mordiendo su empanada humeante.

—Lo que no entiendo es por qué se descubrían así, por qué esas pintadas. ¿No era mejor que todo el mundo pensara que se trataba de Sendero?

—Crear confusión —dijo Pinto conteniendo otro eructo y mirando apesadumbrado su gaseosa—. Pintando esas huevadas del Comando los apristas alegarían lo que han dicho en todos los medios.

—Que a quién se le ocurriría descubrirse tan tontamente, que se trata de una maniobra de la derecha para desprestigiar al Gobierno —concluyó Montero y sonrió.

—La duda es lo peor que hay —filosofó Pinto—. Y a lo mejor sí se trata de una maniobra de la derecha.

—¿Volarle la casa a un senador suyo? —sonrió Montero escépticamente.

—No lo llegaron a hacer —dijo Pinto—. Quizá todo estaba calculadito para que pareciera así.

—¿Matar a ese pobre tombo? —a Montero le cuesta creerlo, ya qué sería eso, hermanito.

Todo ocurrió demasiado rápido: el Chito estaba sacando los cartuchos del maletero y el Cholo miraba la tinta roja que chorreaba contra la pared de la casa. Apenas se escuchaba, traído por el viento, el ruido esporádico de autos cruzando por la avenida cercana. Los perros seguían ladrando, furiosos e inubicables, y eso le empezaba a molestar al Cholo, habría que apurarse, Chito, esto ya debería estar terminado, carajo, qué ganas de joder con las pintadas esas, dijo, y en ese momento vieron la silueta recortada en la esquina.

—No hubo ninguna necesidad de disparar —dijo Aldana removiendo despacio su sopa, y antes de acabar la frase sintió que lo cogían del cuello de la camisa, lo zarandeaban con violencia, por un segundo no supo lo que estaba ocurriendo.

—Tú qué mierda sabes, maricón —dijo el Chito pegando su rostro al de Aldana.

Los demás se levantaron rápidamente para contener al Chito, le hablan al mismo tiempo, buscan ser conciliadores, le quitan las manos del cuello de Aldana, que se ha puesto colorado, qué le pasaba, carajo, qué tenía el Chito para ponerse así, esto no podía ser, carajo, tenía que respetarlo.

—Tranquilos —dijo el Cholo levantando ambas manos y mirando alrededor: de muchas mesas los observan y él mantiene la mirada en uno de los curiosos hasta que éste la baja—. Tranquilos, muchachos, no hay por qué alterarse.

El Chito volvió a hundirse en su plato masticando en silencio. Tenía los ojos enrojecidos y en el cuello, diminuta y azul, una vena le palpitaba. Aldana se limpió las salpicaduras de sopa que manchaban su pantalón; cogió varias servilletas de papel y llamó al mozo para que le trajera agua, carajo, que miraran cómo le había puesto el terno, murmura, y el Cholo le pide calma con las manos, se lleva un trozo de carne a la boca. Mastica rápidamente antes de hablar.

—El muchacho está nervioso, Aldana —dijo al fin, tragando con delectación y hablando en voz baja, conciliadora—. No hubo más remedio, así son estas cosas.

El Chito había volteado con los cartuchos en la mano y vio al hombre que desde la esquina les gritaba algo. Un tombo, dijo el Cholo con la voz estropeada, y se llevó una mano a la sobaquera pero ya el Chito había cogido la metralleta que descansaba en el maletero y en un segundo descargó una ráfaga contra el hombre, que se desplomó como un fardo. Al instante parecieron multiplicarse los perros que ladraban embravecidos e invisibles y algunas luces se encendieron frente a ellos, qué chucha había hecho, le dijo el Cholo entrando al Chevrolet y metiendo la llave en el contacto apresuradamente, por un momento pensó con pánico que la había roto pero no, el motor rugió con demasiada fuerza y él sintió que el pie le temblaba cuando lo apoyó en el acelerador, que se fueran de una vez, ya la cagaste, ya la cagaste, repetía, y el Chito soltó sorpresivamente varias ráfagas contra la casa reventando los cristales de todas las ventanas y horadando las paredes: en una de las ventanas alcanzó a ver dos siluetas y disparó furioso, ciego, contra ellas. Subió al auto atropelladamente y el Cholo partió pisando a fondo el acelerador y haciendo que el auto saliera encabritado con un rechinar de neumáticos, ya la cagaste, ya la cagaste, repetía sin poder escapar de la frase. Sólo entonces se percató de que el Chito se estaba lamiendo una mano porque había agarrado el caño hirviente de la metralleta.

—Dispararon contra la hija del senador, no la mataron de milagro —dijo Pinto mirando la gente que camina apresurada por la avenida Tacna; los micros de colores estorbándose mutuamente en las esquinas donde tumultos impacientes se pelean por subir; los edificios tiznados de hollín, el cielo grisáceo y tumefacto—. La chiquita estaba sólo con la empleada; no había nadie más en la casa.

—¿Y la madre? —preguntó Montero distraídamente: la chica que atendía detrás del mostrador era bajita, tenía el cabello recogido en un moño y las uñas largas, pintadas de rosado. Montero le buscó los ojos sonriéndole pero ella fingió no darse cuenta y siguió atendiendo a los clientes.

—La mujer del senador está de viaje —contestó Pinto—. En Miami. Al menos ésos fueron los datos que trajeron ayer al periódico.

—¿Cierto que a la chiquita le dio un ataque de nervios?

—No es para menos —sonrió Pinto buscándose en los bolsillos el paquete de Premier—. Casi la matan. Y a la pobre sirvienta también. Tienes razón, Montero: bien difícil que se trate de la derecha, que sea un montaje para joder al Gobierno. Tampoco es Sendero. Ésos no hubieran fallado.

—Por eso mismo —dijo Aldana haciendo callar al Cholo que se quejaba de lo viejo que está el Chevrolet,

de lo demencial que es seguir actuando así, a la qué chucha—. No los he traído aquí por las puras. Se trata de la
organización del Comando, de su efectividad, del apoyo
que se ha conseguido para que funcione como debe ser.

—Ya era hora —dijo el Cholo—. A ver si es cierto
porque, la verdad, nos estamos jugando el pellejo y cualquier día nos dan vuelta.

—Después de ese atentado contra el senador Obregón las demás incursiones tuvieron un sello distinto —dice
Pinto fumando despacio, con los brazos cruzados sobre
la almohada. Siente el dedo de Rosa arañándole despacito el pecho desnudo—. Y entonces empecé a seguirle la
pista al Comando.

—¿Como Sherlock Holmes? —dice Rosa diverti-
da, acurrucándose contra Pinto, qué frío estaba haciendo,
amorcito.

—Más bien como un huevón —sonríe Pinto.

Sebastián observó el cambio gradual del paisaje
desde la ventanilla empañada del microbús: primero las
casas pequeñas y huachafamente coquetas de Jesús María, los segundos pisos con ropa discretamente colgada contra el viento azul de la tarde en las azoteas, en las ventanas;
los jardines abandonados, los parques yermos y terrosos
donde juegan al fútbol los niños; la avenida José Leal em-
pobreciéndose poco a poco y sin remedio, llena de grietas y montones de basura en las esquinas, en las puertas de
los chifas y restaurantes al paso. Luego el sector del mercado, lento de tráfico, de gente, de vendedores ambulantes, buena palta casera, buena palta, cebollas y pescado,
aproveche, casera, hasta la avenida esa que desemboca en
la Javier Prado, el tráfico denso y los edificios espigados

bostezando sus sombras contra el pavimento: una avenida larga, larguísima, que va cambiando como a manotazos; el colegio San Agustín, la clínica Ricardo Palma, más edificios altos, un tramo de residencias desentendidas del dinamismo de oficinas y comercios que vuelven a brotar más allá del cruce con la avenida Aviación, luego otra vez casas, las casas de San Borja, el distrito de los nuevos ricos, piensa Sebastián, caserones inmensos y construidos por el capricho de quien no sabe cómo demostrar que ha triunfado, mansiones chicha, Sebastián, extendiéndose hasta ese sector raleado de Monterrico antes de que el micro tome la carretera frente al hipódromo, y, esta vez sí, las urbanizaciones de la gente bien, Sebastián, ahí está tu economía de mercado: veinte minutos de residencias cada vez más lujosas y exclusivas contempladas desde la ventanilla del micro, aquí está la riqueza del país, Sebastián, en esos cerros pelados y marrones a cuyas espaldas se alzan las chozas de los más pobres, los que llegaron tarde a Lima, al Perú, a la vida, carajo. Pero luego, cuando ya te duele el culo de estar tanto tiempo sentado, cuando empiezas a desesperar de tanto olor a axila en el micro, cuando ya no soportas el calor de intimidades violentas, empieza el Perú real, qué profundo ni qué ocho cuartos; la miseria profunda, los cerros arenosos y la tierra estéril donde se levantan las casuchas de esteras que parecen cuarteaduras hediondas en la superficie del terreno, el gentío paupérrimo que bulle en sus entrañas, los microbuses de mil colorinches, los camiones viejísimos y oxidados que se abren paso entre las carretillas de los ambulantes, el pavimento que va desapareciendo paulatinamente. Construcciones detenidas, habitables en su esencia inconclusa, casi construidas para afear aún más el paisaje, para hacerte recordar que ya estás en la tierra de lo imperfecto, de la oportunidad trunca, del sueño destrozado. El micro avanza lentamente, levantando polvaredas asfixiantes y bamboleándose como un monstruo ebrio y torpe entre las grietas y los baches. Sebastián mira sin mucho interés esa zona poco conocida de la ciudad, los rostros idénticos acholándose, aindiándose; la ropita miserable de las chicas que salen del instituto de computación fraudulento, minuciosamente paupérrimo como el cenecape de pacotilla. Ahí van, con sus carteritas de mierda altivamente apretadas contra el cuerpo, con sus zapatos de tacones altos y polvorientos, con su maquillaje chillón y barato, ay, carajo, con sus pretensiones de pitucas: te imaginas a una de esas cholitas al lado de Rebeca y te dan ganas de llorar, qué le hemos hecho al Perú para que se convierta en esta mierda de castas. Pobres chicas que ahora usan zapatos para olvidar que hace cinco, diez años, correteaban descalzas y sucias por estas mismas calles mal asfaltadas y que agrupaban chozas y ahora edificios, porque nuevamente el micro se interna en una zona de edificios de ladrillo y de hormigón, de remedos de ciudad, Sebastián, ojo, que dentro de poco te bajas, sólo que estos edificios han sido construidos como hijos hipertróficos de las esteras: no tienen fachada, algunos incluso tienen los últimos pisos sin terminar, detenidos por un tiempo, luego por unos meses, por un año y finalmente para siempre, ya no es tiempo de construir, ahora es tiempo de sobrevivir: Inyectables, Instituto de Educación, Cosmetología, Billar, Chifa, Tienda de Abarrotes, hasta la estridente presencia de un mini market tan parecido a los de la ciudad como se puede parecer una puta a una niña bien: esta basura también es tu país, Sebastián.

El micro toma una curva y vuelve a salir del breve paso por la ciudadela e irrumpe entre las raleadas construcciones que se alzan, acomodaticias, miserables, sucias, en los extramuros de San Juan de Miraflores para luego, después de tanto bache, deslizarse sobre una cinta de asfalto construida en medio de la nada, como una lengua sedienta y negra por donde corre el microbús ahora casi vacío para alcanzar el último rincón de Lima, la llaga más reciente de la capital, las últimas invasiones que estrangulan a la ciudad. Casi dos horas desde Jesús María, apenas dos horas y todo el Perú a través de una ventanilla empañada, el real, el auténtico turismo, pensó Sebastián bajando del microbús cuando éste se detuvo en el paradero final y el conductor, un cholo que llevaba una casaca sebosa, anunció con voz resoplante llegamos, a los pocos pasajeros que espían a Sebastián sin atreverse a mirarlo de frente, dándose cuenta de que no es de por ahí, qué cojudo, Sebastián, ¿creías que con ponerte un jean viejo y un polo desteñido? ¿De veras creías eso? Ahí estaba el letrero de Inca Kola tal como dijo Augusto, es facilito, no hay pierde, ahí el cartel del kiosco Carmencita, ése debe ser, ése tiene que ser.

Rosa había terminado de poner las tazas sobre la mesa cuando escucharon las voces y las risas en el pasillo. Ya estaban aquí, le dijo a Pinto, que seguía frente al televisor tratando de sintonizar el canal cinco que nunca se veía bien, maldición. ¿Qué tal, familia?, dijo Montero cuando Rosa abrió la puerta, y un beso a Silvia, cuánto tiempo, chica, que pasaran, que se pusieran cómodos, dijo, pero ya Montero estaba junto a Pinto intentando sintonizar el partido de fútbol entre la selección nacional y la de Ecuador, esta antena nunca funciona, les metemos una paliza a los monos, dijo Montero acomodándose en el sillón, frotándose las manos con entusiasmo al ver aparecer en la pantalla las figuritas rojiblancas, el estadio estaba lleno, sonrió Pinto destapando una botella de cerveza y sirviendo unos vasos, pero la gente seguía hablando de crisis, caray, dijo Silvia despeinando a Pinto, ¿cómo estaba, cuñadito? Que no olvidara que Rosa era como su hermana, cuidadito con tratarla mal porque se las veía con ella, dijo riéndose y mirando a su amiga. ¿No iban a jugar al monopolio?, protestó Rosa moviéndose con dificultad en la cocina minúscula, tomaban el té y luego a jugar, nada de fútbol ahora. Estos hombres, exclamó Silvia caminando hacia la cocina y ayudando a Rosa con la bandeja de panes, las servilletas, la mermelada, huy, qué rico, de fresa: eran como niños, había que verlos ahí, tan grandotes y siguiendo como tontos a diez tipos corriendo detrás de una pelota. Son once, dijo Montero cuando recibió su sándwich, ellos no tomaban té, ellos seguían con la cerveza, ¿por qué no se sentaban un momentito las chicas? Estaba jugando la selección, era casi una obligación patriótica, insistió al ver el gesto de aburrimiento que pusieron ambas. Pinto alzó la vista y se encontró con la mirada severa de Rosa: sólo el primer tiempo, Rosita, después podían jugar al monopolio hasta el amanecer si querían, mañana era sábado, no había que ir a trabajar. No iría él, dijo Rosa, pero a ella le tocaba turno tempranito, ¿o ya lo había olvidado? Y además no podía regresar tan tarde a su casa, un día de éstos su madre se iba a enterar de que Rosa no tenía tantos turnos en el hospital como le había dicho y entonces se armaría la grande. Cierto, dijo Silvia sentándose en el brazo del sofá, junto a Montero, ¿por qué no se casaban de una vez? ¡Casi!, gritó Montero alzando un brazo, y Silvia idiota, la había asustado, pero no había sido gol, se perdieron una ocasión de primera, ahora sólo faltaba concretar porque la selección había arrancado bien, dijo Pinto mordisqueando su sándwich, si continuaban así les ganaban a los ecuatorianos, salud. Están locos, dijo Rosa, nosotras vamos a tomar el té como la gente decente, en la mesa y con mantel, ven, Silvia, siéntate conmigo.

En el entretiempo Pinto accedió a sacar el tablero del monopolio, repartieron las fichas, los billetes y se turnaron para salir. ¿Jugaban en parejas o todos contra todos? Mejor todos contra todos porque si no era aburrido, dijo Montero atento al reinicio del partido, esperando que acabase la publicidad para escuchar los comentarios de Martínez Morosini: bien tiza con Magia Blanca y cuesta menos, en el Banco Agrario su dinero estaba mejor, cocacola más y más un y de pronto, flash, atención, noticia de último minuto, qué pasó ahora, carajo: hacía aproximadamente media hora que un comando subversivo había interceptado el coche en el que viajaba un general retirado del ejército a la altura del supermercado Todos de San Isidro. Las imágenes mostraban el cadáver del chofer recostado contra el volante, en medio de un charco de sangre y trozos de cristal. En el asiento posterior se veía el cuerpo de otro hombre: el general Rodríguez Zelaya dejaba viuda y cuatro hijos y había destacado en su lucha contra el terrorismo en la zona de emergencia aunque últimamente en círculos castrenses se había criticado su aparición en un espacio televisivo donde manifestó su discrepancia con la política subversiva llevada a cabo por el Gobierno, decía el comentarista mientras las cámaras seguían enfocando escenas que Silvia encontró repugnantes, qué necesidad hay de mostrar el cadáver de ese pobre hombre, ustedes los periodistas son unos morbosos de primera. Ése era el militar que habló la semana pasada en el programa de Hildebrandt, dijo Pinto encendiendo un cigarrillo. Sí, aseguró Montero, Rodríguez Zelaya fue el que dijo que la lucha contra el terrorismo no debía significar el atropello de los derechos humanos, o algo así, los milicos andaban zapateando porque parecía una acusación a los altos mandos y una defensa de Sendero. Pinto fue a la cocina y trajo otra botella de cerveza y Montero preguntó si podía llamar por teléfono al periódico. No, dijo Rosa, el teléfono tenía un candadito que había puesto el dueño del departamento; se podían recibir llamadas pero no se podía hacerlas. Además, si Montero llamaba seguro que lo obligaban a ir a trabajar con cualquier pretexto, se enfurruñó Silvia, ¿jugaban o no jugaban al monopolio? Se volvieron a sentar a la mesa, Rosa lanzó los dados, apenas un tres, y luego Silvia cinco, y Montero tres, caricho, y Pinto: eso no lo había hecho Sendero Luminoso, murmuró con el dado bailoteándole en la mano, eso era obra del Comando. Rosa miró al techo, suspiró, que por favor ahora no empezara con la cantinela del Comando, pero Pinto se volvió despacio a Montero, ¿no era extraño que justo Rodríguez Zelaya, al que habían acusado toda la semana de defender veladamente a los terrucos, fuera atacado por Sendero? Montero miró a las chicas e hizo un gesto de impotencia. No creía, cholito, los terroristas veían un uniforme y mataban; Rodríguez Zelaya estuvo dos años en Ayacucho, seguro que más de un senderista se quedó con las ganas y ahora por fin se dieron el gustazo, dijo, y luego, acercándose al oído de Pinto para que las chicas no escucharan: suelta el dado que no es pinga. Pinto sonrió: seis, arrancaba él.

Salieron bastante tarde de casa de Pinto y éste decidió acompañarlos, cosa que así podían él y Montero irse a tomar unas chelitas por ahí, porque en la radio casi nunca coincidían y ya era bastante tiempo que no se mandaban unos tragos juntos. Las chicas protestaron un poco pero al final se resignaron diciendo que así eran los hombres y amenazaron con que cuidadito de quedarse hasta las tantas en esas cantinas de mala muerte que frecuentaban. Un día de éstos los iban a acuchillar en uno de esos bares asquerosos. Rosa se despidió con un beso flojo y algo frío y Silvia todavía se dio tiempo para hacerle muecas a Montero cuando éste la dejó en su casa. ¿Dónde iban ahora?, preguntó Pinto subiéndose el cuello de la casaca y contemplando la calle desierta y poco alumbrada. Podían latear hasta el centro, o tomaban un colectivo mejor, él tenía las patas hechas puré, dijo Montero, y Pinto estaba bien, iban en colectivo. Subieron a una combi destartalada y el cobrador, un chico legañoso y desarrapado, les dijo que sólo iban hasta Quilca y ellos hasta allí llegaban. El centro hedía a meados y a comidas grasosas, de las esquinas surgían siluetas suspicaces que desaparecían contrariadas entre las sombras y una multitud rufianesca y maltrecha bullía en las calles cercanas a la plaza San Martín. Se metieron en un bar donde también servían caldo de pollo y pidieron dos cervezas. Cualquiera de éstos puede ser un delincuente, dijo Montero enseñando sus dientes grandes y muy blancos, y si no lo es yo no censuro al policía que les mete una pateadura pensando que sí. ¿Por qué nos gustan estos bares de mierda, cholo?, preguntó como desconcertado de no haberse planteado antes la pregunta. No sé, contestó Pinto, pero pensó que su amigo tenía razón. ¿Por qué precisamente las chinganas, las cantinas, las bodeguitas mal iluminadas, los pisos llenos de escupitajos y aserrín, los huariques de mala muerte, el canturreo de los borrachos, la sarna indecible de los mendigos, los vasos sucios? Quizá porque estar aquí es estar en el Perú de verdad, escuchó que decía Montero con parsimonia, casi doctamente; el Perú del que nos gusta escribir: borrachos, putas, mendigos, cafichos, maricones y ladrones. Aquí está la noticia, cholo, esto es el Perú. Cualquiera diría que trabajas en Policiales y no en Política, sonrió Pinto quitándose los lentes antes de frotarlos con su pañuelo. Un chino de mandil seboso les puso un par de botellas en la mesa y desapareció rápidamente. La política era una especie de mierda sublimada, dijo Montero con un gesto desdeñoso. Bebieron apáticamente, entretenidos en observar la gaseosa evolución de los borrachos, de los oficinistas encanallados que reventaban el viernes con cerveza y carcajadas. Había algo de cierto en las frases de Montero, pensó Pinto ensimismado, con su vaso de cerveza en la mano. Recordó el fraude de Guevara y lo fácil que todo había sido sepultado; pensó en la corrupción impune del Gobierno, en la amenaza anacrónica de la derecha con el viejo Ganoza al mando, en el terrorismo de Sendero, del MRTA. De pronto subrepticia, taimada, sigilosamente, le vino a la cabeza el atentado. ¿Montero no creía que se trataba del Comando?, se oyó preguntar sin entusiasmo. Hoy mejor se olvidaban de todo eso, cholito, dijo Montero con un delicado desencanto en la voz, hoy se olvidaban del terrorismo, del Gobierno, del Comando y de la puta que los parió; mejor hablaban del partido de fútbol, un cero a cero vergonzoso, caracho, la selección no pasaba ni de vainas a la segunda vuelta de la copa, faltaba Cubillas, faltaba Velázquez y el loco Quiroga, todos los viejos de siempre, el día que ésos se mueran se acabó el fútbol en el Perú. Estaba medio tristón Montero, medio cínico también, y no sabía por qué, confesó a media voz. Él también se sentía así, se sorprendió admitiendo Pinto, pero era el asunto del Comando el que lo traía loco; estaba seguro de que existía ese brazo armado aprista, de que no era un invento, aunque todavía de sus averiguaciones no tenía nada en concreto, un par de nombres, un par de pistas pero todo muy ralito, dijo, aunque, al ver la expresión apática y como narcotizada de su amigo, añadió: pero además había otra cosa que no le había dicho a Montero; iba a dejar la radio para volver a trabajar en el periódico con Fonseca, lo suyo era la prensa escrita y además el colorado le había hecho una buena oferta. ¿Así que abandonaba a los amigos?, dijo Montero sonriendo dolido y alzando su vaso: salud, por la amistad, cholo.

Se le acercaron unos mocosos, tío, una propina, apenas detuvo su caminata antes de bajar por una especie de terraplén polvoriento que conducía al kiosco de doña Carmen. Bruscamente recordó la conversación con el colorado Augusto, su charla con Rebeca esa misma noche, tío, una propina, tío, cuando le fue exponiendo la propuesta, pero en el fondo sólo trataba de convencerse a sí mismo pensando en voz alta frente a ella: Rebeca lo miraba atentamente mientras se cepillaba el cabello sentada en la cama. Había un silencio sofocado que les llegaba desde las calles desiertas, patrulladas por las tanquetas y los coches policías desde que se instauró el toque de queda. Tenían la radio encendida y escuchaban las noticias: saqueos, disturbios en el centro, terroristas detenidos en Huaycán, varios soldados muertos en un encuentro con Sendero en Huancavelica, el viaje del ministro Sánchez Idíaquez a Corea del Norte, tío, una propina, pues, tío, y Rebeca seguía sin decir palabra. A veces dejaba simplemente de cepillarse y miraba a Sebastián que caminaba por la habitación moviendo las manos, explicando que en realidad no había nada ilegal en el asunto, lo que pasa es que suena feo, claro, pero todo era absolutamente legal, tío, unos soles, pues, no se haga de rogar, todo tenía que hacerse en el juzgado de menores y ahí trabajaba la doctora Ramírez, una profesora amiga de él, ¿se daba cuenta, Rebeca? Podían ganarse dos mil dólares fácilmente, decía Sebastián sin dejar de caminar como un león enjaulado, dos mil dólares nos arreglan la vida, Rebeca, sólo unos solcitos para comprar un pan, tío, que ella pensara en todo lo que podían hacer con esa cantidad, para comprar una gaseosa, tío, y Rebeca seguía callada, pensativa, ya completamente desentendida de su cabello, unos soles nada más, decían los mocosos machaconamente, hablando como de memoria, con voz de falsete, con una súplica artificiosa e insistente pese a que Sebastián fingía ignorarlos, y ellos bajaban el terraplén alrededor suyo, cada vez eran más, diez, quince, cientos, no: dos mil dólares, amor, dijo Sebastián sentándose a su lado, acariciándole el cabello, mirándola como maravillado de que ella no diera saltos de alegría, y empezaban a rodearlo, tío, tío, y él se llevó una mano a la cartera que traía en el bolsillo trasero del blue jean, casi se la arrancha uno de los mocosos, fuera, carajo, salieron corriendo en todas direcciones, concha tu madre, rosquete, maricón de mierda, te has cagado de miedo, cuando Sebastián largó el manotón que casi coge a uno, concha tu madre, te arrancamos los huevos, y eran diez o doce y no tendrían más de nueve años, los ojos furiosos, procaces, brutalmente envejecidos, hacían bocina con las manos, maricón, te cachamos, maricón, ¿Rebeca, tú qué dices?, Rebeca dejó el cepillo sobre la cómoda y volvió a sentarse junto a Sebastián, con las manos cruzadas sobre el regazo. Apenas oían fragmentos de noticias y Sebastián empezaba a impacientarse, fuera, carajo, algo asustado porque varios hombres que habían visto la escena desde el kiosco Carmencita bebían silenciosos y hoscos sus cervezas, atentos como galgos a los movimientos de Sebastián, que avanzaba hacia ellos, Rebequita, dos mil dólares, dijo cogiéndole la barbilla, buscándole los ojos.

Se acercó tratando de aparentar seguridad, la vista fija en el letrero donde la nítida huella de un pelotazo evidenciaba el polvo que lo cubría: kiosco Carmencita. Los niños habían vuelto a su griterío velozmente desentendidos de él luego de haberlo seguido, como una procesión hostil y pendenciera, casi hasta los tablones que hacían las veces de mesas junto al kiosco, donde el grupo de hombres que bebía y comía lo miraba con insolencia avanzar hacia ellos. Sentía las manos melosas, caracho, podían empezar a joderlo, no le quitaban la vista de encima cuando se acercó a la mujer bajita y rechoncha que se afanaba removiendo en una olla humeante. El sol caía vertical y enceguecedor sobre las casuchas cercanas y un viento ligero y húmedo le acercaba a ráfagas un olor asfixiante de estepa calcinada.

—¿Doña Carmen? —Sebastián murmuró permiso, se acercó hasta donde la mujer, que había estado espiando su caminata, atraída por el alboroto de los niños.

—Sí, soy yo —dijo desconfiadamente, mirándolo con sus ojos de ave antes de concentrarse en la olla que despedía un aroma recio de verduras y pescado.

Los hombres dejaron de conversar gradualmente hasta que se hizo un silencio espeso donde sin embargo Sebastián creyó oír el zumbido de las moscas verdosas y gordas que se posaban en todas partes. Uno de los hombres había girado en su asiento para mirarlo más ampliamente: en sus ojos brillaba una atención socarrona y siniestra.

—¿Podría hablar un momentito con usted? —dijo Sebastián sin saber qué hacer con las manos—. Vengo de parte de Augusto —se le ocurrió añadir.

La mujer siguió removiendo en la olla con el cucharón y sólo después de llevárselo a la boca probando apenas el caldo fragante se volvió hacia él. ¿Augusto, había dicho? Sus ojos se achinaron como si hiciese un esfuerzo por recordar, por saber de quién hablaba Sebastián, ah, sí, ¿cómo estaba el colorado? Todo su rostro se transfiguró súbitamente, mostró una sonrisa obsequiosa, alejó un poco la cabeza como para enfocar mejor a Sebastián, en un momento lo atendía, y a los hombres qué miraban, chismosos, a comer nomás, y nuevamente a Sebastián, otra vez la sonrisa esmerada, la voz azucarada, amable, ¿no quería tomarse una cervecita?

—No, Rebeca, vengo molido —dijo sentándose en la cama y quitándose lentamente los zapatos. Tenía los pies viscosos y calientes. Con invencible repugnancia se sacó las medias, tumbándose luego con los brazos cruzados.

—No seas así, hombre, vamos al cine —Rebeca se acercó hasta él, le pasó una mano por el cabello. Uf, cómo lo tenía, ¿no se daba un baño? Que aprovechara que había agua porque toda la mañana la habían cortado. Ella le preparaba el baño y después se iban al cine, ¿qué tal?

—Bien, le manda muchos saludos. Me dijo que apenas pudiera se daría una vueltecita por aquí.

—Ese colorado se da muchas ínfulas ahora. Ya no viene a visitar a sus amigos —doña Carmen sirve el vaso hasta el borde, ríe jovial, se restriega las manos en el delantal grasiento, se abanica con un cartón y mira a Sebastián con sus ojillos voraces, qué calor estaba haciendo, ¿no, señor?

—Sí, mucho calor, el verano está pesadísimo —Sebastián bebe un sorbito de la cerveza y contiene un eructo, está tibia, murmura unas disculpas.

Están sentados frente a frente, en unos bancos que ha colocado doña Carmen un poco alejados de las mesas donde los hombres reanudan su conversación, ya desinteresados de ellos. Una chica flaca, con pantalones holgados y camisa de hombre, atiende a los obreros que se van acercando para pedir cerveza, chicha, marcianos de fruta que ella saca de una caja térmica, una sopa de pescado, tamales, panes con chicharrón, de todo vendía doña Carmen desde que las cosas se pusieron tan difíciles, fíjese, ahí tenía a su hija mayor ayudándola con el negocio, después de septiembre tuvo que dejar los estudios de cosmetología porque ya era imposible pagarlos. Igual sus otros dos hijos habían dejado de ir al colegio, ahora cachueleaban en lo que podían, qué se le iba a hacer, suspira doña Carmen espantando mecánicamente a las moscas que zumban persistentes a su alrededor. Y el colorado ya no venía como antes, ella misma tuvo que ubicarlo para este asunto, ¿porque por eso venía el señor, verdad?

—Pásame una camisa limpia, por favor —Sebastián siente los músculos laxos mientras se frota demoradamente con la toalla, luego seca el vaho que empaña el espejo, se peina y abre la puerta del baño, camina en calzoncillos y descalzo hasta la habitación, se acerca a Rebeca, que de espaldas a él mira por la ventana: hay en su perfil un esbozo melancólico y ensimismado—. Comprende, Rebeca, estoy muerto. Mañana te prometo que vamos al cine.

—Siempre me dices lo mismo —se resigna Rebeca caminando desganada hasta el clóset de donde saca una camisa que deja sobre la cama antes de salir del cuarto.

—¿Adónde vas?, ¿no quieres oír qué tal me fue? —Sebastián se pone los calcetines y luego la camisa, unas gotas frías y agradables resbalan por su espalda.

—Sí, por supuesto —dice Rebeca, y su voz suena intencionalmente falsa. Está apoyada en la puerta y desde ahí mira heladamente a Sebastián, que le sonríe.

Él enciende un cigarrillo, invita otro a la mujer, que acepta, pero antes que Sebastián acerque el encendedor se lo pone como un lápiz en la oreja, hace un gesto que pretende ser elegante y que Sebastián encuentra ridículo, sonríe por último, era para su marido, ella no fumaba, con lo caro que estaba el tabaco y lo que más vendía era precisamente eso. Eso y cerveza, la gente no dejaba de fumar ni de tomar por nada del mundo, aunque ella lo entendía, por supuesto, parpadean condescendientes sus ojillos ávidos, se abanica con furia, los hombres necesitaban un poquito de diversión, de placer, y con lo horrible que se había vuelto todo desde septiembre más aún, quién iba a decirlo, parecía que el Apra era la solución y qué Gobierno de porquería, todos unos ladrones, empezando por el manganzón del presidente.

En la radio que hay sobre el velador suena una canción de moda, Dyango o Braulio, Pinto nunca los puede identificar, ambos le suenan parecidos: románticos, melosos, desesperados. La habitación está alumbrada por esa luz sucia y hepática que arroja el único foco que pende del techo sostenido por un cable medio pelado. Por la ventana entra la penumbra de la tarde, esa hora cuya grisácea inmovilidad parece sobresaltarse con las cornetas de los panaderos que recorren las calles en sus triciclos blancos. Sobre la mesa, frente a la cama, se apilan periódicos pasados, viejos ejemplares de *Oiga, Sí* y *Caretas,* novelas de bolsillo y algunos frascos con lápices y lapiceros. Junto al armario —grande, decimonónico, apolillado— hay varias cajas con más libros y en la puerta que se abre a la sala atiborrada de cajas y enseres domésticos cuelga un almanaque de varios años atrás: por qué no sacaba esa cosa de allí, le dijo Rosa la primera vez que él la llevó al departamentito del jirón Ica, y hasta hoy, recuerda Pinto viéndola dormir acurrucada a su lado, no deja de decírselo. Es cierto, piensa con flojera alargando la mano hacia la mesita donde ha dejado los cigarrillos, ¿por qué no sacó ese almanaque? Abulia, apatía: Pinto no encuentra ninguna explicación y tampoco le preocupa, no tiene ganas de pensar en nada, está bien allí, con la Rosita durmiendo a su lado.

Le acaricia los cabellos suavemente y ella se queja con esa voz crepuscular y lejana de la gente que duerme. Desnudos, sus pechos no parecen tan pequeños, observa Pinto cuando ella se da vuelta en la cama y queda con el torso descubierto. Con extrema cautela le pasa un dedo bordeando los pezones oscuros y arrugados y siente cómo regresa lentamente el deseo, apaga el cigarrillo y la besa en el cuello, en la oreja, en los hombros, busca finalmente los pechos hasta que siente cómo se yerguen, pequeñitos, pugnaces, los pezones, pero el deseo lo abandona bruscamente y vuelve a cruzar los brazos tras la cabeza, cuando ya Rosa empezaba a protestar y a volverse contra él. Poco a poco va despertando, reinstalándose en la tarde que ya pronto será noche, en la sonrisa miope de Pinto que la recibe acariciándole ensimismado los cabellos.

—Hola —dice ella con una sonrisa y como Pinto apenas le contesta pregunta casi de inmediato—: ¿Otra vez pensando en lo mismo?

—Sí —admite Pinto sorprendiéndose de que él mismo no se hubiera dado cuenta de lo que ha estado pensando todo el tiempo.

—Haces hígado por las puras —dice ella con la voz todavía pastosa—. Todo el santo día pensando en lo mismo. El propio Montero me dice que cada vez que te encuentras con él hablas siempre de lo mismo.

—Del Comando —dice Pinto como si nombrándolo exorcizara su propia desazón.

—Sí, del Comando —dice Rosa advirtiendo el intento de Pinto—. Todo el día estás con lo mismo; a veces te pones pesado. Y pensar que yo fui la culpable por preguntarte aquella vez cómo había sido el atentado contra ese tal Ibarra.

Pinto vuelve a buscar el cigarrillo que abandonó en el cenicero, pero tiene que encenderlo otra vez: le sabe

amargo y luego de darle dos chupadas lo apaga nuevamente. Es cierto, reflexiona, desde aquel atentado no ha
hecho otra cosa que pensar en el Comando, en su existencia ambigua, inasible. Hasta ahora no ha conseguido
ninguna prueba y, salvo las pintadas de autoatribución
que han dejado después de algunos atentados, no hay
nada que confirme su existencia. Podría tratarse de la derecha, como insiste el Gobierno; podría ser una maniobra de Sendero, o del MRTA, aunque esto le parece im-
probable.

—Tengo una corazonada, Rosita —se escucha decir persuasivamente—. No sé por qué me parece que efectivamente ese Comando paramilitar del Apra es real. Siempre se habló de algo así y nadie dio crédito. Yo creo que
sí, que existe.

—De acuerdo, existe —replica ella con paciencia—. ¿Pero qué vas a sacar tú demostrándolo? Te van
a matar, me vas a dejar viuda.

—No estamos casados —sonríe Pinto acariciándola.

—Como si lo estuviéramos —contesta Rosa levantándose de la cama y poniéndose una camisa de Pinto, como ha visto que hacen las chicas en las películas—.
Estamos todo el día aquí. Vamos al cine y acabamos en
la cama, vamos a comer y vuelta a la cama, eres insaciable,
amorcito, quién lo hubiera dicho. Y muchas veces te espero aquí, con la comida lista.

—Y tú que no te haces de rogar —dice Pinto viéndola trajinar con el primus y las tazas.

—No seas grosero —dice ella amenazándolo con
la olla donde ha puesto el agua luego de entrar en el bañito minúsculo y contiguo a la habitación.

Pinto se sienta en el borde de la cama y bosteza.
Mira su reloj y decide vestirse. Cuando está listo se acer-

ca donde Rosa que lee una revista pasada mientras espera que caliente el agua.

—Voy a llamar por teléfono y traigo pan para que tomemos lonche —le dice.

—¿Vas a llamar a tu amante? —dice Rosa levantando la vista.

—Sí —contesta Pinto desde la puerta—: Se llama Heriberto Guevara.

—Qué conchudo eres, amor —dice ella—. Después de lo que pasó aquella vez con el senador ahora quieres hacerle una entrevista. Te va a botar a patadas.

—A lo mejor —dice Pinto ya fuera del cuartito, y alcanza a escuchar la risa femenina—. Pero es para la página dominical, no hay quien haga la chamba y Cárdenas me lo ha pedido como un favor.

En el pasillo juegan unos niños; sus chillidos y carreras arrancan ecos agudos y feroces de las paredes y, como todas las tardes, encuentra sentado junto a su puerta al viejito calvo y de barba puntiaguda que parece una momia. Tiene los ojos celestes y aguados y las manos blanquísimas, que apoya perennemente sobre la colcha que cubre sus piernas, están surcadas de venitas azules. «Debe ser alemán», le dijo a Rosa en una ocasión. Pinto lo había oído entonar una canción extraña que le pareció, por lo gutural y duro de las frases, alemana. Ya en la calle advierte que desde que llegó a aquel viejo edificio del centro, nunca —a excepción de aquella vez que lo escuchó cantar con una voz pedregosa y árida— lo ha oído hablar o responder a sus saludos. Vive en otro mundo el viejo, pensó Pinto sintiendo una extraña envidia, unas ganas de envejecer igual, sin prisas ni aspavientos.

Caminó hasta la panadería de Rufino Torrico y al ver la cola de gente que iba a comprar decidió acercarse primero a un teléfono público. Con impaciencia escuchó una y otra vez el timbre monótono del teléfono en casa de Guevara. No había nadie. Lo estaba persiguiendo desde hacía una semana y no lograba comunicarse con él. Tampoco lo ubicó en el local de su Partido ni en el Congreso, donde sabía de antemano que lo negaban. Compró el pan y dos empanadas de carne. Cuando salió de la panadería ya había oscurecido por completo y una brisa ligera refrescaba el calor húmedo de la tarde. Seguramente Rosa querría ir al cine para aprovechar su día libre; desde que trabajaba en el hospital del Rimac casi no se veían, pensó con desasosiego cuando subía al edificio. Allí todavía estaban los niños y el viejo y Pinto pensó incongruentemente que necesitaba más espacio y que tal vez no había sido buena idea alquilar aquel departamentito —ya de por sí demasiado pequeño— a condición de mantener la cocina y la sala comedor como depósito para las cosas que guardaba el dueño. Pero dónde conseguía algo mejor por la misma cantidad, pensó desanimado.

—¿Hasta dónde fuiste? —preguntó Rosa cuando él entró. Hojeaba una revista en la cama y parecía malhumorada.

—Había una cola tremenda —dijo Pinto sentándose en la cama y alcanzando los cigarrillos que había dejado sobre el velador. Se quitó los lentes y los frotó contra la chompa antes de volver a ponérselos, viendo cómo Rosa abría la bolsa y sacaba el pan, felizmente que había traído empanaditas, la oyó decir, porque no había mantequilla; Pinto se alimentaba del aire y de cigarrillos, caramba, en la refri no había nada y ella estaba muerta de hambre, ¿por qué mejor no iban a comer algo por ahí y luego al cine?

Pinto movió afirmativamente la cabeza, de acuerdo, irían, pero todavía era temprano: ¿por qué nunca encontraba a Guevara, caracho?, pensó mirando por la ventana. Rosa se acercó hasta él y se sentó a su lado, qué le pasaba, parecía triste o decaído.

—No —dijo él intentando aplicadamente sonreír—. Estoy bien, Rosita; un poco cansado nada más.

—¿Sabes lo que tú tienes? —le dice Cárdenas cuando se encuentran en la sala de redacción—. Estás enchuchado. Pero no con tu hembrita, qué bueno sería, carajo. Con el Comando.

La señora Carmen aguaitó por entre la puerta abierta, ¿se puede?, y la empujó un poquito antes de volverse a Sebastián haciéndole una seña para que esperara un momentito nomás, y él atisbó fugazmente la penumbra amarillenta de la choza, los dos catres, las ollas y platos amontonados sobre una caja de jabón Bolívar, la ropa colgada de un cordel, el espejito sobre la mesa donde también había algunas bolsas. Sintió el olor manso y estancado de cuerpos humanos mezclándose con otros olores irreconocibles y densos. Encendió un cigarrillo observando unas gallinas que picoteaban eléctricas, tenaces, desconfiadas, la tierra alrededor suyo. El sol casi blanco incendiaba los arenales y las chozas que se esparcían hasta donde alcanzaba la vista, adheridas como garrapatas al lomo pelado y amarillento del terreno. Una multitud activa y bulliciosa trajinaba incesante entre las casuchas de esteras llevando ollas y cubos de agua, se acercaban al camión que levantando una nube de polvo maniobraba esquivando a los niños y a los perros; de todas las chozas salía gente con baldes y recipientes, se aglomeraban formando un grupo compacto en torno al camión del que, detenido finalmente en un descampado, bajaron dos hombres que obligaron a la gente a formar cola. Con una manguera empezaron a repartir agua llenando los recipientes que les alcanzaban los vecinos.

—Pobre gente —dijo Rebeca cuando entraban a la panadería—. Y que no te extrañe que acabemos igual, con tanto corte de luz y de agua que tenemos últimamente, Sebastián.

—No hay problema —doña Carmen reapareció sin hacer ruido y Sebastián avanzó unos pasos hacia ella. El camión se había marchado y sólo quedaba un óvalo oscuro secándose rápidamente en el lugar donde se estacionó. Ahora era nuevamente una manchita rojiza y metálica apareciendo y desapareciendo entre los cerros.

—¿Qué le dijo?, ¿está de acuerdo? —preguntó siguiéndola cuando ella empezó a caminar de regreso al kiosco. Avanzaba con pasitos cortos pero muy rápidos, llevaba los brazos cruzados como si tuviera mucho frío o se estuviese protegiendo de algo.

—Sí, al principio lloriqueó un poco pero luego entró en razón; la chica no es tonta y sabe que no puede mantener a la criatura. La madre también estuvo de acuerdo —doña Carmen calculó el efecto de su última frase y observó el rostro de Sebastián oscurecido momentáneamente.

—¿La madre?, ¿es menor de edad, entonces? —Rebeca abría la bolsa, recibía los panes, el paquete de mantequilla, el vuelto, daba las gracias, se volvía rápidamente a Sebastián.

—Sí, pero le repito que no hay inconveniente —la señora Carmen vuelve a ser parlanchina, jovial, despreocupada, parece no darse cuenta de la confusión de Sebastián, que ha pedido una cerveza, pero ésta sí la paga, ¿eh? Y él por supuesto, no faltaba más, saca un cigarrillo que enciende apresuradamente, invita otro que la mujer acepta y se lleva a la oreja, pero que le dijera cómo estaba eso, tratando de que sus frases suenen resueltas, que no se adivine su perplejidad: un balde de agua fría, carajo.

—Qué pendeja la ñorsa —se ríe el Pepe.

—Pensé que todo se iba al diablo, que me habían hecho el ocho, caray —Sebastián pasa un brazo por la cintura de Rebeca y camina junto a ella disfrutando de la ligera brisa que rumorea entre los árboles y refresca el último momento de la tarde.

—La madre ha dado su consentimiento y ahora sólo falta que nazca la criatura. Eso sí, hay que comprarles pañales y darles algo de dinero para los medicamentos y también para que coman. El niño tiene que nacer sanito y fuerte.

Sebastián bebe un sorbo de cerveza, por lo menos estaba más fría que la anterior, claro, él correría con esos gastos, dice antes de beber otro sorbo más largo, pero quería hablar con la chica, con la madre. Todavía no era el momento, dice doña Carmen, y al ver la expresión de Sebastián sonríe condescendientemente, que le hiciera caso, señor, ella conocía a su gente, que le dejara el asunto en sus manos, que se volviera por allí la próxima semana o, mejor aún, que le diera su teléfono, ella le avisaría apenas naciera el niño.

—¿Le diste dinero, Sebastián? —Rebeca lo mira pestañeando repetidas veces, tiene las tazas en las manos y en el rostro una expresión maravillada, le cuesta creer que sea tan confiado, amor, qué había hecho, dice, y en su voz se quiebra una nota de espanto y reproche.

—¿El colorado no le dijo cómo funciona esto? —el rostro de doña Carmen se afila, su voz vuelve a sonar áspera y Sebastián entiende que así es ella normalmente, que las sonrisas y el tono dulzón que ha usado con él es falso, impuesto, acomodaticio—. Ahora mismo vuelvo donde esas mujeres y les digo que se olviden del asunto, señor, con el colorado siempre hemos trabajado en confianza, señor, soy una persona seria.

—Por supuesto —se apresura a decir Sebastián—. No dudo de usted, sólo que no venía preparado —busca su cartera y saca unos billetes que cuenta avaramente antes de extender hacia la mujer—. ¿Le alcanzará con esto mientras tanto?

Doña Carmen recoge el dinero y lo cuenta con rapidez antes de meterlo en un pañuelo que esconde bajo su escote.

—El colorado me conoce —se obstina en parecer ofendida, grita unas órdenes a su hija, mira fijamente a Sebastián—. Él lo envió para que hablase conmigo, ¿no? Entonces no tiene de qué preocuparse. Ahora si quiere le devuelvo su dinero hasta que converse con él y se convenza, mejor estar siempre seguros de con quién hacemos el trato, pero si se demora no le garantizo nada: la chica y su madre pueden volverse para atrás y adiós negocio. Además, el colorado no es el único que anda en este ramo.

—No, si no desconfío —se asombra, también se ofende Sebastián atajando el gesto que ha hecho la mujer de llevarse la mano al escote—. Le digo que no se trata de eso, señora, en fin, dejémoslo ahí, yo vuelvo la próxima semana para hablar con la madre y con la chica.

Sebastián se ha incorporado de su silla y extiende una mano a doña Carmen, que recoge la botella y el vaso, pasa un trapo mugroso por la mesa, se apresura a limpiarse las manos en el delantal antes de ofrecerlas a Sebastián y ahora su voz es nuevamente dulce, suavecita: una cosa más, señor, en realidad casi nada si tenían en cuenta lo que él ganaría con el trámite.

—¿Una máquina de coser? —Rebeca levanta las tazas, la panera y la lata de nescafé, busca la mirada de Sebastián, que enciende un cigarrillo—. ¿Hay que darles una máquina de coser? ¿No querrán después un auto? Parece que estuvieran vendiendo a su hijo y no entregándolo en adopción. Ya sabía yo que esto iba a pasar, por eso la otra noche estaba tan callada, pero como a ti no hay quien te saque lo que se te mete entre ceja y ceja, ahí tienes. En qué clase de negocios te metes, caray.

—No es un negocio, Rebeca —Sebastián levanta el rostro contraído en una mueca rencorosa y hosca—. Es un trámite de adopción, no lo pongas tan feo, carajo.

—No me digas palabrotas y llámalo como quieras —dice ella dando un palmazo en la mesa—. Pero igual es un negocio.

—Bueno, pues, un negocio —Sebastián se levanta despacio de la mesa, aplasta minuciosamente el cigarrillo recién empezado en el cenicero y mira a Rebeca—. Un negocio del que tú también vas a comer.

Rebeca hace un gesto como si hubiese recibido una bofetada, sus ojos espejean con odio cuando se lleva la mano al cabello. Se ha quedado callada y luego se compunge, aprieta los labios.

—Pero no lo tome tan a la tremenda, por Dios —doña Carmen no puede evitar escandalizarse un poco, no sabe si reírse o no, no puede creer que el señor sea así. ¿Qué era una máquina de coser para el dineral que iba a ganar?

—Mira lo que dices, pues, Rebeca. Cómo quieres que no me enoje si estás viendo todo lo que hago por conseguir dinero —Sebastián se ha acercado a su mujer, que desde hace una hora finge ver la televisión: su voz suena suave, sus manos acarician muy tímidamente el cabello de Rebeca, escucha las risas del público, las frases mentoladas del animador. Además, era cierto lo que le había dicho la vieja. ¿Qué era una máquina de coser de segunda mano? No se la iba a dar inmediatamente tampoco, primero cobraría el dinero, primero estarían los trámites hechos, ahora sólo había dejado un dinerito para lo que necesitaba esa pobre gente, no lo iban a estafar, cholita, si era un negocio como ella decía, ¿algo tendría que invertir, no? ¿No iban al cine? Que se cambiara, ya estaba contento, ¿a ver una sonrisa? Que no estuvieran peleados, todo iba a salir bien, les empezaría a ir mejor: así le gustaba, tontita, linda, amor.

Encendió el cigarrillo despacio, atento al diminuto incendio que devoraba el papel y las hebras del tabaco. Aspiró voluptuosamente, sin dejar de mirar la brasa que poco a poco empezaba a crecer, a atizarse con cada pitada.

—Eso: ¿por qué? —se preguntó Pinto hipnotizado con el cigarrillo.

Rosa estaba sentada frente a él, silenciosa, con los ojos atentos al pausado deleite con que el cigarrillo subía una y otra vez hasta los labios de Pinto. Sobre la mesa quedaban las tazas vacías, la latita de nescafé, unas servilletas.

—¿Por qué tantos viajes a Corea del Norte? —continuó hablando Pinto casi para sí mismo—. ¿Qué demonios puede ir a hacer el ministro del Interior a Corea del Norte? ¿Por qué en el ministerio nos quieren meter el dedo y dicen que a Japón, a Corea del Sur, a Taiwan? ¿Qué carajo ocultan?

—Ay, amor —dijo Rosa súbitamente fastidiada—. Tú estás empeñado en que el bendito Comando exista y cualquier cosa te parece un indicio, una pista. Estás jugando al detective y otra vez te vas a meter en líos.

—Las armas que han utilizado en los últimos atentados son norcoreanas, ¿sabías? —dijo Pinto despacio, haciendo girar el cigarrillo entre los dedos, buscando que la brasa avanzara uniforme por el cilindro de papel—. Me lo dijo Ocharán, un pata que está haciendo un reportaje para *Caretas.*

—Así fueran norteamericanas igualito dirías que el Gobierno tiene que ver con el Comando —insistió Rosa—. Eres un pesado, amorcito, todo el día con lo mismo.

Pinto sonrió suavemente, se quitó los lentes y los frotó contra la camisa varias veces, despacio y con cuidado, antes de volvérselos a poner, tenía razón, chiquita, era un pesado, todo el día con lo mismo, pero que lo entendiera, tenía sus razones para creer que algo turbio había por allí, dijo, y se levantó de la silla para caminar hacia la ventana: techos, antenas, un cielo color pizarra, algunos gallinazos sobrevolando como pinceladas negras entre los cerros de basura que se amontonaban en las calles desde que empezó la huelga municipal una vez más, cíclica, desesperante, obtusa: ya no se sabía cuándo se iniciaba una, cuándo terminaba otra. Lima era un muladar.

—¿Por qué no te olvidas del asunto? ¿Siempre tienes que ser tú quien se encargue de esos temas? —Rosa se acercó hasta él y le puso una mano anhelante en el hombro.

—Es mi trabajo, Rosita, no hay mucha gente en mi sección —te estás metiendo en problemas, cholo, dijo Cárdenas, y de paso me vas a meter a mí—. No tengo la culpa de que me encomienden esas noticias.

—No te creo —dijo Rosa, y apretó más el brazo de Pinto—. Lo haces porque te da la gana.

—¿Cómo se te ocurre, Rosita? —si quieres ir, bueno, pues, aceptó a regañadientes Cárdenas, pero el chato Zúñiga estaba encargado de cubrir el viaje del ministro—. A mí me dicen cubre este reportaje, ve a tal sitio, y tengo que ir. Así es esta chamba.

Rosa se replegó en un silencio de brazos cruzados, el gesto sombrío: allá él, pero que no se metiera en problemas y, por favor, que ya no fuera cargoso con ese tema.

Pinto se volvió a ella y le puso un dedo en la barbilla obligándola a levantar los ojos.

—Pero si tú eres la que siempre me pregunta qué tal me ha ido en el trabajo —qué jodido eres, cholo, me desbaratas el cuadro de comisiones, refunfuñó Cárdenas entrando a la sala de redacción. ¿Qué es lo que quieres averiguar?—. Yo no tengo la culpa, Rosita.

Rosa sacó un espejito de su cartera y empezó a pintarse los labios, apenitas porque la enfermera jefa era una vieja antipática, creía que ellas eran monjas o algo así, pero no podían hacer nada, andaba amenazándolas con despedirlas si no cumplían las normas, vieja idiota, se pasó un peine por los cabellos y esperó a que Pinto se acomodara la camisa, él la acompañaba hasta el paradero, Rosita, y le prometía no volver a hablar del Comando.

—Eso dices siempre —se fastidió ella abriendo la puerta—, y al minuto ya estás otra vez con lo mismo.

—Te cuento una cosa más —dijo Pinto después de caminar junto a Rosa las tres cuadras hasta la avenida Tacna—. Me encontré con Montero en el aeropuerto. Él también iba a cubrir el viaje del ministro. Después de tiempo que no lo veía.

—Me imagino que se le pararían los pelos al verte —dijo Rosa mirando nerviosamente su reloj, el micro no venía y ella iba a llegar tarde—. Habrá dicho ya está otra vuelta este fregado, una fija que me va a hablar del Comando. Por que así de jodidito estás, caramba.

Pinto soltó una carcajada, hizo señas para que se detuviera el ómnibus que venía repleto.

—Se trompeó con un guardaespaldas del ministro, casi lo matan al flaco; se armó un escándalo de los mil diablos.

—Ése es otro —Rosa le dio un beso rápido, subió apresurada al ómnibus, peleando con la gente que también subía—. Ahora en la noche me cuentas. ¿Vienes a recogerme, no?

Pinto se quedó un momento en el paradero viendo cómo se alejaba el ómnibus, remontaba con esfuerzo el puente Santa Rosa y después desaparecía de su vista. Una nube de gallinazos volaba en círculos sobre el río Rimac, a veces uno descendía planeando torpemente para hundirse en los montículos de basura que se acumulaban en las orillas lodosas.

De pronto recordó la conversación con Montero, aprovecharía ahora mismo para ir al estadio, se encogió condescendientemente de hombros, total, no tenía que volver al trabajo y hasta las diez de la noche en que iría a recoger a Rosita estaba libre. En la esquina de Tacna y Conde de Superunda tomó casi a la carrera un colectivo, tuvo que viajar de pie, encogido como una momia Paracas, viendo por la ventanilla las calles, los letreros deteriorados, las gentes, los ambulantes de Lima.

Bajó en la avenida Arequipa y de allí caminó hasta Petit Thouars. La tarde estaba limpia y azul, y corría un viento fresquito que se enredaba en los árboles de la avenida Arequipa: iría dando un paseo hasta el estadio para ver cuánto costaban las entradas del partido del domingo. En el aeropuerto, mientras esperaban la llegada del ministro, Montero le había dicho que pensaba ir a ver el clásico, iba a estar de candela, podían ir juntos, y Pinto dijo que estaba bien, él averiguaría el precio de las entradas.

En la esquina de la Facultad de Derecho de la Garcilaso se tomó una raspadilla que le iba dejando en el paladar un sabor dulcísimo y empalagoso: chicas y chicos con cuadernos y libros bajo el brazo, algunos autos estacionados en la puerta de la Facultad, ahí al frente mismo El Tambito: ¿allí se reunirían, Pinto?

«Quién va a creer que este huevonazo estudie Derecho, que este matón sea universitario»: Pinto recordó a Montero en el aeropuerto, en medio de un mar de brazos y cuerpos que lo atajaban, que se calmara, ya pasó, que se fuera, flaco, y él intentando acomodarse la camisa hecha jirones, rojo, tembloroso, violento. «Es un delincuente de mierda y nada más. Como todos los búfalos apristas.»

El estadio quedaba cerquísima, podía ir un ratito a husmear en la Facultad de Derecho y no demoraría nada, pensó Pinto mientras pagaba la raspadilla, realmente era como matar dos pájaros de un tiro.

Apretujada, sofocada por el calor del encierro, molesta por los cochinos que apenas podían se sobajeaban contra ella, aj, aprovechando la promiscuidad del micro, no te imaginas, Sebastián, suspiró aliviada cuando por fin la señora de la bolsa de Monterrey se levantó para bajar y ella pudo sentarse. Tanto esfuerzo para nada, recordó el hospital, el colerón, mirando con la cabeza apoyada en el cristal astillado el gentío bullicioso que se oreaba en las calles de Francisco Pizarro, los perros escarbando en la basura que se acumulaba a la puerta de los callejones, los hombres que jugaban fútbol en la pista, las mujeres que iban y venían con baldes de agua, con esos rostros de brujas desoladas, los viejos legañosos sentados a la puerta de esos boquerones oscuros a contraluz de donde salía más y más gente, ¿quintas, callejones, corralones?, se acomodó mejor en el asiento buscando alejarse un poco del zambo que se sentó a su lado y que olía a pezuña, qué espantoso, y eso que aún faltaba cruzar el puente Santa Rosa bajo el cual discurría el río Rímac, lodoso y escuálido, engañosamente manso porque Rebeca había visto varias veces en la tele cómo las sorpresivas crecidas arrastraban las casuchas que se alzaban a sus orillas ahora merodeadas por perros y gallinazos que recorrían incansables los montones descomunales de basura por donde correteaba una pandilla de niños en calzoncillos. El microbús cruzó fatigadamente el puente y alcanzó la avenida Tacna, donde se erizaban edificios rectangulares y sosos, tiznados de hollín y abulia. Qué cantidad de ambulantes, pensó Rebeca mirando asqueada por la ventanilla, qué cantidad de cambistas, y eso que el Gobierno ha prohibido el comercio callejero de dólares, cómo sería si no, Sebastián, qué país, qué escándalo, la avenida estaba saturada de micros de todos los colores que confluían como un río andino y misérrimo para desembocar en Wilson, donde empieza la confusión de institutos, cenecapes y academias minúsculas, pretenciosas, sórdidas, ilegales, y un poco después, por fin, la avenida Arequipa con su frescor de árboles y caserones aislados por los setos vivos, lástima que justo ahí se bajaba ella para caminar casi diez cuadras hasta casa.

Había salido tempranito, todavía no del todo segura de dónde debía bajarse, y Sebastián es fácil, Rebeca, le dijo cuando se despedían en la puerta de la casa, una pena que tuviera que dar clases, si no él mismo iba. El director de la academia estaba amargo porque ya había faltado bastante: Sebastián creía que sí, estaba seguro que sí, la chica estuvo de acuerdo y su mamá también; allí tenía el número de la habitación, la chica se llamaba Matilde Astocóndor, no se fuera a olvidar, y Rebeca no, aunque no se sentía tan optimista como él, ya había pasado antes así, se les daba dinero, se les ofrecía todo y al final se echaban para atrás, Sebastián.

El hospital del Rimac estaba junto a la Universidad Cayetano Heredia. Rebeca recordó brumosamente haber pasado por ahí cuando niña, el día que yendo al aeropuerto a recoger a su mamá se perdieron por esa zona entonces mal iluminada y rala de construcciones donde el hospital y la universidad le sirvieron como referencia a su padre para enrumbar nuevamente hacia la carretera. Por eso le sorprendió ver una urbanización abigarrada y tanto movimiento en torno al hospital prematuramente envejecido, de jardines descuidados y amarillentos que pisoteaba una multitud indigente y esperanzada en encontrar medicinas, atención médica, es horrible, Sebastián. En las puertas se arracimaban las carretillas de los ambulantes que ofrecían, no me lo vas a creer, cariño, hasta batas y pañales desechables, una cosa atroz. Rebeca revisó el papelito que llevaba en su bolso y caminó indecisa, aún desorientada, por los pasillos sucios y oscuros que olían a formol, a la miseria alcanforada que sudaban los enfermos resignados y silenciosos, nadie se queja de la falta de atención, no se atreven, les temen a esos fantasmas verdes e indiferentes que pasan junto a ellos sin mirarlos y se encierran en sus consultorios, observó Rebeca sabiéndose también observada, espiada por los ojillos apagados de la gente que se cruzaba con ella rozándole sus llagas, tosiéndole tan cerca. Tuvo ganas de dar media vuelta y salir, escapar de esos túneles iluminados miserablemente y cuyas paredes multiplicaban los lamentos débiles y esporádicos de niños invisibles. Se empezó a sentir contagiada de tanto respirar ese aire enfermo que se le alojó en el cerebro casi como un dolor, como cuando de niña se lanzaba mal a la piscina del Lawn Tennis y le entraba agua por la nariz: una sensación espantosa, Sebastián. Todavía dudó un momento frente a la puerta cuando al fin dio con la habitación; sin pensarlo más la entornó con ese respeto que siempre le producían los cuartos de los hospitales, y encontró una oscuridad densa, saturada de olores indefinibles en los que predominaba sin embargo el vaho caliente de la fiebre y los orines. Vio la mesita de noche metálica y de esquinas oxidadas que separaba las dos camas. La luz estaba encendida pese a que por los horizontales resquicios de las persianas cerradas se adivinaba un sol fuerte. Con abrirles las ventanas, caray, con un poco de luz y aire, pensó antes de preguntar a la enfermera que al principio no había visto ¿Matilde Astocóndor?, y la enfermera le indicó con un gesto la cama del fondo. Por las puras, Sebastián, ya te lo había dicho. ¿Matilde Astocóndor?, volvió a preguntar ya frente a la cholita, ¿estás seguro que tenía diecisiete años, Sebastián?, huesuda, de cabello reseco y largo, los ojos hundidos como dos pozos profundos, un pijama blanco y tieso, sí, era ella, señorita. Rebeca le dijo quién era, por qué había venido, tú ya hablaste con mi esposo y tu mamá también, decía Rebeca, y la chica asentía con la cabeza como si le costara mucho esfuerzo, pero no decía nada. Rebeca le preguntó si necesitaba pañales, recordando que eso le había advertido Sebastián, y si podía ver al bebé, pero no, qué rabia, había llegado muy temprano y todavía no era el horario de visita en la sala de recién nacidos. Salió a comprar pañales, qué idiota, amor, le compró también un biberón y una sonaja en los ambulantes, casi contenta de salir y respirar aunque sea un momentito el aire puro, pero también feliz porque parecía que sí, que esta vez por fin Sebastián no se había equivocado cuando le dijo que ya había conversado con la chica y, lo que era más importante, con la madre, porque se trata de una menor de edad. Les había ido comprando cosas desde que se puso en contacto con ellas hacía casi dos meses: remedios, ropa para la chica y para el bebé; les había prometido una máquina de coser también, recordaba Rebeca, y por eso le dio tanta cólera, por el engaño, por la mentira, cuando regresó con los pañales, el biberón y la sonaja y se encontró con la madre, si parecía su abuela, Sebastián, una chola de polleras y todo que cuando menos tendría setenta años, y se olió algo raro: no, mamita, habían decidido quedarse con la criatura, ¿no te dije?, primero te juran que sí, te hacen creer que están de acuerdo, sí, papito, sí, mamita, y luego resulta que al final te han estado engañando todo el tiempo, sí, papito, sí, mamita, y uno como idiota comprándoles cosas: si ya estaba harta, Sebastián, le dice Rebeca mientras prepara el almuerzo, fatigada por el trayecto en micro: Francisco Pizarro, el puente Santa Rosa, la avenida Tacna, luego Wilson y por último la avenida Arequipa; harta del trayecto, de los cochinos indios que se soban contra una, del hospital horripilante, te juro que si me enfermo prefiero morirme en mi casa, harta sobre todo de esas cholas tramposas, cuántas veces ya, si no se puede creer en esa gente, ¿hasta cuándo, Sebastián?

Clara abrió la puerta y sonrió: vaya, vaya, qué sorpresa, dijo estirando los brazos y recibiendo el beso de Rosa, el saludo afectuoso de Pinto. Las paredes de la sala estaban descascaradas por la humedad, los muebles se arracimaban en un rincón junto con la mesita de centro, los adornos, la radiola Nivico y algunas cajas. La habían encontrado en plena limpieza, dijo Clara alcanzándoles un par de sillas, que la disculparan, ¿querían un cafecito? Pinto dijo que sí, pero para Rosa mejor un té. Sí, repitió dejando su cartera sobre una caja y apretando la mano de Pinto, prefería un té. Clara desapareció en la cocina y desde allí seguía preguntándoles, recriminándoles que fueran tan ingratos, ¿qué había sido de sus vidas? Ya casi no se les veía a los dos y ellos se miraron y sonrieron confundidos, lo que pasaba, dijo Pinto alzando la voz para sofocar el ruido de las tazas y las cacerolas que provenía de la cocina, era que desde que él había vuelto al periódico trabajaba muy duro, Fonseca lo estaba exprimiendo en la página política porque querían darle un nuevo empuje, mayor vitalidad al diario. Ya no estaba trabajando en la radio, ahora estaba a tiempo completo con el colorado Fonseca. Más que a tiempo completo, dijo Rosa cuando Clara regresó con una bandeja y tres tazas, lo están explotando, ni ella misma lo veía mucho. Su voz se compungió, ya casi no estaban nunca juntos, porque además ella también tenía más trabajo en el hospital, la jefa de piso que le había tocado era una vieja antipática que andaba amenazándolas con el despido y la que menos trabajaba horas extras sin recibir ni un centavo de más. Clara alcanzó las tazas, luego el azucarero y las servilletas, por fin se sentó frente a ellos resoplando, era una barbaridad, dijo llevándose una mano a la cabeza para atar mejor el pañuelo de colores que llevaba cubriéndole el cabello, las amenazas de despido estaban a la orden del día, las cosas estaban bravísimas y ya no alcanzaba la plata para nada. Pancho estaba casi sin trabajo también, al taller apenas si iban clientes y los pocos que llevaban su carro era para que apenas le hicieran lo mínimo, preferían andar con el auto abollado a gastarse el dinero y arreglarlo como Dios manda. Es que a nadie le alcanzaba el sueldo, Clara, dijo Pinto sorbiendo su café y encendiendo un cigarrillo, meneando gravemente la cabeza. Era cierto, dijo Rosa, las piernas muy juntitas, la taza sobre una mano, la servilleta en la rodilla, no había aumentos pero todas las semanas los precios se disparaban. Sí, dijo Clara, cuando en septiembre el ministro anunció el paquetazo económico Pancho estaba seguro de que ya no volvería a haber alzas continuas. Todos pensamos lo mismo, Clara, dijo Pinto, pero no ha pasado ni medio año y la inflación sigue avanzando. Y ahora es peor aún, añadió cautelosamente, tratando de no darle importancia a lo que iba a decir porque ya Rosa lo miraba atenta, casi en guardia. Porque parece ser que efectivamente esos últimos atentados han sido obra del Comando paramilitar del Gobierno. Rosa bebió un sorbo de té e hizo un gesto de impaciencia, qué pesado se ponía, amor, se llevó la servilleta a las comisuras de los labios, todo el día con el asunto del Comando. Clara soltó la risa, todo su cuerpo se estremeció, le temblaba un poco la papada y sus ojos chispearon risueños, ya estaba, ya lo tenían fichado a su hermanito, dijo poniendo una mano en el hombro de Rosa, así era este hombre cuando se le metía algo entre ceja y ceja, dale que dale. Pero puede ser peligroso, se quejó Rosa mirando rápidamente a Clara y a Pinto, ¿ya no se había metido en problemas cuando el asunto de Guevara? Su cuñadita tenía razón, dijo Clara rascándose la frente, repentinamente seria: ayer fue el fraude de la izquierda, hoy el asunto del Comando, que mejor se fuera con cuidado. Además, no tiene nada seguro, son sólo ideas suyas, se apresuró a decir Rosa antes de que Pinto hablara, no sé por qué piensa que ese Comando existe y está formado por gente del Gobierno. Porque había estado haciendo sus pesquisas, admitió Pinto hablando en voz baja, átona, empecinada, y aunque no tenía ninguna prueba de que la relación existiese, había algunas pistas. Pero repentinamente se calló, apagó el cigarrillo en el cenicero que le alcanzó su hermana, paseó la vista por la salita oscura, ¿cierto que se iba a mudar, Clara?, preguntó fingiendo interés, y su hermana dijo que sí, Pancho había visto una casita en Surquillo, no era gran cosa pero siempre resultaba mejor que esta pocilga, ella ya estaba harta, sobre todo por el chiquillo, la humedad lo estaba enfermando de los bronquios, era terrible, a cada rato tosiendo, estornudando. Había ido al médico y resultaba que tenía alergia al polvo y a la humedad.

Conversaron un rato más y cuando se fueron Clara les arrancó la promesa de que la vendrían a visitar más a menudo, que no esperaran a que se mudara para ir a verla, que no fueran ingratos. Rosa prometió que aunque sea de las orejas iba a llevarlo a Pinto. El resto de la tarde se les fue en una charla sosegada, apenas roto el silencio por el griterío de los chicos alborotando en el patio de la quinta. En un momento Rosa miró su reloj, cómo pasaba el tiempo, ya tenían que irse, si no ella llegaría tarde a casa y no quería tener problemas con el pesado de su hermano. Se despidieron prometiéndole a Clara que volverían cualquier día de éstos aunque sea un ratito, prometió Pinto dándole un beso a su hermana. Caminaron en silencio hasta el paradero del Cocharcas y allí Rosa se volvió a Pinto: ¿de qué pesquisas había estado hablando, amor? Ella no quiso decir nada delante de Clara pero le sentó muy mal que Pinto no le hubiera contado nada. Pinto se quitó los lentes, les echó aliento antes de frotarlos contra el saco y dijo que no tenía importancia, Rosita, apenas había hecho unas preguntas por aquí y por allá. Rosa se mordió los labios y lo miró furiosa, resentida, a ella le gustaría enterarse, aunque sea de vez en cuando, en qué andaba metido Pinto, qué clase de averiguaciones estaba haciendo, no quería ir una tarde cualquiera a recoger su cadáver a la morgue. Pinto no pudo evitar sonreír y ella de qué se reía, cuál era el chiste, y caminó unos pasos alejándose. No me estoy burlando, dijo Pinto haciendo señas para que parara el ómnibus que sin embargo pasó raudo, exhalando un tufo mecánico y pestilente, sin detenerse pese a los gestos ansiosos de la gente: sólo que Rosa exageraba un poquito, él no se estaba metiendo en ningún sitio peligroso, sólo en la Universidad Garcilaso de vez en cuando, en el local del Apra, en fin, cositas así, ¿veía? Nada de qué preocuparse, Rosita, y la abrazó, no me va a pasar nada, y le dio

un beso en la oreja, otro en el cuello y ella que no le hiciera cosquillas, se revolvió, que se comportara, porque una
señora que pasó junto a ellos los miró molesta. Ya empezaba a oscurecer, a correr un viento tibio que refrescaba
la tarde.

—Un trabajo brutal, recuerdo tus cajas de fichas
—dice el Pepe con la voz demasiado alta. Está colorado,
los ojos le chispean, se pasa la lengua por los labios: díselo,
Sebastián, cuéntale cómo, desde qué momento.

—Pero estaba entusiasmado, Pepe, por primera
vez estaba realmente entusiasmado —¿ni siquiera con Rebeca, Sebastián? Tal vez al principio, igual que todo: sólo
al principio.

La primera semana fue un lío, llegabas de dar clase exhausto, molido, y te empecinabas en una vasta y caótica bibliografía, te olvidabas momentáneamente de las
adopciones, de la falta de dinero, hacías cuadros sinópti-
cos revisados minuciosa, detallada, escrupulosamente, to-
mabas pequeños apuntes, revisabas la monografía que José
Antonio Soler había encontrado brillante, muchacho, brillante, cuando aún era tu profesor; mordías la punta del
lapicero, no sabías, no te atrevías a comenzar el trabajo, y
Rebeca espiaba tus horas en blanco frente al escritorio,
¿ya empezaste?, decía desde la puerta, flequillo, ojos, manos, y tú todavía: una sensación de plomo en el estómago,
una certeza de imposibilidad, de horas marcadas minuto
a minuto en el golpeteo al principio apenas audible del
reloj, monótono luego, insoportable después; tenías que
salir a caminar, sólo un par de notas medianamente termi-
nadas, Rebeca, admitías, y ella al principio —sí, como
todo, sólo al principio— se interesaba por tus apuntes, los

revisaba con curiosidad, pero al ratito ya se aburría, cambiaba de conversación agotando el tenue repertorio de temas sobre el que empezaban a girar como en una danza, como en un ritual de movimientos perfectos y palabras invocatorias que en el fondo eran un aviso que no quisiste, que no supiste descifrar; sólo querías volver al escritorio, a ordenar, a replantear la tesis, y cuando volvías de esa media vuelta por las calles desiertas te sentabas frente a los libros, a las fichas, a los cuadernos: una burla, no escribías, no sabías por dónde empezar. ¿Cuánto tiempo estuviste así?

—Recuerdo a mi viejo comentándome de tu trabajo, de tu organización para todo —el Pepe Soler vuelve a mirar su vaso, lo hace girar, lo aprieta bruscamente como si quisiera hacerlo estallar.

—Es un buen hijo —dice Soler—. Será un buen político —añade y muerde las palabras al llevarse la pipa a la boca, sus ojos sonríen cordiales, lejanos.

—Sí, imagino sus frases —dice el Pepe trazando una línea horizontal y fina, casi un corte de escalpelo en el aire; hace una mueca y escucha a Sebastián.

Pero al tiempo la cosa empezó a marchar, como si los engranajes chirriantes de la máquina largamente en desuso se hubieran aceitado, ni más ni menos; el cuadro sinóptico estaba hecho, los primeros planteamientos, al principio demasiado tópicos y generales, empezaron a cobrar fuerza, ¿recuerdas, Sebastián? El café que te llevaba Rebeca a media tarde, a esa hora delicada de la tarde en que todo parecía apuntar hacia un nuevo socavón de la nostalgia que exorcizabas zambulléndote en tus notas cada vez más profusas, exactas, certeras. Entonces fue que decidiste visitar al viejo Soler. ¿Cuánto tiempo que no lo veías, Sebastián, cuánto que no conversabas con él?

—Y caíste justo, justo en el momento preciso —el Pepe insiste en usar las manos como puntales de las frases, de esas inflexiones ácidas que no puede evitar.

¿Cómo fueron esos meses?, ¿dónde estaba Rebeca?, ¿qué fue de las adopciones, del colorado Augusto, de la falta de dinero, de las cuentas? Rebeca se las tuvo que arreglar como sea, estirar el dinero que le dabas, hacer esos dulces y tortas que empezó a vender en la panadería de los españoles, cuatro reales que no alcanzaban ni para la mitad del alquiler, carajo, que no alcanzaban para nada. Pero aun así la tesis, aquel primer borrador que le mostraste a Soler fue como una droga, como un refugio para escapar o acceder a algo indefinido.

—No sé cómo me animé a buscarlo —dice Sebastián negando con la cabeza, trazando un camino de dedos entre los cabellos enmarañados—. Más de un año que no lo veía.

—Yo pensé que trabajabas con él —dice el Pepe encendiendo un cigarrillo—. En el estudio siempre había practicantes, el viejo se llevaba a los mejores de cada universidad en que daba clases.

—No —dice Sebastián—. Fue a raíz de un programa político en que lo entrevistaron sobre la participación del Frente en las elecciones. Me dije, caray, él te puede ayudar con la tesis, hombre.

—Pero por supuesto, muchacho —cordial, alegre de veras, Pepe—. Ven, vamos a tomarnos un café. ¿Has almorzado?

Rebeca se reía, vas a terminar de abogado, tú, que no querías, y él no, Rebeca, no iba a trabajar de abogado, su tesis era de Ciencia Política, era un clavo que se quería sacar, y ella, repentinamente seria: ¿no te ofreció trabajo, no se lo pediste tú?, y Sebastián supo que otra vez iba a empezar la guerra, otra vez las discusiones, el llanto, no,

Rebeca, estamos bien con mi trabajo en las academias y además como abogado nunca sacaré el dinero que gano ahora. Pero cómo podía decir eso, Sebastián, no podía querer ser un profesorcito toda su vida, podía hablar con la Gata, amor, y ella hablaría con su padre, te conseguiría un trabajo, amor, qué inconsciente era, no podían estar toda la vida pendientes de esas adopciones, de esos hipotéticos dos mil dólares, ¿cuánto tiempo ya?, y él fumaba hosco, irritado, lejano.

—¿Y por qué no querías trabajar como abogado? —preguntó el Pepe, caracho, la de cosas que iba sabiendo de Sebastián.

—Porque eres un idealista, muchacho, y eso a veces es malo. Lástima que en este país no exista realmente la carrera de Ciencia Política —dijo Soler.

—Pero no es idealismo, Rebeca —Sebastián apaga el cigarrillo, le busca los hombros a su mujer, la vuelve suavemente contra él, le levanta la mirada y otra vez explica con paciencia, si ya se lo había dicho, era una cuestión de principios, nada más; conocía cómo funcionaba todo el país, cómo eran de corruptos los jueces, los mismos abogados, por cada caso mínimo e intrascendente, cada escrito, cada folio legalizado, cada recibo llevaba su cuota de corrupción. Él no quería mantener ese sistema. ¿Era por eso, Sebastián? Falso, no era eso.

—Claro que sí, muchacho —Soler desatiende la carta que el maître ha puesto entre sus manos—. Defender principios siempre será un ideal; debemos cambiar el sistema, luchar para que sea óptimo. Recuerdo claramente tu monografía y me alegro que por fin te animes a hacer la tesis.

Mejor ni decírselo a Rebeca, piensa Sebastián camino de regreso a casa, para ella será otra idiotez, otra tontería, mejor no decírselo, claudica Sebastián entrando a casa,

besando a su mujer, recostándose en un mueble desde
donde contesta a las preguntas de Rebeca como desde muy
lejos, adormecido por la comida, los pisco sauers deliciosos: ¿qué sentido tiene hacer una tesis si no piensas ejer-
cer?, ha dicho ella viniendo desde la cocina, y Sebastián
recuerda el lujo del Costa Verde, el encrespado furor del
mar tras los ventanales, los surfistas que son apenas figuritas lejanas y grises que zigzaguean entre las olas y regresan envueltas en espuma amarillenta hacia la playa.

—Sin embargo tengo una propuesta que hacerte,
muchacho —dice Soler removiendo lentamente su copa
de coñac.

Sebastián nota las miradas de la gente que ocupa
las mesas contiguas y que señalan a Soler, lo reconocen, le
sonríen: le parece oír los comentarios y murmullos y tiene que hacer un esfuerzo por concentrarse en lo que le
está diciendo.

—¿Y no lo aceptaste inmediatamente? —pregun-
ta el Pepe desde el baño. Sebastián escucha el movimiento
inútil de la palanca del wáter, el pestillo de la puerta, los
pasos del Pepe, que ha vuelto a sentarse frente a él.

—Me dejó sorprendido, no supe qué contestarle
—dice Sebastián encendiendo torpemente un cigarrillo.
Tiene la boca correosa y apura el resto de whisky antes de
servir ambos vasos. Ya no quedaba hielo en la cubitera.

Rebeca se sienta junto a Sebastián, lo mira con rencor, ¿cómo podía ser así?, ¿qué estaba esperando?, ¿ya no
lo estaban pasando suficientemente mal, acaso? Se levanta
del sofá y camina hacia la ventana donde se apoya furiosa, reconcentrada, pero cuando Sebastián intenta hablar,
voltea y lo interrumpe: primero las academias y luego las
estúpidas adopciones que sólo te han hecho perder tiempo
y dinero; casi un año y no lograban ni una. Y ahora la propuesta del viejo ese. Yo voy a hablar con la Gata, Sebastián,

dice Rebeca caminando hacia la habitación, después de
todo la Gata era su hija, ¿no? Que le dijera algo a su padre, caray.

—Pero no es un trabajo remunerado —dice So-
ler sacando de la cartera una tarjeta de crédito antes de
esconder un poco la cuenta, frunciendo el ceño para ver
mejor los numeritos—. Podrás recibir algunos viáticos
pero no es nada significativo. Es más bien una opción política, algo que estamos tratando de hacer funcionar con
Ramiro Ganoza. Queremos hacer cambios en el Partido,
muchacho, verdaderas reestructuraciones que nos permi-
tan adecuarnos a los tiempos sin perder de vista nuestros
principios. Desde que se formó la coalición estamos tratando de renovar a los viejos partidos que la integran. Necesitamos gente como tú, Sebastián.

—Si hubieras hablado con mi viejo claramente, si
le hubieras dicho en la situación en la que te encontra-
bas, él habría visto la forma de que te pagaran, de que te
dieran dietas, cualquier cosa —se obstina el Pepe.

—¿Seguro no vas a necesitar dinero, muchacho?
—dice Soler muy serio, ya con una mano en la previsible
cartera.

—No, por favor, qué ocurrencia —dice Sebastián
bajando del auto de Soler—. Muchas gracias por todo.
Lo llamaré, ahora tengo la cabeza hecha un lío. Sí, aquí
agarro el colectivo, gracias.

Sebastián intenta acariciarle el rostro a Rebeca
y ella se aparta: si no se trataba de un trabajo remunerado, a
santo de qué, por Dios, a qué se iba a meter, Sebastián. Sí,
Sebastián: ¿por qué, para quién, Sebastián? Se queda callado, la mira pero comprende que su mente no está en Rebeca, en su furia de ojos, flequillo, labios fruncidos, manos.

—El proyecto de reconstrucción nacional, muchacho; desde ahora todos tenemos que meter el hombro

para sacar adelante al país, cuando este Gobierno nefasto acabe tendremos mucho trabajo para levantar al Perú de la ruina en que nos están dejando —dice Soler por teléfono, y sí, tenía tiempo para Sebastián, que se viniera por el estudio, quería presentarle a gente de Acción Popular y el PPC, y también a otras personas que ya estaban trabajando en el nuevo proyecto del Frente.

—Desde entonces lo empecé a frecuentar en el estudio, en el localcito del Óvalo de Pardo donde nos presentó aquella tarde —murmura Sebastián—. A veces en tu casa, Pepe.

—Recuerdo que al principio apenas si nos dirigimos la palabra; yo andaba medio cruzado con el viejo y además te metías en la biblioteca horas de horas —dice el Pepe, que ha vuelto a levantarse, mucho whisky, coño, dice con la lengua traposa levantándose para ir al baño.

Horas de horas, Sebastián. Horas de horas fuera de casa, de Rebeca, del asunto de las adopciones, cada vez más difícil, como todo, carajo, como las noches en blanco, respirando un aire siniestro y absolutamente quieto cuando el toque de queda; como las mañanas en cualquiera de las academias, frente a los mismos alumnos adormecidos y apáticos que sólo cambiaban de rostro: horas de horas idénticas, apiladas una tras otra. ¿Pensaste que Rebeca iba a aguantar, que iba a seguir a tu lado? Pero eso no fue lo peor, recuerda, eso fue únicamente el principio.

La señora Carmen sonrió y en su rostro carnoso se formaron mil pliegues que le achinaron los ojos hasta casi hacerlos desaparecer. Centenas de moscas zumbaban entre las fuentes tapadas con hule que reposaban sobre el mostrador del kiosco. Qué desconfiado era el señor, dijo moviendo desaprobadoramente la cabeza y extendiendo una mano amistosa hacia Sebastián, que la miraba con expresión aturdida.

—¿O sea, que te estafó? —pregunta Rebeca poniendo sobre la sartén unos filetes de pescado. Su voz suena divertida, decepcionada, y Sebastián da media vuelta y sale de la cocina, si se iba a poner así mejor no le contaba nada.

A lo lejos varios obreros comían sentados en el suelo. Alrededor de ellos hay montículos de arena, vigas de madera, sacos de cemento y herramientas. La señora Carmen terminó de atender a unos hombres que reciben sus platos en silencio y se alejan en dirección a los obreros. Las moscas vuelven una y otra vez sobre las fuentes casi vacías y Sebastián las espanta molesto como si hubiera más de las que en realidad hay. ¿Quería decir entonces que la chica se había desanimado?, ¿que ya no quería dar a su bebé en adopción?, pregunta al fin exasperado, y la señora Carmen vuelve a sonreír, así era esto, suspira decepcionada abanicándose con un cartón, había que tener paciencia porque por allí existían decenas de chicas en idéntica situación y en una de ésas resultaba. Sebastián se llevó una mano a la frente sintiendo que le empezaba a latir con fuerza, se remangó la camisa y miró desolado el horizonte yermo y polvoriento donde se alzaban las chozas amarillentas. A lo lejos divisó una silueta que se acercaba a pasos rápidos, llevando una bolsa en la mano. A ver si la entendía, dijo al fin con acritud, porque, la verdad, no lo podía creer, ¿devolver el dinero que se les dio también formaba parte del arrepentimiento? La señora Carmen dejó de revolver las verduras en la olla hirviente y levantó la cabeza, pestañeó: así eran estas cosas, dijo secamente, ella no tenía la culpa de que esas cholas se echaran para atrás, ella también había perdido, aunque él no lo creyera. Y luego, con resignación, casi con pena: ya veía que nunca debió meterse en tratos con una persona tan desconfiada y sobre todo tan ignorante en ciertas cosas, porque ¿acaso pensaba él que todo era tan facilito? Qué bueno sería, caracho, ella ya no estaría aquí, dijo volviéndose a la chica que había llegado hasta ellos y escuchaba incómoda: era joven, negra, y vestía unos pantalones gastados. ¿Qué quería?, preguntó la señora Carmen de mal modo, y la chica venía por dos platos de sopa, doña Carmen, dijo sacando de la canasta de paja que llevaba una olla pequeña. Sebastián esperó con impaciencia a que la señora Carmen llenara la olla con la sopa humeante.

—En medio de todo no fue tan malo —dice Sebastián con énfasis cuando Rebeca termina de poner la mesa y servir la comida—. Porque me libré de la vieja esa y la chica está dispuesta a ayudarme.

—¿Por cuántas máquinas de coser? —dice Rebeca sentándose y trinchando una lechuga con violencia.

—Rebeca, por favor, no te pongas así —dice Sebastián golpeando la mesa con la servilleta que acaba de llevarse a los labios—. Estoy tratando de conseguir que las cosas salgan bien y lo único que recibo de tu parte es incomprensión. Parece que estuvieras en contra mía, caramba.

—Es que te hacen el cholito, pues —dice Rebeca dejando el tenedor y el cuchillo en el plato—. No tenemos dinero y encima te estafan. Siéntate a comer, por favor, porque encima no voy a cocinar para que tú dejes la comida.

—No tengo hambre. Me la has quitado tú —dice Sebastián abriendo la puerta y escuchando el bullicio infernal que meten los chicos de la señora Charo antes de bajar las escaleras oscuras. Sale a la calle y la luz del mediodía lo ciega momentáneamente. Camina hacia el parque y enciende un cigarrillo que apaga casi de inmediato. Por fin se sienta en una banca, resoplando.

La señora Carmen recibió el dinero, lo contó rápidamente y alzó el rostro duro, despectivo, allí faltaba, dijo, y la chica, ¿perdón?, pareció dudar, miró ansiosa a la mujer y luego a Sebastián, que esperaba cada vez más impaciente, ¿acaso no estaba completo? La señora Carmen cogió la olla con ambas manos, no, hijita, las cosas habían subido desde la semana pasada. La chica se quedó un momento en silencio mirando la olla con sus ojos perrunos, intentó sonreír, al fin preguntó con voz desencantada si podía deberle lo que faltaba sólo hasta la próxima semana pero la señora Carmen negó benévolamente, lo sentía, hijita, pero ella ya no fiaba nada, después todos se hacían los locos y ella pagaba los platos rotos, ella no estaba para alimentar a la gente, que ya bastante tenía con el borracho de su marido y sus hijos. Bueno, doña Carmen, dijo Sebastián sin poder esperar más, ¿en qué quedaban entonces? Porque él no iba a perder su dinero así tan fácilmente. La señora Carmen se volvió a él, que esperara un ratito, caray, dijo en voz alta, ¿no veía que estaba atendiendo a la chica? Sebastián se llevó una mano furiosa a la cartera y miró a la chica, ¿cuánto le faltaba?, dijo en un tono tan imperioso que ella lo miró asustada, y antes de que terminara de decir una cantidad le puso unos billetes en la mano. Doña Carmen lo miró con desprecio y volvió a abanicarse, caramba, sacaba el dinero como si nada y luego se quejaba, dijo, y su boca se estiró en un gesto burlón. Tómalo, insistió Sebastián sin saber lo que decía. Le latían con fuerza las sienes y observaba los ojos asustados, confusos, incrédulos de la joven, que no atinaba a moverse ni a coger la olla. Finalmente él la cogió y se la puso en las manos antes de sacar otro billete de la cartera y colocarlo sobre el mostrador. Tenía la boca amarga y le dolían las mandíbulas cuando volvió a dirigirse a doña Carmen: él hacía lo que le daba la gana con su dinero, dio una palmada sobre el mostrador, y si quería lo tiraba a la basura o lo quemaba, carajo, y luego otra palmada, pero no iba a permitir que lo estafaran, dijo ya golpeando repetidas veces el mostrador.

—No esperaba una reacción así la vieja esa. Se quedó muda —dice Sebastián encendiendo el televisor, pasando una mano por los hombros suaves de Rebeca, que seguía rígida a su lado fingiendo hojear una revista. La obligó a mirarlo a los ojos—. No seas resentida, Rebeca, ya te he pedido perdón, ya qué más quieres que haga.

—Nada —dice ella con voz cansada, pero luego parece enojarse otra vez—. ¿Te parece bonito dejarme con la comida lista y la palabra en la boca?

—No te escuché —dice Sebastián con paciencia—. Si te hubiera escuchado cuando salía habría contestado. Pero compréndeme tú a mí también, amor, estoy haciendo lo que puedo.

—Yo también quiero que las cosas salgan bien —dice Rebeca dejando la revista sobre la mesa frente al televisor y mirando fijamente a Sebastián—. No digas que estoy en tu contra porque no es así. ¿Cómo puedes pensar tan feo de mí?

—Ya, ya, dejemos eso —dice Sebastián llevándose una mano a los cabellos, sintiendo nuevamente el oleaje maligno del rencor que le sube desde el estómago—. ¿Te termino de contar?

—Cuéntame —suspira Rebeca cruzándose de brazos y mirando las imágenes de la televisión.

Avanzó por el descampado sin escuchar los insultos de doña Carmen, que salió del kiosco alzando un puño violento cuando él ya estaba lejos. Sebastián pasó por delante de los obreros que habían volteado a escuchar los gritos de la mujer y lo miraban a él con recelo. Se le acercaron unos perros que ladraban amenazantes, se alejaban y volvían a arremeter con furia, largo, carajo, dijo Sebastián sin levantar la vista, y apresuró el paso hacia el paradero del micro donde esperaban pocas personas. Escuchó unos pasos a su lado y se volvió presuroso, listo para devolver el ataque: la chica lo miraba con timidez a unos pasos. Tenía la olla entre las manos y la dejó en el suelo antes de alcanzarle los billetes. Gracias por pagar lo que faltaba, dijo suavemente, aquí tiene el dinero que sobró. Que no se preocupara, contestó Sebastián deteniéndose y secándose el sudor que le humedecía la frente. Sentía los labios resecos por el polvo, que se quedara con ese dinero, insistió, pero ella movió la cabeza obstinadamente, de ninguna manera, si él regresaba la próxima semana le tendría lo que faltaba y muchas gracias. Sebastián sonrió auscultando los ojos grandes y sinceros, los gestos recelosos de la chica: no creía que volviera a venir por Villa, confesó volviendo a caminar, la bruja esa lo había estafado. Esta vez la chica se puso a su diestra y llegaron al paradero en silencio. Gracias, de todas maneras, dijo ella extendiendo una mano cauta, me llamo Luisa. Sebastián estiró la mano y volvió a sonreír mirando alrededor; había cuatro personas esperando que saliera el microbús estacionado pocos metros más allá de la caseta de control. Repentinamente Sebastián se volvió hacia ella.

—No sé, de pronto se me ocurrió —dice Sebastián ensimismadamente mirando las escenas que ofrecía el televisor: un coche bomba puesto por los terroristas cerca al Polígono del Rimac; varios policías muertos por senderistas en una comisaría de Comas—. La chica aceptó de inmediato porque no tiene nada, no te imaginas cómo vive esa pobre gente, por lo menos ahora se ganará unas propinas acompañándome por Villa y buscando por ahí alguna embarazada que quiera dar a su hijo en adopción. Ahora hay más posibilidades, Rebeca, ahora sí van a salir las cosas bien. Eso sí: le he dicho que pertenezco a un instituto de adopciones porque es media desconfiadilla.

—Mira, mira —dice Rebeca bruscamente señalando asustada al televisor: la pantalla muestra varios coches patrulleros en las cercanías del túnel de La Herradura; periodistas y cámaras de televisión, curiosos merodeantes y de súbito una toma cercana muestra el cadáver de un hombre. El comentarista dice que se trata de un abogado, Néstor Ibarra, defensor de varios inculpados senderistas.

—Claro —dice el Pepe—. Fue por esas fechas. El primer atentado del Comando.

—Y al día siguiente empecé a patearme toda Villa con la negra, buscando mujeres embarazadas —dice Sebastián cerrando los ojos.

—¿Cuánto tiempo estuviste en eso? —pregunta el Pepe.

—Casi un año —Sebastián se lleva el índice y el pulgar a la nariz: descansar, dormir, terminar con la pesadilla, largarle el asunto de Ganoza al Pepe, olvidar todo, huir—. Todo acabó cuando se fue Rebeca. Ya no me quedaban ganas para seguir metido en eso. Nunca conseguí aquellos benditos dos mil dólares, Pepe, y ahora me pregunto que mierda he hecho con mi vida, carajo.

El Pepe Soler hace un gesto escéptico, que no dijera esas cosas, hombre, que no se pusiera así, dice mirándose atentamente las uñas.

Fue esa misma avalancha entusiasta la que luego se replegó tras el pánico de septiembre, dejando una resaca insalubre de mítines, manifestaciones y aplausos multitudinarios de la que ahora sólo existían las sombras, los vestigios y los ecos, los restos más que el recuerdo, cuando solos nuevamente intentábamos tomar las cosas con calma, que no cundiera el desánimo, muchachos, decía Armas, porque la crisis era momentánea, el presidente y el equipo de ministros están haciendo lo necesario para reflotar nuestra economía, para frenar los abusos de la oligarquía y la intrusión extranjera, para sentar las bases de una sociedad más justa y solidaria: ya oyeron lo que les dijo en el CADE a los empresarios, no habría más gollerías ni prebendas mientras ellos no aportaran su cuota de sacrificio y pusieran el hombro; ya sabían lo que dijo en el Congreso: no iba a permitir que los intereses de un puñado de ricos se interpusieran en la construcción de un Perú para todos; ya escucharon lo que explicó al país el domingo siguiente al mensaje ministerial que anunció las medidas correctivas para sanear nuestra economía: es deber de todos colaborar indesmayablemente con el Gobierno para sacar adelante a la nación y que nadie se dejara engañar por los mensajes sediciosos de la derecha y de la izquierda; ya supieron de la advertencia que les hizo a Ramiro Ganoza y a Heriberto Guevara: ni la derecha cavernaria ni la izquierda recalcitrante impedirían la forja de un Perú nuevo, popular y democrático. Eran tiempos duros, muchachos, no cabía duda, pero también eran los tiempos en que se demostraba quiénes teníamos las convicciones firmes en la ideología partidaria y en el quehacer del presidente, que se encontró con una bomba de tiempo dejada por el Gobierno anterior, Gata, y que dos años no bastaron para desactivar porque la bomba estalló desperdigando esquirlas de miseria que nos alcanzaron a todos, nos impregnaron de miedo, nos hirieron momentáneamente de desesperanza y nos dejaron de golpe aislados a quienes manteníamos firmes las consignas de las que se aprovecharon con efímero y rapaz entusiasmo aquellos que apabullados bajo los escombros de aquel septiembre nefasto se volvieron contra el presidente —al que hasta hacía poco aplaudían—, contra el Partido, al que habían aclamado como el único en toda la historia del Perú que defendió honesta y consecuentemente las causas populares, y contra nosotros, que zozobrábamos en un silencio inventado y necesario, en una rutina a duras penas incólume que superamos redoblando esfuerzos para continuar con nuestra callada labor en el Cefede, como al principio, aunque quizá sí, peor que al principio porque ahora era más difícil conseguir ponentes para las conferencias, participantes para los seminarios y permiso de los profesores para invitar al alumnado en general a la charla sobre «El Imperialismo en el Perú» porque habíamos perdido fuerza, sí, pero no tienes que decirlo tan brutalmente, Gata, mejor no lo comentes en presencia de los otros aun cuando sea tan cierto como la gratuita hostilidad y el rencor sin fundamento con que nos recibía la gente en Ate, en el Rimac, en Comas; ese mismo pueblo que había vitoreado al presidente y al Partido ahora nos abucheaba, nos insultaba, nos apedreaba, y nosotros, formando una escolta resignada, malherida, espontánea, protegíamos al senador Ferrari, al diputado Egoaguirre y también —por una simple cuestión de dignidad— los cartelones con el rostro amable y triunfador del presidente que debíamos recoger apresuradamente puesto que no tenía sentido colocarlos a la fuerza en aquel parque o en ese canchón, explicábamos desalentados cuando algún alcalde militante se enfurecía por la ingratitud del pueblo, caracho, y en realidad también nosotros nos enfurecíamos no obstante las advertencias de Antonio Armas en aquellas reuniones de emergencia en el Cefede y la de los altos mandos en el Local Central, disciplina, muchachos, tranquilidad, a no cometer tonterías, a no responder a las provocaciones, que la derecha carroñera de Ganoza y los comunistas pro Sendero de Guevara están a la espera de cada uno de nuestros actos y los terroristas han aprovechado el desconcierto popular para dejar Lima, Trujillo, Chiclayo, Arequipa y todo el Perú en las tinieblas cotidianas de los coches bomba y la falta de agua y las muertes y los atentados: ahora es cuando debemos estar más unidos que nunca, dijo el presidente en el plenario que se realizó en la mismísima ciudad de Ayacucho, la cuna del terrorismo, el rincón para los muertos, Gata, que es el significado quechua de la palabra Ayacucho, desafiando así no sólo a la muerte sino a Sendero Luminoso, y demostrándoles a los terrucos que no tenemos temor, advirtió el presidente arengando a los cuadros jóvenes del Partido, invocando el misticismo necesario para superar la crisis que vivimos, respondiendo con democracia y con libertad a quienes se alzan contra el sistema de legalidad que él representaba por mandato popular y defendía por convicción ideológica y moral, dijo, y que debíamos hacer caso omiso a aquellos infundios sobre la existencia de un Comando paramilitar y fascista del Partido que ha perpetrado crímenes tan horrorosos y condenables como el asesinato de Néstor Ibarra, quien pese a defender a un cabecilla subversivo estaba, como abogado que era, en su derecho de hacerlo; no debíamos hacer caso a aquellos infundios, insistió, y nosotros aplaudíamos con convicción, negábamos las calumnias, Gata, la existencia de aquel Comando, porque sólo eran maniobras de la derecha y de los comunistas para desestabilizar al Gobierno en su hora difícil, para hacerle expiar las culpas de ciento cincuenta años de oligarquía e imperialismo que han desembocado en las urgentes medidas adoptadas por el equipo presidencial, porque el nuestro es un pueblo libre y defenderá su libertad contra la opresión yanqui go home, pintábamos las calles, abajo el imperialismo norteamericano y sus putas de la derecha, abajo el FMI y la oligarquía reaccionaria, gritábamos para acallar los gritos de quienes nos atacaban, organizábamos mesas redondas, nos defendíamos de los ataques formando un solo puño que golpeaba con furia contra quienes nos atacaban amparados por el rencor y el desconcierto popular: abajo la derecha, muera la izquierda, sólo el Apra salvará al Perú.

Cuatro sombras se desprenden de la oscuridad, corren sigilosas, menos bulla, carajo, hasta alcanzar el refugio inmóvil de un coche. Las manos aprietan el acero de las metralletas, los cuerpos transpiran pese al frío de la noche. Vuelven a correr devoradas a trechos por las sombras geométricas de los edificios, apareciendo luego en medio del boquerón celestoso que una luna traicionera ha abierto sobre ellos, maldición, ni una nube, se detienen al llegar a la primera esquina. Desde allí, esforzándose un poco se observa la casa: nocturna, apenumbrada por el doble juego de la oscuridad y los faroles, dos pisos, un jardín descuidado y ralo, dos autos estacionados frente al portón donde una mano ha escrito con tiza y desprolijamente «garaje». Ahí es, indica el que parece ser el jefe. Esperan jadeantes que el silencio vuelva a invadir todo con su negro oleaje, que se pierdan los pasos de aquel transeúnte fantasma en el otro extremo de la calle. Un perro ladra furioso, inubicable, persistentemente, quizá en alguna azotea cercana. Ellos no hablan, escuchan atentos cada ruido hasta que por fin se convierte en eco, se confunde con su propio respiro, lejano recuerdo, rumor sincopado y preciso: bombeo de corazón. Una de las sombras hace una seña imperceptible, vamos, cruza la pista, alcanza la esquina. Las otras sombras esperan la señal, se acautelan en sus propios pasos afelpados y también corren. Ahora observan desde otro ángulo la calle que se abre como una cinta lacia y dormida. De pronto el que parece ser el jefe se alarma, shht, levanta el índice y obliga a los otros a aplastarse tras los setos vivos de una casa cercana. Contienen la respiración, evitan mirarse, las manos soldadas a las armas, el cuerpo tenso y encogido. Aparece un Volkswagen y se pierde con su estrepitoso cascabeleo en el fondo de la calle; los hombres observan los faros posteriores del auto encendiendo fugazmente la noche antes de desaparecer tras la esquina más alejada. Chito, ¿dónde chucha pusiste el caballete de desvío? El que parece ser el jefe ha empalidecido, su voz suena entrecortada. Alguien lo debe haber quitado, tartamudea el Chito, lo había puesto donde acordaron, Cholo, no se explicaba: hace el intento de incorporarse pero el jefe, gordo, aindiado, cetrino, lo detiene bruscamente, ya no hay tiempo, señala con un gesto la casa. Desde una de las ventanas que se abre a la calle una bombilla invisible proyecta su amarillento resplandor contra el asfalto, lame apenas al Taunus azul que bloquea la entrada: son unos imbéciles, brama el ministro blandiendo el periódico, ponen el caballete en la calle equivocada, se tropiezan, joden todo, golpea la mesa con la palma extendida y Aldana se hunde más en la silla que ocupa frente al escritorio inmenso. Sí, tartamudea, pequeño, fofo, rubicundo y abochornado, los ojos turbios de sueño, no había pegado los ojos en toda la noche, él comprendía, señor ministro, calculando las frases para desviar la furia del ministro, pero lo peor fue que a nadie se le ocurrió que Guevara estuviera armado. Da un respingo, la cagaste, se dice. El ministro lo mira y sonríe con desprecio, ¿y qué debían suponer, Aldana? ¿Que tuviera un churre en brazos? No seas cojudo, pues, hombre, ¿qué clase de borricos formaban el Comando? ¿A qué estaban jugando?: a la guerra, huevones, dice el que parece ser el jefe, esto era una guerra y no podían cometer semejantes errores, ¿entendían? Ahora su voz era silabeante, mordaz, si no lo veían así estaban muertos, huevones. Toledano y Crespo miran al suelo. El Chito está muy pálido, también baja la vista. El Cholo vuelve a vigilar la calle, mira una y otra vez su reloj, se pasa la lengua por los labios resecos, calcula todo nuevamente. Otro auto ha irrumpido por la calle delatando el error del Chito, ahora no podemos perder tiempo. Ya no podían, repite. El ministro levanta la mano y parece sacudir los argumentos de Aldana, que calla bruscamente y lo observa pulsar el intercomunicador. Atisba por los ventanales del despacho ministerial los jardines amplios y bien cuidados, los autos patrulleros, dos policías conversando bajo el calor de la mañana, más carros que van copando el estacionamiento, gente que hormiguea con papeles, carpetas, bolsos. Saca un pañuelo y se lo pasa por la frente angosta, desabotona discretamente el primer botón de su chaleco verde y siente la espalda húmeda y pegajosa. La voz norteña y ronca del ministro lo sobresalta, Patty, que lo comunicara inmediatamente con Fonseca. El ministro bufa, mira también por los ventanales; tiene el rostro abotagado y los ojos vacunos, tristes. Lentamente vuelve la cara hacia Aldana como si por un momento se hubiera olvidado de su presencia, iban a tener que cambiar la estrategia, carajo, escupirlo de una vez por culpa de esos imbéciles. ¿No se iba a desmentir más bien? ¿El presidente no iba a...? La vocecita aflautada de Aldana se detiene cuando el ministro lo mira con sorna, sorpresa, asco: ¿cuándo iba a entenderlo, Aldana?, la voz del ministro se llena de misericordia, desprecio, furia finalmente: el presidente y la manga de incapaces que ha llevado a los demás ministerios nada tenían que ver con esto, dice con la voz estrangulada; además, quién se iba a creer ese desmentido, Aldana, ¿su mamá, acaso? Aldana quiso protestar, con la madre no se meta, señor ministro, pero se replegó en un silencio contrito. Más bien tendríamos que, digamos, oficializarlo. El ministro se incorporó y con las manos cruzadas tras la espalda dio unos pasos hacia la pared. Observó detenidamente el Szyszlo que colgaba de allí, parecía esperar respuesta del lienzo, recibir su eco, decidir sobre el rebote de su propia voz. Ese hijo de puta de Guevara, resopla. En ese momento se abre la puerta y Aldana observa la figura de la secretaria, sus pasos agresivos sobre el tapizón, el cabello largo y sedoso, qué buen lomo se comía el ministro, piensa con rencor; por un segundo las miradas se cruzan, luego ella se acerca al ministro, que sigue de espaldas, hipnotizado por los trazos, los colores, las formas vagas. Aquí tiene los informes que solicitó, señor ministro, hace un mohín, el señor Fonseca no estaba en la dirección del periódico, llamaría a su casa, un revuelo de faldas. Aldana la mira hambriento, las aletas de su nariz se dilatan ávidas capturando la estela de perfume que ella ha dejado en el ambiente. El ministro gira y recibe las carpetas con el escudo nacional, sí, Patty, había que insistir, ubicarlo a como dé lugar, no podían perder ni un minuto más: la puerta frente a la que se han detenido los cuatro pares de ojos se ha abierto intempestivamente y el Cholo extiende los brazos como conteniéndolos, no se muevan, no respiren; de la casa han salido dos hombres riendo y conversando, uno de ellos es alto y anguloso, el otro una barba frondosa, grueso y calvo. Es él, dice el Cholo con una voz que es puro aliento, ¿y el otro? Itúrbide, murmura, dos pájaros de un tiro. Crespo, el Chito y Toledano contienen la respiración, las armas resbalan entre las manos, mierda, el corazón a punto de salírseles por la boca. El Cholo tensa los músculos y estira nuevamente un brazo mientras observa los movimientos de los dos hombres y espera que se alejen lo suficiente de la puerta que han dejado entreabierta. Ahora: corren salvajemente, impelidos por el grito del Cholo, muerden el miedo que les empapa las camisas con su olor rancio, rastrillan las armas. El hombre alto tiene unas llaves en la mano y está a unos pasos del Taunus azul, no se ha dado cuenta de nada; el otro le está diciendo algo cuando la sonrisa se le congela en una mueca idiota al ver las cuatro siluetas corriendo hacia ellos, el destello acerado de las armas, los trazos, los colores, las formas vagas del Szyszlo: el ministro se dirige nuevamente hacia el escritorio y deja las carpetas sobre la madera brillante, les da unos golpecitos enigmáticos y deja de mirar el cuadro. Tendrían que variar la estrategia, resopla, agita las manos. El Comando existe, ¿de acuerdo? Aldana mueve afirmativamente la cabeza pero al darse cuenta que el ministro no lo ve se apresura a decir que sí. Existe, pero. Ahí detiene la voz el ministro, vacila, extiende el condicional, busca la frase, entrecierra los ojos para apreciar mejor el cuadro. Existe, pero el Gobierno —el Apra, digámoslo sin eufemismos— no tiene nada que ver con él. Se trata de un puñado de fanáticos, los mismos seguramente de los anteriores atentados; el asunto de Ibarra, el atentado contra Obregón, todo eso. Su voz busca convicción, su cabeza se ladea un poco. Un grupo de simpatizantes que se han tomado la libertad de actuar por cuenta propia buscando castigar a quienes aprovechándose de la democracia. Se detiene nuevamente el ministro, busca inspiración, él mismo va a confeccionar el comunicado. A quienes aprovechándose de la democracia y la libertad de expresión que otorga un régimen constitucional izan las banderas del terrorismo o lo defienden, decanta la frase el ministro, masculla, repite en voz baja, se vuelve hacia Aldana, algo así, ¿se daba cuenta? Un dejar abierta la posibilidad. Pero a la vez —amenaza con el índice el ministro— nos encargaremos de buscar y sancionar con todo el rigor de la ley a los culpables, ¿correcto? Aldana vuelve a decir que sí, ya iba entendiendo, añade, pero se agita en su asiento, se muerde los labios, se anima finalmente a preguntar si eso no iba a poner en una situación difícil al Gobierno. Precisamente, lo ataja el ministro, el lío se lo comería el presidente, estaba en jaque, a él no lo podría destituir porque perdería credibilidad, agua para nuestro molino, Aldana; además sería absurdo, imposible desvincularse por completo, desmentirlo, por culpa del periodista ese. ¿Cómo mierda estaba allí? No lo puede creer el ministro, se exaspera, mira el periódico y lo levanta estrujándolo, ayer cuando escuchó las noticias por la radio nadie dijo nada acerca del Comando y de pronto esto, golpea el periódico con la palma de la mano repetidas veces, había sido un baldazo de agua fría cuando lo leyó, ese hijo de puta tenía información que se guardó de primicia, tenía datos que los otros medios desconocían, y es que estaba presente. Algo sabe ese concha de su madre. Podríamos fregarlo, dice Aldana, podríamos decir que tiene sus componendas con Guevara y los radicales de la izquierda, ¿no cree? No seas cojudo, hombre, ¿te imaginas qué dirían los otros periódicos entonces? Que estamos buscándole tres pies al gato, que un periodista puede estar donde le dé la gana. Además, se trata de Rafael Pinto, ya se acordó del nombre el ministro. Aldana frunce el ceño: ¿el que denunció el fraude de Guevara hace más de un año? El mismo, dice el ministro. Lo más probable es que estuviera allí de pura chiripa, cubriendo alguna información. Aldana está a punto de objetar y otra vez los cabellos sedosos, la estela de perfume, los ojos grandes, señor ministro, el señor Fonseca por la línea dos. El ministro coge el teléfono sin dejar de mirar el Szyszlo, está fascinado con las líneas, los colores ingrávidos, el juego de luces y sombras que parecen aletear, moverse: de pronto, de la puerta entreabierta aparece otro hombre, bajo, de gafas, que se detiene en el umbral y las cuatro siluetas vacilan un segundo cuando ven que agita las manos desesperadamente advirtiendo a los otros dos, tiempo suficiente para que el hombre alto y anguloso reaccione, aparte de un manotón a su acompañante, lo empuje contra el Taunus y saque un arma. La primera ráfaga de metralleta se eleva hacia el cielo; Chito ha tropezado dejando caer su arma, que parece haber cobrado vida propia y ahora todo es confusión, órdenes, gritos. El calvo se ha lanzado de bruces gateando tras el auto, mierda, disparen, grita el Cholo, y siente la sacudida de la metralleta golpeándole el hombro, rebelándose como un animal encabritado, aullando su fuego hacia arriba, imposible de domeñar y dirigir al principio. Algunas balas se incrustan en el automóvil, otras contra la casa, corran, carajo, grita el Cholo asustado porque el hombre de gafas tenía una cámara, él vio el fogonazo del flash y por un instante pensó absurdamente que también se trataba de un arma, disparen, disparen, y Crespo y Toledano se separan, corren calle abajo; el Cholo y el Chito ganan la esquina más alejada cubriéndose con un fuego alocado porque el hombre alto les dispara cubriéndose con el Taunus. Lo hace con milimétrica precisión, levanta la pistola como si fuera un látigo, la baja hasta posarla en la palma de la otra mano, aprieta el gatillo y el sacudón inicia nuevamente la serie de movimientos perfectamente calculados, enérgicos, sobrios, coloridos: el ministro echa una última mirada al Szyszlo y coge el auricular, carraspea, ¿aló? ¿Fonseca? Qué pendejada era ésa, hombre; se pasea por el despacho acordonado al teléfono, recibían los ataques de la prensa reaccionaria todos los días y ahora ustedes también, el ministro observa la mañana por los ventanales, arquea una ceja incrédula al recibir la respuesta inaudible para Aldana, que sigue atento sus movimientos. No, no, Fonseca, estaba equivocado, advierte el ministro, no había que ser ligeros para soltar una bomba de ese calibre, que se fijara, caracho; hasta los de *Expreso* daban hipótesis pero de ninguna manera concluían tan contundentemente como los de tu periódico. Otra pausa. Aldana cree adivinar la expresión confundida y vacilante de Fonseca, sus explicaciones atropelladas. Ya sé que tu periodista estaba presente, dice el ministro, pero de allí a las conjeturas que saca hay un mundo de por medio, pues, hombre. Además estaba pisando en falso, Fonseca; Guevara tiene enemigos en la misma izquierda desde el chanchullo aquel que hizo en las elecciones, ¿ustedes mismos no fueron los que sacaron la primicia de ese fraude en las elecciones internas? Otra pausa y Aldana pierde momentáneamente el hilo de la conversación, quiere irse, está cansado por el madrugón, no se atreve a mirar el reloj pero intuye que aún no son las ocho y media, cierra apenas los ojos abandonándose a la modorra y los abre con desesperación, qué ganas de fumar, carajo, pero no se atreve. Tendría que acercar el cenicero que está al otro lado del escritorio. Vuelve a concentrarse en lo que está diciendo el ministro: o por último Sendero o la derecha, Fonseca, aflauta la voz el ministro; desde septiembre del año pasado todos están haciéndole cargamontón al Gobierno y ahora ustedes también, se compunge, vuelve a exasperarse, que quedara bien claro, no estaba coaccionando pero tampoco iba a dejar que embarraran así al Partido, al presidente y a él mismo, caracho, con semejantes historias. El ministro mira a Aldana y le guiña un ojo. Aldana contesta con una sonrisa amplia y vuelve a prestar atención a lo que dice el ministro: dile a tus hombres que antes de sacar una noticia así vayan con más cuidado. Otra pausa, un poco más larga esta vez, y el ministro carraspea, contiene a duras penas una nota agria en la voz: ¿que el periodista ese tendría pruebas? ¿Fotos? Aldana siente diminutas gotitas humedeciéndole la frente, está completamente alerta ahora, el ministro lo mira preocupado, absorto. Mira, Fonseca, se están metiendo en problemas. Su voz suena distinta, más calmada pero extrañamente también más oscura: desde que estaba de ministro se había enfrentado a mil calumnias y de todas había salido indemne, así que sí le estaba buscando vueltas al asunto. Dejó ahí la frase, escuchó lo que decía Fonseca y sacó una cajetilla de Winston luego de palparse los bolsillos del saco. Aldana le encendió veloz el cigarrillo. Me extraña que ustedes hagan algo así, Fonseca, el Gobierno no ha hecho más que darles todo tipo de facilidades, de apoyo, y ahora se les torcían, la voz del ministro se vuelve lastimera, se decepciona y queda en silencio escuchando. Bueno, bueno, suspira al fin, ésos son los bemoles de la libertad de expresión, filosofa haciendo argollas espesas que ascienden lentamente hasta el techo antes de disolverse; había que tener más cuidado con la gente que se contrataba, Fonseca, aconseja paternalmente, en fin, él ponía las cosas en claro, esperaba más bien que publicaran el comunicado del ministerio mañana mismo, al menos el derecho a réplica, ¿no? Otra pausa y el ministro se desentiende, mueve una mano como quitando importancia a lo que dice Fonseca, claro, claro, bueno, adiós. El ministro colgó el teléfono y pulsó el intercomunicador, Patty, que le tuvieran el auto listo. Se acomodó el nudo de la corbata y Aldana se levantó inmediatamente sin dejar de mirar el cigarrillo que humeaba en el cenicero. Este huevón de Fonseca está ahora cagándose de miedo. Dice que él no supo de las implicaciones, que él delegó y no sé qué otras cojudeces de ese calibre; eso le pasa por pendejo, sentencia el ministro cogiendo las carpetas con el escudo nacional, eso le pasa por querer morder la mano de la que come. Se queda un momento en silencio revisando algunos papeles que hojea pensativo, levanta nuevamente el rostro, mira bovinamente a Aldana, que permanece de pie, alerta, asustado, sudando copiosamente. Lo único que le preocupaba al ministro era averiguar por qué tanta seguridad en esa noticia, no parecía un farol, caracho, algo se escondía bajo la manga ese periodista, y Aldana cierra los ojos, recuerda la conversación de anoche con el Cholo, no sabe si decírselo al ministro, tiene un torbellino en la cabeza y las sienes le laten espantosamente cuando abre la boca para hablar, pero la voz de la secretaria por el intercomunicador lo sobresalta: señor ministro, su auto ya estaba allí. Gracias, Patty, llama a la Papelera Nacional, que te comuniquen con el gerente, el señor Gambini, y le dices que el nuevo precio del papel se aplica ahora igual para todos, al menos hasta que yo hable con él. ¿Eso nomás?, pregunta la secretaria. Sí, dile también que lo espero aquí a las cinco para aclararle unas cosas. ¡Ah!, intenta comunicarme con José Antonio Soler, creo que voy a tener que suspender la comida que teníamos hoy, dice el ministro casi en voz baja, dándole la espalda a Aldana. Luego gira y se acomoda el saco. Tiene las carpetas contra el pecho, duda un momento, retoma el hilo de la conversación. Le había dejado una mala espina todo esto, carajo, dice al fin sacudiendo el cigarrillo antes de aplastarlo contra el cenicero, y Aldana siente la boca pastosa cuando dice con una voz quebrada que el Cholo pareció ver que les tomaban fotos, señor ministro. Se ha clavado las uñas en las manos que esconde tras la espalda cuando el ministro frunce el ceño casi cómicamente, como si hubiera recibido un golpe en la boca del estómago, ¿cómo?, ¿qué cosa le estaba diciendo?, se acerca veloz hasta él, lo coge fuertemente del brazo, lo zarandea, y Aldana siente en el rostro ese vientecillo amargo que es el aliento del ministro en su cara, ¿qué estaba diciendo, Aldana?

—Señor ministro —se escucha nuevamente la voz de la secretaria por el intercomunicador—. El presidente por la línea uno.

El sol es una bola incandescente que pende floja del cielo. Apenas una brisa caliente y húmeda agita los árboles de la avenida Arequipa por donde pasan viejos colectivos, buses repletos y coches cuyos parabrisas reverberan lanzando destellos cegadores. Sebastián siente el asfalto caliente bajo la suela ligera de sus zapatos, se afloja el nudo de la corbata y mira su reloj: tendría que apurarse, Augusto ya debía estar esperándolo, piensa advirtiendo el malestar que empieza a asomarle como un delicado dolor de estómago cuando cruza la calle que separa la Arequipa de la Petit Thouars, esta última llena de estudiantes que hacen cola en las ventanillas de la universidad, de ambulantes que ofrecen cigarrillos y cuadernos en sus triciclos apostados en las esquinas; de oficinistas que acuden a almorzar en los bares y restaurantes cercanos al Comando Conjunto. Por fin llega a El Tambito y entre la gente que a esa hora se apretuja en el local divisa al colorado Augusto: sudoroso, con el nudo de la corbata estrangulándolo bajo la papada temblona y el maletín abultado sobre la mesa.

—Pensé que no venías —dice a manera de saludo—. ¿Qué te tomas?

—Una cerveza —dice Sebastián alzando la voz por sobre el bullicio de la radio puesta a todo volumen. Flota un olor fuerte a sopa de pescado y a frituras que le revuelve el estómago.

—¿Cómo va la vaina? —pregunta Augusto sin mirarlo, atento a los papeles que ha sacado del maletín, desparramándolos sobre la mesa.

—Hasta las huevas —dice Sebastián, y vuelve a sentir la molestia subiéndole como un asco desesperante y viscoso—. La vieja esa de Independencia me está toqueando, hasta ahora no hay nada.

—Hay que poner un poquito más de empeño —dice Augusto con indiferencia y revuelve los papeles murmurando entre dientes. Por fin parece encontrar el que ha estado buscando y sin dejar de mirarlo se palpa los bolsillos y saca un lapicero.

El mozo se acerca a ellos, frota con un paño sucio la mesa de formica y pregunta qué van a pedir. Al rato vuelve con las cervezas y el colorado sirve los vasos, bebe, resopla, coge nuevamente el lapicero con el que ha estado anotando en los bordes del documento y al cabo de unos minutos levanta su rostro porcino y rubicundo: parece que estuviera sorprendido, confuso. Finalmente mira a Sebastián y sonríe.

—¿Qué tal, cómo van las cosas? —pregunta nuevamente, y Sebastián piensa por un segundo que le está tomando el pelo.

—Ya te dije que hasta las huevas —contiene apenas el impulso de levantarse y salir de El Tambito. Bebe un largo sorbo de cerveza y comprueba que no está suficientemente fría, pero no le importa.

—Hay que poner empeño —dice Augusto apoyándose en el respaldo de la silla que cruje—. Estas cosas son así, hombre. Uno tiene que ser vivo porque el dinero está allí, es cuestión de moverse.

Sebastián enciende esmeradamente un cigarrillo, fuma, lo enrosca entre los dedos y lo observa como si quisiera cerciorarse de la marca. Luego mira al colorado antes de volver a consultar la hora.

—¿Qué me tenías que decir, Augusto? Voy a perder una clase y me la descuentan, ¿sabes?

—Hombre, no te pongas así —dice Augusto dándole una palmada en el hombro y sonriendo—. Mira, aquí tengo los documentos que me ha enviado una pareja, unos gringos de Canadá. Vienen en un par de semanas, a ver si consigues algo para entonces porque ya le avisé a Manrique y el pata está moviéndose por todas partes. No dejes que te ganen este caso, Sebastián.

—¿Y qué carajo quieres que haga si he perdido tanto tiempo con la bruja esa de Villa? —sonríe agriamente Sebastián—. No sé para qué chucha invertí tiempo yendo por ahí. Y ahora lo mismo en Independencia.

Augusto vuelve a servir los vasos, se rasca la nariz y tamborilea en la mesa con el lapicero de punta mordisqueada.

—¿Nada de nada con doña Carmen? —pregunta al fin.

—No sólo eso —dice Sebastián bebiendo su cerveza—. No sé si te has enterado pero el municipio botó a la gente de allí.

—Sí, verdad —dice Augusto chasqueando la lengua y moviendo pensativamente la cabeza llena de rulos desordenados—. Algo leí en los periódicos.

—Le di dinero a esa concha de su madre —dice Sebastián dejando el vaso sobre la mesa y apretándolo con fuerza—. Y me estafó, me inventó mil historias.

—Bueno, bueno, no hay que deprimirse; estas cosas son así. ¿Pero no habías contactado con una chica de allí que te estaba ayudando?

—Le perdí la pista —dice Sebastián mordiéndose los labios—. Cuando regresé al pueblo joven ese ya no había nadie, te digo que los botaron.

Augusto lo mira muy serio pero súbitamente se desentiende, sonríe y alza la mano agitándola, unos amigos, murmura levantándose, y se acerca a dos jóvenes que han entrado a El Tambito. Sebastián lo observa conversar, gesticular, mostrarles finalmente unos papeles: los dos jó-

venes asienten pasándose las hojas de mano en mano, sonríen, hablan, hacen gestos enfáticos y, finalmente, al cabo
de unos diez minutos, se despiden.

—Qué tarde es —dice Augusto sentándose otra
vez al lado de Sebastián—. Tengo que ir a una notaría
para que me certifiquen estos papeles. ¿No sabes de alguna que quede cerquita?

—Augusto —dice Sebastián encendiendo otro cigarrillo—. ¿Para qué me has hecho venir?

El colorado lo mira sorprendido, frunce los labios
y resopla. Cuando habla su voz suena agria.

—Para avisarte de este caso que tenemos entre manos, ya te dije: tienes que moverte, compadre. Los gringos vienen en dos semanas y estoy necesitando saber de
alguna chica que quiera dar su hijo en adopción. Manrique y también Marticorena están en ello, pero me gustaría que tú se los ganaras porque ambos ya han logrado sus
casitos y están bien. No me gusta que tú te quedes con las
manos vacías.

—Hombre, gracias —dice Sebastián levantándose de la mesa.

—Bueno —dice Augusto levantándose también—.
Cualquier cosa, ya sabes dónde encontrarme. ¿Te pagas
estas chelitas tú? Estoy con las justas.

Sebastián lo ve alejarse apresurado, sudoroso, con
el maletín del que escapan las puntas ajadas de algunos papeles. Deja unos billetes en la mesa y al cabo de un momento sale pensando que tendrá que tomar un taxi para
llegar a tiempo a clase.

Colgó el teléfono después de repetirle a Clara que
no iba a faltar, se cercioró de no perder el recibo donde

había anotado la dirección. Las seis y media ya, suspiró mirando a través de la ventana el cielo rojizo y malherido, el tráfico lento y ciego que empezaba a asfixiar la Javier Prado. Caminó hacia su escritorio encendiendo un cigarrillo, amargo con Huaray, carajo, resultó una falla, cruzándose con Cárdenas, que le entregó casi con asco unos cables, esto para Internacionales, le dijo con voz helada, y Pinto okey, tampoco lo miró al extender la mano y recibir los papeles, siguió caminando por el pasillo hasta llegar a su escritorio y acomodarse frente a la máquina. Leyó y releyó los cables sin enterarse de nada, sin poder concentrarse; sólo pensaba, aguardaba, cruzaba los dedos esperando la llamada de Montero, aunque para comparar las fotos tendría que esperar hasta mañana porque Huaray se había ido y no reveló las suyas, el otro encargado del laboratorio, uno jovencito y recién contratado, se había encogido de hombros, a él no le dejaron nada, no sabía nada, y Pinto le hizo un gesto con la mano, estaba bien, no importaba. Angustiado, tenso, esperanzado pese a que Fonseca lo gramputeó a media mañana, qué chiste era éste, le dijo dándole unos manotazos a la primera página del periódico: «Atentado contra casa de líder izquierdista Heriberto Guevara», y ya casi al final del artículo «se trataría del presunto Comando...», qué vaina era ésta, insistió el director dejando de leer, incorporándose de su asiento y caminando alrededor de Pinto hecho una fiera, acababa de llamarlo el mismísimo ministro, dijo vaciando el contenido de un alka-seltzer en un vaso de agua y apurándolo de un sorbo antes de hacer una mueca, ¿dónde estaba Cárdenas? Aquí, señor, dijo éste apareciendo en el despacho, mirando con rencor a Pinto, quedándose muy erguido y pálido junto a él, con las manos cruzadas tras la espalda y el rostro descompuesto. «Ahora me odia», pensó Pinto muy quieto en su silla, sin enfrentar la mirada de Cárdenas, «y ayer sólo le faltaba besarme».

—Vente volando. No, mejor quédate allí, te envío la camioneta, cholito —dice Cárdenas, el cuello de la camisa abierta del todo, el cenicero lleno de colillas, agotado, coordinando el cierre de edición—. Qué tal pepa, compadre, con eso abrimos mañana. ¿Estás bien?

—Sí, sí, asustado nomás —dice Pinto sonriéndole a Guevara y a Itúrbide, aceptando con mano temblorosa el whisky que le ofrece el primero. Era extraño este miedo que lo dejaba pensar, calcular, observar con horrorosa precisión absolutamente todo y que sin embargo se adueñaba de su cuerpo descomponiéndole la voz y haciéndole temblar las manos con violencia. ¿Tendría la misma expresión desencajada y catatónica de Itúrbide, los ojos desorbitados de Guevara?

Fonseca los miró a ambos calculando su furia: un día que delegaba funciones, un día solamente y lo metían en un lío de puta madre, daba un palmazo contra el escritorio, volvía a coger el periódico, no dejaba hablar a Cárdenas, que intentaba aclarar las cosas, señor, él no pensó y es que tú cuándo has pensado, carajo, interrumpía Fonseca queriéndose arrancar a manotazos el nudo de la corbata, que miraran el lío en que lo habían metido, y Pinto con voz suave, tranquila, yo asumo la responsabilidad, saqué fotos, puedo conseguir pruebas de lo que he escrito: estaba seguro que uno de los atacantes era un ex guardaespaldas del ministro Sánchez Idíaquez, dice cruzando y descruzando los dedos antes de levantar su mirada miope hacia Fonseca, que se calla abruptamente y reprime un eructo en la palma de la mano, entrecierra los ojos con sorna, finalmente se apoya en el escritorio. Muy lejano se oye el tableteo de las máquinas de escribir, los timbrazos de los teléfonos y voces, órdenes confusas, respuestas apenas audibles. Estoy seguro, agrega Pinto sin saber muy bien por qué.

—¿Se da cuenta, Pinto? —dice Guevara con voz ronca. Aún está pálido y mira alternativamente al periodista y a Itúrbide, que bebe grandes sorbos de whisky, y Pinto incongruentemente se fija en el grueso anillo de oro que luce el anular del senador—. ¿Me va a decir ahora que no se trata del Comando paramilitar del régimen?

Pinto levanta la vista casi a su pesar: ahí los ojos apenas un segundo perplejos, asustados, furiosos, la boca contraída en un gesto de desprecio, eso presumía el director, eso le había tenido que inventar al ministro ahora en la mañana, qué otra cosa podía esperarse; si se hace una acusación tan seria hay que tener pruebas, ¿no?, dice sosegadamente Fonseca, pero de inmediato vuelve a enfurecerse, a caminar unos pasos hacia Pinto, y además para qué, carajo, para qué, si ya no había que tocar el tema, se jodían todos, dice manoteando el periódico, mordiendo las frases, avanzando hacia Cárdenas y luego hacia Pinto como si de un momento a otro fuera a golpearlos, cerrando finalmente la puerta y bajando la voz, volviéndola suplicante, furiosa, silabeante. Que lo escucharan, que lo entendieran, que esto no era una broma; el periódico le debía mucho al Gobierno, si lo habían reflotado era por el régimen, no podían estar jodiendo ahora con historias.

—Si yo lo hubiera llamado para la entrevista usted podría decir que todo es una farsa, muy bien montada pero una farsa —repite Guevara gesticulando, sirviendo chorros de whisky en los vasos de Itúrbide y Pinto—. Pero usted mismo pidió la entrevista. Esto es cosa del Gobierno, ya lo ha visto, casi lo matan a usted también, ¿o ahora me va a decir que no es así, que todo es un fraude como aquello que dijo de nuestras elecciones?

—Cálmese, senador —dice Pinto quitándose los lentes y frotándolos contra la solapa del saco, carajo, sus manos son torpes, temblonas. Está pensando en el rostro de uno de los atacantes, del que resbaló. ¿Dónde, dónde lo ha visto antes?—. No es necesario que se altere, no digo que sea una farsa, sin duda fue un atentado, pero no podemos concluir tan tajantemente que se trata del Comando —¿dónde lo ha visto antes?

—¿Y entonces de quién? —dice Guevara con una sonrisa agria. A lo lejos escuchan una sirena, debe ser del patrullero que pidió el senador hace un momento, casi inmediatamente después de que los cuatro atacantes huyeran. Ya deben estar al llegar también los periodistas, no han pasado ni veinte minutos desde el atentado.

Fonseca enciende un cigarrillo, no puede creer lo que está diciendo Pinto: no era cuento, él estaba allí cuando ocurrió, él había tomado las fotos y sólo por prudencia no las había sacado con el artículo, quería estar totalmente seguro, él sólo había formulado una suposición, y sin embargo ahora sí estaba completamente convencido, se obstina Pinto, Huaray ya le debía tener listas las fotos para que el director las viera, miente sin moverse un milímetro en su asiento, por eso el artículo no acusaba, si el señor Fonseca quería leerlo nuevamente, insiste, y su voz se apaga en un murmullo al darse cuenta de que Fonseca lo mira incrédulo, maravillado. Mueve la cabeza y bufa, puedes irte, Cárdenas, y Cárdenas, sí señor, se escurrió en silencio dejándolos solos. El director tamborilea impaciente sobre el escritorio, mira a los ojos de su subalterno como si estuviera calibrando lo que va a decirle, como si no supiera por dónde empezar. Mira, cholo, aquí entre amigos, entre patas que han estudiado juntos, cholo, que se olvidara de esa historia, ni un artículo, ni un párrafo, ni una línea, ni una palabra más sobre el asunto, ¿entendía?

—No me venga con vainas, Pinto —dice Guevara abriendo la puerta a los policías, a los periodistas que entran en tropel, disparan sus flashes, acercan potentes focos, cámaras, micrófonos, grabadoras, y, en medio de todo ese súbito bullicio de voces que se atropellan, añade con voz estridente—: Espero ver las fotos que usted sacó. Sea íntegro por una vez en su vida, Pinto.

Pinto le sostiene la mirada a Fonseca. No, señor, no entendía: tranquilo, neutro, emperrado, se quita otra vez los lentes para frotarlos contra la solapa y se lleva dos dedos contra el puente de la nariz antes de volver a colocarse las gafas. Observa el rostro congestionado y rubicundo de Fonseca, la papada temblona, la cabellera colorada: oye, Pinto, ¿tú eres cojudo o sólo te haces el cojudo? Ni lo uno ni lo otro, contestó imperturbable pensando que en unas horas más Huaray le tendría listas las fotos y entonces él podría compararlas con las que sacaría Montero del archivo de *Expreso;* ayer cuando volvía al periódico fumando calladamente en la camioneta ya sabía que no iba a revelarlas inmediatamente. Cárdenas estaba a punto de cerrar la edición y él no tendría tiempo para buscar en el archivo, para comparar las fotos, para evaluar la magnitud del asunto. Además, tenía que estar completamente seguro, tenía que pensar. Si uno de los atacantes era quien Pinto creía, si era aquel guardaespaldas del ministro que se agarró a trompadas con Montero aquella vez en el aeropuerto, entonces sí tenía una bomba. Pero tenía que estar seguro y el flaco podía ayudarlo.

—Qué suertudo, cholo —saluda Montero entrando a casa de Guevara junto a los demás periodistas—. Una noticia así y estar en el ajo.

—Así es este negocio —trata de bromear Pinto, pero el rostro del atacante le viene una y otra vez, ¿dónde lo ha visto antes?

—¿Fue bravo, no? —dice Montero observando las esquirlas que han agujereado las paredes de la casa, el techo, parte de la escalera que conduce al segundo piso.

—No te imaginas. Pensé que no la contaba —está diciendo Pinto. Montero le ofrece un cigarrillo ya en la calle, esperando que llegue la camioneta del periódico. ¿Qué había sido de su vida? Pinto era un mal amigo, desde que dejó la radio para trabajar con el colorado Fonseca ya ni visitaba a Montero. Él también dejó al gordo roñoso, desde hace un tiempo trabajaba exclusivamente en *Expreso,* ya se lo había dicho a Pinto la última vez que se vieron, aquella vez en el aeropuerto, cuando Montero se agarró a trompadas con el guardaespaldas del ministro, ¿Pinto recordaba?

Saca un cigarrillo, se demora en encenderlo, en insistir frente a Fonseca: ni lo uno ni lo otro, sólo un periodista cumpliendo con su trabajo, dijo sabiendo lo que se jugaba, pensando es capaz de botarme, de pegarme, de escupirme, pero Fonseca lo mira ahora con lástima infinita, casi con asco, porque había que ser imbécil para jugarse el puesto así, cholo, ya no eran unos jovencitos, había que asegurarse el futuro, trataba de ser conciliador, paternal, comprensivo: Fonseca entendía el celo profesional pero todo tenía un límite, no se podía andar jugando con fuego, que comprendiera.

—Sí, el día que el ministro viajaba a Corea del Norte, cuando nos acercamos para hacerle algunas preguntas y el huevón de su guardaespaldas empezó a empellonearme así, por las puras, y le tuve que meter su combo, cómo no te vas a acordar si se armó un escándalo mayúsculo —está diciendo Montero con una sonrisa confusa porque Pinto ha abierto mucho la boca, ha puesto cara de idiota, ha sacado el rollo de su cámara con manos torpísimas, ha corrido a la casa de Guevara, donde todavía quedan algunos periodistas rezagados, y ha tomado varias fotos al azar, regresando finalmente hasta donde lo espera Montero, que mira sin comprender el carrete que Pinto agita frente a sus narices: lo que tengo aquí es oro en polvo, hermanito, oro en polvo.

Fonseca apaga el cigarrillo y enciende otro, parece más tranquilo, ofrece uno pero recién parece percatarse que Pinto está fumando. Ya había logrado su propósito gracias al huevón de Cárdenas, ya había soltado un bombazo con la noticia, ya se había vuelto a meter en un lío, dice Fonseca en tono irónicamente didáctico y enumerando con los dedos, aunque no entendía por qué el artículo iba acompañado de unas fotos comunes, las que salieron en todos los medios, si decía tener las fotos que probaban la acusación formulada. ¿O era falso? ¿O era sólo un afán protagónico porque hasta algunos colegas le hicieron unas preguntas a Pinto y éste ahora se sentía una vedette? ¿O no las había tomado? Fonseca ataja con una mano a Pinto, que iba a responder: que no se hundiera más en la mierda, cholito, quizá lo único bueno que hizo fue eso, ser prudente, no sacar unas fotos probablemente borrosas, descuadradas, él no era un fotógrafo profesional, andaba con su cámara de puro rico, de puro faitoso. En fin, a esta hora los dos ya estarían en la calle y Cárdenas también, por huevón, por dejarse meter el dedo en la boca. Fonseca menea la cabeza, se apoya de espaldas en la ventana con los brazos cruzados y las piernas estiradas, sabiendo o intuyendo que desde allí la luz hiriente de la mañana no permitirá a Pinto darse cuenta de la expresión burlona, asquienta, maravillada que le dirige: qué más, Pinto, qué más quería, no entiende Fonseca, por mucho que lo intenta no le cabe en esta cabezota, dice golpeándosela con los nudillos, por mucho que lo intenta no puede entender por qué esa seguridad para atribuirle el atentado a un Comando del que ni siquiera estaban seguros que existiese, lo más probable es que fuera Sendero mismo, el MRTA o maniobras de la derecha para joder al Apra, se volvía a calentar el director, le temblaba nuevamente la papada, ¿qué chucha estaba buscando Pinto? ¿Por qué esa obstinación para cavar su propia tumba?

Había una manifestación, Sutep, Sutep, que pasaba frente al micro detenido, palmas, gritos, Sutep, Sutep, pancartas y letreros, Sutep, contra el Gobierno y los salarios de hambre y el maltrato a los profesores, Sutep. Hombres, mujeres, hasta niños y ancianos, pasaban y pasaban frente al tráfico detenido, una voz invisible y ronca, desfallecida de gallos por el esfuerzo, gritaba las consignas que luego la multitud repetía sin dejar de caminar y al momentito las palmas y las voces, Su-tep, Su-tep, no tenía cuándo terminar de pasar la multitud manifestante. Un grupo de policías se acercó por una esquina y por el lado del Sheraton apareció sorpresivamente un rochabus de la guardia civil, verde, abollado, trepidante, lanzando chorros de agua a los maestros que en ese momento cruzaban la avenida España, casi en las puertas mismas de la embajada norteamericana: carreras, gritos, protestas. Un policía empezó a hacer señas furiosas para que se desviara el tráfico, menos mal, Dios mío, pero sólo lograron avanzar los carros y microbuses que estaban adelante y luego todo quedó nuevamente detenido entre bocinazos y maldiciones. Luisa, los ojos muy abiertos, las manos heladas, contemplaba desde la ventanilla la confusión, las carreras de los manifestantes que sorteaban los autos, se metían al parque frente al Sheraton para mezclarse con la gente que paseaba, volvían a la avenida Wilson, por donde apareció otro rochabus, ya los cercaron, carajo, dijo alguien cerca a Luisa, pero no dejaban de gritar Sutep, Sutep, Gobierno hambreador y abusivos a los policías que blandían sus varas contra aquellos que atrapaban, ay, contra los que resbalaban en el asfalto encharcado, mierdas, basuras, hijos de puta: el griterío de un grupo de mujeres acorraladas en una esquina por el inmisericorde chorro de agua que escupía el rochabus, abusivos, no les importaba que hubiera niños, protestaba la gente en el micro, y Luisa cada vez más asustada porque, ¡miren!, ¡miren!, por el lado del Sheraton aparecieron dos caimanes de donde bajaron más policías con cascos y lacrimógenas para responder a las pedradas, huy, chucha, esto se empezaba a poner feo, el cobrador aguaitó desde la puerta del micro y luego cierren las ventanas, cierren las ventanas. Dos o tres manifestantes le prendieron fuego a una llanta que habían lanzado en medio de la avenida Wilson, ya obstruida por las piedras. El chofer del micro maniobró trepándose en la vereda, un bamboleo brusco, protestas y alguien gritando que cerraran las ventanas de una vez porque ya se sentía el aire picante de las lacrimógenas cuando el conductor maniobraba intentando salir del atolladero igual que los demás autos y micros. De pronto Luisa sintió que el piso desaparecía y que el micro giraba con brusquedad hasta quedar de cabeza y luego daba vueltas sobre sí mismo; quiso agarrarse de algo pero sus brazos no respondieron. Se hundió en una negrura fría, salpicada de manchas verdes, y escuchaba voces que la llamaban desde lejos.

—Pero, hija, en ese estado es una locura viajar en micro —le está diciendo la señora Magda después de haberla hecho pasar, que se tomara este vasito de agua—. Te hubieras venido en taxi y aquí te lo pagaba.

—No, señora, cómo se le ocurre —dice Luisa sintiendo que enrojece. La señora Magda la está mirando sin poder disimular y ella piensa no debí venir. Baja los ojos y bebe un sorbo de agua para apagar la acidez que le revuelve el estómago.

—¿Te estás haciendo atender?

—Sí, ya pasó, gracias —dice devolviendo el pañuelo a la mujer que se lo ha alcanzado. Hace lo mismo con el frasquito de Yanbal que una chica le ofreció para que se refrescase la frente, la nuca. Todos en el micro la miran, la espían.

Ya antes de tomar el carro cerca al hospital del Rímac, casi apenas al salir de la consulta, se empezó a sentir mal, cansada, con unos ascos horribles que la tuvieron temblando en el baño cuando ya no aguantaba más ese olor dulzón y reconcentrado de ¿la sangre?, ¿la medicina?, ¿el sudor?, que flotaba en el ambiente del hospital, qué sería pues. Le costó luego un triunfo estar de pie los casi veinte minutos que demoró el micro, ya le empezaban a doler las caderas, a relampaguear fuerte unos retortijones que hacían saltar a la criatura en el vientre, cuando al fin se levantó un muchacho que reparó en su estado, siéntese, señora, y ella gracias, qué alivio, cerró los ojos y empezó a adormecerse mecida por el bamboleo del micro.

Toda la mañana, desde que llegó al hospital, estuvo esperando que la atendieran. Llegó cuando el sol aún no despejaba del todo la neblina y la humedad se le metía en los huesos, pero encontró que ya había una cola larguísima de mujeres de todas las edades, algunas llevaban niños de la mano y otras les daban el pecho a sus bebés mientras esperaban. A Luisa se le vino el alma a los pies, para nada había servido el madrugón, pensó acercándose rapidito a la cola, porque igual que ella se acercaban muchas otras mujeres. Felizmente se encontró con la Rosa Temoche, que trabajaba allí, capaz que ni la atendían, si no. Sí, pero qué vergüenza, Luisa se hizo la loca aunque fue por gusto: la Rosa ya la había visto, se le acercó contenta, como cuando hacía sus bromas en el instituto, bajita, flaca, puro ojos, se la notaba orgullosa yendo y viniendo entre las mujeres de la cola, preguntándoles quién sabe qué, anotando en una carpeta, con un gesto muy serio, hasta que llegó a donde Luisa, ¿hija?, ¡qué alegría!, y Luisa al principio qué confusión, peor aún porque las demás mujeres estaban pendientes de la charla, pero la Rosa, bien sabida, la trató de lo más cordial y al percatarse de su vergüenza no le preguntó nada, la sacó de la cola, la llevó por unos pasillos atiborrados de gente hasta unas mesas donde atendían tres enfermeras de gesto antipático, ella misma le sacó la ficha amarilla porque sin esto no la atendían, hija, estaba haciendo la cola por gusto, le explicó sin dejarle de hablar, de contarle que estaba de amores con un chico, un periodista; que recién hacía unos meses que trabajaba en el hospital y era una suerte porque ella vivía en el Rimac, a un paso; la acompañó hasta el consultorio de la doctora que iba a atender a Luisa, entró un momentito y salió muy contenta, que pasara nomás, y un beso: el próximo martes tendría que regresar para otro chequeo y entonces tomarían un café juntas y así Luisa le explicaba esto, dijo la Rosa señalándole la barriga: qué vergüenza, pensó ella dejando de recordar, todo el mundo en el micro la mira. ¿Estuvo a punto de desmayarse? ¿Se había desmayado? Debe ser, porque el microbús alcanza ya el Campo de Marte y va rápido. Mira por la ventanilla, quisiera bajarse de una vez, cruzan frente al Ministerio de Trabajo y ella observa a un grupo de empleados que ha izado pancartas ante el edificio, gritan algo que Luisa no alcanza a entender, sólo ve los puños en alto, los gestos violentos, ¿cuánto falta todavía?

—Seis meses —dice la señora Magda antes que Luisa pueda contestarle a la señorita Rebeca, que acaba de llegar y la está mirando. La señorita parece por momentos preocupada o incrédula, por momentos parece divertida.

Se iba a morir de la vergüenza, reflexiona bajando del micro. Por fin, suspira ya en aquella esquina de la ave-

nida del Ejército, está sólo a una cuadra de la casa. Se iba
a morir de la vergüenza: se queda parada un momentito
viendo cómo el micro enfila por la avenida amplia y de
casas bonitas, y cruza Orrantia, más allá está El Pollón y
luego el Estadio Municipal de San Isidro, donde ella debería haberse bajado para llegar por la autopista que serpentea hacia la costanera y de allí al pueblo joven donde
vive desde que tuvieron que salir de Villa. ¿Por qué había
decidido bajarse en casa de doña Magda? Fue un impulso, nada más recordar que el micro pasaría por allí, sin
pensarlo dos veces tocó el timbre y se apeó. En fin, suspira otra vez, ya lo había hecho. Avanza lentamente, ya
se siente mejor pero todavía le cuesta caminar; en las noches no halla posición para dormir y pasa las horas despierta, escuchando los ronquidos de su tío; le da asco el
olor de los cigarrillos del Mosca, también el aroma evis-
cerado del pollo crudo que le hace temblar las piernas, le
entran sudores, arcadas, retortijones. Vacila ante la puerta de la casa, le salta el corazón cuando toca el timbre una,
dos veces, ¿qué iba a decir la señora Magdita? ¿Qué le iría
a preguntar?

—¿Y el padre? —pregunta la señorita Rebeca muy
seriamente, y la señora Magda gira hacia su hija haciéndole un gesto, mirándola feo.

Luisa levanta los ojos y siente una humedad tibia,
incontenible. Voy a llorar, piensa. Sabe que está haciendo una mueca horrible y no lo puede evitar, todo su cuerpo se sacude, parece desbaratarse, se ahoga en hipos y mocos, y es que ya no podía más, tío, y no es el malestar que la
dobla en dos porque es primeriza, explica la señora Rosaura que igual que cuando estaban en Villa siempre se da un
tiempito para irla a visitar; no son las náuseas ni los ma-
reos ni la pesadez, sino la desesperación de no saber qué
iba a hacer, tío, dice arrodillándose frente a don Alfonso.

—Eso debiste pensar en su momento —dice el viejo, pero de inmediato se arrepiente y acaricia la cabeza de su sobrina, le da unas palmaditas en los hombros. Así pasa cuando una es primeriza, insiste la señora Rosaura, que tiene cinco hijos: purito llanto y malestar, debía ser comprensivo con ella, don Alfonso, que no se sienta sola, sobre todo. Y a propósito, ¿no habían sabido nada del malnacido ese? Si pudieran regresar a Villa más que sea para saber si alguien de por ahí lo conoce al desgraciado ese.

—No, no sé qué me pasó, cómo ocurrió —está diciendo Luisa en un murmullo que a Rebeca le cuesta entender. La señora Magda le ha dicho que se quede a almorzar y la señorita Rebeca la acosa a preguntas que alarman a Luisa pero por lo menos ya se siente más tranquila después de haber llorado. Últimamente le ocurría así, por todo se ponía a llorar. Anoche mismo, conversando con su tío, se había puesto a llorar.

—Ya, tranquilízate, hija —dijo don Alfonso buscándole el rostro con dos dedos ásperos que secan torpemente sus lágrimas—. Ya veremos cómo salir adelante. Mañana tempranito te vas al hospital porque siempre es mejor que la posta médica. Ya verás como todo se soluciona; ya sabremos cómo encargarnos de ese niño.

—Es que no quiero tenerlo, no voy a abortar pero no quiero tenerlo —dice Luisa con voz rota, mirando a la señorita Rebeca y a doña Magda, que ha vuelto de la cocina con una bolsa llena de arroz, azúcar, leche y otras cositas, hija, para que te lleves a casa.

—Eso lo conversaremos más adelante. Tienes que pensarlo muy bien, hija —don Alfonso busca su bastón, lo empuña para levantarse, no quiere seguir hablando del asunto.

—¿Pero qué le voy a dar a ese niño? No quiero que tenga pañales hechos con retazos de mis faldas —se empecina Luisa, habla casi con rencor, piensa de pronto en Rosa Temoche, tan conversadora, tan feliz se le veía, el martes se tomarían un café, había dicho al despedirse. Luisa mira la punta de sus zapatos y luego enfrenta los ojos de la señorita Rebeca y de la señora Magda. Se ha hecho un silencio pesado y apenas se escucha el piar de los pájaros en el parquecito de la vuelta, uno que otro auto bajando por la avenida del Ejército. La señorita Rebeca parece perpleja, como si no creyera lo que está escuchando; se ha sentado frente a ella con sus rodillas tan blanquitas rozando las suyas, le ha tomado las manos, la ha obligado a levantar el rostro: ¿estaba segura?, ha preguntado cuando doña Magda se aleja a atender el teléfono, y Luisa tarda en comprender a qué se refiere pero la señorita insiste muy, muy seria, tanto que Luisa siente un poco de temor, un segundo de alarma se enciende en sus ojos al escuchar nuevamente la pregunta, ¿estaba segura de lo que decía?, ¿que no quería tener al niño?, y antes de que ella pudiera contestar la señorita Rebeca sonríe lejana, se lleva una mano a los cabellos y con la otra aprieta las de Luisa, qué tal si conversaban tranquilas, tenía algo importante que proponerle.

Bajó del microbús en la esquina de Scala Gigante y se quedó parado frente al semáforo esperando en vano que cambiara. Cerca de él varios hombres comían silenciosamente en torno a la carretilla de una anticuchera que azuzaba el fuego de su parrilla con escobillazos grasientos y Pinto sintió el olor fuerte de la carne macerada en especias; casi de inmediato escuchó la protesta de su estómago vacío, sintió saliva en la boca. No había comido desde la mañana. El semáforo no funcionaba y tuvo que cruzar la avenida Primavera sorteando autos, atento porque venían muy rápido, de uno y de otro lado, ya se empezaba a formar el atasco por el semáforo que seguía parpadeando en rojo y verde. Alcanzó finalmente la otra acera y se detuvo. ¿Dos, tres cuadras? Leyó la dirección que había garrapateado en un papel.

—Es fácil de llegar y no te queda muy lejos —insistió Clara porfiando amablemente—. No seas así, hombre; ¿hace cuánto que no ves a tu sobrino? ¿Ya te habías olvidado que hoy es su cumpleaños? Desde que me he mudado no me visitas. Y eso que lo prometiste.

Gonzales Prada, ésa era la calle. Constató el nombre y el número, era la cuadra cinco y aún estaba en la dos. A esa hora la avenida Primavera y las calles aledañas bullían de agitación, los negocios y consultorios médicos, los talleres y oficinas recién empezaban a cerrar. Pinto se sentía molido, aniquilado por la tensión. Transitaban pocos autos entre los baches y grietas del asfalto y él se internó por la callecita malamente alumbrada. En la primera esquina que alcanzó, un grupo de jóvenes bebía cerveza, metía bulla, cireaba a las chicas que pasaban por allí, mamacita rica, le dijeron a una, ricura a otra, qué buen culo a otra más y zafa mierda a una señora que los mandó callar por indecentes, y risotadas. Pinto cruzó a la acera de enfrente, qué remedio, pensó mirando su reloj, después de todo era su sobrino, caray, y casi tres meses, desde que Clara se mudó a Surquillo, que no lo veía.

—¡Ah! —dijo Clara—. Me olvidaba. Leí tu artículo esta mañana. ¿No te estarás metiendo en problemas otra vez?

Pinto sonrió pensando en la cara de Fonseca, en la bronca de Cárdenas. Pasó el auricular a la otra mano para anotar la dirección de su hermana.

—No te preocupes, Clara..., sí..., allí estaré..., ocho u ocho y media, apenas termine algunas cosas por aquí. Estoy esperando una llamada.

Era una quinta de paredes desconchadas y sucias, ya a una cuadra se escuchaba la música, estaban cantando el *Happy Birthday.* Unos niños correteaban entre los viejos autos estacionados frente a la entrada de rejas verdes. Antes de entrar alisó el papel de regalo que no pudo evitar le estrujaran en el micro; un carrito bombero que compró apresuradamente al salir del periódico luego de claudicar en una espera que lo tuvo inquieto, incapaz de concentrarse en otra cosa, decepcionado porque al salir de la oficina de Fonseca y dirigirse al laboratorio Huaray ya no estaba, se había marchado del periódico sin dejarle siquiera una nota. No quería perder tiempo y se fue donde Montero, a ver si el flaco le daba una mano y buscaba algunas fotos en el archivo de *Expreso,* y luego que éste le prometiera llamar apenas encontrara algo volvió apurado al periódico, las manos sudosas, los pasos apresurados, Huaray todavía no había llegado. Se sentó en su escritorio intranquilo esperando la llamada de Montero, carajo, ¿a qué hora llama?, fumando, sin poder concentrarse en el trabajo, ¿a qué hora llama? Pinto, es para ti, había dicho Cárdenas desde el otro extremo de la redacción, con el teléfono en la mano, todavía enojado, y él se sacó los lentes súbitamente empañados y los frotó contra la solapa, se los volvió a calar con manos nerviosas, tranquilo, hombre, y caminó entre los escritorios con estudiada despreocupación, ¿sería Montero?, ¿le tendría ya las fotos? Tenía que ser.

—Aló, ¿Montero? —dijo sin poder evitarlo.

—Qué Montero ni qué ocho cuartos —escuchó la risa femenina al otro lado del hilo—. Soy yo, Clara. ¿Ya no reconoces ni a tu hermana?

—Sí, cómo me voy a olvidar de esa cara —había dicho Montero terminando su sándwich de queso—. Déjame buscar en el archivo del periódico y yo te llamo al periódico. Segurito que encuentro alguna foto suya. Lo que no entiendo es por qué no lo buscas en tu archivo.

—Órdenes son órdenes —había dicho Cárdenas insultándolo, odiándolo con la mirada—. Fonseca ha prohibido que entres al archivo. No quiere que estés tonteando porque tienes un huevo de trabajo, dice que no te olvides que tu chamba está en Internacionales.

—Cárdenas siempre ha sido un lameculos —se rió Montero escarbándose los dientes con un palillo, atajando a Pinto, que sacaba la cartera, él invitaba—. No te preocupes, ahora mismo te busco esas fotos y antes de las seis te doy una llamada. Apenas regrese del Congreso te las busco, cholito.

—Gracias, hermano —dijo Pinto terminando de un sorbo su café—. No te quito tiempo, yo me regreso corriendo al periódico porque seguro Huaray ya me terminó de revelar las fotos que saqué ayer. Estoy seguro que se trata del mismo tipo.

—Tú siempre estás con harto trabajo —le dijo Clara saliendo a recibirlo, resondrándolo amablemente—. Ya no tienes tiempo ni para tu familia. ¿También estás descuidando a Rosita?, ¿por qué no la has traído, que hace tiempo que no la veo?

Gorda, bajita, de ojillos traviesos, se hizo a un lado para que entrara su hermano. Una sala pequeña de losetas blancas y negras; una radiola Nivico y sobre ésta tapetitos bordados, un buda, dos elefantes de loza. Una *Última Cena* presidía el comedor de sillas dispares. En torno a la mesa se agolpaban tumultuosamente diez, quince chiquillos que comían dulces, gelatinas, mazamorras. Muy cerca las mamás conversaban, algunas con bebés en los brazos, intentando arrullos en medio del griterío infantil. Había restos de picapica y serpentinas pisoteadas, puchos, ceniza. ¿Una cervecita?, su cuñado dejó momentáneamente el grupo de hombres que bebía en una esquina de la sala cuando vio a Pinto, le ofreció la botella y un vaso, que se viniera por aquí, le daba unas palmadas en la espalda, cuánto tiempo, hombre, ahora mismo servían la carapulcra, y Pinto gracias, se dejaba llevar mansamente a la esquina, se servía el vaso hasta la mitad, salud, seco y volteado antes de devolverlo a la ronda, y Pancho éste es mi cuñado, es periodista, ¿saben?, y de los buenos, carajo: estaba achispado, y los hombres sonreían con respeto, mucho gusto, y Pinto mucho gusto también, estrechaba manos callosas, ásperas.

Sintió que le tiraban de la manga y se volvió: pequeño, flaquito, con un traje que ya había ensuciado en las rodillas, con la boca morada de mazamorra, lo miraba su sobrino. Hola, campeón, feliz cumpleaños, le dijo intentando cargarlo, pero el niño cogió antes el regalo, qué es, qué es, rasgaba el papel apresuradamente. No seas malcriado, caracho, primero saluda a tu tío, dijo Clara acercándose a Pinto con un plato humeante y unos cubiertos plásticos. Comió con esfuerzo unos bocados, dejó el plato sobre la radiola y aceptó otro vaso de cerveza, abstraído, inquieto, cortésmente atento a lo que decía uno de los hombres pero sin enterarse de nada, ¿y si Montero lo había llamado justo cuando él salió del periódico? Debió quedarse esperando un rato más, carajo. Su cuñado soltó una carcajada y Pinto también rió del chiste igual que los demás. ¿Qué le habría pasado a Huaray si dijo que a las dos ya le tendría listas las fotos? Su cuñado alcanzó más platos y los hombres se dedicaron a comer en silencio llevándose grandes pedazos de pollo a la boca, ¿y si salía a buscar un teléfono público?, mientras los niños volvían a corretear por la sala, escapaban hacia afuera pese a que las mamás oye, sin salir de la quinta que te chanca un carro, ¿o mejor esperaba a mañana?, y Clara subía el volumen de la música, palmoteaba feliz, a ver, todo el mundo a bailar, ¿habría conseguido Montero una buena foto?, que todos fueran a bailar que la vida era corta, reía, daba vueltas animando a unos y a otros. Pinto sintió que le quitaban el vaso de cerveza, que unas manos regordetas y cetrinas lo arrastraban hacia el centro de la sala, devolvió la sonrisa a su hermana mientras improvisaba unos pasos torpes y desarticulados. A bailar, a bailar, seguía diciendo ella dando palmadas, tomando de los hombros a su hermano, invitando a todos a que la imitasen. Al fondo, apenas intuida en medio de la bullanga, una sirena se hundía como un cuchillo en medio de la noche.

Subió despacio las escaleras, sintiendo las pantorrillas endurecidas y el maldito dolor de riñones que no cesaba, como dos puños golpeando inmisericordes, reconcentrados, constantes. Y las tres horas de trayecto desde Collique: para nada, la mujer a último momento se había arrepentido, no, señor, no quiero regalar a mi hijo, y él, sonriendo incrédulamente, pero si no lo va a regalar, lo va a dar en adopción, estará mejor, vivirá mejor. Dos mil dólares, carajo, maldición, Sebastián, sintiendo el dolor en los riñones, las desesperadas ganas de sentarte un momento, el cansancio del trayecto, el polvo y el sudor como una costra reseca e íntima, la resignada decepción frente a la mujer que apretaba al bebé contra su pecho como si se lo fueras a robar, Sebastián, qué chola imbécil, qué cojuda y qué cojudo tú, parado en medio de aquella choza que olía a sobaco y tetas sucias. Está bien, está bien, entonces no se dijo nada, señora.

Se llevó las manos a la espalda arqueándose lo más que pudo y descansó unos minutos mientras rebuscaba las llaves en los bolsillos del pantalón. Rebeca ya debía haber llegado de casa de sus padres, pensó abriendo la puerta. Un haz de luz se proyectó veloz como una cicatriz en la semipenumbra del departamento. El foco de la habitación estaba encendido y Sebastián caminó hacia allí, ¿Rebeca?, pero la encontró vacía, carajo, otra vez olvidó apagar la luz, masculló contemplando el dormitorio minúsculo y desordenado. Volvió a la sala con pasos lentos y observó los muebles sosos, la estantería de libros y la vitrina donde había pocos vasos, algunas copas; la mesa del comedor en la que aún quedaban dos tazas y una lata de nescafé; las cortinas mecidas ligeramente por una brisa nocturna, todo, Sebastián, todo estaba cubierto por una tenue pátina de rutina, de impudicia, de grotesca familiaridad, pensó quitándose el saco antes de dejarlo caer de cualquier modo sobre el sillón frente a la mesita donde antes había estado la tele en color y que ahora era ocupada por algunos libros, un jarabe para la tos, algunos papeles y los recibos de agua y luz que habían llegado en la mañana.

—No hay más remedio —había dicho Sebastián cogiendo el televisor, y Rebeca no quiso oír las explicaciones. Salió dando un portazo y al volver, horas más tarde, la mesita estaba vacía.

Sonrió con desgano y cerró suavemente los ojos. Por los días en que tuvieron que empeñar el televisor Rebeca había empezado con su cantinela persistente, ¿por qué Sebastián no conseguía un trabajo a través de la gente del Apra? ¿En la universidad estudiaba con muchos apristas, verdad? ¿Acaso no había tanta y tanta gente que estaba consiguiendo trabajo por ser del Apra o tener amigos allí? Que mirara cómo estaban, decía persiguiéndolo por toda la casa, que dejara de pensar en su orgullo, reclamaba suplicante, en su estúpido orgullo, insistió alzando la voz una noche cuando ya se acostaban, y algo quedó como quebrado en el ambiente cuando Sebastián no jodas, Rebeca, le contestó dándose la vuelta en la cama intentando dormir, pero le fue imposible. Se quedó desvelado observando cómo clareaba el día, la garúa gris que empezaba a descolgar su techumbre sucia y húmeda sobre el retazo de edificios y casas que veía desde la ventana. Rebeca no le habló en todo el día pero al llegar la noche el desgano, el miedo a romper la rutina que aún los mantenía no con vida sino en pie pudieron más y conversaron flojamente mientras miraban el noticiero; luego hicieron el amor con ese tristón y abúlico interés de movimientos conocidos y necesarios para dormirse en tregua y no en paz, Sebastián, como últimamente les sucedía, pensó buscando en los bolsillos del saco la media cajetilla de Winston que había comprado en la tarde.

—El Frente fue la válvula de escape, la perfecta canalización de tus frustraciones —comentó el Pepe con la lengua algo trabada, sirviendo whisky en los vasos donde se había disuelto el hielo hacía un buen rato.

—Un falso fuego, nada más —dijo Sebastián llevándose una mano a los cabellos, limpiando con un dedo la ceniza que había salpicado del cenicero repleto, pensando, recordando.

Se dejó caer en el sofá y estiró la mano hacia la lámpara intentando alcanzar el interruptor, pero la dejó extendida absurdamente antes de abandonarla sobre la pierna. Se estaba mejor con esa luz que salía de la habitación y dejaba la sala envuelta en una penumbra amarilla y somnolienta; como un segundo atardecer, se dijo intentando mirar la hora en su reloj. Las nueve y media y Rebeca aún no llegaba. Al cabo de un momento se desperezó con lentitud deliberada, sintiendo la flexión de sus músculos agarrotados, casi gozando con el dolor inevitablemente previo al placer. Caminó hacia la habitación a encender la tele pequeñita y en blanco y negro que nunca pensaron utilizar, esa que era de Rebeca y que quedó olvidada en un cajón y que luego. Bueno, luego.

Le ardían los ojos cuando se tumbó en la cama y empezaron a aparecer en la pantalla imágenes borrosas: una telenovela venezolana, una sosa comedia americana en otro canal, el noticiero del nueve y lo previsible: la confirmación de Esteban Sánchez Idíaquez en el Ministerio del Interior. Se veía venir, pese a las discrepancias con el presidente, su salida podía deteriorar más la imagen del Gobierno, el informe del índice inflacionario, las colas larguísimas y serpenteantes de una multitud harapienta frente a los Mercados de Apoyo a la Economía Popular, una masa famélica esperando que abrieran las puertas de aquellos almacenes creados para repartir equitativamente la nada, un atentado de Sendero contra el municipio de San Juan de Lurigancho, dos policías muertos y un terruco detenido. Sebastián cambió de canal y estaba a punto de apagar la televisión cuando vio el rostro conocido, los gestos elegantes y naturales, el destello azul de los ojos, la pipa constantemente encendida: José Antonio Soler era entrevistado y estaba hablando sobre el Frente, la convergencia pluralista de grupos opositores a este régimen deplorable, había respondido a la primera pregunta, el único camino que tenía nuestro país era preservar el Gobierno nefasto que tenemos, pues se trata del reencuentro del Perú con la democracia y en dos años más la única opción válida será una convergencia amplia, moderna y flexible que apunte a la economía de mercado.

—Y eso va a funcionar —dijo el Pepe recordando aquella lejana entrevista a su padre, palmoteándose torpemente la pierna y mirando con entusiasmo a Sebastián, que seguía con la cabeza inclinada.

Al cabo de un momento levantó la vista y enfrentó la mirada de su mujer.

—¿Hasta esta hora, Rebeca? —dijo mostrándole el reloj.

Había terminado la entrevista a Soler y Sebastián se quedó viendo una película antigua, hipnotizado por las escenas que no lograba asociar: voces, ruidos, imágenes de las que salía como a flote hacia la realidad de su reloj consultado insistentemente porque Rebeca no llegaba. Se asomó a la ventana, intranquilo cuando se fue la luz y la calle quedó tragada por una oscuridad densa y silenciosa. Eran casi las once cuando sintió los pasos apresurados subiendo las escaleras, la llave en la cerradura.

—He estado con mamá —dijo Rebeca a la defensiva, quitándose la chompa a la vez que caminaba hacia la cocina—. ¿Ya comiste?

—Te he estado esperando.

—Yo ya comí. Si quieres te preparo algo.

—No tengo hambre —Sebastián caminó nuevamente a la habitación: otra vez el dolor en los riñones, carajo. Se recostó en la cama cerrando los ojos y quedándose inmóvil, varado en la segunda oscuridad de los párpados. Un navegar apagón adentro, se dijo escuchando el silencio quebrado apenas por un auto inubicable surcando la noche sin norte, mezclado con el trajinar leve y fantasma de Rebeca, cada vez más lejano, débil, imposible ya de distinguir en el laberinto de rumores y sonidos mínimos en el que empezaba a sumergirse lechosamente.

—Oye —se sobresaltó escuchando la voz de Rebeca—. ¿No te vas a quedar dormido así, no?

Tenía una vela en la mano y sonreía ligeramente. Se sentó en el borde de la cama y Sebastián la miró con ojos cansados mientras ella dejaba la vela en la mesa de noche.

—¿Todavía estás enojado? —preguntó ella pasándole los dedos por el cabello.

—Estaba preocupado, Rebeca —dijo—. Sabes lo peligroso que resulta andar por las calles a estas horas.

—Hace más de una hora que he llegado —respondió Rebeca, y al ver el desconcierto dibujado en la cara de Sebastián añadió—: Te quedaste seco. Además, no he estado en la calle sino donde mis padres.

—Igual es muy tarde para que regreses sola. Este barrio de mierda está lleno de pichicateros y borrachos —Sebastián se incorporó pesadamente, desabotonándose la camisa.

—Discúlpame —dijo Rebeca empezando a quitarse la blusa que dejó al descubierto la suave curva de sus senos atrapados en el encaje del sostén—. ¿Sabes? Fue una chica a casa. Una ex empleada de mamá.

Sebastián la contempló desvestirse y sintió un amago tibio de deseo al observar la silueta joven y fugaz en medio de la luz temblona que proyectaba la vela.

—¿Y? —se oyó preguntar cuando Rebeca se acostó de espaldas a él. Sintió las piernas largas rozando las suyas, el calor de Rebeca, su piel nocturna tantas veces recorrida. La atrajo hacia sí, acariciando tensamente sus senos hasta notar cómo se endurecían los pezones.

Rebeca apartó con suavidad las manos de Sebastián volviéndose del todo hacia él.

—La chica está embarazada —dijo en un murmullo, consciente de la súbita inmovilidad de su marido. Escucharon, lejanísimos, varios disparos traídos por el viento. Luego todo quedó nuevamente en silencio.

—¿Y el padre? —preguntó Sebastián al cabo de una pausa interminable, sintiendo cómo se desacompasaba el latir de su corazón.

—Un infeliz que la engañó. Lo quiere dar en adopción, Sebastián.

El cielo estaba encapotado y sucio. A lo lejos, entre la bruma pertinaz que desdibujaba los edificios, se alzaba el cerro San Cristóbal, salpicado de casuchas y construcciones a medio terminar. Los microbuses que bajaban o subían el puente Santa Rosa pronto coparían toda la avenida Tacna y entonces la protesta ansiosa de las bocinas se mezclaría con los altavoces de los ambulantes, con el bullicio cotidiano de los escolares y la gente que espera en las esquinas alcanzar un colectivo o un bus. «La peor hora», piensa Pinto parado a la puerta del Mario, mirando entre el gentío a ver si aparece de una vez Montero. Por fin decide entrar y pedir un café, todavía no son las seis y Montero suele ser bastante impuntual.

—Un café, por favor —le dice al mozo que se acerca a su mesa al cabo de un momento.

—Y otro para mí, míster —dice Montero sentándose a su lado, bajo el saco de pana azul lleva el pulóver de rombos y pasado de moda que usa siempre en invierno. Sonríe y palmea en el hombro a Pinto, qué pasaba, cholito, por qué tanto misterio, ¿ya tenía las fotos? Lo estuvo buscando por todos lados, ¿dónde se había metido?

—Me botaron —dice Pinto a modo de saludo, jugueteando con el servilletero. Observa el gesto de su amigo e intenta sonreír pero sólo consigue sentir sus labios estirándose ajenos a él.

—¿Cómo está eso? —dice Montero con el ceño fruncido.

—Como lo oyes, compadre. Fonseca me largó, nos mandamos mutuamente a la mierda y como él es el jefe, ahí tienes.

—No jodas —dice Montero silbando despacito—. El conchesumadre resultó más basura de lo que creía. ¿Pero qué pasó?

—Lo peor es que Huaray se me torció —dice Pinto levantando la vista y paseándola por el local casi desierto. Por el rabillo del ojo advierte que ha entrado un niño harapiento y se acerca a las mesas ocupadas estirando una mano antes de ver a uno de los mozos que acciona amenazante: el chiquillo sale corriendo y el mozo se queda en la puerta, con los brazos cruzados tras la espalda.

—¿Huaray? —dice Montero abriendo mucho los ojos.

—Sí, eres un maricón de mierda —dijo Pinto empujando sorpresivamente a Huaray, que retrocedió asustado hasta la puerta del laboratorio.

Desde la sala de redacción se han levantado dos o tres compañeros que Pinto no alcanza a identificar y que vienen corriendo hacia ellos.

—Qué te pasa, chochera —tartamudeó Huaray llevándose una mano a los cabellos e intentando sonreír. Llevaba una bata percudida y llena de manchas violáceas—. Te digo que las fotos estaban veladas cuando me las diste, si no me crees te las enseño, no ha sido culpa mía.

Pinto no lo dejó terminar la frase y cuando Huaray se volvió para entrar al laboratorio volvió a empujarlo contra la puerta.

—Vi todo rojo, no me reconocía —dice Pinto en voz baja bebiendo un sorbo de su café—. Hasta ahora me cuesta creer que yo reaccionara así.

Qué chucha tenía, huevón, dijo Huaray volviéndose ferozmente contra él y empujándolo a su vez, que se dejara de cojudeces, pero Pinto lo cogió de las solapas, maricón de mierda, le había jodido las fotos a propósito, dijo, y sintió que lo agarraban, tranquilos, qué pasaba, qué ocurría. Quiten, mierdas, jadea Pinto, da un manotazo, observa de pronto que el chato Zúñiga y dos reporteros más se han acercado desde la sala de redacción.

—Qué pasa ahí —escucha la voz de Cárdenas a sus espaldas y Huaray se lleva una mano a la frente, este huevón, que se las quería dar de machito, eso pasaba, dice sin dejar de frotarse.

—Suéltame, carajo —ruge Pinto intentando zafarse de los brazos que lo sujetan, un pulpo que lo atrapa y lo manosea enardeciéndolo. Respira con dificultad y cuando ve que Huaray les sonríe a los demás y se lleva un dedo a la sien, larga un manazo, intenta cogerlo de los cabellos, maricón, hijo de puta, se revuelve y lo cogen con más fuerza, siente que le intentan doblar un brazo contra la espalda y protesta con encono, que lo soltaran, carajo, ya no se conocía, sólo era un impulso violento, una ofuscación sin límites que intentaba alcanzar a Huaray cuando éste se protege con el cuerpo de otros dos periodistas que Pinto no alcanza a reconocer, que lo dejaran, se oye decir, y lo arrastran a empellones, le hablan como a un loco, lo quieren tranquilizar, el corazón le cascabelea como un motor descompuesto, oye voces, siente manos, palmadas, dolor en el brazo que han logrado torcerle tras la espalda y alcanza a escuchar entre el griterío la voz de Huaray: iban al fresco cuando quisieran, él no se chupaba, ahí lo tenía, y Pinto vuelve a intentar escabullirse de los brazos que lo sujetan pero es en vano, dónde estaba Fonseca, jadea, quería hablar con ese maricón también, se escucha fascinado, sin poder creer que es su propia voz la que sale de su garganta, pero hay un animal dentro de él que le arrebata la cordura y se siente incapaz de detenerlo.

—Una vez me pasó igualito —dice Montero encendiendo un cigarrillo—. Durante un partido de basket en quinto de media; un huevón que me estaba metiendo la mano a cada rato. Al final me calenté y lo levanté en peso de una patada. Es algo que no puedes controlar: se te nubla la vista y también el cerebro, sólo quieres repartir combos a quien se te ponga por delante.

—¿A mí también? —dijo Cárdenas despectivamente cuando Pinto se vuelve encabritado contra él—. Te van a botar por andar dándotelas de baçán.

—Ya, cholito —dijo Zúñiga poniéndole a Pinto unas manos en el pecho, empujándolo suavemente, que se tranquilizara, que se diera una vuelta, qué tal si se iban juntos a tomar un café, pero Pinto no lo oye y sólo busca a Cárdenas evadiéndose de Zúñiga como si fuera un boxeador: los dientes le rechinan y resopla como si le faltara el aire.

—Si el chato Zúñiga no me agarra lo mataba —dice Pinto.

—Te estás buscando problemas —retrocedió Cárdenas abotonándose y desabotonándose el saco nerviosamente—. Voy a tener que llamar a los de seguridad.

—Llama a quien quieras, huevón —escupió Pinto—. Tú también eres otro chupamedias de Fonseca.

—Shht, cholito —Zúñiga se alarmó, levantó una mano intentando tranquilizarlo—. Cálmate mejor porque ahora sí te estás metiendo en problemas. Estás diciendo tonterías, hermanón, te escucha el colorado y...

—Déjame, por favor, chato, no te metas en esto —dijo Pinto cogiendo las manos de Zúñiga cuando llegaban a las escaleras. Dos secretarias se han detenido en el rellano y parecen temerosas de subir, se miran entre ellas, se quedan finalmente esperando. De las oficinas cercanas al pasillo se asomaban varias cabezas, qué pasaba, quién estaba armando ese alboroto. Zúñiga obligó a Pinto a bajar las escaleras y las secretarias se apartaron escandalizadas, frágiles, mirando embobadas a Pinto. Que respirara, cholito, insiste Zúñiga con mucha calma, que se fuera a dar una vuelta un rato y después volviera.

—Y justo, justo, en ese momento apareció el mierda de Fonseca en lo alto de la escalera.

—¿Quién es chupamedias de quién, Pinto? —dijo apareciendo en mangas de camisa en la puerta de su oficina, y Pinto sintió nuevamente que la bronca le subía como un vértigo. Se cogió tambaleándose como un borracho del pasamanos de la escalera y buscó la voz. La luz de la claraboya le reventaba cegadora en los ojos cuando alzó el rostro ubicando a Fonseca.

—Cárdenas, Cárdenas es tu chupamedias, igual que el maricón de Huaray —gritó sintiendo que se atragantaba, que la voz se le quebraba—. Eres una mierda, colorado, tú obligaste a Huaray a que velara mis fotos.

—Me imagino la cara de Fonseca —dice Montero sonriendo—. ¿Delante de todo el mundo le dijiste eso?

—Y es más —dijo Pinto a gritos observando cómo palidecía Fonseca y estrujaba las cuartillas que tenía en las manos—. Eres un lameculos, eres una basura. Sabías que esas fotos comprometían al ministro y te has cagado de miedo. Ésa es tu libertad de prensa, rastrero hijo de puta.

—Te cagaste, compadre —sentencia Montero limpiando con una servilleta las manchas de café en los bordes de su taza—. El colorado es influyente y va a estar bien bravo que consigas chamba después de todo lo que le dijiste.

—No me importa, huevón, métete tu trabajo al culo —dijo Pinto cuando Fonseca se acercó a la barandilla y blandió las cuartillas que llevaba en la mano, a él no lo insultaba así, carajo, ahora mismo agarraba sus cosas y se largaba como un perro, esto no se iba a quedar así, dijo manoteando en el aire, otra vez rojo como un camarón, qué mentira era eso de las fotos, ya Huaray se le había explicado, ¿no?, las fotos resultaron veladas.

—¿Y tú cómo carajo lo sabías si recién acabo de hablar con la mierda esa? —chilló Pinto alzando un puño e intentando zafarse de los brazos de Zúñiga, que lo empujaba hacia la puerta.

—Fuera de aquí —gritó Fonseca luego de un segundo de vacilación—. Largo, carajo, a gritar así a su casa, estás despedido, Pinto.

—Pero eso no es lo peor —dice Pinto sonriendo como si no le diera importancia.

—¿Ah, no? —Montero saca la cajetilla de cigarrillos, se lleva uno a los labios y ofrece otro, si eso no era lo peor qué cosa entonces.

—¿Pinto? Soy el senador Guevara —escuchó la voz desabrida e imperiosa al levantar el teléfono.

—Eso fue ayer —dice Pinto fumando—. Cuando volví al periódico para recoger mis cosas. El chato Zúñiga fue el único que me habló. Los demás apenas si me saludaron, carajo; todos se cagaban de miedo, se hacían los locos. El chato me dijo que Guevara estuvo llamándome durante todo el día anterior. A nadie se le ocurrió decirle que me habían botado hasta que el mismo Zúñiga contestó y le explicó.

—¿Y las fotos? —dijo Guevara pasando por alto la explicación de Pinto cuando le dijo que lo habían despedido.

—No hay fotos, señor Guevara —dijo Pinto sabiendo lo que se venía—. Me las velaron, me las malograron todas.

—¿Qué dice, Pinto? —la voz de Guevara desfallece, se enciende, tiene un matiz demasiado agudo cuando vuelve a hablar luego de una pausa—. Escuche, Pinto, a mí no me va a venir con historias.

—No son historias, senador, es la verdad, me han botado por intentar sacarlas.

—Es usted un cobarde —dijo Guevara arrastrando las sílabas y jadeando enfurecido—. Usted sacó fotos de los atacantes, yo lo vi.

—No se lo estoy negando —dijo Pinto llevándose una mano a la frente. Estaba sudando—. Le estoy diciendo lo que ha ocurrido y usted no me quiere escuchar.

—¿Escuchar sus embustes? ¿Cuánto le han pagado para destruir esas fotos, miserable?

—No me levante la voz, carajo —dijo Pinto sintiendo que se le erizaban los vellos del brazo, y de las mesas contiguas varios rostros voltean sorprendidos a mirarlo. Zúñiga, al otro extremo de la sala, también ha volteado: tiene una expresión alerta y seria.

—Nos gritamos, nos insultamos y me amenazó —dice Pinto sin mirar a Montero, jugueteando con una servilleta de papel—. En el periódico deben pensar que me he vuelto loco; primero con Huaray, luego con Cárdenas y finalmente con Fonseca. Y cuando voy a recoger mis cosas al día siguiente, con el senador.

—¿Te amenazó? —pregunta Montero sorprendido.

—Bueno, no exactamente —se apresura a aclarar Pinto rasgando la servilleta en tiras antes de hacer una pelotita que coloca cuidadosamente en el cenicero.

—Está usted cometiendo un gravísimo error, periodistilla de tres al cuarto, y le aseguro que se va a acordar de mí —dijo Guevara tirando el teléfono.

Pinto se quitó los lentes antes de restregarlos torpemente contra el saco. Al volver a ponérselos notó que tenía la punta de la nariz fría y el corazón bombeándole desordenadamente. Sentado en el borde de su escritorio, supo que todos en la sala de redacción lo miraban, que estarían comentando. «A la mierda con todos», pensó.

Sin volverse buscó el paquete de Premier en sus bolsillos y fumó aspirando el humo profundamente. Al acabar arrojó el pucho al suelo y continuó guardando sus cosas en una caja de cartón.

—¿Y Rosa ya se enteró? —pregunta Montero cuando llegan a la puerta del Mario, él tenía que regresar al periódico y Pinto se iba a dar una vuelta, a tomar un poco de aire antes de ir a su casa. Tenía los nervios de punta.

—No —dice Pinto comprando cigarrillos en un ambulante—. Lo peor de todo, lo que de verdad me jode, es que la Rosita se iba a venir a vivir conmigo y ahora va a estar bien difícil. Por lo menos hasta que consiga otra chamba.

—Hablemos con el gordo; ése seguro está necesitando gente para la radio. Es un jodido pero es mejor que no tener nada —dice Montero.

—Igual voy a hablar con él y con gente de otros medios —dice Pinto caminando junto a Montero entre el tumulto que baja de La Colmena. Se les acercan varios cambistas esgrimiendo sus calculadoras de bolsillo pero ellos no les hacen caso y siguen caminando.

—Si te mueves rápido probablemente encuentres algo —dice Montero deteniéndose un segundo a mirar las revistas ilustradas que cuelgan de ganchitos en un kiosco.

—No es tanto por la chamba —dice Pinto fingiendo interesarse en una revista deportiva—. Más bien porque quiero hablar de lo que sé.

Montero deja de mirar las revistas, apaga el cigarrillo que lleva en los labios pisándolo en el suelo y al fin sonríe sin mirar a Pinto, meneando lentamente la cabeza.

—Escucha, viejo —en sus ojos hay malestar, en su voz desagrado—. Si no hay fotos no hay pruebas; así de fácil. En medio de todo fue una suerte que Huaray te malograra esas fotos. No ibas a sacar nada, compadre, te iban a joder y nada más. Ya te botaron del periódico. ¿Qué quieres ahora?

Pinto se quita los lentes y les echa aliento antes de frotarlos contra el saco. Se los vuelve a colocar con cuidado y mira a su amigo. Cuando habla lo hace despacio, como si estuviera planteando el enunciado de un problema.

—Tú te mechaste una vez con un guardaespaldas del ministro. Yo estuve en casa del senador Guevara cuando lo atacaron y vi a uno de los atacantes: era el mismo tipo. Se llama Chito García, pertenece al Cefede de la Garcilaso. Todos en la universidad lo conocen, saben que es un matón, un búfalo. ¿Qué más pruebas para empezar a investigar a fondo?

—Ya, está bien —dice Montero tratando de ser conciliador, pero no puede disimular su ofuscación—. ¿Pero qué carajo vas a conseguir diciendo eso? Te jodiste con Guevara hace ya un tiempo, ahora te quieres joder con el Gobierno. Sin pruebas, además. No tienes pruebas, métete bien eso en la mitra. ¿Y luego con quién, cholo?, ¿con quién más te vas a meter?, ¿con Ganoza y toda la derecha?

Pinto lo miró largo rato y se cruzó de brazos.

—Qué basura es el periodismo en este país —dice volviendo a caminar. Tiene ganas de llegar a su departamento y meterse en la cama, beberse un té caliente para contrarrestar el malestar, el sabor asqueroso que le dejan los cigarrillos en la boca. «Me voy a resfriar», piensa.

—Está bien —escucha la voz destemplada y extrañamente agria de Montero a sus espaldas—. Qué basura somos los periodistas, qué poco nobles, ¿no? Tú ves muchas películas, cholito. Si quieres que te metan preso o que te maten allá tú, compadre.

—No te he pedido que me ayudes —dice Pinto girando hacia Montero, que se ha quedado en la esquina, pero apenas lo ha dicho se arrepiente. Montero está con las manos en los bolsillos y su rostro se ha ensombrecido.

—Okey, cholo, adiós, se me hace tarde para llegar a la chamba. Saludos a Rosita —dice sonriendo frágilmente y alzando con flojera una mano antes de darle la espalda.

Pinto observa los cabellos crespos de su amigo, el saco azul de pana, los pantalones chorreados: da unos pasos en su dirección pero bruscamente se desanima, siente que le pesan los hombros, que no quiere caminar, y con la mirada sigue a Montero hasta que desaparece entre la gente, los ambulantes y los colegiales que corren para subir a los micros. «Lo que faltaba», piensa, y se lleva una mano cautelosa a la frente cerrando los ojos con fuerza. Está ardiendo.

—Felizmente te encuentro, colorado —dijo Sebastián acercando una silla a la mesa de Augusto.

—¿Qué pasa, por qué tanto misterio? —dijo el colorado sonriendo y acomodándose el nudo de la corbata—. ¿Unas chelitas?

Sebastián llamó a un mozo y pidió dos cervezas. El Tambito estaba casi vacío a esa hora de la noche, sólo algunos estudiantes y dos o tres parejas que comían salchipapas y bebían gaseosas.

—Ya tengo un caso —dijo Sebastián tamborileando sobre la mesa—. Esta vez no va a haber ningún problema.

—¿Estás seguro? —el colorado Augusto se pasó la lengua por los labios, sus ojos chispearon momentáneamente—. Mira que si es así yo llamo inmediatamente a una pareja que tengo en lista de espera.

Sebastián atajó a Augusto cuando éste sacaba unos papeles de su maletín y los ponía sobre la mesa: que no fuera tan rápido, colorado, la chica estaba de seis meses, pero era segurísimo.

—Explícate —dijo Augusto volviendo a guardar los papeles.

—Es una ex empleada de mi mujer; hace una semana que la fue a ver a casa de la madre y le dijo que estaba encinta.

El mozo se acercó con las dos botellas de Cristal y las dejó sobre la mesa. Augusto sirvió los vasos hasta el borde y dijo salud.

—¿Y quiere dar a su hijo en adopción?

—Sí —Sebastián se llevó una servilleta de papel a los labios—. La chica no sabe quién es el padre y por más que Rebeca le preguntó cómo fue, qué pasó, ella no quiere decir nada.

—La cholita vergonzosa —sonrió Augusto bebiendo su cerveza. Volvió a llenar los vasos—. Así son, carajo, primero tiran con el primero que les levanta las polleras y luego se mueren de la vergüenza. Para eso traen hijos al mundo. Felizmente que algunas recapacitan y los entregan a gente que sí se va a encargar de cuidar a esos niños.

—Sí, felizmente —nosotros los buenos, colorado pendejo, nosotros los héroes, pensó Sebastián—. La cosa es que la chica no quiere tener al niño y había pensado en darlo en adopción. Y llega a visitar a su ex patrona para decírselo. ¿Te imaginas?

Augusto movió la cabeza, sonrió incrédulo, feliz, rosado como un bebé.

—¿Pero es seguro, no? —preguntó súbitamente, con voz apremiante—. Porque así falten tres meses todavía yo llamó a la pareja que tengo en lista, Sebastián, para empezar con los trámites.

—Es seguro, Augusto —Sebastián puso una mano en el brazo adiposo, sonrió confiadamente—. Ahora sí es seguro. Rebeca se está encargando de todo.

—¿Por qué ella y no tú? —Augusto encendió un cigarrillo y miró a Sebastián pestañeando molesto con el humo.

—Lo que te digo, la chica no quiere que nadie se entere; que Rebeca sea la que se haga cargo de la situación, ¿comprendes? Es cuestión de que ella misma lleve las cosas para que la chola no se asuste, una vez que nazca el niño yo me ocuparé de los papeleos, pero por ahora Rebeca la lleva y la trae.

—¿Dónde la está llevando para sus chequeos? —el colorado Augusto apaga el cigarrillo, bebe un sorbito de cerveza, luego otro; finalmente vuelve a llenar los vasos.

—Al hospital del Rimac. La chica tiene una amiga allí que le está facilitando las cosas, sobre todo ahora que el Seguro ha vuelto a entrar en huelga.

—Sí —dice Augusto pensativamente—. Es una vaina esto de las huelgas. ¿Entonces es una fija?

Sebastián bebe su cerveza calmadamente, claro que era seguro, Rebeca estaba hilando fino para que la chica no se fuera a arrepentir, pero era un hecho que esta vez las cosas iban a resultar bien, dice, y se levanta dándole una palmada en el hombro a Augusto, ya lo tendría informado, hombre, ahora se iba porque no quería llegar tarde a casa.

Salieron juntos del bar y caminaron hasta la avenida Arequipa conversando de otras cosas: el asunto de los aviones Mirage que había comprado el Gobierno y del que ahora se empezaba a armar un escándalo, los atentados del Comando, ¿existía? Augusto pensaba que era sólo una maniobra de la derecha para joder al Gobierno pero Sebastián tenía sus dudas, allí había gato encerrado, le resultaba difícil pensar que Ganoza y los hombres del Frente estuvieran en esas andanzas, ¿Soler también había sido profesor suyo, no? Era tranca imaginarse a ese gallo jugando al terrorismo, pero Augusto creía que la política era una basura, su viejo le contaba cada cosa que mejor ni acordarse. Cuando llegaron al paradero había poca gente esperando por el bus, soportando la garúa que empezaba a caer despacio, qué raro en esta época del año. Bueno, cholo, dijo Augusto frotándose las manos, él tenía que caminar hasta el paseo Colón y mejor se iba rapidito por el toque de queda. Apenas había dado unos pasos cuando la luz de los postes se esfumó dejando una niebla sorda invadida por la lluvia, carajo, apagón otra vez, maldijo Sebastián observando el súbito temor en los rostros de la gente que esperaba en el paradero. Augusto se acercó, mejor tomaban un taxi, dijo mirando en torno suyo, esta vaina de los apagones lo ponía nervioso, estaban cerca del Comando Conjunto, advirtió señalando el edificio donde varios soldados se resguardaban vigilantes y tensos tras los sacos de arena y colocaban caballetes para desviar el tráfico. Sí, dijo Sebastián subiéndose las solapas hasta las orejas, mejor se iban rapidito. La gente del paradero también empezó a caminar hacia la acera de enfrente y pronto se dispersó. En la esquina de Wilson y la Arequipa consiguieron tomar un taxi.

—Entre los terrucos y el Gobierno están jodiendo el país —dijo Sebastián malhumorado, sentándose en el asiento posterior del Volkswagen que partió cascabeleando.

—Toque de queda, terrucos, apagones, un Gobierno de mierda —suspiró Augusto haciendo crujir el asiento—. ¿Usted qué piensa, maestro? —le preguntó al taxista.

—Que en las próximas elecciones le doy mi voto al Frente: más de lo que está robando este Gobierno, nadie.

—Nada de nada —Pinto se derrumbó en la cama, se sacó los zapatos con los pies. Los sentía viscosos, calientes, adoloridos. Cerró los ojos y suspiró hondo—. Lo peor de todo es que se me está acabando el dinero.

Rosa se acercó a él, se sentó suavemente a su lado y le pasó una mano por los cabellos desordenados.

—¿Has hablado con Montero? —dijo.

—No, desde aquella vez en el Mario no he vuelto a verlo —la voz de Pinto no tenía matices. Se incorporó a medias y encendió un cigarrillo—. Me porté mal con él y debe estar resentido. Además es bien poco lo que puede hacer el flaco, las cosas están jodidas para todo el mundo.

—¿Y ese gordo, el de la radio? ¿No lo has ido a ver? —dijo Rosa.

—Ya me contaron la bronca con el colorado Fonseca —el gordo estaba en mangas de camisa y el nudo de la corbata le bailaba casi a medio pecho, que pasara, hombre, sonrió caminando delante de Pinto, que veía sus espaldas cuadradas y chatas mientras avanzaban por el pasillo. Entraron al despacho minúsculo: sobre el escritorio un cenicero, vasos descartables, papeles emborronados, algunas fotos sobre las paredes empapeladas. Al fondo se escuchaba la cortina musical del noticiero—. Siéntate. Te pasaste, cholo. Cuando me lo dijeron no lo podía creer. ¿Lo puteaste como te dio la gana, no?

—Sí, lo mandé al carajo —Pinto observó la expresión truculenta del gordo, sus ojos ávidos, la manos regordetas moviéndose nerviosas sobre el escritorio—. Me jodió una primicia.

—Ya —el gordo se revolvió en el sillón de cuero haciéndolo rechinar—. Lo de las fotos esas. Me encontré con Montero en la recepción que dieron en la embajada argentina, él me lo contó. El flaco está resentido contigo, cholo, te has peleado con medio mundo.

—No me he peleado con Montero —Pinto se quitó los lentes y los frotó minuciosamente en la solapa del saco—. Yo estaba con la mierda revuelta y le dije cosas que no debía, él sabe de sobra que seguimos siendo amigos, al menos por mi parte.

El gordo se pasó la lengua por el interior de la boca y parpadeó varias veces. En sus labios se formó una sonrisa.

—Pero con Cárdenas y con Huaray sí. Y con Fonseca, que es lo más jodido de todo este asunto.

—¿Por qué? —Pinto cruzó los brazos sobre el pecho y alzó los hombros—. ¿Tan influyente es como para que yo no pueda conseguir chamba en otros medios?

—También él es un cobarde —dijo Rosa taconeando como una niña enfurruñada—. También él tiene miedo.

—No sé con otros, pero conmigo te aseguro que no —el gordo se puso a revisar los papeles que tenía sobre la mesa. Hablaba sin prisa, indiferentemente—. El colorado es un arribista, todo el mundo lo sabe, y a mí esas vainas no me van. Vengo luchando para sacar adelante esta emisora y cada dos por tres me protestan una letra, carajo, pero no le pongo el culo a nadie.

—Me hizo todo el teatro de siempre, me habló de su integridad y toda esa basura —dijo Pinto con rencor, cruzando los brazos bajo la cabeza—. Y al final me dijo que no. También él se muere de miedo, sabe que si Fonseca se entera de que me ha dado chamba va a mover cielo y tierra para que le jodan la radio.

—Llegas en mal momento, cholito —el gordo se apesadumbra, mueve parsimoniosamente la cabeza vacuna, cruza los dedos y hace girar los pulgares consternados—. La publicidad de Faucett terminó este mes y estoy zapateando para que la renueven, pero las cosas están negras y no sé si lo conseguiré. No puedo contratar a nadie.

—¿Ni media jornada? —Rosa mira al techo, suspira, vuelve a mirar a Pinto, que fuma blandamente.

—Ni de editor —y su sonrisa se esfumó al ver el rostro vacío, miope, neutral de Pinto. Cuando volvió a hablar su voz era seria, casi marcial—. Qué más quisiera yo, cholo, eres un periodista de los buenos y aquí te has portado de ley, pero te fuiste con Fonseca y ya ves.

—¿Además cachoso el gordo ese? —dijo Rosa con la voz envenenada.

—Bueno, gordo, un gustazo —sonrió heladamente Pinto ya en la puerta del ascensor—. Salúdame a la gente, ya me daré una vueltita por aquí con más tiempo.

—Cuando quieras, hermano —el gordo estrechó la mano seca de Pinto con precipitada efusividad—. Apenas tenga algo yo mismo te busco, yo mismo te llamo, tienes mi palabra. Y ven a visitarnos cuando quieras.

—¿Y la gente del canal? ¿Tus amigos de *El Comercio* no te pueden dar una mano? —Rosa sirvió las tazas de té, las puso en una bandeja, se acercó nuevamente a Pinto, que fumaba el tercer cigarrillo seguido.

—Aquí nomás, maestro —Pinto bajó del taxi, cruzó la avenida confundiéndose con los gringuitos que salían del colegio Raimondi para subir a las camionetas, a los buses, a los autos que esperaban en la puerta. Alcanzó la otra acera y entró al canal.

—Cholo, qué alegría —Estrada alargó una mano blanca y suave, sus ojos brillaban alarmados, ya sabía para qué iba, Rosita, todo el mundo sabía—. ¿Qué te trae por aquí, hermanito?

—Estoy sin chamba, Estrada —Pinto caminó detrás de su amigo por largos corredores; lo esperó mientras le daba instrucciones a un cámara jovencito y vestido de sport que se le acercó con una chica, reportera tal vez, y que miraba a Pinto por encima del hombro—. Me imagino que ya sabes lo que pasó con Fonseca.

—¿Lo de Fonseca? —Estrada enarcó las cejas extrañado, esbozó una sonrisita artificial, habló atropelladamente—. Ah, eso, claro, algo me dijeron hace poco. Se te pasó la mano, cholo.

—Lo he estado pensando últimamente, ¿sabes?, y pienso que no, no se me pasó la mano; me quedé corto más bien —dijo Pinto glacialmente.

Estrada parpadeó estupefacto, sus ojos claros se ensombrecieron y finalmente sonrió comprensivo.

—Bueno, cholo, tú sabes lo influyente que es el colorado, sobre todo ahora que anda haciéndole campaña al primer ministro desde que éste está peleado con el presidente y sobre el pucho el entripado con Sánchez Idíaquez: que si renuncia, que si no renuncia, ya sabes —Estrada hablaba atropelladamente, feliz, jovial, fraterno—. Justo ahora tenemos una entrevista con el senador Ferrari, el viejo es el único que puede arreglar el asunto. Ya veremos qué dice, aunque va a ser bien poco lo que pueda decir para componer la imagen del Gobierno porque desde que estalló el escándalo de los aviones franceses hasta el mismo ministro le ha dado la espalda al presidente. Dicen que ahí corrieron ríos de dólares, se habla de comisiones fabulosas, de cuentas secretas y hasta parece que el senador De la Fuente ha metido mano.

—Estoy sin chamba, Estrada —insistió Pinto una vez que el otro dejara de hablar—. Tú eres el jefe de redacción aquí y pensé que tal vez...

Estrada se llevó una mano a la frente y enrojeció de golpe. Lo hubieras visto, Rosita, se puso a tartamudear, a contarme mil huevadas: que él no tenía mayor peso en el canal, que justo esa semana habían despedido a dos reporteros porque estaban haciendo recortes presupuestales y el directorio estaba jodiendo mucho con los gastos que se hacían.

—De todas formas yo haré lo posible, todo lo que esté en mis manos, cholo, pierde cuidado —dijo Estrada bañado en sudor.

—¿Y sabes qué, Rosita? —dijo Pinto con la voz pastosa, intoxicada por el asco—. A los pocos días de hablar con él me encontré con un amigo periodista que no veía desde que estudiábamos en el Bausate y Meza.

—¿Estás sin chamba? —dijo Araníbar después de saludar a Pinto, hermanón, cuánto tiempo, en el paradero del Chama—. ¿Por qué no hablas con Estrada? Él me llamó el otro día porque está necesitando gente para un nuevo programa político. Yo le contesté que al toque porque estaba pateando latas y le dije que de todas mangas le iba a buscar más gente. Si quieres hablo con él, va a estar encantado.

—Sí, habla con él —sonrió Pinto cuando Araníbar trepaba ya en el micro—. Dile que hemos conversado y mándale mis saludos.

—Qué tales amigos, amor —dijo Rosa bebiendo su taza de té—. ¿Qué vas a hacer ahora?

—No lo sé aún, tengo que pensar —dijo Pinto incorporándose con lentitud y cogiendo la taza humeante que Rosa dejó sobre la mesa del velador.

—Pero no te abandones, amor —Rosa le puso una mano aprehensiva y tibia en el hombro—. Estás tres días encerrado aquí, fumando como un murciélago, comiendo apenitas. Te vas a enfermar.

—Son dos meses que estoy sin trabajo, Rosita —murmuró Pinto quitándose los lentes y limpiándolos con el pañuelo. Por la ventana se filtraba la luz dorada del atardecer, a lo lejos se intuía el cerro San Cristóbal, la cruz cenicienta, como hecha con un pincel sobre la cumbre—. Tengo dinero para aguantar un poco más y después no sé, me meteré a cualquier cosa.

—Ten confianza —Rosa le besó despacito el cuello, le pasó las manos por la espalda, le hizo cosquillas en las axilas, que se sonriera, que no perdiera la fe, ella iba a rezar por él, ella estaba a su lado, ella nunca lo dejaría—. Ya verás como todo se soluciona, Dios aprieta pero no ahorca.

—Por desgracia —sonrió Pinto avinagradamente.

Todavía envuelta en su bata de felpa, Rebeca estaba preparando el desayuno y Sebastián acaba de salir de la ducha. Mientras se ponía los pantalones escuchaba las noticias de la radio, a ver si decían algo más sobre el atentado contra Heriberto Guevara; la noche anterior todos los noticieros informaron sobre el asunto. Parecía que después de todo el Comando existía, le estaba diciendo Sebastián a Rebeca mientras se sentaba a tomar el café. Un periodista estuvo presente y parece que sus declaraciones habían levantado un revuelo tremendo, habría que comprar el periódico para enterarse. Rebeca untaba despacio las tostadas y asentía maquinalmente, estaba preocupada, amor, tenía que acompañar a la chica al hospital, hoy le tocaba revisión y si no fuera por la amiga enfermera que tenía allí no las atendían nunca, felizmente que ya no quedaba mucho tiempo para que diera a luz. Sebastián sintió una súbita aprensión, ¿estaba segura que no quería que él la acompañara?, preguntó sabiendo de antemano la respuesta. Rebeca sorbió despacio su café y sonrió. Iba a contestar algo cuando escucharon los golpes repetidos y nerviosos en la puerta.

—Venga rapidito, señora —le dijo doña Charo con una expresión asustada cuando Rebeca abrió la puerta—. La llama su mamá y dice que es urgente. Su papacito se ha puesto mal.

Sebastián salió corriendo detrás de Rebeca y cuando bajaba las escaleras alcanzó a escuchar a la señora Charo que decía Jesús, qué desgracia, y sintió un malestar espantoso que le aflojó las piernas.

—Fue como si ya supiera, Pepe —dice Sebastián—. Nada más verle la cara a la doña me temí lo peor. Hubieras visto cómo se puso Rebeca.

—Me imagino —dice el Pepe con voz apesadumbrada.

—Tranquilízate, por favor —estaba histérica, quería salir así como estaba, Pepe. Los hijos de la señora Charo la miraban asustados, estaban desayunando para ir al colegio—. Te cambias y en un ratito estamos en la clínica. Yo voy por un taxi.

La señora Charo mandó a uno de sus hijos a que buscara un taxi, que el señor Sebastián se terminara de cambiar, que la señora Rebeca se calmara, ¿no quería un vasito de agua?, decía caminando alrededor de ellos, persignándose porque había escuchado la conversación de Rebeca con su madre. Al padre le había dado un ataque o algo parecido.

—¿Pero cómo fue? —pregunta Sebastián cuando suben al taxi, por favor, lo más rápido que pueda, maestro, a la clínica Javier Prado—. ¿Qué ocurrió?

Rebeca se lleva el pañuelo a los ojos enrojecidos, luego a la nariz, apenas puede hablar. Está con los pantalones que usa dentro de casa y sobre la camiseta deportiva lleva una chaqueta de ante. Mi papá, mi papá, dice encogiéndose contra Sebastián que le acaricia los cabellos y al taxista más rápido, por favor. El tráfico a esa hora era un infierno, se consterna el hombre, iría por las calles aledañas a la Javier Prado porque si no no llegaban nunca.

—Estaba afeitándose de la más bien el viejo, Pepe —dice Sebastián recordando la figura alta, las cejas canosas, la calva incipiente—. Nunca había sufrido de nada, era fuerte como un toro, caray, y de pronto el ataque.

—Se llevó una mano al pecho, estaba del color de la camiseta y aún tenía espuma de afeitar en las mejillas cuando me dijo que llamara a un médico —la señora Magda los recibió en la puerta de Cuidados Intensivos. Hay un olor fuerte y aséptico en los pasillos iluminados; varias enfermeras pasan junto a ellos empujando una camilla, cruzan las puertas bamboleantes y Sebastián alcanza a ver un monitor, un biombo, dos o tres personas vestidas de verde—. Fui corriendo a llamar al doctor Parodi, que vive cerquita, pero no estaba. Su mujer llamó a la ambulancia y al ratito apareció en la casa. No sabía qué hacer, Dios mío.

—¿Cómo está? ¿Qué es lo que tiene? —pregunta Rebeca abrazando a su madre, y Sebastián le pone una mano en el hombro.

—Un aneurisma, una fisura en la vena aorta —al cabo de una hora salió el médico, Pepe, tenía una cara que no veas. Para mí que sabía que el viejo no iba a resistir—. Estamos haciendo todo lo que podemos, pero ahora sólo es cuestión de esperar.

La señora Magda y Rebeca se han sentado en uno de los sillones verdes que hay en el pasillo y Sebastián pasea de un lado a otro; de vez en cuando se sienta junto a ellas y las abraza, les murmura palabras tranquilizadoras, siente la mano caliente y pequeña de Rebeca encogiéndose dentro de la suya y la aprieta con fuerza. Por la ventana que ilumina el pasillo blanco y angosto entra un chorro potente de luz que descubre flotantes motitas de polvo.

—En la oficina no saben nada —dice doña Magda como moviéndose en un sueño e incorporándose lentamente.

—Deme el número, señora, yo voy —dice Sebastián, quiere salir a comprar cigarrillos, a respirar un aire que no lo asfixie, que no le traiga recuerdos.

—¿Tu padre también murió de un ataque, no? —pregunta el Pepe con timidez. Se sirve otro poco de whisky y apaga el cigarrillo que hace un buen rato se está consumiendo en el cenicero.

—Sí —dice Sebastián—. Cuando yo tenía dieciséis años. Me fue a despertar como todos los sábados para que fuera al Inter donde jugaba tenis. Nunca más lo volví a ver con vida.

En la entrada de la clínica se apostan los ambulantes que venden periódicos, golosinas, fichas telefónicas. Sebastián compra unas fichas y dos periódicos antes de ir al teléfono público que queda cruzando el parque, cerca al cine. De pronto recuerda que Rebeca tenía que encontrarse con su ex empleada y que la chica debía estar esperándola. No tendría cómo avisarla, carajo, apenas supieran a qué atenerse él mismo iría, piensa intentando tranquilizarse. Cuando regresa, después de llamar a la compañía de seguros donde trabaja el padre de Rebeca, lee uno de los periódicos: «Atentado contra casa de líder izquierdista Heriberto Guevara. Se trataría del presunto Comando...».

—Eso fue tremendo —dice el Pepe, ansioso por cambiar de conversación—. Había un periodista allí cuando ocurrió el atentado y le hicieron entrevistas en varios medios porque parece que el pata había sacado fotos o algo así.

—Al final no hubo nada —dice Sebastián—. No hubo fotos ni nada de nada. ¿Qué sería de aquel periodista?

—Alguno que quiso pasarse de pendejo, ya sabes cómo es la prensa en este país —dijo el Pepe—. Ahí lo tienes a Fonseca. Ahora anda en pindingas porque a su hijo lo quieren meter preso.

—¿Al colorado Augusto?, no me había enterado de nada —dice Sebastián bebiendo su whisky.

—Sí. Parece que estaba involucrado en una mafia de tráfico de menores. De la que te salvaste, Sebastián.

Hubiera sido mejor, Sebastián. Cualquier cosa hubiera sido mejor a vivir esto, a tener que decirle al Pepe lo que realmente ocurrió con Ganoza. Cualquier cosa sería preferible al infierno que estás viviendo desde entonces. ¿Un infierno, Sebastián? ¿Como aquel día en la clínica? Rebeca: su expresión desolada, su desesperación cuando te dio la noticia y se abrazó a ti con tanta fuerza que casi te hizo caer; su llanto de días y noches. Nunca estuvo tan necesitada de ti, Sebastián, nunca sentiste por ella tanta pena, tanta lástima, tanto amor.

—Ocurrió mientras yo estaba llamando por teléfono —dice Sebastián, y el Pepe lo mira sorprendido; por un segundo no sabe a qué se refiere.

Cuando terminó de fumar su cigarrillo subió a la segunda planta donde estaba la Unidad de Cuidados Intensivos. Escuchó el llanto ahogado de Rebeca y de su madre, todavía estaban sentadas en el sillón verde y él se acercó sintiéndose extraño, confuso; no pensó que hubiera pasado nada en los quince minutos que estuvo ausente; pensó que ambas lloraban por la angustia, pero nada más. Qué pasaba, qué ocurría, preguntó sintiendo las piernas de goma al acercarse junto a Rebeca, y ella se abrazó a él llorando a gritos y una enfermera bajita y de cabellos pintados se acercó pero luego pareció vacilar; los miró un momentito y se alejó sin decir palabra.

—Después todo fue demasiado rápido y lo recuerdo como si fuera un sueño o una película —dice Sebastián—. Las mil llamadas, los trámites para el sepelio, todas esas cosas, Pepe.

Los tres compañeros de la compañía de seguros que fueron aquella misma mañana para ver cómo seguía don Ernesto se quedaron mudos, cómo había sucedido, era imposible, don Ernesto hasta ayer nomás estaba enterito, dijo uno de ellos abrazando a doña Magda, que parecía haber envejecido de golpe y que, sentada en el sofá verde, con la cabeza inclinada como si le costara mantenerla erguida y un pañuelo que retorcía con fuerza, aceptaba los pésames, las condolencias, los saludos de toda esa gente que fue llegando a lo largo de la tarde durante el velatorio. Viejos amigos, hermanos, parientes a quienes Sebastián no conocía o apenas había visto y que se le acercaban para abrazarlo murmurando frases que repetían luego a oídos de doña Magda y Rebeca. Toda la tarde caminando casi de puntillas en medio de aquel silencio roto por toses y murmullos, ¿de manera que el entierro sería mañana por la mañana en La Planicie? El comandante Aubert había sido muy amigo de don Ernesto y tenía muchas influencias: se presentó solemnemente un viejo vestido de uniforme y cuyos ojos celestes, casi transparentes, miraban desagradablemente, y le dijo a Sebastián que no se preocupara si había problemas con trámites y esas cosas, que para eso estaban los amigos. Otros también se ofrecieron para lo que fuera necesario y él agradeció en nombre de doña Magda y de Rebeca; bebió café con ellos y escuchó a medias anécdotas de juventud en que aparecía un don Ernesto que él jamás había conocido.

—¿No te llevabas bien con él, verdad? —preguntó el Pepe, que se había acercado a la ventana y les hacía gestos a los hombres de seguridad. Quería que fueran a comprarles un pollo a la brasa, él se estaba cagando de hambre, mucho rato bebiendo, pasu diablo, y sin comida no había quien aguantara tanto whisky. Y para colmo sin hielo, ahora que subieran los de seguridad les pediría que se trajeran una bolsa de hielo y también cigarrillos.

—Ni bien ni mal —dice Sebastián observando la botella casi vacía, los vasos, el cenicero nuevamente repleto de colillas: díselo, carajo, ¿qué estás esperando, Sebastián?—. Creo que nunca le caí bien al viejo, pero las pocas veces que íbamos de visita con Rebeca se portaba correctamente. Nuestra relación era casi como una tregua, aunque nunca hubo guerra.

—Y al final tú tuviste que encargarte de sus funerales —dice el Pepe apurándose a alcanzar el interfono cuando escucha el timbre. Eran los de seguridad, iba a encargarles las cosas, dice al pasar junto a Sebastián, y éste hace un gesto; tiene los ojos muy abiertos y clavados en un punto fijo e invisible de la sala, ensueña o recuerda.

Al final no hubo necesidad de hablar con el comandante Aubert pero éste se empeñó en llevar a Sebastián en su auto en cuanto supo que iba a la compañía de seguros para firmar unos papeles que faltaban. Felizmente llegó la Gata y él se pudo ir tranquilo porque Rebeca, sentada junto a doña Magda, con el rostro envejecido y alumbrado por los focos que custodiaban el féretro de su padre, recibía las condolencias con un gesto remoto y de vez en cuando buscaba la mano de su madre para apretarla contra su pecho. Sebastián se acercó varias veces a preguntarle si se sentía bien, amor, si quería beber algo, y ella no, estaba bien, le respondía con una voz átona que alarmaba a Sebastián. Cuántos calmantes se había tomado, le preguntó en voz baja cuando ya se iba, y ella sólo dos, se los dio el doctor Parodi. Pero cuando vio a la Gata se abrazó a ella como si hubiera estado conteniendo el llanto hasta ver aparecer a su amiga. Se apretó contra ella igual que una niña, sollozando fuertemente, y dos señoras que estaban cerca se acercaron solícitas, dulzonas, maternales, una mirada de la Gata las mantuvo a raya.

—Mi hermana es bravísima —dice el Pepe meneando la cabeza—. A mi viejo lo va a matar de un colerón esa cojuda.

El comandante Aubert tenía el auto estacionado en el parquecito de la vuelta. Durante todo el trayecto hasta la compañía de seguros estuvo contando anécdotas de don Ernesto, a quien conocía desde los tiempos en que estudiaban juntos en el colegio y se tiraban la pera para ir a mataperrear al Fundo de Pando. Eran otros tiempos, dijo, pero al percatarse de que Sebastián apenas le escuchaba, mirando distraído por la ventanilla, con el nudo de la corbata flojo y el saco arrugado, cambió de tema.

—¿Qué le ha parecido ese asunto de Guevara? —dijo al fin; parecía que todo el tiempo estuvo viendo la manera de comentármelo sin dar la impresión de ser irrespetuoso con la memoria de don Ernesto, Pepe.

—Los milicos son así —dijo el Pepe—. Todo les parece una falta de respeto. Después del Apra, son lo más peligroso que hay en este país.

—Pues a mí, qué quiere que le diga, joven, no me parece tan mal que le hayan metido bala a ese comunista.

—Decía comunista con un asco de los mil diablos, Pepe. Parecía que buscaba la menor oportunidad para llenarse la boca con la palabra y luego escupirla.

—Esos comunistas siempre han jodido al país. Ahí tiene a Sendero Luminoso; la peor lacra que ha sufrido el Perú. Y el MRTA también; todos los comunistas deberían estar presos, carajo.

—Se desató el comandante —recuerda Sebastián con una sonrisa—. Soltaba pestes contra la izquierda, contra Guevara y los otros.

—No vaya a creer que no soy demócrata, no, señor —dijo al fin, cuando llegaron a la compañía de seguros. Parecía confundido por haber hablado tanto cuando sacó la llave del contacto y la mantuvo en la mano sopesándola antes de volverse a Sebastián, que ostensible, casi maleducadamente, se había mantenido en silencio para ver si el viejo se callaba. No quería enfrascarse en una discusión penosa e inútil—. Usted es muy joven y no conoce bien lo que son los comunistas. Y esa gentuza, esos apristones que están en el Gobierno, también. Si queremos una democracia debemos defenderla, aunque sea con las armas. Y el enemigo, no lo olvide, son los comunistas. Por eso me alegro que le hayan metido bala al cabrón de Guevara. ¿Pero sabe qué es lo que me preocupa realmente?

—Me mostró el periódico, Pepe, y lo sacudió en mis narices antes de mirarme con esos ojitos glaciales que todavía recuerdo como si los hubiera visto ayer.

—Lo que me preocupa es que sea cierto lo que dice ese periodista, ese tal Pinto: que exista un Comando paramilitar aprista. Eso sería muy serio. Comprometería nuestra débil democracia.

—Repitió «muy serio» varias veces, Pepe, como si me estuviera dando la clave de lo que podría hacer el ejército si se descubría la existencia de un Comando paramilitar aprista.

El trayecto de regreso lo hicieron en silencio. Sebastián tuvo la certeza de que si el comandante hubiera seguido hablando lo habría mandado a la mierda. Necesitaba pensar tranquilo, concentrarse en lo que debería hacer para que Rebeca, apenas pudiera, contactara nuevamente con la chica, no fuera a ser que desapareciese o que de pronto se arrepintiera, carajo. Cuando llegaron a la casa el comandante Aubert se despidió, que, por favor, le presentara sus respetos a doña Magda y a su hija, él tenía que irse, pero mañana estaría sin falta en el entierro. Repitió algunas otras fórmulas y Sebastián estrechó una mano correosa y enérgica antes de entrar. Ya estaba oscureciendo cuando lo hizo y una garúa muy fina empezaba a mojar las calles haciéndolas aparecer lustrosas. Súbitamente recordó que no había llamado a ninguna de las academias y que ya era muy tarde para hacerlo. Tendría que esperar hasta mañana.

—Pero al día siguiente tampoco pude —dice Sebastián escuchando como a lo lejos el timbre del interfono, y piensa entre brumas «los de seguridad con el pollo y los hielos»—. Casi me botan. Estaban calientes conmigo porque además por esas fechas yo empezaba a faltar muchos días; el asunto de las adopciones me tenía loco, Pepe. Quería conseguir como sea esos dos mil dólares y cuanto peor me iban las cosas más me emperraba en meterme hasta el cuello. No perdí la chamba en las academias porque Dios es grande.

—Ya hay hielito —dice el Pepe después de abrir la puerta y recibir las bolsas que le alcanzaron los de seguridad—. Después de todo, a estas alturas de la madrugada una hora más o una hora menos es la misma vaina. Venga, cholo, salud.

Sebastián lo mira ansioso, se muerde los labios adormecidos con fuerza y bebe el whisky que le deja un sabor elemental y llameante en el estómago antes de enfrentar los ojos de su amigo.

—¿Y sabes a quién me encontré en el velorio cuando regresé de la aseguradora, Pepe? —dice al fin con una rara entonación—. A Arturo Crespo. Pensé que iba a recoger a tu hermana, pero resultó que su madre era amiga de doña Magda. Las dos eran de la misma parroquia, de la Medalla Milagrosa. Mira tú por dónde.

—A ése ni me lo menciones —dice el Pepe abriendo la bolsa de hielos y dejando caer algunos sobre la cubitera—. Desde que la Gata se fue a vivir con él, mi viejo está destrozado, sobre todo porque le han lavado el cerebro esos apristas de mierda. Acusa a mi viejo de tener algo que ver con el asesinato de Ganoza, y ahora que Sánchez Idíaquez está en el Frente, peor aún: ¿tú puedes comprender tanta mierda? Su propia hija, carajo, como si el viejo no tuviera suficiente con las mil acusaciones que se lanzan contra él.

Lo había llamado al periódico tantas veces y otras tantas le habían dicho que Montero no estaba allí, que volvía más tarde, que si quería dejarle algún recado, que Pinto terminó pensando a lo mejor el flaco no quiere verme, a lo mejor se está negando, y no pudo evitar ese saborcillo a ceniza que sentía cuando pensaba en la estupidez que había cometido aquella tarde cuando salieron del Mario. Para Rosa, que había escuchado la versión de Pinto, el arrepentimiento era lo que contaba, y que ella recordara, nunca pensó que Montero fuera rencoroso; un poco atolondrado y lo que quisiera, pero rencoroso no, le parecía extraño que se estuviera haciendo negar. ¿Acaso no eran amigos de tanto tiempo? Pinto terminó por admitir que efectivamente Montero no era rencoroso, caracho, pero le resultaba extraño que nunca lo encontrara en el periódico. ¿Y si a lo mejor estaba con harto trabajo?, le insistió Rosa, y él tienes razón, quizá deba insistir más. Pero lo cierto es que Montero tampoco llamaba, él sabía perfectamente que Pinto sólo podía recibir llamadas y no hacerlas, porque el dueño del departamentito le había puesto un candado al aparato y le explicó a Pinto que así se evitaban problemas; Montero sabía eso, Rosita, Montero sabía que él, para llamar a alguien, tenía que bajar y caminar un par de cuadras, por lo menos, seguro que le habrían dado algún recado, ¿cómo era posible que no le devolviese la llamada? Que no se pusiera triste, amor, quizá no le habían dado ningún recado, ¿no quería que ella hablase con Silvia o con el mismo Montero? Ya no se reunían para jugar al monopolio ni para ir al cine como antes. Que ni se le ocurriera, caramba, dijo Pinto con cierta brusquedad, pero de inmediato se arrepintió, estaba muy tenso últimamente, tenía que comprenderlo, acababa de descubrir qué basura era el periodismo y la gente que trabajaba en él, acababa de perder su trabajo y también a su amigo, si a veces deseaba pegarse un tiro, carajo, dijo derrumbándose en la cama una tarde al regresar de la calle. Rosa lo miró largamente y le alcanzó un plato, lo estuvo esperando para comer pero ya era tarde, se tenía que ir al hospital. Pinto la abrazó y la besó, la quería mucho, Rosita, que no se preocupara, no se iba a pegar un tiro, y ella se zafó amablemente del abrazo, pequeñita, tristona, sonriente casi a su pesar, si no se preocupaba por eso, sonso, sino más bien porque no le gustaba verlo así. ¿Había llamado nuevamente a Montero? Bajaron juntos y Pinto la acompañó hasta la avenida Tacna para que ella alcanzara el micro. ¿Por qué no iba hasta el periódico si estaba tan cerquita? Era cierto, claudicó él cuando Rosa ya subía al Covida, se daría una vuelta por allí, a ver si lo encontraba, sonrió haciéndole adiós cuando el micro verde partió hacia el puente Santa Rosa envuelto en la humareda negra que despedía. Qué mundito pequeño, Pinto, pensó tocado por una extraña melancolía, caminando hacia el teléfono público: aquí nomás, cruzando el puente, el Rimac y la avenida Francisco Pizarro, de donde son Montero y la Rosa; tu casa a tres cuadras rumbo a la plaza de Armas y a menos de seis el periódico donde trabaja Montero. Cuando llegó a Rufino Torrico dio la vuelta sin estar muy convencido de por qué lo hacía y decidió ir a *Expreso,* seguro que lo encontraba, pensó sintiendo un traicionero malestar que le subía desde el estómago. ¿Y si Montero verdaderamente estaba enojado, resentido?, ¿si era cierto que no había querido contestar a sus recados? En un kiosco de la avenida Tacna se detuvo a comprar cigarrillos y todavía dudó un momento cuando cruzó con la avalancha de gente que se precipitaba hacia los micros y colectivos, hacia los buses amarillos de Enatru que se disputaban un espacio para acercarse a sus paraderos, ¿y si?

La recepción de *Expreso* era pequeña, destartalada y con muebles marrones, pasados de moda. Una chica con las uñas horriblemente comidas le preguntó a quién buscaba, y justo cuando él iba a contestar vio la cabecita de pelo rizado, el saco azul de pana, los pantalones chorreados. Cholo, qué hacía por aquí, sonrió Montero acercándose con un amigo, bastante joven pero casi calvo, un colega, Juan José Balcázar, dijo estrechando la mano de Pinto, y él mucho gusto. Qué tal si se tomaban unas cervecitas aquí al frente, propuso Montero, y luego se acercó a la chica de la recepción, Mónica, si Moncloa pregunta por nosotros dile que estamos en la chingana de siempre, allí donde no se mete nadie más de esta casa, añadió riéndose. Montero hablaba como si nada hubiera pasado, como si se hubieran dejado de ver ayer, pensó Pinto cuando se sentaron frente a unas cervezas y escuchaba distraído el análisis que hacía Balcázar sobre las posibilidades del Frente Independiente para las próximas elecciones. Todavía faltaba más de un año para eso, dijo Montero interrumpiéndolo al cabo de diez minutos y alzando su vaso para proponer un brindis. Balcázar era un entusiasta de la política y todo el día hablaba de lo mismo, igual que tú con el Comando, cholo. Pinto se quitó las gafas con lentitud y las frotó contra la chompa, mejor no hablaban de eso, dijo bruscamente gris, pero Balcázar se llevó una mano a la frente, claro, eres tú, sonrió como si recién comprendiera, Pinto era el pata que se metió en un lío con Fonseca por el asunto de unas fotos que vinculaban al Comando con el ministro, ¿no? ¿Cómo había sido eso? Nada, dijo Pinto sintiéndose desalentado, hueco, sin ganas de hablar. Él sacó unas fotos y se las velaron porque podían resultar comprometedoras, eso era todo, no había más misterio. Montero encendió un cigarrillo y miró su reloj fugazmente, el cholo tenía razón, mejor no tocaban ese tema, dijo con una voz fúnebre. Balcázar los miró a ambos y bebió su cerveza, bueno, él sólo preguntaba, curiosidad periodística nada más, pero si había algo que él no debía saber mejor no hablemos de eso, carajo, interrumpió Montero. Pidieron más cerveza y hablaron del campeonato, Montero siempre había sido del Sporting Cristal porque era rimense de corazón y Pinto en cambio era del Universitario, igual que Balcázar, aunque ambos equipos estaban hasta las patas y era casi una fija que el Alianza Lima se hiciera con la copa. Salud, salud, y al cabo de un momento Montero le dio una palmada a Balcázar, ya se tenían que ir, era tarde, y a Pinto qué alegría volver a verlo, que se pasara más seguido por aquí, pero en sus ojos había resentimiento, Rosita, le contó Pinto al día siguiente cuando se vieron en el parque de la Reserva para pasear un ratito porque no tenían dinero para otra cosa, había notado una especie de rabia o burla en su voz y era bastante extraño en el flaco, él no era así, Pinto le había dado mil vueltas al asunto y no lo terminaba de entender, ni siquiera lo dejó disculparse, hablarle un rato a solas; él sabía a lo que iba, Rosita, cómo no lo iba a saber, y pese a eso invitó a su pata, al tal Balcázar, sólo para evitar que yo le dijera una palabra de disculpa. A Rosa le parecía que Pinto era un poquito retorcido, inventándose tanta cosa para justificar que simplemente no pudo hablar a solas con su amigo. Pinto se llevó las manos a los bolsillos, dejando de abrazar a Rosa, ¿eso creía de él? ¿Ésa era su opinión?, dijo enfurecido, y Rosa lo miró estupefacta, ella no había querido ofenderlo, que no se pusiera así, le pidió con voz baja, porque Pinto estaba hablando cada vez más alto y algunas parejas que pasaron junto a ellos se volvieron a mirarlos. Que por favor no se pusiera así, dijo Rosa antes de sentarse en una banca y taparse el rostro con las manos, sacudiéndose como si llorara. Tenía la voz lastimosamente quebrada, ¿qué le pasaba a Pinto? Él nunca le había gritado así, tan feo y en plena calle, dijo al fin levantando su rostro azorado. Que lo disculpara, Rosita, dijo Pinto confundido, sentándose a su lado y poniendo una mano sobre las de ella, que lo disculpara, estaba nervioso, se sentía hundido, no sabía por qué se puso así. Se quedaron sentados allí hasta que todo empezó a quedar envuelto en una penumbra lechosa y escucharon el silbato del guardián inubicable, omnisciente, acercándose hasta ellos convertido ahora en una silueta rechoncha y cansina, ¿no habían escuchado? Ya estaban cerrando el parque, que se fueran de una vez y cuidado porque a esta hora aparecen los choros, ya habían asaltado a varias parejas por quedarse hasta muy tarde, igual que ellos. Salieron abrazados y una luna llena que apareció sorpresiva de entre las nubes maquilló con aire fantasmal las enormes rejas que daban acceso al parque y a las siluetas furtivas que aún se besaban apoyadas en los árboles cercanos. Rosa se apretó contra Pinto y él le acarició los hombros, le buscó el rostro, la boca. La besó finalmente, sintiendo los labios carnosos, salados por las lágrimas, ya le había pedido disculpas, Rosita, que no fuera así con él, por favor, que lo entendiera, le dijo esforzadamente, y ella estaba bien, amor, sólo que había tenido un mal día. ¿Recordaba que Rosa le habló hacía tiempo de esa amiga suya que se encontró en el hospital, la que estaba embarazada? Pinto mintió que sí, claro que lo recordaba, ¿qué había ocurrido? Nada, suspiró Rosa, que se la encontró hoy nuevamente y la amiga le dijo que iba a dar a su hijo en adopción y a Rosa eso le daba mucha pena. ¿Y el padre?, preguntó Pinto sin mucho interés. Rosa no sabía nada, la chica era muy vergonzosa y no quiso decirle nada, pero ella sospechaba que si su amiga iba a entregar a su hijito en adopción era porque la habían engañado, porque la habían abandonado, la última vez la vio acompañada por una chica, una pituquita que parece la estaba ayudando. Ajá, dijo Pinto sin mucho interés, y se quedaron nuevamente callados hasta que llegaron a la Arequipa para tomar el colectivo. Había poca gente en el paradero y no les fue difícil subir a un carro. Cuando llegaron a Francisco Pizarro Rosa se volvió hacia él. Tenía el rostro embravecido y una expresión ansiosa cuando le habló; ¿Pinto nunca la abandonaría, verdad? Así que era eso, sonrió él pasándole un dedo áspero por la mejilla, así que por eso Rosa estaba tan calladita, tan triste, tan susceptible. Que le contestara, dijo Rosa buscándole los ojos, que le dijera si él no la abandonaría. Pinto la abrazó sintiendo el cuerpo pequeñito aflojándose contra el suyo, claro que no, tontita, nunca la dejaría, jamás, ni en sueños; la quería, Rosita, que nunca pensara esas cosas. Todavía la esperó un momento cuando Rosa entró a su casa y desde la puerta le hizo adiós y le envió un beso con la mano. «Nunca, Rosita», pensó.

En un plato sobre la mesa queda casi medio pollo, algunas servilletas de papel y las bolsitas de ají abiertas por el Pepe, que confesó no poder comer nada sin picante y qué raro que Sebastián siendo arequipeño ni lo haya probado. Cierto, Sebastián apenas ha mordisqueado desganadamente el pollo y se ha concentrado en su vaso de whisky. La puerta de la habitación está entreabierta y se vislumbra un revoltijo de sábanas y ropa sobre la cama. El Pepe ha limpiado diligentemente la mesita de centro que separa los muebles donde están sentados frente a frente. El silencio turbio en el que parece flotar, denso, el humo de los cigarrillos, es roto finalmente por Sebastián.

—Una vez —dice con una media sonrisa, como si se avergonzara: ya no tienes derecho a hacerlo, Sebastián—. Sólo una vez le puse los cuernos a Rebeca.

El Pepe sirve chorros de whisky, añade abundante hielo y remueve su vaso. Observa con interés a Sebastián.

—¿Alguna amiga suya? —se atreve a preguntar al cabo de un momento porque Sebastián se ha quedado callado, la mirada absorta, lejana.

—Mira en qué estado vienes —dijo Rebeca abriendo la puerta, mirándolo con repugnancia.

—Por favor, Rebeca —náuseas, ganas de tumbarse en la cama, un espantoso dolor de cabeza—. Sólo me he tomado unos tragos con el gordo Augusto.

—Qué bonito —dijo Rebeca ajustándose la bata y cerrando la puerta porque una luz se ha encendido en la escalera y ella sabe que es la señora Charo, vieja chismosa. Cerró con violencia la puerta y observó a Sebastián que dejaba el saco sobre el sillón. Caminó furiosa detrás de él hasta llegar al baño. Hay ampollas de humedad en el techo y faltan algunas mayólicas en las paredes, el espejo del botiquín devuelve su nariz vibrátil, el reproche de sus ojos—. Yo aquí esperándote muerta del miedo por lo que te pudiera pasar y tú con ese gordo asqueroso.

—Así son las mujeres, hombre —dice el Pepe convencido de sus palabras—. No te perdonan una, carajo.

—Bueno, pero sólo una —Sebastián sonríe confuso, acepta la botella de cerveza que la mujer ha puesto en sus manos con esmerada obsequiosidad, sabe que todos lo miran, bebe sintiéndose incómodo y de reojo observa a Luisa. Está muy envarada y apenas apoya la espalda en la silla, junto a él, no se atreve a mirarlo.

—Pero dónde te metes —dijo Rebeca sin poder evitar un gesto de asco cuando entran al dormitorio—. Mira cómo traes los zapatos, qué te está pasando, Sebastián, tú no eras así.

—Por favor, Rebeca —se oyó murmurar, tenía los músculos agarrotados y todo en su cabeza giraba horriblemente. Cierra los ojos pero es peor. ¿Cómo llegó hasta casa?

—¿Sólo cerveza y te pusiste así? —pregunta el Pepe bebiendo un sorbito de whisky. Hace un gesto, busca la servilletita de papel que Sebastián ha puesto sobre la mesa y se limpia los labios.

—Y luego mulitas de pisco, y después no sé qué más, creo que hasta chicha. Recuerdo que se reían de mí y yo estaba feliz, bailaba y hacía mil huevadas, Pepe —confiesa Sebastián batiendo lentamente su whisky, sin mirar a su amigo. Se queda callado nuevamente. A lo lejos se escucha el paso de los autos por la avenida, cada vez más esporádicos y lejanos.

—Me resulta increíble imaginarte así —dice el Pepe con sinceridad y luego sus ojos brillan maliciosamente—. ¿Pero cómo fue la movida?

Había llegado a Villa cuando caía la tarde. Quedó en encontrarse con Luisa en la entrada del pueblo joven, cerca al kiosco de doña Carmen, donde se conocieron. Sebastián estaba apurado porque luego el trayecto hasta Lima se le hacía pesadísimo y además era peligroso salir de noche por aquellos arenales sin alumbrado.

—Te meten una cuchillada ahí y nadie dice ni pío —dice el Pepe recordando uno de los últimos mítines por aquella zona.

Lo cierto es que estuvo fumando allí, en medio de aquellos terrales, viendo el lento caer de la noche y sintiéndose intranquilo porque las personas que hasta ese momento pasaban por las cercanías ahora sólo eran sombras fugaces, voces, risas, siluetas que se difuminaban en la oscuridad. Empezaban a ladrar los perros cuando apareció Luisa. Venía apurada, las manos cruzadas sobre el pecho, tratando de cerrarse la chompita blanca que Sebastián le conocía.

—Discúlpeme la tardanza —le dijo—. Pero tuve que llevar a mi tío a la posta médica porque le tocaba revisión. Se me hizo tarde.

Sebastián notó que olía a un perfume dulzón, como de juguete; un olor vulgar que le llegaba en oleadas cada vez que soplaba el viento.

—Me dio ternura, Pepe —dijo en voz baja, eligiendo las palabras, un poco sorprendiéndose de la confesión y un poco burlándose también.

—¿Ternura? —pregunta el Pepe como si no hubiera escuchado bien la palabra.

—No me trates de usted, ya te lo he pedido —dijo Sebastián buscándole los ojos, observando que llevaba unos zapatos rojos, distintos a los que calzaba comúnmente, y que estaba arreglada, diferente.

Luisa enfrentó la mirada de Sebastián pero muy brevemente. Luego bajó la vista y volvió a cerrarse más la chompa. Temblaba, parecía asustada, ansiosa.

—Era extraño —le escucha decir el Pepe en un susurro—. Yo era quien le pedía que me tratara de tú y sin embargo casi no me animaba a hacer lo propio; me sentía cohibido con ella, me daba rabia admitirlo pero en

ese tiempito en que anduvimos por los arenales de Villa
cuando el asunto de las adopciones, nunca pude familia-
rizarme con la negra, apenas hablábamos, lo único que
supe es que justo hasta septiembre había trabajado como
sirvienta, después se quedó pateando latas. Además, los
iban a echar de ahí, ésa era su preocupación. Y la mía las
adopciones, Pepe, así que apenas la escuchaba.

—¿Y qué tal estaba? —pregunta el Pepe cruzando
una pierna y apoyando todo el brazo en el respaldo del
sofá—. Yo una vez me tiré a una negra, una cubana que
se presentaba con un espectáculo en el Sheraton, hace un
huevo de tiempo. Tenía un motor en el culo, qué bestia.

—¿Con quién has estado? —dijo Rebeca, y en su
voz aleteó una nota escandalizada—. Hueles horrible, Sebastián, no me vas a decir que no has estado con alguna
polilla y eso sí que no te lo aguanto, papito; dónde te has
metido, caracho.

—En San Roque —dice Luisa muy seriamente—.
Yo pensé que usted iba a venir el miércoles pasado y lo estuve esperando.

—¿Estás segura? —dice Sebastián pasando por alto
el reproche, sintiendo que esta vez por fin, que esta vez sí
iban a salir bien las cosas.

Luisa se encogió de hombros. Parecía asustada
o avergonzada, no se atrevía a enfrentar los ojos de Sebastián y hablaba mirando a los alrededores como si temiese
la llegada de alguien.

—Así me dijo mi prima. Una amiga suya está
a punto de dar a luz y no sabe qué hacer. Los padres la
quieren botar de la casa y del hombre que la embarazó ni
rastro, un panadero que conoció en un salsódromo, parece. Pero eso fue el miércoles pasado. Usted no vino.

—Ya sé, ya sé —dijo Sebastián conteniendo el mal
humor, quiere pensar y le hace un gesto a Luisa para que se

calle, pero luego, al ver la expresión que ha puesto, le sonríe disculpándose.

—¿Pero qué pasó? —dice el Pepe sin dejar de sonreír, cada vez más interesado.

—Pasen, pasen —dice la mujer secándose las manos en un delantal, mirando con curiosidad a Sebastián y luego a Luisa. Al fondo, detrás de la mujer, se alcanza a ver un grupo de gente, algunas sillas, unas cajas de cervezas. La casa es muy pobre y Sebastián se siente violento en medio de aquel bullicio pachanguero. Las sillas están pegadas contra las paredes y sobre la mesa hay botellas, platos descartables, cubiertos plásticos. En el extremo de la habitación repleta de gente que baila y bebe se vislumbra, apenas oculta tras una cortina floreada y raída, un pasadizo. Sebastián cree ver la silueta de una india muy vieja sentada con gesto imperturbable en una mecedora.

—Había un tono, Pepe —dice Sebastián meneando la cabeza como si él tampoco lo pudiera creer—. Una fiestecita. Se me fue el alma a los pies, carajo, de Villa a San Roque para nada.

—¿Y la chica, prima? —dice Luisa saludando con un beso a la mujer que les ha abierto la puerta, sonriendo con esfuerzo a la gente que voltea a mirarlos, volviéndose finalmente a Sebastián con los ojos devastados por la confusión—. ¿Qué fue de la chica?

—¿Qué chica? —la prima ya ni se acordaba, Pepe. Miraba a la pobre negrita como si estuviese hablando en chino. Nos hizo pasar, a mí me puso una botella de cerveza en la mano y a la negra un vaso de chicha.

—La amiga... —Luisa susurró desalentada al ver que su prima apenas la escuchaba.

—Los amigos de mi prima son mis amigos —así dijo, Pepe. Resultaba que yo era un amigo de la negrita.

Me dieron ganas de llorar, levantó el vaso con un gesto ridículo y brindó—. «Salud, joven.»

—Salud —dijo el Pepe divertido—. Y por eso te la tiraste. De pura bronca.

—No sé qué va a pensar —empezó a decir la negra con una voz que daba lástima, Pepe, pero yo sólo sentía odio, frustración—, y es que mi prima está un poco tomadita y no se acuerda. Por favor, no piense que le he mentido. A ver si en un momentito le puedo hablar a solas y nos vamos.

Se quedaron sentados en un rincón, viendo bailar a la gente. Sebastián encendía un cigarrillo con la colilla del anterior, soportando a duras penas el olor tibio a sobacos, a encierro, a pies. «Qué mierda haces aquí, Sebastián», pensó observando el baileteo de los borrachos, la dulce huachafería de las chicas, y empezó a odiarlos a todos, a escupirlos, a pegarles, a darles patadas, puñetes, a incendiar la casa: puso cuidadosamente el vaso en el suelo, casi junto a sus pies, cuando se acercó un hombre de saco crema y brillantes zapatos amarillos. Tenía una expresión embrutecida y le chorreaban unos pelos grasosos sobre la frente, murmuró unas palabras y extendió una mano hacia Luisa. Ella lo miró y movió la cabeza negando, no, no quería bailar. A los pocos minutos se acercó otro hombre, algo mayor, haciendo esfuerzos por parecer ceremonioso y no tambalearse al hacer una especie de reverencia hacia Luisa, que también se negó, con una sonrisa envarada, lejana.

—¿Por qué no sales a bailar? —le dijo Sebastián, molesto porque los hombres recibían la negativa y lo miraban a él, parecían disculparse, se encogían de hombros y se iban.

—Pensarían que eras su enamorado, su prometido o algo así —dijo el Pepe divertido, sonriendo truculentamente—. ¿Y la negra por qué no quería salir a bailar?

—Porque no quiero —dijo Luisa sin mirarlo, bebiendo despacio su vaso de chicha, y él la estrangulaba con fuerza, la pateaba—. Si quiere nos vamos de una vez.

—No —se oyó decir Sebastián pensando jódete ahora. Sirvió un vaso de cerveza y se lo dio a Luisa—. Toma.

—Se quedaría fría —dijo el Pepe.

—Me miró extrañada pero no se negó. Qué cara tendría yo, pues. Estaba amargo, frustrado, tomaba los vasos de cerveza como si fueran agua.

Luisa bebió muy lentamente la cerveza y apenas terminó le devolvió el vaso a Sebastián, por qué no se iban de una vez, insistió sin fuerza.

Sebastián no le hizo caso y volvió a llenar los vasos. Tenía una expresión sombría y torva, sabía que se estaba emborrachando y no le importaba, uno tras otro terminaba los vasos que él mismo servía, pensando en el gordo Augusto, todo era facilito y se ganaba dos mil dólares, hermano: matarlo también a él, pensando en Rebeca, ¿hasta cuándo, Sebastián? Matarla también a ella, pensando en los mil correteos por aquel pueblo joven buscando niños, las cuentas, las academias, el hastío: matarse él.

—Si hubiera sabido que eso sólo era el principio, carajo —dijo Sebastián, y el Pepe hizo un ademán extraño, un gesto que pretendía quitarle importancia a las frases de su amigo—. Si hubiera sabido que jamás llegaría a tener aquellos dos mil dólares, carajo.

Al poco rato se les acercó la prima y les preguntó si ellos no bailaban y si querían comer algo. Palmoteaba, alborotaba divertida alrededor de su prima y ahora miraba sin disimulo a Sebastián. Cada vez que sonreía mostraba unos dientes torcidos y voraces, sus ojos eran grandes y tenía el cabello ligeramente ensortijado, chola de mierda, zamba de mierda, matarla también, Sebastián, largarte, emborracharte. ¿Por qué no se iban de una vez?, escuchaba la voz de Luisa que insistía en que ya era tarde: un sopapo, un golpe, un cuchillo.

—No sé por qué, pero quería emborracharme y emborracharla —dice Sebastián frotándose la barbilla, contemplando el cigarrillo que no termina de llevarse a los labios—. Y no es que pensara en tirármela, Pepe, no. Era como un encono, una estúpida animadversión contra ella.

—Ya no quiero beber más —dijo Luisa rechazando el vaso que le ofrecía Sebastián, mirándolo con sus ojos húmedos y asustados.

—Ya —dice el Pepe como si estuviera al tanto de todo—. Era lógico, no tenías con quién desfogarte y ella era quien estaba más a la mano.

—No lo sé —dice Sebastián decidiéndose al fin por darle una pitada al cigarrillo antes de alzar su vaso.

—Salud —dijo ella con una voz muy grave, sin atreverse a mirar a Sebastián y bebiendo apenas un sorbito de la cerveza que ha tenido que aceptar ante la oscura insistencia de él, que ha aceptado un vasito de pisco, se lo lleva a los labios y lo bebe de un golpe.

Llegaba cada vez más gente a la fiesta y la prima ya no venía tan frecuentemente hacia ellos como al principio. Ahora correteaba de un lado a otro llevando vasos y platos de comida, se detenía un momento en cada grupo y reía, charlaba, volvía a correr atendiendo a todos. La mayoría de los invitados bailaba y Sebastián sintió el mareo subiéndole levemente, una sensación cálida, un olvidarse de todo, una especie de euforia feroz y contenida largo tiempo.

—¿De qué se ríe? —oyó la voz de Luisa alarmada y sólo entonces comprendió que efectivamente se estaba riendo, le daba mucha gracia ver al cholito aquel que se había acercado al principio para sacar a bailar a Luisa, y que ahora daba saltos e improvisaba un huayno en medio de la sala, jadeante, entusiasmado por las palmas con que los demás lo acompañaban, y él lo imaginaba desnudo, maltratado, pateado, cholo de mierda: a él también.

—De ése —dijo Sebastián señalando al hombre, bebiendo otro sorbo de pisco que le abrasa la garganta.

—Está borracho —dijo Luisa, y él no supo si se refería al cholo que bailaba cada vez con más entusiasmo o a él mismo. No le dio importancia, no quería darle importancia a nada, no quería pensar en nada.

—¿Pero sabes qué es lo que más me sorprendió, Pepe?

—¿Tiene un cigarrillo? —dijo Luisa terminando un vaso de cerveza que Sebastián no le había servido.

—Ya estaba caliente —dijo el Pepe, y sus ojos brillaron cuando se llevó el vaso de whisky a los labios.

Sebastián le alcanzó el cigarrillo con manos torpes y luego de algunos intentos pudo encendérselo, cerró los ojos, aturdido por la bulla, el alcohol. El odio se había desinflado, unas ganas de sollozar, Sebastián, de hundirte. Era y no era él; actuaba y al mismo tiempo se veía accionando, fumando, de pronto, sin saber en qué momento se escuchó diciéndole cosas a Luisa, confesándole quién sabe qué, Sebastián, era un torrente imposible de detener y ella lo miraba atenta, sorprendida al principio pero después ya no, bondadosa, comprensiva contigo, Sebastián, comprensiva como jamás Rebeca, bebiendo a sorbitos su cerveza y escuchándote pese a la bulla, a la salita que se mecía suavemente como el temblor de la blusa cada vez que Luisa cambiaba de posición, se acercaba más para escuchar mejor a Sebastián: sus piernas prietas y tersas se cruzaban y descruzaban, no se ponga triste, ya no tome más, pero él cerró los ojos e imaginó sus manos andando por esa piel tibia y suave. En algún momento alguien les había alcanzado otros vasitos de pisco y él bebió sintiendo el fuego en su garganta.

—El pisco te pone así —dijo el Pepe agitando el brazo que remataba en un puño violento—. Al palo. A mí me ha pasado alguna vez.

—No me reconocía —dijo Sebastián cerrando los ojos, recordando.

Era como si la conociera de toda la vida, como si no tuviera otra urgencia, otra sed que tocarla y morder sus labios gruesos, estrujarla feroz, deliciosamente. Ya no sabía lo que estaba diciendo ni lo que hacía cuando ella le pidió que se fueran de una vez, que por favor ya no tomara, que ya era tarde y su tío se podía preocupar.

—¿Te sientes mal?, ¿te molesta que te cuente? —se oyó preguntar Sebastián apremiadamente: las piernas gruesas por donde huyeron sus manos, los senos adivinados bajo la tela de la blusa por donde se escurrió su lengua, el vértice húmedo del calzón por donde se abalanzaban las manos.

—No, a veces uno necesita hablar y no hay con quién, ¿no? A mí también me pasa —dijo ella con una voz demorada, intentando sonreír, y Sebastián pensó quiere cachar, quiere que me la tire—. Sólo que he tomado un poquito. Vámonos ya.

—No sé cómo nos fuimos —dice Sebastián—. El aire de la noche me cagó por completo. La negra me dijo que había bailado pero yo no lo recordaba, sólo me acordaba que en algún momento yo me despedía de la prima y de los otros miéntras ella me obligaba a apoyarme contra su cuerpo.

—Sentirías riquísimo sus tetas —deletreó el Pepe con la voz turbia y bronca.

—A lo mejor, no lo sé. Recuerdo confusamente que caminamos hacia la avenida para tomar un taxi, pasamos por unas calles oscuras y desiertas.

Ladraban furiosamente unos perros inubicables y hacía un poco de frío. Trastabillando, Sebastián apretó a Luisa contra su cuerpo y lo emboscó una confusión de ternura y deseo, unas ganas desesperadas de llorar, de seguir acariciándole la espalda, los hombros, el cuello.

—Arrecho hasta las patas —dijo el Pepe sin ningún asomo de duda en la voz.

La volvió contra él sintiéndola agitada, temerosa. Le murmuró palabras dulces y obscenidades contra la boca y al principio Luisa se quiso zafar de sus brazos pero protestaba cada vez más débilmente. Sebastián la empujó contra una pared acorralándola contra su cuerpo; la oyó gemir despacito, pedirle que no, que allí no, por favor, y eso lo inflamó aún más. Oyó como muy lejanos sus sollozos, casi no podía respirar y le temblaban las manos cuando alcanzó a desabotonarle la blusa.

—¿Allí mismo en la calle te la tiraste? —preguntó el Pepe incrédulamente, bebiendo de un golpe un trago de whisky, buscando a tientas los cigarrillos sobre la mesa—. Cómo estarías, compadre.

—Sólo recuerdo el taxi de regreso a casa. Todo lo demás es una mezcla endiablada de imágenes —dice Sebastián bajando la voz y bebiendo el resto de whisky que hay en su vaso.

—¿Y cuando la volviste a ver cómo reaccionó? —pregunta el Pepe.

—Eso es algo que me jode, Pepe —dice Sebastián—. Porque cuando yo regresé por Villa después de un tiempo en que me sentí como un perro por haberme portado así, sucedió lo que esa gente estaba temiendo desde hacía mucho. Los habían echado.

—¿O sea, que no la volviste a ver? —el Pepe abría la boca sorprendido, maravillado o incrédulo.

—No —dice Sebastián con una voz sin matices—. Después de aquella vez no la volví a ver.

—Bueno, hombre, después de todo fue lo mejor. En una de ésas te salía con el cuento del embarazo y ahí sí cagabas fuego.

—Sí, quizá tengas razón, el caso es que Rebeca estuvo como una semana sin dirigirme la palabra.

¿Y después?, como si no hubiese sido suficiente con todo lo ocurrido, llegó un tiempo en que no se hablaba en la ciudad de ningún otro tema que no aludiese, aunque sea veladamente, al Comando. Nosotros al principio nos encogíamos de hombros, nos reíamos, infundios, explicábamos, absurdas estratagemas de la oposición para desprestigiar al Apra en estas horas difíciles, muchachos, a no hacer caso y seguir trabajando, que hoy más que nunca el Partido necesita de nosotros y el pueblo del Partido, ya escucharon al diputado Egoaguirre, al senador Ferrari, al mismo presidente, y redoblábamos esfuerzos para continuar acudiendo a donde nos necesitaban, a los pueblos jóvenes, indiferencia, insultos, piedras, y organizando en la universidad seminarios, conferencias, simpósiums: hastío, desdén, sarcasmos, pero luego de aquellos primeros atentados que acabaron con la vida de un oscuro abogadillo que defendía terroristas y sembraron confusión entre la gente —una carga de dinamita en la residencia de un senador derechista, otra en la casa del director de un periódico opositor al régimen y unas pintas de autoatribución del atentado por parte del Comando— empezaron a crecer lenta, imperceptiblemente, como sordos anuncios de terremoto, el rumor, las críticas más violentas, el miedo, la indignación y finalmente los ataques directos al Partido, ya sin disimulo, sin argumentos, sin nada más que el odio supurado por las pústulas del miedo que la oposición abría en el pueblo con sus hipótesis descabelladas y veladas acusaciones. Ataques e incriminaciones al Partido, al presidente, al ministro del Interior, y en las revistas y periódicos subvencionados por el imperialismo yanqui y la oligarquía de siempre aparecían calculadas dosis de infamia, suficientes para clavar el aguijón de la incertidumbre, para alentar el aleteo raudo de la sospecha, el veneno necesario para atemorizar al pueblo e infundirle odio contra un fantasma porque el Comando no existe, enérgico el senador Castro en un debate televisivo, es una farsa ignominiosa, indignado el ministro Sánchez Idíaquez en el aeropuerto, a su llegada de Corea del Norte, eran sólo fabulaciones burdas que tejía la rueca emponzoñada de la oposición, asqueado el premier Vélez en una sesión parlamentaria; venganzas reprobables y juegos malabares que segaban vidas con el único propósito de enlodar la imagen del Partido ante la opinión pública, tajante el presidente en una rueda de prensa donde asistieron corresponsales extranjeros: no es más que eso, muchachos, pero ya no había quien detuviera el perverso mecanismo de la infamia montado por la rapaz genealogía de los señorones de la política: el Comando, supuesto brazo armado del Partido, empezó a existir en los rostros contraídos de quienes nos insultaban culpándonos de una crisis heredada; en los puños crispados de quienes exigían el derrocamiento del Gobierno; en los retazos de conversaciones y comentarios que, convertidos en susurros e imprecaciones masculladas, continuaban más allá del toque de queda cuyos límites nocturnos recorrían tanquetas trepidantes como el estertor del silencio y desvencijados coches patrulleros que sin embargo no eran suficientes para proteger a la población del festín de vísceras y dinamita que organizaba el terrorismo, ni del tumulto desarrapado y villano que asolaba las calles saqueando tiendas y oficinas, farmacias y supermercados, kioscos y bode gas, hasta que fue necesario implantar el toque de queda, el estado de emergencia, porque no podíamos permitirnos el lujo de la libertad sin ciertos límites, por pura defensa propia era necesario restringir la circulación, tomar las providencias del caso, no salir sin documentación, identificarse cada vez que la autoridad así lo requiera, evitar los tumultos y las reuniones públicas, colaborar con las fuerzas del orden, denunciar y combatir el terrorismo, anunciaba la propaganda reiterante del Comando Conjunto de las Fuerzas Armadas, y el mensaje grabado del presidente, ceñudo, visiblemente preocupado frente a las cámaras de televisión, desmintiendo los rumores que aseguraban un golpe de Estado y una absurda discrepancia con el ministro del Interior, prometiendo las garantías necesarias para que, cuando llegara el momento, la transferencia de mando se hiciera en un clima democrático y saludable, firme en su propósito de mantener en el cargo al ministro Sánchez Idíaquez y dándole su apoyo incondicional en el ejercicio del mismo, pidiendo calma a la ciudadanía, empeño para no dividir más al país y sobre todo no dar crédito a esos infundios que vinculaban al Partido con una banda de sicarios comprados por quienes temen que este Gobierno descubra y sancione sus fechorías: no, levantaba un índice enérgico, el Gobierno se encargaría de encontrar y castigar a los culpables de aquellos crímenes y atentados, lavaría la sangre ajena que nos salpicaba a nosotros, que ya no sabíamos cómo actuar, tranquilidad, muchachos, cuando nos culpaban, asesinos, criminales, nos odiaban con el ciego y macerado rencor de la desesperación, terroristas de Estado, nos insultaban y escupían, muera el Apra, ladrones, abusivos, hijos de puta. A no ofuscarse, muchachos, este temporal pasará, había que tener confianza en la labor del Gobierno, había que seguir trabajando indesmayablemente, ahora de nuevo en silencio, a comenzar de cero, a no responder a las provocaciones, a no dejarse ganar por la indignación. Pero el temporal arreció justo cuando de tanto recibir insultos y acusaciones empezábamos a sentir sobre nosotros la costra dura y protectora de la indiferencia, del encono frente a tanta injusticia, del amargo sarcasmo que esgrimíamos como única arma contra el odio apabullante; explotó como una última bomba, como el comienzo de la debacle, el ataque más directo y feroz. Entonces, cuando aquella mañana de asombro sin límites leímos en uno de los pocos periódicos que con objetividad defendía al Gobierno aquella noticia que vinculaba al Partido con el Comando a raíz del atentado contra el senador Heriberto Guevara, nos preguntamos con desconcierto y rencor para qué servía el sistema de libertad y democracia que estábamos defendiendo, y aunque nadie lo dijo, Gata, aunque nadie hiciera el comentario en voz alta, todos deseamos por un instante que el Comando, el brazo armado del Partido, fuera algo más que el espejismo de un puñado de sicarios pagados por la oposición.

III

—Al año justo, Pepe —dice Sebastián. Los ojos se le cierran y tiene la boca amarga después de haber vomitado pese a que se la ha enjuagado varias veces. El Pepe Soler le dijo que mejor ya no bebiera más, que era una barbaridad lo que había tomado, a la mañana siguiente iba a estar hasta las patas y de paso él también, pero Sebastián se obstinó alegando que ya se sentía mejor, que era por culpa del pollo que habían comido—. Porque al año empezamos fuerte con la campaña y me metí de lleno en la vaina. Hasta entonces yo iba a ver a tu viejo, me soplaba todas las charlas y los seminarios de preparación pero era como si no estuviera presente. De la casa al trabajo y de allí al local del Frente y vuelta a la casa.

—¿No salías con nadie? —pregunta incrédulo el Pepe—. ¿Ni siquiera para echar un polvito por ahí o para ver a los amigos?

—A veces iba al cine o a dar una vuelta, pero solo —se escucha decir Sebastián sintiendo cómo gira la habitación lentamente obligándolo a hacer un esfuerzo supremo para enfocar al Pepe.

—Con el gringo Rossman te veíamos llegar al local del Óvalo de Pardo y decíamos ya llegó el sobrado —confiesa el Pepe advirtiendo que nunca había hablado tanto con Sebastián; ni cuando ya se hicieron patas.

—No era por sobradez que no me metía mucho con ustedes —dice Sebastián—. Era porque aún no me recobraba de lo de Rebeca.

354

Un año había pasado hasta el momento de la campaña, Sebastián. ¿Y ahora? Más de año y medio desde que encontraste la nota de Rebeca, los insultos, el encono, la advertencia de que no te acercaras jamás en la vida a ella.

—¿Y nunca supiste por qué? —el Pepe sabe que se lo ha preguntado mil veces a Sebastián, pero no consigue creer que Rebeca se negara a darle una explicación, a decirle por qué se iba.

Se había sentido todo el tiempo incapaz de concentrarse en lo que decía el director en la reunión de profesores —era el cumpleaños de Echegaray, el profesor de Razonamiento Matemático, y habían quedado en hacer un brindis durante el primer cambio de turno— y apenas pudo se excusó con ellos; tampoco durante las clases estuvo atento y en alguna oportunidad uno de sus alumnos le hizo una pregunta que no entendió, que tuvo que hacerse repetir: sólo pensaba en cómo le habría ido a Rebeca en la maternidad, ojalá, pensaba, ojalá. En la esquina de Piura y la avenida Arequipa tomó un taxi porque supo que le resultaría imposible aguantar el viaje tedioso en colectivo. Estaba inquieto y maldecía el tráfico demorado del mediodía.

—Aquí nomás, maestro —le dijo al taxista cuando llegó a la primera esquina de Salaverry que daba a su cuadra. El día estaba despejado y en el Diamante cercano unos chicos jugaban béisbol. ¿Habría habido problemas?, se preguntó cuando llegó a su calle.

—Te lo he repetido mil veces, no va a haber ningún problema —le había dicho Rebeca esa mañana dándole un beso en la frente, como a un niño—. Tú vete tranquilo a trabajar. Ya tendrás tiempo de preocuparte con los trámites en el juzgado de menores porque de eso sí te vas a encargar.

Desde que hablaron del asunto había quedado con Rebeca en que ella se encargaría de todo porque la chica se moría de vergüenza y no quería ver a nadie más que se hiciera cargo. Al principio Sebastián quiso ir pero Rebeca se negó en redondo:

—Yo la conozco, Sebastián —advirtió cuando él insistió en ir a visitar a la chica, hablar con ella, asegurarse, pero Rebeca le dijo que no podían permitir que por una idiotez perdieran la oportunidad de obtener aquellos dos mil dólares. Sebastián aceptó a regañadientes, pese a que así él no se vería obligado a faltar más a clase.

Rebeca misma se sentía confiada y la noche anterior a la fecha en que la chica daría a luz fueron a un chifa cercano para festejarlo y camino de regreso él compró una botella de Tacama blanco. Esa noche hicieron el amor con una mezcla de camaradería y deseo que los dejó exhaustos y felices como hacía mucho tiempo que no les sucedía.

—Por eso el desconcierto, Pepe —dijo Sebastián sintiendo que se le estrangulaba la voz. Cuando llegó a casa y abrió la puerta tenía las manos heladas, torpes.

—Rebeca —la llamó y volvió a insistir dirigiéndose a la cocina. Con desencanto comprobó que su mujer todavía no había llegado e inmediatamente temió que hubiese habido problemas. Los arrepentimientos de último minuto, como siempre, pensó sirviéndose un vaso del Tacama que quedó de la noche anterior. Pero no podía ser, carajo, esta vez la misma Rebeca, que siempre se mostraba tan escéptica, estuvo optimista. Mejor la esperaba tranquilo porque no debía tardar, ¿y si tomaba un taxi hasta la maternidad?

Se acercó al dormitorio para observar desde la ventana la calle arbolada y como adormecida bajo el calor del mediodía, ¿y si iba a buscarla a la maternidad?, miró con insistencia la esquina por donde suponía que en cualquier momento vería recortarse la silueta de Rebeca, su imaginado gesto de contento al divisarlo en la ventana. Cuando al cabo de un momento decidió ir a la cocina por un poco más de vino advirtió extrañado el desorden de ropas, las puertas del clóset abiertas de par en par, la ausencia de los zapatos que Rebeca colocaba en fila en el armario junto a la cama. Sólo entonces vio la nota, apoyada en el reloj despertador. La tuvo que leer dos veces para enterarse de lo que decía.

—Creo que nunca he temblado tanto en mi vida, Pepe —confesó Sebastián intentando sonreír.

Absurdamente pensó que se trataba de una broma, que en cualquier momento Rebeca saldría de su escondrijo riendo y besándolo. Se sentó en el borde de la cama con precaución infinita y se quedó allí durante una eternidad, sintiéndose repentinamente vacío, sin saber qué era lo que estaba esperando, qué era lo que debía hacer. Cuando por fin se atrevió a salir a llamar por teléfono ya lo había ganado una invencible sensación de desastre. Decidió acercarse hasta un teléfono público para no tener que llamar desde casa de doña Charo.

—Era como si estuviese drogado, Pepe, como si fuese un autómata. Llevaba la nota en el bolsillo y la sacaba cada dos minutos para volverla a leer y ¿sabes qué me pasó? Me olvidé el número de mi suegra.

Tuvo que dejar el teléfono y caminar un poco para recordar el número. Su cabeza hervía de imágenes, frases, miedos, y era incapaz de concentrarse en una sola idea. Cuando por fin con dedos torpes discó el número de casa de doña Magda, no sabía aún qué era lo que debía preguntarle. Quizá Rebeca no estaba allí, quizá su madre no supiera nada y le iba a dar el susto del siglo. Esperó durante interminables minutos a que cogieran el teléfono, y cuando por fin se disponía a colgar y tomar un taxi para acercarse a casa de su suegra, contestaron. Reconoció la voz familiar.

—¿Y la vieja tampoco te quiso decir nada? —dice el Pepe, inclinándose hacia Sebastián. Nunca había sabido exactamente qué había sucedido aquella vez.

—Lo siento, hijo —dijo con voz apesadumbrada doña Magda—. Ella está aquí, no te lo voy a negar, hace un par de horas que llegó, pero no quiere hablar contigo. No, yo tampoco sé qué ha ocurrido, Rebequita no quiere decirme nada. Ya se le pasará, si es que no es tan grave lo que ha sucedido entre ustedes.

—Pobre doña Magda —dice Sebastián, y no sabe por qué vuelve a sentir una pena inmensa, unas ganas de llorar espantosas—. Ella también creía que no era nada serio, una pelea de casados y nada más. Pero hasta el día de hoy, carajo. Ya sólo quiero saber qué mierda pasó, qué le hice que fuera tan grave para que se largara así, sin más ni más.

Colgó después de escuchar las explicaciones de su suegra. Aceptó que no, que no iría a buscarla, que esperaría un tiempito a que se le pasara el arrebato a su mujer, pero a los tres días, cuando volvió a llamar, la voz de la señora Magda era otra.

—No sé qué ocurre, Sebastián —le dijo tratando de ser cortés pero él notó el timbre de su voz ligeramente distante, ligeramente destemplado—. Rebeca no me quiere decir palabra y se pasa el día en su habitación. No quiere ni oír hablar de ti. Qué le habrás hecho, pues.

—Nada, no le he hecho nada —se revolvió Sebastián silabeando con acritud y respirando fuertemente. Tuvo que contenerse de preguntarle qué había ocurrido con la chica, qué había pasado con todo eso, porque a Augusto ya le había asegurado que tendría al niño, que podría llamar a cualquier pareja.

—Ésa fue otra cosa que me jodió, Pepe: quedé pésimo con Augusto y él por poco y no queda peor con la pareja de gringos que viajaron expresamente para realizar los trámites. Manrique me contó que el colorado recibió un dato providencial a último momento y pudo salvar la cara.

Cuando colgó el teléfono se sentía aniquilado. Fue a la tienda cercana a casa y compró cigarrillos y algo de comer. Era bastante tarde y la calle, habitualmente llena de grupos de jóvenes que bebían vino y armaban tronchos de marihuana en las esquinas, estaba sorprendentemente solitaria. Entonces recordó otra noche similar, otro viento desangelado soplando contra su rostro como hacía casi un año atrás, cuando con Morales y los otros fueron donde el Cacho. El tipo hacía meses que había traspasado su bodega a una cincuentona que atendía con sus dos hijas jóvenes y que vivían en el segundo piso del local, como habían vivido el Cacho y su mujer.

—Esas coincidencias, Pepe —dice Sebastián echando la cabeza hacia atrás y respirando hondo—. Porque aquello también ocurrió en septiembre; igual que entonces esa noche me sentía atrapado, como una balsa que se acerca a un remolino, una porquería insignificante.

¿Así te sentías, Sebastián? Recuerda aquella noche. ¿Es peor que ésta, que todas las noches desde que ocurrió lo de Ganoza? Falso: no es peor; porque al menos podías vivir, aunque entonces creyeras que no, que era imposible, recuerda: lo que más te dolía, lo que no le perdonas ni le perdonarás nunca a Rebeca es que jamás te dijera qué ocurrió, qué le hiciste para que te abandonara. La única vez que hablaste con ella fue cuando te llamó al local central del Frente anunciándote que se iba del país, que ya recibirías noticias suyas para iniciar los trámites de divorcio y que jamás te diría por qué se iba. Que lo averiguaras tú solito, que a ella le daba hasta vergüenza recordarlo, que te dejaba esa duda para que nunca olvidaras que eras una basura, una mierda, una porquería. Te insultó con una frialdad en la que descubrías una especie de fervor, de malsana voluptuosidad, un fuego blanco que te cegó e impidió contestar, preguntar por qué ese odio, por qué no te decía lo que había sucedido, aunque tal vez tuviste miedo de averiguar no sabías qué, Sebastián. Colgaste aturdido y la secretaria te preguntó alarmada si te sentías bien, estabas pálido, se incorporó solícita, se ofreció a ir por una taza de café, sería una bajada de presión, decía asustada, a ella a veces le ocurría así.

—No, Pepe —dice Sebastián llevándose una mano a la frente—. Ya estoy bien, de veras, ya pasó, es el cansancio, nada más.

—Mejor deja ya el trago —dice el Pepe buscando inútilmente la tapa de la botella. Sus movimientos son torpes y luego de inclinarse para mirar bajo la mesa renuncia y vuelve a recostarse en el sofá, con un bufido. Suelta una risita tonta, ambos estaban borrachos, caray, qué tranca, todo le daba vueltas, dice, y era peor si cerraba los ojos.

—Una copa más —dice Sebastián.

—Bueno —acepta el Pepe Soler frotándose el rostro, buscando espabilarse. Está coloradísimo y de golpe en su mirada Sebastián nota un extravío bobalicón, un algo que acusa la borrachera—. Pero con mucha agua.

—Una copa más —insiste Sebastián llenando los vasos con precaución y buscando algunos hielos. De pronto se descubre decididamente lúcido, sólo cansado y con la boca reseca. Cierra los ojos y apoya la cabeza en el respaldo del sofá escuchando los ruidos fantasmas de la noche: autos lejanos, sirenas intermitentes, las voces de los hombres de seguridad que conversan allá abajo. De vez en cuando los pasos de algún transeúnte, la mezcla de todo aquello tiene algo de arrullo, piensa extrañado. Como cuando vivía con Rebeca y no podía conciliar el sueño, dando mil vueltas en la cama, mortificado por cada sonido insignificante que el viento traía hasta la habitación. Así hasta que cantaban los gallos empinándose en algún recodo de la madrugada y al cabo de un momento él tenía que levantarse, enfrentarse a los ruidos matinales, las voces de los chicos vecinos, los gritos de la señora Charo, los autos, la radio que Rebeca encendía mientras preparaba el desayuno, en fin, aquel cauce cotidiano de la rutina que abominaba sin saber muy bien por qué. Aquellos viejos tiempos, suspira sin decidirse a abrir los ojos, advirtiendo sorprendido que recuerda con nostalgia todos aquellos meses que odió casi con pasión: aquel tiempo de mierda.

—Creo que ya está hirviendo el agua —dijo Rafael incorporándose a medias, desentumeciendo los músculos con movimientos cautos. Se pasó una mano por los cabellos. Los tenía resecos, sucios, carajo, conseguir agua era dificilísimo últimamente, los aguateros se negaban a bajar hasta allí y cuando lo hacían cobraban lo que les daba la gana.

—Raro que la negrita todavía no regrese —gruñó el Mosca eligiendo finalmente dos tazones de entre el desorden de ollas y platos desportillados que había en la mesa—. En fin, con tal que no venga otra vez con la noticia de que está embarazada.

—Ni que te escuche el viejo —dijo Rafael aceptando una taza—. Tampoco él regresa. ¿Está con los del Comité Vecinal, no?

—Ajá —el Mosca sirvió el agua en ambas tazas, añadió dos cucharaditas mezquinas de café, bebió resoplando—. Pobre Alfonso, no merecía una cosa así —dijo haciendo una mueca extraña, los ojos velados por una livianísima melancolía.

—¿Que estás qué? —don Alfonso irguió la cabeza hacia el llanto de Luisa.

—Se le cortaba la voz, tiró los platos, dijo más lisuras que tú y yo juntos, estaba irreconocible, no te imaginas en lo que se convirtió —dijo el Mosca.

—¿Quién? —la voz de don Alfonso temblaba, las manos apretaban con furia la empuñadura del bastón—. ¿De quién, so perra, de quién?

—Pensé que la iba a matar, se tambaleaba como borracho y las venas del cuello las tenía así de hinchadas —recordó el Mosca destapando la botella de ron y añadiéndolo al café.

Se le quebraba la voz a ella también, todo su cuerpo se estremecía, no lograba terminar la frase, del abogado, tío, y sintió el ardor, la sorpresa, la bofetada del viejo, que trastabilló y casi cae, Luisa lo cogió del brazo a tiempo pero que no lo tocara, perra, puta, que no se atreviera, gemía don Alfonso, y el Mosca, que justo en ese momento acababa de llegar, qué pasaba, qué pasaba, que se tranquilizara, Alfonso, con la voz entre alarmada y autoritaria, pero cómo se iba a tranquilizar, Mosca, jadeaba el viejo volviéndose a él con el rostro contraído y descompuesto, cómo la había criado, soltaba un gemido, sus ojos ciegos estaban acuosos, y que mirara cómo le pagaba, Mosca, y él claro, Alfonso, por supuesto, que viniera a sentarse un momento, lo llevaba hasta la cama y a Luisa un gesto asustado, rápido, enérgico: que se fuera, que saliera de aquí, que mejor se diera una vuelta por ahí, pero ella no se movía, las manos crispadas sobre el pecho, los dedos enrollando el cuello de la chompa como si quisieran romperlo, los ojos desorbitados, llorosos, y el viejo se zafó del Mosca con violencia, como si recién comprendiera algo, ¿el abogado?,

¿el desgraciado ese que te pintó pajaritos? Y el Mosca quién, de qué abogado hablaban.

—Es que yo no lo conocía, caracho —dijo el Mosca rascándose con fuerza la cabeza—. Cuando sucedió yo estaba en Huancayo por unos trabajitos; lo hubiera calado al tiro, te lo aseguro, Rafael. Porque la negra será un pan de Dios pero también es más cojuda que la puta madre.

—¿Un abogado? —preguntó Rafael apurando un sorbo de café—. Por Villa, que yo sepa, no van muchos abogados.

El Mosca volvió a servir dos chorritos de ron en ambas tazas y meneó resignadamente la cabeza.

—Si quieres que te sea franco, nunca supe exactamente qué pasó, qué pito tocaba allí ese hijo de puta; la negrita no es de hablar mucho del asunto y a Alfonso mejor ni recordárselo, todavía está demasiado fresco lo de la adopción del niño. Alfonso nunca se resignó y por mi parte prefiero estar chitón boca, mejor es olvidar todo aquello, aunque me jode un huevo no saber quién era ese conchesumadre.

—Un abogado, Mosca —dijo el viejo desanimadamente, como si le costase hablar. Se había sentado en un banquito que le alcanzó el Mosca una vez que fuera de aquí, que se largara, perra, no la quería ver nunca más en su vida, a la calle, había escupido a su sobrina—. Un hijo de puta que vino con el cuento de no sé qué instituto para la protección de menores.

—Alfonso me dio una explicación medio rara. Eso sí estaba seguro, ahí hubo gato encerrado —el Mosca guiñó un ojo y se llevó la taza a los labios.

—¿Por qué? —preguntó Rafael.

—Porque yo no sospeché nada, Mosca —se le afligió nuevamente la voz, carajo, se le aguaron los ojos, Rafael, se empezaba a culpar—. Yo la dejé que ayudara a ese

malnacido porque le pagaba alguna platita simplemente
por acompañarlo de aquí para allá por todo Villa, guián-
dolo, enseñándole los arenales, contactando con familias
numerosas o con madres solteras, Luisa tampoco me explicó mucho. No quise ver el peligro, Mosca, por unos billetes no quise darme cuenta.

—La negrita ya está grande, Alfonso, no es ninguna criatura —le reconvino el Mosca sirviendo dos copi-
tas de anisado, que bebiera, que se calmara un poco.

—¿Y? —preguntó Rafael.

Se calmó un momento, se sosegó el viejo pero ahora su voz sonaba rara, mustia, como si de pronto se le hubieran venido todos los años encima. Él había sido el culpable, Mosca, por unos soles, miéchica, se iba a poner a
llorar nuevamente, se estrujaba las manos como si quisiera desollárselas, se le aflautaba la voz, se golpeaba una rodilla con el puño, ¿qué iba a hacer, Mosca?, se le arrugaba
el rostro y la voz cada vez más ronca, como un graznido,
más turbia, ¿qué iba a hacer?

—Darlo en adopción —dijo Luisa con firmeza.

Había estado casi tres semanas donde la señora Rosaura, ayudándola a vender chicha en la entrada del canchón donde jugaban al fútbol los de la construcción cercana, aquí arribita nomás, Alfonso, tranquilizaba el Mosca
cuando el viejo ya no podía más y flaqueaba su hosco mu-
tismo de días: cómo estaba, qué hacía, le era imposible
ocultar la ansiedad aunque fingía estar enojado al preguntar una y otra vez cómo andaba su sobrina: bien, don
Alfonso, bastante resentida nomás, explicaba la señora Rosaura cuando se daba una vueltecita por la choza del viejo.
¿Resentida?, se sorprendía el viejo, se quedaba estupefacto, le volvía la bronca, ¿ella resentida?, y el Mosca carraspeaba, así eran las mujeres, demasiado susceptibles, y la
negrita aún más, la había tratado con tanto cariño, Alfon-

so, con tanta dulzura, Alfonso, y cuando vino con la noticia la había tratado como lo que era, interrumpía el viejo con un gesto duro y violento que mantenía apenas un momento, preocupado porque después de todo se afligía, le dolía este viejo corazón, Mosca, se sinceró una tarde, era su sobrina, vacilaba su voz, creía haber sido muy duro, dijo, no sabía ya qué estaba bien y qué estaba mal, Señor, cómo debía actuar, se pasaba las noches en blanco, no atinaba a pensar, la Luchita estaba harto dolida, más bien debería ayudarla en este trance, él era la única persona que ella tenía en este mundo, conminaba la señora Rosaura, debería perdonarla, Alfonso, servía anisado el Mosca, también tristón por el asunto, a la negrita la conocía desde que era así, casi un renacuajo, y qué quería que le dijera, Alfonso, le había tomado cariño, no era una cualquiera, se dejó engañar, se entregó por amor y la estafaron, ella es una muchachita inexperta, don Alfonso, regresó otra tarde la señora Rosaura con sus baldes ya vacíos y de bordes aún espumosos y morados, y encontró al viejo sentado a la puerta de su casucha, con el gesto abatido y sus ojos como más ciegos todavía, parecía un pajarito, y a él también le daba pena estar sin ella, que no lo negara, que no fuera testarudo, y don Alfonso callaba, ya sin fuerza para el rencor, Mosca, si era como una hija, si la tenía desde que la madre murió, él siempre había querido lo mejor para ella, había luchado a brazo partido para que no fuera una cualquierita de estas barriadas, que se casara con un buen hombre, que sus hijos tuvieran padre, Mosca, y que se diera cuenta de cómo era la vida, suspiraba, ese pobre niño no iba a tener ni para comer, y el Mosca se quedaba callado, reflexivo. Sí, pues, pensando en lo bravo que se estaba poniendo todo, pensando en los basurales que crecían, en la miseria cotidiana, en los niños que no llegaban a cumplir ni un año, caracho, y los tenían que enterrar de cualquier manera porque ya ni para pagar el cementerio había; pensando en la vida que llevaban, y eso que entre los tres se ayudaban para conseguir el bitute; en el miedo de saber que en cualquier momento los botaban de Villa, ya les habían puesto plazo, el Gobierno municipal se desentiende, que es terreno del Estado y otras vainas, los querían sacar de allí porque fueron los últimos en llegar al pueblo joven y se escudaban en el asunto ese de las familias que vinieron de Ayacucho huyendo de los terroristas, y entonces ¿dónde iban a ir, Mosca? Cada vez más triste el viejo, cada vez más preocupado, esperando que la Luchita regresara, dijo una noche cuando ya no podía más, él la ayudaría, afirmó bebiendo con mano tembleque la copita de anisado, después de todo era su única familia, no la podía dejar sola, se levantó de la silla y caminó hacia la puerta de la choza para sentir la noche constelada de estrellas, esperando que regrese y ella misma decida qué hacer.

—¿Darlo en adopción? —repitió el viejo con incredulidad escuchando la respiración agitada de su sobrina, que había entrado a la casucha casi después de tres semanas de ausencia.

—Sí, tío —dijo con un hilo de voz, observando el rostro demacrado, la chompa deshilachada, los pantalones gastados en la basta, los zapatos viejos, polvorientos. El viejo sintió el arrastrar de la silla que Luisa colocó frente a él, las manos calientes y jóvenes sobre las suyas, más frías y huesudas, remontadas de vellitos hirsutos y blancos, que la escuchara, tío, dijo ella en voz baja, que le diera una oportunidad.

El viejo seguía encorvado en el borde de la cama, la cabeza gacha, el mentón contra el cuello: iba a tener un hijo, ¿acaso no comprendía? Luisa levantaba la mirada hacia el techo, intentaba contener las lágrimas, paseaba luego sus ojos tristes por las esteras de la choza como si ahí encontrara las frases adecuadas. Sí, se daba cuenta y precisamente por eso había decidido darlo en adopción, y el viejo dio un respingo como si despertara, como si recién entendiera la palabra, ¿se había vuelto loca, acaso?, con la voz fragmentada, incrédula.

—Ahí se armó otra vez el boche —dijo el Mosca—. Pasu machu, otra vez tuve que contener a Alfonso, quería ir en busca del abogado.

—¿Para qué? —Rafael sonrió irónicamente dejando la taza vacía en el suelo, mirando las casuchas incendiadas por los últimos restos de un sol que no llegaba a calentar.

—Para matarlo —chilló Alfonso—. Para obligarlo a que reconozca a tu hijo, para que te indemnice —el pobre creía que se podía exigir justicia, entablar pleito. ¿Te imaginas, Rafael? Un pobre negro, un viejecillo de los basurales obligando a un abogado a reconocer la paternidad de una criatura, ay, carajo.

Se quedaron en silencio, fumando un cigarrillo que se pasaban cada dos o tres pitadas, observando avanzar las lentas sombras de la tarde que apagaban las chozas desperdigadas ante ellos. A lo lejos se oía el ladrido nervioso de los perros y el griterío de los niños.

—¿Eso fue apenas unos meses antes de que se vinieran por aquí, no? —dudaba Rafael.

—Al poquito tiempo nos botaron de Villa y nos vinimos para acá —dijo el Mosca rascándose furiosamente una oreja.

—Debía haber sido horrible todo ese tiempo, Sebastián —dijo el Pepe.

Llegaba de las academias casi con miedo, se le revolvía el estómago en el colectivo cuando pensaba que en

unas cuadras más, que en unos minutos más, tendría que
bajarse y caminar y llegar al silencio miserable y desolado
de la casa. Al principio pensó que el dolor menguaría con
el paso de los días, de las semanas, de los meses, y lo aceptaba casi resignadamente, entregado al sopor de la televisión y la comida fría que se malpreparaba sin entusiasmo, sin apetito, mientras escuchaba los noticieros. Por las
mañanas era más fácil sin embargo, porque casi siempre
despertaba tarde después de los insomnios que lo desve-
laban hasta las tantas de la madrugada y entonces tenía
que salir disparado, con los ojos enrojecidos por el sueño,
corriendo para no llegar tarde a clase. Ya era verano y el
sol entibiaba desde las primeras horas, despejando sin esfuerzo la niebla que empozaba las calles matinales de Miraflores. Llegaba a clase y era como ponerte un cassette,
Sebastián. Hablabas, explicabas, comentabas los temas ex-
puestos ciclo tras ciclo ante el mismo alumnado apático
que parecía sólo cambiar de rostro cada inicio de curso.
A media mañana se acercaba hasta el billar de Enrique
Palacios y tomaba un sándwich y una cocacola viendo las
desganadas partidas en que eventuales oficinistas de semblante rufianesco y a veces alumnos de la academia se
enfrascaban sin ardor, sin entusiasmo, sólo para pasar el
tiempo del cambio de turno o la hora del trámite que le
robaban al trabajo. Pedía luego un café y sentado en un
rincón escuchaba los gritos, los insultos, la algarabía ficti-
cia de los contrincantes intentando no pensar en nada, no
recordar los ojos, las manos, el flequillo; sintiendo el revoltijo viscoso que le subía desde el estómago cuando lo
asaltaban las imágenes, los recuerdos, la suave marea de
dolor que finalmente lo empujaba a salir de allí y caminar
hasta el paradero del Chama, apenas con tiempo para llegar a la otra academia y respirar el tiempo tranquilo que
soplaba por las calles bien cuidadas de la Aurora que se

adormecía bajo el sol sofocante de la tarde, cuando después de algunas horas salía a comer algo. Era la misma rutina de siempre y sin embargo faltaba Rebeca, la rutina de sus tontas naderías, de sus entusiasmos pueriles cuando llegabas a casa, Sebastián. Faltaban incluso sus regaños, su encono vital para entregarse a los enfados cotidianos por la falta de dinero, por la situación en la que se encontraban atrapados como medio mundo; en ese asco a la deriva que significaban los apagones, el toque de queda, la inflación que devoraba los sueldos, las ganas, las esperanzas. Sí, hasta ese abyecto territorio de la rutina te hacía falta, Sebastián. Era un temor, una náusea repulsiva el saber que tenía que regresar a casa. A veces se metía a un cine y miraba sin interés alguna película imposible, apenas una hora y media de fogonazos multicolores y voces en inglés; otras veces era un paseo largo por las calles de Jesús María y un chifa o un restaurancito donde demoraba unos tallarines grasosos o un guiso medio frío antes de volver a casa, a la pestilente humedad que el abandono había depositado en las habitaciones como un musgo invencible. ¿Cuánto tiempo, Sebastián? ¿Cuántos meses duró ese naufragio al que sin embargo era preferible entregarse casi con fervor para no pensar en Rebeca? Dos o tres veces lo visitó Manrique para salir a tomar algo, para reventar un viernes que empezaba con ese falso entusiasmo tejido artesanalmente y que luego acababa disolviéndose en las copas luctuosas de alguna boîte de mala muerte, o en algún pub de San Isidro donde las cervezas costaban un ojo de la cara pero donde también era preferible recalar y no asistir a esa suerte de furor malsano y sórdido que animaba las chinganas y los night clubs del centro donde putas envejecidas se ofrecían por unos cuantos billetes. Por Manrique se enteró de que el colorado Augusto seguía amargo con él, que hablaba pestes de Sebastián porque por poquito y no lo había hecho quedar pésimo con una pareja de canadienses a quienes les aseguró que ya tenía un niño para ellos. Felizmente al hombre le consiguieron un bebé a último minuto y salvó la situación, Manrique no sabía cómo se las arregló el colorado, «cuestión de contactos», decía, pero al flaco ya el asunto le daba mala espina, se andaban diciendo cosas feas de Augusto, que si una red de tráfico, que si chanchullos y coimas. Sebastián se encogió de hombros, ya había tenido su altercado con Augusto, ya se había dejado putear de lo lindo, pero no podía hacer nada, a último momento la chica se arrepintió, le mintió a Manrique para no tener que contarle la historia de Rebeca, pero por las noches, cuando no le quedaba más remedio que acostarse y tratar de dormir, lo primero que pensaba era en eso: ¿qué ocurrió?, ¿qué había pasado para que Rebeca se fuera así, para que no quisiera ni siquiera recibirlo, hablar con él? La había buscado obstinadamente al principio, pero poco a poco fue convenciéndose de que Rebeca no le iba a hablar, de que era en vano tratar de buscarla, esperarla en la puerta de su casa durante horas, escribirle, enloquecerla con llamadas que invariablemente contestaba doña Magda: no insistas, Sebastián, no quiere hablar contigo, ya no la llames, ya no la busques. A la resignación le siguió un rencor milimétrico que lo invitaba a odiarla con orfebre minuciosidad y al rencor le seguía nuevamente la resignación, la helada certidumbre de que no conseguiría nada de ella. Sólo podía esperar.

El Pepe ha puesto un poco de música y se ha vuelto a sentar frente a Sebastián. Tiene el rostro desencajado y amarillo, los ojos le brillan turbulentamente.

—¿Y cuánto tiempo estuviste buscándola? —pregunta, y cruza las manos sobre el abdomen.

Para la fiesta de año nuevo Manrique lo invitó a casa de unos amigos en Maranga donde bebieron, ya vagamente borrachos y aburridos, una mezcla espantosa de anís con Fanta que una de las chicas vomitó en el jardín entre las risotadas de los escasos invitados que quedaban a esa hora de la madrugada. Desde entonces no lo habías vuelto a ver, Sebastián. Te dejó en casa casi a las cinco de la mañana jurándote que sólo se iba a cambiar y regresaba para irse contigo a la playa, a comerse un ceviche y tomarse unas cervezas heladitas. Pero no regresó y casi una semana después Marticorena le contó que el pata se había pasado de tragos y casi lo tuvieron que hospitalizar. Nada más dejar a Sebastián, Manrique había regresado a Maranga y con dos o tres patas más la continuaron hasta la tarde cuando el hombre se empezó a sentir mal y los amigos lo llevaron a su casa. Al poco tiempo, casi cuando empezaba el ciclo intensivo en las academias, Sebastián se encontró con la Gata en la cola para el cine Romeo. Hablaron al principio de cualquier cosa. Ella estaba con Arturo Crespo y Sebastián se sintió incómodo, casi temeroso de que la Gata le preguntase algo, porque seguro que sabía, claro que sabía, Sebastián, ellas eran amigas de toda la vida.

—Sin embargo no me preguntó nada, Pepe —dice Sebastián—. Pero en un momento en que Arturo fue a comprar cigarrillos, fue directamente al grano.

—Ya sé que están peleados —dijo la Gata esbozando una sonrisa tímida—. ¿Qué ha ocurrido?

—Si no te lo ha dicho ella yo tampoco puedo saberlo.

Su estupefacción, Sebastián, sus ojos gentilmente confundidos, sus labios muy rojos que mordió nerviosamente. La cola empezó a avanzar y Arturo se acercó apresurado, había una confusión de gritos y empujones allí adelante, los revendedores, como siempre, dijo ofreciendo cigarrillos. Cuando se separaron porque Sebastián mintió que estaba esperando a un amigo, la Gata le hizo un gesto furtivo con la mano indicando que la llamara. A los pocos días la llamé, Pepe, y contestó tu padre. Cuánto gusto volver a hablar contigo, muchacho, te habías desaparecido sin dejar rastro, te esperaba el próximo jueves en su oficina para hablar de aquel asunto sobre el Frente, ¿o ya te habías olvidado, Sebastián?, ¿o ya no te interesaba, Sebastián? Sería una lástima porque él contaba contigo. No, por supuesto que no lo habías olvidado, sólo que tuviste mucho trabajo, sí, el jueves estarías sin falta en su oficina. ¿La Gata no estaba?, ¿ah, no?, no se preocupe, ya la llamarías otro día. No, no le dejabas ningún recado, sólo que la llamaste.

—Eso es caer en el momento exacto —dice el Pepe, y sus ojos destellan burlones.

A los pocos días la volvió a llamar y quedaron en encontrarse en el Oh Qué Bueno porque a Sebastián lo agarraba de camino al salir de la academia y a la Gata también porque por allí vivía Arturo. Ese primer encuentro sólo sirvió para coincidir en la confusión, en la molesta incertidumbre que asfixiaba tus noches, Sebastián. Cuando la Gata se marchó, casi dos horas después, él había conseguido arrancarle la promesa de que ella haría lo imposible por averiguar algo. La Gata dijo que conocía a su amiga, que Sebastián no se preocupara porque en cualquier momento se le pasaría el enfado y todo volvería a la normalidad, pero una semana después, cuando se citaron en un café de San Isidro, ya no estaba tan segura. Rebeca la había recibido, sí, pero no había querido decir ni una palabra sobre el asunto. Cada vez que la Gata tocaba el tema, Rebeca la miraba con paciencia e inmediatamente le conversaba de otra cosa. Al final la Gata se decidió a encararla y ¿sabía Sebastián que le contestó? No, no sabía. Que ella se conformara con saber que jamás volvería a ver a Sebastián, que jamás lo perdonaría. ¿Perdonar qué?, dijo Sebastián con los puños crispados, y la Gata no sabía, se lo preguntó pero Rebeca se puso a llorar y maldijo a Sebastián con un odio tan grande que la Gata se asustó, por qué no lo contaba, Rebequita, quizá diciéndoselo a ella, que era su amiga del alma, se sentiría mejor. Era demasiado espantoso, eso me dijo, Sebastián, era demasiado espantoso para poder contárselo a nadie y que tarde o temprano tú mismo averiguarías qué pasó. Después de ese segundo encuentro Sebastián volvió a llamar a la Gata un par de veces más, pero ella no la había visto, Rebeca estaba en Piura, en casa de unas amigas, y no regresaba sino hasta el final del verano, Sebastián, apenas supiera algo ella le contaría, que perdiera cuidado. Pero al terminar el verano ya empezábamos a trabajar fuerte en el Frente, Pepe, por esas fechas nos conocimos.

—Carlos Rossman y mi hijo Pepe —José Antonio Soler saludó a algunos militantes que se encontraban en el local, avanzó seguido por Sebastián hasta la segunda planta donde estaba su despacho, pidió que les trajeran café y que llamaran a su hijo si estaba por allí. Al poco rato apareció el Pepe y un rubio delgado y de pestañas casi blancas—. Éste es Sebastián.

—Mucho gusto —Sebastián extendió una mano, sonrió sin mucho aplomo, escuchó finalmente a Soler.

—Quiero que ustedes tres trabajen juntos —dijo encendiendo la pipa y levantándose de su asiento para acercarse a la ventana—. Quiero que trabajen en el comité de Juventudes y se encarguen de que funcione; ya Ramiro ha dado su aprobación para que yo sea el responsable directo del comité y ustedes van a trabajar conmigo. Lo primero: informes, proyectos, propuestas.

—Con Rossman nos conocíamos desde hacía tiempo y, la verdad, nos sentó como una patada que mi viejo te metiera en esa chamba —confiesa el Pepe con una sonrisa torpona—. Pero luego, cuando empezó fuerte el trabajo para preparar la campaña, nos pareció un alivio que estuvieses con nosotros, Sebastián.

—Para mí también fue un alivio, Pepe, porque así tenía menos tiempo de pensar en Rebeca. A tu hermana la seguí viendo y aunque nunca averiguamos la razón de que Rebeca me dejara, me sirvió para algo —ahora, Sebastián, dile cómo llegó la nota a tus manos, dile lo que pasó con Ganoza.

—¿Para qué? —preguntó el Pepe intrigado.

—Mire esta nota, don José Antonio —dijo Sebastián extendiendo el papel con mano temblorosa.

Las primeras veces no hizo mucho caso, pensando que se trataba de algún gracioso o incluso de alguien que lo habría confundido con el antiguo inquilino o con el mismo dueño. Además las llamadas fueron esporádicas, a horas distintas, y hasta en alguna oportunidad Pinto creyó oír, detrás de la voz maquiavélicamente impostada que lo amenazaba, risas y murmullos: unos niños jodiendo la paciencia, pensó sin oportunidad de contestar nada debido a la rapidez con que cortaron la comunicación. Hasta entonces no asoció esas llamadas con aquellas otras que desde hacía casi tres meses recibía con frecuencia y de las que, al levantar el teléfono, no obtenía respuesta alguna. Ni siquiera se lo comentó a Rosa, pero la tarde en que llegó de casa de Clara y la encontró mirando por la ventana, con los brazos cruzados y la expresión absorta, supo que algo empezaba a no funcionar. ¿Qué pasaba, qué era lo que le ocurría, Rosita?, le preguntó intentando sonar indiferente, pero ya ella lo miraba con sus ojos húmedos e incapaces de contener una preocupación demasiado grande y le dijo que había recibido una llamada cuando él no estaba, amor. Por la pausada forma en que habló Rosa, por su vacilación al final de la frase, Pinto supo de qué se trataba. Primero preguntaron por él y ella dijo que no, que no estabas, y luego dijeron, como si me conocieran de toda la vida, como si se alegraran de escucharme: ¿Rosita Temoche?, cuánto gusto oírla, ricura. Por un momento pensé que era algún amigo tuyo, amor, ésos son unos confianzudos; pensé que sería algún familiar o qué sé yo, pero algo en la voz de ese majadero me hizo pensar que no era nadie conocido. Sí, era ella, qué quería, quién hablaba, dijo Rosa temblando, pero la voz ya se había estrangulado y jadeaba, parecía el arrastrarse de una serpiente, sólo una respiración muy fuerte y luego, casi con dulzura, el amigo Pinto tenía las horas contadas, lo iban a matar como a un perro pero primero iban por ella, seguro le gustaría lo que le tenían preparado. Los mandé a la mierda, los insulté con todas mis fuerzas, amor, pero estoy asustada, dijo Rosa abrazándose a Pinto. No hay por qué tener miedo, Rosita, sonrió Pinto sintiendo que le dolían las mandíbulas. Encendió un cigarrillo y dijo que seguro se trataba de algún bromista, en Lima todos resultan unos pendejos por teléfono, pero no pasaba nada. No creo que sea una broma, murmuró Rosa, ésa era una amenaza real, eso era porque Pinto se había metido con el Comando y también con el senador Guevara, ¿él mismo no le había contado a Rosa que Heriberto Guevara lo amenazó cuando ocurrió aquello de las fotos? El Comando o los izquierdistas o incluso Sendero Luminoso, cualquiera podía ser, amor, no se trataba de un juego. ¿Además cómo sabía mi nombre? Pinto aspiró profundamente el humo del cigarrillo y se acercó a la ventana: techos, antenas, ropa colgada, perros ladrando furiosos en las azoteas, la basura de las azoteas limeñas, pensó. Se volvió a Rosa y le puso una mano en el hombro, que se calmara, por favor, que no le diera mayor importancia a una tontería como ésa, era simplemente una llamada. Mejor se iban a dar una vuelta por ahí, salían un rato, se metían en un cine. ¿Con qué dinero?, dijo Rosa sonriendo resignadamente. Clara le había prestado unos cobres hasta que Pinto cobrara los articulitos que escribió para *Vida Diplomática*. La señora Iglesias, la directora de la revista, tardaba pero cumplía. ¿Qué tal, se iban al cine o no?, insistió Pinto.

Fueron al Tauro y vieron una con Henry Fonda, Rosa no paró de comentar durante todo el trayecto de regreso el papel del actor, le parecía buenazo, y Pinto la escuchaba contento, tranquilo, pero la verdad era que casi no se pudo concentrar en la película porque un malestar sorpresivo lo asaltaba cada dos por tres. Rosa tenía razón, no se trataba de un juego, ésas eran amenazas de verdad, hubiera dado cualquier cosa por preguntarle cómo era la voz, indagar más sobre lo que dijeron, comparar, evaluar, sacar algunas conclusiones, pensó escuchando como a lo lejos la voz de Rosita diciéndole que qué tal si se detenían a comer unos panes con chicharrón y a tomar unas gaseosas o un tecito caliente, ella invitaba esta vez. Se metieron a un snack del centro pero allí no vendían chicharrón y Rosa dijo que no importaba, comían unas empanadas o cualquier otra cosa, y Pinto sí, por supuesto, pero hubiera dado lo que fuera por hablar con Montero, contarle al flaco qué estaba pasando, pedirle su opinión. Haciendo un esfuerzo angustioso por parecer natural comentó con Rosa la película, la escuchó hablar del hospital, de sus turnos, de esa amiga suya que abandonada por el marido o por el novio —Rosa no lo sabía a ciencia cierta— estaba dispuesta a dar a su hijo en adopción; la escuchó reír contando anécdotas del trabajo y finalmente bajaron hasta la avenida Tacna para alcanzar un colectivo. Ella insistió en que era temprano y mejor Pinto la dejaba ir sola, no le pasaría nada y en cambio él se ahorraba el viajecito y se metía en su casita, pero cuando ya subía a la combi su rostro se oscureció repentinamente: ¿de veras creía Pinto que se trataba sólo de una broma? Claro que sí, dijo él con una sensación casi dolorosa en la garganta, algún payaso que nos conoce y se las quiere dar de avivato, nada más. Cuando partió el colectivo Pinto se quedó un momento en la esquina, las manos en los bolsillos y el cigarrillo en los labios, observando el lento tráfico nocturno deglutiendo autos, taxis, microbuses y colectivos, hasta convertirlos en ese todo amorfo que enceguecía con sus luces y sus bocinazos. Qué pasa, amigo Pinto, intentó sonreír: estás temblando.

José Antonio Soler se llevó la servilleta a la boca antes de dejarla enrollada en el borde de la mesa, tocó con la punta de los dedos el plato e inmediatamente se acercó el maître y un mozo. Sebastián se llevó la copa de vino a los labios y bebió un sorbo.

—¿Los señores van a pedir café? —preguntó el maître mientras el mozo retiraba los platos.

—Sí, gracias —dijo Soler—, y tráiganos también coñac, por favor.

Una vez que el maître se hubo alejado Soler sacó la pipa, la cargó cuidadosamente y acercó al cazo un fósforo cuya llama palpitó repetidas veces antes de apagarse. Volvió a intentarlo dando ávidas chupadas que llenaron el ambiente de un humo dulzón y suave. Había pocos comensales en el Costa Verde y desde las amplias cristaleras se observaba el mar verdoso que rompía en las playas cercanas.

—Y bien, muchacho, cuéntame qué tal te va en la Escuela de Dirigentes —preguntó Soler.

—Bastante bien, señor —dijo Sebastián apresuradamente—. El ritmo es muy fuerte pero creo que estoy aprendiendo. El grupo es estupendo —se apresuró a agregar una vez que les trajeron el coñac.

Soler lo miró sonriente, mordisqueando la pipa y recostándose en la silla antes de cruzar una pierna.

—Ahora en serio, Sebastián —dijo al cabo—. ¿Cómo ves al grupo?

Sebastián notó el hielo franco y azul que empezaba a conocer en los ojos de Soler.

—La gente tiene muchas ganas de aprender y los debates son largos y acalorados..., pero creo que hay un excesivo afán de protagonismo.

—Explícate —pidió Soler pausadamente, levantando su copa y observando con atención el ámbar líquido que se mecía atrapado en el cristal.

—No creo que sea necesario...

—Por favor —atajó Soler con un ademán afectuoso, casi divertido—. No te pido nombres, no eres mi confidente ni quiero que lo seas. Simplemente quiero un diagnóstico rápido de nuestros principales problemas allí, tenemos muchos más en cada comité pero el grupo de jóvenes del Frente es el que más me preocupa.

Sebastián alzó su copa y bebió un sorbo pequeño. Sintió el ardor dulce y áspero en su garganta y apresuró otro sorbo, esta vez más largo, aspirando el perfume del coñac.

—Hay gente que quisiera pertenecer a otras comisiones y trabajar directamente en los proyectos del Frente, ya sabe: Derechos Humanos, Reforma Legislativa y Cultura, fundamentalmente. Los encontronazos son duros y me temo que todos están demasiado ansiosos por trabajar.

—Figurar —corrigió Soler sin dejar de sonreír, y Sebastián notó que bajo el tono amable latía el sarcasmo.

—Bueno, tiene razón. Las discusiones se prolongan durante cada seminario más de la cuenta y lamentablemente no hablamos de los temas del programa sino de propuestas e incluso anteproyectos de ley que todos tienen bajo la manga para presentar a los diputados.

Soler se mantuvo callado un rato, llevándose la pipa a los labios y dándole pequeñas, tímidas chupadas de vez en cuando.

—Y sin embargo hasta ahora no he leído un solo proyecto relativamente viable para el Programa de Asistencia Social, sólo por nombrar uno de tantos, todo queda en manos de la misma gente y eso es preocupante. Entiendo el ardor juvenil y las ganas de figurar porque después de todo son políticos, caracho, y un político que no tenga vanidad nunca será bueno, pero quiero respuestas, trabajos, propuestas serias.

Soler tamborileó en la mesa y de inmediato se acercó el maître, ¿los señores deseaban algo más? No, nada, gracias, murmuró haciendo un gesto y miles de diminutas arrugas se formaron alrededor de sus ojos.

—En el fondo no creen en esto —dijo Sebastián con voz desalentada, casi para sí mismo.

—Ya lo sé —dijo Soler con acritud volviendo a tironear la servilleta, jugueteando con la copa, acomodándose ligeramente la corbata—. Qué quieres que te diga, muchacho, parece que el mal de la política peruana es congénito, lo llevamos en la sangre, o como decía un tío mío que no era hombre de exquisiteces idiomáticas, lo hemos mamado. «Mamao», decía él. ¿Tú crees en esto?

Sebastián levantó la cabeza, en un primer momento no supo a lo que se refería Soler.

—Creo que necesitamos de verdad un cambio en el país —dijo Sebastián cautamente, como si avanzara despacio por un terreno desconocido—. Menos gollerías, reactivación económica, menor injerencia estatal en la economía, en fin, para qué se lo voy a decir a usted, don José Antonio, si lo sabe mejor que yo.

—En diciembre cumplo cincuenta y siete años, Sebastián —dijo Soler en un tono más confidencial—. Treinta y tantos los he dedicado a la política, aunque es cierto que en los últimos tiempos he estado metido de lleno en mi profesión, en la enseñanza y esas cosas; si no fuera porque Ramiro Ganoza me convenció de que el Frente representaba un verdadero cambio no me habría metido en esta aventura. A veces pienso que ni él mismo quiere un cambio real. Bueno, no me voy a poner a chochear contándote batallas: en todo este tiempo no he visto otra cosa que ese afán desmesurado de protagonismo, de fanfarria y mesianismo en nuestros políticos. Conozco al Perú mejor que a mis hijos; ya ves lo que está haciendo el Apra en el poder.

Sebastián bebió otro trago de coñac y encendió un cigarrillo. En las últimas reuniones con Soler lo había notado desalentado, pero nunca como hoy, pensó. Observó el semblante alargado y aristocrático, las canas que poblaban íntegramente la cabeza erguida, los ojos helados, los ademanes enérgicos, vitales.

—Bueno —dijo Soler como percatándose del escrutinio—, ésta es la batalla más importante. Mejor voy directo al grano, muchacho: quiero que trabajes conmigo.

Sebastián dejó el cigarrillo en el cenicero y alzó unos ojos estupefactos, sorprendidos.

—¿Con usted?

—Sí —dijo Soler volviendo a recobrar el tono jovial de siempre—. Necesito alguien que me revise los informes, que lea los proyectos antes que yo, que me repase la agenda y también que me discuta.

—Pero hay gente mucho más...

—¿Experimentada? —atajó Soler llamando al maître y pidiendo la cuenta—. No soy amigo de las mentiras, Sebastián, hay gente más experimentada en el Frente, pero precisamente a ésos no los quiero, o mejor dicho, de ésos ya tengo algunos: Carmelo Rojas, Javier Arana y otros dos más que están trabajando conmigo. Pero quiero que tú ganes experiencia, que te foguees de verdad, que te metas en el ajo.

—Gracias por su confianza, don José Antonio —balbuceó Sebastián todavía aturdido. El mismo maître se acercó con la cuenta y Soler sacó una tarjeta de crédito.

—Nada de eso, muchacho. Sé que no me vas a defraudar. Te espero en mi oficina el lunes por la mañana.

—El lunes empieza la penúltima jornada en la Escuela de Dirigentes —dijo Sebastián aplastando el cigarrillo en el cenicero y levantándose al igual que Soler.

—Déjame que yo hable con la gente. No creo necesario que sigas asistiendo. Ahora concéntrate en la primera tarea: el CADE empieza en un par de meses y quiero preparar un programa convincente sobre el plan de privatización, ya hay gente trabajando en ello y quisiera que me ordenes el cerro de papeles que tengo en el despacho. Ramiro anda un poco preocupado con el asunto y le debemos dejar un programa afilado como navaja, sincero pero al mismo tiempo fácil de tragar, ya sabes que no despierta grandes simpatías. ¿Te acerco a Miraflores?

—Gracias —dijo Sebastián subiendo al Volvo y observando ensimismado la autopista por cuyos extremos corrían deportistas en shorts y sin camiseta; las playas de piedras donde se concentraban los tablistas, el camino empedrado que subía a Miraflores, denso de tráfico a esa hora de la tarde.

—El lunes mismo discutimos tu sueldo —dijo Soler cuando llegaron a la esquina del Terrazas y Balta—. No será mucho pero creo que te podrás arreglar con ello y dejar esas condenadas academias.

—Sí, por supuesto —dijo Sebastián sintiendo que la cabeza le daba vueltas cuando bajó del auto.

—Una cosa más, Sebastián —dijo Soler, y su voz volvió a suavizarse, a volverse íntima—: Me he enterado por mi hija que Rebeca se marchó.

Sebastián no cerró la puerta: su rostro se había ensombrecido de súbito.

—Sí, señor. Hace ya varios meses.

—Lo siento —dijo Soler con calidez. El auto que venía detrás protestó a bocinazos y el viejo le hizo un guiño a Sebastián, lo esperaba el lunes sobre las nueve de la mañana.

Sebastián se quedó parado en la esquina observando el Volvo azul metálico desaparecer por la avenida que bordeaba el club Terrazas. Al cabo de unos minutos echó a andar despacio hacia la avenida Larco donde esperó en vano que apareciera un colectivo vacío. Súbitamente cambió de idea y se metió en el primer barcito que encontró: ojos, manos, flequillo.

—Con ese dinero pude pagar algunas deudas y luego mudarme aquí, Pepe —dice Sebastián.

Rafael terminó de beber su café y levantándose pesadamente caminó hacia la puerta de la choza. El Mosca había cogido una piedrecilla y dibujaba con ella círculos, espirales, rectángulos inciertos en la tierra, pequeños surcos que repasaba una y otra vez, ensimismado en su tarea. Al fin levantó la cabeza: pero la vaina no acabó allí, dijo, y sus ojos enrojecidos relampaguearon despectivos, burlones, insultantes.

—¿La negrita tuvo su hijo aquí, verdad? —dijo Rafael volviéndose despacio.

—La vaina no acabó aquella vez, Rafael —insistió el Mosca como si no lo hubiera escuchado—, porque al tiempito llegaron los policías y nos botaron. Unos hijos de puta los del municipio, habían llamado al Comité Vecinal para dialogar, para encontrar una solución al problema, dijeron, y lo único que querían era distraernos. Fuimos al municipio casi todos, bastante recelosos pero pensando que tal vez, pensando que ojalá, y mientras allí nos decían que no, que no había más remedio que desalojarnos y que mejor nos íbamos por las buenas, un contingente de la guardia civil destrozaba las chozas, sacaba a patadas a las mujeres, a los chibolos y a los pocos hombres que habían quedado esperando el regreso de la comisión. Unos reverendos hijos de puta, Rafael, y nosotros unos cojudazos, aunque tarde o temprano iba a suceder, ya sabíamos, desde el alza espantosa de septiembre cuando nos dieron el ultimátum, sabíamos que ese momento llegaría: Quispe y otros más habían estado dando vueltas por cuanto terreno encontraban y por allí alguien sugirió esto y aquí estamos, esperando que nos vuelvan a echar —el Mosca soltó su risa pedregosa y cogió la botella de ron.

—Y en medio de todo aquello, la negrita preñada —dijo Rafael y recordó: igualito, tal como ella se lo había contado—. No me extraña que hubiera querido dar su hijo en adopción.

El Mosca dejó la botella en el suelo después de haber bebido un largo trago que le encendió el rostro. Su expresión era seráfica y casi dulce ahora, ¿Rafael no quería un traguito? Convidaba la casa, dijo, y volvió a reír furiosamente, pero al instante pareció decepcionarse o aburrirse: sus facciones volvieron a mudar de expresión con esa rapidez asombrosa que desconcertaba a Rafael.

—Ahí hubo otra cosa extraña —dijo rascándose el cuello con una uña larga y oscura—. Porque la negrita había ido a buscar a una ex patrona, una mujer con quien trabajó hacía varios años y que ahora estaba dispuesta a ayudarla.

—¿Qué tiene de extraño eso? —dijo Rafael sirviéndose un poco de ron en la taza donde aún quedaba un poso de café y pensó: idéntica, la misma historia.

—Nada, tío —dijo Luisa buscando las manos huesudas y colocándolas sobre las suyas cuando se sentó frente a él—. No me va a cobrar nada, cómo se te ocurre; la señorita Rebeca sólo quiere ayudarme y ella misma va a encontrar a la pareja que quiera mi hijo en adopción.

—¿Y por qué lo va a hacer? —gruñó don Alfonso rescatando sus manos de entre las de su sobrina—. ¿Qué gana ella con esto?

—Sí —volteó el Mosca desde la puerta de la choza donde estaba sentado—. ¿Por qué tanta amabilidad?

Luisa miró rápidamente al Mosca pero luego, al responder, volvió a dirigirse a su tío.

—La negrita creía que esa mujer, esa tal Rebeca, lo hacía de puro angelito que era —se rió el Mosca aceptando el cigarrillo que le extendía Rafael—. Que lo hacía simplemente por ayudarla, como si todo el mundo fuera como ella. Al final descubrió que no era así, que la pituca esa quería sacar una tajada de la adopción. ¿Te das cuenta?

—Un asco —dijo Rafael, pero de inmediato su rostro se ensombreció. Y pensó: no puede ser, no puede ser—. Se llevaría tremenda decepción.

La señorita Rebeca sólo había bajado unas cuantas veces hasta donde se apiñaban las chozas y parecía asustada o perpleja cuando aquella primera mañana avanzó entre los gritos de los niños y las miradas recelosas de los adultos, ¿quién era?, ¿qué hacía por allí esa pituquita? Mejor se encontraban arriba o en su misma casa, señorita, le dijo Luisa: sólo quería que conociera a su tío y él no tenía fuerzas para subir la cuesta de Marbella. Don Alfonso estiró una mano dudosa y saludó sin demasiado entusiasmo cuando Rebeca se presentó y le explicó rápidamente que ella sólo quería ayudar a su sobrina, don Alfonso, y que tenía algunas amistades que podían encargarse de tramitar la adopción del niño. El Mosca se había acercado hasta donde ellos y Rebeca se puso más nerviosa aún, hasta que don Alfonso, que se había limitado a escucharla, le dijo no se ponga nerviosa, es un amigo y me interesa que esté aquí. Todavía discutieron un poco porque el viejo no estaba del todo conforme, se resistía a la idea de que su sobrina abandonara a su hijo y Luisa protestó, no lo iba a abandonar, tío, que por favor no dijera esas cosas, y Rebeca suavizó la voz, era cierto, no se trataba de un abandono sino de todo lo contrario, aunque pareciera que no, que le creyera, don Alfonso.

—Así, suavecito fue conquistándoselo a Alfonso —dijo el Mosca, y soltó una risa bajita, como si le divirtiera recordar, pensó Rafael—. La negrita no es ninguna cojuda para ciertas cosas y desde hacía varios meses que se veía con la señora esa.

—Yo pensé que don Alfonso sabía desde el principio que Luisa se veía con su ex patrona —dijo Rafael.

—No me creas tan tonto, hijita —dijo don Alfonso con cierto malestar ácido en la voz—. Ya sé que desde hace tiempo te entrevistas con esta señora.

—La negrita se quedó fría —ahora sí rió fuerte el Mosca—. No supo qué contestarle. Ella pensaba que Alfonso no se había dado cuenta de nada. ¿Adónde vas?, le preguntaba él, y ella a hacerme un chequeo, ya vengo. ¿De dónde vienes? Del hospital, tiíto, decía ella.

—Y no es que me parezca mal, no es así —insistió don Alfonso aprovechando que ni Luisa ni Rebeca atinaron a decir nada—. Tú ya estás grandecita para hacer lo que creas conveniente y si has decidido aceptar ayuda de esta señora sin consultarme antes, allá tú.

—Pero, tío —la voz de Luisa se quebró súbitamente—. La señorita ha bajado hasta aquí, ha venido para que tú lo sepas. Ella sólo me está ayudando.

—Sólo quiero ayudar a su sobrina, don Alfonso —una vocecita de niña mimada, de pituquita inocente, Rafael, la hubieras escuchado—. Ella está pasando por un mal momento y vino a casa para pedirme ayuda. No se la puedo negar.

—Y se lo agradezco —dijo don Alfonso, pero su voz sonaba rígida, forzada.

—¿Y por qué le jodía tanto que esa mujer ayudara a su sobrina? —dijo Rafael.

—Yo tampoco creo que sea así de desinteresado todo esto, Alfonso —dijo el Mosca una vez que Luisa y la mujer se fueron—. Algo quiere sacar para sí esta pendeja.

Don Alfonso se sentó en el borde de la cama y apoyó ambas manos en el bastón que colocó frente a él. Tenía el semblante apagado y parpadeaba con fuerza, como si algo le molestara en los ojos.

—Quizá nos equivoquemos ambos, Mosca —dijo con la voz extrañamente ronca—. Quizá esa mujer sí quiere ayudar a mi Luchita y nosotros estamos pensando mal de ella.

—Así es Alfonso —sonrió con calor Rafael—. No acepta que exista el mal; no concibe que alguien quiera hacerle daño a otro porque sí, que alguien ayude a otro buscando su propio provecho.

—Luego de lo que ocurrió ya no creo que siga pensando igual —se burló el Mosca—. En tantos angelitos sueltos sobre el planeta.

—¿Qué ocurrió? —Rafael sintió el sabor quemante del ron resbalando por la garganta, el calor reconfortante que iba invadiendo su cuerpo. Pensó: no puede ser, imaginaciones tuyas. Pronto oscurecería y se alegró; de noche, cuando sólo escuchaba el ladrido esporádico de los perros y la agitación rumorosa del mar, casi se alegraba de estar allí. Se dijo: imposible, inventos. Le costaba no distraerse de lo que decía el Mosca.

Los miércoles Luisa tenía cita en el hospital del Rimac y subía hasta casa de Rebeca para ir juntas. Allí casi siempre se encontraban con una amiga enfermera de Luisa que les evitaba las colas y les solucionaba cualquier papeleo porque la señorita Rebeca tenía muy buenas intenciones pero se ahogaba en un vaso de agua, no sabía dónde buscar los formularios, perdía los tickets que le acababan de dar para las consultas y cuando la misma Rosa les sugirió que fueran a la maternidad porque allí tenía muy buenas amigas, la señorita Rebeca dijo que sí, que sería mejor, que cualquier cosa sería mejor que el hospital del Rimac. Por la noche Luisa respondía a las mil preguntas de don Alfonso y el Mosca se iba enterando de cómo iban las cosas. Un día Luisa apareció con unas bolsas llenas de comestibles. ¿Y eso?, preguntó don Alfonso. Se lo había dado la señorita Rebeca porque el doctor dijo que debía alimentarse bien, y el Mosca ya husmeaba en las bolsas, caramba, Luchita, qué bien te tratan, ojalá yo estuviera embarazado, y el viejo que no dijera idioteces, Mosca, pero se ponían de buen humor porque había comida suficiente para todos. Otro día Luisa apareció con unos zapatos nuevos, eran más cómodos que los que ella tenía, le había dicho la señorita Rebeca, y al regresar del hospital bajaron en el mercado y se los compró. Un miércoles trajo unos sacos y unos pantalones que habían sido de su padre, porque el señor había muerto hacía poquito y la señorita Rebeca estuvo casi un par de semanas sin dar señales de vida, cuando se lo dijo a Luisa ella casi se muere de la pena, había querido mucho a don Ernesto, iría a visitar a doña Magda para darle el pésame, hasta don Alfonso le dijo que le diera sus condolencias, que, aunque tarde, eran sinceras. Al Mosca le quedó uno de los sacos y Luisa le arregló el otro y los pantalones a su tío. Ya casi no podía dar ni un paso, todo le costaba un esfuerzo tremendo, andaba tan asustada por si se le adelantaba el parto que casi no dormía. Por fin decidieron internarla en la maternidad y después de pasar algunos apuros, que felizmente solucionó la amiga de Luisa, lo consiguieron.

—Y allí inexplicablemente desapareció el hada madrina —dijo el Mosca.

—¿Cómo que desapareció? —dijo Rafael—. ¿Quieres decir que la dejó justo cuando iba a nacer el niño?

—Justo cuando iba a nacer no: a los dos días de nacer, para ser más exactos, con un montón de cuentas por pagar, porque la negrita jamás estuvo asegurada —el Mosca bebió otro trago de ron y se frotó las manos: nunca se iba a acostumbrar a la humedad de estos lugares, ojalá y sea cierto que les iban a dar unos lotes en Huaycán.

—Te lo pregunto porque conocí un caso parecido —pensando no, no puede ser, es absurdo—. Últimamente hay mucha gente que se dedica a estas cosas por dinero, Mosca. Alguien me contó una historia similar, aunque no creo que esa tal Rebeca estuviera metida en tráfico de menores porque si no no se hubiera ido justo cuando nació el niño.

—Ella no, pero el chancho que se presentó a los pocos días diciendo ser su amigo sí, segurito —dijo el Mosca—. Era un tipo gordo, coloradote y con aires de gran señor. Llegó cuando la negrita y Alfonso las estaban pasando crudas porque ya no tenían dinero para nada.

—¿Y nunca supieron por qué desapareció así? —preguntó Rafael.

Luisa gritó mucho durante el parto, más que nada de susto, pero en medio de los retortijones y aguijonazos que la estremecían como si la estuvieran rompiendo por dentro, un calorcito, una emoción extraña, una especie de orgullo, como si ella no se hubiera creído capaz de tener un niño, les contó a ellos una vez que todo había pasado y reposaba en una cama antediluviana y de barrotes de hierro. Y también una pena intermitente que se le iba y venía haciéndole recordar que estaría poco tiempo con ese niño, señorita, le dijo a Rebeca cuando por fin la pudo ver, a la mañana del día siguiente. Don Alfonso y el Mosca regresaron casi al mismo tiempo en que llegó Rebeca y también pudieron visitar al bebito después de rogarle a una enfermera que los dejara hacerlo aunque no fueran horas de visita. Al final la señorita Rebeca le dio una propina a la mujer y ésta, luego de decirles que esperaran un momento frente a ese ventanal, apareció del otro lado, en una habitación llena de cunas, donde todo parecía transcurrir en medio de un silencio artificial, pero no debía ser así, porque los bebés que se agitaban torpemente parecían estar llorando, igual que el pequeñito que alzó la enfermera: ¿cómo era, Mosca?, pedía el viejo con una voz espantosamente ansiosa, que por favor se lo describieran, suplicaba respirando con fuerza, y Rebeca dijo que era precioso, una cosita enfunfurruñada que se debatía entre las manos de la enfermera, un llanto minúsculo y obcecado, apenas dos puños diminutos y reclamones que salían de entre los pliegues de la manta como en cámara lenta. De veras, era lindo el bebito, dijo el Mosca colocando un dedo áspero y tembloroso sobre el cristal, casi no tenía pelos, dijo sonriendo.

—¿De qué color es? —preguntó súbitamente el viejo, y Rebeca lo miró intrigada.

—¿Cómo de qué color? —dijo ella dudando entre reírse o seguir seria, no entendía, miraba al Mosca y luego al niño y otra vez al viejo.

—¿No es blanco? —insistió el viejo golpeando la mayólica del piso con el bastón, y como Rebeca continuaba sin decir nada añadió con voz entristecida—: ¿Luisa no le ha dicho nunca nada acerca del padre, verdad?

—No —dijo Rebeca caminando junto a don Alfonso hasta una salita donde se sentaron—. Ella no ha querido decirme nada al respecto y yo la respeto. ¿No estará casada, verdad? ¿No vendrá a reclamar sus derechos ese hombre, verdad?

—Bueno fuera —suspiró el viejo—. Pero ese infeliz ni siquiera sabe lo que ha hecho. Si supiéramos algo del padre le aseguro, señora, que no estaríamos aquí.

—Yo me estaba aburriendo con la conversación y me fui a tomar un café con leche porque no había desayunado al salir tan temprano, y cuando regresé la mujer estaba pálida, sentada como una estatua frente a Alfonso. Por un momento creí que se iba a desmayar. Alfonso no se había dado cuenta de nada y seguía hablando.

—Sí, señora Rebeca —decía el viejo con su voz gastada—. Era un abogado de un instituto de protección de menores, o al menos eso dijo cuando fue por Villa. Un infame, un malnacido que engañó a mi sobrina. Quizá en el fondo usted y Luchita tengan razón, quizá es cierto que lo mejor que se puede hacer con ese niño es darlo en adopción. ¿Tenerlo nosotros?, ¿para que se muera de hambre?

—¿Le pasa algo, doña? —dijo el Mosca alarmado, pensando se nos desmaya la pituquita. Rebeca levantó un semblante afilado y amarillo y dirigió su mirada ausente hacia el Mosca, como si no lo reconociera.

—Consígame un taxi, por favor —articuló como si recién estuviera aprendiendo a hablar—. Creo que me ha bajado la presión y prefiero irme a casa.

—Como si fuera su criado, casi le digo que se lo buscara ella misma pero la noté tan mal que salí ahí mismo a buscarle un taxi. Hasta la acompañé para que subiera porque apenas si podía andar. Le habría bajado la presión como dijo ella, pero hasta daba risa, Rafael, cómo se le doblaban las piernas, como si estuviera haciéndose la graciosa, igualito que el venadito de los dibujos animados. Cada vez estoy más convencido de que fue una patraña para mandarse a mudar y enviar a su socio.

—¿Entonces no la volvieron a ver nunca más? —dijo Rafael sirviendo en su taza otro poco de ron: no era, no podía ser la misma.

—Hasta el día de hoy —dijo el Mosca—. A los dos días, cuando la negrita nos estaba volviendo locos de tanto preguntar por la señorita Rebeca, como le decía ella, apareció el tipo del que te hablé, el que venía de parte de esa mujer. Entró a la habitación de la negra y sacó un montón de papeles, empezó a hablar como si fuera dueño del mundo y dijo que su amiga estaba indispuesta y que él se encargaría de todo, que no había de qué preocuparse. La negrita estaba como desencantada y Alfonso también. Yo ya me había olido algo, así que no me asombró mucho, pero en medio de todo fue mejor porque el pata salió a hablar con Alfonso, pagó lo que se debía en la maternidad y hasta le dio una buena guita.

—Para lo que necesiten —dijo el hombre colocando los billetes en la mano del viejo, que seguía desconcertado. ¿Entonces la señora Rebeca ya no vendría más? ¿Estaba muy enferma?—. Yo estaré en contacto con ustedes para lo que necesiten. Aquí tienen mi tarjeta.

—Pues ahora que lo cuentas así —dijo Rafael—, lo más probable es que tengas razón, Mosca, que el trabajo de la señora esa terminase justo el día que nació el niño. De ahí en adelante su socio se encargaba. Está clarísimo: primero le infundieron confianza y luego, cuando ya no quedaba otro remedio, por si acaso la negrita se hubiera querido tirar para atrás, llegaba el socio y les pagaba las cuentas, les daba algún dinero, les solucionaba el problema y todos contentos.

—Si es lo que te digo, hombre —dijo el Mosca frotándose el mentón áspero y sin afeitar—. Pero a Alfonso ni se lo menciones porque, aunque nunca más volvimos a hablar de esto, le debe doler haberse equivocado así con la tal Rebeca. Y a la Luchita peor. El tipo ese se encargó de todo y en un par de meses liquidó el asunto. La negra lloró un poco cuando por fin se llevaron al niño y Alfonso andaba callado todo el día, triste, como si estuviera en otro planeta. Pero ¿quieres que te diga qué es lo que pienso, cholo?

Rafael observó la sonrisa feroz del Mosca, su ávida forma de inclinarse para hablarle casi al oído, y no pudo menos que sonreír.

—¿Qué cosa piensas, Mosca?

—Alfonso se puso así porque al final tuvo que recibir dinero. Él y la negrita recibieron dinero de ese hombre cuando entregaron al niño. ¿Te das cuenta? Y al poquito tiempo llegaste tú, cholito —intentó compungir la voz el Mosca pero era puro truco, realmente quería soltar su carcajada procaz e hiriente—. Como el bebito que no pudieron tener, Rafael, el niñito adoptado eres tú.

La plaza San Martín ya estaba repleta cuando llegaron en la Nissan blanca, el estrado parecía erigirse como un espigón sobre el mar humano que vocea consignas, se mece lentamente, aplaude, atiende al hombre que delante del fondo azul con el emblema blanco —apenas unas líneas estilizadas— gesticula con énfasis ante una batería de micrófonos bajo los reflectores que cada cierto tiempo pasean su mirada ciclópea sobre la muchedumbre, sobre las pancartas que se alzan contra el azul liviano de la noche, sobre los policías que parapetados en los extremos de la plaza, con sus escudos metálicos y sus protectores de acrílico plegados sobre los cascos observan las calles desbordadas por el gentío que corea el nombre de Ramiro Ganoza y el del Frente Independiente; grita furioso que va a caer, el Gobierno va a caer, lo podrido va a caer, y el hombre sobre el estrado gesticula y dice que no, que la democracia era lo primero, que precisamente por eso estaban allí, que el Frente defendería el sistema, y brotan enardecidos nuevos aplausos, nuevos gritos.

—Pudo haberse armado el gran chongo —dice el Pepe.

—Creo que nunca ha habido tanta gente en un mitin; es impresionante, señores —Fonseca menea incrédulo y solemne la cabeza, observa a través de los cristales oscuros del Volvo negro, enérgico y pesado que avanza cauteloso en medio de la muchedumbre.

—Y pensar que Ganoza quería ir en el Mercedes —dice el Pepe sonriendo.

—Se gastaron un huevo de plata en blindar los carros —dice Sebastián. Para lo que había servido, carajo. Y los autos de seguridad y el personal adiestrado por los israelíes: para qué.

La Nissan avanza lentamente, parece un elefante blanco en un safari, y va adentrándose en el gentío, el chofer maldice maniobrando, apretando el claxon como si pudiera arrancarle una nota más alta, abre bruscamente la ventanilla y golpea la carrocería repetidas veces. La gente voltea recién y abre paso con desgano, se sienten algunos golpes, insultos desabridos, y Andrade sigue clavado a la bocina pero ahora los altavoces dispuestos alrededor de la plaza botan una marinera, el slogan, la canción del Frente, pegajosa, rítmica, propalada tantas veces por radio y televisión, y la multitud se mece y canta y no hay forma de abrirse paso ya, ni cuenta que ellos estaban avanzando, carajo, protesta nuevamente Andrade, y el Pepe que tuviera cuidado, cholo, en una de ésas les volteaban la camioneta como pasó en Tacna. Jorge Rossman fuma al lado de Sebastián, cuánta gente, que revisa algunos papeles, ni la izquierda, caracho, los reacomoda una y otra vez, estas elecciones se las llevaban, y no se decide a meterlos nuevamente en el portafolios, ¿qué pensaba él, Sebastián?, dice Rossman y ofrece un cigarrillo: una fija, gringo, interviene el Pepe con una sonrisa amplia, mirando las pancartas, el estrado donde se distingue el emblema blanco de líneas sorprendentemente austeras que la gente ha plasmado en cartelones a lo largo y ancho de todo Lima y en Cuzco y en Arequipa y hasta en Puquio, dice Rossman, ¿recordaban cuando pasaron por allí? Fue un gran acierto renovar el símbolo, caracho.

—Y pensar que Ganoza se opuso al principio —dice Sebastián recordando la furia, el desprecio del viejo, el rostro encarnado del jefe de la agencia de publicidad cuando Ganoza prácticamente lo botó de su despacho. Hasta hubo un trascendido feo en los periódicos que felizmente José Antonio Soler desmintió haciendo bromas con los periodistas. Era el único que podía con Ganoza.

—Porque me parece una mariconada, qué quieres que te diga —Ganoza ha cruzado una pierna y parece encogido en el sillón ahora que reclina más la cabeza para rascarse detrás, y José Antonio Soler hombre, no había que verlo así, Lennox & Rosenberg es una firma prestigiosa; los publicistas eran unos tipos serios, habían trabajado en el emblema desde varios meses atrás: encuestas, sondeos, estudios que a él le habían parecido bastante prolijos, y además los tiempos cambiaban, se apresura a añadir cuando observa la expresión neutra de Ganoza; enciende la pipa, la imagen era fresca y vital, ya vería como la aceptaba el pueblo, que no olvidara que más de la mitad del electorado estaba compuesto por jóvenes.

—En el fondo Ganoza quería mantener su viejo emblema. Consideraba al Frente como algo de su propiedad —dice el Pepe apurando un resto de whisky—, nunca le cuadró la coalición y eso que la gente del PPC y del SODE se conformaba con unos cuantos escaños en el Congreso.

—No lo creo —dijo José Antonio Soler—. Solos será una locura, no vamos a conseguir más que dispersar votos mientras la izquierda está haciéndose fuerte, Ramiro, ya empezaron la campaña y nosotros estamos cada vez más enemistados con medio mundo. Díez Canseco sabe que mucho no puede pedir y Arizmendi quiere otra cosa, la figuración política apenas si le importa.

La camioneta avanza escasos metros y ellos miran tras las ventanillas a la gente que grita y va a caer, va a caer, y luego, como un estruendo de olas, los aplausos. Ahora la Nissan bordea lentamente el perímetro de la plaza, avanza con dificultad y Sebastián deja de revisar sus papeles, vuelve a mirar su reloj.

—Las dos de la mañana —dice el Pepe desde un bostezo. La cabeza le zumba suavemente y se muerde los labios hasta sentir una punzada: los tiene adormecidos.

—No —dice Ganoza después de un largo silencio. Soler y Fonseca lo miran—. A las nueve o nueve y media salgo yo, después de José Antonio, que es más carismático.

—Hombre, Ramiro —Soler alza los hombros, mira al techo del auto, mordisquea risueño la Petersons larga y de cazo angosto, humeante. Fonseca tiene una sonrisa boba bailoteándole en el rostro y cada vez que Ganoza desde el asiento de adelante voltea a mirarlos se apresura a mover afirmativamente la cabeza.

—En el fondo la gente prefería a mi padre —dice el Pepe sinceramente convencido.

La camioneta se detiene frente a la multitud que, compacta, semeja un muro, no se podía avanzar más, jefes, dice el chofer resoplando resignado, y el Pepe, Rossman y Sebastián okey, regresaban de una vez al Sheraton. Andrade pone la reversa y enciende las luces intermitentes antes de volver a prenderse del claxon pero un río humano sigue obstaculizando el paso. Rossman se baja y desde la pista hace señas para que la Nissan empiece a retroceder, con cuidado, cholo, más despacio, así, ¡aguanta! La gente protesta cuando la camioneta frena —dos manotazos de Rossman a la carrocería— a milímetros de una mujer rolliza que lleva a un niño de la mano. Se acercan dos policías corriendo, ¿qué pasaba?, ¿cómo chucha se habían metido hasta allí, carajo, no sabían que estaba prohibido, carajo?, brama el más joven, de bigotitos trazados como por un tiralíneas, flaco, tenso como una cuerda, alférez, y el Pepe se baja de un salto, oiga, qué chucha le pasaba a él más bien. Tiene otra voz el Pepe, más dura, más despectiva, qué trato era ése, gesticula mientras atolondradamente busca en el saco su portadocumentos, la credencial que coloca casi en la cara del alférez haciéndolo retroceder unos pasos. La gente se ha amontonado en torno y miran con avidez, forman un círculo efervescente y cerrado y el otro policía blande su vara, ya, circulen, carajo, que se largaran de una vez o iba a llover, amenaza y se oyen silbidos, protestas: el policía se lleva una mano al revólver y la gente se dispersa y el alférez está pálido, perdón, que lo disculparan, tartamudea lastimosamente, pero no había derecho, carajo, insiste el Pepe, si habían entrado hasta allí era porque tenían el acceso permitido, ¿no le parecía?, ¿o cualquiera entonces burlaba la vigilancia policial? Quería hablar con el mayor o el capitán o con quien chucha estuviera a cargo, se exaspera el Pepe, el rostro congestionado, los ademanes eléctricos, y de reojo mira a Sebastián que fuma impasible acomodado en la camioneta, y, por favor, señor, había habido un equívoco, la voz atiplada del alférez se dirige de Sebastián al Rossman, busca apoyo, comprensión, hace el ademán de cuadrarse y el Pepe estira frenéticamente las mangas de su saco azul, que lo disculparan, insiste el alférez.

—Increíble, recién comenzaba la campaña y ya nos trataban como si fuésemos Gobierno —sonríe Sebastián intentando atrapar con las pinzas los pocos hielos que nadan en la cubitera.

—Es impresionante —insiste Fonseca—. Yo creo que tienen las elecciones ganadas, señores —añade con voz sentenciosa, se acomoda en el asiento, juega con el nudo de la corbata sin dejar de mirar por la ventanilla. El Volvo ya está llegando a la plaza San Martín.

—No sea absurdo, Fonseca —dice Ganoza burlón, casi molesto, la campaña recién estaba entrando a su tramo fuerte, así sucedía siempre, ¿acaso no recordaba cómo fue en las elecciones pasadas cuando nadie daba un real por el Apra y terminaron ganando? Fonseca finge no entender la alusión, claro, se apresura a decir, pero éste era un buen indicio, creía él, por supuesto, pero de todas formas el señor Ganoza estaba siendo más objetivo aunque él insistía, con todo respeto, que estas elecciones las ganaba el Frente y, además, con el apoyo del periódico desde el directorio, y él mismo, por supuesto, en su calidad de director: sí, sí, Ganoza parece espantar las frases atropelladas de Fonseca con una mano pequeña y arrugada, ellos sabían de ese apoyo pero no querían sensacionalismos, por eso lo había traído, Fonseca, para que él viera con sus propios ojos y luego dijera la pura y simple verdad, y la verdad era esto, señala vagamente las calles atestadas del centro por donde avanza, esbelto y siniestro, el Volvo negro, custodiado por dos coches más, un patrullero y varios hombres de traje azul que trotan incansablemente y muy cerca: faltaba aún mucho pan por rebanar y Heriberto Guevara era todo un gallo de pelea, el único que había logrado realmente cohesionar a toda la izquierda, ya nadie extrañaba a Barrantes. A propósito, dice Soler como saliendo a flote de sus pensamientos, ¿no había sido un periodista suyo, Fonseca, el que destapó el fraude de las elecciones internas de la izquierda? Habría que remover un poco más ese tema, ¿no? Eso iba a estar difícil, dice Fonseca realmente apesadumbrado, consciente de las miradas de Ganoza y de Soler: ya habían dicho todo lo que se podía decir al respecto, y ahora para que el tema volviera a ser actual necesitarían la colaboración de ese periodista. Ya no se podía exprimir más lo dicho hasta hoy. Bueno, dice Soler como maravillado de que el problema fuera tan sencillo, era cuestión de ubicarlo, nada más, ¿no? Ahí estaba el problema, señor Soler, no sabían nada de él, no trabajaba en ningún otro medio, Fonseca había indagado en todas partes y hasta ahora como si se lo hubiese tragado la tierra.

—Qué se va a hacer, te acepto la copa por no despreciar —dice el Pepe—. Pero sólo ésta y nada más —mira su reloj: las dos y veinte.

Ahora la camioneta avanza velozmente, escoltada por una moto policía que lanza luces como serpentinas rojas y azules contra las calles. Un guardia detiene el tráfico cuando llegan a la avenida Tacna, por el mismo centro todas las calles están cortadas, hace señas para que pase la Nissan blanca que rápidamente vuelve a internarse por las callecitas del centro y en pocos minutos se detiene frente a las puertas del hotel Sheraton: un edificio moderno y adusto, frente al Palacio de Justicia, cercano a la plaza Grau. Un enjambre de vehículos oficiales, camionetas y autos de prensa, un cerco policial que evita el acceso de la gente que se resigna a dar un largo rodeo por el perímetro del hotel para llegar al jirón Carabaya o dirigirse a la avenida Wilson. Varios periodistas se acercan a la Nissan, alertados por la escolta policial; Rossman, el Pepe Soler y Sebastián cruzan rápidamente el portal que conduce al lobby y dos hombres de seguridad cierran el paso a los periodistas que protestan y formulan preguntas atropelladas. Un vestíbulo amplio, luces discretas, muchos muebles. El hotel parece desierto pero no es así: una callada y diligente actividad se despliega en sus últimas plantas donde se han instalado los teletipos, una centralita telefónica, los fax y las computadoras. Sebastián se detiene antes de subir con Rossman y el Pepe al ascensor, él se quedaba para revisar sus notas, dice, y el gringo Rossman se encoge de hombros pero el Pepe lo mira muy serio, le pone una mano en el hombro: ¿era, no?

—Sí —dice Sebastián, y suelta un suspiro demasiado profundo. Se confunde y sonríe—. Me resultaba imposible dejar de pensar en ella, a todas horas, carajo, en plena campaña. Necesitaba olvidarme.

Sebastián se dirige al bar saludando incómodo a los hombres de seguridad que le sonríen, se sumerge en la semipenumbra donde apenas se ven las mesas en las que brilla la cristalería, los sofás, las lámparas elegantes, y al fondo, multiplicando en sus espejos el salón, la barra. La chica que atiende lo saluda por su nombre, es bonita, estaba estudiando marketing, le había dicho el Pepe, tiene las manos muy finas y maneja con destreza la botella de Old Parr, el vaso ancho de cristal que coloca frente a él porque ¿ya sabe qué es lo que bebe el señor?, le preguntó la primera vez, cuando se instalaron en el hotel después de decidir que montaban el centro de operaciones para la campaña allí, era más céntrico, estaba mejor equipado que otros, y Sebastián por favor, que lo tratara de tú, todavía incómodo por los cocteles, las recepciones, las deferencias. Para qué, carajo, ahora la chica coquetea ligeramente, revolotea alrededor suyo moviendo las caderas con gracia decidida, está atenta cada vez que Sebastián acaba su vaso y lo vuelve a llenar, sonríe. Ya era molesto, piensa Sebastián sintiéndose observado, agitando tenuemente el vaso, evitando su mirada, sus gestos, ojos, manos, flequillo: Rebeca.

—Sin embargo hay que tenerlo en cuenta —dice Ganoza de improviso, y Fonseca y Soler se intrigan, callan, ¿a qué se refería, Ramiro? Sí, ¿a qué se refería el señor Ganoza? El viejo levanta un brazo y abarca con gesto displicente las calles, a lo que decía hace un momento Fonseca, era realmente impresionante la multitud, el mitin de la izquierda no fue tan nutrido, podemos ganar si las cosas siguen así. Soler se palmotea una pierna, claro, claro que sí, mira a Fonseca y le guiña un ojo, claro que podían ganar. El Volvo se ha detenido y un grupo de policías se esfuerza para frenar a la multitud que se abalanza sobre el auto, apenas contenida por el contingente de guardias civiles, por los hombres de seguridad que han bajado con sus walkie-talkies de los autos escolta y abren la puerta del Volvo mientras el griterío y los aplausos se confunden con la voz que anuncia la llegada de Ganoza y Soler a través de los altavoces que se disponen en el estrado gigantesco, babilónico, erguido sobre miles de cabezas y brazos que se agitan.

—Pero a mí me pareció más impresionante el segundo mitin de Arequipa —dice el Pepe y luego apesadumbra la voz—. Claro, ya no estaba Ganoza. Sin embargo lo que más me jode es eso que andan diciendo por ahí, ya sabes, esas calumnias que han levantado los apristas sobre mi padre.

Sebastián advierte una mano en el hombro y voltea. El Pepe se sienta a su izquierda y coge un puñado de manises del platito que Sebastián no ha tocado, pide un whisky con soda para acompañar al señor, Katia, y la chica vuelve a mostrar su dentadura grande y blanca, sus ojos chispeantes en la penumbra, por supuesto, y se aleja seguida por la mirada codiciosa del Pepe que está buena la flaca, dice observando las piernas, la suave curva de la falda que se ciñe y revela los bordes de la truza.

—Claro, Pepe, nos jode a todos —dice Sebastián con voz demasiado brusca, y clava los ojos en su amigo, que permanece callado jugueteando con su vaso: agallas, huevos, díselo de una vez.

Sebastián apura su copa en el momento en que la chica empieza a servir la de Soler y pide otro, por favor. Caray, sonríe el Pepe, que no se te fuera a pasar la mano que hoy había que estar fresquitos, ¿cuántos llevas ya? Sebastián no contesta y Katia va a decir algo pero se contiene, se le congela la sonrisa y enrojece violentamente cuando encuentra la mirada de Sebastián. El Pepe observa a una y otro con gesto envidioso, risueño. Cuando la chica vuelve a alejarse sonríe confidencialmente y con acidez, caramba, no tenían ni dos meses en el hotel y Sebastián ya había flechado a la ricura esa, qué bien, qué bien, qué bien nada, dice Sebastián con gesto agrio, se limpia una gota de whisky que le ha resbalado por la barbilla, la cojuda esa, que se tomaba confianzas. El Pepe lo mira desconcertado y Sebastián intenta mitigar la brusquedad de su frase con una sonrisa azorada, estaba cansado, la campaña le tenía los nervios de punta.

—A todos —dice el Pepe conteniendo un bostezo que le deforma la voz—. Estos mesecitos han sido terribles. Después del domingo yo me escapo unos días a Paracas. El gringo Rossman ha invitado a Katia, van a ir Sandra y Rochi. ¿No te apuntas, Sebastián? La Rochi siempre me pregunta por ti.

Beben en silencio hasta que aparece Rossman en el umbral, los busca con la mirada, le sonríe a la chica y ella hace como si no lo viera. Se dirige con paso firme a la barra acomodándose nerviosamente el nudo de la corbata, qué tal concha, los señoritos tomando whisky tan tranquilos y él buscándolos por todo el hotel, que se apuraran, dice sin dejar de mirar a Katia, don Ramiro y el viejo del Pepe acababan de salir para el mitin, iban con la rata esa de Fonseca, mejor salían ellos de una vez.

—No, hombre, quédate un rato —dice Sebastián—. Tomémonos una copa más.

Clara le puso la taza entre las manos y se sentó frente a él. Tenía los ojos alertas y cuando su hijo se acercó a ella le dijo que se fuera a jugar a su habitación, que la dejara hablar con el tío Rafael, caracho, que no estuviera molestando todo el tiempo. El niño corrió hacia su cuarto pero al rato Pinto pudo ver su carita, su sonrisa pícara apareciendo súbitamente entre los pliegues de la cortina que separaba la sala del comedor.

—Llamadas a todas horas, amenazas, y el otro día hasta me pintarrajearon la puerta —Pinto bebió un sorbo de café y colocó suavemente la taza sobre el platito.

—¿Qué te pintaron? —dijo Clara llevándose una mano al pecho.

—Insultos, cojudeces —dijo él como quitándole importancia—. Puede que no pase de eso, pero de todas maneras me preocupa. Sobre todo por Rosita.

Afuera se escuchaban voces, correteos, gritos de los niños de la quinta y casi al fondo el ruido de los autos y los microbuses.

—¿Has ido a la policía? —preguntó Clara.

—Tome precauciones, no siga la misma ruta dos veces, cambie la cerradura de la puerta, no reciba a nadie que le venga con el cuento del vendedor o cosas por el estilo —el alférez que atendió a Pinto continuaba escribiendo velozmente con dos dedos en una Remington prehistórica y oscura mientras le hablaba desganadamente y como de memoria.

—Ésos son unos desgraciados —dijo Clara apartándose los cabellos que le caían sobre el rostro. Sus ojos lanzaban chispitas amenazadoras, furiosas.

—Gracias —dijo Pinto dándose la vuelta para marcharse. El alférez hizo apenas un gesto con la cabeza y siguió escribiendo en su máquina con rapidez, usando dos dedos flacos y ágiles que parecían picotear las teclas con voracidad.

Cuando Pinto alcanzaba ya la puerta se le acercó el policía que hacía un momento le había dicho que hablara con el alférez Eguren indicándole un pasillo oscuro.

—¿Qué pasó, míster? ¿Le van a dar protección o no? —dijo sonriendo. Parecía aburrido de estar en la puerta y masticaba un palito de dientes.

Pinto lo miró sin interés y sonrió de mala gana, él no era aprista, no le daban protección. Al policía se le esfumó de inmediato la sonrisa, hizo un gesto marcial, endureció la voz, qué le pasaba, señor, más respeto para la Benemérita. Pero de inmediato volvió a sonreír, su voz sonaba ahora comprensiva, ya sabía que el señor se iba caliente pero ellos no podían hacer nada, no había efectivos ni para cuidar a los ministros, menos iba a haber para un ciudadano común, dijo, y ahora asumía un tono confidencial, se acercaba a Pinto como al descuido, pero él podía proponerle algo al señor.

—¿Un revólver? —dijo Clara dudando entre reírse o enojarse—. ¿Te ofreció un revólver?

—En realidad no es un revólver —dijo el policía volviendo a acercarse a Pinto luego de atender a una señora que iba por una denuncia de choque y fuga, al fondo del pasillo, la segunda oficina de la izquierda—. Es una pistola. En buen estado, con su cacerina y todo.

—Supongo que no la aceptaste, ¿verdad? —Clara mira desconfiadamente a su hermano, le hace un gesto a su hijo que ha vuelto a asomar la cabeza entre la cortina.

—Allá usted —dijo el policía encendiendo rápidamente el cigarrillo que le pidió a Pinto—. Si su vida no vale ciento veinte cocos qué quiere que haga.

—Adiós, gracias —dijo Pinto oscuramente.

Cuando pasó frente al local de *Expreso* sintió un súbito malestar en el estómago, una desazón pequeñísima rascándole las entrañas. Siguió de largo y al llegar a la esquina del jirón Ica y la avenida Tacna se detuvo, con las manos en los bolsillos, incapaz de pensar, de actuar. Al cabo de un momento entendió que debía volver a casa pero cambió de idea y siguió un rato allí en la esquina, contemplando sin interés las zigzagueantes carreras de los colectivos, la lentísima evolución de los microbuses que se acercaban a los paraderos donde nubes de oficinistas y colegiales luchaban por trepar. Varios minutos después aún no sabía qué hacer, dónde ir, ¿qué te ocurre, Pinto, qué te pasa, Pinto?, sintiendo como por primera vez en la vida que estaba vencido.

—Y por eso vine aquí —confesó con una sonrisa hueca antes de encender un cigarrillo.

Clara le puso una mano en la rodilla, quiso decir algo y Pinto vio que le temblaba la papada, que tenía los ojos enrojecidos. Tras la vieja cortina aparecía y desaparecía la sonrisa traviesa de su sobrino.

—Bueno, Clara, tampoco te pongas así —le dio una palmada en el brazo a su hermana—. No es para tanto, mujer, porque de esas mariconadas no van a pasar.

—¿Por qué no te vienes a vivir aquí un tiempito? —dijo atropelladamente, como si de antemano supiera la respuesta de Pinto—. Pancho no va a decir que no, tú sabes cuánto te aprecia.

—Ni hablar, te metería en problemas y además no vale la pena —dijo él—. No debería haberte contado nada. Yo venía por otra cosa, chola.

Cuando Pinto salió de casa de su hermana el sol no se había ido del todo y en las calles inmundas de Surquillo parecía haberse enjaulado un vaho caliente y enfermo. Se detuvo en una chinganita de mesas anacrónicas cuyas paredes estaban empapeladas con pósters de equipos de fútbol y mujeres en poses procaces. Pidió una cocacola que bebió a pequeños sorbos, apoyado en el mostrador, mirando con ojos ausentes el tránsito esporádico de los autos que circulaban por esa calle, ¿qué te pasa, Pinto, qué te ocurre, Pinto?, las patotas de jóvenes que se oreaban en las esquinas, los triciclos de los heladeros que daban vueltas monótonas antes de apostarse en las esquinas como lagartos amarillos e inmóviles. Clara le había dado el dinero después que él le asegurara que no era para comprar la pistola, cómo se le ocurría, ¿acaso se lo imaginaba manejando una de esas cosas? Era para poder pagar el alquiler, las estaba pasando muy bravas y todavía no conseguía chamba, pero seguro en esta semana le devolvía la plata porque iba a cobrar unos artículos que escribió para una revista de turismo.

Pagó la cocacola, ¿qué te pasa, Pinto, qué te ocurre, Pinto?, y tuvo que admitir derrotado que era algo peor que el miedo lo que sentía: una sensación de zozobra, más bien, Pinto, de fracaso absoluto. La Rosita ya debía estar por llegar a casa, pensó caminando hacia la avenida Primavera para tomar el microbús hasta el Parque Universitario, desde allí iría caminando, paseando, ¿qué te ocurre, Pinto?, llenándose los pulmones de aire; quizá leer un poco al llegar a casa, esa novelita de Asimov que había dejado a la mitad hacía más de tres meses, ¿qué te pasa hoy, Pinto?

¿De manera que éste es tu hombre de confianza, José Antonio? La voz de Ganoza suena severa, rajada, curiosamente ajena a su sonrisa. Tiene los labios muy finos y dos arrugas enfáticas en las comisuras los vuelven agrios, escépticos; sus ojos brillan como si los animasen secretos ímpetus de lujuria, de crispada voluptuosidad, y pese a la frágil y enjuta armazón de su cuerpo pequeño, parece un hombre alto; no lo es, tiene que levantar el rostro para mirar directamente a los ojos de Sebastián, que se apresura a estrechar la mano pequeña y surcada de venas, a sostener la mirada que lo calibra con afable descaro, y José Antonio Soler sí, era, se estuvo fogueando en la Secretaría de Juventudes, un guiño cómplice, una palmada en el hombro a Sebastián y otra a Ganoza, hombre, tenían que brindar, hace venga con la mano y aparece un mozo que zigzaguea entre los invitados llevando en equilibrio una bandeja y ofrece ¿whisky para los señores?, pero Ganoza manotea el aire con unos dedos fastidiados, a él que le trajera agua mineral, oiga, y volviendo unos ojos parpadeantes, molestos, contritos hacia ellos, el doctor Molina lo tenía fregado: nada de trago, caracho, y Soler, entre dos bocanadas de humo, ¿la úlcera nuevamente? La úlcera, la presión alta, el hígado, a su edad la máquina empezaba a fallar, pero inmediatamente sonríe casi orgulloso, desafiante, y se empina ligeramente Ramiro Ganoza: pero que no creyeran, todavía estaba enterito y con cuerda para rato, dice mirando a Sebastián, que bebe un sorbo largo de whisky, sonríe también, acepta resignadamente el escrutinio de aquellos ojos impertinentes y pendencieros. Eso nadie lo dudaba, hombre, palmea afectuosamente la espalda seca Soler, se empecina en encender nuevamente la pipa y luego de acercar dos fósforos al cazo humeante de la Petersons lo consigue; vuelve a palmear a Sebastián, ¿y, muchacho?, ¿cómo se encontraba?, e insiste con Ganoza, aunque sea con agua mineral tenían que brindar; no sólo por el inicio oficial de la campaña sino por el sondeo hecho por la gente de Lennox & Rosenberg, que les daba a ellos una altísima intención de voto, lo que había dicho Fonseca antes del mitin no resultaba tan descabellado, habían empezado con buen pie. Antes de que Ganoza proteste Soler alza una mano, ya sabía, ya sabía, dice sonriendo, recién empezaba la batalla, recién ahora empezaba lo bravo, pero había que brindar, insiste, y los toma a ambos del brazo, los conduce sin prisas, como si pasearan tranquilos por una calle solitaria y no en medio del bullicio de los invitados; los instala finalmente en el bar que queda casi aislado del salón por una mampara de cuero repujado y opaco, soberbia, sentencia Ganoza deteniéndose a admirarla con el demorado deleite del conocedor, soberbia, repite, y súbitamente se desentiende, ¿cómo veía José Antonio esa supuesta coalición que estaba intentando Heriberto Guevara con la gente de Pease? Soler regresa de detrás de la barra con un vaso de agua tónica que Ganoza acepta con un gruñido antes de rebuscar en sus bolsillos. Extrae una cajita de plata y allí, azules y naranjas, brillan bajo la luz floja de una lámpara dos pastillas que engulle con un movimiento rápido y como enfadado antes de beber un sorbo de agua, una mueca, otro sorbo, esta vez más largo, más pausado: ¿qué impresión le daba el asunto?, insiste antes de dejarse caer en el sofá donde también se sienta Sebastián. Hombre, todavía no había nada confirmado y por ahora ya sabían que toda la información era intencionalmente confusa, se hablaba no sólo de Henry Pease sino de dos o tres partidos pequeños —los de siempre, murmura asintiendo Ganoza— pero con cierta ascendencia sobre el minúsculo espectro de los similares; dos o tres partidos que de aceptar la propuesta de Guevara podrían arrastrar a los otros, dice Soler encogiéndose de hombros como si no fuera necesario darle importancia al asunto, pero allí estaba el problema, dice Ganoza palmeándose fuerte la pierna que ha cruzado, la atropellada carrera para conseguir un escaño en el Congreso, las componendas de última hora para acceder al Parlamento, los arreglos de siempre que hermanan a tirios y troyanos y que sólo consiguen desperdigar votos.

—¿Y nosotros qué, Pepe? —dice Sebastián sonriendo apagadamente, y el Pepe no era lo mismo, ellos no habían cedido en ningún punto importante de la propuesta original, la gente del Apra que ahora estaba en el Frente siempre fue contraria a la política del Gobierno, y de pronto, sorprendido, atento a los ojos vidriosos de Sebastián, a sus gestos ausentes, ¿qué le pasaba, hermano?, ¿por qué esa acidez, esas críticas tan duras justo ahora? Después de todo el ministro Sánchez Idíaquez renunció dignamente para trabajar con nosotros, siempre fue adverso al régimen y eso lo sabe todo el mundo.

Ramiro Ganoza menea apesadumbradamente la cabeza, hace bailotear el vaso de agua tónica frente a sus ojos como si descubriera en las minúsculas burbujas una verdad decepcionante y, nuevamente, enfáticas, susceptibles, aparecen las arrugas que marcan las comisuras de sus labios. Allí estaba el problema, repite antes de sumirse en un sopor larval y meditativo. Soler se ha acomodado en un taburete apoyando un brazo en la barra de bordes gruesos y forrados en cuero; mordisquea su pipa con satisfacción, parece divertido cuando mira a Sebastián, que sostiene flojamente el vaso entre las manos haciéndolo girar como un rodillo; hombre, ¿él qué pensaba, muchacho? Sí, ¿qué pensaba?, suena sorpresivamente la voz rajada y Sebastián se sobresalta ligeramente, por un segundo no sabe qué contestar.

—Era incapaz de pensar en otra cosa, Pepe. Aun en esos momentos e incluso antes, cuando empezó el mitin en que se lanzó la candidatura del Frente, no pensaba en nada más. La extrañaba un huevo.

Ramiro Ganoza cruza y descruza sus piernas de tobillos flacos buscando quedar frente a Sebastián, que coincidía con ellos respecto a la posibilidad de que Guevara terminase por aglutinar a la izquierda arrastrando pequeños partidos, ya había sucedido en otras ocasiones, cuando Barrantes tenía el poder en Izquierda Unida, añade con voz lejana, pero no tendría fuerza para neutralizar al Frente; el pueblo, la gente, quería un verdadero cambio, no retórico sino real, las encuestas lo demostraban, una verdadera reestructuración económica, política, enfatiza Sebastián con las manos, por un segundo la herida deja de doler, pero luego vuelve: ojos, manos, flequillo. Se escucha hablar como si fuera otro, se asombra, se burla. Hasta el momento, mencionar libre empresa, propiedad privada en el Perú era pecado y ellos, el Frente, habían empezado a hacerlo y la gente no se asustaba. Ni se asustaría, pensaba él.

—«Capitalismo», decía mi viejo y Ganoza gruñía, erizaba los pelos. «No hay que ir tan rápido, el pueblo no capta esas diferencias entre mercantilismo y capitalismo» —recuerda el Pepe sonriendo, apoyando la cabeza contra el respaldo del sofá, se hunde en un blando sueño del que rescata imágenes, frases—. Ganoza creía que el Perú era la Edad de Piedra y no, carajo, el cholo es vivo, es astuto y capta al tiro. Mercantilismo es la pendejada que le han hecho siempre, la opresión de toda la vida; capitalismo es lo que él siempre ha hecho para sobrevivir, lo que nuestro Gobierno va a hacer funcionar.

—El cholo no es tonto —repite Sebastián con asco, carajo, entre mercantilismo y capitalismo, entre pendejada y supervivencia estaba el Frente. El Frente Independiente con Soler de presidente. Díselo, Sebastián, suéltalo de una vez.

José Antonio Soler está atento, ha dejado de mordisquear la pipa que permanece inmóvil entre sus labios, mira de soslayo a Ganoza que se rasca la coronilla con el índice y diminutas, múltiples arrugas aparecen alrededor de sus ojos que ahora están fijos en Soler, graves, acusatorios, desentendidos por completo de Sebastián, que intuye algo y alcanza confusamente a preguntarse la cagué, qué dije, antes de beber otro sorbo de whisky y qué chucha he ido a decir.

—No te preocupes, hombre —Soler lo recibió en su despacho. Estaba fresco, enterito, Sebastián, como si ayer no hubiera habido ningún mitin, como si no se hubiera quedado hasta las tantas de la noche bebiendo y discutiendo, atendiendo a los invitados y a los escasos periodistas que acudieron a esa celebración casi privada que ofreció en su casa para festejar el inicio de la campaña. Sebastián en cambio despertó con acidez, con la boca amarga y reseca, con un como presagio de dolor de cabeza. ¿Se le notaría? No hubiera venido a no ser porque se quedó un poco preocupado por lo de anoche, don José Antonio, y éste sonríe y va haciendo «no» con la mano mientras Sebastián habla—. A Ganoza en el fondo le gusta que la gente diga las cosas con entereza, y además ya era hora de que uno de nuestros jóvenes dirigentes se lo soltara así de claro. Yo vengo batallando con él desde que empezamos esto y me he cansado de repetirle que es necesario decir las cosas tal cual son, es imprescindible que nuestro mensaje sea directo. ¿Quieres un café, una cocacola, muchacho?

—Mi viejo siempre tuvo aguante para el trago —dice el Pepe sirviendo en los vasos chorritos de whisky. Toma el suyo y se lo bebe de un golpe, conteniendo un gesto, antes de posarlo cuidadosamente sobre la mesa—. Además es mañoso y se va midiendo, te hace creer que está bebiendo lo mismo que tú y no es así.

—No sé, me quedé preocupado, don José Antonio. Me dio la impresión de que además de no gustarle lo que le dije estaba pensando que usted me había aleccionado o advertido, no sé —dijo Sebastián bajando la voz.

Soler le guiñó un ojo, ahí tenía, Ramiro, la gente joven del Frente pensaba que el mensaje debía ser ante todo directo: al toro por las astas, insiste Soler pero Ganoza no parece oírlo, dormita o ha cerrado los ojos un momento y Sebastián se siente incómodo, busca la mirada de Soler, un signo de inteligencia, qué había dicho, ¿había metido la pata o no?

—Ya te digo que no, muchacho —Soler se levanta de su asiento, mira velozmente el reloj, que lo acompañara de todas formas a tomar un café, él se andaba muriendo de hambre, estaba en pie desde las seis de la mañana y sin nada en el estómago, lo conduce hasta la puerta, avanzan por el pasillo y dos, tres secretarias parecen haberlo estado esperando, le muestran algunos papeles pero él ya regresaba mirando apenas los papeles que muestran las manos femeninas, ganan la calle, caminan en silencio por el Olivar, entran a un snack—. Ramiro sabe que la política tiene que dejar de ser lo que hasta ahora ha sido y convertirse en un instrumento eficaz, pero sobre todo honesto; eso fue lo que me propuso cuando me embarqué en esta empresa, de lo contrario el Frente no tiene sentido, yo agarro mis cosas y me voy —Soler bebe a pequeños sorbos su café, mira hacia la calle, la densa hilera de autos embotellándose a causa de un desvío, parece hablar para sí mismo.

—Creo que fue uno de los pocos momentos en que pensé que sí, que no estaba haciendo el idiota metiéndome en política —Sebastián levanta su vaso ceremoniosamente, como dispuesto a brindar ¿con el que fuiste, Sebastián? Todavía, en aquel momento, no sabías nada. No había ocurrido nada—. Tu viejo habló con sencillez, pero con una sinceridad demoledora, Pepe.

—Yo soy un perro viejo en estas lides, muchacho —con los ojos brillantes, nostálgicos, Pepe—. Conozco mejor que nadie la podredumbre que hay en política, pero quiero hacer algo por este país, por una vez en la vida quiero creer que se puede hacer algo por el Perú.

—Lo agarraste en su cuarto de hora sincero —dice el Pepe y esboza una sonrisa muy fina.

—Ahora empieza la guerra, muchacho, pero no creas que sólo contra los que están actualmente en el poder o con la izquierda, a ésos los conozco como a la palma de mi mano, tengo treinta y tantos años haciendo política y sé que están caducos, muertos —con un entusiasmo juvenil, Pepe, como si recién empezara. Hablaba y su voz se iba llenando de vigor. Lo hubieras visto—. No, muchacho; la batalla más brava está en el seno del mismo Frente, en la corrupción que hay que evitar, en la pelea diaria contra los trepones y arribistas, contra las concesiones y los pactos personales. Ahí está el verdadero combate.

Y pensar que en ese momento, en ese cafetín de San Isidro, esa mañana plomiza con el invierno completamente instalado en el cielo oscuro y denso, en el viento húmedo que castigaba los árboles del Olivar, ya camino de regreso, ibas recordando lo que te dijo, lo que le respondiste: yo también estoy dispuesto, don José Antonio.

—Por el Frente —dice el Pepe levantando su vaso.

—Por el Frente —dijo José Antonio Soler mirando a Ganoza y a Sebastián.

Pese al sol que destacaba con fuerza en el cielo limpio y sin nubes, el aire era cortante y seco. Sebastián apuró el paso observando los edificios coloniales llenos de pintadas subversivas, los pocos autos que recorrían las calles mal asfaltadas del centro donde un gentío taciturno hormigueaba sin prisas. En la sede local del Frente, donde había estado desde temprano por la mañana, le avisaron que el grupo que venía de Madre de Dios había llegado hacía un par de horas: por qué no le habían avisado antes, caramba, don José Antonio estaría amargo con él, le dijo a la chica que se acercó al saloncito donde estaba trabajando con dos dirigentes locales, en fin, se iba de una vez. Cuando entró en el hotel de Turistas le indicaron que José Antonio Soler lo esperaba en el comedor.

—Bueno, muchacho, repasamos las actividades para hoy —lo miró apenas, quitándose los lentes y dejando de leer los papeles que ordenaba sobre la mesa. Vestía una casaca de antílope y gruesos pantalones de pana beige.

—Acababa de llegar de Puerto Maldonado, el vuelo se retrasó no sé cuántas horas y estaba enterito, Pepe —dice Sebastián—. Yo lo esperaba para mucho más tarde y temía que se suspendiera el programa debido al retraso.

—El viejo tiene un aguante bárbaro —dice el Pepe mirando con atención su vaso de whisky.

Una veintena de personas discutía en las mesas contiguas, desplegaban cuadros y cronogramas sobre las mesas, se acercaban a Soler y formulaban preguntas, indagaban sobre fechas y horarios: una invasión precipitada, un improvisado cuartel general, pensó Sebastián sentándose frente a Soler.

—A las tres visita al comedor popular de San Francisco, luego entrevista con el rector de la universidad de Huamanga y por la noche comida con los dirigentes locales en la sede —dijo Sebastián leyendo el papel que sacó del bolsillo—. Ah, hay que poner flores en la tumba de Adrián Huamaní y recorrer el Mercado Central con representantes de la asociación de comerciantes.

Soler anotó con letra pulcra algunas observaciones en el reverso de uno de los papeles que estaba ordenando, se colocó nuevamente las gafas y suspiró.

—Ganoza canceló su vuelo —recién entonces lo noté cansado, Pepe, el esfuerzo de los últimos meses se le empezaba a notar—. Ha sufrido una recaída y el comité de relaciones públicas está haciendo lo imposible para que no trascienda.

—Llegó un momento en que mi padre tuvo que asumir el control porque Ganoza no resistía aquel ritmo —dice el Pepe.

—¿Estará en el mitin de mañana? —preguntó Sebastián—. Acabo de hablar con los dirigentes de aquí, don José Antonio, y han prometido llenar la plaza de Armas.

—En un par de horas hablaré con Lima para que me confirmen si se le consigue un vuelo especial y está acá aunque sea unas horas antes del mitin —dijo Soler recibiendo la botella de agua mineral que le alcanzó una chica.

—Sería el segundo mitin al que falta —Sebastián encendió un cigarrillo y se frotó los ojos. El violento dolor de cabeza con que había despertado aquella mañana no había cesado un instante.

—Esperemos que no suceda así —dijo Soler preocupado.

—Don José Antonio —se acercó uno de los hombres que discutían en la mesa cercana. Parecía asustado y se pasaba constantemente la lengua por los labios resecos—. Acaban de avisarnos que las colas que se han formado frente al cuartel de bomberos son impresionantes. No van a alcanzar los víveres que se trajeron para repartir.

—Carajo —dio una palmada en la mesa, se quitó los lentes con furia, nunca lo había visto así de caliente, Pepe; él, que nunca decía una palabrota—. Las instrucciones fueron clarísimas, el reparto era sólo para las familias de los militantes. ¿Dónde demonios está Arteaga?

Un hombre de cabellos pajizos y facciones aindiadas se acercó presuroso, aquí estaba, don José Antonio, él había hecho lo posible pero se había corrido la voz y ahora hay cada vez más gente.

—Vean cómo solucionan eso —dijo Soler—. Eso puede crear un efecto funesto para la gente y sobre todo para los militantes.

Los dos hombres se escurrieron en silencio y Soler bebió otro trago directamente del botellín.

—Por cierto, aquí tengo dos cartas —dijo Sebastián sacando los sobres del bolsillo de su casaca—. Me las acaban de dar Rodolfo Malpartida y un tal Baquijano, son dos de los dirigentes con los que se va a entrevistar ahora.

Soler miró los sobres, abrió uno de ellos y acomodándose los lentes leyó frunciendo el ceño. Abrió el otro sobre y ni siquiera lo terminó de leer. Lo lanzó despectivamente sobre la mesa.

—Léelas, si quieres —le dijo a Sebastián con una mueca de desagrado—. Son acusaciones recíprocas: deslealtad, nepotismo, intrigas; todo motivado por las candidaturas parlamentarias. Lo mismo sucede en cada ciudad, caracho.

—Porque así era, Pepe —dice Sebastián entrecerrando los ojos y sonriendo incrédula, delicadamente—. En Ayacucho, en Huancavelica, en Lambayeque, en todos lados. Llegábamos y ahí mismo aparecían los adulones, los untuosos, los que chillaban acusándose unos a otros de las infamias más inimaginables.

—Si quieres que te sea absolutamente franco, tiemblo de pensar en nuestros representantes —dijo el Pepe apoyando la cabeza en el respaldo del sofá. Había puesto los pies sobre la mesita y los movía con plácida molicie.

—Así fue toda la campaña, carajo —dice Sebastián—. Y sin embargo yo vivía dándome tiempo para pensar, cada vez que podía, en Rebeca.

—Es increíble —dijo Soler levantándose al tiempo que encendía la pipa—. Que me comuniquen con Lima, Sebastián, mejor llamo de una vez porque de lo contrario no voy a tener tiempo. Voy a mi habitación a descansar quince minutos.

—Sí, don José Antonio —dijo Sebastián acomodando los papeles que había sobre la mesa: ojos, manos, flequillo, punzadas—. Yo le aviso apenas logre la comunicación.

—¿Desde qué hora estás despierto? —preguntó Soler poniéndole una mano en el hombro.

—No lo sé —tartamudeó Sebastián confundido—. Seis o siete, no lo sé exactamente.

—Vete también a descansar un poco —sonrió Soler—. Te quiero enterito para la mechadera que se nos viene.

—Aquello fue el chongo del siglo —recuerda el Pepe esbozando una sonrisa gatuna—. Por poco y no se tiene que suspender el mitin, el alcalde se cagaba de miedo por las amenazas de Sendero Luminoso.

—Don José Antonio —Sebastián tocó la puerta suavemente y al no obtener respuesta insistió. Escuchó ruidos sordos, pasos, finalmente Soler abrió la puerta.

—¿Qué ocurre? —sus ojos helados, alertas, los músculos tensos.

Soler lo hizo pasar a la habitación, sobre la cama había una maleta abierta con ropa revuelta y en el velador un teléfono, unas tabletas de coramina, algunos frascos.

—Hay problemas —dijo Sebastián—. Arteaga ha hablado con el alcalde, parece que quieren suspender el mitin. No pueden garantizar la seguridad, el prefecto quiere hablar con usted personalmente.

Soler se llevó una mano a los cabellos y cerró los ojos mascullando unas palabras. Respiró hondamente y dio unos pasos por la habitación. El sol entraba a bocanadas por la ventana y al fondo se divisaban espejeantes techos de calaminas.

—¿Está ahí? Dile que suba entonces.

Un momento después Sebastián regresó acompañado por un hombrecillo de rostro tostado y gestos ampulosos. Iba vestido con un terno pasado de moda, gastado y de tela gruesa. Cuando empezó a recitar los contratiempos e inconvenientes Soler hizo un gesto enérgico, que no le contara historias, señor, le dijo con voz dura, y el hombrecillo se calló como si lo hubieran desactivado. Soler se acercó al teléfono y lo levantó.

—¿Quiere que llame en este momento a Lima para que lo comuniquen con el ministro del Interior? —dijo conteniendo una nota exasperada, y el prefecto pareció haber recibido un golpe, su rostro se descompuso—. En este momento lo hago.

—¿El ministro del Interior? —el Pepe enarcó las cejas, bebió un sorbo de whisky. De golpe parecía alerta.

—Sí, Pepe, el mismísimo Sánchez Idíaquez —díselo, Sebastián, cuéntale por qué, cómo, desde cuándo.

—No es necesario, señor Soler —el prefecto pareció retroceder, miraba hacia la puerta como si en cualquier momento pudiera aparecer por allí el ministro en persona—. Lo que ocurre es que han llegado rumores de que Sendero puede atentar contra don Ramiro Ganoza, contra usted mismo, y para serle franco no podemos ofrecer garantías, es mucha responsabilidad, comprenda, por favor.

Soler parecía no escucharlo, levantó nuevamente el teléfono y llamó a recepción, por favor, que lo comunicaran con Lima, sí, al Ministerio del Interior, dijo, y dio un número.

El prefecto miró a Sebastián con el rostro devastado por el temor, volvió a mirar a Soler: su frente surcada de arrugas parecía de pronto húmeda.

—En fin, haremos todo lo que esté a nuestro alcance, señor Soler, ahorita mismo hablo con el alcalde y con el jefe de la policía —el tipo se puso a tartamudear, Pepe, estaba sudando frío.

—Mi viejo tiene más mañas que nadie —dijo el Pepe, y su semblante pareció distenderse—. Nunca supe ese pase, Sebastián, pero no me extraña.

Cuando el hombrecillo se escurrió en silencio de la habitación Soler miró a Sebastián, le guiñó un ojo y con una mano tapó la bocina del teléfono.

—Vamos a tener a toda la policía de Ayacucho en estado de alerta —dijo jovialmente y Sebastián sonrió—. Vete a ver cómo va el asunto de los víveres que se van a repartir entre los militantes, muchacho, Arteaga debe estar pataleando con eso. Yo voy a hablar con la gente de Lima para saber si viene o no viene al mitin.

—Porque al final resultó que estaba llamando a Ganoza —dijo el Pepe precipitadamente, dándose una palmadita en la pierna.

Sebastián salió de la habitación y dudó un momento antes de cerrar del todo la puerta: no se atrevía a respirar, a moverse. Escuchó la voz de Soler, ¿aló?, hablaba José Antonio Soler, que lo pusieran con el ministro, por favor.

Ahora, Sebastián, díselo, cuéntale lo que crees, lo que sabes.

—Sí, Pepe, al final sólo estaba llamando a Ganoza.

El Mosca se sentó en una piedra, se sacó lentamente el zapato y miró el pie. Estaba hinchado, le dolía mucho, más que ayer en la noche cuando empezó a sentir oleadas, latidos furiosos de dolor que no lo dejaron dormir. Pensó que a la mañana siguiente iba a estar mejor pero se levantó con un humor de los mil diablos; Rafael ya estaba afuera limpiando envases, colocándolos en costales para que el Mosca se los llevara, buenos días, saludó, y el Mosca un gruñido apenas. Todo el día estuvo rengueando, maldiciendo, ni siquiera fue por su ración de comida y se limitó a mirar de lejos el tumulto, las colas frente a la olla gigantesca que humeaba contra el cielo sucio; a las mujeres que se turnaban para llenar tazones, platos y escudillas que les alargaban brazos famélicos; los rostros ansiosos de los niños que alborotaban el revuelo sarnoso de los perros merodeantes. Toda la tarde cojeando de aquí para allá, extraviado en un dolor espantoso, sin atreverse a entrar a la choza porque Rafael estaría allí y el Mosca no deseaba ver a nadie, y las punzadas en el pie —un corazón en carne viva dentro del zapato— no lo dejaban en paz, qué mala suerte, carajo, fijo que se le había infectado, ¿qué te pasa, Mosca?, le preguntó la negrita cuando volvían de arriba, silenciosos, nocturnos, con los costales al hombro, ¿estás cojeando?, y él no era nada, casi un gruñido, pero luego el dolor no lo había dejado pegar un ojo hasta que empezaron las primeras claridades del día, exhausto, como si un cuchillo le hurgara la carne, como un fósforo encendido contra la planta toda la noche, como un bombeo ardiente en el pie cuando recién se acostó, nada más llegar de los basurales que crecen cerca al Faro de Miraflores. Un vidrio, un clavo, seguro. Le entró miedo, carajo, quizá una infección brava porque casi no podía apoyar el pie. Justo ahora que habían acordado con Quispe y los otros ir al mercado de Magdalena; la cosa se ponía difícil, pensó mirándose absorto el pie.

—Es fácil —dijo Quispe al notar el silencio de Venegas, el recelo de Padrón, la sonrisa burlona o pensativa del Mosca.

Se pasó el dorso de la mano por la frente. Hacía calor pese a que el cielo estaba encapotado. Se frotó suavemente el pie antes de ponerse con infinitas precauciones la media y luego el zapato. Un fósforo ardiendo, candela viva.

—Pero eso sí, es cuestión de tener mucho cuidado —insistió Quispe escarmenándose los dientes con una uña—. Últimamente hay rondas de policías en los centros comerciales, en los mercados, en todas partes. Los dueños de los negocios están saltones y contratan huachimanes.

El Mosca caminó despacio hacia la choza, ¿y si le contaba a Rafael?, apoyando el peso del cuerpo en el pie sano, qué mala suerte, chuchesumadre, toda la noche en el basural, removiendo con el palo igual que siempre, con el costal llenándose poco a poco de zapatos, papeles, botellas vacías, envases plásticos, cartones, a veces buenos retazos de tela, objetos que brillaban haciéndoles latir apresuradamente el corazón, pero nunca había nada realmente de valor en aquellos cerros hediondos y cada vez más grandes que los camiones del municipio descargaban cerca del pueblo joven, en Miraflores, en Magdalena, en todas partes ahora que la huelga duraba casi tres meses y a las alcaldías no les quedó más remedio que contratar gente para que la ciudad no sucumbiera bajo los escombros de su propia mierda. Pero a los camioneros no les importaba nada y ya ni siquiera se tomaban la molestia de echar la basura en los rellenos sino que la amontonaban en los acantilados adonde acudían nubes de gallinazos, enjambres de moscas, manadas de perros y ratas acechantes que competían con la gente de las barriadas buscando algo que comer, pero siempre se encontraba lo mismo, pensó el Mosca. Botellas, cartones, restos inútiles que sin embargo ellos aprovechaban para vendérselos al peso a Venegas y a los otros, a los que partían con sus carretillas rumbo a la ciudad, con su cargamento de miseria que convertían en un puñado de billetes al caer la noche, cuando regresaban como fantasmas grises tocando los timbres de sus manubrios que alborotaban a los chicos y atizaban los ladridos furiosos de los perros.

Esa noche les había ido bien. El Mosca canturreaba feliz porque convenció a la negrita para que fueran un poco más allá, por los acantilados que se abrían camino al

Faro, y ella no, quedaba muy lejos, de regreso les podía agarrar el toque de queda, por esa zona patrullaban las tanquetas, pero al final aceptó porque era cierto lo que el Mosca decía, los basurales de Orrantia ya no tenían nada, los vecinos del lugar habían protestado y desde casi dos semanas atrás los camiones no aparecían por allí, explicaba el Mosca, conocedor del oficio, analítico, canchero; ya no tenían nada esos basurales y había que probar más lejos y allí estaban, sigilosos, eficientes, moviéndose entre los montículos de basura cercanos al circuito de bicicross, hurgando, removiendo entre las bolsas abiertas por las dentelladas furiosas de los perros y las ratas, cuando bruscamente sintió el dolor, el aguijonazo que le corrió como un relámpago desde el pie hasta el cerebro.

—Al principio creí que era una picadura, un alacrán, una araña —dijo el Mosca destapando con manos ansiosas la botella de ron—. Pero era imposible porque fue justito en la planta, cholo.

Rafael lavaba las botellas en un balde, las colocaba en fila cuidadosamente para que el viento las fuera secando. Miró al Mosca, que bebía un trago largo y dejaba la botella cerca a la silla.

—¿Y si no fuese así? —preguntó por fin el chino Padrón, después de un largo silencio en el que los cuatro hombres se miraban las caras buscando en los demás una seña, un indicio de que alguien estaba de acuerdo con Quispe porque ninguno era choro; los saqueos fueron otra cuestión. ¿Quién no había estado metido en uno? Saqueo, saqueo, gritaba alguien en la aparente calma de un mercado, y la gente se abalanzaba contra los puestos, impelidos por una complicidad aviesa y caótica, tumultuosa y desenfrenada, saqueo, saqueo, y volaban los sacos de papas, cebollas, arroz, ropa, fruta, lo que hubiera, carajo, y ahora era igual que aquel septiembre de mierda, ¿ellos recordaban?, sólo que peor porque aquella vez fue por el paquetazo económico y en cambio hoy era porque los precios subían sin control y algunos más pendejos que otros iban al mercado sólo para gritar saqueo, saqueo, y era como una orden, como si la gente que compraba en silencio o protestaba apenas por las alzas mensuales, semanales, diarias, hubiera estado esperando el grito para lanzarse contra los puestos, contra las carretillas, contra las tiendas que no lograban cerrar a tiempo sus mallas metálicas, y luego corrían cargados de cosas, destrozando con un rencor absoluto lo que no podían llevarse, si ya daba miedo ir al mercado, comentaba la gente, las tiendas no quieren abrir, la policía no puede contener el tumulto hambriento e iracundo; a veces los mismos tombos aprovechaban la confusión para quitarse la camisa, la gorra, y cargar con lo que podían.

—Pero eso es otra cosa —insistió Venegas haciendo callar a Padrón con un gesto; lo que proponía Quispe ya era otro cantar, y Quispe, levantándose de un salto, claro que era otro cantar, por eso les habían dicho a ellos nomás, era arriesgado, él lo sabía, pero sus hijos se morían de hambre, ¿no?, desafiaba a los demás con la mirada, caminaba de un extremo a otro de su choza. En la puerta aparecieron dos, tres rostros de niños, y él fuera, carajo, los espantó dando unos pasos y los niños desaparecieron entre chillidos y carcajadas. En fin, era un asunto de hombres.

—Qué hombres ni qué tonterías —dijo Rafael alarmado cuando el Mosca le mostró a regañadientes el pie que ya casi no tenía forma—. Tienes que buscar un médico porque esto está jodido.

—Ni de vainas —dijo el Mosca chasqueando la lengua después de beber otro trago de ron—. ¿Dónde chucha consigo plata para ir a un médico? Hace más de dos meses que los hospitales entraron otra vez en huelga, cholito.

Rafael lo miró directamente a los ojos, había que conseguir por lo menos desinflamantes y algo contra la infección. Luisa había estudiado enfermería, ella ponía inyecciones, ¿no?

El Mosca esbozó un ademán irresuelto, estaba pensando en lo de esta noche, casi no podía caminar y Quispe, Venegas y el chino Padrón iban a pensar que se había achicado porque la semana pasada cuando los citó Quispe, todo misterio el serrano de mierda, ya habían acordado que bueno, que era cuestión de preparar bien las cosas porque el serrano hasta el momento era sólo boquilla y después se cagaban todos.

—No seas cobarde —intentó bromear el viejo, pero el Mosca seguía serio y muy pálido. Ya no podía aguantar el dolor cuando horas después de conversar con Rafael tuvo que aceptar que compraran una inyección, un desinflamante, porque ya no podía más, cholo, se asustó, creía tener fiebre, dijo pasándose una mano por la piel viscosa de sudor, mejor iban donde Alfonso, donde la negrita, a ver si ella le ponía una inyección, caracho.

—Voltéate, Mosca —dijo Luisa preparando la inyección.

Había sido un triunfo conseguir el antitetánico pero no podían dejar que pasara el tiempo, el asunto se va agravando, dijo Alfonso cuando se enteró. El Mosca no había dicho una palabra desde que llegaron a la casucha del viejo y dejó que éste explorara la masa informe y violácea que era su pie, ya hinchado hasta diferenciarse del tobillo únicamente por un pliegue gordo y verdoso. Fue tocándolo con sus dedos tibios y atentos, estás fregado, Mosca, dijo al fin, ha sido una tontería no haber actuado antes, y Luisa, alarmada, furiosa, por andar haciéndote el valiente, y Rafael hay que conseguir un antitetánico. Fueron a la posta médica de Magdalena pero era en vano, la encontraron cerrada, con cartelones y pintas que anunciaban la HUELGA INDEFINIDA, PLIEGO DE RECLAMOS, EXIGIMOS SOLUCIÓN, GOBIERNO HAMBREADOR, y ni hablar de ir hasta el hospital, era gastar en pasajes por las puras porque la huelga no se solucionaba aún, al contrario, y resultaba poco probable que alguien los atendiera, decía Rafael fumando nervioso, crispado, casi nunca subía a la ciudad. Parado junto a Luisa en la esquina del Ejército y la Brasil contemplaba el gentío que iba invadiendo esta última avenida: pancartas, banderas, cánticos, palmas, ¿de qué se trataba?, preguntó Luisa, y él que escuchara: y va a caer, y va a caer, este Gobierno va a caer. Eran los del Frente Independiente, estaban armando uno de sus últimos mítines, y ella ah, sí, hoy había concentración, lo leyó en el periódico, dijo haciéndose a un lado para que no la empujaran, qué cantidad de gente y que Rafael se fijara en aquellos ómnibus, estaban desviando el tráfico, de todas formas sería imposible llegar al hospital, mejor buscaban una farmacia abierta, y Rafael sí, mejor iban pero rápido porque cada vez había más gente, más pancartas, más banderas, más cánticos. El Frente Independiente con Ganoza presidente y ella sabía poner inyecciones, ¿verdad?, se cercioraba Rafael una y otra vez con Ganoza presidente, y Luisa sí, ahora sólo tenían que conseguir el antitetánico y va a caer, y va a caer, ojalá que les alcanzara el dinero, dijo él en voz alta porque con el griterío ya no se escuchaban: el Apra va a caer.

—Sí, sé que es peligroso —insistía Quispe, movía las manos enfatizando sus palabras, tratando de convencerlos—. Pero díganme ustedes qué otra cosa podemos hacer.

El Mosca se tendió de espaldas. Tenía el rostro empapado en sudor; un malestar enorme, náuseas, la boca seca y amarga, a lo mejor con la inyección y una siestecita y un poco de trago, pero ya no quedaba mucho. Se bajó apenas el pantalón dejando una nalga al descubierto, sintió unas palmadas que lo pusieron alerta, no te muevas, y luego el pinchazo, relájate, hombre, y una especie de puño, un líquido hirviente y sudor y nuevamente náuseas y temblores y ganas de morirse.

—Listo.

—¿De acuerdo entonces? El viernes a la hora acordada, en la subida de Marbella —Quispe había estudiado la tienda, había probado con disimulo lo endeble de los candados y también se bajó el foco del poste cercano de una pedrada, conocía el terreno. Veinte minutos andando o quizá más porque con el toque de queda ellos debían evitar ir por la avenida del Ejército, más bien tomarían por la urbanización que queda frente al puericultorio; para la hora que ellos llegaran por Magdalena seguro se encontraban con la gente que regresaba del mitin del Frente, se mezclarían con ellos, pasarían como si nada y ya cerca de la tienda esperarían una horita a que se tranquilizase la cosa. La movida era suave si iban con cuidado, se tendrían que traer las cosas a puro pulso porque ni hablar de llevarse alguna carretilla. Seguro habría buen billete, pero eso sí, ni una palabra a nadie, hasta entonces tranquilos, relajados.

El Mosca aflojó los músculos sintiendo la carne de gallina. Se subió el pantalón y quedó tendido en el catre, agotado, tembloroso, qué hora era, preguntó, y Rafael las siete y cinco y dijo okey, pensando que un sueñecito y luego arriba, a ver si tenían suerte y resultaba tan fácil como decía Quispe.

—Descansa un poco —sintió la mano flaca y nudosa del viejo presionándole el hombro con cariño—. No es necesario que te vayas, mejor te quedas a descansar aquí.

El Mosca sonrió contra la almohada, supo que Rafael lo miraba, sintió los pasos de la negrita, buena gente, caray, saliendo de la choza, si las cosas resultaban bien le haría un regalito, pensó como flotando, dejándose ganar por el sueño atrasado de la noche anterior. ¿Y si se quedaba dormido?

—No me dejen dormir mucho —dijo antes de abandonarse ya sin reparos en un vértigo suave, una espiral en que se iban disolviendo poco a poco los sonidos, el dolor, el cansancio, la vida: todo era la misma vaina, carajo.

La noche era como un túnel monótono, un agujero amarillo que horadaba la combi en la oscuridad pavorosa de la carretera, ¿cuántas pastillas, Sebastián?, en el centro del insomnio, desde que salieron de Lima, Andrade al volante, el Pepe dormitando en el asiento posterior, cubierto por un poncho, los hombres de seguridad fumando detrás de él y extraviados en una plática compuesta a base de murmullos y pausas largas, las piernas estiradas, contando chistes colorados, matando con esporádicas partidas de cartas el cansancio arrastrado durante cuatro días. Arequipa, primero, la plaza de Armas llena por completo y Ganoza aclamado por una multitud que coreaba su nombre y el de Soler también, Soler siempre a su lado, alto, el perfil de patricio romano, los ademanes enérgicos. Y luego Tacna y luego Cuzco, el vuelo se retrasó casi seis horas, ¿cuántas copas cada noche, Sebastián?, y Lima nuevamente. Aturdido, con los ojos inyectados en sangre por la falta de sueño, incapaz de dormir pese a que te desplomabas exhausto en la cama donde todavía, pese al tiempo transcurrido, hacía tanta falta el contrapeso de Rebeca, te dejabas abatir por un cansancio abrumador y sin tregua que únicamente era el sabor pastoso de las madrugadas en la boca, vuelve, vuelve, Rebeca, te despertabas de un salto en una cama revuelta y con olor a nicotina pensando que hoy iban a Zárate, a Magdalena, al Rimac, y una vez te pasó, se lo comentaste al Pepe en el hotel de Turistas de Tacna, creías, jurabas que estabas en Lima, se te confundieron los tiempos, carajo, despertaste desorientado en una habitación pulcra y desconocida, te sentiste mejor bajo el chorro violento de la ducha pero aún vagamente inquieto, rencorosamente dispuesto a aceptar que así era mejor, despistado, arrastrado por un vértigo trepidante, redactando informes, discutiendo, coordinando que todo funcionara, desde los hoteles hasta el permiso municipal que muchas veces denegaban alegando estupideces, pasando por minucias como la instalación del cableado para los altavoces, a veces sacando corriente eléctrica de un poste.

—Eso fue en el Cuzco —recuerda el Pepe otra vez animado, sirviendo chorros de whisky—. Andrade colgado como un mono, con el frío de los mil diablos que hacía, carajo, cortando y empalmando cables.

Sí, en el Cuzco, cuando todavía estaba Ganoza: una sombra bajita, unos ojos demoledores, ¿recuerdas, Sebastián, la vez que lo conociste? Su mano pequeña y helada, su mirada de fuego.

—Qué noche aquella —dice Sebastián recordando confusamente. La cabeza le zumba, los gestos son torpes y la habitación se mece suavemente, le resulta imposible enfocar al Pepe y tiene que cerrar los ojos con fuerza. ¿Quién está más borracho, carajo?

—Yo —acepta Andrade cuando uno de los de seguridad pregunta que quién quiere un sándwich de queso mantecoso.

Se habían detenido en las afueras de Chiclayo después de casi seis horas desde que salieron de Lima, todavía cansados porque apenas terminaron el mitin en San Juan de Lurigancho y ya estaban otra vez metidos en el jaleo de los preparativos, todo se trastornó tanto desde el atentado que a duras penas podías llevar la cuenta de los días. Se suspendió el mitin de Comas, se cancelaron de inmediato todos los demás, aquello fue increíble, la gente salía con velas a las calles, los disturbios en el centro, las manifestaciones espontáneas, la renuncia del ministro del Interior y el saludo con Soler en una foto que dio la vuelta al mundo, entrevistas con la prensa nacional y extranjera, más pastillas, Sebastián, los periódicos y revistas, el alud de telegramas de condolencia, el mitin improvisado en las afueras del canal Cinco, José Antonio Soler llorando en el velorio multitudinario, ahora más que nunca el pueblo exige justicia, había dicho con la voz entrecortada, no pasarán, no lograrán su cometido, había jurado ante el féretro, los flashes de los fotógrafos, las luces cegadoras de los reflectores, el caos, los empellones, el griterío y el tumulto asfixiante que acompañó al cortejo fúnebre. La campaña debía continuar, no detendrían el proceso democrático. Nadie descansó durante esos días, inmediatamente después de las exequias Soler anunció que el Frente Independiente estaba más vivo que nunca.

—En ese momento tuvimos ganadas las elecciones —dice el Pepe manotando negligentemente el silencio. Díselo, Sebastián, dile desde cuándo tuvimos ganadas las, cómo tuvimos ganadas las, Sebastián.

Comieron los sándwichs, bebieron un café amargo y caliente y se pusieron nuevamente en marcha porque todavía faltaban unas buenas horas hasta Piura y no podían perder tiempo, el mitin estaba programado para la tarde siguiente. Chiclayo los vio pasar entre ladridos de perros y una luna gigantesca que los siguió fisgona y pálida durante un buen trecho de carretera hasta que bruscamente quedó oculta por las nubes, ¿cuántas pastillas, Sebastián?, te era imposible dormir, andabas como un zombie, no lo podías creer y sin embargo lo aceptaste. ¿Hacía cuánto que no hablabas con Soler?

—Es algo muy importante, don José Antonio —la voz temblona, los ojos muy abiertos.

—Pasa, muchacho, qué cara traes —Soler se hizo a un lado y Sebastián entró a la sala espaciosa y elegante, adormecida bajo la luz tibia de una lámpara—. La muchacha ya se ha acostado, pero si quieres un café te lo puedo preparar yo —Soler señaló el pasillo largo—. Vamos a mi despacho.

Nadie hablaba hacía un buen rato, Andrade fumaba cigarrillo tras cigarrillo para no dormirse, sentías ya asqueado el olor acre del tabaco, te dolían las piernas, los riñones, la cabeza. Te ardían terriblemente los párpados y no podías dormir, apenas cerrabas los ojos te asaltaba la mirada acusadora de Ganoza, las imágenes de su último mitin, se te confundían los tiempos nuevamente, ¿fue en el Rimac donde lo abuchearon o fue en la plaza de Armas de Tacna?

—Fue en Tacna —dice el Pepe entrecerrando los ojos—. La verdad, estuvo bastante feo el asunto; fue el día que le voltearon la camioneta a Andrade.

Imposible dormir, te estabas matando, Sebastián, dijo el Pepe cuando nada más llegar empezaste a telefonear a Aeroperú —José Antonio Soler llegaba en el primer vuelo—, a preparar tus notas, a beber un trago largo y ardiente de whisky que te produjo arcadas violentas y los pocos comensales del restaurant del hotel voltearon a mirarte cuando intentabas sostenerte, aferrarte al borde mullido de la barra. Ésa fue la primera vez que el Pepe indagó a fondo sobre Rebeca. Se acercó a tu habitación cuando intentabas leer, el pobre se había tomado unas copas para darse valor y disparó la pregunta a quemarropa.

—No —se obstina el Pepe—. La primera vez fue mucho antes y no en Piura sino en Cajamarca. Yo no sabía nada, te veía trabajar de sol a sol y decía pasu diablo, qué tal aguante, pero era por Rebeca, ¿no?

—Sí, es Rebeca —dijo Sebastián bebiendo de la botella, sintiéndose tonto al hacerlo, ridículo, cursi, feroz—. Ya no soporto su ausencia —se escuchó decir con voz quebrada. Pensó que iba a llorar, que quería gritar y decirle al Pepe que Rebeca había pasado a un segundo plano, que en realidad buscaba ese dolor con ansiedad de sabueso para calmar el otro, el real, el que lo quemaba a fuego lento: los ojos impenetrables de Ganoza, las lágrimas de su viuda el día del entierro, una imagen menuda e hidalga bajo el calor agobiante que encendía la mañana en el cementerio, una imagen que lo asaltaba sin tregua, sin pudor, sin descanso por las noches, la charla inocente con Soler, el encuentro casual con el ministro. Casual, Sebastián, invenciones tuyas, Sebastián.

—Bueno, ¿qué es eso urgente que me tienes que decir? —se sentó en el butacón de cuero y cogió la pipa, acariciándola largamente antes de cargarla.

Pero en realidad aquello fue sólo el comienzo de la debacle, el inicio ya imparable de la catástrofe que soplaba como un viento inmisericorde desde que empezaron las acusaciones sobre la existencia del Comando, y que continuaron como un imperceptible tejido de araña en torno al Gobierno y en el seno del mismo Partido, Gata, cuando todos los periódicos y las radios y las estaciones de televisión empezaron a desvirtuar la compra de los aviones Mirage, a inventar aquellas calumnias que ponían en entredicho el nombre del presidente y de cuatro o cinco asesores, primero, y luego ya de varios diputados y hasta del senador De la Fuente, el pobre viejo no sobrevivió a la muerte de su buen nombre, un infarto, dijeron, pero en realidad y bien mirado fue un asesinato porque cuando el senador De la Fuente se defendió en el Congreso dijo que lo único que él tenía era su limpieza y honestidad, y lo mismo explicaron con valentía y rabia mal disimulada todos los que fueron alcanzados por el ignominioso fango que les arrojaba la venenosa derecha opositora con la ayuda de todos los medios de comunicación que advirtieron la estampida ingrata del apoyo popular y pronto no fueron más que una cuadrilla de traidores que alababan, al principio tímidamente pero después y a medida que se acercaban las elecciones, con ahínco servil, al reaccionario Frente liderado por Ganoza y por José Antonio Soler, tu padre, Gata, la eminencia gris que maneja desde siempre los intereses oligárquicos que han sepultado a nuestro país en la miseria espantosa que vivimos. Llegó entonces un tiempo sucio y desesperanzado pese a nuestros esfuerzos por atrincherarnos en el optimismo impostado y heroico de nuestros viejos líderes que organizaban la campaña presidencial, y aunque al principio hubo pugnas porque había quien apoyaba al presidente y había quien apoyaba al primer ministro, todos coincidimos, cuando ganó este último y fue elegido candidato presidencial, en que ahora era el momento de aunar esfuerzos para sacar adelante al Partido y continuar con la gloriosa gesta democrática que había abierto el presidente siguiendo las ideas rectoras, americanistas y populares trazadas por Haya de la Torre, arengó el senador Ferrari en aquel congreso organizado el primer año de la debacle. Ahora es el momento de redoblar esfuerzos, apretar los dientes y seguir luchando, muchachos, que la campaña apenas ha empezado y no hay que desanimarse por las encuestas fraudulentas que son pagadas por la derecha cavernaria de Ganoza y sus secuaces, nos decía Armas en esas sesiones de emergencia que nos reunían en las oficinas del Cefede, y entonces íbamos nuevamente a los pueblos jóvenes, trepábamos a las camionetas, ómnibus y aviones que nos llevaban a los confines del país, nos dejábamos ganar por ese vertiginoso ritmo de mítines y manifestaciones multitudinarias, Gata, porque el pueblo comprendía que con Ganoza en la presidencia y la derecha en el Gobierno nuestro país se convertiría en el botín de un puñado rapaz, dijo el ex primer ministro cuando empezamos la campaña aquella apoteósica noche invernal en la misma plaza San Martín donde la derecha apenas si había convocado a unos cuantos curiosos y ayayeros pagados por el bolsillo de Ganoza, y bulliciosos, eufóricos, convencidos, alentábamos con pancartas y pañuelos, gritábamos hasta desgañitarnos contagiando a la gente que empezaba a acudir a las manifestaciones donde nuestros líderes explicaban que el Perú comenzaba a remontar la crisis, que el aparato propagandístico de la oposición había montado sus artilugios infamantes, esas catapultas de la impiedad, para que el pueblo olvidara que durante estos cinco últimos años se habían dado grandes logros en Educación y Sanidad, que se habían consolidado derechos laborales importantísimos, que la lucha contra el terrorismo de Sendero Luminoso y el MRTA continuaba asestando vitales golpes desestabilizadores en las propias entrañas del monstruo y que no permitirían que ese grupúsculo de asesinos organizados por los sectores más reaccionarios del país continuara cometiendo crímenes en nombre de un supuesto Comando paramilitar. Era, pues, nuestro deber histórico continuar apoyando al único partido que salvaguardaba los intereses de la mayoría, y como un oleaje estruendoso se agitaban los pañuelos, se voceaban las consignas, se respondía a los llamados de alerta del candidato presidencial, fíjate, Gata, acaba de aparecer en el estrado, allí está, junto al diputado Egoaguirre, al viejo Falconí, que saluda agitando un pañuelo ante la ovación de la gente, y también al lado del propio presidente, que con su presencia garantiza la salud impertérrita y armónica que existe en el Partido pese a los rumores de discrepancia que ha hecho circular la retrógrada derecha desde que renunció el ministro del Interior: Esteban Sánchez Idíaquez era un mal elemento aprista, la autocrítica era necesaria, la manzana podrida se alejaba del Partido e iniciaba sus coqueteos serviles con Soler, no lo necesitábamos, dijo nuestro candidato y la multitud aplaudió enardecida, y nosotros también, Gata, aunque callábamos el dolor, la amargura de saber que aquella renuncia era un mazazo para el Apra.

Pero eso ocurrió después, en el peor momento, porque hasta entonces las encuestas señalaban altísimas intenciones de voto para el Partido y nosotros acudíamos a todos los mítines, regresábamos exhaustos y enfebrecidos al local partidario para organizar, de inmediato, el próximo mitin, la siguiente asamblea, el último congreso, y en la universidad seguíamos buscando el apoyo adormecido de los estudiantes, tratábamos de convencerlos de que eran víctimas de una trampa creada por la oposición, porque de llegar al poder Ganoza no existiría la enseñanza pública, echarían a la calle a miles de trabajadores, intentarían vender las empresas estratégicas del país, las que eran del pueblo, las que pertenecían a todos los peruanos, y por lo tanto votar por el Frente era votar por la hecatombe, abrir las puertas a los mastines de la intolerancia y el conservadurismo caduco de quienes sólo procuraban defender la rapiña consuetudinaria de la oligarquía peruana, advirtió el candidato presidencial poco antes de aquel funesto día en que se disolvieron nuestras esperanzas con los dos disparos que acabaron con la vida de Ramiro Ganoza y que sumieron al país en el estupor y la anarquía. Se precipitó así el voto sensiblero de un pueblo ansioso de venganza que creyó en la más grande patraña urdida por la propia derecha al acusar al Gobierno de un asesinato que para nosotros tenía nombre y apellido, Gata, porque detrás de esos disparos asesinos que demostraban la bajeza y la inexistencia de escrúpulos todos sabíamos quién estaba, qué duda cabía, muchachos, nos dijo Armas al salir de aquella reunión de emergencia con los líderes del Partido que intentaban reorientar desesperadamente el tenor de la campaña presidencial, Gata, aunque ya sabíamos todo perdido de antemano después de aquella noche en que el pueblo, organizado por la gente de Soler, salió a las calles alumbrando su rencor con velas y consignas que pedían castigo para los criminales sin querer entender quiénes eran los verdaderos asesinos, sin querer comprender que aquella campaña estaba planificada desde mucho tiempo antes y que se había orquestado una sinfonía macabra cuyos acordes finales necesitaban la sangre del fratricidio, nos explicó Armas en el Cefede cuando tú no estabas, Gata, porque para qué, Gata, ya tenías suficiente con ese turbio sino que corría por tus venas, y además era imposible que te sustrajeras a la verdad, que le dieras la espalda a esa certeza que como un cáncer corrosivo empezaba a devorar la credulidad inicial y ciega del pueblo y que poco a poco se abrió paso en las conciencias de todos los peruanos porque Sánchez Idíaquez seguiría siendo ministro pero ahora bajo la bandera de la traición, todo resultaba alumbrado por una claridad hiriente y desgarradora. Pero para entonces ya era tarde, porque como siempre ha ocurrido en el Perú, la esperanza sólo es algo que perdemos violenta y cruelmente todos los días.

Tres

I

—¿Cholito, qué ha pasado? —dijo Montero abriendo la puerta y él entró a la casa: los muebles tapados con sábanas, la foto de matrimonio retocada, el olor ácido y promiscuo—. Qué cara traes, ¿qué ha ocurrido, hermano?

Montero no llevaba camisa, llevaba una toalla al cuello y unos pantalones cortos, estaba a punto de salir, se iba al Soy Calidad con la china, qué le ocurría, insistió al ver el semblante devastado de Pinto, sus gestos ansiosos y torpes.

—Estoy en un problema —se oyó decir él: hablaba y miraba hipnotizado la foto matrimonial de los viejos de Montero, el rubor de las mejillas, los peinados, las sonrisas de cartón. Se desplomó en una silla y miró a su amigo—. Es grave, flaco, tienes que ayudarme.

Afuera sonaba un merengue a todo volumen y risas y palmadas, un grifo abierto a chorro, correteos que parecían multiplicarse a lo largo de todo el callejón. Montero cerró suavemente la puerta y se sentó frente a su amigo. Recién entonces Pinto advirtió que el flaco llevaba un cepillo de dientes en la mano.

—¿Nos tomamos unas chelitas? —dijo Montero muy suavemente—. La llamo a la china y le digo que voy a tardar un poco. Cuéntame qué ocurre, hermano.

Pinto sacó el paquete de cigarrillos y lo puso sobre la mesa después de encender uno: el rubor excesivo de las mejillas, las sonrisas tensas, las manos entrelazadas, el vestido de la novia.

—Vamos a casa de la Rosita —su voz era un balido, había cruzado las piernas a la altura de los tobillos y movía los pies con un ritmo furioso—. Quiero saber si está allí.

—¿Se han peleado? —dijo Montero, y las arrugas de su frente se esfumaron—. ¿Eso es, cholo?

—No —su voz se enfurecía y se apenaba, perdía color, volvía a sonar entrecortada—. No nos hemos peleado, no sé dónde está. Quiero saber si está bien.

—¿No ha ido por tu casa? —Montero también encendió un cigarrillo, alcanzó un cenicero de alpaca—. Tranquilízate y cuéntame todo desde el principio.

Aún no había oscurecido completamente y el Parque Universitario era invadido ya por una vaporosa fauna indigente que se arremolinaba pacífica, desorientada, en torno a las carretillas donde se ofrecía comida grasienta y emoliente; a los charlatanes bullangueros que anunciaban prodigios y pomadas; a los puestecitos donde se alquilaban arrugadas revistillas cómicas. Rostros oscuros, manos, voces roncas, siluetas fugitivas que cruzaban presurosas hacia los paraderos de colectivos y microbuses donde un tumulto exasperado intentaba trepar a los carros. Más allá de aquellas esquinas estropeadas se abría, como una boca maloliente y gigantesca, La Colmena.

Él se detuvo en un puestecito y compró medio paquete de Premier. Cuando la mujer le daba el vuelto dos sujetos hoscos se acercaron. Se llevó instintivamente una mano al bolsillo del pantalón, palpó el sobre con los billetes que le acababa de dar Clara y se alejó unos pasos para encender un cigarrillo. Allí cerca un par de viejos se enfrascaban en una partida de ajedrez, las manos moviéndose en cámara lenta, los ojos atentos al tablero que habían colocado sobre una banca. Ya iban a ser las ocho, pensó, todavía le faltaba cruzar toda La Colmena para llegar a casa y ya era tarde, Rosita debía estar esperándolo. Decidió tomar un taxi y luego de diez minutos en que aguardó en vano ver pasar alguno vacío se encaminó hacia Lampa, sorteando los puestos de los ambulantes que vendían ropa y zapatos usados, libros y mil chucherías más, pero al llegar allí el inmóvil mar de autos detenidos por un embotellamiento lo desanimó, mejor iba caminando, a buen ritmo llegaría en quince minutos, pensó. De pronto, entre el gentío que cruzaba aprovechando que los semáforos de aquella esquina parpadeaban insistentes en verde, observó a los dos hombres que se acercaron a él cuando compraba cigarrillos. Uno llevaba lentes espejo y el otro, gordo y aindiado, una camisa estampada. No se detuvieron al pasar cerca de él, ni siquiera parecieron percatarse de mi presencia, flaco, el de los lentes mordisqueaba una manzana dulce y su acompañante le decía algo y reía a carcajadas, siriaba a las chicas que pasaban cerca, les daba intencionales encontronazos, y cuando ellas volteaban malencaradas, furiosas, se acomodaba unos cabellos aceitosos y seguía molestándolas. Sin pensarlo mucho Pinto se metió en un taxi cuando la hilera de carros empezaba a avanzar.

—Al jirón Moquegua —dijo.

Antes de que el taxista girara por Lampa, él se volvió para mirar: gente, ríos de gente cruzando entre bocinazos y carretillas. La Rosita ya debía estar esperándolo, pensó fastidiado, no pensaba demorarse tanto donde su hermana.

—¿Y esos patas, el de los lentes y el cholote, te siguieron? —preguntó Montero destapando una botella de cerveza que sacó del frigidaire y sirviendo dos vasos—. ¿No serán ideas tuyas, cholito? Desde que te has metido con toda esa vaina del Comando te has jodido. Y además te has peleado con medio mundo, hasta conmigo que soy tu pata del alma.

—Está bien, está bien —dijo él apurando el vaso de un golpe: el peinado antiguo de la novia, el frac ridículo del novio—. Necesito tu ayuda, acompáñame donde Rosita.

—Vamos primero donde la china Silvia. El hermano de la Rosa es medio saltón y sería preferible que fuera ella. Vamos de una vez y me sigues contando.

Cuando llegó al edificio donde vivía todo estaba en silencio. Apenas se oían murmullos apagados, ruido de televisores encendidos, el trajín de cubiertos metálicos. Flotaba un olor fuerte de guisos y frituras, las escaleras se sumergían en una oscuridad densa, ominosa. Otra vez se habían robado los focos, carajo, no duraban ni un mes, la junta de vecinos no hacía nada. A veces se metían marihuaneros a encenderse tronchos, a pintarrajear las paredes, a mear en el ascensor. Sin embargo una luz hepática y débil alumbraba el corredor de su planta. Al avanzar apresurado distinguió la mecedora, la manta gastada, el semblante blanquecino.

—¿El viejo ese que parece una momia? —Montero tocó el timbre dos, tres veces. Al fin escucharon los pasos, el pestillo. Apareció la cara sonriente de Silvia, qué milagro, le sonrió a Pinto, y a Montero, hola, flaco, ya salía, no se tardaba ni un cinco.

El viejo se mecía murmurando letanías incomprensibles, tenía la vista fija en sus manos nudosas, una boina que le apretaba las orejas. Al pasar él levantó delicadamente la cabeza y se llevó el índice a la boca sin dejar de murmurar. Luego señaló la puerta de Pinto y sus ojos lechosos parpadearon con lentitud. Pinto sintió que el corazón se le desacompasaba, las manos súbitamente frías. Qué pasaba, señor, le preguntó con voz tan baja que temió no ser escuchado. El viejo volvió a llevarse el índice a los labios y luego, con la misma expresión beatífica, señaló la puerta: ¿qué ocurre, a qué tanto misterio?, preguntó Silvia caminando entre ambos por las calles destrozadas de Francisco Pizarro, ¿iban donde la Rosa? Pinto se acercó cautelosamente a su puerta y pegó una oreja. Al principio el golpeteo de su corazón le impedía escuchar nada, un silencio absoluto, compacto, después lentamente se abrió ante él un abanico de ruidos, pasos, imprecaciones sofocadas, un gemido apenas audible, minúsculo, otra vez las voces que se atropellaban confusas y nuevamente el sollozo, el gemido ahora sí inconfundible, desesperado, femenino. Tenía la espalda completamente mojada cuando se dirigió al viejo: ¿quiénes estaban?, ¿él había visto algo?, ¿había visto entrar a su enamorada, a la chica flaquita y morena que siempre venía con él? Empezó a zarandear al viejo, le apretó fuerte las manos, que dijera algo, pero el hombre lo miraba desde el horizonte celeste y remoto de sus ojos extraviados, insistía en mascullar palabras incomprensibles como si sostuviera un infinito diálogo consigo mismo y Pinto lo soltó para volver a acercarse a la puerta, sacó la llave pero la mano le temblaba de tal modo que no pudo meterla en la cerradura, de golpe sintió que crujían sus tripas, que se le aflojaban las piernas como si fueran de goma, dio media vuelta y corrió por el pasillo, se despeñó por las escaleras, ganó la calle donde se detuvo respirando ansiosamente. Empezó a correr hacia Tacna, la comisaría quedaba a diez minutos, tome precauciones, no siga la misma ruta todos los días, cambie la cerradura de su casa, ciento veinte dólares, bruscamente desechó la idea, subió a un taxi, por favor, a Francisco Pizarro, por favor, por favor, tenemos que saber si está bien, tenemos que averiguar si no fue directamente a su casa, Silvia, flaco, preguntemos si está en su casa.

—Cálmate, cholo —dijo Montero agarrándolo de un brazo, y él se apoyó en un poste, sollozando.

Silvia les dijo esperen aquí, ya vengo, y desapareció en la esquina que conducía a casa de Rosa. Se escuchaba un martillo neumático que con precisión exasperante sofocaba los demás ruidos de la calle, sus propias voces preocupadas. ¿Rosa no iba directamente a su casa, cholo?, ¿estaba seguro que había escuchado voces? Eso que le contó sobre los hombres que lo seguían le pareció un poco exagerado, cuando uno estaba así de saltón veía fantasmas por todos lados.

—No lo sé —dijo Pinto pasándose una mano por los ojos—. Pero de lo que sí estoy seguro es de que escuché voces, el viejo me puso en alerta, él sabía, Montero.

—¿Escuchaste la voz de Rosa?

—No, sólo escuché voces masculinas —el gemido, Pinto, el llantito apenas audible, ¿era ella?—. Nada más.

Cuando vieron que Silvia se acercaba avanzaron a su encuentro. Tenía las pupilas dilatadas, un aire ausente que asustó a ambos. ¿Qué le dijeron?, ¿estaba?

—No está en su casa, no ha llegado —dijo Silvia, y su rostro se arrugó horriblemente.

—No llores, chinita —Montero le pasó un brazo por los hombros, la atrajo hacia sí—. Vamos a llamar al hospital, tal vez se ha quedado trabajando. Además el cholo no escuchó la voz de Rosa.

—No, Silvia, no escuché su voz, sólo me pareció oír voces de hombres —un mazazo, Pinto, un golpe en el estómago—. Vamos a llamar al hospital, seguro está allí.

Caminaron hacia un teléfono público, había dos señoras esperando, a lo lejos todavía se escuchaba la furia reconcentrada del martillo neumático, pasaban veloces, casi vacíos los ómnibus verdes e inmensos de la línea setenta y cuatro, los micritos azules que iban hasta Amancaes, por fin se desocupó el teléfono y Pinto le dio el número a Silvia y ella discó apurada, casi de inmediato la atendieron, ¿Rosa Temoche? Un momentito, y un silencio, voces lejanas, de golpe otra vez la voz: no, no estaba, se había ido hacía una hora por lo menos. No, no salió sola, se fue con una amiga. ¿Quién preguntaba?

—Vamos a la comisaría —dijo Montero, pero cuando Silvia iba a subir al taxi mejor se quedaba, chinita, él la avisaría, pero ella ni hablar, también iba.

Se acomodaron en el Volkswagen y vieron pasar las calles sucias de Francisco Pizarro, el puente Santa Rosa y abajo el río color chocolate, turbio, fangoso. Por fin se internaron por la primera bocacalle de Tacna, bajaron en la puerta de la comisaría. Al fondo del pasillo, la tercera oficina de la izquierda, pregunten por el alférez Eguren, les dijo el policía que fumaba aburrido en la entrada. Les dijeron que esperaran, el alférez estaba ocupado, y ellos se sentaron en una banca larga de madera. Trepidaban invisibles máquinas de escribir, se oían voces, cruzaban gentes desorientadas que blandían papeles, hacían preguntas, recibían respuestas apáticas.

—A lo mejor no había nadie —Montero se rascó la cabeza, sonrió tímidamente—. A lo mejor te estás imaginando cosas, cholo.

—Escuché voces, Montero —Pinto se quitó los lentes, los observó atentamente y antes de volver a ponérselos los frotó contra la manga—. Estoy seguro que han entrado a casa.

—¿Quiénes? —Montero habló con disgusto, se palmeó una pierna—. ¿Los del Comando, la gente de Guevara que te quiere dar una paliza, quiénes?

—No lo sé, caramba, no pretendas decirme que estoy inventando todo esto —Pinto se levantó de la banca, dio unos pasos por el corredor, atisbó por la puerta entreabierta de la oficina: el ángulo de una mesa, un cesto de papeles, dos zapatos negros y brillantes que se movían ligeramente, unos zapatos rojos de mujer.

—Cálmense, caracho —dijo Silvia cruzándose de brazos—. No se pongan a discutir.

—En lugar de estar aquí deberíamos haber ido primero a tu casa —dijo Montero—. Probablemente no hay nada, probablemente no ha pasado nada y le estás haciendo caso a ese viejo loco de tu edificio.

Pinto iba a contestar cuando se abrió la puerta de la oficina y salió una mujer joven, luego un policía de bigotes pulcramente recortados, delgado, alto. Les hizo una seña y ellos pasaron.

—¿Qué se les ofrece? —dijo acomodándose tras su escritorio. Miró a Silvia con descaro y le sonrió, luego observó a Pinto y entrecerró los ojos, su rostro se descompuso en una mueca de disgusto. ¿Él no había venido antes por aquí?

—Sí —dijo Pinto sintiendo que otra vez se le empañaban los lentes—. Hace unos días vine para denunciar unas amenazas.

El alférez cogió un lapicero, súbitamente desinteresado empezó a hojear el cuaderno grueso que tenía abierto frente a él y, como Pinto se calló, levantó la vista, la nariz afilada le tembló, siga, siga, dijo con una nota despectiva y molesta en la voz, y Pinto continuó explicando, eligiendo con cuidado las palabras, como si estuviera redactando un informe destinado al cesto de papeles. Hablaba y su mente se poblaba de voces, otra vez el miedo, los murmullos incomprensibles, el gemido ahogado y no obstante clarísimo, apremiante, el terror fue más fuerte, alférez, pensó o dijo, no pude abrir la puerta, alférez, pensó o dijo, la Rosita estaba allí, yo la escuché, ella me estaba esperando y yo me cagué de miedo, alférez, pensó o dijo y la vio: tumbada en la cama, retorciéndose como una lombriz, sollozando y suplicando que la soltaran, pero las manos eran fuertes y la boca obscena se acercaba a su cuello, a sus labios, a sus pechos menudos y erizados de pavor, y el otro hombre reía, le palmeaba las piernas, le subía la falda hasta el vientre y ella mordía la mano que sofocaba su voz, en sus ojos destellaba un pánico elemental y los hombres iban a esperar al amigo Pinto, seguro no tardaba, alférez, yo estaba allí, detrás de la puerta, pensó o dijo o aulló: ¿qué le ocurre?, continúe hablando, no se quede callado, oyó la voz ondulante y lejana del alférez.

—Eso es todo —dijo Pinto llevándose una mano a los cabellos. Hasta sus oídos llegaba el metralleo pertinaz de las máquinas de escribir.

—¿Nada más? —el alférez lo miraba con desprecio, su nariz y los bigotitos temblaban—. Ni siquiera está seguro de que hayan entrado a su casa, primero vaya, averigüe y luego viene aquí si ha pasado algo, la policía no es un consultorio psicológico, señor —cerró el cuaderno bruscamente, dejó el lapicero sobre la mesa, se levantó el alférez—. No me haga perder el tiempo, señor.

—Estos policías hijos de puta —dijo Montero cuando alcanzaron la calle—. Vamos a tu casa, cholo, veamos qué ha pasado.

—Vayan ustedes a casa de Rosita y espérenla ahí —Pinto encendió un cigarrillo, otra vez su semblante era impermeable, soso—. Probablemente tengas razón, flaco, y no ha pasado nada. No, mejor vamos a esperar un rato y luego pasamos por mi casa. ¿Qué tal?

Embarcaron a Silvia en un taxi y ella les hizo prometer que la avisarían cuando supieran algo y sí, seguro que la Rosa ya estaba en su casa tan tranquila, dijo con una sonrisa artificial, chau, que fueran con cuidado nomás.

Caminaron toda la avenida Tacna en silencio, viendo el fluir de los autos y la gente que atestaba las calles, los pocos letreros luminosos que parpadeaban parchados, sucios, envejecidos. Cuando llegaron a La Colmena Montero propuso ir a aquel barcito de Quilca, ¿Pinto recordaba aquella vez cuando él le anunció a Montero que dejaba la radio? Pinto dijo que estaba bien, cualquier cosa, quería beberse una cerveza o unos chilcanos, quitarse el mal sabor de la boca. El bar estaba lleno pero ellos se acomodaron en el mostrador y pidieron unas mulitas de pisco que bebieron de golpe.

—No sé qué pensar, cholo —dijo Montero observando las mesas cercanas, los semblantes demacrados, las botellas apiladas en el suelo, el aserrín donde escupían los borrachos—. Mejor hubiera sido ir de una vez. Me has metido miedo. ¿Rosa iba a tu casa? Cuéntame bien eso porque estoy preocupado.

—No estoy seguro, ya no estoy seguro de nada —dijo Pinto pidiendo otra ronda de pisco al chino que atendía presuroso—. Ella va a veces, otras veces la recojo yo del hospital. Tiene una llave de la casa.

—Ya —dijo Montero alzando su vaso y contemplando el líquido transparente antes de beberlo con rapidez—. O sea, que no sabes si ella estaba en tu casa o no.

—No estaba —Pinto apuró su copa y sintió el incendio que regó su cuerpo y lo hizo parpadear con furia: los gemidos sofocados, los murmullos—. Si de algo estoy seguro es de que no estaba. Además puede que tengas razón, son imaginaciones mías.

—Está bien, está bien —al fondo dos hombres pagaban su cuenta, cogían sus sacos, se iban—. Vamos a sentarnos un rato, estoy molido.

Pidieron cervezas y esperaron fumando hasta que el chino se acercó con las botellas, sirvieron los vasos hasta el borde, la mezcla de pisco y cerveza era brava, sonrió Montero, en el fondo quizá no había por qué preocupar-

se, cholo, el coco le estaba haciendo una trastada, era lógico porque él estaba pasándolas negras y eso influía, dijo
Montero, y Pinto salud, apuró su vaso y volvió a llenar-
lo escuchando a medias a Montero que insistía en que era
así, la imaginación en estos casos era una vaina, ellos se tomaban estas cervecitas y luego iban a casa, seguro no había
nadie, seguro estaba todo en orden, y Pinto salud, dijo o
creyó decir y volvió a verla: forcejeando inútilmente, vencida de antemano, sollozando, con la falda levantada y los
pies que daban patadas furiosas y absurdas que herían la
nada porque uno de los hombres volvió a cogerla de las
piernas, quieta, puta de mierda, y el otro la amordazó,
le pasó una mano ansiosa por la hendidura que separaba los pechos, hurgó en el sostén sintiendo los pezones
erectos y se excitó buscando acoplarse al cuerpo pequeño
que se debatía, salud, dijo Pinto, y pidió otras cervezas
mientras Montero insistía en que no había de qué preocuparse, más pensaba en el asunto y más se convencía de
que todo era producto de la ansiedad, de la imaginación,
el alférez ese tenía razón, ellos debían averiguar primero
qué había, ellos irían a casa de Pinto y chequearían todo:
buscaron papeles, revolvieron el escritorio, tiraron abajo el
armario maldiciendo impacientes, metieron la mano en
rendijas, posibles escondites de dinero, no hallaron nada
y se sentaron a esperar: salud, dijo Pinto vaciando de un
trago su cerveza y Montero lo miró alarmado, hombre,
no estaría pensando emborracharse, ya llevaban más de
una hora allí, mejor iban de una vez, pero Pinto negó con
la cabeza, un par de cervezas, quería darse valor y tenía la
lengua embrollada, los ojos bailoteantes, quería darse valor para ir a sacarles la mierda a esos concha de sus madres,
gimió, alzó su vaso. Montero dijo que ya no bebiera más,
¿no quería ir a sacarles su mierda a esos abusivos que habían entrado a la casa? Que fueran, entonces, pero de una

vez porque era tarde, insistió poniéndose de pie. Que no lo jodiera, dijo Pinto, no estaba borracho, que Montero no lo tratara como a un niño, por favor, que dejara de hacerse el cojudo. El chino se acercó con dos botellas y les dijo que si querían seguir bebiendo pagaran antes. Pinto atajó a Montero, buscó parsimoniosamente en sus bolsillos y sacó el dinero que le había prestado Clara, él pagaba, flaco, que se sentara tranquilo, ya iban, terminaban estas cervezas y se iban.

—¿De qué tienes miedo, cholo? —Montero volvió a sentarse y bebió apenas un sorbo pequeño.

—No tengo miedo, carajo —dijo Pinto en voz alta y de varias mesas voltearon a mirarlo. El chino dejó de limpiar el mostrador y también levantó la vista.

—Nunca te había visto así —dijo Montero apenado—. Tú nunca perdías la calma. ¿Qué te ocurre, qué temes?

Pinto levantó su vaso y buscó el de Montero para brindar, no tenía miedo, no era eso, dijo, y que no lo jodiera, que lo dejara en paz, que se fuera si no quería tomarse unas copas con él. Montero se levantó ceremoniosamente y acercó mucho su cara a la de Pinto, se estaba pasando, cholito, dijo entre dientes, a él no lo trataba así, que se fuera a la mierda, que no lo buscara más, que fuera hombre y dejara de chupar, que se apresurara a ver si Rosa estaba bien, ya bastaba de huevadas. Pinto se volvió violentamente a Montero pero éste ya ganaba la calle. Una cumbia atronaba en la cantina y las risas parecían rebotar en las paredes cubiertas por afiches de chicas desnudas, equipos de fútbol, actrices de cine. No tenía miedo, murmuró encendiendo un cigarrillo antes de servir más cerveza en su vaso. Esta vez bebió despacio, sin pausa, sintiendo que empezaba a flotar en una bruma, a ondular cada vez con más fuerza. El cuerpo femenino se debatía, las manos buscaban el rostro del hombre, querían arañarlo pero no lo alcanzaban, quería gritar, pedir ayuda, sentía las otras manos apretando sus piernas hasta hacerle daño, oía las risas, los jadeos, los murmullos, finalmente una voz desprendiéndose del coro de voces que lo mecían, ¿qué le ocurría, amigo?, ¿se encontraba mal?, ¿quería que le buscaran un taxi? Pinto salió a flote de las imágenes que estallaban en su cabeza y se encontró con dos hombres que se sentaron a su mesa. Nada, dijo vencido, gracias, ya se me va a pasar, quiero despejarme un poco. Ellos lo acompañaban, dijo uno de los hombres, en su estado y por esa zona mejor no andaba solo, ¿qué le parecía?, ellos lo acompañaban y conversaban un momento y Pinto no tenía fuerzas ni ganas para negarse, cerró los ojos, buscó su vaso y bebió un sorbo que le supo ácido, escuchó que le decían salud, ellos esperaban a Pinto. Al cabo sintieron la llave en la cerradura, de un salto alcanzaron la puerta de la cocina, percibieron la violenta irrupción de la luz, los pasos discretos, la vocecita dubitativa, amor, ¿estaba allí? Los hombres volvieron a decir salud, esperaron que Pinto terminara su cerveza, ¿ya se sentía mejor?, salieron del bar porque ya iban a cerrar, conocían otro muy cerca, estaba bien y la cerveza era barata, preparaban unos chilcanos buenísimos y el aire golpeó el rostro de Pinto, que se encogió contra un muro sintiendo los brazos que lo sostenían mientras él vomitaba, tranquilo, compadre, después de buitrear se sentiría mejor, se tomaban unos chilcanos, conversaban un rato, ellos trabajaban en el Banco de Crédito, que Pinto les permitiera presentarse, dijo uno de ellos, y él vio que iban bien vestidos, que parecían sinceramente preocupados, afables, que se sentara, amorcito, dijo uno, y antes de que Rosa pudiera gritar el otro ya le había tapado la boca, eran unos amigos del periodista Rafael Pinto, querían hablar con él, pero ya que ella había llegado primero con-

versaban un ratito, ¿qué tal? Mejor, gracias, dijo Pinto apoyándose en la barra de un bar que no reconoció. Alguien
puso en su mano un vaso y él bebió de un golpe, contuvo un sollozo, buscó su pañuelo y se sonó. ¿Por qué decía
que era cobarde?, escuchó la voz entristecida y solícita de
uno de los hombres, todo el trayecto hasta el bar Pinto
no había parado de decir que era un cobarde, un hijo de
puta, un maricón, ¿por qué no les contaba a ellos? Huy,
qué rica estaba la camita, dijo uno de los hombres, y volvió el rostro blando y obsceno hacia Rosa. ¿Ahí tenía sus
cositas con el amigo Pinto? Ahora iban a pasarla bien mientras esperaban al periodista, dijo el otro acercando la cara
al cuello de Rosa, que lo apartó con asco, malditos, desgraciados, son unos abusivos, se estremeció y ellos rieron
con franca alegría, era una leoncita, dijo apreciativo uno
y pasó suavemente su mano por el brazo femenino, así le
gustaban, así lo arrechaban, así estaba bien, pero mejor
vamos a otro sitio, dijo uno de los hombres al ratito de estar allí, la noche era joven y que Pinto no se preocupara,
ellos invitaban, irían a curarse las penas de amor, porque
el amigo tenía penas de amor, ¿verdad? Esa Rosita de quien
les hablaba era su hembrita, ¿cierto? Irían a Miraflores, lo
llevarían al Sachún, verían el espectáculo, se olvidarían de
todo, dijo uno de ellos deteniendo un taxi, y Pinto pensó
o dijo que sí, estaba bien, se olvidarían de todo. La cabeza le zumbaba y en el auto una arcada traicionera e in-
tempestiva lo hizo doblarse en dos. Las voces resbalaban
por un abismo negro y absoluto, volvieron a rescatarlo casi
de inmediato y él se escuchaba reír, se sentía mejor, veía
pasar fogonazos de luz frente a sus ojos, atisbó edificios, aspiró una vaharada de aire fresco por la ventanilla entreabierta, de pronto quería tomarse otra copa, esta vez él invitaba, dijo cuando bajaron del taxi y el aire salitroso del mar
cercano le llenó malamente los pulmones, lo hizo tamba-

lear, y cuando buscó aferrarse no encontró nada, las voces se alejaban hasta el infinito, parecían desentendidas de él y aunque se esforzaba por explicarles que estaba allí, que lo rescataran de aquella pavorosa negrura que lo deglutía sin misericordia, ya no escuchó nada, un último vestigio de lucidez le hizo advertir que estaba sobre un basural, incapaz de moverse, flotando en aquella viscosidad de humores ácidos que parecía deglutirlo. No supo cuánto tiempo había pasado cuando escuchó otras voces, unos palos que removían y hurgaban entre la basura, entrevió los rostros, sintió las manos pero ya no lo podrían ayudar, pensó con una tristeza inconmensurable, porque él seguía hundiéndose en un abismo aterrador.

La Gata dejó el vaso sobre la mesa y se limpió los labios con una servilleta. Sonrió melancólicamente y palmeó la mano de Sebastián.

—Nada de nada —dijo sin dejar de sonreír. Por la ventana del restaurant veía las meticulosas idas y venidas de los obreros que trabajaban en la fachada del banco; la bomba había dejado el local que daba pena, pensó observando las ventanas sin cristales, los manchones de hollín que ennegrecían las paredes, el esqueleto herido del edificio—. Rebeca no me ha dicho palabra, Sebastián; no quiere hablar del asunto y hasta ha amenazado con quitarme la palabra si se lo vuelvo a mencionar.

—¿Sabe que nos vemos? —Sebastián removió su taza de café, apuró un sorbo y cerró lentamente los párpados. Le ardían.

—No —la Gata abrió unos ojos enormes, verdes, maliciosos—. Si se entera me mata, me deja de hablar, se pelea conmigo para siempre. Ni se te ocurra decirle nada, oye.

—Como si yo pudiera hablar con ella —sonrió agriamente Sebastián.

—¿Pero qué pasó entre ustedes, qué le hiciste, Sebastián? —la Gata pestañea incrédula, se muerde una uña nerviosamente. Se lo había preguntado tantas veces y hasta ahora no entendía nada, iba a terminar pensando que su amiga del alma estaba loca.

—A lo mejor es eso, a Rebeca le falta un tornillo —dijo Sebastián encendiendo un cigarrillo.

—No digas esas cosas de Rebeca, oye, qué te crees tú —la Gata le dio una palmada afectuosa en la mano—. Sigo pensando que algo grave le has hecho; una persona no reacciona así por nada.

Sebastián llamó al mozo y pidió otro café. ¿La Gata quería otra gaseosa? No, iba a reventar, pero que le dijera, qué demonios le había hecho a su amiga.

—Ya te lo he dicho, Gata, no le he hecho nada —Sebastián se lleva una mano a los cabellos y luego a la nariz. Está cansado, tiene los músculos adoloridos como si le hubieran pegado una paliza. «Los madrugones, las malas noches, la maldita campaña», piensa y recuerda que en una hora tiene que estar nuevamente con Soler, que en una hora nuevamente se sumergirá en la tensión, los gritos, las voces, las órdenes, todo tenía que quedar a punto para el mitin en la avenida Brasil, piensa y cierra los ojos pesadamente.

—Pero algo tuvo que pasar —dice la Gata, y en su voz hay una crispación, un enfado, una perplejidad que Sebastián advierte de inmediato.

—Eso quisiera yo saber, Gata, por eso te ando fregando la paciencia con estas averiguaciones. Si al menos supiera qué le hice, qué la ofendió, qué carajo la decepcionó o yo qué sé.

El mozo se acercó con la taza de café y Sebastián bebió un sorbo largo antes de mirar por la ventana como intentando ubicar algo. Observa la hilera de oficinistas, lustrabotas, vendedores que caminan apresurados sorteando las vallas que rodean el edificio del banco donde trabaja una cuadrilla de obreros desarrapados.

—Ya es mucho tiempo, Sebastián —dice la Gata suavizando el tono agudo de su voz—. Al principio pensé que se le pasaría; igual opinaba su mamá, pero ya te das cuenta, algo grave hay detrás de todo esto, algo que Rebeca no quiere contárselo a nadie.

Sebastián la miró desolado, intentó sonreír sin demasiado entusiasmo y se llevó el cigarrillo a los labios.

—Si lo que quiere es el divorcio yo se lo doy —dijo suave, glacialmente—. Le firmo ahorita lo que ella quiera, pero que me diga por qué.

—Ni loca, Gata —dijo Rebeca levantándose de la cama y caminando hacia la ventana—. Quiero que ese desgraciado sufra como me ha hecho sufrir a mí.

—¿Pero qué ha pasado?, ¿qué te ha hecho? —la Gata mira a su amiga como si estuviese frente a una desconocida, se lleva una mano a los cabellos, no entiende nada y lo confiesa.

—No te lo puedo decir, es demasiado humillante —la voz de Rebeca se compunge, por un momento parece que fuera a ponerse a llorar, pero luego se recompone e insiste—. No te lo puedo decir, Gata, ni a ti ni a nadie. Quizá en algún momento, pero por ahora me resulta imposible, es terrible, es vergonzoso, desearía no haber nacido nunca, Gata.

—¿Qué es lo horrible, lo vergonzoso? —dice Sebastián sintiendo que desde muy dentro le vuelve a brotar vital, embriagadoramente, una rabia sacrosanta—. ¿Que soy homosexual?, ¿un caficho?, ¿un drogadicto?

La Gata mira alarmada en torno suyo, de varias mesas han volteado discretamente a observarlos, que Sebastián no hablara tan alto, seguro que así gritaba a Rebeca y por eso ella se había ido, dice posando sus dedos largos en la mesa de formica.

—Todo esto es absurdo —Sebastián suelta una risita decepcionada y agria—. Todo esto es un colosal absurdo.

—Ya lo sé —dice la Gata casi de mala manera—. Me da mucha pena por ustedes, pero si quieres que te sea sincera, sobre todo por Rebeca. Está destrozada.

Sebastián enciende otro cigarrillo y fuma mirando apáticamente el ir y venir de los obreros: en un par de semanas estaría listo el banco. ¿Para qué? ¿Para que los terrucos vengan y le metan otra bomba? ¿Para que dure cuánto tiempo más hasta que cierre por quiebra? Qué país de mierda, Sebastián, todo es una absoluta mierda, empezando por Rebeca.

—Me tengo que ir, Gata —Sebastián aplasta el cigarrillo recién empezado en el cenicero y se levanta: el dolor de cabeza, el ardor en los ojos, el desgano.

—Espérate un momentito, hombre, no me dejes sola aquí. En cualquier momento llega Arturo y tú te podrás ir tranquilo a franelear a mi padre.

Sebastián sonrió casi a su pesar.

—No franeleo a tu padre, Gata: trabajo con él.

—Eres un fascista, un derechista cavernario igual que él y el idiota de mi hermano —la Gata apoyó la barbilla sobre un puño y sacó la punta de la lengua: mil arruguitas aparecieron alrededor de sus ojos inquietos.

—Mejor no hablemos de política porque vas a salir perdiendo —advirtió Sebastián medio en broma—. Mira lo que ha hecho el Apra, Gata, mira lo que van a dejar del país. No sé cómo va a salir limpio el presidente después del escándalo de los Mirages, por ejemplo. O con ese asunto del Comando.

—Sí, pero mejor no digas nada de eso delante de Arturo —dijo la Gata sorpresivamente, y Sebastián intuyó en sus ojos el cansancio, el hastío de tener que soportar cientos de charlas idénticas, perdidas, frustrantes.

—No te preocupes —le dijo poniéndole una mano tímida en el hombro—. Delante de Arturo no diré ni una sola palabra sobre política.

—Y menos sobre el bendito Comando ese —dijo la Gata.

—Eso ya es otro cantar —Sebastián volvió a sentarse, estaba bien, esperaría a que llegase Arturo pero ojalá que no tarde—. Porque si el bendito Comando existe entonces tenemos terrorismo de Estado, y eso sí que es grave.

—No quiero creer que tú seas de los que opinan que ese Comando está vinculado al Gobierno, por favor —dijo la Gata, y en sus ojos brilló una escaramuza de alarma—. Eso no lo creo de ti, Sebastián.

—No hay ninguna prueba que los relacione directamente, pero resulta sospechoso tanto viajecito del ministro a Corea del Norte y tanto armamento norcoreano encontrado después del último atentado contra la casa de ese empresario. Eso y mil cosas más, Gata, para qué enumerar.

—Ésas son patrañas, hombre —dijo la Gata espantando los argumentos de Sebastián con una mano de dedos largos y finos—. Eso lo están inventando Ganoza y mi padre y tú te estás creyendo todo.

Sebastián sonrió con benevolencia.

—Cómo puedes hablar así de tu padre, Gata.

—Tú no lo conoces, Sebastián; y yo sí —los ojos de la Gata se encendieron con un fuego helado—. Yo sé cómo es mi padre, sé cómo es el podrido de Ganoza, tú no lo has escuchado hablar. Se refiere a los cholos y a los indios con un asco horripilante, como si fueran animales y no personas. Quiere que el Perú sea su feudo.

—Si de verdad quisieras un cambio, Gata, si en serio crees que se puede hacer algo por el Perú —empezó a decir Sebastián pero bruscamente se desanimó, ¿para qué hablar, Sebastián?, ¿qué decirle a la Gata? En ese momento ella miraba por la ventana de la cafetería sin prestar atención a Sebastián, alzó una mano y la agitó.

—Ahí viene Arturo —dijo con voz cauta, nuevamente los ojos contritos—. Ni una palabra, por favor, estoy hasta el copete de escuchar estas discusiones.

—Hola —Arturo le dio un beso a la Gata, dejó el libro que traía sobre la mesa y miró a Sebastián con desconfianza—. ¿Me puedo sentar?

—Claro, idiota —la Gata pestañeó divertida—. Como si fuera necesario pedir permiso.

Sebastián encendió un cigarrillo con la colilla del anterior, bebió un trago de whisky y dijo salud, Pepe, y sintió que temblaba. Díselo de una vez, cuéntale cómo empezó la pesadilla esa misma tarde, Sebastián. La Gata se apoyó apenas en el hombro de Arturo y Sebastián vio sus dedos largos rascando el brazo masculino sobre la camisa, la expresión incómoda de Crespo, su exagerada despreocupación al beber un sorbo de la gaseosa de la Gata y concentrarse en hacerlo como si así pudiera olvidar que existías, Sebastián.

—¿Qué tal, cómo van las cosas, Sebastián? —no podía disimular su malestar, Pepe, y tu hermana me miraba como diciendo, como suplicando que no comente, no diga, no mencione nada, pero él fue quien lo hizo—. ¿No les fue muy bien en Tacna, no? Parece que la gente que fue al mitin de Ganoza se hartó de tanta mentira y les volcaron la camioneta. ¿Fue así, no?

La Gata se puso en guardia, las manos tensas, el gesto de fastidio, pero Arturo miraba a Sebastián con fingida afabilidad, parecía que la derecha nunca iba a saber entrar al Perú, ¿aparte de unos cuantos pituquitos, quién iba a los mítines, Sebastián?, ¿aparte de esos infundios que inventaban contra el Apra qué cosa proponían?, ¿cuál era el plan de gobierno? Porque hasta ahora nada de nada, dijo, y su voz, que había empezado jovial, risueña, casi amable, se fue intoxicando de furia, las mejillas súbitamente coloradas, los gestos demacrados, los nudillos muy pálidos.

—Me sorprendió su odio, Pepe, porque hasta ese momento sólo habíamos hablado unas cuantas veces y aunque discutimos jamás lo noté así, como aquel día, rencoroso, vencido, acorralado.

—Era lógico —el Pepe hace esfuerzos por seguir la conversación, tiene los ojos surcados de venitas encendidas, apoya la cabeza enmarañada en el sofá, se despereza lentamente—. Ya sabían perdidas las elecciones, el Gobierno se iba a la mierda y de pronto se encuentra de boca y manos contigo. Te querría matar.

Sebastián esbozó una sonrisa y se atrincheró en ella. Feroces y diminutas, múltiples lanzas le partían la cabeza, le hacían parpadear dolorosamente, ¿estaría resfriado? Estaba cansado, no quería hablar de política, se escuchó decir, habló tan bajito que él mismo se sorprendió. La Gata se levantó como impulsada por un resorte, sí, mejor dejaban el tema y además ya era tardísimo, ¿iban a ir a la casa de Armas o no?

—Adiós, Sebastián —se despidió sin dignarse a mirarme, Pepe. Pensaría que me había chupado, que había evitado una discusión con él por puro miedo.

La Gata dijo chau y caminó apresurada hacia la puerta, allí volvió a hacer adiós y Sebastián dejó colgada su sonrisa, adiós, adiós. Todavía permaneció largo rato sentado allí, quieto, casi con miedo de moverse, observando el sendero maniático de hormigas que trazaban los obreros zigzagueando con sus carretillas, con los costales de cemento que cargaban sin tregua. Sólo cuando se levantó vio el libro que había dejado Arturo, lo hojeó sin curiosidad mientras pagaba su consumición pensando que por la noche llamaría a la Gata para entregárselo. El café no lo había reanimado, se sentía fatal, molido, seguramente estaba resfriado. Del calor abrasador de Chiclayo al frío cortante de Arequipa y luego, casi sin transición, a Lima. Y las malas noches, los informes, las discusiones, los cigarrillos, Sebastián, las pequeñas dosis de muerte que te suministrabas para no pensar: ojos, manos, flequillo.

De pie, contando los billetes que recibió de cambio, calibró la idea de llamar a Soler y excusarse de ir a trabajar. Desechó la idea de inmediato, tenían que armar el mitin de la avenida Brasil.

—Señor, se le ha caído —el mozo lo alcanzó ya en la puerta y le entregó un papelito pulcramente doblado—. Se le cayó de su libro.

Sebastián recibió la notita, adivinó a trasluz una caligrafía mezquina y arrítmica, acostada hacia la izquierda. La desplegó sin prisas. Cuando terminó de leer, la cabeza le hervía como si la fiebre lo hubiera ganado completamente. Tuvo que apoyarse en un carro temblando exhausto, atontado como si hubiese recibido un mazazo, con las manos heladas pese al rescoldo de calor que sofocaba la noche. Con infinito estupor volvió a leer el papelito, se lo acercaba a los ojos como temiendo que la caligrafía avara y zurda fuese a desaparecer de un momento a otro. Caminó a toda prisa hacia Larco, taxi, taxi, pasaban los autos velozmente, tenía el papel arrugado en su bolsillo y a cada momento se cercioraba de que aún estuviera allí, por fin detuvo un taxi, al Óvalo de Pardo, maestro. Vio pasar frente a él los letreros chillones de los comercios, la gente que salía de El Pacífico, los árboles, las bancas, los niños, el cruce de la avenida Comandante Espinar bloqueado por culpa de los semáforos intermitentes, malogrados, por fin cruzaron hacia el último trecho del boulevard Pardo, aquí nomás, gracias.

En el local le dijeron que Soler acababa de irse, sí, no quería que nadie lo molestara, dijo que estaría en su casa, pero sólo si se trataba de algo muy urgente. No, no sabían si regresaría, tampoco estaba su secretaria, ya no tardaría en volver. Sebastián encendió un cigarrillo y caminó hacia la puerta. Necesitaba serenarse, pensar, darle tiempo a Soler para que llegara a casa y poder llamarlo. Lo intentó dos, tres, diez veces, y el teléfono timbraba insistentemente sin que nadie lo cogiera. Eran cerca de las nueve cuando por fin escuchó la voz grave, ligeramente afónica, afable.

—¿Don José Antonio? —sintió que su voz temblaba—. Estuve llamándolo hace un buen rato, tengo algo urgente que decirle.

—¿Dónde te habías metido, muchacho? Te estuve buscando.

—Ya le contaré, don José Antonio —Sebastián arrojó su cigarrillo al suelo y lo pisoteó—. Necesito hablar con usted.

—Caramba, ¿qué sucede?, ¿algo grave? No me digas que otra vez nos quieren negar el permiso para el mitin, acabo de hablar con Escajadillo.

—No, no es eso —la cabeza latiéndole, el asco del cigarrillo quemándole la garganta—. Es algo grave.

Hubo una pausa larga y al fondo una voz infinitesimal anunciaba un producto de lavado, luego música y el chisporroteo de la interferencia.

—Bueno, vente a mi casa, muchacho, aquí hablamos con tranquilidad.

—A Caminos del Inca, maestro —se metió en el taxi Sebastián—. Rapidito, por favor.

Nuevamente los árboles del boulevard Pardo, el resplandor nocturno de Miraflores como ráfagas multicolores, el denso tráfico de Benavides hasta el Óvalo de Higuereta y finalmente las calles amplias, bien cuidadas de ese sector de Surco, desierto a aquellas horas.

Cerca al jardín impecable había un auto patrullero, dentro dos policías de gesto aburrido conversaban pausadamente. Sebastián vio las luces del salón encendidas, escuchó la sierra de los grillos, encendió un cigarrillo que apagó de inmediato al escuchar los pasos de Soler luego de haber tocado el timbre.

—Pasa, muchacho, qué cara traes —Soler llevaba puesta una bata de seda y las gafas de lectura—. La muchacha ya se ha acostado pero si quieres un café te lo puedo preparar yo —sus ojos se apagaron repentinamente—. Desde que la Gata se fue con ese fulano esta casa me resulta muy grande. Cuando se marchó Pepe no me sentí así. Bueno, era distinto.

—No, qué ocurrencia, don José Antonio, no se moleste en preparar café —Sebastián avanzó detrás de Soler, que apagó las luces del salón y encendió las del corredor: cuadros vanguardistas, una mesita Luis XV dorada, la puerta de pomos de bronce de la biblioteca—. Es sólo un momento.

—Magnífico —dijo Soler caminando hacia el barcito—. Soy pésimo hasta para hacer un café, me hubiera visto en un apuro y además me imagino que querrás algo fuerte. ¿Coñac?

—Gracias —Sebastián se desplomó en una silla frente al escritorio: montañas de papeles, un posa pipas, varios libros sobre la mesa de roble.

Soler se acercó con las copas y bebió un sorbo de la suya después de removerla lentamente, era un Napoleón enérgico, vigoroso, dijo observando satisfecho el líquido dorado, nada mejor para el stress. Lástima que el Pepe ya lo había descubierto y estaba acabando con él cuando se pasaba por aquí. Cada reunión con el gringo Rossman era un asalto a su bar, sonrió artificiosamente apenado, qué se le iba a hacer, él también hizo lo mismo con el bar de su padre, sólo que el viejo era cascarrabias y había que andarse con cuidadito. Se quedó un momento en silencio, erguido casi con solemnidad frente a Sebastián. La casa estaba vacía y no se escuchaba más que el penduleo lejano del reloj de pared en el salón.

—Bueno, qué es eso urgente que me tienes que decir —se sentó en el butacón de cuero y cogió la pipa, acariciándola largamente antes de cargarla.

Por un segundo Sebastián sintió que estaba haciendo el ridículo, que tal vez no había por qué preocuparse. El cansancio, el dolor de cabeza, el ardor de párpados. Sin pensarlo más rebuscó en el bolsillo de su casaca y entregó el papelito sin poder evitar que su mano temblara.

—Mire esta nota, don José Antonio —dijo Sebastián extendiendo el papel con mano temblorosa.

Soler frunció el ceño, volvió a calarse los anteojos y leyó mientras Sebastián se oía, fascinado al no reconocer la voz que brotaba de su garganta, explicando cómo y dónde había encontrado la nota, quién era Arturo Crespo, que salía con la Gata, quién era ese Carlos Armas que firmaba la nota, quién podía ser ese Chito García al que se mencionaba.

—No te entiendo —dijo Soler y su voz sonaba helada—. ¿Adónde quieres llegar?

—El Comando, don José Antonio —dijo con la voz agarrotada, pensando qué estupidez, qué estás haciendo—. Arturo Crespo es el chico que sale con la Gata, yo lo conozco. Sé también quién es Carlos Armas, ya le digo, los conozco de la universidad, todos saben quién es en el Apra.

—¿Y esta notita —se quitó las gafas, volvió a ponérselas atolondradamente para leerla nuevamente Soler— es lo que te preocupa? *Reúnete con Chito y el Cholo, Aldana les dará instrucciones. El mitin es en la avenida Brasil.* No te entiendo, Sebastián, explícate.

Sebastián bebió un sorbo del coñac y apretó la copa.

—No sé, don José Antonio, pensé que tal vez se refieran a Ganoza, el próximo mitin es en la avenida Brasil, creí que quizá...

—Ya —dijo Soler volviendo a mostrarse afable, condescendiente—. Seamos claros: creíste que esta nota es un indicio de que van a atentar contra Ramiro, ¿no es cierto?

Sebastián sintió un incendio en la cara, quiso beber otro sorbo de coñac pero recién advirtió que su copa estaba vacía. Qué imbécil, qué animal, Sebastián, jugando a los espías en plena campaña electoral, el Comando no existe, la nota no significa nada, qué has hecho, Sebastián. En boca de Soler todo se desmoronaba, todo era absurdo. Nadie iba a atentar contra Ganoza, estabas luchando con fantasmas, Sebastián.

—Ahora no sólo es el Pepe quien se termina mis botellas, caracho —Soler llenaba nuevamente su copa, sonreía—. No te sientas mal, muchacho, estás cansado, estás tenso, todos lo estamos, era lógico que pensaras así, que creyeras que, en fin, eso que has pensado. Quizá en tu lugar yo hubiera actuado igual. Una cosa has hecho bien —su voz volvió a sonar helada, sus ojos se clavaron en mí, Pepe—. No decir una sola palabra de esto a nadie. ¿Verdad que no lo has hecho?

—No, don José Antonio —la voz atormentada, vencida, hueca—. Creí prudente hablar primero con usted.

—Bien pensado, Sebastián —Soler soltó una risita divertida y sus ojos se llenaron de arrugas—. Me imagino el lío que hubieras armado en el local. Si se enteraba Ramiro era muy capaz de no asistir al mitin. Aquí en confianza, me temo que se está poniendo viejo, a todo le pone peros, de todo desconfía, de todo se asusta —hizo una pausa más larga y miró a Sebastián con cautela antes de decidirse a continuar—: Vamos a tener que trabajar muy duro si ganamos, y cuento contigo, por supuesto. Eres mi hombre de confianza, Sebastián, no lo olvides. Alguna vez te dije que la verdadera batalla la íbamos a librar dentro del Frente, ¿recuerdas?

El timbre de la puerta sonó intempestivamente, dejando una estela de alarma en el silencio.

—Espérame un momento, muchacho —suspiró Soler levantándose y mirando apenas su reloj.

Cuando Soler salió del despacho Sebastián se llevó una mano a la frente: ya no le cabía ninguna duda, estaba con fiebre, la cabeza le latía violentamente y sentía los músculos entumecidos. Escuchó la puerta de la calle y luego la voz de Soler apagada y tensa superponiéndose a otra voz que sonaba áspera y correosa. Luego no escuchó nada y cerró los ojos apenas un segundo, abandonado al cansancio invencible que lo empezaba a ganar. Sintió una mano apoyándose con calidez en su hombro y abrió los ojos.

—Discúlpame si te he hecho esperar —dijo Soler, y al notar la confusión de Sebastián añadió—: Te quedaste seco, muchacho, debes estar cansado. Mejor te vas a descansar que mañana tenemos mucho trabajo. Yo todavía tengo que conversar unos asuntos con el ministro. Ha tenido la amabilidad de venir personalmente para confirmarme todas las garantías necesarias para el mitin.

Recién entonces Sebastián advirtió al otro hombre de gesto abotagado y ojos vacunos que esperaba en la puerta.

Ahí fue, Sebastián: ofídica, venenosa, feroz te mordió la duda. Miraste a Soler largamente, como si lo vieras por primera vez. Te asustó seguir mirándolo y el coñac que bebiste de un golpe te abrasó el estómago.

—Mucho gusto —dijo Sebastián levantándose confuso y extendiendo una mano. El ministro Sánchez

Idíaquez le ofreció una diestra blanda y caliente, murmurando unas palabras, mirándolo apenas con unos ojos de rumiante.

Soler se acercó a Sebastián y le puso una mano jovial en el hombro acompañándolo hasta la puerta.

—Que no te sorprenda, muchacho —dijo Soler observando los ojos perplejos de Sebastián una vez que salieron de la casa—. Yo también estoy preocupado por lo que pueda pasar. A veces es necesario pactar momentáneamente con el enemigo. Tal como están las cosas este hombre es el único que puede garantizarnos seguridad, creo que sabes que anda distanciado del régimen, ¿no?

—Pero él no fue al mitin, Pepe. A último momento decidió no ir —tu voz era un hilo muy fino, ¿ibas a llorar, Sebastián? ¿No te atrevías a mirar al Pepe imaginando que de golpe se le había pasado la borrachera?—. ¿Por qué no fue? Él sabía, él siempre supo, Pepe, ¿qué hacía allí el ministro? Al principio creí lo que me dijo tu padre, pero luego ya no, después de lo que ocurrió ya no puedo creerlo, Pepe. Él no fue al mitin, a última hora decidió no ir.

—Una cosa más, Sebastián —dijo Soler ya en el jardín—. Ni una sola palabra de esto a nadie. No hay que crear alarmas innecesarias, que ya tenemos bastantes problemas. Las elecciones todavía no están ganadas como creen muchos en el Frente. ¿Puedo confiar en ti, verdad?

Una vez que el viejo hubo cerrado la puerta, Sebastián metió las manos en los bolsillos de la casaca y caminó sin prisa sintiendo la respiración de la noche inmensa que lo despeinaba ligeramente. Era como si por primera vez en la vida cobrara conciencia de su cuerpo, de la sangre que recorría invisible sus venas, del fuelle de sus pulmones, de sus pasos arrancando ecos en la calle solitaria y húmeda en que se detuvo a esperar un taxi. Encogido en el asiento posterior del auto cerró los ojos tiritando. Necesitaba beber algo fuerte, necesitaba llegar a casa para hundirse en la cama y no pensar en nada, sólo quería dormir, era un absurdo, ¿cómo podías pensar eso de Soler, cómo se te ocurría siquiera?

Sebastián cerró los ojos. Podía escuchar la respiración agitada del Pepe, podía oler su miedo, verlo aterrado como aquella noche en la avenida Brasil, en medio del tumulto enloquecido que casi los aplasta cuando sonaron los disparos y ellos corrieron sin saber hacia dónde mientras dos hombres de seguridad les caían encima, los trituraban entre sus brazos, los arrastraban hacia un coche que esperaba cerca del estrado donde todo era confusión, gritos, y ellos corrían protegiéndose con los cuerpos tensos de los agentes, rápido, carajo, los metieron de cabeza en el auto y el Pepe decía ya está, nos mataron a todos, y tú sabías que también gritabas pero sólo por el esfuerzo de tu garganta, no oías tu voz, sólo veías una y otra vez la figurita de terno azul desbaratándose frente a los micrófonos después que sonaron los disparos, parecían petardos, nadie comprendió al principio, no parecían tener relación esos estampidos secos con la caída de Ganoza, hasta que los guardias se abalanzaron contra ustedes, contra el cuerpo inerte de Ganoza y la gente que rodeaba el estrado corrió despavorida, frenética, mientras el auto en que iban ustedes partió encabritado, zigzagueando como si hubiese cobrado vida propia.

Después las llamadas, las conferencias, los mil telegramas de pésame llegados de todas partes del mundo, los apuros en el Jurado Nacional de Elecciones para inscribir la nueva candidatura, los disturbios que sofocó el Gobierno en un intento desesperado por recomponer su imagen, la voz entrecortada de Soler anunciando que el Frente estaba más vivo que nunca, que la batalla continuaría, que agradecía el gesto caballeroso e hidalgo del único miembro del gabinete que tuvo la valentía de renunciar al cargo, el señor Sánchez Idíaquez, contra quien se cebaba la intolerancia de un partido desprestigiado. La aplastante maquinaria de la rutina enfebrecida, las pastillas para dormir, los ojos ígneos de Ganoza asaltando tus noches, los mítines posteriores en Piura, en Arequipa nuevamente, en el Cuzco otra vez, el lento ingreso en una nueva rutina efervescente y por último la tácita, impuesta y necesaria lejanía de Soler como la desembocadura inevitable en la que naufragas ya sin posibilidad de redención, Sebastián.

—Estás loco, estás chiflado —el Pepe se había levantado torpemente, parecía que se iba a caer en cualquier momento. Respiraba con dificultad y le temblaba la barbilla como si un frío incontrolable se hubiera apoderado de él. Se acercó a la puerta y aspiró con violencia, como si tratara de serenarse, pero estaba pálido cuando dijo—: ¿Tú también eres de los que cree en eso que andan diciendo los apristas? ¿Qué pruebas tienes para siquiera insinuar eso de mi viejo, conchatumadre? Me das pena, te creía más hombre. Ahora sé por qué te dejó Rebeca: porque eres una basura.

Todavía se quedó un momento, apoyándose como en cámara lenta en la pared, con los ojos licuados y la boca temblorosa que se desfiguraba en una mueca de asco o de llanto. Luego, todavía apoyado en la pared, su mano buscó el pomo de la puerta y la abrió lentamente.

Sebastián se quedó sentado, envejecido y mustio, con el cigarrillo entre las manos. Con la vista fija en la botella de whisky escuchó la puerta cerrándose despacio.

III

—Lo mataron, lo mataron —Luisa entró a la choza gritando despavorida, los ojos desorbitados por el miedo, las manos estrujando temblonamente la chompa que se había puesto a toda prisa.

Rafael se incorporó del catre con rapidez, asaltado por un vértigo de imágenes que lo devolvieron a una noche poblada de ladridos y voces confusas que se atropellaban y rostros que asomaban junto al de Luisa.

—¿Qué ocurre? —dijo buscando a tientas sus anteojos y colocándoselos de cualquier manera. Allí estaba el rostro cetrino y suspicaz de Venegas, el semblante neutro de don Alfonso, las otras caras confusas que no alcanzaba a distinguir en la oscuridad.

—Le dispararon al Mosca, se ha muerto, se ha muerto —dijo Luisa con la voz estropeada por el llanto.

—No se ha muerto, Luisa, cálmate —don Alfonso tentó unos pasos hacia su sobrina.

—Está vivo pero parece que es grave —dijo Quispe desprendiéndose de las sombras que esperaban en la puerta, curiosas, olfativas.

—Rápido —dijo Venegas apartando a los otros—, abran cancha, vamos a ponerlo en su cama. Quispe, encárgate de botar a los sapazos.

Quispe se volvió furioso hacia la gente, ya, que se fueran, carajo, esto no era el circo, dijo, y junto a otro hombre que Rafael no reconoció se abrieron paso con dificultad, permiso, apártense, dejen pasar, conchesumadre, y colocaron el cuerpo del Mosca sobre la cama.

—¿Qué ha pasado? —preguntó Rafael sintiendo que le faltaba el aire. Alguien encendió el quinqué que había sobre la mesa y un resplandor amarillo fumigó la habitación dorándola suavemente.

El Mosca tenía el semblante reseco y amarillo, los pantalones desabrochados y a la altura del abdomen un vendaje apresurado que se cubría con las manos rugosas, tapando una mancha grande, color vino.

—Ha perdido mucha sangre —dijo Quispe con el rostro demudado.

—Se ha muerto, no respira —dijo Luisa acercando una mano a la pelambrera hirsuta del Mosca.

—Cálmate, Luisa —dijo don Alfonso con voz cortante—. Está vivo, pero hay que conseguir ayuda inmediatamente. Pon a calentar agua y consigue unas vendas. Muévete, hija.

Luisa salió corriendo de la choza y Rafael todavía alcanzó a escuchar su llanto, el ladrido nervioso de los perros. Venegas encendió un cigarrillo y masculló unas palabrotas.

—¿Alguien me puede decir qué carajo ha pasado? —preguntó Rafael apretando los puños.

—He escuchado unos ruidos —susurró atropelladamente Venegas acuclillándose junto al Mosca y a Quispe, que se quedaron tiesos, sin respirar, escuchando el silencio.

Al cabo de un larguísimo minuto el Mosca habló:

—Yo no he oído nada —tenía la boca amarga y pastosa; al pie le llegaban sorpresivas y sordas oleadas de dolor.

—Yo tampoco —escupió Quispe incorporándose a medias y dirigiendo la linterna contra las paredes del almacén: cajas de Inca Kola, latas apiladas, costales de harina, un afiche del Alianza Lima clavado con una chincheta—. Te estás cagando de miedo, Veneguitas; Padrón hubiera avisado. Estás muñequeado por la gente que regresaba del mitin, por lo que ha pasado.

Cuando recién llegaban a Magdalena se habían encontrado con gente que formaba grupitos en las esquinas, otros avanzaban recelosos por las calles, escuchaban apretujándose en torno a los que llevaban radios portátiles, se consultaban de esquina a esquina, hablando en voz alta, lo habían matado, el Gobierno estaba detrás de todo esto, el Comando lo había hecho; no, todo era un montaje de la derecha para ganar las elecciones, segurito que Ganoza estaba tan campante riéndose del pueblo, los disparos eran de fogueo. Aquí y allá era lo mismo, gente asustada, grupos de jóvenes ofuscados, mujeres en bata a la puerta de sus casas, seguro que el ejército iba a intervenir, a lo mejor había golpe de Estado, pero ellos no se detuvieron a escuchar más, el mitin había terminado antes de tiempo, debían llegar al mercado a toda prisa, alentó Quispe aunque Padrón, Venegas y el Mosca sentían curiosidad, el ambiente en las calles estaba cargado, qué había sucedido, maestro, le preguntaron a un taxista en el grifo que hace esquina entre la avenida del Ejército y la Brasil; hasta allí les llegaba un viento erizado de olor salitroso que provenía del mar cercano. ¿No se habían enterado?, dijo el hombre metiéndose en el carro, habían disparado contra Ramiro Ganoza, el mitin se suspendió, hubo líos y correteaderas, la policía estuvo barriendo la zona en busca de los criminales. ¿Lo mataron?, preguntó Venegas incrédulo. No se sabía nada hasta ahora, se lo habían llevado al hospital inmediatamente, él se iba rapidito porque entre el toque de queda y el atentado podía suceder cualquier cosa, dijo el hombre partiendo apresuradamente. Casi de inmediato cruzaron veloces, ululantes, lanzando luces azules y rojas, dos patrulleros que se perdieron por la avenida del Ejército.

Todavía se quedaron un rato en la esquina, perplejos, asustados, sin saber qué hacer. Por fin Quispe dijo que ellos seguían con su plan, pero Venegas y Padrón recelaron, así era bien bravo, cholo, los tombos estarían por todas partes, acababan de ver un par de carros policías, insistió Venegas. El Mosca se apoyó disimuladamente en un poste: el pie empezaba a latirle, a molestarle como un presagio de dolor. «La caminata», pensó mortificado. ¿Él qué decía, Mosca?, ¿también se chupaba?, preguntó Quispe con un acento despechado y burlón. Ni de vainas, dijo el Mosca sin saber por qué, él también hubiera querido regresar, pero le llegó al huevo la forma como se rosquetearon Padrón y Venegas, mejor iban de una vez, insistió poniéndose a andar y apoyando apenas la planta del pie en el suelo.

—Se meten a robar y ni siquiera toman precauciones, animales de mierda. Después de lo que pasó debieron volver y no exponerse así —dijo Rafael—. Se han metido en un lío del carajo, imbéciles, la policía seguramente vendrá por aquí, estarán buscando a los que atentaron contra Ganoza. ¿Qué van a explicar cuando vean al Mosca con un tiro en el estómago?

—Para tu carro, chuchatumadre —Venegas empujó a Rafael dos, tres veces, levantó un puño tembloroso—. ¿Quién carajo eres tú para decirnos nada?

Don Alfonso golpeó el suelo con su bastón, su rostro se desfiguró en una mueca de asco o disgusto, no era hora de discutir, caramba, que no fueran inconscientes, tenían que conseguir ayuda o el Mosca se les iba.

Luisa regresó con varios trozos de tela y una olla grande de agua. Tenía los ojos enrojecidos y la nariz brillante. Sin decir una palabra se acercó al Mosca y apoyó delicadamente su cabeza en el pecho combado, como si fuese una viuda resignada que llora al marido, pensó Rafael, pero la chica se apartó y cogió la mano áspera del Mosca tomándole el pulso. Que le alcanzaran el agua, dijo con la voz recompuesta, que le alcanzaran las vendas. Padrón, que hasta ese momento fumaba torvamente en la puerta de la choza, se acercó con la olla humeante y miró al Mosca como si le costara reconocerlo. Rafael se dio cuenta de que el chino Padrón movía los labios como si estuviese rezando.

Con precaución indescriptible, lentamente, Luisa fue quitando la venda sucia, enrollándola poco a poco mientras movía el cuerpo del Mosca que se quejaba como desde muy lejos, que alguien la ayudara, caracho, dijo, y Rafael y Quispe se acercaron a levantar ligeramente el cuerpo para que ella pudiese sacar la venda. Pasu madre, silbó despacito Quispe y Rafael sintió que las piernas se le doblaban cuando quedó al descubierto la herida: una boca redonda, de labios enrojecidos y brillantes que respiraba acompasadamente. Se tuvo que retirar con brusquedad sintiendo que una arcada insoportable lo doblaba en dos obligándolo a escupir un chorrito amargo de bilis. De reojo observó que Luisa lo miraba con furia.

—No es nada —dijo sintiendo el estómago revuelto, y se acercó nuevamente a la cama, intentando pensar en otra cosa mientras ayudaba a Luisa.

—¿Cómo que no es nada? —la voz de Venegas sonaba estrangulada—. He escuchado ruidos, estoy segurito. Mejor nos vamos, Quispe.

El Mosca empezó a llenar apuradamente un costalillo, en la caja no había mucho dinero, que se llevaran lo que pudieran, Quispe, este huevón de Venegas le estaba metiendo miedo. Quispe también empezaba a llenar un costalillo eligiendo cuidadosamente lo que se llevaba, y al cabo Venegas también empezó a llenar una bolsa, pero en sus ojos y en sus gestos había un rescoldo de cautela animal, estaba preocupado, mejor se iban rápido, decía.

—Ya está —dijo Luisa.

Cuando salieron, la noche estaba densa y silenciosa. Un suave vaho ácido de frutas y verduras les llegó a la nariz. En el asfalto agrietado se empozaban charcos viscosos que tuvieron la precaución de evitar caminando rápidamente hacia el fondo de la calle. Allí vieron la silueta de Padrón, la brasa del cigarrillo que iba y venía de la mano a la boca trazando un arco encendido y veloz.

—¿Ya está? —el chino Padrón arrojó lejos el cigarrillo, avanzó hacia ellos mirando a un lado y a otro—. Vámonos de una vez.

No habían avanzado ni cien metros cuando apareció el patrullero sorpresivamente, cegándolos con las luces altas. Se quedaron fríos, soltaron las bolsas y Quispe gritó corran: fue como si la voz imperiosa les hubiera dado cuerda, Padrón y el Mosca trotaron hacia el fondo de la calle, rápido, rápido que nos chapan, Venegas y Quispe se perdieron zigzagueando en sentido contrario mientras el auto de la policía avanzaba como si no los hubiera visto, pero al llegar a la esquina por donde el Mosca y Padrón desaparecían, uno de los guardias bajó, alto, carajo, y Quispe oyó los disparos y cerró los ojos y siguió corriendo mientras el corazón parecía a punto de reventarle como una fruta.

—Ha perdido mucha sangre —dijo Luisa pasándose el dorso de la mano por la nariz—. ¿A qué hora ocurrió?

—No lo sé —Quispe paseaba por la choza, se llevaba una mano a los cabellos lacios y parecía que se los iba a arrancar—. ¿Qué hora es?

—Van a ser las cinco —dijo Rafael buscando una silla y sentándose lentamente. Tenía las facciones chupadas y se estrujaba los dedos buscando desesperadamente hacerlos tronar.

—No sé cómo no lo atraparon —murmuró Venegas—. No sé cómo no nos atraparon a todos.

—Espérame, espérame —Padrón escuchó la voz del Mosca a sus espaldas, no supo por dónde estaban corriendo, sólo veía puertas, paredes largas, rugosas, meadas, esquinas boquiabiertas por donde se sumergía eligiendo las calles más estrechas y otra vez puertas, no se atrevía a voltear, ventanas, callejones oscuros. Cuando empezó a sentir las punzadas, los lanzazos furiosos bajo las costillas, se plegó jadeando a la saliente de un muro que daba a un lote baldío y casi de inmediato sintió que un bólido se pegaba a su lado: el Mosca tenía la lengua afuera, los ojos enloquecidos, y se llevaba una mano al abdomen como si quisiera contener sus tripas. Por entre los dedos chatos y grandes, el Chino pudo ver la mancha intensamente roja y brillante.

—No sé cómo pudo correr así —dice Venegas moviendo suavemente la cabeza mientras observa que en la venda que acaba de colocar Luisa sobre el abdomen del Mosca empieza a crecer una mancha oscura, vagamente rojiza y pequeña.

—Estuvimos allí no sé cuánto tiempo, sin atrevernos ni a respirar —dice Padrón pidiendo un cigarrillo y desplomándose en el suelo de la choza—, el Mosca se iba quedando quieto, ni un solo quejido, carajo, y como yo apenas le veía la cara tenía que tocarlo para cerciorarme de que estaba allí, de que seguía vivo.

—Mosca, Mosquita, hermano, no te vayas a morir, cholito, no aquí —Padrón se mordía los nudillos, buscaba el rostro del Mosca y lo palpaba desesperadamente; cien veces quiso tomarle el pulso pero no sabía, se embrollaba, quería gritar y espantaba con furia a las ratas que merodeaban junto a sus pies, se acercaban desafiantes, burlonas, peludas, tibias, y él fuera, carajo. El Mosca apenas se quejaba.

—Yo sabía de ese terreno abandonado —dijo Quispe como hablando para sí mismo—. Lo tenía en la mira por si acaso ocurriera algo y cuando con Venegas perdimos a los patutes nos metimos allí.

Venegas y Quispe treparon sin dificultad el muro y diez, cien, mil sombras pequeñas y raudas se escabulleron entre los montones de basura. Al fondo vieron los dos bultos grandes.

—La Virgen nos protegió —tembló Padrón besándose el pulgar y alzando unos ojos cándidos hacia Rafael—. Casi me pongo a llorar cuando vi que se acercaban Venegas y Quispe. Al principio pensé que eran los policías.

—Tranquilo, huevón —dijo Quispe con voz áspera—. Somos nosotros. ¿Qué le ha pasado al Mosca?

—Le han metido un tiro —dijo Padrón desconsoladamente, temblaba y juntaba las manos como si fuese a ponerse a rezar, se volvía al Mosca y le daba cachetaditas, le pasaba una mano por el rostro, pedía no te mueras, ño te mueras, hermano.

—Ya, huevón, deja de lloriquear como una hembrita —dijo Quispe escupiendo. Se agachó y apartó las manos del Mosca para ver la herida. Lanzó un silbido largo y movió la cabeza.

Estuvieron allí hasta que decidieron salir, los policías seguro se habían cansado de buscarlos y el Mosca necesitaba urgentemente ayuda, eso fue lo que los decidió porque Quispe quería quedarse allí hasta que amaneciera pero Venegas y Padrón se opusieron, el Mosca se les moría, Quispe, tenían que salir. En la callecita que daba hacia el parque frente al seminario de San Miguel vieron pasar lentamente un taxi que se detuvo en la esquina y del que bajó un hombre. Ellos le hicieron señas frenéticas para que se detuviera.

—El zambo no quiso traernos; explicó que el pata que había dejado era un artista de la farándula que vivía por ahí y él le hacía el favor porque le pagaba bien y lo tenía contratado todos los viernes —explicó Venegas—. Con el toque de queda no se animaba a taxear, pero se asustó cuando vio al Mosca, dijo ni de vainas, pero nosotros le metimos el cuento de la borrachera y el taxista nones, ya se iba a su casa, que quedaba ahí cerquita.

—Entonces decidimos darle todo lo que llevábamos y el zambo dijo que estaba bien, pero sólo hasta la entrada de Marbella —interrumpió Padrón hipnotizado con la mancha rojiza que crecía en la venda—. Allí nos dejó. La Virgen nos protegía, fue un milagro que encontráramos un taxi ahí y a esas horas. Y ni una patrulla en toda la avenida. La Virgen estaba con nosotros.

—Ya cállate, carajo, pareces una vieja beata —Quispe hizo una mueca de disgusto, se llevó ambas manos a las caderas y luego a los cabellos—. ¿Qué chucha hacemos? Buscar un médico puede jodernos a todos.

—¿Qué hora es? —preguntó Luisa apartándose suavemente del lado del Mosca.

—Las cinco y diez —dijo Rafael y escuchó una voz apenas audible, Venegas o Padrón, no supo cuál de los dos, diciendo que el amanecer era la peor hora para esos trances.

Nuevamente se escuchó el ladrido inubicuo de los perros y el estruendo milimétrico y tenaz de las olas rompiendo cercanas. Por la puerta empezaba a entrar una claridad lechosa y cenicienta.

—Necesito dinero —dijo Luisa cerrándose la chompa. Otra vez parecía sosegada, de vez en cuando se llevaba un pañuelito a la nariz, a los ojos—. Voy a buscar a una amiga.

—¿A quién, Luchita? —preguntó don Alfonso que hasta ese momento había permanecido silencioso.

—A mi amiga, tío —dijo Luisa—. La chica del hospital, ¿recuerdas? La que tanto me ayudó.

Padrón se apresuró a rebuscar atolondradamente en sus bolsillos y extendió unos billetes hacia Luisa, era todo lo que tenía, dijo mirando a Quispe y a Venegas. Rafael también le dio lo que encontró en el bolsillo de su pantalón, ojalá que le alcanzara con ese dinero, ya buscarían más, que se diera prisa.

—Yo te llevo en mi carretilla hasta la entrada de Marbella —dijo Padrón levantándose de un brinco.

Afuera espiaban unos niños y Quispe los espantó de un manotazo que alborotó a los perros, fuera, carajo, si volvía a verlos por ahí les reventaba la cabeza con una piedra, dijo, y los niños se escabulleron entre los ladridos de los perros. Lentamente el cielo empezaba a despejarse de nubes, tiñéndose de un azul violento que a Rafael le encogió el corazón. Rauda, bailoteante y gris, la carretilla que manejaba Padrón se perdía entre las últimas chozas. Por fin desapareció en la primera curva donde empezaba la cuesta que conducía a los edificios de Orrantia, flotantes y oscuros en medio de la neblina. Casi al unísono varios gallos empezaron a cantar.

Un olor almendrado y turbio, vagamente dulzón, se había estancado entre las paredes de la choza. El Mosca continuaba quieto, rígido, con el semblante dorado por el resplandor del quinqué. Don Alfonso permanecía en un rincón, la cabeza gacha, las manos inmóviles. Quispe y Venegas estaban apoyados en la mesa, tenían los ojos hundidos y un aire crepuscular e insomne afilaba sus facciones.

—Que alguien le prepare un té —dijo don Alfonso como despertando súbitamente. Que le dieran algo caliente al pobre Mosca.

Rafael se apresuró a poner agua en una olla pequeña, tenía las manos agarrotadas y ferozmente frías, él también necesitaba algo caliente, pensó. Cuando el agua empezó a hervir puso una bolsita de té filtrante y luego sirvió el líquido en unas tazas. Le dieron unos sorbos al Mosca que rechazó débilmente y se quedaron en silencio, esperando.

—¿Mataron a Ganoza? —preguntó Rafael al cabo de un momento.

—No se sabe —Venegas arrugó el paquete vacío de cigarrillos y lo tiró al suelo. Aceptó el que le ofrecía Rafael y fumó ansiosamente—. Parece que le dispararon en pleno mitin. Qué estará pasando ahora.

Rafael encendió la radio portátil y movió con cuidado la ruedecilla: interferencias, crepitantes chisporroteos, voces lejanas y muy débiles, al fin pudo captar una emisora. Los cuatro hombres escucharon las opiniones de los parlamentarios entrevistados, la voz de José Antonio Soler haciendo un llamado a la ciudadanía para guardar la calma, el proceso democrático debía seguir, había disturbios en Miraflores, saqueos en San Juan de Lurigancho, el ejército patrullaba las calles, y tres muertos y siete heridos producidos por un enfrentamiento entre la policía y unos agitadores que pretendían tomar por asalto el local del Jurado Nacional de Elecciones, se creía que eran senderistas que aprovechan la confusión para acentuar la inestabilidad social en que se hallaba sumido el país, decía un periodista. Luego más entrevistas, comentarios y pronunciamientos de todas las bancadas políticas y por último un comunicado del Gobierno desmintiendo enérgicamente que el magnicidio hubiese sido perpetrado por gente cercana al Partido. El Comando era una patraña alimentada desde los sectores adversos al régimen. Rafael sintió que se le empañaban los lentes y tuvo que quitárselos con manos torpes. Antes de salir de la choza para buscar aire observó que Venegas insistía en darle a beber al Mosca pero éste apenas se movía. ¿Por qué tardaba tanto la negra?, dijo Quispe dándole un manotazo a la radio.

Todavía se quedaron un rato amodorrados en las sillas, escuchando los quejidos pedregosos del Mosca, sus estertores abruptos que sobresaltaban a todos, y nuevamente silencio, apenas el bramido del mar. Rafael se incorporó frotándose con vigor los brazos, desentumeciendo las piernas. Quería salir un momento a respirar el aire de la madrugada.

El aire era húmedo y frío, y de las chozas cercanas salían densas humaredas que se disolvían contra el cielo ya totalmente despejado. Rafael se sentó en una piedra y encendió un cigarrillo. Le venían imágenes confusas, ciegas, asoladoras. Se levantó acezando, necesitaba casi con fervor respirar otro aire, y con una mueca de asco arrojó el cigarrillo recién encendido. Encaminó sus pasos hacia la playa y al llegar al roquerío abrupto que culminaba en la orilla se quitó las zapatos. Al primer golpe de mar sintió millares de diminutas agujas clavándose en sus pies descalzos. A lo lejos, contra la línea ahora perfectamente nítida y dorada del horizonte, volaban algunas gaviotas que de cuando en cuando se lanzaban en veloces zambullidas para regresar frenéticamente hacia la bandada. Una tropilla de niños se acercó aullando y corriendo entre las piedras lustrosas que mojaba el mar y Rafael los observó: desarrapados, curiosos, buscando restos de maderas, huesecillos de aves marinas, brillantes guijarros que metían en una bolsa entre salvajes gritos jubilosos. Al cabo de un momento, sintió que su corazón ya no latía tan fuerte, que su pulso se había sosegado, que ya no temblaba. De pie sobre un montículo de piedras lo observaba Luisa.

—Lo estamos buscando por todos lados —dijo con disgusto—. ¿Dónde se mete, Rafael? Ya llegó mi amiga, está atendiendo al Mosca, vamos, rápido, puede necesitar ayuda.

Rafael murmuró unas disculpas, se puso los zapatos y torpemente trepó hasta donde ella lo esperaba.

—¿Se va a salvar? —preguntó aprehensivamente.

—No lo sabemos —dijo ella empezando a caminar—. Apúrese.

A lo lejos ya se divisaba la choza y un tumulto de curiosos que fisgoneaba desde la puerta.

—Ha sido una suerte que haya encontrado a Rosita —dijo Luisa casi para sí, empezando a trotar—. Me dijo que de milagro la encontré en el hospital, ella no tenía turno hoy, estaba reemplazando a una amiga.

Rafael se detuvo en seco, como si se hubiera estrellado contra una pared, tropezó con unas piedras y se agarró penosamente de Luisa: ¿Rosa? ¿Rosa había dicho? ¿Una enfermera del hospital había dicho? Los ojos le bailaban enfebrecidos, entonces sí era, jadeaba como si le faltase el aire, entonces lo que el Mosca le dijo, lo que le contó aquella vez: como si hubiese corrido mucho. Luisa apartó suavemente las manos que la apretaban con fuerza, y lo miró extrañada. ¿Qué le pasaba?, ¿qué tenía? Rafael se sentó con trabajo en una piedra, boqueando angustiosamente. Desde allí, encogido como si tuviera cólicos, levantó unos ojos de lástima hacia ella. ¿Del hospital? Sí, era una amiga del hospital, dijo Luisa repentinamente alarmada, la voz convertida en un graznido histérico, tuvo que buscar ayuda, el Mosca se moría, ¿qué podía hacer?, ¿Rafael creía que vendrían los militares, los policías?, ¿de eso tenía miedo? No, no es eso, dijo él levantándose fatigosamente, como si de pronto fuera un anciano. Tenía el rostro violentamente ceniciento cuando por fin pudo hablar.

—Yo voy en un momento, Luchita, ve tú nomás —dijo con la voz desbaratada, y como ella seguía sin moverse, casi le gritó—. Ve tú nomás, yo ya voy.

Luisa lo miró asustada, incrédula, y luego dio media vuelta, avanzando rápidamente hacia la choza donde los curiosos formaban un grupo compacto y acechante. Casi al llegar se volvió nuevamente pero él le hizo un gesto y murmuró que ya iba, que no se tardaba, como si ella pudiese escucharlo. Cuando por fin Luisa entró en la choza, Rafael se pasó el dorso de la mano por la nariz y los ojos murmurando todavía «ya voy, ya voy, ve tú nomás, Luchita». Luego, a trompicones, como si estuviera borracho, se encaminó hacia la cuesta de Marbella. Ya empezaba a calentar la mañana y del océano cercano soplaba un viento fuerte que traía el penetrante olor de las algas podridas.

FIN

Lima, septiembre de 1990-Tenerife, junio de 1996

Este libro
se terminó de imprimir
en los Talleres Gráficos
de Anzos, S. L.
Fuenlabrada, Madrid (España)
en el mes de febrero de 2002

José María Guelbenzu
LA TIERRA PROMETIDA

Carlos Fuentes
INSTINTO DE INEZ

Lídia Jorge
EL JARDÍN SIN LÍMITES

Miguel Naveros
AL CALOR DEL DÍA

Uwe Timm
LA NOCHE DE SAN JUAN

José María Guelbenzu
NO ACOSEN AL ASESINO

José Manuel Caballero Bonald
LA COSTUMBRE DE VIVIR

Agustín Cerezales
MI VIAJERA

Günter Grass
DEL DIARIO DE UN CARACOL

J. A. Bueno Álvarez
EL ÚLTIMO VIAJE DE ELISEO GUZMÁN

Edmundo Paz Soldán
SUEÑOS DIGITALES

Fernando Vallejo
EL DESBARRANCADERO

Marina Mayoral
QUERIDA AMIGA